JOYCE CAROL OATES

被诅咒的

[美]乔伊斯·卡罗尔·欧茨　著
吴泽庆　杨纪平　译

新　华　出　版　社

图书在版编目（CIP）数据

被诅咒的/（美）欧茨（Oates，J. C.）著；吴泽庆、杨纪平译

北京：新华出版社，2015.12

书名原文：The Accursed

ISBN 978－7－5166－2232－2

Ⅰ.①被…　Ⅱ.①欧…②吴…③杨…　Ⅲ.①长篇小说—美国—现代

Ⅳ.①I712.45

中国版本图书馆CIP数据核字（2015）第292585号

著作权合同登记号：图字01－2014－0937号

被诅咒的

作　　者：（美）乔伊斯·卡罗尔·欧茨　**译　　者：**吴泽庆　杨纪平

出 版 人：张百新　**封面设计：**李尘工作室

责任编辑：李　成　**责任印制：**廖成华

出版发行：新华出版社

地　　址：北京石景山区京原路8号　**邮　　编：**100040

网　　址：http：//www.xinhuapub.com

http：//press.xinhuanet.com

经　　销：新华书店

购书热线：010－63077122

中国新闻书店购书热线：010－63072012

照　　排：新华出版社照排中心

印　　刷：北京文林印务有限公司

成品尺寸：145mm×210mm　1/32

印　　张：18.25　**字　　数：**530千字

版　　次：2015年12月第一版

印　　次：2015年12月第一次印刷

书　　号：ISBN 978－7－5166－2232－2

定　　价：48.00元

图书如有印装问题，请与出版社联系调换：010－63077101

目　录

第三部　“大脑，调整至最佳状态……”

第四部　驱除诅咒

中文版译序

乔伊斯·卡罗尔·欧茨（1938— ）是美国当代小说家、诗人、剧作家、评论家，当代世界文坛“心理现实主义”代表作家，并以多产闻名，在长篇小说、短篇小说、戏剧、诗歌以及文学评论等领域均取得卓越成就。同时，欧茨注重艺术创新，狄更斯、巴尔扎克、德莱塞、乔伊斯、卡夫卡、福克纳等现代主义和后现代主义作家对其创作产生了深刻影响。通过意识流、自然主义、象征主义、女性主义、超现实主义、哥特技巧等现代主义、后现代主义的表现手法，通过对暴力下的人物心理和精神生活的描述，欧茨的作品反映了复杂的美国当代社会和美国人的生存状态和生存心理。欧茨荣获美国国家人文奖章，国家书评协会伊凡·桑德罗夫终生成就奖，《芝加哥论坛报》终身成就奖，美国国家图书奖，美国文学艺术院的罗森塔尔奖，马拉默德笔会终身文学成就奖，英联邦杰出文学贡献奖，欧·亨利短篇小说奖，国家艺术基金，古根汉姆研究基金等多项荣誉，并且几次获得诺贝尔文学奖提名，被称为“穿着裙子的福克纳”。

乔伊斯·卡罗尔·欧茨于1938年6月16日出生在纽约州洛克波特市附近的伊利县的一个贫困的天主教家庭，是家族中第一个上大学的人，甚至在她之前无人读完高中。1956年，欧茨考入纽约州西拉克斯大学，主修英国文学。大学期间，她对于乔伊斯、卡夫卡、福克纳、弗洛伊德和尼采等人的作品情有独钟。1960年，欧茨进入威斯康辛大学，1961年获得英国文学硕士学位。1962年至1967年，欧茨在底特律大学任教。随后，欧茨在加拿大的温莎大学讲授文学创作、心理学和现代世界文学等课程。1978年，欧茨当选为“美国文学艺术院院士”，并且开始在普林斯顿大学教书。

欧茨说："我只关注一件事：我这一代人的道路、社会状况。"为此，欧茨曾在一次采访中表示自己"有一个巴尔扎克式的野心，想把整个世界都放进一部书里"。自1963年第一部短篇小说集《北门边》问世以来，欧茨迄今已出版各类作品一百余部，对美国社会潜在的暴力倾向进行了无情剖析，故事中常常出现强暴、乱伦、谋杀、虐童以及自杀等阴暗、暴力的情节，揭露了人性的黑暗面，致力于揭示生括中的不公和邪恶，因为她认为"只有通过瓦解和无序人类才能成长"。

在2013年的力作《被诅咒的》中，欧茨继续深入探索当代人的生存困境和生存心理，继续关注妇女的命运以及社会暴力问题等。故事虽然描写的是二十世纪之初的普林斯顿小镇的故事，但是却再次彰显了欧茨创作的典型方式，以点带面地涵盖了美国社会中种族、两性、宗教、阶级、政治等各个社会层面的问题。作者利用时空交叉、神秘、悬疑、象征等技巧描写了普林斯顿几个显赫家族的故事，以人物素描的手法描写了人类在命运面前的无助，同时表明正是人类自身造成了自己的命运，缔造了让人类自身无法抗拒的"诅咒"，只有在人类敢于承认自身的罪恶、敢于接受并且勇敢面对自身的罪恶时，这种诅咒才能够解除，只有人类才能为自身带来救赎。

《被诅咒的》中的故事发生在1905年前后，新泽西州。在小说开头的"作者注"中，故事讲述者说："1900至1910年近十年里，发生在新泽西州普林斯顿附近的事件神秘莫测，似乎彼此关联，这些'历史事件'在记录过程中浓缩成一个单一的'历史事件'，同样，出于审美与统一，十年也压缩成1905至1906年近十四个月的时间。"故事发生的背景是：一方面，整个小镇似乎笼罩在一个宁静的氛围中，是一个书香气息十足的地方，精英、知识分子和特权阶层云集一时。伍德罗·威尔逊时任普林斯顿大学的校长，还没有当选美国总统；安娜贝尔·斯莱德是威尔逊的老朋友温斯洛·斯莱德牧师的孙女，斯莱德家族是一个有教养的上流社会家庭，正在为这位端庄漂亮的小姐准备婚礼，新郎官是当地的另一个显赫家族巴亚德家的少爷；年轻的社会主义作家厄普顿·辛克莱因为小说《屠场》的成功而受到众人的瞩目，此时正和妻子以及幼小的儿子租住在普林斯顿大学附近的一家农场。另一方面，恶魔已经来到这个小镇，没有人能够躲过这场劫难。该地区发生了一系列“无法言说”的罪行，一连串的可怕事件接连发生，一个诅咒开始降临在普林斯顿。伍德罗·威尔逊正在因为忧郁症而烦恼不堪，策划着如何打压“黑鬼们”；在附近的一个小镇，一次残忍的私刑被掩盖起来；一个似乎并不完全属于人类的魅力十足的神秘年轻人刚刚到达这座小小的大学城。人们终于意识到普林斯顿的那些家族已经被一个强大的诅咒困扰。该地区的一些最为富有和有影响力的家族开始为他们的子女担忧。这些看似毫不相干的事情构成了故事错综复杂的线索，最后浓缩为小说标题所说的“诅咒”，即：“克罗斯威克斯诅咒”。这个小小的世界被划分成井然有序而又杂乱无章的板块，地狱的烈火在燃烧着。

这部小说延续了欧茨以往作品中的哥特传统，从一个虚构的业余历史学家的视角展开叙述，以具有贵族血统的斯莱德家族的故事为主线，讲述了一个纵横交织的心理恐怖故事。故事的讲述者 M. W. 范·戴克二世自称是一位业余历史学家，祖辈是当地两个最古老家族：斯特罗恩家族和范·戴克家族；生于 1906 年 2 月，毕业于普林斯顿大学（1927 级），讲述故事的时间是 1984 年。这部小说有着明显的维多利亚时期哥特小说的特点：豪宅、恶魔新郎、美丽纯情少女、怀有不可见人秘密的牧师、与魔鬼的较量、神秘怪异的欧洲贵族、自杀、疯狂，还有一个出身高贵却神秘莫测的伯爵，正在悄悄地降临到构成普林斯顿上层社会核心的那些权贵人物的家庭的一个可怕诅咒，结果，前总统克利夫兰的已故的女儿得到“天罚”，新娘逃跑、血腥谋杀以及几乎同时出现的恶魔埃克森·马特，还有安娜贝尔·斯莱德在她自己的婚礼上看起来非常真实的“着魔”，失踪后的再现，生下了一条可怕的黑色的蛇，而这蛇随后消失了，安娜贝尔在分娩时死亡以及大规模的歇斯底里此起彼伏！

在整部小说中，故事叙事的虚构性与历史叙事的客观真实性却紧密结合在一起。在这个故事中，历史、文学和恐怖紧密地交织在一起，是一个内容丰富、生动的历史记载。故事的讲述者是在“诅咒”期间出生，因为在诅咒发生时他年龄太小了，不记得当时的任何事情，所以他不得不依靠二手资料（有时甚至三手资料）来对 1904—1906 年间发生在普林斯顿的事情进行他所谓的“历史性叙事”。大部分时间，他都是通过叙述的方式讲述着一个又一个事件的发展，不过，他会不时地让他的“文献”自己说话。这些“文献”通常是日记或日志，提供故事的背景和结构，让读者可以暂时放松一下紧张情绪，给故事一种独特的声音，而这种声音是用别的任何视角都无法表现的。因为故事中的很多人物都是历史人物，甚至给读者的感觉是所有的人物都是真实的，所使用的“文献”的叙事给读者一种具体的时间和地点的框架，赋予其一种真实感，令读者无法区分现实与虚构。

《被诅咒的》的确是一部史书。欧茨在访谈中曾经说过，威尔逊写给他妻子的信几乎是原封不动地写进了小说里。故事中对于普林斯顿镇的描写，镇子里的宅子、饮食俱乐部，服装、地形地貌都是超级真实的。人们吃的食物，床头柜上放的书籍，他们心中潜藏着的强烈的种族主义情绪，女性没有权利以及白人男性世界的幽闭恐怖症，都生动地将读者领入了100多年前的那个小镇的历史中。故事以缓慢的节奏详细地介绍着普林斯顿及其各个家族的历史。通过使用真实的历史人物，如厄普顿·辛克莱、伍德罗·威尔逊、格罗弗·克利夫兰以及普林斯顿大学众多的教师；真实的地点和历史事件，如美国独立战争期间赢得第一次胜利的普林斯顿大学、爬满常春藤的哥特式校园；纽约市的街头，以及当时的一些极具时代感的真实事件，如社会主义者集会、无政府主义等等，故事里面交织着错综复杂的真实历史。同时，这个故事又具有文学真实性。马克·吐温、杰克·伦敦和厄普顿·辛克莱等小说家在故事中几次出现，给读者留下深刻印象。

历史为小说的展开提供了一系列的路标式的线索，但是小说的情节又绝非历史的复制，而是众多极端和荒诞不经的事件的组合。故事中随处可见的历史人物展现的却是普通人身上所具有的一些恶习。前总统格罗弗·克利夫兰越来越发福，人也变得越发懒散了；未来总统伍德罗·威尔逊因为关于私刑的消息以及自己想象出来的疾病而焦躁不安；厄普顿·辛克莱梦想着自己的社会主义革命，因为自身的局限性而将一切弄得一团糟。这个故事不免让读者心生疑窦：格罗弗·克利夫兰真的脾气如此喜怒无常吗？伍德罗·威尔逊的健康状况真的如此不堪吗？杰克·伦敦真的那么心胸狭隘吗？恐怖元素更是无处不在，如“沼泽王国”、“松林”中可怕的酷刑折磨和恶意狠毒的事情正在等待着可怜而无助的普林斯顿人。

在《被诅咒的》的创作中，欧茨注重形式上的创新，带上了浓重的实验色彩。欧茨采用意识流的内心独白、自由联想、心理时间、多视角、立体交叉结构以及象征主义、黑色幽默、怪诞、戏仿等创作技巧，并大量地运用了弗洛伊德和荣格的精神分析理论，甚至大胆地跨越了严肃文学和通俗文学之间的界限，作品中出现了较多的象征、隐喻、神秘、怪异、梦魇、凶兆、畸形、变态、魔幻、荒诞、恐怖、暴行等方面的描写。欧茨明确表示："在我们生气勃勃的美国文学里，现实主义者早已与超现实主义者结下了不解之缘。"作品充满神秘、象征、怪异、荒诞，既运用哥特式手法，又具有魔幻现实主义风格。故事情节错综复杂，而且故事的讲述不断变换角度。令故事更为奇异玄妙的是，故事中充满了人类无法征服的超自然的邪恶势力，以各种身份出现的吸血鬼，各种诅咒的变体，北极地区的死亡，孩子变成了石头，死后多时又从坟墓中奇迹般复活。关于这些与"诅咒"有关的事件是人为造成的，还是恶魔造成的，抑或是二者联手的产物，存在着很多充满歧义和矛盾的叙述，如小说结尾对于斯莱德家族的孙子们的死因的描写以及对于在女子神学院和斯莱德牧师布道的教堂出现的"蛇狂"的描写等等。不能把《被诅咒的》看成是对集体的歇斯底里的记述，但是整个故事又似乎是一群精神病患者的臆想的记录。模棱两可的含混性是这部作品令人毛骨悚然的效果必不可少的一个关键手法。故事叙事视角的不断变换设置了一个又一个悬念，使读者一直在猜测和追踪着到底发生了什么，直到几百页之后"诅咒"谜底的揭开。讲故事人反复强调他无法确定他正在写的故事是否真正发生过，也无法确定对于曾经发生过的事情的解释哪些是正确的和合理的，而这些恰恰是作者吸引读者，或者说，引领读者的方式。讲故事人多次暗示他相信发生了什么，但是他又多次提到他要让历史自己说话。

然而，欧茨真正要呈现给读者的却是这部超自然恐怖小说中所蕴藏的厚重的历史感。"诅咒"的根源是当时社会中各个领域存在的"保守主义"。"诅咒"以各种化身出现：不管"沼泽王国"多么令人毛骨悚然，不管故事中的各种各样鬼怪多么怪异可怕，故事真正的"诅咒"不是突然出现在镇子里的英格利希·冯·葛奈斯特伯爵，也不是魔鬼般的埃克森·马特，而是"镀金时代"的美国社会自身。塞缪尔·克莱门斯（马克·吐温）曾经恰当地将其称之为“无情而又无法征服的美国野兽”。真正的恐怖出现在普林斯顿体面、骄纵的“基督徒”群体中。真正的恶棍是上层社会的那些所谓的精英。他们的种族主义、阶级偏见、对穷人的歧视，恶劣的工作条件，将女性视为二等公民以及其他的社会弊端才是当时的社会的真正的诅咒。作者通过各种荒诞的叙事来表明“保守主义”的荒诞。欧茨借终日纠缠上流社会的幽灵和吸血鬼暗指那个时代的社会恶魔。欧茨认为，那个时代的各个层面的代表人物，美国总统、大学校长、宗教领袖、军官、无产阶级作家和工人运动领袖类等各个阶层的“保守主义”是造成美国社会问题的吸血鬼和幽灵，社会不同层面所持有的保守思想带来了各种可怕的结果，就像一个诅咒一样是无法逃脱的，成了一切灾难的根源，这也是作者把看似毫不相干的人物和事件写进一本书里的粘合剂。这些历史人物的保守思想才是造成永无休止的暴力循环和一切灾难的罪魁祸首。

对传统贵族身份和生活的渴望是小说中主要的保守主义思想之一。首先，这一思想开启了“诅咒”之门。正是由于贵族阶层死守过去的财富不放，为了家族财产和地位的巩固和壮大，巴亚德家族和斯莱德家族决定联姻，而新娘安娜贝尔·斯莱德和年轻的陆军中尉达布尼·巴亚德根本没有爱情可言，安娜贝尔感到“嫁给达布尼·巴亚德像是进行某种军事行动一样”。结果，新娘在婚礼上与“恶魔”私奔。这一事件成了降临在斯莱德家族的四个孙子身上的诅咒的开端。同时，正是因为对她的“恶魔新郎”所反复应允的“王国”和“王后”的渴望，安娜贝尔才误陷“沼泽王国”的困境，成了感情的牺牲品，加入了那个所谓的“沼泽宫”的“后宫”，最后死于非命。同样，出于对英格利希·冯·葛奈斯特伯爵贵族身份的崇拜，普林斯顿上层社会的女性对其趋之若鹜，导致悲剧接连发生。另外，当时已经富有盛名的作家和社会主义活动家厄普顿·辛克莱表面上思想很激进，但是实际上内心里却渴望贵族生活。作为《屠场》的作者，对社会主义事业的追求和对贵族生活的向往导致厄普顿内心的冲突。他想建立一个名为赫利孔山家园聚居地的社会主义乌托邦社区，他对于富人有亲身体验，“他对富人的高智商没有幻想，同样对他们的道德状况也没抱幻想”；然而，厄普顿·辛克莱与约西亚·斯莱德握手的时候，“这个年轻人的身份令厄普顿神魂颠倒”。

小说中的种族歧视更是无处不在，导致了多次悲剧的发生，小说借“诅咒”之手鞭挞了人性中的贪婪和种族主义。故事开始时，普林斯顿大学校长伍德罗·威尔逊正在和一位名叫雅格·拉格尔斯的本科生辅导教师谈话，对方在向他讲述一个无辜的年轻人和他的姐姐遭受残酷私刑的事情：“三K党昨晚杀害了两个无辜的人，离普林斯顿——离这间办公室都不超过五十英里!”“在卡姆登，这个地狱般的地方，一个‘白人至上’的中心——一个男性受害者，和一个女性受害者。一个十九岁的男孩和他的二十三岁的姐姐，她怀孕了。”雅格希望威尔逊能够对这件事情有所为。但是，和当时大多数的权贵一样，威尔逊对此类事件视而不见，因为对此类事情的关注会影响动摇其作为普林斯顿大学校长的宝座。他目前正忙于和安德鲁·韦斯特的权力之争。随着故事的发展，这条故事线似乎并没有充分展开，只是介绍了故事发生的时间和时代背景就消失了。然而，这一情节却暗示着以普林斯顿大学为中心的这座大学城的保守的现状，以及对黑人的态度。

更可怕的是，这种保守却穿着平等的外衣。表面上贵族们对待黑人是平等的。在谈话中，“伍德罗想反驳：他是黑人种族的一个朋友，这点确定无疑！他是个民主党人。每一次公共讲话，他都谈论平等。”为了向雅格解释自己对待黑人的公正态度，伍德罗强调自己抵制住了某些的理事会成员和教师的抗议，确保邀请了黑人教育家布克·T·华盛顿参加他在普林斯顿大学的就职典礼，并且和那个时代最为著名的几位白人一起在典礼上发表演讲。但是，他邀请华盛顿的原因却是华盛顿“是一位受过良好教育的黑人智者，不同于激进的W·E·B·杜布瓦，他提倡‘渐进式’的种族改革。”所以，内心里，威尔逊却坚信：“不造成种族混杂，保持白人种族的纯净——这是基本的信条，几乎每个白人都赞同这一点。”查尔斯顿校友组织会议上的演讲，伍德罗知道如何让他的南方观众“做准备活动”轻松起来。威尔逊博士使用他那种非常幽默的黑人方言，“时不时地还翻翻眼睛，做些搞笑的手势，无疑更是增添了欢闹的效果。”

欧茨的多部作品中表现出对美国犹太题材的关注。这种关注源自她的犹太身份。她偶然得知自己的祖母是犹太裔，19世纪末为了逃避宗教迫害移民美国。有关家族历史和个人身份的这一惊人发现促使欧茨开始对犹太问题进行思考，揭露了美国社会自二战以来业已存在的对犹太人的歧视。在当时的普林斯顿大学，“一个年轻的希伯来绅士的朋友或者说关系较好的熟人的数量，用一只手的手指头就可以数过来。”犹太青年坦佩·考夫曼的生活状况和遇害情况代表了当时很多犹太裔青年的遭遇。深夜中走在大街上的年轻人，“担心的是他的几门课程，其中至少有两门的任课教授似乎不喜欢他，或者看不起他，给他打的分数比他们给其他同学打分数低得多。”至于为什么坦佩住在默瑟大街，而不和同学一起住在大学校园宿舍，讲述者给出的理由是：“外表看起来，这个二十岁的男孩是一个犹太人；所以认为遵从大学管理部门的愿望，以及大多数同学的意愿，获取一个校外房间，这是最为有礼貌的做法。”而且“没有饮食俱乐部愿意接受犹太人，这几乎不需要说”。最后，考夫曼成了一周中第二个遇害的犹太青年。对于那些认为“诅咒”和克罗斯威克斯、斯莱德家族以及其他显赫家族具体相关的人们来说，这两个死亡事件有明显的异常，两个年轻人都不是出生于普林斯顿，他们的死亡很可能都和血统或命运没有关系，而他们的共同点是他们的种族。同时，几年前，同样是租住在多诺万夫人家的一位数学方面很有天赋的犹太裔学生自杀。在年轻人留下的字条里，他指责饮食俱乐部因为他的祖先而“排斥”他；也指责大学，因为在所有的学生中没有一个可以算得上他的朋友。

对于女性的性别歧视是这部小说的另一个保守思想的来源。欧茨声称自己对女权运动没有什么兴趣，说自己不是一个女权主义者，但她的创作始终关注美国当代的妇女问题，通过对女性人物的描写，揭示当代美国妇女的悲剧，引起人们对妇女所承受的压迫的思考，尤其是强加于女性身上的性暴力以及各种肉体的暴力。在《被诅咒的》一书，欧茨再次反映了二十世纪之交的厌女症情绪，寄予了她对妇女悲惨命运的同情和对社会现实的不满。故事中的一个新女性形象是威廉敏娜。对于威廉敏娜到家庭外面工作，镇上的男人“用措辞微妙的男性辱骂语言很委婉地”寄来各种情书。这一切令威廉敏娜非常难堪，但是，她知道“这是一种病，鼠疫。但是，怪谁呢?”而对于威廉敏娜的谴责不仅来自于男性，更来自于女性。威廉敏娜想进入纽约艺术学校。每每说到这个愿望，她的母亲就会打断她，呵斥她，说每日乘火车来回通勤会让她疲惫不堪；此外，威廉敏娜的父亲不会同意她居住在城里；所以，她的这个想法变得荒唐。她的行为不仅受到了母亲和家人的强烈反对，而且受到了莱纳拉·斯莱德的谴责。莱纳拉最自豪的是她在美国殖民地时期圣母院新泽西分部的突出的地位以及她在第一长老教会女子圣坛会的地位。莱纳拉喜欢严厉批评那些偏离了她自己的行为的行为，她责怪威廉敏娜对安娜贝尔的“肆意”影响，认为她的穿着打扮丢人现眼，穿着“土耳其裤”和“没有下摆的灯笼裤”，以及因为住在曼哈顿的事情和父母争吵，而且她上艺术课，因为大家都知道“那些课堂上男女裸体的人摆各种姿势”。最后，威廉敏娜工作的女子神学院出现了“蛇狂”事件，即“洛基山女子神学院爆发了女性神经病，或歇斯底里症”。这次诅咒爆发后，她从神学校辞职了。对此她尴尬地解释说：“因为我受不了最荒唐的女性歇斯底里，不能阻止我的学生的疯狂发作，我恐怕不比最愚蠢的人成熟多少，没有权力来教他们。”显然，和温斯洛·斯莱德在几十年的心理折磨之后出现的“蛇狂”一样，是强烈的内心压力导致了威廉敏娜的歇斯底里和最终对自我认知的丧失。

对于女性的权利问题，威尔逊也用同样的做法，“尽管他不相信妇女选举权——当然。他的熟人中，包括他亲爱的妻子艾伦，很少人相信这样一个如此激进的和奇异的想法。”在和约西亚谈论“饮食俱乐部”的不合时宜性时，约西亚说：“这都是很久以前的事了，威尔逊博士。最好相信那些饮食俱乐部将会随着校园民主的兴起而‘枯萎’——正如社会主义者和马克思主义者所预测的，国家将‘消亡’。”而威尔逊对此却有着清醒的认识：“这样根深蒂固的生活方式决不会‘枯萎’——如果有必要，必须用炸药来促成这一结果。幻想饮食俱乐部‘消亡’，就像希望有一天黑鬼们和——和女人们会被普林斯顿大学录取一样。”写给他心爱的妻子的私人信件中，威尔逊告诉他的妻子：“女人不是通过增加我们的男性知识，而是通过用她们的更高级的同情心和直觉的天赋来了解我们，成为我们的帮手。”

自 1978 年以来，欧茨一直在常春藤联盟之一的普林斯顿大学任教，当然也是创作“学院小说”的能手。欧茨深谙学术圈内的真实生活和特有的“游戏规则”。她以自身特有的生活经历反映了当代知识分子的生活道路和生存困境，以独特的视野表现了知识分子的社会生活和精神生活。《被诅咒的》通过时任校长的威尔逊和研究生院院长韦斯特之间的冲突来体现当时大学里面政治生活的保守。作为大学中两个非常关键的负责人，二者并不是要为了大学的发展而联手努力，也不是出于为大学的发展着想而有政见分歧，而是为了自己的名声和地位的稳固不愿意接受对方不同的观点。而二者矛盾的激化则源于霍雷肖·派恩为普林斯顿捐款的支配权的归属问题。韦斯特院长想用这笔钱“在校园不远的高山上建立起自己的研究生院帝国”，而身处拿骚厅，负责管理本科学生的威尔逊校长则与之对抗竞争。普林斯顿的“饮食俱乐部”对于身份和社会地位的固守更是令人震惊。威尔逊对于饮食俱乐部的痛恨也是缘于对自己身份的蔑视，更是对于他人对自己身份蔑视所产生的强烈的仇恨。饱受病痛折磨的普林斯顿大学校长威尔逊对校园政治高度紧张，其对非裔美国人和妇女选举的歧视更把他折磨得筋疲力尽。

作为“克罗斯威克斯诅咒”的“始作俑者”，温斯洛·斯莱德博士是普林斯顿保守思想的化身，同时也是“诅咒”的破除者。温斯洛·斯莱德牧师是正直的基督徒的典范，年仅四十一岁就成了普林斯顿大学校长，十三年后成为新泽西州州长，是普林斯顿公认的一位圣洁的人，到了晚年却不得不承受着家庭的可怕丑闻，要背负一个沉重的十字架。而这个十字架却源于他多年前的罪恶。在斯莱德牧师最小的孙女奥丽埃纳的葬礼上，他终于发出了忏悔：“这么多年来，我的内心一直承负着过去的那个罪孽，这块疤痕每时每刻都煎熬着我。所以，我常常祈求上帝的宽恕，我想，上帝，以他的仁慈，现在可能宽恕了我；但是，我无法原谅自己；过去的日子让我认识到，降临在我们社区的诅咒，是来自年轻女子珍珠的诅咒——来自我的怯懦，这份怯懦最终受到审判，受到所有世人的谴责。”在牧师忏悔过后，“似乎一股温暖的，更像春天的空气弥漫着墓地；头顶上，遮蔽的天空开始放晴，出现几缕薄薄的阳光，像犹豫的手指，忽隐忽现；哀悼者感到地球在移动，他们确信，他们的确感到某种移动；好像在最后，诅咒正在升起。”于是，作者用哥特的手法来展现诅咒的解除，出现了“克罗斯威克斯奇迹”。被埋葬在家族陵墓的三个斯莱德家的孙子，安娜贝尔、奥丽埃纳和托德，从冰冷无情的迷睡性木僵状态中醒过来了；在地球的极地，在南大洋上那倾斜和摇摆的巴尔莫勒尔船舱里，约西亚复活了。而孩子们复活的前提很简单：他们的祖父终于坦承了自己的罪恶，承认了家族的历史。复活后的孩子们走出了历史的保守主义的阴影，开始了新生活。

同时，小说中各个阶层的代表人物终于组成了联盟，达到了彼此接受，虽然这一联盟具有一种乌托邦色彩。苏醒过来以后，安娜贝尔坚持说，她“知道她坚决不能嫁给达布尼·巴亚德，而是必须立刻解除婚约”。约西亚和安娜贝尔这两个贵族青年加入了厄普顿·辛克莱创立的赫利孔山家园聚居地；这个地方成了理想主义的年轻人快乐的隐修之处：在不参与纽约市社会主义活动的时候，约西亚就会非常投入地饲养和训练秘鲁马；威廉敏娜坚持她的艺术，希望逐渐形成一套“女性社会主义美学”理论；安娜贝尔专注于写作以及聚居地的维护，像约西亚一样，她几乎将她所有的信托基金的钱都贡献给了聚居地；从前神学院的学生雅格·勒格尔斯现在成了狂热的社会主义者。最后，在被授予神职的布鲁克林一神论教会（女）牧师的主持下，约西亚·斯莱德与威廉敏娜·伯尔，安娜贝尔·斯莱德与雅格·勒格尔斯结婚了。通过这一系列的结合，不同阶级、不同宗教信仰和不同文化背景的人们结成了联盟。

约翰·厄普代克评价说：“我们这个国家如果有一位杰出的女作家的话，那就是乔伊斯·卡罗尔·欧茨。”欧茨以哥特的手法再现了现代人的焦虑和恐惧，借威尔逊之口说：“当然，我们都已经得到了足够的惩罚。”而这一认识达成的基础是诅咒的破除，拯救的开始。

翻译是最仔细的阅读。在长达数月的翻译过程中，译者不仅仅是在翻译文本，更是在逐字逐句地感悟着那些深深渗透进字里行间的美国社会的历史，小说中那些栩栩如生的角色的人生、还有我们的社会中始终不间断地经历和践行着的恩怨情仇的人生！

初读文本，这是一部“命运交响曲”，似乎每个人都无法逃脱命运的安排，“诅咒”就像一张无形而又无处不在的大网，随心所欲地随时罩在每个人的头上，而人类对此却无能为力，只能束手就擒。小说就像一个系列悲剧，好像有一只无形的大手在强迫着故事中的男男女女在爱恨交织中演绎着自己的故事。

然而，故事似乎又很简单，一切诅咒起源于人类的罪恶，人类只要敢于接受自己的历史，接受自己在历史上所犯下的罪恶，接受自己的罪恶带来的惩罚，拥有一颗宽容和包容的心，最后会冰释一切前嫌，战胜一切冷酷无情，成为生活最后的主宰，找到救赎之路，希望将始终存在，尽管有时很渺茫。本书充满了历史、文学以及各个社会阶层特有的语言，如贵族阶层的人们经常引经据典，莎士比亚戏剧中的台词信手拈来，这使得本书的翻译颇具难度。对此，译者在翻译过程中尽量根据语境做到真实准确地体现原文的风采。但是，由于水平有限，不足之处在所难免，敬请广大读者指正。

《被诅咒的》的这一个译本是根据安大略评论出版公司（The Ontario Review，Inc）于2013年出版的版本翻译的。

最后，感谢新华出版社编辑为本书的面世所付出的辛劳。

最后，感谢新华出版社编辑为本书的面世所付出的辛劳。

译者

2015年末于北京

作者加注

事件只有记载才能走进历史。可是，见证历史事件的人对事件的描述繁复，甚至自相矛盾，历史事件也就变得复杂，自相矛盾。

1900 至 1910 年近十年里，发生在新泽西州普林斯顿附近的事件神秘莫测。这些“历史事件”似乎彼此关联，在记录过程中浓缩成一个单一的“历史事件”，同样，出于审美与统一，十年也压缩成 1905 至 1906 年中近十四个月的时间。

我知道，一个历史学家应该秉承“客观”的原则——可是，我很热衷记录这段历史，也很想把二十世纪初发生在新泽西中部的一系列悲剧展示给新世纪的读者们，所以我很难平静地诉说，更不用说用一个学者的眼光去看待这段历史。这些关于普林斯顿那个时代不真实的记载一直令我惊惶不安——例如 Q. T. 霍林格《克罗斯威克斯诅咒的未解之谜——一个新的质询》(1949) ——一书的内容或是符合事实、或是半真半假、或是不折不扣的谎言，这部书出自当地所谓的史学工作者之手，他努力纠正以前的历史学家(如蒂特、伯宰、沃辛和克罗夫特克鲁克) 所犯的最明显的错误。一度成为畅销书的《古老的普林斯顿的吸血鬼谋杀》(1938) 出自一个“匿名”的作者 (被认为普林斯顿西区的一个居民) 之手，他的著述却广为诟病，他只阐述诅咒的“耸人听闻”的显见的内容，忽略了心理、道德和精神层面那些微妙和隐藏的部分。

在这里，在这部记录的开篇，尽管我深感不安，还是要坦率地讲，我能够承担这样一个富有挑战性的工作。所以我会提到，我和记录中其他的几个关键人物一样，毕业于普林斯顿大学 (1927 级)。我生于 1906 年 2 月，普林斯顿本地人，在普林斯顿第一长老教会受洗；我的祖辈是当地两个最古老家族斯特罗恩和范·戴克；我的家住在霍吉路 87 号，是一处古朴的法国诺曼底式建筑，它现在的主人是一个叫……斯坦的陌生人，据说房子的“内脏”部分进行了彻底改动，“装修”成“现代”的风格。(对这样的说明，我表示歉意！与其说是谈审美与道德，还不如说是一种情感的发泄，我保证以后不会发生类似的事情。）后“诅咒”时代，我还是一个小孩子，在普林斯顿度过了自己的青少年时代，那个时候，每每谈起悲惨的神秘事情，便充满惊奇与恐惧；1910 年普林斯顿大学伍德罗·威尔逊校长被迫辞职依然是当时社会的重大事件，这件事让人遗憾，也引发背后恶意的笑声。

借助于各种关系，我拿到了其他历史学家所得不到的许多材料，比如，生病的阿德莱德·麦克林·伯尔太太不再使用的令人震惊的密码本，伍德罗·威尔逊给心爱的妻子艾伦的亲密的私人信件（也是相当令人震惊的），温斯洛·斯莱德“被诅咒”的孙子因幻觉产生的胡言乱语。(托德·斯莱德是我在普林斯顿学院的一个老同学，我们也只是一面之交。）另外，我接触到许多个人文件，其中包括信件、日记、期刊等，外面的人是接触不到这些文件的。我享有特权去查询普林斯顿大学费尔斯特图书馆中的手稿珍藏馆的材料。(虽然我不能像伍德罗·威尔逊的早期传记作家雷·斯丹纳·贝克那样涉猎五吨重的研究材料，我确信我已经仔细阅读了至少一吨重的材料。）我声称在所有活着的人中，没有哪个人会比我拥有更多与诅咒相关的私人或公共的信息，我希望这不会让你觉得我在自吹自擂。

读者很可能是本世纪的孩子，告诫他们不要苛求过去时代的人。以他们的眼光来看，我们可能更好地抵抗诅咒的入侵；或可能更好地经受住了绝望的诱惑，这种想法是天真的。诅咒出现后，我们活了七十年，因此，我们很容易识别它的运行模式，诅咒运行过程中有时也被称为恐怖；可以想象在那长达十四个月的时间里，灾难与日俱增，神秘莫测，无辜的人经历着混乱和恐慌。首批的灾难受害者知道什么命运降临在他们的身上，知道灾难多么深重，多么广泛，多么真实，大多数诅咒的受害者能够理解他们所处的境况，看到他们身上的无数个邪恶，在充斥着讽刺的地方释放，而他们背后存在着某种邪恶。

因为可以这样试想：象棋比赛中，卒子能否想到他们只不过是其中的棋子，不能掌控自己的命运；是什么让他们有能力超越棋局，达到一个明白象棋布局的高度？这恐怕是不太可能的，无论对他们，还是对我们都是一样的：我们不知道我们是行动者还是被动者；我们是游戏中的棋子，还是我们本身就是一场游戏。

M. W. 范 · 戴克 II

依格斯顿庄园

普林斯顿镇，新泽西州

1984 年 6 月 24 日

引　言

一个秋天的下午，已近黄昏。西面的天空像一个蜘蛛网，透出几缕金色光芒。我正坐在一辆由两匹马拉的车上，沿着狭窄的山路，奔向新泽西州的普林斯顿镇，伴着轻轻的马蹄声，山路两旁的荒野几缕斜阳穿过。急促的马步如梦如幻，马车摇晃着前行；我看不到赶车人的脸，偶尔见到他后背笔直挺立，穿着紧身的外套。

加快的心跳一定来自我的内心，却似乎来自外界，就像地球在剧烈震动一样。兴奋之情油然而生，不是源自我的内心，而是来自乡村。我心中充满希望！兴奋无比！我满怀孩子般的挚爱，带着惊奇的心情去迎接这片熟悉却遗忘了的土地！玉米地、麦田，还有牧场，那里的奶牛静静地吃着草，如同柯罗的风景中静止不动的人物……红翅黑鹂和八哥的鸣叫……石头溪河面浅浅的，却水流湍急，还有狭窄的木板桥上面传来的马蹄声和车轮声……闻到潮湿的泥土，收获的庄稼……我知道我正沿着这条大路前行，就要到家了，就要到达那片生我的神秘的土地。我的这次旅程，期待的不是一个地理空间，而是一个时间——因为1905年就是我的目的地。

1905年！——诅咒之年。

现在，几乎太快了，我正接近普林斯顿的郊区。这个乡村小镇只有几千居民，开学的时候，大学生的到来导致小镇人口膨胀。不远处教堂的尖塔林立可见——那是因为普林斯顿的教堂众多。平实的农舍渐渐少了，映入眼帘的是越来越多的大房子。随着大路的延伸，见到了非常大的房屋。

好奇怪，我正在纳闷——没见一个人影，没有看到别的马车或汽车。埃尔姆路旁一条长长的铁栅栏一直延伸出去，栅栏后面克罗斯威克斯建筑隐藏在高大壮美的榆树、橡树和常青树中；这里的牧场外边便是红砖建成的普林斯顿神学院，那树木更加葱郁，似乎都是高大挺拔的树木，盘根错节的树根暴露在外面。此时此刻，我来到了拿骚街上，穿过铁门，进入大学——来到传说中的拿骚厅，那曾是1783年大陆国会开会的地点。可是，普林斯顿校区内，没有一个人影——空空荡荡，寂寂无人。我很想沿着巴亚德巷，转到霍吉路，回到我的家；我盼望着马车加快步伐，直接把我送到家门前，我冲进门去，欣喜地高喊——我回来了！我到家了！可是赶车人似乎没有听到我的呼喊。或许我太害羞没有叫他，没有给他指明方向。我们从教堂旁经过，教堂的正面洁白耀眼，高处的十字架在阳光下闪烁着光芒；马车突然转向，仿佛一匹马的蹄子踩上了卵石子；我盯着教堂，此时，我们在威瑟斯庞街上，就在黑人区内，一种想法在心中油然而生，如同锋利的刀刺着我，为什么，他们都死了，此刻——为什么这里没有一个人，只有我自己。

第一部　恶魔新郎

1905 年圣灰星期三前夜

1

从事历史学的同伴们会震惊，也许会质疑——我大胆地认为，诅咒不是在 1905 年 6 月 4 日早晨安娜贝尔・斯莱德的糟糕的婚礼上首次现身，人们普遍认为诅咒首次在公共场合现身是在更早的时候，在当年的冬末，在三月初圣灰星期三的前夜。

就在那天晚上，伍德罗・威尔逊（秘密地）拜访他的老恩师温斯洛・斯莱德，而且就在那天晚上，伍德罗・威尔逊的家庭感遭受了冲击，实际上，是种族身份的问题。

纯真的故事这样开始了，一个名叫雅格・华盛顿・拉格尔斯的年轻的神学院学生来到拿骚厅，来到校长办公室，他曾经在这里做过拉丁语教师，辅导本科学生。（他试图改进普林斯顿的教育质量，普林斯顿的名声并不好，对南方人抱有偏见，学校的学生大多是来自长老会的男孩子，而它旁边的竞争对手哈佛大学教学规范，效果良好，伍德罗・威尔逊曾推行一场新的教育方式，雇用聪明的年轻人协助老教授教授课程；雅格・拉格尔斯就是这些年轻的辅导教师中的一位，他无论在普林斯顿镇比较显赫的家族中，还是这所大学都受到人们的喜爱。在一座大学城里，有资格取得学士学位的人都会像他一样受到喜爱。）雅格・拉格尔斯是一个身体柔弱，性情温和的弗吉尼亚小伙子，是威尔逊的一位远亲，他在普林斯顿神学院就读一年后，威尔逊曾自荐到这里做校长；威尔逊亲自聘请他为辅导教师，他彬彬有礼、举止得体、聪明智慧，给人留下了深深的印象。两人第一次见面时，雅格・拉格尔斯带来了他姑姑的一封信，他的姑姑生活在罗阿诺克，是威尔逊父亲的姨妈的表姐。这种复杂亲缘关系南方味十足；伍德罗·威尔逊的家族显然比雅格·拉格尔斯家族更富裕，社会地位更高，雅格·拉格尔斯家族主要居住在诺克的西部山区，尽管如此，伍德罗·威尔逊曾经努力照顾这个年轻人，邀请他到家里参加大大小小的宴会和聚会，并把他介绍给在普林斯顿的朋友和邻居的孩子们。虽然比雅格·拉格尔斯大了二十岁，伍德罗·威尔逊在这个年轻人身上看到自己的影子，那时威尔逊比他还小，就已经是弗吉尼亚的一名学法律的学生，并且对神学一直怀有兴趣。（伍德罗·威尔逊是一位知名的长老会牧师的儿子，他曾一直担任南部联盟军队的牧师，他的外祖父是佐治亚州罗马镇长老会的牧师，也是一个坚定的宗教和政治保守主义者。）雅格·拉格尔斯到拿骚厅见威尔逊校长的时候，两人已经认识两年多了。伍德罗·威尔逊并没有如他所希望的那样，对这位亲戚有很多的了解。因为在普林斯顿，他的社交生活都要用在与权贵交往上。“私立大学需要捐助，只靠学费是不够的”——无论是演讲还是私人谈话，伍德罗·威尔逊都经常这样讲。他的确很遗憾没有更多地关照雅格。伍德罗有三个女儿，但没有儿子；现在，他妻子得了慢性病，精神有些萎靡不振，而且她年纪也越来越大，伍德罗再想有个儿子，已不太可能了。雅格的乌黑的眼神，闪着温暖与智慧的光芒，总是让伍德罗深受感动，这种情感不可名状，留下深深的记忆。雅格的乌黑头发很像伍德罗原来的样子，不同的是，雅格的头发浓密蓬松，而伍德罗当时很瘦，头发梳得平平整整，盖在头上。这个年轻人的柔和婉转的男中音令人惊叹，似乎也让伍德罗想起弗吉尼亚州和乔治亚州童年里那些喜爱的声音。伍德罗曾经的野性冲动——（因为生活在死板的长老会家庭中，童年的伍德罗一直心存几乎不可抗拒的欲望和冲动，他很少屈从于这些欲望与冲动）——促使他开始在雅格面前唱起歌来，这个年纪比自己还小的年轻人可能会和他一起唱起来；伍德罗热爱大学时代的合唱团，喜欢把自己看成一个还说得过去的男高音，即使近年来不再训练了，也不再唱了。

但是伍德罗和雅格会一起唱新教的一首圣歌，这首歌充满悲伤、忧郁、思念、顺从——多年的石头，为我裂开！让我藏在你中！让水和血从你的伤处流出……

伍德罗还没有听过雅格当众讲话，但他已经预想到，他会在普林斯顿各种圈子里，甚至对这位神学院的院长本人讲，这位年轻的“弗吉尼亚表弟”总有一天会成为一位优秀的牧师——伍德罗苦笑着想到，到那个时候，雅格也会懂得牺牲自己的偏好而广交富贵的价值。

但是，今天下午，雅格·华盛顿·拉格尔斯并不像往常一样镇定自如。他看上去呼吸急促，好像刚刚爬过拿骚大厅的石阶；看不到往日挂在他脸上的同情的微笑。他匆匆握手，没有往日那份坚定，那份温暖。伍德罗心中一阵不满（因为，即使是在内心深处对他喜欢的人进行指责，也令他痛苦），看到这位神学院的学生喉咙处的衬衫领敞开着，仿佛是为了呼吸而不自觉地把领子拽开了；他没有认真地刮刮脸，通常情况下，他的肤色看上去比伍德罗的更加健康，可是这次似乎某个阴影使肤色变黑了。

“伍德罗！我必须和你谈谈。”

“可是，当然，雅格——我们正在说着。”

伍德罗从椅子上半站起来，站在那张巨大的办公桌后面；然后又坐了下来，保持着比较严肃的姿势。校长办公室里的书从地板摆到了天棚，窗子朝向美丽开阔的拿骚厅前厅草坪，草坪上的人工植被一直延伸到拿骚街和大学的铁门口；后面还有一个草丘，通向克莱奥厅和辉格厅，这两座庄严的希腊神庙让人吃惊，想想暗色调的哥特式大学建筑中，出现古希腊雅典美多少有些格格不入。伍德罗身后的墙上挂着一幅戴着假发的艾伦·伯尔画像，他是普林斯顿大学的首任校长，就职于拿骚厅。

“雅格，发生什么事了？你好像焦虑不安。”

“你听说了吗，伍德罗，昨天发生在卡姆登的可怕的事？”

“啊，我想我——我没有‘听说过’……什么事？”

事实上，伍德罗一天里一直听到或偶尔听到发生的这件糟糕事，在拿骚俱乐部，他与几个学校的理事共进了午餐，在拿骚厅的台阶附近，他听到几个教师在低声谈话。(与以前伍德罗任大学普通教授的时候不同了，看到他，尤其年轻教师似乎呆住了，对他笑了笑，脸上勉强做出友善的表情。这对于校长任期中的威尔逊来说很不利）在他看来，那天早上在家吃早餐时候，黑人仆人克吕提厄沉默得让人感到出奇，伍德罗向她打招呼，她几乎没有反应，伍德罗对她微笑，和以往一样温暖爽朗——“早上好，克吕提厄！今天准备了什么吃的?”(克吕提厄虽然出生在新泽西州的纽瓦克，但是她的祖辈来自南方，她能够做出伍德罗小时候在佐治亚州奥古斯塔和其他南方地区吃到的那种早餐；她很有才华，为威尔逊一家做出的饭菜常常让他们惊喜——胡桃玉米面包、香肠肉汁和饼干、蓝莓枫糖浆煎饼、奶油粒和火腿炒鸡蛋——伍德罗的肠胃敏感，他只能每样吃一点点，但这对他来说是十分惬意的事，他在拿骚厅的麻烦的、疲惫的、甚至危险的一天就以这样的方式开始了。)

伍德罗请雅格·拉格尔斯坐下，可是这个年轻的学生似乎没有听到，仍然站着；事实上，他紧张地踱来踱去，这种走路方式刺激着伍德罗的神经，雅格讲话漫无边际、支离破碎——（这个词是那么庸俗，伍德罗自己拘谨起来，似乎反对这个声音）——他谈到前一天晚上发生在新泽西州卡姆登的一个事件——私刑。

另一个丑陋的词让伍德罗很不安，因为父母和他们的弗吉尼亚和佐治亚的亲戚，如果不去考虑它的具体做法，对这个新教组织的目标并非不赞同——三K党。

“有两个受害者，伍德罗！按说只有一个受害者——一个无助的人——一个无助的黑人——但昨晚，在卡姆登，这个地狱般的地方，一个“白人至上”的中心——一个男性受害者和一个女性受害者。一个十九岁的男孩和他的二十三岁的姐姐，她怀孕了。在报纸上你不会看到他们的名字——特伦顿的报纸根本没有报道这次私刑，纽瓦克的报纸在内页上有一个简短的报道。三K党带领一群人——不只是男人，还有女人和孩子们——寻找一个年轻的黑人男子，据说他在街上骂了一个白人——这个黑人是谁，没人确切知道——但是他们碰到了另一个叫普赖德的年轻人，

他正下班回家，他们攻击了他，打他，把他绞死，他的姐姐试图阻止他们，试图打他们其中的一个人，遭到了卡姆登县警察的逮捕，被铐上了手铐，然后移交给那群暴徒。这时候——”

“雅格，请别那么大声说话，我的办公室工作人员会听到。如果可以，请不要那么紧张。”

伍德罗从口袋里取出一块手帕，轻轻地擦拭着发热的额头。他感到头晕晕的！这丑陋的故事不是所期望听到的，下午伍德罗在拿骚厅的校长办公室约谈一连串的事，他没有预想到会听到这么可怕的事。

伍德罗十分担心他的办公室工作人员，他的秘书玛蒂尔德及其助手，可能偶然听到雅格的大声讲话和讲话的内容，这些话必定会让他们惊恐害怕。

雅格抗议说："可是，伍德罗——三 K 党昨晚杀害了两个无辜的人，离普林斯顿——离这间办公室都不超过五十英里！他们是'黑人'，这个事实不应该让他们的痛苦和死亡就变得不那么可怕了。我们的学生正在谈论这件事——其中一些南方人正拿这件事开玩笑——学校的老师们在谈论这件事——普林斯顿的黑人都知道这件事，或是这件事的一部分——最为可怕的部分，三 K 党的头领们绞死了那个年轻人，浇上汽油并点燃了他的尸体，他的姐姐被带到同一地点，被杀死在他的身边。卡姆登县的警察们并没有阻止这样的谋杀，事后没有去抓捕，甚至询问任何人。据说有七百多人聚集在卡姆登县郊区，亲眼目睹这次私刑。据说有些人从费城那边跨过河上的桥而来——私刑一定是事先计划好的。尸体烧了一段时间——一些暴徒当时在拍照。真是一场噩梦！在我们这个信仰基督教的国家，内战结束四十年了！这使我不舒服——非常厌恶……这些私刑在南方很常见，而凶手从未被绳之以法，现在这些事件在新泽西州不断出现，仅仅一年前撒勒法就发生了一次私刑事件——白人至上主义者拥有自己的教堂——火刑柱——在松林沙地，在五月海角……"

"这些可怕的事件，雅格，但——你为什么在这个时候要告诉我这些事情？当然，我很难过——作为一个基督徒，我不会赞同任何形式的谋杀——或任何形式的暴力行为——我们必须有"法治"——而非冲动——但是——如果执法人员拒绝逮捕有罪的人，当地的情绪使刑事起诉和审判不太可能——在普林斯顿这里，我们将做些什么呢？这个国家和这个世界一样，有野蛮的地方——有时，一个丑恶的心灵——邪恶……"

伍德罗的话说得很快。现在他站了起来，情绪激动。他的医生曾经警告过他，兴奋、沮丧甚至情绪化都对他不好——自童年以来，伍德罗一直是一个太过敏感的孩子，他健康状况不佳，这种情况一直持续到十几岁的时候；

如果有人在他的面前大声说话或发泄情绪，他无法忍受这样的状况，他就会心跳加快，出现紊乱，大脑供血不足，开始“晕厥”——此时，伍德罗发现自己身子前倾，他的手拄在桌上的记事本上，视觉模糊，耳朵嗡嗡作响；他的医生也曾警告他注意高血压问题，是他父亲遗传下来的家族病，可能会导致中风；这个时候，这个亲戚不体贴他，竟敢用这样可怕的事打断他的话，这位亲戚的话充满敌意，是有失公允的指责——“你，伍德罗，以你的身份公开指责这些暴行。你可以和其他普林斯顿的领袖们一起——像温斯洛·斯莱德——你是斯莱德牧师的好朋友，他会听你的——还有，普林斯顿的其他人，你那些有影响力的朋友们。私刑的恐怖是没有人阻止它；像你这样有影响力的众多基督徒，没有人去反对它。”

伍德罗反驳，这不符合实际情况：“许多人谴责——那可怕的暴民暴力——‘动用私刑’。我谴责过‘动用私刑’。我希望作为基督徒的我，我的做法过去一直是——现在是——基督教信仰的典范——‘爱邻如己’——它是我们宗教的核心（私刑）……”（该死！——他不想说的私刑：一种恶魔绊住了他的舌头，雅格茫然地盯着他。）“你应该知道，雅格——你当然知道——我一直努力在这里，在普林斯顿，改革大学——比如，改变本科课程——灌输更多的民主思想，尽我所能。饮食俱乐部，这个根深蒂固的‘贵族’帮——你必须知道，自我上任以来，就一直在与他们斗争着。韦斯特院长，我的死敌！他是一个我必须打败的复仇者，或者削弱他的强大——我才能承担……承担……责任——”伍德罗结结巴巴地说不知道他要说什么。他的想法常常在他的话语之前就蹦了出来，这个时候，他情绪激动；所以别人警告他，他也告诫自己，他不能被任何情感驱使着。“碰到三 K 党，还有这个国家里那么多他们的支持者，虽然没有南方那么多，但是——但是——他们有很多……”

“这个国家里的‘支持者’？你是指，‘守法的基督教伪君子’？让他们见鬼去吧！你必须说出来。”

“我——我必须——‘说’——？但是——问题并非那么——简单……”

对伍德罗来说，这不完全算是一个意外，而一直都是震惊，二十五位普林斯顿大学董事会成员，让他离开教师的行列，从事管理，期待他一定程度上，不是完全地，履行他们的命令，因为三 K 党的恐怖策略，让人马上聚集起来，对白人至上主义秉持冷漠，尽管他们心中的确充满惊恐，任何文明人都会这样做。三 K 党活动分子的目的就是使黑人在他们应在的地方，不是为了暴力而暴力——三 K 党支持者认为。

不造成种族混杂，保持白人种族的纯净——这是基本的信条，几乎每个白人都赞同这一点。

但是伍德罗不想在雅格·拉格尔斯情绪激动的情况下，与其理论这些。

伍德罗此刻不能继续与雅格交谈，因为他几分钟后有一个紧急约见，他要见在普林斯顿的一个（可惜很少）知己；更迫切的是，他感觉非常恶心，如果他不尽快喝一茶匙哈奇医生开给他的“镇静”药，就会有更严重的恶心反应。药放在校长办公室抽屉里。

“好的，雅格。这是一件可怕的，可怕的事——正如你所说——一个‘私刑’——所谓的……这样的事件我们可能想到会出现在南新泽西而不是在卡姆登，离费城这么近的地方！但我恐怕不能和你多谈了，因为我有一个约见……雅格，到底怎么了？”伍德罗十分吃惊，因为这个年轻的亲戚一直十分尊重和钦佩自己，而此刻他正怒视着自己，就像一个生气的、自以为是的青少年怒视着自己的父母一样。

他一副不屑和厌恶的样子，胡子拉碴的下巴颤抖着。鼻孔张大，显得很深。以前那双迷人的眼睛此刻却有些突起，如同正准备一跃而起的野兽的眼睛一样。

雅格的声音没有了以前的温柔，此刻显得无礼张狂：“谁怎么了，伍德罗？是我，还是你？”

伍德罗愤怒地说道，“雅格，够了。你是我父亲家族方面的远房亲戚，但是这——这——并不是说给了你权利不尊重我，允许你大声讲话，扰乱了我的工作人员。这丑陋的事件——你刚刚和我讲的就是一个很好的例子：为什么我们不能让自己的情绪支配我们。我们必须有法律——文明之法——不要——不要——无政府状态。”

雅格还在固执地坚持说：“你至少和温斯洛·斯莱德说说吗？如果他这礼拜天能在他的讲坛布道——对于普林斯顿来说这将是一件好事，一件勇敢的事；也许它会见报的。还有，如果作为普林斯顿大学校长，伍德罗·威尔逊也可以做出一个公共的评论——”

“雅格，我告诉你！我现在不想讨论这个了。三点十五分，我有个约见，还有，就我们的交流来说我——我感觉不太舒服。”

“哦，对此我很抱歉。听到这个我也非常难过。”

（雅格在挖苦？伍德罗无法让自己相信是这样的。）

伍德罗想反驳：他是黑人种族的一个朋友，这点确定无疑！

他是个民主党人。每一次公开讲话，他都谈论平等。

尽管他不相信妇女选举权——当然。他的熟人中，包括他亲爱的妻子艾伦，很少人相信这样一个如此激进和奇异的想法。

伍德罗想向雅格解释他对待黑人的公正是系统的、明确的。伍德罗抵制住某些理事会成员和教师的抗议，确保邀请布克·T. 华盛顿参加他在普林斯顿大学的就职典礼，华盛顿是一位受过良好教育的黑人智者，不同于激进的 W. E. B. 杜布瓦，他提倡“渐进式”的种族改革，伍德罗邀请这位黑人教育家和那个时代最为著名的几位白人一起在典礼上发表演讲。

同时，布克·T. 华盛顿受邀参加在普罗斯佩克特举办的毕业午餐会，在那里他一直十分轻松地和其他的客人坐在一起；虽然参加拿骚俱乐部奢华晚宴的请柬前一天晚上就已经发出，但是还没有送到他的手上，因为拿骚俱乐部不能把黑人列入受邀之列（仆人除外）。威尔逊校长无力改变什么，因为拿骚俱乐部是一个私人俱乐部。

此外，哲学系的范·戴克教授经常讲威瑟斯庞街长老会教堂的一位罗伯逊牧师的故事，罗伯逊渴望与普林斯顿大学的校长见面，请求他的儿子保罗能被大学录取，据说保罗是一位“优秀”的学生和运动员；伍德罗·威尔逊回应这一非同一般的请求时那么彬彬有礼，几乎看不出威尔逊回答得多么大胆；而且他的回答又是多么绅士——“牧师，我相信你的儿子确实是‘出色的’。但黑人小伙子进入普林斯顿，历史上看，这是不太合适的时候，不过，黑人进入普林斯顿大学求学的日子不会太远了。”只要黑人——在伍德罗的童年，他们更喜欢称之为黑鬼——都清楚自己的位置，作为仆人和工人没有玩忽职守，那么威尔逊博士在很多方面对他们没有任何偏见。

“是的，”雅格一边说，一边摆弄着一把刀，就像一个少年谈起自己父亲时，露出了某种残酷，“如果你不是感觉‘非常好’，那就太不幸了——都是我讨厌的请求导致的。”

在伍德罗的内心或大脑中，几乎不存在雅格·拉格尔斯暗示的无情，伍德罗深受伤害，他非常关心的这个年轻人此刻似乎根本不关心他。他生硬地说：

“这里有些秘密，雅格，我想——关于你为什么如此——如此担心……”

“‘秘密’？你是这么想的，伍德罗？”雅格侮慢无礼地笑着说；在此期间，雅格一直对他的这位年长的亲戚微笑着，一种咧着嘴装出来的笑容，像一个怪兽的鬼脸。他也非常激动，甚至在颤抖，但当他准备离开校长办公室时，他不能自控，临走前尖锐地还击，“你从没有足够认真地看看我，‘伍德罗’表哥。如果你有，或者说如果你还有这种洞察力，你会明白我为什么如此担心，明白那些生活在这个该死的国家中和我一样的美国人为什么如此担心。”

雅格轻蔑地转过脸去，伍德罗看到——突然看到这个年轻人的面孔，嘴唇、鼻子、皮肤的纹理和颜色，甚至刚刚察觉他“打结”的头发——看到了，并且在一阵揪心的恐怖中，明白了。

威尔逊校长！啊，威尔逊校长！

你还好吗？你把自己弄伤了吗？让我们扶您站起来——回到您的办公桌……

要我们去叫哈奇医生吗？要我们去叫威尔逊夫人吗？

* * *

没有叫哈奇医生，也没有叫威尔逊夫人。伍德罗几分钟内完全恢复过来。

然而，这一天，他在拿骚厅有足够多的事要做。

尽管脚步不稳，脸色苍白，可是威尔逊校长坚持不需要帮助，走回前程别墅的校长府邸，府邸位于大学校园的中心，是一个简朴的意大利式建筑，由建筑师约翰诺文建造，这是校长的家。

伍德罗认为房子是一个类似鱼缸之类的东西，住在那的妻子艾伦和女儿们感到不自然——因为搞恶作剧的大学生随意围着房子转来转去，在黑暗中，从窗户的百叶窗下方，向房间里窥视着。

不过，前程别墅魅力不凡，建筑宏伟。伍德罗对自己住在这里一直心存感激；如果不是这样，命运可能赠予另一个人。

幸运的是，艾伦不在家。女孩们还在上学。克吕提厄和露辛达在地下室洗着衣服——湿东西的气味，洗涤剂和碱性肥皂越来越浓烈的气味激起伍德罗童年的痛苦记忆，他的兴奋中增添了不安和恐惧。

这是一个多女性成员的家庭，他常常感到无法呼吸。

然而，今天下午，他就可以畅通无阻地来到昏暗的主卧室，躲进他的衣柜里，从药品和“滋补品”的医药库中随意地选择一个药丸，又一个药丸，又一个药丸——这个医药库比得上他母亲的老医药库。

伍德罗的妈妈！他多么想念她，特别是他感到脆弱的时候。

她会引导他。在对付韦斯特院长的问题上，她能够指示他该怎么办。

在可怕的三K党的私刑事件上——要是威尔逊夫人听说过这件事，她不会谈论这个可恨的事。

因为有些事情太可憎，女人不该知道。至少上流社会的妇女不该知道。

男人的责任是保护她们。知道男人必须知道的事不会给她们带来什么好处。

伍德罗的南方亲戚会指出，废除奴隶制导致了暴徒针对黑人的暴力行为——这是过失，如果有责任，责任在哪，责任一定在共和党中的那些废奴主义者和战争贩子身上。南部联邦的失败是他们文明的失败——征服者的劣等文明战胜了他们的优等文明。

十分可怕，雅格·拉格尔斯曾向他透露的东西！——他曾那么喜欢这个年轻人，任命他为一个拉丁语教师也许太仓促。

对于这一任命，威尔逊博士将不得不重新考虑。

也许，他必须和普林斯顿神学院院长沙克尔顿牧师私下谈谈。

太不公平了！太粗鲁了！雅格·拉格尔斯这样地指控他。

在这段痛苦的日子里，伍德罗每天做的事就是把敷布浸泡在冷水中，躺在床上，将敷布敷在自己疼痛的眼睛上。没多久，他感到自己屈从了一种东西，这种东西令人战栗，却令人享受，他不知道它是什么。

沼泽王国。招呼他进来！啊，进来！

在那里，所有的愿望都实现了。越是禁止，越有味道。

他没有精神脱掉衣服。只是脱了黑皮鞋，小心翼翼地并排放置在地毯上。

伍德罗一动不动，睡着了，他几乎不可能弄乱他的白色棉衬衫，背心和熨烫整齐的西裤。他静静地睡着，这样的时候，他不可能出汗，弄湿了衣服。

然而，他思绪万千，像黄蜂肆虐。

我不能告诉艾伦。这个可怜的女人会发狂，会十分震惊——在我的邀请下，这个虚伪小“表弟”已经进入我们的家；他是我的客人，坐在餐桌旁，与我亲爱的女儿们聊着……

此刻，恐怖在伍德罗脑海中掠过——他把女儿们置于危险之中，他的玛格丽特，他的杰茜，他的埃利诺，她们却都不知情。

2

这是一次深夜秘密会面，就在圣灰日的前夕，除了伍德罗·威尔逊编码到 1905 年 3 月的日记[①]外，没有任何文件记录此事。

可能有人说这是一个秘密会面，是因为伍德罗·威尔逊的精神出现了问题，所以这样认为。

我会恳求他。我会让自己谦卑起来，求得帮助。

我不高傲——不再！

不同于伍德罗·威尔逊和他的年轻冲动的亲戚雅格·拉格尔斯早些时候的那次见面，这次会面标志着诅咒的第一次真正的出现；一个早期的，微妙

① 这些日记，存放在燧石图书馆的特色馆藏区，那里的馆长待人友好，把日记提供给我来细读，他不知道，他怎么能够知道？——众多的研究人员对五吨重的威尔索尼亚材料苦思冥想，唯有我一人成功破解了那些巧妙的代码。

的和容易被忽视的症状的出现标志着一种致命疾病的到来。

因为，有人也许会说今天的事情预示了1906年伍德罗·威尔逊的身体虚弱、中风、崩溃，伍德罗·威尔逊及其家人、好友没有料到这些情况。

那天晚饭后，伍德罗虽然忧心忡忡，但是自己感觉精力充沛，于是决定步行一英里到艾尔姆路上克罗斯威克斯牧师的家。是他要求在晚上10时整与牧师温斯洛·斯莱德私下见面；伍德罗偏爱这样的计划，就像一个孩子似的，为了不引起别人不必要的注意，他从通向斯莱德牧师的图书馆的侧门进入那个端庄古老的石头房子，绕过房子前面的大房间。因为这不是一次社交聚会——所以没有必要让家人或斯莱德的家人参与。

伍德罗·威尔逊最不想做的事情就是自己成为被谈论的对象，成为别人推理和八卦的话题。

他维护的尊严，是的，他的骄傲就是这样的：他不能容忍自己的名字、名声、动机被玷污。

人们开始知道，威尔逊在普林斯顿大学任校长职位的第四个年头是最动荡的一年，伍德罗·威尔逊遇到了有精明政治头脑的院长安得烈·弗莱明·韦斯特，他领导一个狡猾的、无情的、统一的反对派，伍德罗就职校长之前，韦斯特就担任大学的行政职务。大家都知道，韦斯特对于自己未就任校长一职深感委屈，理事会成员对他担任这个职位多少做了承诺，可董事会却莫名其妙地给了他的年轻对手伍德罗·威尔逊，威尔逊没有客气，接受了这项有利于自己的决定。

这些折磨使伍德罗生活痛苦不堪；他最初的不适主要是他的肠胃；然而，他可怜的大脑容易受伤，疼痛不止，像一个满是疯狂的黄蜂的蜂巢日日夜夜地轰鸣。然而，作为一个负责任的管理者，一个精明的政治家，他大部分时候能够掩饰自己的状况，特别是和韦斯特在一起的时候，韦斯特见到伍德罗总是故作礼貌，像莫里哀喜剧中的一个油腔滑调的伪君子窥视着观众，获取他们的不公正的同情，损害了理想化的英雄形象。

伍德罗·威尔逊像一个丑陋的大包裹，也许是一个行李箱，里面塞满了多余的、无用的衣服和鞋子，还有平淡普通和未曾认真思考的生活大杂烩，他尽力把这种焦虑带到自己老师那里，在这位感到惊讶的老师面前，释放自己的重负。

这不会是“汤米”威尔逊第一次偷偷地来找斯莱德，诉说自己在大学遇到的困境，但它将是最后一次。[①]

“伍德罗，你好！请进来吧。”

让人嘲讽的是，伍德罗一阵风似地来到这位年长者的图书馆。

斯莱德牧师抓住这位年轻人的手，这双手冰冷无力；战栗似乎从一个人传给到另一个人，这位长辈轻轻地颤抖一下。

“我知道有什么事困扰你，伍德罗？我希望——它不是——关于你的家庭？”

两人时不时地说着话，对“婚姻关系”，伍德罗流露出焦虑，温斯洛一直安慰着（这并不是谈论“性关系”——男人们决不会如此痛苦地讨论这样一个隐私的事情）——伍德罗感到失望的是自己仅仅是女孩们的父亲。

伍德罗从埃尔姆路一路顶风走来，他上气不接下气，那里的路灯很少，几乎不能借助星星的光照亮道路，月亮也蒙上一层面纱，伍德罗的眼睛盯着他的朋友，有那么一会，没有明白他的问题。什么家庭？温斯洛·斯莱德暗指伍德罗的远房“表弟”——雅格·华盛顿·拉格尔斯吗？

后来，伍德罗意识到，温斯洛所说的家庭当然指的是他的妻子艾伦和他们的女儿。

“不，温斯洛。那里一切都好。”（是这样吗？答案很快地自然流露出来了，因为这样的提问太常见了。）“我要和你讨论的是另一件事。但是——很惭愧。”

“‘惭愧’，为什么？”

---

① 这些史料汇集的来源数不胜数，为了体现我的历史记录丰富，只要有所帮助的时候，我打算“跨越”时间。同时，我要在这里指出，托马斯·伍德罗·威尔逊，生于1856年，他很快就显示其优势，是一个有抱负的年轻人，他有一个与众不同的名字：伍德罗·威尔逊。这是一个骄傲，伍德罗有些荒诞地宣称，他的血统可以追溯到一个名叫“帕特里克·伍德罗”的人，这个人曾经与征服者威廉一起跨越英吉利海峡；至今没有什么重要的人物在美国政界宣称自己的地位，他不是苏格兰—英格兰的后裔——这样的说法似乎有些前后矛盾。

“但我必须向你吐露我的心事，温斯洛，因为我没有别人可以倾诉。”

“伍德罗！请坐。坐到壁炉的旁边，你看上去确实很冷。你想喝点什么吗？——暖暖身子？”

不，不用！伍德罗很少喝些什么。

或者出于个人的不屑，如果按他过去的想法，或者出于反感，他曾经看过，在南方的一些人家里，人们大多贪杯。

伍德罗颤抖着，在壁炉边的椅子上坐了下来，面朝着这个亲和的主人。出于紧张，他摘下眼镜用力擦着，自己的这个习惯让别人很不快，但是温斯洛·斯莱德没有注意到这些。

“这里好安静，斯莱德博士，谢谢你抽出时间来和我说话！”

“不要客气，伍德罗。你知道，我每时每刻都在这里，做你的朋友和‘精神导师’——如果你愿意的话。”

伍德罗感到十分紧张，他扫视了一下图书馆，这对他来说很熟悉，但从来没有唤醒他的敬畏之感。事实上，温斯洛·斯莱德的图书馆是富裕的普林斯顿西区的众多奇迹之一，因为这个半退休的长老会牧师拥有（稍有轻微的损坏和不完整的）著名的1445年版①的《古腾堡圣经》，它放置在温斯洛的红木雕花桌子旁的架子上；另一架子上则是一本早期的《牛津英语辞典1895版》。还有歌德、康德、黑格尔、费希特、谢林、施莱尔马赫、里奇尔、杰姆斯·哈钦森·斯特灵和托马斯·卡莱尔等人的初版作品。从年轻时起，斯莱德博士就一直是一个研究古典作品的学者，所以这里还有柏拉图、亚里士多德、伊壁鸠鲁、埃斯库罗斯、索福克勒斯和欧里庇得斯等古希腊人的著作，以及某些学者的拉丁文著作——包括维吉尔、凯撒、西塞罗、塞内加、李维、卡托和（令人惊讶的是，涉及了异教的完整版）奥维德、卡图卢斯和彼特罗纽斯。当然还有英文经典著作——皮革装订版本的乔叟、莎士比亚、密尔顿、德莱顿、蒲柏、斯威夫特、塞缪尔·约翰逊的作品，一直到浪漫主义作家华兹华斯和柯勒律治、拜伦、雪莱、济慈。据说斯莱德博士最喜爱的作家是受命运支配的约翰·克莱尔。图书馆是由著名建筑师约翰·麦库

① 应该是1455年版，可能作者笔误——译者注

姆设计，这位设计师因为设计亚力山大·汉密尔顿的农庄而闻名遐迩：其特点是方格天花板精美华丽，墙面镶嵌加工后的十五世纪皮革（据说来自意大利著名画家提香的家乡）和杰出的斯莱德祖先的画像——斯莱德·埃利亚斯将军、斯莱德·亚撒利雅牧师和乔纳森·爱德华兹牧师（与斯莱德家族有婚姻关系）——每个人物都得到了约翰·辛格尔顿·科普利有力地渲染。斯莱德博士的儿子奥古斯都和考普尔斯通的画像、银版相片和阴影图，还有他的孙子孙女约西亚、安娜贝尔、托德和小奥丽埃纳的画像也挂在斯莱德博士桌子后面的墙上，在这里所提到的所有图像中，小孩子奥丽埃纳的在这部记录史中占据显著位置。

(这样子是不是不算唐突？我是一个历史学家，而不是文学文体学家；所以必须有意地“嵌入”这样的细节，使读者将自然而然地注意它们，使敏感的读者更好地明白它们。)

在这个优雅的房间，布置讲究且庄严的壁炉占据一个突出的位置，大理石壁炉雕刻着哥特字母 HIC HABITAT FELICITAS——这引起了伍德罗的注意，他每次看望温斯洛·斯莱德的时候，总是这个样子。伍德罗脸上的微笑带着忧郁，俯身用指尖抚摸壁炉上凿刻的铭文，说道，“在这里，斯莱德博士，我毫不怀疑幸福的存在，可是，在我的家里或者在拿骚的校长办公室——不可能有。”

两个人一直在谈着话，壁炉里的火光一会闪烁，一会暗淡；再一次闪烁起来，再一次地暗淡下去；两个人都没有注意到这些，直到木块在冒烟的碎煤中倒塌下去，就像遥远的落日落入了黑暗，被人遗忘掉一样，不过这个年轻人哪怕稍稍拨动一下，火可能重新燃烧起来。

在这个时候，在诅咒可怕的侵入使他过早地衰老之前，温斯洛·斯莱德长期担任普林斯顿第一长老教会的牧师，处于半退休状态，他七十四岁，依然精神矍铄，充满活力，看上去至少年轻十岁；可是他的客人伍德罗还不到五十岁，但看上去比他的实际年龄至少老十岁，他那张脸紧绷着，火光下的眼睛显得暗淡无神。

他的第二任妻子塔比瑟在几年前去世后，斯莱德博士一直是一个人生活，他生活在忧郁中，能够得到的快乐很大程度上来自他的几个孙子。

温斯洛·斯莱德虽然现在几乎被人遗忘，但是那个时代的历史学家都知道他。二十世纪初，他是新泽西最杰出的公民之一，三十年前曾经是普林斯顿大学杰出的校长，在内战之后和美国重建的困难时期，学校的学术地位受到威胁，斯莱德博士把一些衡量卓越的学术和学科措施引入学校。在十九世纪八十年代末，斯莱德博士曾担任一届新泽西州长，那是一个党派争斗的混乱时代，斯莱德博士有着绅士的素质，天性和谐，他更倾向妥协而不是争斗，事事秉承基督徒的思想，他发现“政治”压力太大，因而不希望继续连任。温斯洛·斯莱德的名望更多存在于普林斯顿的文明社区，而不是在特伦顿的州议会大厦，他通常被尊为令人爱戴的长老教会的牧师和社区领袖，他的声望比伍德罗·威尔逊曾希望的还要好！

不是这个年轻人心里嫉妒这位长者：他没有嫉妒。但是，他很自觉希望向这位前辈学习。

虽然温斯洛·斯莱德很可能知道大量发生在大学校长和强势院长之间的敌对关系，这得益于他的妻子对地方新闻的广泛传播，但温斯洛委婉地问他的这位年轻朋友，是不是一个教师的事让他心神不安？或者，一个大学生的问题？

伍德罗不情愿地说：“不，斯莱德博士。我想我已经赢得了这些孩子们的支持，经过一段时间的冷静后——他们都喜欢现在的我。这一代人更关心的是自己追逐名利的世俗生活，这一点超出我的想象，但是我们彼此了解。”伍德罗漫不经心地站起身来，从温斯洛·斯莱德的书桌上拿起一个铜制的开信刀，在他的手指间转动着。他嘴角露出淡淡的微笑，“我会欢迎这些恶作剧男孩们，斯莱德博士，在这一点上——如果它能让我免受别的麻烦。”

“‘别的麻烦’？”

在这个令人不安的时候，伍德罗的精力无法集中起来：他听到微弱却强烈的声音在肆意地控告他。*私刑的恐惧在于没有人会反对它。*在银色眼镜镜框的后面，他的眼睛充满了泪水，流露出烦恼。那把铜制的开信刀从手指滑落到温斯洛·斯莱德的桌子上。他说：“我说的是——是某些对我的权威的秘密挑战——挑战我们大学的校长权威。你知道，斯莱德博士，我有责任去做好的，这是上帝的安排；当然如果上帝不希望的话，我也不会给予自己特殊的荣誉。所以，我对从事行政管理的同事、理事会成员的秘密联络人精心策划的侮辱，恶意诽谤和密谋感到困惑不解。现在，你一定已经听到我的敌人密谋反对我，这是一场没有尊严的战斗，更没有宣战。”

紧接着是一阵难堪的沉默。这位长辈非常同情他的朋友，却想不出如何回答他的问题。伍德罗·威尔逊的家人和密友之间一直保留一个高度的秘密——他的一生中遭受了多次诡秘的崩溃，最早的一次是在青少年时期；伍德罗在三十九岁那年就经历一次“轻微”的中风。(当时，伍德罗在普林斯顿大学一直教授法理学，他准备自己的讲稿时间紧，压力大，同时，他还在编撰多卷本《美国人民史》，因为这本书会让他的声誉一直持续下去。)现如今，十多年过去了，伍德罗的神经还是如此紧绷着，他有时似乎像一个木偶，被一个残酷的、异想天开的手指突然猛拉。可是，他和任何一个敏感的、高傲的人一样，他恐惧得到别人安慰。

伍德罗苦笑着，向他的朋友承认，他最近压力倍增，夜里大多时候无法入睡，头和腹部更替着遭受痛苦，他有些怀疑是敌人（“在那个野心家的带领下，他的名字我不愿意提起”）正吞噬着他的灵魂，就像一个邪恶的、巨大的水蜘蛛吮吸着一只无助的猎物青蛙的生命。

温斯洛笑着回避话题，回答说：“伍德罗，我亲爱的朋友，希望我能够把争斗、战争、敌人，甚至——也许还有灵魂这样的词汇从你的字典中驱赶出去，有些事情只是局部的和短暂的，你有点太当回事了，你所说的阴谋只不过是没有什么恶意的不同意见罢了。”

伍德罗凝视着他的老朋友，一脸伤痛和惊奇。

“没有什么恶意的不同意见？我不明白，温斯洛。这是生死问题——作为大学校长的生死问题。”

“研究生院是像韦斯特院长所希望的建在校园的中心区域，还是建在校园的边缘地带？这是你的生或死的问题?”

“是的！是的，就是这样。还有饮食俱乐部——我的敌人集中力量对付我，挫败我在大学内的计划，一个有着民主特点的计划。你知道，我认为最高行政职位必须实行中央集权——无论这个首席执行官是美国总统，还是一个著名大学的校长。就是在家里，我遇到了兵变。”

“伍德罗，真的！‘兵变’。”温斯洛·斯莱德笑了。

“是的，兵变，”伍德罗冷冷地重复道，“我毫不怀疑，每时每刻，他们就在附近的某个地方秘密会面。”

两天前威尔逊夫人从普林斯顿妇女俱乐部吃完午餐后回来，伍德罗从她的话中了解到，安得烈·弗莱明·韦斯特将被邀出席在菲茨伦道夫王宫的伯尔家的晚宴，而威尔逊夫妇显然没有被邀请。

温斯洛·斯莱德低声说如果这是真的，对于大学没有明确地预示什么，对伍德罗和他的家人预示的就更少了。

“斯莱德博士，这是真的，”伍德罗恼怒地说，“城里预测，到复活节时，我会被‘侧翼包围’，像老鼠一样走投无路，被迫辞去校长的职位！先生，出于善良或仁爱之心，请不要否认这些，因为我深知普林斯顿人私下没有说其他的什么事情——甚至洗衣妇、黑人仆人和每个当地人都对我的不幸沾沾自喜。”

此刻，温斯洛·斯莱德俯身碰了碰年轻人的紧张的手臂。“汤米——你介意我叫你‘汤米’吗？——我希望当你接受理事会委任你担当大学校长职位的时候，你要记住我的忠告：‘一个聪明的管理者从不承认自己有敌人，而一个更加明智的管理者从来不会有敌人。’”

“先生，这是些陈词滥调，如果我可以这么说，”伍德罗更加恼火，“那可能是拿破仑的‘敌人’，因为他的军队横扫了他们，彻底摧毁了他们。你容易这样去思考——因为在你的生活中，你从未认识敌人，而且在所有努力中，你一直得到上帝的祝福。”

“当我是州长时，我有足够多的政治敌人，”温斯洛说，“我想你正在忘记现实生活的沧桑，生活在自己幻想的寓言剧中。”

伍德罗在壁炉前踱着步，此刻他的语速很快，漫不经心说——艾伦和他的女儿们“非常担心”他的健康；他的医生梅利克·哈奇已经警告过他，多年来他稳定神经的保守疗法药物可能很快就会有“副”作用。（伍德罗所服用的药物中，一种是吗啡加威科夫太太的舒缓糖浆，还有麦考密克的糖海洛因咽喉含片，柏林格和宝玑的带有高麻醉的杀菌剂。伍德罗对如下药物有点上瘾，如糖浆的甘汞、铋、欧米油、鼠李皮、蒂德韦尔泻药。）伍德罗再次拿起铜制开信刀，在手指间不停地转动，“据说韦斯特院长夸下海口，他打算把我早早地赶进‘坟墓’，取代我做校长。而且理事会的大多数成员和他结成联盟。”

“伍德罗，听我说！你不值得这样做。我认为你和韦斯特院长必须见见面，停止这样荒唐的做法。我猜想在普林斯顿，安得烈到处转悠，抱怨着你的过错，并且宣称如果你还是这样行事的话，你会把他早早地送进坟墓。”

听到这样的话，伍德罗整个人都僵住了。事实上，他常常遇到这样的情况，甚至星期日他在教堂祈祷的时候，他感觉神的恩典进入他的空空如也的身体，如果事情会发生在他的敌人安得烈·弗莱明·韦斯特身上：他的生活将变得多么轻松！

“我的想法的反对意见都会一下子蒸发了，就像无害的烟一样。所有的反对意见。”

“伍德罗，你什么意思？你在说什么？”

伍德罗大声说出了吗？他相信他没有那么做。

温斯洛·斯莱德说话的语气平静，但富有感情，“汤米，我觉得你有时候几乎不认识我，事实上，甚至你不认识任何人。你陷入自己创造的幻想中！例如，你说过我不知道在我的职业生涯中有敌人存在，奋斗中有上帝一直在祝福；但你必须知道，这几乎不是事实。我推动‘改革’课程，并坚持更高的入学标准，大学里的反对声音强烈；理事会成员几乎是一次反叛。后来，我当上了州长，这个州纷争不断、政客横行，那些日子，我感觉自己像一个深受虐待的老兵，只有宗教的安慰和我的教会让我走出绝望。然而，我不想抱怨，甚至在我亲爱的奥丽埃纳面前；我尽力不去随意地公开讲话或进行谴责，这不符合我们的尊严。要记住《克里托篇》中注定死亡的苏格拉底——这位被国家判处死刑的七十多岁的公众人物：苏格拉底坚持自己的立场，遵守他的那个时代和地方的法律，而死亡是逃避社会的最好方式。所以我一直把自己的看法埋在心里，甚至那些和我最亲近的人都不知道我秘密的斗争。因此，亲爱的汤米，在我一生的暮年岁月里，不允许自己再次卷入‘政治’中。我知道，你的职位在你的眼中是神圣的信任，像教堂中的讲坛；

在很多方面，你和你父亲一样；在过去的几个月里，你一直以超人的能量让自己前行。但你必须记住，大学不是教会；你的就职仪式无论多么辉煌，都不应该被看作宗教上的圣职授任。”温斯洛停顿了一下，让自己的话被理解消化。这是老斯莱德的误解，他没有挖苦或讽刺，因为他没有狡诈；他天性善良，慷慨大度，是一个对愚蠢者有耐心的人。“所以，我给你的忠告是妥协，威尔逊校长——妥协。”

伍德罗的反应像是一个被打了的孩子。他慢慢地，茫然地，跌坐在壁炉旁边的椅子上，面对着房子的主人。衰弱的火光照在他那张紧绷的脸上；一双受挫的眼睛隐藏在眼镜后面，他用嘶哑的声音说：“妥协！——这是什么建议！什么建议——软弱、懦弱！我们的救主会妥协吗？他会和他的敌人交易吗？我的父亲告诉我，这两种做法都是对的，应该把圣杯交给另一个人。耶稣说过，‘我带来的是剑不是和平。’难道我们的主在圣经中没有宣布，一个人要么赞成他，要么反对他吗？斯莱德博士，我有理由相信，所有的邪恶都是在妥协中开始的。我们伟大的总统林肯不与奴隶主妥协，同样，我们的清教徒祖先发现新大陆，他们也没有与土著印第安人妥协，这些异教徒是不可信任的——他们被称为‘野蛮人’。你可能不知道，温斯洛，我们的威尔逊家族从阿盖尔的坎贝尔那时起到现在，一直坚持这样的座右铭——上帝拯救我们走出妥协。”

温斯洛没有回答，只是摇了摇头，摆出一副高深莫测的表情，伍德罗的话有点尖锐：“我们的家族传统是令人自豪的！如果在这场斗争中我软弱下来，这会违背我的父亲，背叛我自己的良心。”

温斯洛轻轻地回答，“但是，汤米，你毕竟不是你的父亲，不管你多么热爱与尊敬他。你必须记住，他已经不在了，他去世一年了，一年多了。”

听了这些话，年轻人盯着房间的一个角落，好像非常吃惊：他父亲死了？

其他的东西，其他人，另一种令人痛苦的声音，一直击打着他，就像连续不断的振波似的——你大声反对这些暴行。和你自己一样的基督徒们。

伍德罗笨拙地移了移自己的眼镜，他的目光从未这样强烈；小孩子的时候，字母和数字就在他的大脑中“跳舞”，这使他读书和做算术很困难；然而，他坚持了下来，并使自己成为优秀学生，到了青年的时候，也是一样，在任何班级、学校和组织里他总是发现自己成为佼佼者，命中注定成为伟大人物。但是你要谦虚，不要骄傲。

伍德罗用袖口擦了擦眼睛，他的动作和表情很像个孩子。似乎他不记得父亲约瑟夫·拉格尔斯·威尔逊已经去世了，去了一个神秘的世界。母亲去世后去的那个世界，母亲去世时伍德罗三十二岁，他的第一个女儿玛格丽特刚出世。“你是对的，温斯洛——当然。父亲已经去世两年多了。他已经被召集到一个‘伟大的黑色世界’——正如告知我们的那样，他现在和造物主在一起。你认为那是一个与我们毗邻的地方，假如那个地方是可望而不可及的？我对那些‘招魂师’很好奇——读了他们在伦敦和波士顿……的事情。我常想，虽然父亲说是故去了，但是他彻底走了吗？愿逝者安息。但是——他在安息吗？任何死者都离开了——或安息了？也许，我们只希望他们这样，以便我们能想象自己摆脱了他们的控制？”

对于这样的问话，温斯洛·斯莱德似乎没有准备好来回答，他的眼睛盯着正要熄灭的炉火，脸上泛过阵阵阴沉。

愿逝者安息是一个简单的传奇故事，它刻在斯莱德家族陵墓的墓碑上，刻在名字温斯洛·埃利亚斯·斯莱德和日期1831年12月至1906年6月的下方，斯莱德家族陵墓在普林斯顿公墓中较为古老的那个部分，普林斯顿公墓靠近普林斯顿的心脏地带。据说一位悲痛的绅士，他去世前，对他的家人做了指示，他希望在他的墓上刻上一句哀伤的碑文——痛苦是我的一部分；但他的儿子奥古斯都不允许这样做。

“我们的痛苦已经够多了，我们斯莱德家族，”奥古斯都宣称，“现在我们期待和平与安息。”

这个时候，克罗斯威克斯诅咒，有时也被称为克罗斯威克斯恐怖，最终在普林斯顿出现，某种和平已经得到恢复。

我知道，读者可能会想：温斯洛·斯莱德牧师是一位让人爱戴和尊敬的普林斯顿公民，是伍德罗·威尔逊寻求建议和安慰的唯一人选，这样的人为什么会走向如此绝望的尽头？这怎么可能呢？

我所做的就是尽我所能，挖掘和收集无数事实真相，指向一个合理的解释：也许，读者会得出自己的结论。

1905年3月，我们所叙述的故事发生的时候，伍德罗·威尔逊暗中找到温斯洛·斯莱德，斯莱德身上的很多威严风度依然存在——他的许多崇拜者记着他的权威、男子汉的尊严、基督徒的同情和忍耐。毫无疑问，这些品质是继承了他的祖辈的血统：从他的父亲方面来看，温斯洛的祖先可追溯到受宗教迫害的清教徒，他们为了追求自由，摆脱十七世纪末英国教会的专制统治，受到驱赶；从他的母亲方面看，可追溯到十八世纪早期到达马萨诸塞州湾殖民地的来自苏格兰的英国移民，他们通过与英国贸易很快就获得大量财富。在两代人的时间内，斯莱德家族的很多人从新英格兰地区迁移到费城/特伦顿地区，从宗教方面看，他们从老派的、信仰严格的清教地域迁移到今天的教规略微宽松、带有点加尔文宿命论的长老会地区；这些富有同情心的基督徒有着相同的见解，他们也反对把教友派作为异端分子予以处决，而这是清教徒所痴迷的行为。后来，1777年在普林斯顿的战斗中，埃利亚斯·斯莱德将军一举成名，赢得尊重，还有他的同胞阿伦·伯尔中校（埃利亚斯·斯莱德去世时年仅三十二岁，他为了在革命中支持乔治·华盛顿，大胆地交出了自己在皇家总督的理事会和英国直辖殖民地最高法院中的权力与职位，十八世纪七十年代的那场不明确的革命运动不是不可避免的，就像今天我们的历史教科书所说的那样。具有讽刺意义的是阿伦·伯尔，这位那个时代那个地方的英雄，却被委任一个为人所不齿的位置，这个职位几乎不会比他的前任本尼迪克·阿诺德高！）

从他们的画像，我们可以看出费城/特伦顿分支的斯莱德家族的一般特征，男性面孔棱角鲜明，深陷的眼睛，却表现出非常强烈的情感，斯莱德家族人鼻子细长，像罗马人，鼻尖有些短。温斯洛·斯莱德年轻老成，潇洒英俊，他中等略高的身材，过早地拥有了一头银发，浓眉笔直，严峻而深思的样子因随时出现同情的微笑而富有生气——在某些贬低者的眼中，他的微笑太过虚伪，太过同情。

温斯洛·斯莱德的想法奇怪，他试图在每时每刻的生活中体现基督精神！在这方面，他经常考验接近他的人，还有那些工作上有联系的人。

“我深信，时代将通过温斯洛·斯莱德创建自己的精神历程”——著名的亨利·沃德·比彻牧师在1877年温斯洛·斯莱德就任普林斯顿大学校长的典礼上如是说。

作为一个受欢迎的长老会牧师，温斯洛·斯莱德曾就读于纽约市的联合神学院，他早已精通演讲艺术，取悦——真正地感化广大听众。

不过，与比彻这样的牧师明显不同，温斯洛·斯莱德从不依赖于华丽词藻、空洞说辞或夸张的手势。他的圣经文本通常是人们耳熟能详的，但不是简单的；他不喜欢带给教众以震惊、困惑或娱乐，像让人敬畏的乔纳森·爱德华兹之类的牧师一样，他不想恐吓教众。他安静地播撒着独特的基督教信仰——因为它是犹太信仰的必然发展——基督徒每时每刻必须确信自己选择的是耶稣基督而不是撒旦；他继承清教徒祖先的信仰，但是努力做到对敏感的追随者传播信仰的方式不会惊吓到他们。

斯莱德的孙子们很小的时候把斯莱德牧师看成上帝，也就不足为奇了——他在拿骚街第一长老会教堂内纯洁的白色内室里给孩子们布道。他们有约西亚、安娜贝尔和托德；有时，还有小奥丽埃纳；当这些孩子闭上眼睛祈祷时，想象中他们看到的是祖父温斯洛的脸，他们喜欢的斯莱德祖父。

《被诅咒的》大部分是斯莱德子孙的纪事，历史学家记录下面的事情似乎也就合情合理，温斯洛·斯莱德很喜爱这些孩子，似乎这种爱超过了对自己孩子的爱，他们出生时，温斯洛像许多其他成功的公众人士一样，忙于自己的事业，没有深入地关注家人生活。斯莱德六十岁出头时，从一次流感中康复过来，看着约西亚和安娜贝尔一起在克罗斯威克斯的花园里玩耍，他告诉他的医生让他康复的是这些孩子们，不是其他的什么疗法。

“我们受到责备，留下深深的泪痕，这样的问题是最深奥的，这些孩子的纯真没有回答这些问题，但它有助于消除它们。这是家庭生活的秘密。”

“你的女儿杰西好吗?”

“杰西？哦——我想，她很好。”

伍德罗十八岁的女儿，是威尔逊家族中最漂亮的女儿，她将做温斯洛·斯莱德的孙女安娜贝尔的婚礼伴娘，安娜贝尔的未婚夫是年轻的美国陆军中尉达布尼·巴亚德，霍吉·尤德·巴亚德家族人。

温斯洛原打算分散这位年轻朋友的注意力，把他从促使他愤怒的想法中引开，在温斯洛看来，这是琐碎的，转瞬即逝的事；出乎意料的是，这个新话题却让伍德罗烦躁不安，眉头紧锁；他十分谨慎地说："在我看来，这总是一个——一个吃惊的事——我的女儿们正变成——女人。可是，昨天她们似乎还是一群最可爱的小女孩。"

伍德罗说话很严肃，带着明显的战栗与恐惧。

因为对于一个敏感男人来说，女人们的个人生活是要考虑的一个痛苦的话题，哪怕站在一个稍高的角度去考虑。

不过，温斯洛笑了笑，带着慈父的爱。这对他来说意义更是非同一般，因为他的"天使女儿"安娜贝尔已经十九岁了，她要作为达布尼·巴亚德夫人步入这个社会。

"啊，巴亚德中尉！我想我见过这个年轻人一两次，"伍德罗说，没有一点责备的语气，因为也许他和他的妻子最近没有受邀参加在克罗斯威克斯的社交活动，"在我看来，似乎他是一个正直的基督徒青年，也是一个爱国的人：他不是约翰·威尔明顿·巴亚德的孙子吗？——那个热诚、最可靠的长老会成员。"

"我们将看到。我的意思是——当然。你说得很对。"

温斯洛·斯莱德不止一次无意中看到他亲爱的孙女在住宅花园里与巴亚德中尉散步，那个男孩长得帅气，但举止冲动，他经常用手碰碰安娜贝尔的娇小身体，抚摸她纤细的腰部，甚至更低，碰到她的臀部……在这个尴尬的时候，这个七十四岁老人不想去叫他们。

伍德罗说话的语气仍然严肃，"你知道，我们的玛格丽特出生在佐治亚州，而不是在北方。我的爱妻艾伦在孩子临产的最后一刻还记着这样的事，她不能容忍我们的第一个孩子在梅森狄克逊线以北的地方出生，所以我——我当然迁就了她……我想，还是在某种程度上有所改变——玛格丽特是我们最有礼貌的女儿，没有那些出生在北方的小女孩那么任性。"

温斯洛·斯莱德的祖先不是来自美国南部，而是来自新英格兰北部的清教徒地区，他表现得体，对伍德罗的奇怪的话没有说什么，他既没有辩解，也没有表现出自负。

“你来一支雪茄，汤米？我知道你不‘抽烟’——当然，是在家里。但是，我这里有几支上好的古巴雪茄，是一个朋友送给我的。”

“谢谢你，温斯洛——不，不抽了！我想，我以前和你说过，我亲爱的母亲是如何永远戒除了我想抽烟的愿望吗？”

温斯洛·斯莱德礼貌地向前伸着头，伍德罗可能再次讲述那个他最喜爱的故事。伍德罗说起某些家庭轶事，可谓滔滔不绝，出口成章，如同在讲古老的伊索寓言故事。

“我七岁的时候，妈妈叫我去和她一起弄死玫瑰花上的蚜虫。也许是因为我一直看着我的父亲和其他男性亲属在抽着雪茄，也可能是因为我面露羡慕之情；母亲很快注意到这样的细节，现在我继承了她的这个能力。‘汤米，过来：我要点一支你父亲的雪茄，你来把烟圈吹向那些讨厌的蚜虫。’就这样——我这样做了，或试图这样做。”伍德罗笑着，那种呼哧呼哧的笑，显然没有欢乐；他的眼里闪着疯狂的喜悦的泪花。“啊，我病得很厉害！胃很不舒服，厌恶那可怕的烟雾，一天里大多时间在呕吐。可是，母亲的聪明就在这：我至今从不吸烟，对吸烟也没有丝毫的兴趣。我们想开一个严肃的会议时，看到理事会成员们点燃他们的难闻的雪茄，我很反感，但是，我永远不会背叛我的感受。”

“一个十分体贴的母亲！”温斯洛把雪茄烟放回铜雪茄盒内。

在斯莱德博士的图书馆的角落，放置着一台十八世纪德国产的落地摆钟，每过一刻钟它准确无误静静地报时：温斯洛·斯莱德希望他的这位年轻朋友会尽快离开，因为伍德罗显然处于“神经兴奋”的状态，而对温斯洛本人的影响也开始能感觉到，在所有的精神状态中，近乎偏执狂/歇斯底里的焦虑也许在男人之间是最具有传染性的。然而，伍德罗的谈话忍不住回到他的主题，只不过采取了间接的方式，他哀叹美国背负重担，因为白宫有一个“难以忍受的小丑”：“一个自封的莽夫，他自认为是救世主，现在对巴拿马的干预骇人听闻，让沙文主义者听从他的话。美国总统的职位不是被玷污的，而是被抬升的——它是一种神圣的信任，因为我们的国家在世界历史上是优秀的。而我，在这里，在‘田园般’的 普林斯顿，必须与泰迪·罗斯福的双胞胎竞争——他们自称只是关心大学的利益，而实际上在夺取我手中的权力。”

温斯洛叹了口气，没想出如何去回应。他似乎提前就知道他的这位年轻的朋友要求他做些什么；温斯洛不想鼓励他，然而，伍德罗对他的请求不可避免，他闪烁着像一个小孩一样的质朴的眼神，他光亮的眼镜后面那双湿润的眼睛泛着泪光：“斯莱德博士，如果你可以表明你支持我，或者说在伍德罗·威尔逊和安得烈·韦斯特之间做出你的选择……这将是一个宽慰，对我，对我的家人。”

温斯洛痛苦地解释说，他认为像他这样的退出政坛的人要保持中立是更为明智的做法。

“我相信，最后，有聪明头脑和智慧的人会获得胜利。你有一个董事会来投票，它来决定此事——很快的，我想?”

“温斯洛，那是——那不是——这不是我来这里想要的回答……”

温斯洛坚持说：“我开给你的，我亲爱的朋友，对所有基督教徒的最简单和最基本的药方是——祈祷。我想说的是，伍德罗，深深地思考你的灵魂，你的动机，你的理想。要祈祷。”

年轻人惊愕地看着温斯洛，他的左脸颊抽动，似乎在嘲笑温斯洛无力的微笑。“是的，你是对的——当然。你总是正确的，斯莱德博士。但是，恐怕你不知道——我已经花了无数的时间跪着祈祷，因为这地狱般的状况几个月前就首先出现了。当然，现在正在变成一场风暴。从一开始，我就不断地祈祷，但结果令人失望：韦斯特不断地攻击我，甚至在背后嘲笑我，上帝也没有看到这些，没有进行合适的干预。”

听到这些话，温斯洛·斯莱德非常惊讶，他想不出什么话语来回应伍德罗，两人沉默不语，局促不安，壁炉内阴燃的木块烧完了，屋子里暗了下来；伍德罗不安中带着好奇，伸手拿起桌上的一个小玉鼻烟壶，仔细观看。这个东西挺吸引人。尽管不漂亮，但是上面覆满着几十年的铜锈，盖子上刻着的小蛇，锻造精细，它盘绕着，看起来好像是要跳向观察者。尤其引人注目的是，眼镜蛇的眼睛是两粒南瓜籽大小的镶嵌红宝石。

伍德罗对烟壶兴趣盎然，但有点困惑，这些宝石闪闪发光，想象中那就是一条真正的蛇的眼睛……

现在伍德罗大胆地说，也许，过去的半个小时里他一直准备着说话：“他以非常不同的方式追求权力，你知道。”

“他？”

“韦斯特”。

“是啊，——我们还在谈论这个话题？”

“这不只是谣言，斯莱德博士，这已经传遍了小镇，艾伦不愿重复这个事，让我不安，但是安得烈·韦斯特一直与千里眼和催眠术师合作，假装进行‘科学探究’，像他的哈佛心理学家朋友威廉·杰姆斯一样，他探究了这样的事，我们必须称之为神秘做法——那些在基督教教义里讲过的事情。”

“‘神秘做法’——？安得烈·韦斯特？”

温斯洛·斯莱德笑了，因为安得烈·韦斯特身体结实、魁梧，像一个摔跤手；当然，他也是一个聪明人，从英国剑桥大学和美国哈佛大学获得学位，但却绝对不是一个敏感或暗自沉思的人，认真对待神秘的那种人。

“是的，斯莱德博士，虽然你可能微笑面对这个情形——‘神秘做法’，但是，他希望借助于它影响‘权力’，——进而，影响我们的社区里和理事会中更敏感的人。我告诉你，这是一场战斗——不宣而战的战争。”

“你是说我们的同事和邻居安得烈·韦斯特，研究生院院长，是一个——神秘的人？”

“嗯，我是说，据说——很多人都这样讲——韦斯特在科学研究的幌子下研究秘术，亚伯拉罕·斯巴霍克是他的一个研究哲学方面的盟友；不过这是一种新型的哲学，在这样的哲学下，上被证明是下，时间和历史与我们所想象的不同，没有固定的点——而是——用我们的话来说——是‘相对性’的东西。他们正密谋一起击败我。我不知道任何细节。”伍德罗继续看着那个小玉鼻烟壶，眼镜蛇的那双闪闪发光的眼睛好像在盯着他。“你知道，他的竞选活动最后的结果是克利夫兰先生[①]在拿骚厅对我的问候没有给予回复——过去的那个冬天，他已经成为韦斯特的一个支持者。”

温斯洛的话略带尖锐，他说：“此刻一定是很晚了，汤米——公共场合下我们‘显然’得忘记你的话，坦诚地讲，这个时候，我不相信安得烈·韦斯特或大学的其他任何人在‘钻研’神秘术；希望你重新考虑你所说的话。”

温斯洛一边说着，一边把自己的手放在那个年轻人的手上，那双手显然在颤抖；伍德罗仍然自觉不自觉地握着那个小玉鼻烟壶，在他扔掉或弄坏它之前，温斯洛想从伍德罗的手指上领会他的意图。

然而，伍德罗不会放弃自己的立场：尽管他看起来神经紧张，眼睛里闪烁泪水，显得懦弱，但是，事实上，他的意志最为坚强，几乎不可动摇。他说话的语气强烈，“斯莱德博士，你们所有人都应该知道，当邪恶出现在我们中间时，言语的松动要谨慎小心。我不是说——我不是指责——韦斯特召唤魔鬼，但他与那些可能召唤或确实召唤魔鬼的人厮混在一起。就在昨天晚上，在我的图书馆，皮尔斯·范·戴克教授详细跟我讲，尽可能界定‘催眠术’和‘动物催眠术’的原则；你知道，皮尔斯和基督教徒一样，是一个理性主义者，他声称和我一样厌恶‘神秘术’——甚至包括女人们非常尊崇的灵性。根据皮尔斯的说法，那些欧洲的科学家和医生有先进的奇怪的想法，像幻术师一样，他们嘲弄基督教的自由意志，与炼金术士、法师、巫师齐名；科学界的真正男人对他少有尊重。然而，‘磁流体’可能遍及宇宙，包括人的身体，如果一个人只知道这一理论有一定的可信度，我认为这种流体可以被控制的。它好像控制了某种化学过程的关键——如知道火药的配方！

---

① 格罗弗·克利夫兰，第二十任美国总统，1897年卸任退休后，住在普林斯顿的韦斯特兰公馆；他在普林斯顿是个大人物，声名远震，所住地方离克罗斯威克斯住宅刚刚半个街区，紧邻霍吉路；他也是大学的理事会成员，伍德罗·威尔逊对他心存忧虑，与自己相比，他更倾向支持韦斯特院长。任何集会都包括格罗弗和弗朗西丝·克利夫兰聚会，这必定是一场社会政变，因为格罗弗态度粗野和笑声滑稽，在第二任期令人失望；更糟的是，众所周知，格罗弗·克利夫兰在他的政治生涯的早期，任纽约州的伊利县警长时，至少对两个宣判有罪的人私下里执行绞刑，没有支付刽子手十美元。

而催眠术表面上的目的是提高心理健康水平，任何傻瓜都能看出，反过来也可以是真实的：任何人在某些方面表现更为普遍的是其邪恶而非善良。”

这一串的话让伍德罗喘不过气来。他浆洗过的白棉布衣领，一尘不染，笔直挺立，早上当他来到拿骚厅的办公室时，却显得萎缩了；他额头布满皱纹，那里的汗水微微闪光。

温斯洛平静地说着，佯装成一个机智的失聪人，“让我给你倒点白兰地，伍德罗，好舒缓一下你的神经，我会让亨利开车送你回家。我知道，你有失常态——艾伦一定在等你。”

伍德罗激动地说：“谢谢你，斯莱德博士，可是，我不喝白兰地——这一点你是知道的。我的‘头脑’不会像女人那样。我亲爱的妻子对我在哪一无所知——她晚上十点钟就上床休息了，她会认为，我和以往一样，在书房里工作着。我感到不安，感到莫名其妙，因为你，温斯洛·斯莱德，精通加尔文神学，而且还有做长老会牧师的实践经验，却对我们间可能出现的‘魔道’，如此轻率……我想知道韦斯特是不是没有找到你，就在这个房间里，要毒死你，攻击我，影响你的想法，我可一直是你忠实的朋友呀！”

伍德罗的话语带着讽刺，却不够老练，这让他的朋友大吃一惊。

这时，发生了一件小事。

尽管从任何意义上讲，这不能被描述为男人们之间的一场争斗，但它还是莫名其妙地出现了，温斯洛·斯莱德试图抓住伍德罗·威尔逊摆动的手臂，让他平静下来，可是这个年轻人躲开了，好像身处恐惧中。这一躲闪使玉鼻烟壶从他的手中滑落到桌面上，烟壶中多年积累下的鼻烟一下子释放出来，它效力惊人，两人开始打喷嚏；很像一个从小盒子中逃出来的恶毒的精灵。

让人想不到的是，这时，伍德罗·威尔逊和温斯洛·斯莱德无法自控，喷嚏不断，他们几乎无法呼吸，眼睛里充满了泪水，心怦怦直跳，仿佛要爆炸一样。

此刻，远处墙壁上，那个古老的落地座钟轻轻敲响，报响一点这个时刻——令人惊诧，却没人听到。

后记："1905 年圣灰星期三前夜"

读者通常不承认，任何复杂的描述都舍弃掉很多内容。读者必须相信，并且认为，包括的内容都是必需的；而舍弃的内容都是多余的。

但是，在编写前一章时，我感到困扰——因为很多舍弃的内容可能是令人感兴趣的，甚至对于一个读者透彻地理解也是必要的。

因此，我建议：想多了解我所写的内容的读者应该读读这后记，以及其他人的后记（我相信会有其他后记出现!）。有的读者认为他们对威尔逊和斯莱德了解得够多了，便满意了，他们应该继续读读"水仙花"——这里的场景完全不同，我保证!

这些关于伍德罗·威尔逊的细节十分复杂，都无法去叙述。

——伍德罗在"风的推搡"下回到他在前程别墅的住处，对这个身陷困境的人来说，实际上是一个考验，他还没有完全从心事中恢复过来，这个来自西弗吉尼亚州山区的所谓的亲戚对他无缘无故地攻击。

伍德罗·威尔逊离开前程别墅时，没有告诉妻子和女儿们，他认为所有的人都上床睡觉了，他不得不在普林斯顿大学漆黑的校园里独自走着，从学生的住所附近走过；虽然白日里他对待学生友善，几乎向他遇到的每个人投去微笑，做个鬼脸，每次都令学生们惊诧，他们会报以微笑和问候，可是，此时此刻，伍德罗很害怕被人看见，对于一个大学校长来说，这样的夜间徒步而行会显得可疑——不是吗?

所以，伍德罗走得很快，悄悄地走着；他不止一次地躲到一个门口，或一个角落，为了不被狂欢晚归的大学生看到，有的学生刚从威瑟斯庞的炼金术士律师酒吧回来，有的从拿骚酒店喧闹的酒吧回来。

从“前程别墅”到校园内是一条黑暗的隧道，满是常青树和杜鹃花，弥漫的恐惧带着某种幼稚性，在伍德罗看来，没有必要恐惧；但是，哥特式建筑后面那深邃的、扭曲的阴影让他停了一下；到了亚力山大大厅后侧，他怦怦的心跳没有平息下来，那里有幻想塔、炮塔、拱门、走道和所有楼层的花窗，虽然黑暗，却好像有外星人眨着眼睛，发出光芒。（一个微弱的声音从其中一个高高的窗子里传出来？一张鬼脸飞快地闪过？他匆匆忙忙，没有时间停下来，也不敢回头看一眼。）

令普林斯顿大学的行政人员痛苦的是，绝大部分大学生有大喝大闹的恶习，他们更看重“俱乐部”，而不是学术研究，重视名声有问题的人，而不是那些让人尊敬的教授。事实上，这样的大学生数量惊人，他们在威瑟斯庞街、班克街和钱伯斯街上的出租房里有女仆人照看他们，大学的这个传统历史悠久，似乎挥之不去，尽管与这里的长老会也有关联；在过去，南方奴隶主家的孩子允许在他们自己住处拥有奴隶。（这些人留下了这样的传统，至少是有钱人这样做，他们毕业后，就给奴隶“自由”，结果，许多以前做过奴隶的人都生活在威瑟斯庞南街的坍塌的社区里，导致当地的劳动力大增，在合理的工资下，能干的工人愿意工作。威尔逊博士家的仆人克吕提厄和露辛达就是解放的奴隶的后代。）

伍德罗离开大学校园的时候，感到如释重负，他沿着拿骚大街径直南行，夜已很深，此刻，街道十分冷清；他走过班克街和钱伯斯街；听到夜莺绝望凄凉的叫声，顿感全身颤抖；头上的月亮笼罩在薄纱里，像过去日子留下的一张面孔。拿骚街和斯托克顿街的交界处，光线暗淡，一辆好看的乌木马车，被两匹马拉着，行驶而来，嘈杂声不绝于耳，从伍德罗身旁灵巧地绕了过去，沿着巴亚德车道继续向前奔去。

伍德罗认出了那是前总统格罗弗·克利夫兰的马车。他马上推想出，克利夫兰夫妇一直都在希本路上的摩根夫妇的豪宅吃饭；此刻，他们赶往霍吉道上自己的家——韦斯特兰德豪宅，这个名字令人莫名其妙，是因为安得烈·弗莱明·韦斯特，他是格罗弗·克利夫兰的好朋友。（谁能理解这样的任性？伍德罗甚至不去尝试理解这些。）

“上帝啊！是不是他们看见了我！他们会知道的。”

幸运的是，弗朗西丝·克利夫兰全部的精力都在关注她的丈夫，这个上了年纪、体态肥胖的男人身体微微颤抖，他痛苦着哩，只因为他饱饱地吃上四个小时，导致了消化不良。所以，尽管克利夫兰太太平日里眼尖得很，但是这次并没有注意到行走在人行道上的伍德罗·威尔逊；要是克利夫兰太太认出了他，她马上就能够猜到他来克罗斯威克斯住宅的目的，那样的话，这件事就会在第二天下午茶的时候传遍整个普林斯顿镇。

注：作为一个无私的、公正的历史学家，研究过去的地方争斗和争论不是我的职责；事情可以追溯到本世纪初，这会挑起过去的误解、诽谤和仇恨；在我们平静的社区再次唤起往事，每个人，学生也不例外，不得不在伍德罗·威尔逊和安得烈·弗莱明·韦斯特之间选边站队；第一长老会教堂的大部分会众对其他人不愿说些什么。

我希望自己作为一个历史学家，秉持客观，不会妥协，或是认同，伍德罗·威尔逊所希望的那样，大学的重大问题的每个特定的方面都要遵从他的意见，或是认同伍德罗的对手，这位研究生院院长意志坚强，应该有自己的做事方式。(我的范·戴克方面的亲戚据说赞同伍德罗；而斯特拉坎方面的亲戚则赞同安得烈·韦斯特。）在任何情况下，读者应该知道，与完全控制美国是否会在1917年卷入与德国战争的问题相比，伍德罗·威尔逊对大学的完全掌控是一个次要问题，这个问题是件小事，而国内的其他悲剧会降临到显赫的普林斯顿家族头上。

——克罗斯威克斯庄园，温斯洛·斯莱德的家，一直没有得到很好的描述；只是见到对于温斯洛·斯莱德的图书馆的内部描述。

男性读者偏爱读军事史，而女性读者喜欢了解房子、家具和装饰。但我希望男女读者都对榆树路上的斯莱德住宅有些兴趣，那可是普林斯顿地区不多见的好宅子，甚至包括希本路上的亨利·摩根地产和格瑞特大街上的卡莱尔地产都比不上它。

在新泽西地区，与那些有着乔治王早期时代风格和帕拉第奥新风格的建筑相比，没有哪家比它更壮观，它新奇独特，房屋有着古典文艺复兴时期的建筑风格，然而，当时在英国，这样的风格还非常罕见。这个住宅的历史给人留下深刻的印象，可以追溯到十八世纪初，当时，马萨诸塞州马盖特的伯特伦·斯莱德从威廉·佩恩那买了一大片土地，那个地区被称为“新泽西西部荒野”；1777 年的美国革命的伟大战役就发生在普林斯顿地区——事实上，离这个住宅只有一英里的距离，宅子所在的开阔区域现在被命名为战场公园。

宅子对约西亚和安娜贝尔·斯莱德这些年轻人来说意义重大，对他们的生活的塑造是那样巧妙，那样神奇，他们在克罗斯威克斯庄园度过了童年！宅子的房间无数，庭院宽敞，狭长壮丽的景色延伸至露台、花园和水平如镜的池塘。(约西亚还是一个小孩的时候，就试图算出克罗斯威克斯庄园有多少间屋子，可是，每次计数的数字都不一样——二十六，二十九，三十一；相比之下，安娜贝尔更耐心些，更细致些，可是也不能做得更好些。“生活在这里就像一个梦，”安娜贝尔说，“可是这个梦不是我自己的，而是别人的。”)

就是在这个住宅，确定了这个年轻共和国的命运，因为乔治·华盛顿、亚力山大·汉密尔顿、纳撒内尔·格林将军、巴伦·施托伊本、“轻骑兵哈利”·李，本尼迪克·阿诺德、谢瓦利埃·卢泽恩、汤·胡安·米拉耶等许多历史名人经常在此聚会。如果我有更多的空间，我最想做的就是把斯莱德家族所忍受的“不可言说的侮辱”戏剧化地展现出来。1777 年，英国康沃利斯将军夺占了这个大房子，当作他的秘密指挥部，这个人不够绅士，当爱国的大陆人驱赶他时，他怂恿手下士兵抢劫、糟踏，直至烧毁了这座宏伟的住宅。约西亚小的时候就想，如果英国的康沃利斯还活着，他会亲自找到这个懦弱的将军，满足自己的想法，那就是，要求一场决斗，释放自己对这样的暴行的憎恶和愤慨。

是的，就是这样的——约西亚出生在 1881 年，十九世纪即将走到尽头，约西亚幼稚天真，渴望一个迷失的世界，他相信，那个时代要比现在更能考验自己的勇气和魄力；约西亚最热衷于沃尔特·司各特的《威弗利小说》，丁尼生的《国王之歌》，任何关于亚瑟王和圆桌骑士的故事，还有华盛顿·欧文的《见闻札记》、詹姆斯·费尼莫尔·库柏的《皮袜子故事集》等美国本土的传奇故事，十二岁时，他就几乎记住了最喜欢的《最后的莫希干人》的全部情节；最近，他醉心于杰克·伦敦的《克朗代克河的故事》和《野性的呼唤》，以及欧文·威斯特的《弗吉尼亚》。

“出世‘太晚了’——这可能吗？或者不知不觉中，只是在合适的时间出生了？”

然而，上帝对1777年的斯莱德家族一定微笑面对，心存善意，因为最后对那座漂亮房子所造成的损害微乎其微。康沃利斯的手下放了一场大火，但秋雨倾盆而降，大火很快被扑灭了，这就如同大陆军队所相信的那样，上帝站在反叛者的那边。

斯莱德家族深感自豪，1782年，在埃利亚斯·布迪诺特总统的领导下，大陆会议在普林斯顿召开，不少代表就住在克罗斯威克斯庄园，所有的代表在这里就餐后，到拿骚大厅参加正式国会会议。这段当地传说十分珍贵，克罗斯威克斯庄园成为共和国的第一个“白宫”。

不可否认，夜晚的月光，再加上灯光，克罗斯威克斯庄园清晰可见，可这令伍德罗·威尔逊心存恐惧，他沿着沙石小路蹒跚前行，两侧的白橡树在头顶形成拱形；他来到温斯洛·斯莱德的办公室门前，这个深陷困境的人使劲地咬着嘴唇，用这样的嘴型他发出无声的祈祷——怜悯我吧，我的上帝啊，我是您卑微的仆人，只寻求如何最好地服务于您。

——1905年圣灰星期三前夜，让人充满敬意的书存放在温斯洛·斯莱德图书馆里，还应该放入一些其他的书籍，这些书没有按字母顺序排列，只是堆叠在桌子上，所以没有受到伍德罗·威尔逊足够的关注，菲尼亚斯·卢茨博士的《骨相学的研究》虽然学术性不强，但被读者广泛翻阅；斯坦尼斯拉夫·扎恩的《超越意识之门》；伊曼纽尔·斯维登堡的《天堂和地狱》；还有哥特体活字印刷的四开本善本奇书，这是一个早已为人忘却的古老教堂的手册。还有争议人物让-马丁·沙可所著的法语版的书卷，以及关于美国马萨诸塞州剑桥市的《美国心理研究协会杂志》的新版复制本，该协会创始成员哈佛大学威廉·杰姆斯教授写了“意识是否存在自然的障碍”的文章也在那。

读者一定心存困惑，伍德罗·威尔逊提到过沙可和杰姆斯两个人，可是，温斯洛·斯莱德却一言不发，没有表现出熟悉两个人的作品的任何迹象。

——温斯洛·斯莱德思考着那个晚上。

斯莱德已经养成一个习惯，他会在八点前和家人一起共进晚餐，然后回到自己的图书馆，一个人孤独地待着，家人很少去他那里；他也不鼓励孩子们过来，可是，孩子们小的时候，对他的特殊收藏品问来问去，比如，那个（据说是）马来西亚玉鼻烟壶，那可是温斯洛·斯莱德一位女友送他的礼物，那是几十年前的事了，一次环游世界时他碰到的一个女士送的。当然，还有那本珍贵的古腾堡版圣经，它是世界上仅存四十八本副本中的一本，首次印刷古腾堡版圣经十分值得纪念。（斯莱德的古腾堡版圣经尽管并不完整，但是丝毫没有降低它的珍贵的价值，因为几百年的战争侵袭，仍然完好无损的原始副本几乎所剩无几了。）

温斯洛经常自己一个人坐在炉边，沉醉在读书中，读那些刚刚提到的新书；最近，在1905年冬末，他开始了一项新的工作，修改他的布道文集，出版神学作品的费城出版社已经催促他去完成这个任务。（“为什么会有人想看我的这些古旧的布道词？”温斯洛讥讽地问；出版商回答说：“仅仅是您的名字‘温斯洛·斯莱德’就会让这本书在新泽西州和大西洋沿线中间的各州销量不小。”）温斯洛后来发现这个工作太过无聊，他便把自己更多的热情倾注到对《圣经·旧约》中的次经翻译上，一本接一本地翻译，一直做了好多年，他得到了学院里希伯来学者的帮助；他特别感兴趣的是《耶利米亚书》和《埃斯德拉斯书》和《托比特书》以及在《新约》中赞美托马斯、马蒂亚斯和犹大的福音书。

“在所有的圣经人物中，被人误解最深的当然是犹大，因为他遭到的谴责最大！”——温斯洛这样认为。

因为在他看来，耶稣对背信弃义的犹大的喜爱超过了其他门徒，这一点似乎一直都十分显见。

温斯洛经常受失眠困扰，但他拒绝伍德罗·威尔逊所提供的各种各样大剂量的“偏方”，他心里笼罩着恐惧，所以凌晨的几个小时里，他不断地装订着书刊，不是单一的一卷，而是十几本八乘十二大小的“小作家”的书。

读者会自然地认为我会依赖斯莱德博士的书刊——其实也本该如此！可是，事实却是悲剧性的，所有卷本的杂志遭到了毁坏，还包括温斯洛·斯莱德的个人文件，这样的自我禁欲事件奇怪诡异，似乎就发生在1906年5月底，斯莱德博士去世前不久的时候。

——伍德罗·威尔逊的各种身体疾病。

我不明白，为什么人们，无论是在现在还是在过去，都对伍德罗·威尔逊的疾病兴趣浓厚，就像向来对美国总统们的疾病兴趣浓厚一样。这不是因为单纯的发病率，我相信——也许更多的是因为他们有更大的愿望去窥视那些身居高位的人的私生活，而对我们这些财产微薄的人没有兴趣。

除了我已经提到的，还要重申，伍德罗的身体有严重的胃病、头痛、神经炎、神经过敏、心律失常、“盗汗”、“噩梦”等等。早在伍德罗初任普林斯顿大学校长的时候，有人就在某些方面提出质疑，即使这个人是“完全”理智的，可他思想偏执，不能自拔，想着现实的敌人和臆想的敌人，他行为疯狂，永远不会退让妥协。

阿盖尔的坎贝尔一直坚定地认为，和平要是通过妥协获得，他宁愿选择战斗到底，而不是接受和平。

实际上，伍德罗的好友间没有什么阴谋，但可以肯定的是，他们都认为，不应该过多谈论伍德罗的疾病。伍德罗有理由认为，如果他不稳定的健康状况世人皆知的话，人们对他成为领导的信心可能就会减弱。

事实上，威尔逊博士摆脱这些精神枷锁的方式令人印象深刻，他经常从病榻上爬起来，参与大学的事务，还会坐火车到费城、巴尔的摩、华盛顿、里士满，甚至到遥远的芝加哥和圣路易斯，去发表演说。“身体可能虚弱，”伍德罗俏皮地说，“但是，内心有强烈的愿望。”伍德罗少年老成，他通过邮递购买了一些图册，里边的图示描绘了人们发表经典演说时摆出的姿态、打出的手势，就是为了学会如何发表公共演说；结果，他无意中形成一套固有的手势，每每面对压力，或身心疲惫之际，这些手势很可能失去作用。学生们很快从他在布林莫尔、卫理公会和普林斯顿的演讲课中发现了这些秘密。(在那些日子里，同学们用脚摩擦地面，发出声响，以示不满和厌烦。伍德罗感到恐惧，心生厌恶，这样的声音如同扫帚与地板刮磨的声音，令人发狂；在普林斯顿，学生在教堂布道的时候，用脚摩擦地面，发出声响，遭到大学学监的训斥，伍德罗对他们毫无同情之心，拒绝减轻勒令学生退学的惩罚。)

然而，听众对他给予了肯定，认为他十分真挚热心，富有理想。他说，他原来希望得到大众的喜爱，但是，并没有得到人们的喜爱，不过，能够唤起听众对他的钦佩、敬畏，甚至害怕也不是一件坏事情。

让自己的影响播撒在世界的每一个领域，把自己揉进每一个可能塑造心灵的营养面包。要食粮充满生机活力，实际上，就是不要隐藏你的才能。伍德罗的父亲约瑟夫·勒格尔斯·威尔逊这样热心地劝导他。

——1905 年 3 月 7 日三 K 党在新泽西卡姆登制造了私刑事件，伍德罗·威尔逊果真完全忘记了，如果是这样，他拜访温斯洛·斯莱德时，这位容易冲动的亲戚就会要求他记住这事；或是伍德罗·威尔逊赋予这件事更多的关注热情，从他的记忆中搜索着这个可怕的事件呢?

温斯洛·斯莱德知道这个事件吗?

或许温斯洛·斯莱德不知道这个事件?

水仙花

“打扰了——你好?”

早春里，一个阳光明媚、温暖的清晨，她看见他时，离他没多远，不过她看不出他有多大年纪，他转过脸去，他起初似乎在她祖父家里，帮着打理院落，他戴着手套，手里握着镰刀，在阳光下毫不留情地割着什么，镰刀闪闪发光，他脚下的花草，看来过了鼎盛时期，残败不堪，还有一堆去年割下的干草。

安娜贝尔确信自己从未见过这个人。虽然她经常来克罗斯威克斯庄园，和祖父斯莱德拉家常，但是这些人她并不认识。

看到这个陌生人穿的不是园艺工作服，而是略微过时的衣服，就像温斯洛·斯莱德几十年前穿破的旧衣服，她想，那人是来祖父家的客人：可能是一位长老会的牧师，或者还是个学生，他从斯莱德博士的阴暗图书馆溜达出来，呼吸一下四月早晨的清新空气；而且，也许因为不愿闲着，就决定在这里试试身手，看看这把小镰刀的锋利程度。

“你好！你是爷爷的朋友吗?”

安娜贝尔的声音里总是充满欢快，就像她脸上常常泛起的那份轻松的笑意，那份欢乐一样。

读者千万不要认为，这个十九岁的安娜贝尔·斯莱德惯于与陌生男人打交道，哪怕在她祖父的花园里，也一样不擅长；她不是一个勇敢的女孩，更不是一个傲慢的女孩；不过，她的那份欢快的孩子气在她身上涌现，四月的早晨，美不胜收，她纤细的左手的第三个手指戴着一枚钻石婚戒（这枚方形戒指，棱角分明，十四克拉，四边镶着精美的红宝石，这可是巴亚德家族的传家宝)，那枚戒指在阳光下闪闪发光。伍德罗·威尔逊批评北方的女性“任性”，没有他女儿玛格丽特那种自然的亲切感，也不像妻子艾伦那样，她们都出生在南方，他当然不会把安娜贝尔·斯莱德归到北方女人中!

那个神秘的客人似乎没有听到安娜贝尔的问候，或是没有接收到她的问候，安娜贝尔感到有些奇怪，但并没有震惊。“你……好”，她带着孩子气的那份坚持，又一次叫了他，尽管还有些害羞，她要尽到女主人的那份职责，微笑着去欢迎客人，就像她的母亲、她的斯莱德祖母做的一样。

伍德罗·威尔逊访问克罗斯威克斯庄园几周后的这个四月的早晨，温斯洛·斯莱德的心爱的孙女安娜贝尔正采摘鲜花来装饰克罗斯威克斯庄园的餐厅。她的手里抓着各样的鲜花，简直是一个鲜花的聚会，有长寿花、希腊银莲花、黄色水仙花和别的水仙花，水仙花好香!安娜贝尔几乎有些头晕。她似乎感觉到，这个陌生人可能会和他们一起在餐厅吃午饭，这令她感到身负一项紧迫的任务。

她现在回想起，早餐时她就听到有人说，长老会的一位高级别的使者那天来访温斯洛·斯莱德，争取温斯洛·斯莱德支持在教会内部进行一次“异端审判”。

(可怜的祖父!安娜贝尔知道祖父十分想远离自己以前的生活，可是“原来的生活”却紧紧追着他不放!)

安娜贝尔对这些事情知之甚少，不过，她知道，温斯洛·斯莱德牧师在教会里工作多年，他时不时地就参与这样封闭的审讯活动，异端是可怕的，必须从源头上打击，可是，这些不愉快的事情令他深深不安。约西亚告诉她，从这些行为上看，他们的祖父不是一个负责任的新教牧师，所以受到指控，他应该担起重任，保护盎格鲁－撒克逊基督教的“特殊人物”不会受到来自教堂内外“无政府主义者”的攻击。

“当然，”安娜贝尔对自己的哥哥说，她的声音很低，没有人能听得到，“这些都不是真正的审判——没有人被监禁，或判处死刑，我希望!”

“事情不是发生在我们的时代里，”约西亚说，“这还好。”

安娜贝尔知道，尽管新教徒可能在保护他们的教会上表现得狂热激进，但是他们的狂热程度远远不像过去的罗马天主教徒在宗教裁判所、三十年战争或十字军东征时期表现的那样狂热，那么血腥。

安娜贝尔·斯莱德天真纯洁，看到这位潇洒的陌生人装束得体，举止神情有着良好的教养，便认为埃克森·马特是一位绅士，总之，他是她的祖父的朋友。

然而，安娜贝尔开始感到很奇怪，这位陌生人一直拿着镰刀，现在他转向她。他看到她时，没有一点惊讶的神情，好像他知道她就在那里观察着他；他笑了笑，陷入深深的沉默，可是，事实上，谦谦君子是不会这么做的；他和安娜贝尔·斯莱德好像在一个公共场所或某个地方偶然相遇，是两性间的“相遇”，像动物一样，没有名字，没有家庭，没有身份。一瞬间，安娜贝尔感到一阵寒冷，一阵温暖，有些晕厥，她不得不抵抗内心的冲动，想把发热的脸孔躲藏到一把小花束后面，那是她自己采摘的花。这样，那个大胆的陌生人就不会用他那种敏锐的目光直直地盯着她了。

那是一种金黄的目光，如同某种斜边玻璃反射一样。

他们彼此没有相互介绍，陌生人没有和她说一句话，而是对她笑了笑，显得更加阴险，他的嘴唇薄薄的，但很性感，这让她不安！

我会不理他，我会离开，好像我就一个人一样。我们将在吃午饭的时候相互介绍认识一下，也许——要是不相互认识，就没有办法了。

然而，安娜贝尔没有离开花园，虽然她可能会离开，但是她只是走到花园的另一个角落，在她看来，来到这里，那个奇怪的大胆访客不会清楚地观察到她。风中涟漪的水仙花构成了一张奢华的床，这让她微笑，因为她最喜欢的，常常记起的那个诗句浮现在脑海里：“我的心里充满快乐，和水仙一同跳舞。”

这个充满不安、兴奋或恐惧的时刻，诗韵带给她如此安慰！

过去的诗人对此十分熟悉，我们这个庸俗和无味的时代里的诗人似乎已经忘记了。

对安娜贝尔来说是不幸的，早晨的时候，她的哥哥约西亚不在家，庄园里也似乎没有人注意安娜贝尔他们。

安娜贝尔忍不住回头看了看那个手拿镰刀的陌生人。她十分震惊，因为他仍然盯着她看。

他很粗鲁。我不喜欢他。达布尼不会喜欢他！

他若是祖父的一个朋友，那长得好年轻，他的衣服很旧。也许，他长相年轻，可能是父亲的一个生意伙伴——“经纪人”。

陌生人朝安娜贝尔方向慢慢地接近，尽管并非有意的。在某种程度上，似乎是安娜贝尔的某个无意识的动作或动机吸引着他。

有别的什么原因？是安娜贝尔的微笑？一个微笑——被认可的微笑吗？

安娜贝尔不想暴露自己内心的紧张与不安，也抵制住了自己逃走的冲动，虽然她不喜欢水仙花，但是还是会继续摘着花朵，她用手指揉碎了花瓣，黏黏的花汁弄湿了手，她不要自己的手擦到裙子上。她站起身来，感觉有些头晕，好像自己此刻真是饥肠辘辘，接着，让她吃惊的是，陌生人不知怎地来到她的附近，还不到十二英尺远的地方，刚刚不久前，安娜贝尔还发誓要这个陌生人待在花园里最远的地方。

哎呀，他静静地离去了，似乎不费吹灰之力。

此时，安娜贝尔胆子大起来，公然地看着来访者。在她看来，他大约三十岁刚刚出头，中等偏高的个头，和她哥哥身高差不多；肩部偏窄，头形方正，有种高贵气，长了一头密密的、柔软的深色卷发。他的皮肤却有些粗糙，肤色奇诡，深橄榄色中透着某种苍白，他似乎外表看似强壮、健硕，可是实际上，并不是十分健康。他的眼睛很大，安静目光中带着锐气；双眼如同黄玉宝石，光芒似火，眼眶周围布满阴影，更显得他目光清晰透彻、锐气逼人。他额头突出，浓密眉毛犹如乌鸦的黑翅膀；牙齿几乎一个样子，颗颗小如粒粒珍珠，颜色白得有些过了头，不过，一颗门牙却从其他牙齿那凸出半英寸，让人感到，像是要食肉一样。

这个陌生人服饰讲究，身着深蓝色的丝毛套装，质地轻，大垫肩，紧腰上衣；白衬衫的袖扣银光闪闪，扎着条纹领带，皮鞋擦得锃亮。可是，安娜贝尔却开始觉得这个神秘的陌生人身上有着某种异国情调，也许是个波斯王子，流亡到美国；或者他来自希伯来民族——是因为他身上没有非常高贵的特质，十分忧郁的个性吗？他的眼睛——噢，是因为那双蜥蜴眼！[1]

女性美的描述都是乏味的，往往不能令人信服。一个年轻的女人真的如她的追随者所说的那么美吗？安娜贝尔·斯莱德身上有着传统女性的美，她有着一双深蓝的眼睛，微微睁着，显得害羞；她的嘴唇形状完美，没有口红修饰；她的鼻子短而略向上翘，有着斯莱德家族罗马人祖辈的特征，如果她是普林斯顿再普通些的人的后代，她会成为有名的普林斯顿美女？美和漂亮实际上有什么区别？一个是稀奇严肃，另一个则是普通平常吗？坦诚地讲，我无法用言语描写安娜贝尔·斯莱德那份细腻、自然的魅力，除非用水仙花来比喻她——水仙花非常精致，脆弱的齿瓣，围成一个中心，不仔细观看就

---

① 安娜贝尔·斯莱德的奇怪的话肯定令读者感到困惑，与最初这些话令我困惑一样，我不得不指出，据我目前所能了解到的，这个年轻的女子从来没有私下里凝视“外国”或“异国情调”的人，无论是男性还是女性；但是，她如饥似渴地读了许多书，这些书比她的弟弟约西亚读的书要更加充满浪漫情调，有勃朗特姐妹的小说，其中包括她一直喜爱的《呼啸山庄》，以及拜伦和雪莱的诗；有人曾经给她讲述一个俄罗斯和波兰犹太人的侨民居住地故事——以色列世界联盟——这个侨民居住地几年前落户在新泽西的伍德宾。（侨民居住地受到身穿白衣的狂热者的威胁，这些狂热者掩盖了自己的身份：很有可能，这些匿名者是附近的邻居或当地执法人员。一个十字架被烧毁，以示警告；警告没有效果，以色列世界联盟的主要建筑在第二天夜里便被付诸一炬，侨民们陷入寒冷的黑暗中，不知什么命运等待着他们，我不知道——这个事件，或这一系列事件，当时的报纸并没有任何详细的记载。）

关于蛇怪——一个深受家庭庇护的，纯洁的年轻女孩利用一个这么虚假，这么丑陋的形象，实在有悖常理：因为皇冠鬣蜥属蜥蜴生活在美洲的热带地区，而不在新泽西中部。然而，有一天，在检查我书房里一箱子发霉的旧书时，我偶然看到了《克什米尔城堡》——一本由利平科特出版社1884年出版的儿童书，这本书曾经属于安娜贝尔·斯莱德和她的哥哥约西亚的；扉页上写着他们的名字。（这好运可真是让人疯狂，霍普韦尔的财产被贩卖的时候，我能买到这一箱书，其中不乏珍贵的物品，我只花了八美元！）在这本破旧的小画书的封面上，有一个年轻骑士（画面褪色了，但仍然栩栩如生，激动人心），他骑着骏马，与一个传说中的蛇怪或龙搏斗着，那个怪物利爪獠牙，呼吸如火，闪烁着黄宝石般的眼睛：就是埃克森·马特怒目圆睁的样子；埃克森·马特的肉身形象，恶魔的样子——此时，可怜的安娜贝尔怎么也无法想到的样子。

几乎看不到它，它的香味略带苦涩——花中驻留着瞬息万变的春天特性：新鲜，纯洁，贞操。

要是美女没有了贞操，美就毁了。1905 年，在普林斯顿，这样的想法被视为对全能上帝的爱与敬畏。

去年，安娜贝尔“出没”曼哈顿、费城和普林斯顿等地的众多舞会和宴会；人们对她的评价，和对那些初进上流社会的年轻女子的评价也许一样，她是最“美丽”的，坦诚地说，她也是最富有的人之一。(斯莱德家族的财富遍及铁路、房地产、制造业和银行业；奴隶贸易给他们带来了十分可观的收入，这样的状况在十八世纪末和十九世纪初的几十年里一直没有变化，直到高尚的斯莱德家族坚持放弃财产。即使家族众多继承人分了这些财产，但是，在十九世纪，那依然是一笔巨大的财富，在著名的镀金时代，这笔财富价值几乎翻了一倍。安娜贝尔和她哥哥约西亚一样，根本没有去想斯莱德家族的财富，甚至没有去想对财产的继承。他们想那是自然的事，就像他们能呼吸到空气一样，是理所当然的，这空气不是特伦顿、新不伦瑞克或者纽瓦克的被烟雾污染的空气。)

安娜贝尔脾气温和出了名，她不能忍受任何人的坏话，如果有人在她面前说了句无情的或欠缺考虑的话，她往往会情绪低落；大喝大闹的大学生用白色粉笔潦草地在墙上写下脏话，甚至更下流的话，所有人都可以在光天化日下看到这些话语，这真的震惊了她，好像她个人受到了攻击一样。(不过，幸运的是，安娜贝尔头脑模糊，她不明白这些粗糙的言语是什么意思。)

这位年轻女子天真单纯，她并不明白和一位以前从未谋面的陌生男人交换眼色意味着什么，这样地接受对方的微笑意味着什么。

此外，安娜贝尔是一个虔诚的宗教信徒。她一定不会明确说明，她的长老会信仰是怎样有别于其他的新教信仰，或者，除非用最明显的术语来讲，她的信仰如何区别于天主教——一个古老而令人害怕的敌人；虽然她早已长大，不再抱有温斯洛·斯莱德是神的幼稚的想法，但是，她心中怀有强烈的信念，认为她的祖父是他那一代人中为数不多的被上帝选定的一个；当然，无数的个人，包括许多罪恶深重者，通过祖父接触到耶稣基督，得到救赎。安娜贝尔不同于“直言不讳”的女人们，不像她的朋友威廉敏娜·伯尔那样言语犀利，她从不希望与普林斯顿的“自由思想家”们讨论热点话题，例如，圣经是真实的，还是比喻式的；是启示，还是历史。达尔文主义者、马克思主义者、布尔什维克、无政府主义者和其他无神论者秉持的新理论令人更为不安，这些新理论让安娜贝尔十分困惑，她无法想象为什么人们为这些信仰争执不下，让他们失去了仁慈和慰藉之心。在她家，关心这些事情的女人有失体面，用严格的话来讲，就是“有失淑女或贵妇人”之风。用诗人的话来讲就是：

听话，美丽少女，希望你聪明！

这句话绣在安娜贝尔的一个手工缝制的枕头上；在我看来，随着岁月的流逝这种情绪没有减退。

安娜贝尔曾是普林斯顿女子学院的一位聪颖勤奋的好学生，她在新泽西州附近的金斯敦女子学院生活了两年；她最强的科目是诗歌、艺术和书法；她幻想一个独立的职业，喜欢把自己想象成某个艺人，比如，设计儿童书籍的封面，为孩子进行原创艺术；甚至更富雄心的做法是讲解她自己精心创作的小诗，她的书就像那些名家的书一样，如伊丽莎白·奥克斯·史密斯、玛丽斯·安妮·萨德利尔，还有神秘的艾米丽·狄金森，狄金森 1886 年去世，恰恰是安娜贝尔出生那年——（狄金森是安娜贝尔最喜欢的诗人，尽管她知道，狄金森的诗被文学界认为是“粗糙”，而且缺乏“女性情感”。她不喜欢数学、科学和历史——这些学科“被事实束缚着！而事实很少能够揭露我们生活的方方面面”。

不过，安娜贝尔的这些不喜欢的科目成绩却很高，她天资平平，但是她还比班级中的多数女同学更聪明些。

四月里的一个早晨，安娜贝尔的穿着并不华丽，但却尽显她修长的身材，束腰内衣使她看上去笔挺，本来很细的腰看上去更细了，紧身衣让她几乎喘不过气来，这样的内衣让人痛苦，但是，祖辈们要求她穿着，因为她十四岁的时候，祖辈们就惴惴不安，认为她会成为一个胸大臀肥的女人。

这不是一个雨天，可是安娜贝尔却穿着一件“防雨的”裙子，淡蓝色，绒棉布料；裙子时尚，垂落到鞋面，十分适合雨天穿，不过，同样也适合在家里休闲时穿。她身着白色丝衫，袖子宽松，袖口收紧，十分时尚，丝衫前身的珍珠母按钮多达二十五个；她的上衣外套短小精悍，淡黄色，是带衬里的棉布衣服；她头上的草帽，小心地遮着阳光，草帽的绿色缎带系在下颚下。这天的晚些时候，安娜贝尔会见到自己的未婚夫达布尼·巴亚德，在年轻的黑人女佣的帮助下，她把自己的头发梳理得很时尚，脸旁柔软的头发，光泽闪亮，卷成很多小卷。安娜贝尔过去留着一头漂亮的棕色头发，现在看上去变成金发，在一定的光线下甚至成了银色；头发上装饰着一把琥珀梳子，这把梳子是安娜贝尔的祖母奥丽埃纳留下来的，奥丽埃纳离开了这样的生活很久之后，安娜贝尔才来到这个世上。

安娜贝尔皮肤白皙，细腻得甚至无法承受四月的阳光，她将草帽边拉得很低，聪明地遮住自己的眼睛；不过，埃克森·马特真诚地注视着安娜贝尔，就像盯着一个正在展出的珍奇动物标本一样，从这种眼神，人们一定猜想到，埃克森·马特领会到安娜贝尔是那么漂亮，那么迷人，同时，又是那么脆弱，如同她手中的水仙花一样。

安娜贝尔脚下的花海随风泛起涟漪，突然发出微弱的嘶嘶耳语——安娜贝尔，安娜贝尔！安娜贝尔困惑不已，她认为是祖母奥丽埃纳的声音。祖母担心自己的琥珀色梳子，后悔把这些梳子留给了我。（这个想法是奇怪的，因为安娜贝尔不认识自己的祖母，祖母在自己出生前几年就去世了。安娜贝尔也不认识祖父的第二任妻子，塔比瑟。）

然而，片刻之后，安娜贝尔就忘记了这些低语。祖父家花园里的陌生人让她分了神，她似乎无法集中精力。她没有离开那个手拿镰刀的人，而是抓住每个机会，快步走向那个房子，这些举动似乎给了陌生人勇气，他微笑着，粉色的舌尖飞快地掠过嘴唇，他向前跨了一大步，此时，离安娜贝尔只有五英尺之遥。

现在，当然，他想和她说话？但他没有。

安娜贝尔举起一束花，模仿孩子的手势，这手势表明访客该注意安娜贝尔的动作，意识到动作的紧迫性，不再耽搁她；她出声地嘟哝着，客人也许能够听得到，也许听不到——“我等得太久了。”头顶晴朗的天空正变得乌云密布；巨大的拇指和食指遮蔽了太阳。然而，不知什么原因，她好像瘫倒了，动弹不得，脚下的花瓣在风中荡漾，再次传来嘶嘶耳语——安娜贝尔，安娜贝尔！

接着——眨眼间——一位绅士出现在她的面前，现在离她只有十二英寸那么远；这位绅士现在好像是温斯洛·斯莱德的使者之一，他承担着教会的使命，家里的其他成员只是普通的长老会信徒，不知道他所承担的秘密使命。安娜贝尔头脑眩晕，感到紧张，她嘟囔着说："你……你好"，"早……早上好"——这些话产生了直接影响，最终打破了绅士的沉默。此时，他又一次鞠躬，急切却有些僵硬，他说自己叫"埃克森·马特，来自南卡罗来纳州的查尔斯顿"，是"温斯洛·斯莱德的伙伴"——"十分高兴，这位女士，期待与您相识。"

听到这些，安娜贝尔结结巴巴地说出自己的名字，因为她想不出一个礼貌的方式来避免透露自己的信息，"我是——斯莱德博士的孙女——安娜贝尔·斯莱德……"

这位客人抓住安娜贝尔的小手，以德国人的方式，屈身去吻它——这只不过是一个友善的姿态，他的嘴唇实际上没有接触到手背，但安娜贝尔却感觉这是一个深深的吻，充满激情，留下印记；她确信，她感觉到他的牙齿碰到自己敏感的皮肤上。她感到了陌生人的气息——粗糙干燥如灰烬一般。

那一瞬间，她似乎全身颤抖，甚至抖到了骨头，下巴底下的帽子带，紧得有些危险，如同身上的那件长长的紧身胸衣，早晨时，哈丽特给她穿衣时，穿得太紧了，这个黑人女孩，眉头紧皱，喜欢安娜贝尔的嫩白的肌肤，却也憎恨她。安娜贝尔有些晕迷，但她头脑清醒——我必须为自己的虚荣付出代价吗？祈求上帝怜悯我。

这位来自南卡罗来纳州查尔斯顿的埃克森·马特要是留意到安娜贝尔的颤栗，他会不动声色；因为他个性圆滑，看上去很有绅士风度，礼貌得体，他眼睛深陷，目光敏锐，斜睨的眼神显得十分讽刺，恰恰反映出内心的渴望。他用手中镰刀为安娜贝尔削折十二支鲜花，——（刀刃锋利，让人恐惧，安娜贝尔哆哆嗦嗦地看着）——黄水仙花是微小的鸢尾属植物，水仙中的明星——马特殷勤地、正式地向她献花。

“哦！谢谢您，先生。”

安娜贝尔觉得自己别无选择，只能接受这些花，水仙花切茎渗出的滴汁，在她的雨天裙子上留下了很多小斑点；她只能感谢马特先生，感谢他的善良，她相信，他和普林斯顿的每一位绅士一样，殷勤，有风度。

甚至比自己的未婚夫都殷勤，当然！达布尼与安娜贝尔独处的时候，身旁没有长辈们的时候，他少言寡语，敷衍了事，爱发脾气；达布尼用似是而非的言语责怪安娜贝尔，她不知道那是认真的，还是挖苦嘲笑：“你认为呢？你的脸真像个洋娃娃——彩绘陶瓷娃娃。”

安娜贝尔松了一口气，她看到埃克森·马特放下那把锋利的，让人恐惧的镰刀，不小心让它掉落在道路上。

园艺工人会发现它，或许安娜贝尔的母亲亨丽埃塔会看到它，她的母亲好天气时，“在花园里游逛”，工人们在园地里播种，培植青草。

安娜贝尔微笑着，陷入一种困惑的幸福中。也许那是纯粹的紧张与不安。这么多春天的花朵，有些从她手中飘落下去。她心里一阵冲动，挑选了一枝长茎水仙，送给了埃克森·马特，插在他的衣服的扣眼中。

“多美的克罗斯威克斯庄园!”

马特似乎对这个举动十分惊讶，他感谢她的热情奔放。“小姐，从我的灵魂深处，我感谢你 —— 你真是太好了 —— 事实上，你不知道你是多么好——以我的经历，您这样的‘女士’身上有这样的品质很难得。”

马特的话虽然是在奉承，或是他想这么做，不过身旁的这个人的行为奇怪，并不得体。他结实的牙齿咬着花朵旁边的茎干，使劲地咬了下来，水仙花茎短了，这样它可能更加轻松地插在他的胸前——事实上它看起来非常引人注目。

“是吗，小姐——?”

埃克森·马特身高至少六英尺，他高大的身躯罩住了安娜贝尔，他犹犹豫豫，伸出手臂让安娜贝尔挽着，他会护送她回到庄园住宅，此刻，后阳台上的温斯洛·斯莱德正向他们挥着手，着急地招呼着他们。

幽灵女儿

现在，我们看到诅咒的第一次公开露面，它出现在 1905 年 4 月 20 日星期日的早晨——只不过，过去的历史没有记录这段事情，也没有哪位校长知道，或者能猜到幽灵女儿的幻影预示着什么。

也就是说，斯莱德家族和中尉达布尼·巴亚德可能认为自己只是旁观者，但是，幻影对斯莱德家族和中尉达布尼·巴亚德的预示让见证过前总统格罗弗·克利夫兰精神崩溃的人非常惊讶，并受到同情。

这部分记载原想简洁些，但它对我的历史十分重要，所以，我认为它很难做到简洁精炼。因为在此之前，关于我的戏剧般的描述只是发生在两人之间，而现在，我尝试着在更大场面下来描述人物，我必须给读者足够的暗示，不能太过明确表述，约西亚、安娜贝尔和安娜贝尔的未婚夫达布尼·巴亚德等这些年轻人的情感是细腻微妙的。

（然而，有些读者会抱怨这样记载太细致了，而其他人会抱怨它还不够细致。）

* * *

今天上午，在普林斯顿的教堂周日礼拜仪式之后，大约二十多人一行来到罗斯代尔路上的“老克雷文地产”，这块地产最近由斯莱德家族购买，这块数亩地产毗邻克罗斯威克斯庄园，克罗斯威克斯庄园从榆路延伸过来近三百英亩；“老克雷文地产”是意外所得，斯莱德家族将这块地产作为结婚礼物赠给这对年轻夫妇，他们入住这里后，就开始他们的意大利蜜月之旅。

当然，我见过照片上的“老克雷文地产”，多年后它被夷为平地，为二十年代经济繁荣时期更大的、更重要的国家地产让路。当时，斯莱德家族及其伙伴们把这座房子看作一个“蜜月小别墅”，虽然它的房间多达二十间，十二扇高高的、狭窄的前窗内镶有黑色的百叶窗；陡峭的屋顶镶嵌着闪闪发光的荷兰瓷砖。房子很大，房间外表面由布恩顿石灰石砌成，石灰石引人注目，显赫可观——（顺便说一句，石灰石来自斯莱德家族的布恩顿采石场）——在大多数的读者眼中，这座大房子似乎不是富人的异想天开之物，而确切地认定为一处小别墅。

后来，这房子得到了一个具有讽刺意味的，或许是一个十分无知的错误的名称——“老巴亚德地产”——虽然中尉巴亚德和他的新婚妻子安娜贝尔都不曾长期居住过这里，甚至不曾在这个屋檐下留宿过一个晚上；1905 年的叙述中，房子的名称依然还是原来的主人，那位革命英雄陆军少校邓格拉斯·克雷文，他是乔治·华盛顿最亲密的助手，发现了间谍安德，并且处死了他。

这个聚会气氛欢快，装扮豪华，人们驾着的萨里式遮篷马车，粉色木料，四轮双座，从普林斯顿赶到家来吃早午餐，克罗斯威克斯厨房里的服务生准备好一切，把瓷器、餐具、桌椅、床单和大量的食物和饮料都从克罗斯威克斯带到这间空房子里。到目前为止，从各种各样的日记和信件中，我已经能够确定，参加聚会的有格罗弗和弗朗西丝·克利夫兰，皮尔斯和约翰娜·范·戴克，艾德格尔斯特恩和阿曼达·菲茨伦道夫，埃兹拉和塞西莉亚·巴亚德（达布尼的叔叔和婶婶），阿伦·伯尔三世博士、他的妻子珍妮弗和他的女儿威廉敏娜（她是安娜贝尔的婚礼伴娘），纳撒尼尔·菲茨伦道夫牧师（自从温斯洛·斯莱德退休后，他任普林斯顿第一长老教会的专职牧师）和菲茨伦道夫夫人，普林斯顿神学院院长撒迪厄斯·沙克尔顿牧师，以及众多斯莱德家族成员——温斯洛和他的儿子奥古斯都、儿媳亨丽埃塔，还有安娜贝尔的叔叔考普尔斯通、婶婶莱纳拉·斯莱德，以及他们小儿子托德，还有安娜贝尔和达布尼以及安娜贝尔的哥哥约西亚。

“爷爷！你真是太好了！你让我们快乐得像个孩子——我们几乎不知道说什么……”

安娜贝尔这样喊着，她看到房子外部的石灰石带着某些严峻，甚至令人生畏，荷兰瓷砖重量十足，房子看起来像移动的雪崩似的；但是，绿草和刚开始长叶的拱形榆树和橡树，造就一个风景如画的氛围，如同一个童话天地；巴亚德中尉结结巴巴地表达着自己的感激之情，看着这些财产很快属于自己了，他平日里的镇静消失得无影无踪。

后来才得以披露这样的消息，收购房子的谈判已经与达布尼的父亲、叔叔和婶婶事先商讨过，之后斯莱德一家才提出来购买房产。不过，达布尼没有想到这些，这些事情对他，对安娜贝尔都是一个秘密。

（不过，达布尼也很有可能猜到这些，他是一个精明的年轻军官，从西点军校毕业，满载荣誉，他想，富有的斯莱德家族会给他们亲爱的安娜贝尔和她的新郎恰当的新婚礼物，这个礼物会配得上他们对他们的爱，称得上他们的财富。）

然而，面对四月早晨明媚阳光下的“克雷文老宅”，面对这个祝愿者参加的愉快聚会，达布尼面带惊诧，有些语塞。他的脸骤然发红，眼睛也有些湿润，他悄悄用指尖擦去泪珠。

这次蜜月之旅轻松欢快，令人赞赏，因为有完美的春日，也有石头房子镶嵌的人工吹制的铅制玻璃窗，大门门框是蒂法尼彩绘玻璃的，让人感到他们是“蜜月新婚”里理想的一对。听了“蜜月新婚”这话，安娜贝尔涨红了脸，达布尼尴尬地笑了笑；尽管安娜贝尔不可能不注意到哥哥约西亚的矜持，并让达布尼有些不适，但是，几分钟后，三个年轻人无意中都来到了楼下的一个房间里，而其他人却去了二楼，欣赏几间卧室和每扇窗子构成的壮丽远景。（大部分的房间是空的，安娜贝尔的母亲亨丽埃塔，曾经带着大批仆人多次来到这个房子，执行一个秘密的“装饰房子”的使命，但是只是临时性装饰一下。装修和装饰房子的真正的工作将落在这对新婚的年轻夫妇身上。）

“多么精致！多么可爱！我很羡慕这对小两口，”——克利夫兰夫人嗓门很高，声音洪亮，都能传到楼下去——“这个房子是一片玫瑰园——他们会使这个房子成为自己的。和我进入的房子不一样，因为一个年轻的新娘……”

（克利夫兰太太内心说的是白宫，她平常就这么讲。她刚出校门，在那房子的东侧间嫁给较年长的克利夫兰总统。）

格罗弗·克利夫兰的声音低沉有力，他的回答带着戏谑口吻："亲爱的弗朗西丝！你战胜了你的最初的缺陷，这是一定的。很多次都是这样！"

也许因为某种无法排除的羞怯，三个年轻人待在那，没有动。达布尼·巴亚德，身材挺拔，英俊潇洒，穿着一身制服，他试图寻找这样或那样的话题，与约西亚·斯莱德进行男人之间的对话：纽约的海兰兹人与对手辛辛那提红人队的命运，而两队的能力与波士顿美国人队的对比；最有希望的是马的话题——因为达布尼有几分骑手的本事；总统泰迪·罗斯福最近的逸闻趣事，他拍照时神态自豪，但是他的脚下却堆满动物尸体——野羊、野牛、鹿和美洲狮，这些在西方都是狩猎的奢华品；泰迪威胁要插手委内瑞拉事务，这是债务违约（"这将表明西班牙人必须规规矩矩的①"）；实际上，日报几乎每版都出现泰迪，他咧着嘴，带着眼镜，不停眨着眼睛，鼓吹罗斯福的帝国主义，鼓吹门罗主义。

巴亚德中尉特别感兴趣讨论宾夕法尼亚东部的"非法采矿罢工"，以及最近新闻报道的焦点。达布尼非常"渴望"参与一些美国军队的干预活动！(那天早上，菲茨伦道夫牧师在讲坛上提到美国煤矿工人联合会所犯下的"无政府主义和无神论的暴行"，他们反对矿主，进而反对所有"守法公民"——美国人。）然而，克罗斯威克斯的斯莱德家族在宾夕法尼亚矿山有投资，就像在新泽西和宾夕法尼亚纺织厂有投资一样，人们期待约西亚会和达布尼有一样的态度，可是约西亚只是漠然地耸了耸肩，让自己置身事外；安娜贝尔站在未婚夫这边，红着脸，她不知道该为自己哥哥的无礼感到烦恼，还是感到生气。

(约西亚无法知道安娜贝尔在那天早上偶然听到他和母亲亨丽埃塔之间的简短交流；也不知道安娜贝尔因听说自己对当天的活动表现出的冷漠而伤心。约西亚说，他参加这样的聚会，只是为了取悦她，取悦其他的斯莱德家族的长辈；他怀疑，他的妹妹只是专注于婚姻，对于他陪着他们，还是没有

---

① 这段话来自泰迪·罗斯福写给他的国务卿约翰·海伊的信，准确地讲，它不是1905年4月事件的公开记载，这段话直到1919年罗斯福总统去世才向历史学家公开。

陪伴他们，她不会注意到。）

安娜贝尔想知道是什么地方出了毛病，为什么这三个人不能融洽、轻松地待在一起呢？在约西亚认识到达布尼·巴亚德对安娜贝尔有“兴趣”之前，他似乎挺喜欢这个健壮的小伙子；去年秋天，两人曾一起参加了普林斯顿—耶鲁同学会足球比赛，普林斯顿队中其他的男代表队员有些粗暴。不过，约西亚很快就推测到达布尼来访克罗斯威克斯的原因，开始讨厌他，虽然约西亚的礼貌举止有些过了头，或者说他太过害羞，所以，没有谈及他留给达布尼和安娜贝尔什么。

安娜贝尔希望她的朋友威廉敏娜在这关键时刻，和他们一起待在楼下。但威廉敏娜——“威莉”——是第一个冲上楼，随意去看一看房间。

自从四月初以来，安娜贝尔发现自己和未婚夫单独在一起时常常陷入沉默：他们相识在聚会和社交场合，留下了浪漫的记忆，那如胶似漆的“亲密对话”似乎迷惑了两人。如果没有旁人听到的话，也不知道一个人讲了什么样的话？安娜贝尔开始意识到达布尼对她所有的弗吉尼亚前辈，并不总是那么彬彬有礼和耐心十足；她有理由相信他的脾气一定相当大的，她有时偶尔听到他对仆人、服务人员的尖刻话语；当然，他从来没有严厉地对她讲话，不过，有的时候，他的话里带有一种轻微的讽刺，这让她想起母亲所珍视的玫瑰花上的绿绿的嫩刺，这些绿色的荆棘看起来没有什么害处，但如果一不小心，会给人造成一些小损伤。

对于巴亚德中尉的脾气，安娜贝尔这样去想：*他只是彰显着自己的本性。他是个男人，他是个军人。*

然而，就达布尼的信心来说，约西亚·斯莱德经常令他感到不安，约西亚二十四岁，比自己小两岁；但两人中，约西亚似乎更加独立，他沉默不语的习惯让达布尼感到不安，达布尼则容易说话格外多，有时甚至有些自夸；不过，他相信自己不是一个自负的人——大家都知道，令人印象最深刻的军官是自己保持沉默，而让别人讲述着他们的丰功伟绩。

两个人之间的尴尬恰恰因为，约西亚·斯莱德从普林斯顿毕业后就加入了西点军校——可是，只是待了四个月。他突然放弃了那里的职位，只身而去，并花了几个月的时间在西部旅行，后来回到家乡。（当被问到为什么他会退出西点军校时，约西亚耸耸肩说道，入校前，他心中充满热情，想着自己一生中能够有一次“身穿军装，列队前进”就足够了。）几个月来，他走遍怀俄明州、犹他州、爱达荷州和加利福尼亚北部，虽然家里没人清楚知道约西亚在干些什么，但是，约西亚像一个可爱的儿子，他每星期都写信给家人，哪怕简单几笔，也要向家人报声平安，让他们知道他活得好好的。

所以，面对自己未婚妻的哥哥，达布尼·巴亚德常常不知说些什么。这是多么令人不安，多么疯狂的事！——巴亚德，年轻英武，栗色头发修剪得整整齐齐，像起伏的波浪，长长的睫毛，脸上常有一闪而过的微笑，他已经习惯了女人和长辈们的赞美；也渴望像约西亚·斯莱德这样的同龄人或背景类似的年轻人对自己的欣赏，至少被他们所接受。

“你为什么不喜欢达布尼？”安娜贝尔面带害羞，问过她哥哥；约西亚尽可能真诚地说：“没有！根本没有。安娜贝尔，重要的是你喜欢他。”

这样的回答避实就虚，躲避问题，安娜贝尔不知道如何去解读。但她明白出自哥哥之口的是份温和而不是强烈的爱。

约西亚·斯莱德怎么样？他个性复杂，善于反驳，生性多疑，可能只是“命中注定的”。在这里，我觉得自己没资格去品评约西亚，就像没有资格去分析莎士比亚剧本中的哈姆雷特的性格，约西亚有时令我想起哈姆雷特来。这个年轻人内心火热，却被延宕冥思所困；这个年轻人出身“高贵”，却无法求得社会中安逸生活；这个年轻人已经踏上命运之路，却不知晓自己的命运走向何方。

奥古斯都·斯莱德已经接受了达布尼·巴亚德与安娜贝尔牵手的事实，这样有效地切断了安娜贝尔的一小批追求者当面表白的机会，约西亚则表现得出奇的任性。然而，当安娜贝尔试探性地靠近他时，达布尼似乎显得呆板、回避：“你必须尊重自己的内心，安娜贝尔，父亲已经表示‘同意’——坚持订婚的事只有你才能决定。”

坚持订婚！安娜贝尔笑了，内心有些受伤；嫁给达布尼·巴亚德像是进行某种军事行动一样。约西亚和妹妹两人成长过程中，并没有多少时间在一起，他比安娜贝尔大五岁，他一直喜爱着她，保护着她；约西亚天性迟钝，容易急躁；然而，在安娜贝尔看来，约西亚很爱她。（这种爱就像他对他们堂弟托德一样，他爱着，或者试着去爱这个十一岁，总是焦躁不安，侵扰别人的小孩子）但是，当安娜贝尔试图去握约西亚的手时——啊！那双大骨架的手如此大，如此有力——他皱着眉头，把手抽了回去；她恳求约西亚不要向她隐藏什么秘密，他们还是孩子的时候，约西亚带着烦恼，却微笑着说：“安娜贝尔，你必须意识到，我们不再是孩子。”

斯莱德家的众多客人都在楼上，高兴地从一个房间走到另一个房间，安娜贝尔、约西亚和达布尼·巴亚德则继续站在一楼一间画室的空壁炉前，很是尴尬；没有新近的灰烬散落在空壁炉里，而是有一些很细的骨头，已经干成了碎片。达布尼感到绝望，他说：“你祖父温斯洛是最了不起的人，这是真的，大家都这么说。他很大度的……”安娜贝尔表示同意；但约西亚只哼了一声，仿佛这空洞的话不值得认真回应。

安娜贝尔暗地里戳了戳她哥哥的肋骨。她瞟了一眼他，好像在恳求哥哥，请不要粗鲁。不要毁了这天快乐的氛围。

婚礼前六周时，安娜贝尔·斯莱德看上去不再那么漂亮，她的皮肤有些发烫，蓝紫的眼睛湿润着，下唇因激动颤抖着。那个周日，在“老克雷文地产”的宴会上（“老克雷文地产”即将成为这对新人的“蜜月别墅”），安娜贝尔穿了一件新衣服，米色双绉质地，有“蓬松的褶边”，很是时尚；她黄褐色头发向后梳着，头顶的“图片”帽子装饰着华丽的羽毛，帽子的色彩和她的衣服搭配得当，帽冠高高的，一条束发带系在下方。她每一次呼吸，身上的衣服闪闪发光，褶裥花边随之颤动，安娜贝尔吸引了每个眼球，她成了魅力女性、神秘女性的象征。为什么这样一个令人喜欢的年轻小姐，这样一位如此神圣的小姐，站在自己的未婚夫和自己的哥哥之间，却目光低垂，额头上可看出满是担心呢？

注意到安娜贝尔心烦意乱，注意到她的精力分散，这样的观察者比约西亚的观察更加敏锐；好像房子后面那个遭受冬天的蹂躏，却没有得到照看的花坛那儿，隐约听到嘶嘶的警告声，安娜贝尔！安娜贝尔！

安娜贝尔的思绪悄悄地回到记忆里，记得那把镰刀在阳光下闪着邪恶的光——新鲜的野花和草倒成一堆，很快腐烂——记得她的手被大胆地抓住，还有她的手背留下的那个更为大胆的亲吻——小姐，你真好！在你们这样的姑娘中，你如此出类拔萃……

安娜贝尔曾多少次仔细端详自己的手背，寻找陌生人锋利的牙印。但是，她看到的是光滑白皙、嫩嫩的皮肤，手的骨骼纹路精致，还有隐约可见的浅蓝色的血管网。

安娜贝尔又一次看了看手，此时，二楼突然传来哭声、呼喊声，还有女性的尖叫声；几乎同时传来，打斗声，混乱的脚步声——头顶正上方二楼地板上，人们搏斗着。

约西亚毫不犹豫地向楼上跑去，一次跳上两到三个台阶；安娜贝尔和达布尼紧随其后，尽管没有跑起来。由于害怕，安娜贝尔抓住达布尼的胳臂，达布尼屈着身，保护她。

“喂，怎么了？有人受伤了吗？这听起来像克利夫兰总统——是他的声音吗？”安娜贝尔哭喊道。

到了楼上，约西亚在克雷文房子的一间卧室里看到了他有生以来最惊人的一个场景：格罗弗·克利夫兰，我们的前总统，一个年近七十的矮胖的绅士，体重三百磅，脸涨得通红，大声地喘息，倒在了地板上，抽搐抖动，几个人笨拙地按着他，也包括约西亚的父亲奥古斯都和几乎发狂的克利夫兰太太。肥胖的老绅士，气喘吁吁，让人担心他在中风发作的边缘，他没有停止挣扎，悲伤地喊叫：

“让我起来——请让我起来——如果你有同情心，往后站！这是爸爸！这是爸爸，我说！我亲爱的女儿，不要再一次抛弃我们！”

约西亚在门口呆呆地站着。这是怎么了？世界突然发疯了？这就像电影中的一个场景——两年前每个人都看过影片《火车大劫案》——灾难场面刺激，动作呆笨不协调，步伐急速，音乐轰动效应，唤起血腥场面——虽然你盯着这些移动的图像，可是你不能立刻明白，你无法慢下来去理解它们。

格罗弗·克利夫兰似乎已经倒到地上，或是可能被推倒在地，为了防止他从窗子掉下去，那是一扇瓦屋顶窗；看来，约西亚的父亲把克利夫兰摔倒，克利夫兰太太原来显得成熟高贵，非常优美，平日里志得意满，一举一动镇静沉着，此时，她用自己柔软的膝盖，粗暴地压在丈夫巨大的肚子上，试图把丈夫压在地板上，动弹不得；她的这番努力，露出女人的匀称的腿，还有纯白色的袜子，这吸引着约西亚，令他吃惊，他在现实生活中不曾见过这些，也未曾想象过。

这是真的：我的历史学家同行们并没有记录好这个事情，没有一个线索表明1905年4月20日正午，在罗斯代尔路的克雷文老宅发生了什么；弗朗西丝·克利夫兰急于掩盖耸人听闻的事实，从而导致了他们的集体失败，她可能想保护她年老的丈夫，不受到他人的指责和嘲笑；这位前第一夫人对有人在她丈夫背后发表残忍的言论最为敏感，她正确地推测出这样的嘲笑也会出现在她的身上。1897年，克利夫兰黯然离开总统职位，想回到新泽西州普林斯顿的“寂静的村庄”过退休生活，他的年轻的妻子身负重任，要保护他，避免他兴奋过度，就像阻止他暴饮暴食一样，据说，格罗弗“不再限制自己暴饮暴食，他吃掉碗里的鱼，吃光给他的一切食物，直到撑破肚皮”。克利夫兰夫人尽管年轻，她在社会和公共场合中很快得到锻炼，自己态度庄重、举止庄严；她知道自己和丈夫受到追捧，被无耻地谈论，克利夫兰太太不是那种受人愚弄却表现高兴的傻瓜。正如我们已经看到的，不只是伍德罗·威尔逊，还有许多社会地位比伍德罗·威尔逊还高的普林斯顿市民，开始害怕那个女人的闪烁的眼神，挖苦的话语，还有她一时心血来潮，去提升或损毁别人的社会地位的能力。[①]

尽管发生在克雷文老宅的事件条理混乱，我努力把它拼凑在一起，就如同一个熟练的，却有点古怪的棉被制作者，这叙述时而清晰，时而混乱，如下所述。

格罗弗·克利夫兰费了很大的腰劲，爬到宅子的二楼，他落在人群的后面，这一小群人兴奋地穿过房间，格罗弗希望喘口气；而其他的人都在其他的地方，对房子的一个接一个的迷人之处惊叹不已。克利夫兰走到一个空荡荡的房间，碰巧那是一个幼儿室，他偶然经过这个房间的一个高大的窗户，窗子半掩着，他俯视屋顶的一个陡峭的角落；在那里，他看到，或似乎看到，一个可怕的景象，在屋顶的边缘；开始以为是一个笨拙的大鸟，也许是一只大蓝鹭，这种史前的水鸟在普林斯顿农村并不少见，这位惊恐的人随便揉了揉眼睛，他看到一个孩子，一个小女孩，坐在屋顶的边缘；开玩笑或是搞恶作剧？女孩把马蹄莲花撕裂成碎片，让撕裂的花瓣飘落到地面；她波浪一般的乌黑的长发披散在后肩上；她的袍子长长的，白白的，让人好奇的是它被弄脏了；她赤裸着双脚，肤色苍白——她整个肤色都是苍白的，带着坟墓那种苍白，这一点明确无误。孩子没有留意到这个惊恐的观察者，她设法站起来，就在屋顶边缘，她一边笑着，一边把剩下的马蹄莲百合花抛向空

---

① 克利夫兰夫妇七十年后仍然风采迷人。格罗弗·克利夫兰，比妻子大二十八岁，据说第一次看见弗朗西丝时，她还是一个婴儿；弗朗西丝的父亲是克利夫兰的一个老朋友，在他死后，克利夫兰就成了这个十一岁姑娘的监护人，大约十年后，她还是威尔斯女子学院的学生时，克利夫兰向她求婚。二十一岁的弗朗西丝是历史上最年轻的第一夫人，直到今天，她仍然是史上最年轻的第一夫人。克利夫兰夫妇有五个孩子，他们的长子鲁思 1904 年死于一种儿童疾病，当时才十三岁。我在普林斯顿长大，经常看到克利夫兰太太——这位遗孀——她肥胖的丈夫没有在克罗斯威克斯诅咒的世事变迁中幸存下来，尽管他似乎是这场祸害的无辜的受害者。我的母亲一直是克利夫兰夫人亲密的老熟人，无论是在她第二次婚姻之前还是之后，她四十九岁时，嫁给了普林斯顿大学的考古学教授；真希望我可以说与她说过话，但我对这位长着一头引人注目黑发的黝黑女人只有模糊的记忆，（普林斯顿的女性诋毁者）传言她是俄克拉荷马州乔克托地区的印第安酋长的远亲！

中，就好像她也要踏入空中似的；克利夫兰该如何救她？

他喊道："不要！不要！别动！你不能！"

克利夫兰就在窗口，嘟囔着打开窗户，推开百叶窗，疯狂地喊着——结果，让他更为惊讶和恐怖，他看到那个女孩转向他，而出现在他眼前的却是自己心爱的女儿鲁斯——一年前，在马萨诸塞州秃鹰海湾克利夫兰夏天住的家里，女儿死于白喉。

啊，刚刚是谁？怎么会呢？克利夫兰的心爱的鲁斯，经常出现在他的梦里，他内心的深处为此一直悲伤不已——她为什么会出现在这里呢？要怎么办？

事实上，格罗弗·克利夫兰遭受一连串病痛的折磨，与伍德罗·威尔逊相比，他的境况甚至有过之而无不及，但是，他从来没有遭受任何精神疾病或幻觉的痛苦。

克利夫兰很是自豪，认为自己明白事理，几乎想到"死后"或"精神世界"，不过这次，他丝毫没有犹豫，确信自己的女儿以某种神秘的方式回到他的身旁；她身着整齐的墓穴里的衣饰，回头窥视着他，目光轻佻，做着恶作剧，鲁斯活着时，时常用这样的眼神看着她亲爱的爸爸，戏弄他，令他大笑。

克利夫兰忘记鲁斯死了，忘记她早就下葬了，这不足为奇；他狂暴地把窗户推得尽可能高，身子倾斜而出，他的手臂伸向她，求她回来。不顾年岁已高，没想自己身宽体胖，没有顾及自己的安全，身子探出窗户，他哭喊着，"鲁斯！亲爱的鲁斯！是你呀！不要离开爸爸，求求你，亲爱的，我在这里！爸爸在这里！来爸爸这！哦，我可怜的宝贝！我的小家伙！我的天使！不要离开！到爸爸的怀里，求你——"

显然，别人无法看见屋顶边缘的幽灵；人们冲进房间，本能地一下子明白这里的情况——至少，格罗弗·克利夫兰正深受强烈的幻觉之苦，他试图使自己从狭窄的窗口挤出，如果不去控制他，他可能摔到楼下的地面而死。

这就是约西亚亲眼看到的随后发生的争斗：几个人把这个矮胖的老绅士按倒在地板上，其中包括他的妻子，她扔掉自己的丝质阳伞，提起厚重的裙子和衬裙，用响亮的声音责令克利夫兰立刻停止挣扎："哎呀，这是干什么！

你要干什么！亲爱的老公，你要干什么呀！”

“弗朗西丝，是鲁斯——我们的女儿，鲁斯！看！她向我招手，向我们！请让我去——”

“鲁斯？你是什么意思？在哪里？”——现在的克利夫兰太太接近歇斯底里的边缘，蹲在开着的窗户边；但她似乎没有看到屋顶上的幽灵，到这时，幽灵已经消失了。

这个疯狂的人被按在硬硬的地板上，不过很快他不再暴躁，成了虚弱的人；肥胖的面孔，变得粗糙，大汗淋漓，脸色苍白，他呼吸如鼾声，听起来让人害怕。救他的人撕开了他的僵硬的衣领，他的背心，还有衬衣；他的脸上洒了水，并用冷敷布擦着。派出去一个司机去接克利夫兰的医生布迪诺特，他居住在与霍吉路交叉的丁香巷，距离罗斯代尔不远；医生到来时，克利夫兰的生命危险似乎过去了，尽管这种发作并不是什么好兆头，克利夫兰夫人眼含着泪，祈求大家不要把不愉快的消息传出去。

所有的人中，只有三人，似乎已经“看到”或“感觉”到幽灵，据我判定。

安娜贝尔和约西亚的堂弟托德是考普尔斯通和莱纳拉·斯莱德的儿子，他十一岁，实际上，并没有看到克利夫兰先生崩溃的场面，他之后未被允许进入幼儿室；然而，这孩子容易激动，之后连续几夜从噩梦中惊醒，说一个女孩鬼魂在追他。

在那时，阿曼达·菲茨伦道夫有坚定的证词，她说，后来她瞥见了在屋顶上有一个“发光的开着的花”之类的东西，就是克利夫兰所指向的那个位置；但是，她却不能够确定那就是鲁斯·克利夫兰，因为“幽灵彼此相似，是从另一个地方返回来的”。

不太清楚，温斯洛·斯莱德的情绪反应似乎与众不同，他跟着其他人身后进了幼儿室，此时，患病的克利夫兰先生已经失去意识，但他似乎马上明白这里的情况：窗外到底是什么“招呼”克利夫兰先生，导致这样的灾难。

人在困惑的时刻，呼唤帮助，克利夫兰太太大声哭泣着，很是伤心，温斯洛试图安慰她，告诉她现在一切都好了，“你的小女儿的灵魂似乎已经离开我们了。”

虽然后来约西亚和安娜贝尔问起他是否看到了幽灵，温斯洛·斯莱德简短地答道：“没有，基督教世界中不存在‘鬼魂’。”

虽然和另外一些烦恼的人陪伴着安娜贝尔，但是她很少说话；到了晚上，克罗斯威克斯庄园最后只有安娜贝尔和约西亚的时候，安娜贝尔告诉约西亚：“你说，鲁斯？他看到他的女儿鲁斯在窗外了？哦，可怜的孩子——你知道，约西亚，在我的生活中，我很少见到她，但是，她死后，最近我的梦里，鲁斯也向我招手——我很害怕。”

天使的号角；
或者，“弗吉尼亚梅特先生”

仅仅两天后，在普林斯顿大学的校园里，约西亚·斯莱德有了奇遇，其重要意义当时他无法猜到；虽然他觉得这样的冒险经历令人不快，让人恐惧彻骨，仿佛感受到未来会是什么样子。

他的使命是拜访皮尔斯·范·戴克教授，以前的一位哲学老师。老师的办公室在一座叫派恩厅的新哥特式建筑的二楼，这座建筑最终被命名为东派恩；约西亚非常渴望得到老师的建议，或者说他的良言忠告。

约西亚回忆起他在普林斯顿的大学时代，那时他胡乱地学这学那，从来不知道自己想做什么：研究包括希伯来语和亚拉姆语的古代语言，这样自己可以读《圣经》，以回答英皇詹姆斯《钦定本圣经》翻译中的许多问题，这些问题他的祖父斯莱德不能为他解答；或者，他想学植物学、生物学和地质学；或是他对历史感兴趣——欧洲这片鲜血浸透的土地，或许，弗吉尼亚州，虽然血腥几乎不会更少，但是它是一块新世界的土壤？在西点军校待了几个星期后，他感到躁动不安，约西亚上大学时就是这样，“游学”于各个专业，消磨时间——有时候又不像一个普通的流浪者，而是“小心翼翼地徘徊着”，他受某种魔咒控制着，或是杰克·伦敦的《克朗代克河的故事》，不绝望地讲，或许是马克·吐温的《密西西比河的生活》。(在某些方面，这没法解释清楚，约西亚在西点军校赚了很多钱；虽然这笔数额不菲的钱正在被迅速地花掉，但是，目前，他不需要依靠家人养活他。)

在普林斯顿，约西亚被征召加入足球队、曲棍球和垒球队；他度过了几周腰酸背痛的日子，与队员们一起在寒冷的清晨练习划船，穿行于卡耐基湖上的雾气中，不过，他心存宽慰，认为这样的合作运动是对喜好自我表现的运动员的斥责，他非常讨厌这种运动员，同时，练习划船让他认识了自己。

对于前程大街上的那家最高级餐饮俱乐部——常春藤俱乐部的邀请，约西亚没有理会，俱乐部的兄弟们感到惊讶、失望和不满，约西亚没有做什么解释，只是耸耸肩说："一天晚上，相当于在常春藤俱乐部的所有晚上了，在这里度过二十几个晚上，我很满意，我体会到这里的一切。"

普林斯顿男孩间的强制性友情是一种精神——或他们希望作为年轻人这样去想自己。好像没有什么比彼此间的关系更为重要：人要被尊重，被喜欢，被欣赏，被"流行"。成绩不重要——如果你学习，会被嘲讽为拉车的马。君子的成绩不需要在"C"以上——因为君子是不会用自己的智慧谋生的，这点确定无疑的。所以你加入一个俱乐部，或两个俱乐部，或三个俱乐部。你和其他人一样，参与到友善的团队里，一起进行体育运动。但是，在西点军校，他也很快了解到，身着统一制服的列队行进让人深感无聊，同样，约西亚也知道，在普林斯顿，坚守不高于同学身高的努力，他没有能力坚持很长时间。

为了让父亲高兴，他坚持在普林斯顿学习，几年后，被授予文学学士学位。他马上把这个羊皮文凭隐藏起来，也许可能已经丢失了。

这种独立性使他心里充满了得意，带着某种鲁莽——但是，当时，他感到忧郁，无法忍受孤身一人的情况。所以他找到了最富有同情心的老师皮尔斯·范·戴克教授，戴克教授总是欢迎他到自己宽敞的办公室去，那里摆放着高高的书架，从地板延伸到天花板顶，还有皮椅和沙发，透过铅玻璃窗户，能够看到大学的"教堂"——这个教堂和别的教堂一样，很大，令人印象深刻。

约西亚认为，范·戴克教授说话坦诚。就所有我认识的人来看。

和以往一样，约西亚敲了敲范·戴克办公室的门，被请了进去；派恩厅里人群熙熙攘攘的，热闹非凡，学生们匆忙地去上课，或是刚刚下课，三五成群地聚在楼梯上，说话声音大得如雷，约西亚穿着破旧的粗花呢"外套"，华达呢裤子，没有人注意到他，要不是他皱起的眉头，眼神中的那份成熟，他可能就是他们中的一员。"约西亚，你好！这是一个大大的惊喜。"

哲学教授和这位年轻人之间一直关系随意，友好，两个家庭很熟，范·

戴克在约西亚很小的时候就认识了他。约西亚在他的课上是一个好学生，成绩优秀；有时，表现出色，甚至任性，没有一件烦心的事情，至少范·戴克在场时不会有。

范·戴克教授是康德的唯心主义研究专家，当时他人到中年，本性沉默寡言，学者风范，认真热诚，不是学生“喜欢”的那种老师；约西亚和自己的父亲待在一起，还没有与皮尔斯·范·戴克教授在一起那么舒适、那么轻松。

哲学的伟大价值在于，一个人一下子猜穿托词；并“去寻找它的颈静脉”。约西亚这样说，没有前导，他甚至坐在范·戴克的办公室，“教授，你如何理解这些?”——他双手捧出东西来给范·戴克看，那是些破碎、伤痕累累的百合花瓣，还有几根茎，几片叶子，这些东西都严重脱水，发出刺鼻的气味。

范·戴克盯着这些百合花的残余部分，无情的阳光斜穿过高高的窗户，照了进来，这些残余部分更像日光下的残缺的花影，而不是真的百合花。

“我认为这些都是‘马蹄莲百合’——不好说出口，这些花腐烂不成样子。你在哪里弄来的?”

“我发现了它们。”

“‘发现’——？在哪里?”

“在我的脚下，我碰巧走过的地方。我低头一看——看到它们在那里。”

约西亚没有解释，星期日的访问后，当他离开克雷文老宅时，他踩到了马蹄莲花瓣。低头看到干枯的花瓣，有种似曾相识的感觉。

是那个死了的女孩留下这些的。她在向我们索要什么。

约西亚来找范·戴克教授不仅仅出于个人目的，范·戴克声名远震，不仅因为他学术声望，还由于他作为业余爱好者所拥有的广博的植物学、园艺学知识；范·戴克花园位于霍吉路 87 号的宅子的后面，是普林斯顿西区的一个美景。

“我不记得是从哪里找到这些花的，范·戴克教授。但我想知道你对它们的看法。你将如何识别它们。”约西亚慢慢地说着，就像一个字斟句酌的人一样。

范·戴克把这些破碎的花瓣、茎和叶铺展在办公桌上。他凝视着它们，皱着眉头。“这花朵好像很老——很老。不太像平常的腐烂分解，而像别的什么……”他低下头去闻了闻，马上退缩回去，一脸惊愕的表情。“哎呀，这么难闻的味。”

“一种化学药品的气味，我想，不是有机植物的味道。”

“噢，看！它们明显在腐烂……”

约西亚和皮尔斯·范·戴克观察到这些枯干百合花成了碎片，最后变成了尘土。几缕干叶丝留下来，一个单一花萼，腐烂的气味让人恶心。

“那一定是百合花在强烈阳光照射下的反应。某种快速的化学反应过程……”

范·戴克努力来解释这一怪异的现象，在约西亚看来，他恰恰是展现了某种哲学气质：某种意义出自无意义；无逻辑中寻找逻辑。如同诗的押韵，这样的努力有种舒适的幻想。

“是的，一个‘化学过程’。我认为一定是这样。”

“但是，你说，你在哪里找到这些花的？‘在脚下’”？

“在克雷文老宅里，教授，是星期日那天。”

因为皮尔斯·范·戴克和他的妻子都在家里，约西亚这样解释是自然的；但是，过了一会儿，他后悔说了这些话，这些话让范·戴克着了迷，激起了他的好奇心。

“但是——没人有‘葬礼’百合花，我确信？这些花这么老……”

“我只是想知道——你是如何想的。因为你是一个园艺家。”

约西亚感到焦躁不安，他站起身来。他的脸上的神情，兴奋夹杂着疲惫——好像前一天晚上没睡好，而是一直为这个悖论而“辗转反侧”似的。

一个长着巨大的尖喙和凶猛爪子的捕食鸟——悖论。被它掌控就是受苦，可是，不同寻常的是，人们把这经历误作一种狂喜。

约西亚摇了摇头，要摆脱蜘蛛网一样的思想控制。啊，今天早上他不是他自己了！从某种意义上说，很久以来，他已经不是“自己”了——自从克雷文老宅里格罗弗·克利夫兰崩溃事件以来；自从安娜贝尔告诉他，克利夫兰那个死去的孩子来到她的梦中并召唤她以来。

“约西亚，你为什么不坐下来，请坐下吧？你不会急着离开，我想？”

约西亚没意识到自己站起来，在办公室里走来走去，他想不出如何回答。他忙吗？但要到——哪里？

“我的脑海中某种脉搏在跳动着，教授。如果我变得非常安静，那脉搏会更明显，更让人分心。”

范·戴克眯起眼睛看了看他。他一直俯在办公桌上，仔细查看着破碎的马蹄莲百合花，现在他抬起头，关心地看了看约西亚。

“我希望你的病不是这些花的味道造成的，约西亚。花在凋落，可是这花的味道闻起来并不自然……”

“好了，教授！谢谢你！你一直对我们帮助很大，现在——现在——我要说再见了。”

“我亲爱的约西亚，”范·戴克抗议道，“你不会这么快就要走，对吗？为什么不坐下来——我们可以谈谈周日那天发生的事情——可怜的格罗弗·克利夫兰满嘴胡言，失去理智……克雷文老宅一直传说一个古老的闹鬼的故事，骗子安德烈在那游荡，要找克雷文少校为自己复仇。然而，克利夫兰先生似乎没有看到履行间谍任务的鬼魂，却见到了他可怜的女儿鲁斯——你怎么解释这些事情？”

“基督世界里没有‘鬼魂’。这就是我的解释。”

约西亚的举止并不十分粗鲁，他轻快地挥了挥手离开了，留下了皮尔斯·范·戴克，范·戴克感到困惑，这位年轻的朋友对那捧枯干的葬花竟如此好奇。

然后，皮尔斯粗心大意，拂去大部分花的碎片，他没有注意到斯宾诺莎的著作，《伦理学》的第四部分《人的束缚或情感的力量》最开始打开的书页上，有些卷曲的小花瓣和茎干的碎片。

约西亚快步穿越大学校园，宽阔的肩膀蜷缩在大衣里，头微微低着，在格林大臣图书馆的台阶附近被伍德罗·威尔逊校长拦住，他亲密地和约西亚打着招呼，脸上满是微笑，温暖热情，好像约西亚是他的家人一样。约西亚怀着沉重的心情想被拦住了！真该死。

当然，约西亚并没有继续往前走，虽然他想这样做；相反，他停了下来和伍德罗·威尔逊说话，或者说，让伍德罗·威尔逊讲话给他。

和威尔逊在一起的还有一个陌生人，威尔逊介绍给约西亚：在约西亚看来，这是一个奇丑的男人，皮肤鱼肚白色，松蹋蹋的，两只眼睛挨得很近，目光炽热，但是，青铜般的目光看起来很不自然；两片嘴唇如同一个爬行类动物，湿湿的舌头快速伸出，他虚伪地笑了一下，这份虚情假意令约西亚觉得尤为不快。然而，约西亚不可能逃脱掉，伍德罗·威尔逊坚持把这个陌生人介绍给约西亚，也想向这个陌生人引荐约西亚，似乎这样，才能让自己无比骄傲。

约西亚·斯莱德明白，自己不得已，才与“埃克森·马特”握手，在这里，马特被认为是来自弗吉尼亚州卡纳汗的律师，来长老会中的一个协会，威尔逊告诉约西亚，他希望埃克森·马特来这，就是要与该校董事会进行争辩。约西亚以前听说过有关威尔逊校长与研究生学院院长安得烈·韦斯特之间长期不和的传言，并且认为他们之间的不和根本算不了什么。约西亚彬彬有礼，报以微笑，友好地去敷衍几句，希望能够离开，尽快赶路；但是，威尔逊博士却很快留住了他，他那双慈爱的双手抓着约西亚的胳膊，询问着他家人的健康情况——包括他的父母、妹妹、堂弟堂妹和祖父温斯洛。

这些社会交往可以预见，没有悬念！如此重复，令人麻木！然而，如何逃脱这样的交往？约西亚想象自己逃离出去，获得自由，跑向拿骚街。

这太疯狂了。一旦疯狂，无法回头。

显然，威尔逊渴望倾诉；约西亚不容易逃脱。这位来自弗吉尼亚的陌生人眼睛紧盯着约西亚，让他有些不舒服，虽然有陌生人在场，威尔逊还是开始特别问起安娜贝尔，他知道，约西亚和他的妹妹关系非常近；他告诉约西亚，前一天，他听到了一个关于克利夫兰先生健康的事，这事“让人十分不安，深感奇怪”，他想问一下约西亚是否了解这个事的任何细枝末节。

约西亚小心谨慎，他说，他不知道，一点都不知道。

要不是伍德罗·威尔逊用手轻轻地拉着他的胳臂，扣留着他，约西亚就会小心翼翼地给自己找个借口，溜之大吉；威尔逊对这个年轻人始终微笑着，他有着皮尔斯·范·戴克家族的温暖热情，不过，他的强迫或威压带着某种微妙，更加强烈，更不可抗拒。他们的谈话如同大笼子里的一只小鸟，飞来飞去，威尔逊也试图吸引“马特先生”的注意力。

(听到“马特”这个名字，约西亚感到厌恶！——这种讨厌无关于他丑陋的外表，因为这些通常不会令约西亚感到不适，厌恶是来自于他的阿谀奉承，胆小懦弱，却表现出行为专横，声音悦耳；再有他的运动装的穿着，与他不相配——他和伍德罗·威尔逊的年龄不相上下，身材矮胖，可是他穿着普林斯顿大学生式的服装：砖色大垫肩的运动上衣，白衬衫上系着窄窄的黑领带，陀螺型的裤子，脚穿圆趾鞋，酷似棒球帽的帽子潇洒地戴在头上。约西亚看到“马特”衣服翻领上别着饮食俱乐部徽章并不感到惊讶，他效仿大学生竟达到如此荒谬的地步。

埃克森·马特笑的时候，露出发黄的牙齿，其中门牙向下伸出半英寸长，牢牢地钩住下牙。然而，约西亚目光敏锐，最让人感到厌恶的是，马特上衣翻领处佩戴的那片精致的白水仙，它已经开始变黄，枯萎。

安娜贝尔赞赏威尔逊的女儿玛格丽特、杰西和埃利诺，而且，她对威尔逊校长也总是赞赏有加，可是，约西亚在威尔逊面前从未感到舒适过，在约西亚心中，威尔逊校长高傲自大、贪婪、野心勃勃，而且对斯莱德家兴趣过大。(约西亚相信，威尔逊有朝一日将会竞选一个重要的政治职位，他希望得到温斯洛·斯莱德的公开祝福和私下里的资金资助。)

多年前，约西亚还是一个十岁左右小男孩，他就已经成为了一个很好的垒球运动员，那时候，他偶然听到威尔逊和他的父亲奥古斯都的对话，威尔逊说他非常羡慕奥古斯都有个强壮的儿子；而命运的安排，他却只有女儿，这样，威尔逊这个让人尊敬的名字身处险境了，会消失掉的。(“是的，如果上帝认为合适的话，你的约西亚才是我想要的孩子。”）此时，约西亚对伍德罗·威尔逊的不安依然存在，过去的这些事情没有什么帮助。

现在，伍德罗·威尔逊当着埃克森·马特的面，提到了安娜贝尔婚礼的话题；他滔滔不绝地讲他有多么高兴，因为杰西是伴娘；普林斯顿的所有人都期待这件让人高兴的喜事。听到这里，埃克森·马特高兴起来，他操着一口南方口音，拖着长调慢吞吞地对约西亚奉承道，“哎呀，我不知道您就是安娜贝尔·斯莱德的哥哥！——让我和您再握握手吧。”

这是多么可笑的请求，约西亚感到愤怒，想缩回自己的手；但是，埃克森·马特将手快速地伸了出来，又一次去握约西亚的手，约西亚感到一股寒冷沿着胳膊冲了上来。

幸运的是，老北教堂的钟声响了起来，几秒钟后，大学男生们沿着小路蜂拥而来，他们中的许多人戴着奇形怪状的帽子，身上别着这个或那个俱乐部的神秘徽章；老生们“欺侮”那些倒霉的新生；自行车从巷道中飞驰而过。约西亚能够找到借口，乘机离开，可是，伍德罗·威尔逊带着几分惆怅，在他身后对他喊着，“请代我向你的祖父问好，好吗？当然，还有你的母亲……”

约西亚匆匆赶去拿骚街，马车和汽车混在一起的车流从那里经过，约西亚忍不住回头看一眼，看到那个高高瘦瘦的大人物伍德罗·威尔逊和他身边的那个矮矮胖胖的马特——两个人的眼睛盯着他，谈论着，约西亚不愿去想，谈论的是他。

安娜贝尔·斯莱德的哥哥！——这样卑鄙的家伙叫他约西亚。他有什么权利那么随便地提到安娜贝尔，好像他知道她？

他知道她？可是——怎么知道的？

这次不愉快的见面让约西亚颤抖，刺激着他敏感的神经，如同听到指甲在黑板上划过，发出刺耳的声音一样，他开始感到头晕；他在克雷文宅子时，曾经有过这样的感觉，那时，他眼睁睁看着惊恐的格罗弗·克利夫兰倒下去了，他感觉到脖子后面的头发立了起来，和那位老人有某种同感，这种恐怖在他的生活之中即将发生。

突然，约西亚·斯莱德怀疑自己是否有力气走回到住处；不得已，他上了从威瑟斯庞离开的约翰逊电车，车上坐着一群叽叽喳喳的女人和孩子，车厢的后部，坐着黝黑皮肤的工人，其中一些人还携带饭盒，他们抬起头看了约西亚一眼，眼神迷离，面无表情。

“你好！能否给我让个地方吗？”约西亚在他们中间坐了下来，在电车的最后部；他希望在他们中间放松一下，别的地方他无法放松；他尽量不去注意，由于他的到来，他们突然停止了谈话。

作者注：普林斯顿的势利

美国社会主张平等，如果一个人感觉优于其他人，被看做是一种邪恶；不过，人类社会每一个下层人都渴望优越于他人，然而，下层人装做不是这样，这仍然是神圣的；任何形式的势利行为或语言，都是异常的、邪恶的。

我可以给读者提供一些信息，让他们了解两类人的社会地位的差异是微妙却重要的，据我们的记载，一类人属于这里的“坐地户”，世系悠久，财富广袤，另一类属于“新迁入户”，也就是说：过去一百年中，迁来该地居住的人。

原初的那类是朝圣者、居民或是殖民者；第二类是移民，人数比第一类多得多。

一方面，我们新泽西有古老的、声望很高的斯莱德家族，他们是马萨诸塞湾殖民地的首批居民，他们移居到新泽西殖民地的时候，“普林斯顿”还不存在，那时只是三个小村庄——“国王镇”、“皇后镇”和“太子镇”——位于纽约和费城之间的老派克路上。与斯莱德家族一起来的还有其他家族，他们在财富和名望上无法与斯莱德家族相提并论，他们是摩根家族、菲茨伦道夫家族、巴雅尔斯家族、范·戴克斯家族、派恩斯家族，（宏伟的德拉姆斯瓦克特宅第近些年成了新泽西州长的官邸），伯尔的几个家族（阿伦·伯尔牧师的后裔）——其他家族与这段历史失之交臂，没有记载。这些高贵的古老家族在普林斯顿大学成立几十年前就存在了，这一点应该牢记，这所大学的前身为新泽西学院，新泽西学院始建于新泽西州的伊丽莎白镇，后来，1748 年，在阿伦·伯尔牧师领导下，迁往纽瓦克；十年后，塞缪·戴维斯尔校长将学院迁至目前的位置，普林斯顿镇如特街二十七号，也就是现在的拿骚街，在二零六号州际公路交叉口附近。大学建立之初，规模不大，与长老教会关系密切，随后，她不断地发展，发展——现在，发展太快，已经超越了自身，可以说校园变得拥挤狭小，几乎见不到“绿色”，难看的高层建筑却在早期建起的优雅的哥特式学院建筑前飞跃而起。直到今天，古老家族的后裔们依然居住在普林斯顿西区，有一些名门望族的名字几乎销声匿迹了；因为在时间冲洗下，他们渐渐逝去，而且，女性、“黑人”和少量的犹太人进入大学上学，这意味着，最初十年里，这种无序状态如溪流开始慢慢出现，一直持续着，二十世纪七十年代，到现在，已经变成了洪水。

因此，人们可以看出，老的“殖民者”住户和“新迁入”住户泾渭分明，后者大批迁入这个地区居住，仅仅是受到大学的雇用，而且毫无疑问，他们的工资不高。

(阿德莱德·麦克林·伯尔这样的人对伍德罗·威尔逊抱有成见，在他们看来，伍德罗·威尔逊收入太低，买不起汽车，这位大学校长大多时间里不得不骑自行车；实际上，这是一种残忍的势利行为。然而，我们一定与阿德莱德一起欢笑，因为她很机智!）当然，我的父亲皮尔斯·范·戴克情况也是如此，有些事情彼此交叉，他可是“县”里名门望族的儿子，他全国都有名，是一位学者和哲学家，取得英国剑桥大学和美国普林斯顿大学两个学位。进一步推断后，艾伦·威尔逊从她祖母那方面来看，与弗吉尼亚的伦道夫有关系，凭借这一点，她可能会声称与普林斯顿镇富有的菲茨伦道夫有亲缘关系，我们不得不这样地假设，威尔逊夫人没有足够的勇气去声称这种关系，她担心遭到冷落，不想为此冒风险。

至于约西亚和安娜贝尔，是两个遭受诅咒的主要人物——他们虽然极富同情心，也的确非常善良，可是，他们也是势利小人，这是不可避免的——正如他们是斯莱德家族的人一样，这一切是无意识的，也是无力改变的。

无法言说 I

(摘自阿德莱德·麦克林·伯尔夫人的私人日记，1905 年 4—5 月)

这本日记非常宝贵，其内容以秘密的代码转录而成，至今没有历史学家“破解”。这本日记最初在梅德斯通宅子里发现的，它混杂在一堆报纸、家庭账单和其他纪念品中，伯尔夫人死后很长一段时间，没人动它。当时，这本日记的代码古怪，几乎没法读懂，字迹细长，墨迹紫色，装订成红色小牛皮书，人们并没有认识到它的价值。

现在的叙述者对自己是否能够成为完全理解伯尔太太日记的唯一在世的人心存犹豫，然而，在我看来，虚假的谦逊是一种失职；特此警告这个时期的历史学家们，不要侵犯我的劳动，因为它完全受著作权的保护。

(我希望它不会过分地保护我的权利，但是，我已经决定不向读者透露我如何“破译”阿德莱德代码的，经过几个月的挫折与失败，我成功地破译了它们，这些代码，在外行看来，似乎是最令人震惊的胡言乱语，充满了古怪的神智符号和涂鸦。)

读者应该被告知，1891 年 9 月，阿德莱德·麦克林·伯尔与贺拉斯·赫杰·伯尔结婚后不久，阿德莱德患了一种神秘的“不安”症，这种病表现为身体疾病和心理抱怨，包括局部麻痹，极度疲劳，呼吸困难；当时，普林斯顿的女性患病者中，伯尔夫人是十分出名的，她经常送“通报”给那些在公众场合里见不到的朋友。因此，下面的情形十分常见，她请求被抱下楼去，在梅德斯通宅子里迎接贵宾，例如，接待刚刚来到镇上的格罗弗·克利夫兰先生及其夫人，或者在下午茶的时候与精心选来的普林斯顿姐妹们聊天；人们认为，1891 年 10 月她从百慕大群岛度蜜月回来后，就没有离开过梅德斯通宅子。

读者也应该知道另一个细节：梅德斯通宅子是彭布罗克·伯尔祖辈的家产，彭布罗克·伯尔与斯莱德家族一样，最初在马萨诸塞湾殖民地定居，十八世纪搬到新泽西殖民地，是普林斯顿西区高贵家族中比较显赫的一个。梅德斯通宅子位于霍吉路 164 号，1803 年建成，“兼顾”罗马风格和哥特风格，古色古香（有点让人生畏），暗色调的花岗岩，趋向明亮，这依靠光照的强弱。宅子有标准客房二十五余间，马车库房和后面奴隶的住处还有十几间，梅德斯通对观察者施以奇怪的咒语：建筑方正结构，却稍有钝状形，烟囱高耸，窗口狭窄、高高的，显示“沉思”状态，窗口基本保持关闭，这是丧葬和雄伟的混合，与众不同，罕见独有。

众所周知，我的童年是在霍吉路 87 号度过的，那离梅德斯通宅子不过半个街区。阿德莱德·伯尔惨死前的很长时间里，梅德斯通宅子就“闹鬼”，这样的说法在我看来是一个幼稚的幻想，不过，家里容易受到影响的下人、工人和那些经常来这座宅子的买卖人，对此非常当回事。

——真是**无法言说**！——今天上午，普林斯顿镇上的每个人都在小声地谈论着这件事。

可是，一个女士怎么探听这个事情呢？

我不确信，这事是什么时候发生的——（两天前？）——还有，是不是发生在这个女人身上——（一个骇人听闻的事情，不是吗？——太让人好奇了！）——是黄昏时独自一个人走出去的，还是作为一个普林斯顿居民，住在附近一个破旧的小村子里。

要否认这一重大的事情，是多么的不公平！——但是，如果对这位女士的犯罪行为**无法言说**的话，那么这个女人的事情又如何来谈论？贺拉斯没有告诉我什么。贺拉斯和他的所有亲戚一样，冷酷严厉，守口如瓶。对于我的挑逗式的询问，贺拉斯回应道，“没什么，亲爱的阿德莱德，你没有什么过错”——这样，这个事件平息下来；贺拉斯会保护他的猫咪不被任何邪恶侵扰，因为他——作为亲爱的丈夫！——相守了十四年之久。

——（我的丈夫英俊潇洒，留着卷曲的胡子，天性天真，他怎么也猜不到，他的猫咪的内心竟如此邪恶，她心里如此大胆、无畏与奔放！）

——一下午，有茶、馅饼和美味的摩卡咖啡味的乳脂松糕。然而，这是多无聊，猫咪只渴望听到我们之间那些“无法言说”的消息，女人们不应该知道这些消息；紫红脸庞的威尔逊博士邀请安得烈·韦斯特一边没头没脑地喝着茶，一边喋喋不休地争论着。我知道，有人认为我“粗鲁”——至少是“不敬”——菲茨伦道夫夫人在慢吞吞地讲着她的**八卦**，我几乎没有掩饰自己打哈欠。威廉敏娜堂妹，是个大个女孩，她调皮地瞥了我一眼，同情我的境地，她的母亲声音低沉，语气单调，说着董事会中哪个人支持威尔逊博士抑或哪个人会站在六十二岁的韦斯特那边；这个小镇似乎一下子分成两派。学校理事、大学校友以及强大的寡妇阵营，当然还有举足轻重的克利夫兰家族（格罗弗是董事会主席，据说他强烈支持韦斯特），等等！猫咪为了安慰自己，吃了六个摩卡咖啡味的乳脂松糕，还外加几块奶油——这些东西让我那天晚上很不舒服，我本来应该知道这些。但是，唉！——猫咪会用什么招法逃脱如此**无聊**的状态。

——可笑的是，一切都不清楚：“无法言说”之事似乎涉及普林斯顿西区的一个最有名望的家族！

这么残酷且这么令人沮丧，却至今没有更多的细节披露。

——而且，另一个“难以形容”的事件已经显示出某种暗示：它涉及前总统克利夫兰，十分神秘的是他总会来到位于珀丽路上的克雷文老宅，还有许多人陪伴，其中包括这里的重要人物温斯洛·斯莱德家族诸多成员——这样的聚会一定与即将到来的斯莱德和巴亚德的婚礼有关系。但是，贺拉斯很失望，因为他似乎对发生在上周日的事件真的一无所知。

——布迪诺特医生来看望。猫咪感到不舒服，摩卡咖啡味的乳脂松糕导致她胃痉挛，且十八小时后不舒服感依然没有消失，死亡会更好受些。

医生被汽车接了过来，可是，为猫咪开的却是另一种药物。她十四年来头脑就没有清醒过。

这个白色药丸是一种新的药物，是亚伯拉罕从普林斯顿药房弄来的，亚伯拉罕是一位新员工，肤色如同煤炭，是男孩子中最黑的，他与这里的厨师兼管家米妮有关系。至少，我认为他们有些关系。我认为，他们的名字都有些可笑。

——猫咪躺在母亲伯尔的柔软的躺椅上，看上去一副无辜的样子，喘不上气来，披着喀什米尔披肩，颤抖着，私下里想着把普林斯顿所有人都消灭掉！撒旦会来梅德斯通宅子，要是召唤的话？这个“黑色的仪式”要干什么，是召唤这个家伙吗？对猫咪在普林斯顿的敌人进行惩罚——比如，让他们蒙受小小的羞辱——的理由充分吗？让猫咪“出卖”自己的灵魂？

——威廉敏娜表妹！我多么希望她能信任我，向堂哥吐露秘密；跟我说说她一生的秘密（痛苦的秘密?）；我相信，“威莉”很爱约西亚·斯莱德，普林斯顿其他的女孩子与女人们据说都爱约西亚。

约西亚·斯莱德又看了这女孩一眼吗？要不是她是妹妹安娜贝尔的朋友？人们会生疑!

不过，威莉年轻、性急，安娜贝尔性格细腻，两人在同一个学校上过学，关系密切，是要好的朋友；我真羡慕她们!

我担心，在他们的眼里，我年纪大了，比他们都大；猫咪的面部光滑，没有皱纹，眼眸又黑又亮，反应灵敏；皮肤常常有些红润，呼吸快速；我的微笑透着狡猾，猫咪的笑里藏着小女孩的酒窝——这样的微笑穿透贺拉斯的内心，他这样说过。我细细的头发，轻如烟雾，蓬松地盖着头部——虽然比我小时候的头发还要薄——非常漂亮的头发，浅棕色中夹杂些红色——要是头发中有几根难看的白发，我的女佣汉娜就很熟练地把它们染上色；亲爱的贺拉斯，像其他所有的丈夫一样，仍然一无所知。

你还爱你的可怜的猫咪吗？——昨天傍晚，我问了贺拉斯，他身穿背心，颤抖着——或你希望有一个更强壮的妻子，一个更强壮的朱诺一样的妻子，像弗朗西丝·克利夫兰一样？这样充满着渴望的提问，贺拉斯吻了一下我温暖的额头，以示回应。

——私下里，猫咪津津有味地读着海伦娜·布拉瓦茨基夫人的《秘密教义》。虽然这散文晦涩难懂，像满是荆棘的花园难以进入，在读一页的过程中，就忘了很多。

然而：猫咪十分渴望通神论中的亲密伙伴！人有足够的勇气去面对神秘科学中的真理（正如神秘科学这样的称谓一样，它是一种科学）。但是——我们这里的人都是长老会暨圣公会的；我们当中最激进的是一神论者！

美国神智学会总部位于曼哈顿的葛兰姆西公园。那里举行的会议只有被邀请者才允许参加。我吓一跳，我相信——只有神智学学者才能够理解我的愿望，因为只有非常特殊的人，借助于智慧，努力奋斗，才能进入一个精神世界。

然而，一个小孩将领导你们——他不是教神智学的人！

（猫咪如果不是可怜的病人，如果没有乘汽车的那段快速旅程，该多好！——但贺拉斯将不会同意。）

（所有的伯尔家人和麦克莱恩家人都不会同意，他们不过是心胸狭窄的外省人，布拉瓦茨基夫人面带轻蔑，嘲笑他们。）

布拉瓦茨基夫人说，**宗教不会高于真理**。

布拉瓦茨基夫人承诺，**第三只眼睛专注精神世界时，我们将走向麻醉的身体**。

布拉瓦茨基夫人承诺，**如果我们登上一架更高的飞机，监护人德维（天使）会看着我们**。

猫咪又加了一句真诚的话：“**阿门**”。

——威莉表妹的事情更多。我觉得，她的心里藏着一个火热的秘密。

我无法判断威廉敏娜堂妹二十岁时的长相，有些人说她英俊漂亮，另一些人所说她下巴不够尖，脸色“热诚”亦即面色红润，不像女士的样子。我希望我们能成为朋友。但她年轻，且有距离感；她与自己母亲和姨妈来梅德斯通宅子喝茶的时候并不多；或者，即使她在这里，她用恍惚的眼神看着我们所有人，仿佛心不在焉；当然，让她感兴趣的是即将到来的婚礼，她是安娜贝尔的荣誉伴娘，这可是普林斯顿的一个奇异的荣誉；因为斯莱德和巴亚德婚礼将是这短时间内的重大事件。

然而，威廉敏娜心存希望，想进入纽约艺术学校，师从著名画家罗伯特·亨利。每每说到这个愿望，她的母亲就会打断她，呵斥她，说每日乘火车来回通勤会让她疲惫不堪；此外，威廉敏娜的父亲不会同意她居住在城里；所以，她的这个想法变得荒唐。

所以，这个女孩脸色发红，羞涩不语，赤裸的棕色眼睛，闪烁着泪珠(愤怒?)。亲爱的威莉傲慢又直率，我发现我不讨厌她，在女子学院，她可能是我最亲密的朋友；我相信，女孩中，我是最幸福的，或某种程度上，也是最调皮的。威莉的穿着十分引人注目——白色裙子，凸纹布料，浆洗得硬挺挺的；白棉衬衫，宽松的袖子、紧扎的袖口；暗条纹外套，凸显了她修长的上身、狭窄的臀部；帽子稍显小些，是一顶仿制的黑色“风流寡妇”帽子，没有任何装饰；鞋是黑色的、普普通通的，适合走路，它们来自银行街的鞋匠那。(威莉声称每天都“走，走，走”——沿着运河、充满自然风景的卡耐基湖畔；最令人震惊的是，一个人在走。)她的夹克翻领上别着一个迷人的女士手表饰针，饰物淘气的小脸朝上；我看见，我亲爱的堂妹偷偷地瞥了瞥这个小饰物，而她的长辈总是东拉西扯地说呀说。亲爱的威莉，我不怪你!

——(威尔逊和韦斯特不和的谣言，在普林斯顿散播开来！最令人兴奋的是，安得烈·韦斯特被指控涉足黑魔法事件。贺拉斯说，这样的指控与一些真相相符，众所周知，大学里，一些骨干科学家冒险解剖人脑，进行实验研究（真让人厌恶!）等等。他们秘密进行这些实验，不让大学管理者与大多数教职员工了解这些事，他们借助于自然生物学研究的幌子，在海山馆里进行着非法研究。)

——贺拉斯甚至拒绝对我们暗示“无法言说”是什么——“与你没有什么关系，亲爱的阿德莱德。”但是，我知道，它是令人震惊且十分可怕的；如解剖那样糟糕。我的女客人知道的没有我多，这似乎令人非常失望，也确实如此，他们想让我吐露什么。“这是抢劫，殴打，谋杀吗?”——所以，我坚持问贺拉斯，“——请告诉我，那是谋杀吗?”(因为对“**无法言说**”，我不能说什么，可能是一个男人强加给一个女人或是女孩身上那可怕的侮辱；对侮辱的厌恶、惊愕留下的阴影，后来投射到可怜的受害者身上，她也不再谈及这些受害者的命运，如同可怜的夜莺菲勒美拉，她的舌头被割掉。)但贺拉斯语气严肃，说这事情与他的亲爱的猫咪没有任何关系。

——贺拉斯的侄子达布尼·巴亚德和他家的几个老亲，顺便来这坐坐，喝下午茶，可是，我可以发誓断定，他们几年前就去世了；巴亚德中尉，现在大家都这样叫他，身着英俊的军官制服；留着胡子，面带微笑，有着弗吉尼亚的魅力，而且，当年轻的汉娜递过茶来时，他奇怪而执着地盯着她。(那个年轻人相信眼尖的猫咪没有看到吗?)。汉娜十分丰满，我担心，体型如同成熟的女人一样；咖啡太妃糖肤色，厚嘴唇，大鼻子；非常安静，恭敬且顺从；她的眼睛并不“明亮”，——人们可以看到，有时不能聚精会神。然而，我确信，各个方面都表现得年轻而天真；米妮会照看这个。汉娜不在房间时，达布尼中尉马上变得坐立不安；喋喋不休地述说六月份的婚礼与蜜月旅行——(威尼斯，佛罗伦萨，罗马——啊，那些传说中的城市，可怜的猫咪渴望看到这些地方!)——珀丽路上的克雷文老宅将立契转让给那对年轻夫妇——(虽然人们传说闹鬼：巴亚德中尉不怕鬼吗?)——我的问话刚一出口，就被人们盯着，十分尴尬，好像我刚刚才想到这些，克雷文老宅那天究竟发生了什么事?——没有人会说起吗?一阵可怕的沉默后，达布尼吸了一口气说：“阿德莱德婶婶，我想，我不明白你的意思。我根本没有关注你的八卦新闻。”

为什么，这是一种谴责!这种愤怒涌动在我的血液中，真希望我能求助于黑暗王子与他敏捷的复仇方式；要是安得烈·韦斯特是贺拉斯的亲密朋友，也是可怜的猫咪的知己，那该多好!

这种谴责，以及中尉巴亚德的凝视眼神让我深感恐惧。巴亚德中尉似乎也被吓坏了——只是一瞬间。他护送那些老态龙钟的年长者离开时，我感到很虚弱，亨丽埃特·斯莱德同情我，一直跟在后面，慢慢地走着，她拿着一点鼻吸药来服侍我——所谓的女士鼻吸药——比男士用的要温和得多——急需这种药——药装在小而透明的鼻吸药瓶中，藏在她的袖子里，包在一个花边手帕中；适当地打些喷嚏来让大脑清醒，我宽慰得差点流下眼泪。

——贺拉斯吻了吻我的额头，说我发烧了。他说一定要听布迪诺特医生的话——在猫咪的生活中，不要过度兴奋！警告我不要陷入当地的谣言漩涡之中，谣言就像风暴一样，充斥着灰尘、沙土、谷糠、粪便——吸入是非常危险的！我问及巴亚德中尉在西点军校的情况，听说这个年轻人因为违反了——所谓的荣誉准则？——受到了批评——但是，因为他家庭背景的缘故，并没有被开除——贺拉斯眉头紧锁，立刻做了一个用食指按在嘴唇上的样子——不！阿德莱德！我听到的并没有多么严重，这个事情，不要说得神乎其神。

——后来向我保证，我这房子得到很好的保护；霍吉路以及附近所有的居民得到很好的保护；这毕竟不是新泽西州的卡姆登！——它立刻引起了我的回应，你为什么说的是卡姆登？——贺拉斯似乎困惑了一小会儿，就好像出现了语误似的。当时，他好像对我的好奇心有些厌倦，他没有停下来，还在详细地去谈论别的事情，我们的投资代理哈里森先生，华尔街的重大事件，迪普先生，黑尔先生——罗斯福先生——（报纸上关于“泰迪”的探讨总是十分有趣的，这激发起我一点点热情）。然而，工会与罢工的话题令我心生厌倦——这些严肃的事情，我不再关心，不会像布拉瓦茨基夫人本人那样关心这些事情——从这些暴民们的谈话中我退缩出来，他们开始给社会制造麻烦，要求**“更高的工资”**，用罢工进行粗暴地威胁。贺拉斯脸色变得铁青，说他们都是罪犯；如果美国军队不来帮助我们，就必须雇用些平克顿全国侦探事务所的私人侦探；必须控制无政府主义者，履行公正判决。他们只是希望有**“更高的工资”**，如此胆小懦弱的贪心，那个我们大家奋斗拼搏的

"更高的意识"似乎并不存在。

这些乌合之众，他们的首领不曾知道——人不能单靠面包活着？

——**厌烦的情绪**持续了一周；到了星期一，尽情地喝一顿茶，猫咪情绪高涨，兴高采烈，大多数的女士看上去气色不错。

弗朗西丝·克利夫兰的到来是份不小的惊喜；她潇洒时尚，状态极佳，各式羽毛饰物，珠宝，浓妆——（坊间传说，这位前第一夫人有一点印第安人血统，若是路边小报就此抓住不放，会令格罗弗大为不快）；表姐曼迪虽然身体欠佳，但是精神状态很好；天使般的安娜贝尔·斯莱德，成了普林斯顿的名媛，占据绝对霸主地位，又是准新娘；她的沉闷的母亲亨丽埃塔竟然也好得出奇；约翰娜·范·戴克英俊潇洒，在我看来，虽然穿着还是有点拖沓、褴褛；年长的华盛顿·伯尔夫人，我忘记了邀请的贺拉斯的母亲；小艾伦·威尔逊的套装，一身晦气，不会对她朴实的面容冷漠的形象有任何增色作用。(我非常生气，"威莉"发出感慨！她的理由是那么的苍白无力，她的傻姑姑提起它时，我甚至都没有去听。)

可怜的艾伦·威尔逊受邀请来梅德斯通宅子做客，是出于一种责任和礼貌；因为她的丈夫是这所大学的校长，受邀无法避免。这个天真幼稚的女人，在韦斯特院长暨研究生院的事情上让自己受到我们的关注，她结结巴巴地说："如果伍德罗的愤怒最终被点燃，他的健康受到威胁的话，"院长和他的支持者会十分遗憾，——我们这些女人们坐在那，吓了一跳。这个女人是庸俗，或者只是笨拙？——前景花园的聚会中人们共同交谈就是这样吗？表姐曼迪小心翼翼地换了个话题，问莱纳拉·斯莱德，她带给我们的椰子蛋白甜饼是如何做的，如此美味可口。这样一来，尴尬气氛有所减弱，威尔逊太太也避免了进一步的愚蠢行为。

在那里，大家讨论着即将举行的婚礼：安娜贝尔的婚礼礼服将成为一个"美景"，斯莱德夫人承诺，婚礼礼服要体现新的路易十六时代的风格，她的侍女和伴娘都非常兴奋；贵宾们人数众多，来自不同的地区，大家汇聚在克罗斯威克斯庄园，有的来自华盛顿哥伦比亚特区；他们去威尼斯、佛罗伦萨和罗马蜜月旅行；约西亚计划在海德堡研究德国唯心主义哲学，或许，加入极地探险队到克朗代克河探险！——喋喋不休地讲着重要的事情，当时让人高兴，不过，半个小时后，就可以忘掉了。女士们！所以我要像瓦尔基里奥丁女战神一样，从躺椅上飞身而起，大声吼叫——女士们！你们中难道没有一个人知道，发生在普林斯顿的那个“不可告人”的罪行吗？它涉及女性且非常严重，神秘莫测，关于这个事情，当地报纸没有任何报道，男人们合谋，什么都不知道，他们会保护我们远离邪恶吗？不过，猫咪什么也没说，只是问汉娜是否再给客人倒些茶水。

——这里，惊诧不断。弗朗西丝·克利夫兰一阵大笑，她向我吐露威尔逊和韦斯特之间不和的最新情况，两位先生都向巴尔的摩九十九岁的遗孀霍雷肖·派恩太太大献殷勤；这位太太的丈夫霍雷肖·派恩，已经去世，他曾是22级学生，为普林斯顿捐款六百万至七百万美元，专款专用。弗朗西丝说话的一瞬间，露出洁白细腻的牙齿，问题的关键是，这笔捐款拨给普林斯顿大学时没有具体的用途说明？还是由精明的韦斯特院长来使用，他是不是用这笔钱在校园不远的高山上建立起自己的研究生院帝国（这么看来，韦斯特院长想要建立自己的校园，与身处拿骚厅，负责管理本科学生的威尔逊校长对抗竞争）？克利夫兰太太告诉我，威尔逊反对韦斯特，指控他运用“神秘主义”“催眠术”；但是，韦斯特院长则回应说，他经历了“伤害与仇视所带来的诡异的摆弄”，这种诡异来自校长的“前景花园”住宅；这愚蠢令我和前第一夫人大笑起来。弗朗西丝落落大方，身材丰满；猫咪在她身边，觉得自己几乎没有女人味。

这个女人容貌出众，在人们的心目中一直年轻漂亮，二十一岁时，与总统结婚，入主白宫，最终，岁月摧残的痕迹还是开始出现在弗朗西丝·克利夫兰身上；毫无疑问，去年的丧女之痛留下了衰老的痕迹，女儿鲁斯的突然死亡；每日每夜作为妻子的操劳，如她所讲，成了满身赘肉的三百磅的老人。格罗弗。

啊，这是必须的，猫咪突然感到害怕——一个真正的妻子定会是什么样子？

——在胆怯的日子，我不敢下楼。几乎没有力气换换床单，哪怕换换睡衣。

让汉娜梳理一下我的头发，整理一下我的披肩。已经到了上午十一点中，还是疲惫不堪。

回顾过去，一个女孩子度过的可怕的日子，我必须穿着紧身衣，努力呼吸，只能蹒跚着行走。那些日子早已过去，因为猫咪没有出去，因此幸免鲸须做的紧衣搭的折磨，而我们其他的女人必须忍受这份折磨，拯救这些残疾的群体。

这个晚上，贺拉斯轻轻地敲开了我的门，他从汉娜与其他人那里听到猫咪感觉身体不舒服。他给我带来了一个小花瓶，里面有蓝花草、野耧斗菜和一碗蓝莓，这些是从斯托克顿农贸市场买的。于是，我们在一起喝了清淡茶。我们不在乎十四年前发生的那场悲剧，我们似乎从来没有这样快乐过。雨水让窗子变得漆黑一片，贺拉斯尽力让我高兴起来，他唱着没有曲调的歌曲片段，摇篮曲，我们恋爱的日子里一首甜蜜的歌：

啊！祝愿红玫瑰永远存在
微笑去面对地球和天空！
为什么美丽的人儿会哭泣？
为什么美丽的人儿会死去？

——可怜的猫咪姑娘天真地希望和克利夫兰夫人成为好友，现在，她后悔自己的愚蠢，因为体验到虚假，真相一下子显露出来，多余的信任！——我生病，今天早上一直头疼，吞吃了太多从布迪诺特医生开的白药片，回忆昨天的交易。这位前第一夫人把我们的谈话话题硬生生地转到她的丈夫格罗弗身上（这十分无聊），她还问我是否听说过发生在克雷文宅子的“崩溃”事件，他们两个星期前的那个星期日去过那个地方；贺拉斯向我说了些什么，小镇上人们在谈论着什么？“阿德莱德，我必须知道，关于我的事情他们讲些什么。我不能容忍人们在我背后窃窃私语。”我第一次看到她上嘴唇有模糊的影子。但是，在我心中，她依旧漂亮。我向她保证，什么也没说，在普林斯顿，没有人能够比克利夫兰先生更受尊重了，还有她。这一点，她似乎愿意相信；陷入进一步询问之中，她问有关“幽灵般的探视”，别人向我汇报些什么，最奇怪的是，在我的闺房，最近无论白天还是黑夜，任何时间里我想象，我见过死者鲁斯？

(多么绝望的可怜的女人，她痛苦的样子如此难看！如果是一个悲伤的母亲，我感谢上帝，我从来没有生下任何孩子，将来也不会生。)

我结结巴巴地说着，为了让这个发狂的女人相信我没有生下任何孩子；我也没想到要孩子。克利夫兰太太，我只是听说，你的女儿非常漂亮，天使一般的孩子。除此之外，我什么都不知道。

此刻，我的法式闹钟开始报时，声音优美动听。我希望克利夫兰夫人可以站起身来，摇摆着她的裙子，离开；她的马车就等待在路边。(猫咪要是能有走路的力气，哪怕走上梅德斯通的房子与韦斯特兰之间那样短的，不到四分之一英里的距离有多好，这样短的田园散步，对她的呼吸不畅会是一个大大的奖赏；可是，不幸的是，可怜的猫咪做不到这一点。) 然而，克利夫兰太太没有离开。相反，她压低声音继续探讨那个恐惧主题——解释说，四月二十日的早晨，鲁斯（似乎）出现在她的父亲面前，从那以后，几个人就告诉弗朗西丝，他们看到过或梦见过她可怜的女儿：他们中包括威尔逊家的最小的女儿埃利诺，埃利诺说她看到鲁斯的脸紧压前景花园二层楼的窗玻璃上，而且是在午夜，她的眼睛巨大，“像猫头鹰的眼睛”一样，她的嘴唇张着，好像试图呼吸，却又不能呼吸。这个可怜的死去的孩子渴望能够进入威尔逊女儿的房间，但埃利诺·威尔逊非常害怕，不能合乎情理地对待她，而是躲藏起来。“当然，这只是一个梦，”弗朗西丝·克利夫兰说：“但是，威尔逊家的这个小姑娘非常粗鲁、庸俗，这样对待我家的鲁斯；现实生活中，鲁斯从来不是她的朋友，就像格罗弗和我不是威尔逊家的朋友一样——几乎不是，可是”——此时，克利夫兰夫人的语气有所缓和——“安娜贝尔向我报告了类似的情况，她写了张便条给我，字迹可爱，我是昨天收到的；莱纳拉·斯莱德的儿子托德，这个古怪的孩子，声称自己睡梦中被一个‘瞪大眼睛女孩’从一个房间追到另一个房间里——她一定是我们的鲁斯！我曾这样想，亲爱的阿德莱德，我知道，这可能是愚蠢的，也是毫无希望的，不过，我想求求你，因为所有普林斯顿人都惊叹你的机灵敏锐：如果鲁斯来找你，你不要拒绝她——而是要让她，如果你愿意的话，来找我，找她的伤痛的母亲，我用我的全部爱着她，没有忘记她。”

等等，等等：非常尴尬的几分钟过去后，我鼓起勇气，解释说我是一个信仰基督的女人，不相信“鬼魂”等现象。

——（我知道，布拉瓦茨基夫人对我痛心，我离开曾关怀过的人，退缩的方式平常无奇；然而，当时我似乎无法让克利夫兰家那个死去的孩子萦绕在我的睡梦之中，大多数的夜晚深受困扰，早上则呈现筋疲力竭之态。在生活中，我并不认识鲁斯·克利夫兰；几乎不认识克利夫兰一家，贺拉斯对克利夫兰先生继续第二个任期表示强烈反对，他的第二个任期是一场灾难、一个丑闻。）

（除非：那个死去的孩子成为魔鬼？）

——感觉心情不佳、自私。责备汉娜，把这个女孩弄哭。我担心失去了与弗朗西丝·克利夫兰的友情；很少看到亲爱的威莉；不在乎任何人。（谈到威廉敏娜表妹——我这只喜欢听八卦的耳朵今天下午捕捉到这样的信息，我的堂妹爱上了约西亚·斯莱德，爱得不可救药，可是，约西亚把她当作“妹妹”，只是兄妹之情；威廉敏娜的这个秘密，眼尖的猫咪姑娘早已看出来了。）

——（另一个普林斯顿的谣言，卡洛琳·菲茨伦道夫讲给我听，并且请求我保密：巴亚德中尉好像在西点军校的第一年，作为学员的时候，一次又一次地违反荣誉准则而遭受严惩；以常见的方式或模棱两可的方式“作弊”；或“抄袭”书面材料；或“恐吓”——“威胁”另一个学员：这样的细节不为人知。我向贺拉斯汇报时，他的反应毫无友善之意：不要讲这个事情，阿德莱德。那个年轻人没有被开除，即将娶亲，成为斯莱德家族中的一员。）

——相信卡洛琳所说的一切，卡洛琳夫人告诉我，同时请求我不要再说了；因此，我们浑身颤抖，抓住彼此冰冷的手，惊恐地笑着，因为鬼魂、神灵、幽灵在我们的周围“显现”。整个来访过程中，卡洛琳行为古怪，我是这样想的——我不去观察的时候，她摇晃着怀里的一个婴儿，这个婴儿别人却看不到——一个令人分神的东西；我可以看到襁褓中的婴儿，婴儿的眼睛白得奇怪，眼神不能聚焦，嘴唇湿润松弛；这个可怜的小家伙，或许是没有了灵魂。这样我才明白，卡洛琳，一生中的某个时候，曾“有”这样的孩子；已经“失去”这个孩子；与现在没有孩子的猫咪一样，同样的境况下，她却没有猫咪那么满足。

卡洛琳和我一起笑着——她并不是我们前第一夫人的狂热崇拜者——不过，接着她就离开了，把那个（隐形）的婴儿紧紧抱在怀里，责骂着阿德莱德！我们的蔑视和嘲弄行为是邪恶的，我们必须祈求上帝的宽恕。

——贺拉斯非常迷恋地阅读科学类期刊杂志，就像沉迷于阅读《大西洋月刊》和《哈珀斯》一样，他说，无形的精神世界与病原体世界具有同源性，以此来解释疾病，约瑟夫·利斯特在几十年前放弃这样的说法。你不愿意主动进入一个病原体世界，因为恐惧它的极大危害，同样，你也不愿意冒险主动进入一个精神世界。

——人们热议着威瑟斯庞街——这个荒芜的无人居住区据说是一块湿地——一个极其阴险邪恶的地方——那里发现了尸体。一个年轻的女孩——据说——多么可怕的话，令我发晕——那儿发现了尸体。就在几天前，这个事情被最后揭露出来。所有普林斯顿人不再窃窃私语别的什么，当然，只是说拯救我们，西区的女人们，特别是我们这些生病的女人们，幸免的女人们。

——消息通过曼迪和卡洛琳传给了我，在彭布罗克宅子举行一个“十分盛大而且随意的”茶会，斯特拉坎夫人显然谈到，普林斯顿来了一个“新人”——埃克森·马特——似乎每个人都遇到了他，威尔逊校长已经把他介绍给一些热心的教员。斯特拉坎夫人对这个人大加赞扬，说他“令人印象深刻，才智超群”——尤其是在法律方面；范·戴克太太认为这个人“冷漠，深思远虑，不是一个地地道道的绅士”；珍妮弗姑妈坚持宣称，他是一个评判十分准确的年轻人，他来判决亚力山大·汉密尔顿和艾伦·伯尔之间的决斗。一场各个方面都合法的决斗，决斗在新泽西的土地上进行。（我们可怜的祖先艾伦，遭到世人谴责，因为他“冷血地”射杀了尊敬的国父汉密尔顿和一位联邦主义者，华盛顿首任财政部长！然而，是汉密尔顿希望“换用”手枪来决斗，这样，他才可以开枪射穿艾伦的心脏，幸运本来给予了汉密尔顿，他出枪很快，先开的枪，但不精准；结果浪费了时间，深受侮辱的艾伦准确回击，打中了汉密尔顿。为什么是艾伦因此遭受指责？如果汉密尔顿枪杀了他，这个世界会为此悲哀吗？我们伯尔家族遭受的诽谤与污蔑已经够多了，我想！是时候该捍卫我们的名声了。）人们赞扬陌生人埃克森·马特讲话条理清晰，知识渊博，相信有艾伦·伯尔的后裔与之为伴。很遗憾，我没有见过这个人，人们说这位“最杰出的律师”来自梅森狄克逊县以南的地方。

——呕吐加头晕加心悸。布迪诺特医生开了另一种药物，吃了这种药物后，我口干舌燥，心跳加快。读了科雷利夫人的《撒旦的悲伤》，后来觉得很奇怪——好像作者的狂热的声音在我耳边唧唧咕咕；读了伊迪丝·华顿夫人的《家庭装饰》感到十分不安；《神秘的教义》中的一个段落，我都不明白。**顽皮的猫咪**溜进贺拉斯的图书馆，拿起“电话”听筒——我们的崭新的贝尔电话——拨了普林斯顿警察局的电话，用沙哑的声音询问他们是否逮捕了“我们中的凶手”，但很快这个溜进来打电话的人回归了小孩的口气，喘息着，倒吸着气——我可怜的心怦怦直跳。（这个时候，我有理由相信，发生了谋杀案，且毫无疑问，对身体的践踏更糟糕：威瑟斯庞的沼泽里发现了尸体，不是在金斯敦运河就是磨盘河的荒野里；被害人是女性，——但我不知道她的年龄以及她生活的其他细节；我一直像教堂里的老鼠一样，偷听着黑人仆人的聊天，他们聊天时，确信我们不在周围。贺拉斯一定不知道这些。

贺拉斯给我读布斯·塔金顿的小说《印第安纳来的绅士》，就是为了让我高兴。他和布斯·塔金顿在普林斯顿的时候，曾一起参加过同一个饮食俱乐部、合唱团、三角俱乐部。倚靠在躺椅上，我大笑着，突然头发晕；接着，感到心烦意乱；我不知道是什么原因，我把桌子上所有的药物一扫而空，还有汉娜刚刚给我的那壶水；一半意外，一半必然。贺拉斯深感震惊，因为我哭着、哭着，他安慰着我；虽然我觉得他有点僵硬，惊诧，四肢显现出疲倦的状态，他把我抱到我的卧室。我向他谈起，他那一天中午在拿骚俱乐部见到了埃克森·马特的时候，他只是简略地回应一下，只是说马特在他眼里没有绅士风度，因为他的肤色和鼻子外形的某些地方有些不恰当的。但是，我请求他解释的时候，他不愿意这样做。“你在发神经，阿德莱德。我给你拿些睡眠的药，该到睡觉的时候了。”我丈夫说话语气严肃，我知道不能迷惑他。这个时候，迷惑他们是最不明智的。然而，事情是多么不公平，所有的普林斯顿人充满兴奋，每一个新闻、每一个八卦在晚上九点出现。可怜的猫咪的眼皮下垂，而很快——所有的火花，布拉瓦茨基夫人称之为神圣的生命火花被熄灭了。

——我伪装自己的笔迹，来模仿弗朗西丝·克利夫兰的字体，使用深紫色墨水，大家都知道弗朗西丝的这个特点。我写信给居住在**普林斯顿前程别墅的校长先生暨威尔逊夫人：**亲爱的校长先生暨威尔逊夫人，你们很愚蠢，竟然相信这里的每个人都会支持你战胜强大的安得烈·韦斯特。何况你们并没有很好的教养，虽然你们坚持摆出一副“架子”。你们的女儿相貌平庸，有父亲那样的“马脸”，有母亲那样的俗气和邋遢，还长着“龅牙”。您真诚的朋友。

把这封信装进一个普通的信封里，外面贴上邮票，我托付给汉娜，她出去城里办事时就投入拿骚街上的邮筒。

——贺拉斯来到城里，拜访我们在华尔街上的经纪人；在他看来，在我们大家看来，还存在一些并发症；而我从未想到这些，因为布迪诺特医生告诉我不要有任何担心——“你将会比我们长寿，伯尔夫人!”通过秘密行动、害羞的提问，就像一个有多年经历的女人，我询问了敏妮和亚伯拉罕；关于汉娜，我询问了一两个其他的人；因为，众所周知，黑人对白人说谎时，你可以在他们眼神中看到欺骗，因为他们内心天真而不够狡猾。通过这样的问询，我认为我已经了解到，被杀害的女孩才十一岁；没人知道她的父亲是谁，母亲是一个妓女，在银行街乳品店工作。就是这样，这是我所有的推断！可怜的孩子！可怜的无辜的人！——因为我相信孩子一定是无辜的，她这么年轻。然而，她却生活在充斥着粗暴的环境中并（已经得到暗示）是“混血儿”。这样的事情会发生这样的人身上，上帝怜悯他们的灵魂。

——“伯尔太太，请不要问了，请不要再问了，太太”—— 就在今天早晨，米妮这样恳求道；我召唤她来我的卧室，让她坦率地给我讲讲谋杀案的情况；这孩子是否被“残酷地摆弄”。知道这个很重要，因为涉及居住在这里的每一个人的幸福。尽管这事太过残忍，了解它只会让我患病。“好吧，敏妮，那就别告诉我了，”我伤心地说；又补充了一句，“但是，要是某些严重的伤害降临到我的身上，它也会出现在你的头上。”敏妮开始微微颤抖，全身哆嗦；她不是你所想象的那种坚强的女人，虽然她是来自诺福克的奴隶们的女儿，照说应该身强体壮，可以依赖；不过，据说她一直身体欠佳，患有某种女性病，不好谈及的女性病。我想，有一点足以让人明白，在普林斯顿区我们中间存在着怪异。

——一个狂风大作的夜晚，我们两人舒适地围坐在主卧室的炉火旁，亚伯拉罕往炉子里添加燃材，把火调得旺旺的。贺拉斯的急躁渐渐缓和下来，因为他与我们的经纪人见了面；我们已经拟好了约定，上面签了我的字，按照贺拉斯建议，没有耗费我的眼力去读那些晦涩难懂的法律条文。我想，与工会之间的不安已经消退。至少，贺拉斯现在对此不再心存愤怒了。我未加思索，询问贺拉斯，谋杀案的解决目前有什么进展吗？——他似乎很吃惊我知道谋杀的事；他不同意我的说法，但含糊地说，据他所知，普林斯顿区近年来没有出现过严重的犯罪。然后，他拿起塔金顿先生的小说并开始阅读；我把手放在他的手腕上，央求他，不要敷衍我；因为我想知道真相，一定会知道真相，就如同所有神智学者都一定会知道的一样。贺拉斯笑了一笑，对我说，在拿骚俱乐部，他听到关于普林斯顿的唯一令人不安的事件就是，一些调皮的大学生用铁锤再次砸倒了威尔逊博士住处的一段铁艺围栏，这些铁围栏是他很早建的，围绕着前程别墅的房子；那些男学生非常生气，校长和他的家人们恰恰是在校园里寻求着自己的隐私。(“有些人可能将来有一天会成功地打动世界，但是，在新泽西州的普林斯顿镇，却没有人认真地对待他。”贺拉斯严肃地说：“威尔逊博士就是这些人中的一个。”）后来，我心生闷气，感到头痛，不想从贺拉斯的手里接过我的药，亲爱的贺拉斯试图安慰我，或许想拥抱我；于是，我让他趴在被子上，他重重的身体轻轻地压着我，不过，十分温柔——这些年来，贺拉斯变得结实了。贺拉斯可能有其他一些努力，我没有留意；因为，猫咪的眼皮已经耷拉着。“你后悔了。”——我低声地问，亲爱的先生吻了吻我闭着的眼睛——“你是不是对你生病的妻子心存歉意，她至今还没有成为一个妻子，将来也不会是。”他明确地否认了这一切，他常常这样；哼着温柔的小曲；留着卷曲的胡子，我想到了沼泽地里遭受蹂躏的孩子，感到内心深处一阵剧痛，随后，瞬间就消失了……

——这件事情令人吃惊：没有十一岁的孩子在普林斯顿被杀害，任何年龄的孩子都没有。据说两个人被杀害——“执行死刑”——因为他们的不当行为，侮辱上司——这事情不是发生在普林斯顿，而是在新泽西州的卡姆登。我在《费城咨询报》上读过关于这两个人的信息，贺拉斯的研究偶然发现过他们，他们是卡姆登的杰斯特和戴斯卓·普赖德。对他们做了什么，为什么这样做，在报纸上，尤其报纸的八页上一篇简短的文章中，没有做出解释说明；但是，卡姆登县警长说，看到这次处决的人多达五百人，却“没有一个目击者”站出来。这件事丑陋肮脏，不过，恐怕普林斯顿还不能表示同情。你从文章的意图，会知道，普赖德们是黑人而不是白人；他们因为行为不端而受到惩罚，如果他们判断事情更谨慎些，可能避免这一切。

——所以，归根结底，普林斯顿根本不存在“**不可告人**”的犯罪，但是，如同贺拉斯警告的那样，普林斯顿身处八卦的漩涡。我不确信自己是心怀释然，还是感到失望。可怜的猫咪，身处误导之中！

我把贺拉斯的报纸放回原处，他不知道报纸已被动过；接下来睡个午觉，临近傍晚时，喝喝下午茶，啊！——阵阵**无聊与厌倦**如空中飞机席卷而来。

燃烧的女孩

五月末的一天下午，安娜贝尔·斯莱德，威廉敏娜·伯尔和安娜贝尔的堂弟托德在克罗斯威克斯森林边上的石溪河岸散步游玩；年轻的姑娘们大声地聊着天，那个男孩（此时，他十一岁，但是，举止行为看起来要小得多）——嬉闹着跑来跑去，高声地给斯莱德家的狗雷神下着命令，这条狗一直跟随着这几个人，跑前跑后。

“雷神，这里！雷神，听我的命令。”

男孩的声音尖尖的，惹得狗大叫起来。雷神是一条成年的德国牧羊犬，一身青灰色，带着螺纹。

“雷神，跑！出发！”

小男孩真是好吵闹呀！这条英俊的狗，平常不怎么叫，今天却兴冲冲地大叫不止。

五月阳光，穿透树林，落在地上，留下点点光斑，托德和狗从阳光下，跑进树林里。年轻的女人们听到他们撞到草丛里的声音，就像是棍子故意打在身上一样。

安娜贝尔喊着：“托德？别跑了！等等我们。”

然而，小男孩跑进了森林深处，追赶着他前面的狗。

也许是，这条狗在追逐某个动物，使得这个孩子跟在它的后面，兴奋狂喜，一路狂飙向前。

“托德！你答应过的……”

安娜贝尔在这个任性的堂弟身后喊着——笑着——没有任何作用。

安娜贝尔并不是真的抱怨她的小堂弟托德，相反，她很爱他。这个小家伙身上有着无尽的能量，在安娜贝尔看来那是一个奇迹，安娜贝尔穿上她那双漂亮的登山鞋，自己在克罗斯威克斯森林里和溪流沿岸能够走上数英里；几乎可以从这到罗斯代尔路上的克雷文老宅，走个来回。威廉敏娜是一个经验更丰富的远足者。

这个五月里的下午，年轻女性的打扮着实应景，适合户外活动：安娜贝尔身着蓝色的条纹衬衫，高高的领子，紧扎的衣带；威廉敏娜或“威莉”，下身穿时尚土耳其式长裤，上身穿束腰衬衫。安娜贝尔轻柔的头发盘卷在脖颈后，上面插着水鸢尾：这种花非常精致，酷似她眼睛的紫罗兰色。她的水手草帽让她有着孩子般的气质，讨人喜欢、调皮可爱，一离开庄园，她大胆地模仿同伴，掀起盖在脸上的雪纺面纱，因为她发现，它限制着自己，这份温暖让人难受。“妈妈担心我的脸上皮肤‘脆弱、英国特色’，”安娜贝尔说，“但是，我想，在太阳下待上一个小时，不会把我变成一个干瘪的老太太。”

“一个小时不是连续的时长，而是累积在一起的时间。我们的长辈察觉出，这么长时间是危险的。”

威莉说话语气很轻，一副不屑一顾的样子。安娜贝尔的女同学早已丢弃了乖乖女对母亲的那份敬畏，不去理会母亲的告诫，而且说起话来，冒冒失失，安娜贝尔笑了。

“好了。我们必须承担这个风险。毕竟，这个世纪才刚刚开始，很年轻——它会持续很长的时间。”

在普林斯顿镇，大家公认，安娜贝尔·斯莱德和“威莉”·伯尔亲如姐妹，虽然两人并不一样。安娜贝尔体态轻盈，优雅如童话里的公主，举止自然，貌似无意，有点梦幻的气派。威莉与她对比鲜明，反差极大，她傲慢无礼，一副双下颚，眼神直直地盯着别人，而且常常暗含讽刺。威莉的相当大的魅力，首先蒙蔽了那些眼光肤浅的人，她的形象如同她的性格一样，给人麻木迟钝的感觉。她一头深褐色发，肤色有点发黑，但看上去很健康，而安娜贝尔皮肤白皙如象牙，一头漂亮的金色秀发，金色的睫毛和眉毛；威莉更加咄咄逼人，安娜贝尔似乎悄悄离去；然而，两位年轻女子因彼此相互陪伴，才可能心情愉悦，她俩一起窃窃私语，一起放声大笑。（“要是达布尼像威莉一样，能让我高兴起来，那该多好！”安娜贝尔叹着气说。）年轻人抱怨威廉敏娜·伯尔，她情绪不可预知——“无缘无故”；如果她已经做了承诺，不要指望她出现；如果参加门球、草地网球或网球比赛，不能依靠她，她会败给男对手，而且表现得优雅大度，可是似乎也有对求胜的几分专注；获得胜利可能表达某种满意。不同于普林斯顿镇其他的年轻女子们的那份认真，威莉没有细心打理自己的头发，也没有关注自己的穿着打扮；威莉的“土耳其式裤子”适合自行车女骑手，或适合曲棍球女运动员；她头上的平顶草帽看上去只是匆忙地夹在那，没有丝毫追求魅力的倾向。威莉摘了手套，或者早就丢失了；肩膀上搭着一个帆布包，她就像插图中的流浪汉，素描垫、彩色蜡笔和其他美术用品都堆进帆布包里。她身着白色棉质的高领衬衫，领口柔软，带着褶边，袖口也脏脏的。

可怜的威廉敏娜，在她美丽的朋友身边，在长相上明显不利！——伯尔夫人总是跟她唠叨、抱怨，担心没有人会愿意娶她，除非为了她家的地位和财富。(在纽约，威莉比安娜贝尔提前一年“出道”，可是，她却只零零散散地收到一些不可接受的婚姻意向，要么是没有财富的年轻人，要么是没有家世的年轻人：他们只是逗这个年轻女子开心，他们评论说，她极其期待着去回绝一次“不可抗拒”的求婚，像在浪漫小说中的家庭女教师那样，因为这样可以在普林斯顿的圈子里激起涟漪；但是却为命运之神所阻止。）威莉如此不在意女性装饰，或者她自己的感觉，结果，之前威莉和托德·斯莱德散步的时候，托德给他的堂姐精致的水鸢尾，却送给她一枝白色的有毒植物，还说：“你将得到这个，‘威莉’——因为，据说，这是毒药；而且托德感觉，你不喜欢他。”事实上，威莉一点也没有被这个男孩的奇怪而生硬的话伤到，反而笑着从他手里接过了枝条，塞进后颈的假发髻。

现在是时候承认，对于普林斯顿附近的一个**无法言说**的罪行，阿德莱德·伯尔夫人——“可怜的猫咪”——的信息并不是完全错误的；这并不是发生在新泽西州的卡姆登的丑陋的时间，而是发生在 4 月 30 日晚上的一个十三岁年轻女孩的失踪，这个女孩当时从位于普林斯顿和特伦顿之间的普林斯顿收费路旁的父母家中出来，经搜索后，普丽西拉·梅·斯派克斯的尸体被发现漂浮在特拉华－拉里坦运河上，离家不远；虽然关于犯罪本质的细节不清楚，要么是因为执法人员不想发布，要么就是几乎一无所知。《普林斯顿周报》也没有提及这次卑鄙的罪行。特伦顿当局已经是难能可贵地在特伦顿进行了快速的拘捕和讯问，一个“无确定”地址的男性，是一位来自东欧的移民，这个人几乎无法向他们提供一个签名的认罪书——签名，就是说，用简单书写的首字母缩略语就行，因为那个可怜的人似乎不知道如何读和写英文，或者说英语都不连贯，甚至似乎连他自己的出生日期都不确定！

因此，或似乎，出现进一步无法言说的暴行的危险可能在该地区已经减少；斯莱德家族的森林地产沿着罗斯代尔绵延几英里，在这块地产上本来不应该有任何危险。(当然，当地人称之为克罗斯威克斯森林的这片土地，以及毗邻的乡村，都张贴禁止所有侵入者的牌子；任何一个当地的猎人或者偷猎者，如果他们踏上斯莱德家的这片财产，去招惹斯莱德家脾气火爆的猎场看守人，那位县里警长大人关系亲密的朋友，那么这个人的确会是太莽撞、草率了。)

两个年轻女人快速走着，不过她们的手臂一直挽着，看来她们已经习惯这样做了；努力不被在前面冲进树林的安娜贝尔小堂弟和雷神的喧闹声所激怒；没有责骂他，而是朝着他亲切地大声喊叫，因为像一匹套上笼头的小马一样，这个男孩甚至受到他所喜爱的安娜贝尔的责骂也会不肯往前跑——“托德！请尽量待在我能看得见的地方，好吗？不要让我们担心你”——即使这个男孩从森林的草丛里回应她们的呼喊时，也说的是他和雷神临时想到的“魔鬼”——“女巫”——“山精”——著名的“泽西恶魔”[①]；然后，他们以魔鬼般狡猾的方式折回来，从后面冲向她们，和雷神一起赶在她们的身后大声狂叫起来，想吓唬她们；事实上，真地在一定程度上吓到了她们。托德用一个高亢单调的声音问这两个在紧张地微笑的年轻女人：“泽西恶魔问：什么是圆的，扁的，茫然没表情的，而且不说谎？”

“‘圆的，扁的，茫然没表情的，而且不说谎……’”

约西亚擅长猜谜语，也擅长哑剧字谜和其他室内游戏，可是不像她的哥哥，安娜贝尔在这种时候总是懵；为了分散这个男孩的注意力，她梳理着男孩滚烫的额头上的湿头发，并且把他衣服上面的毛刺摘掉，宣称她觉得这个谜语“太难”——这让那个男孩很沮丧，他咬着牙，跃向空中，大声拍手；安娜贝尔习惯了这种孩子气的发脾气，只想大笑，而威莉退缩了，担心那个傻里傻气的男孩可能会撞上她。(的确如此，因为托德意识到威莉并不像他

---

① 泽西恶魔是一种传说中的动物，它的自然栖息地是在南新泽西的松林地区，据说这种捕食鸟/爬虫身长七英尺，长长的脖子，长而锋利的喙，锋利的爪子。历史上传闻，泽西恶魔据说是一个名叫利兹之母的女巫的第十三个孩子，有些记载，也叫它斯巴格斯之母，生活在革命战争时期的松林地区。(是的，这是一个巧合，斯巴格斯名字这样重复——历史学家遭遇的尴尬往往多于外行的怀疑。但大多数巧合没有“意义”，我肯定在这里没有意义。）仅在二十世纪，泽西恶魔就出现过数百次，成为许多业余者搜寻的对象；这个怪物在雪地和泥土上留下巨大的鸟爪印，还有成堆的粪便，气味难闻，据说狗不小心离得太近，都会呕吐，甚至抽搐和死亡。1909年，泽西恶魔在新泽西州和宾夕法尼亚州的很多地方被人见到，靠近新泽西边界的地方；在卡姆登最为常见，据报纸报道，在那里，泽西恶魔“攻击”了卡姆登第一卫理公会教堂的一群礼拜者；后来，在卡姆登的另一个地方，一个社会俱乐部，也发生类似事情。(这是一个绅士的私人俱乐部吗？或者，也许，“俱乐部”是新闻记者的委婉说法，指的是一家客栈或酒吧。）据说卡姆登警官再次见到恶魔时，向它瞄准射击，但是，恶魔飞越特拉华河逃走，在南新泽西地区引起恐慌，学校和政府办公部门正式关闭了几天，直到泽西恶魔返回松林贫瘠荒凉的沼泽地区。1984年，写这篇文章的时候，泽西恶魔仍然被人们传说，但没有再发现过它，除了靠不住的几个小孩子和青少年在一段时间里说见过它。有关它的详细的历史，请看杰姆斯·F. 麦克洛伊和小雷·米勒的《泽西恶魔》(中大西洋出版社，1976)。

的堂姐那样放纵他、心疼他。）于是，托德向威廉敏娜开火：“什么是圆的，扁的，茫然没表情的，而且不说谎？”

威莉尽力微笑，就像人们面对亲戚或朋友的一个过于聪明，又不安宁的孩子那样微笑；她给了那个男孩一根无花果条，他接受了，几秒钟就吞咽了下去；然后无理地宣称，尽管她的名字是“威莉”，但是她的脑子却不“锐利”，连个谜语都破解不了。托德幼稚地蔑视说：“是镜子，伯尔小姐。镜子，你知道镜子吧。你个傻伯尔：镜子。镜子的反面，它的背面。就像你的后背一样，不说谎话，一张脸也一样。现在，再给我一个无花果棒吧！雷神和我都饿了。”

安娜贝尔抗议道：“托德！你不要太无理。”

托德说：“你们不要太无理，你们两个，假装不知道我的谜底。”

然而，托德的情绪如此善变，他把第二根无花果条掰成了两半，和那个急切的德国牧羊犬一起分吃掉了。在吞食掉第二根无花果条以后，他很快就安静下来了；然后坚持要求安娜贝尔和威莉停在原地不动，因为现在是讲故事的时间了——当时安娜贝尔答应，如果托德在路上乖乖的，她就给他讲一个故事；他确信他一直很乖，因为他和雷神完全不用那么乖。

这两个年轻的女人还没有打算坐下来，就在这个时候，或在这个地方，坐下来；但托德为他们找到了一些暴露、扭曲的树根，可以坐在上面；于是他们在静静流淌的石溪河边坐了下来，安娜贝尔从她的草编包里拿出了一本儿童书，给托德读安徒生童话，是托德最喜欢的故事，“丑小鸭”；威莉尽量注意不打扰他们，用彩色蜡笔给她的朋友画素描；她很想在安娜贝尔的婚礼之前给她画一幅宁静温馨的画像，作为纪念；威莉感到，因为某种原因，在这个年轻的女人成为达布尼·巴亚德夫人，并且住在古老的克雷文老宅里的时候，她会失去她最亲密的朋友。

（是的，奇怪的是，托德，在十一岁的时候，会要求别人读书给他听，仿佛他是一个非常幼小的孩子；但托德轻易不“读书，”声称当他试图分辨字母和数字时，它们在他的眼睛里“炒作一团”。）

在故事结束时，托德拍手宣布，当他变成一只天鹅的时候，他不会这样对曾经嘲笑他的小鸭子们那么好，——“托德非常善于记住被冤枉的情况，并且不会忘记或原谅他的敌人。”听了这话，安娜贝尔训斥说：“但是一旦你是一只天鹅，托德你会成为一只天鹅，你就有天鹅的行为准则——那就是，你会勇敢和高贵。”

“但是，那时托德会是托德吗?”——孩子的询问中透着一些焦虑。

“哎呀是啊！当然是。”

躺在草地上，这个男孩思考着他的堂姐的这一声明，有一种明显的嘲讽的语气；不过，他却以典型的托德模式作了回应，在地上打滚，疯狂地踢打，高声地哀号抗议，好像他被一个无形的对手逗乐了，或遭到了攻击。

(可怜的托德·斯莱德！——读者可能对他很好奇，特别是在故事随后的发展中，因为在“被诅咒”的展开过程中，托德无疑是首要人物。)

在两岁之前，托德似乎就已经显示出超强的特征——（走路、说话，甚至在一定程度上“推理”）——一个早熟的孩子的特征，但是，后来，任何人都不知道为什么，他似乎“退化”了——好像希望保持婴儿期长一点，成了一个特别不随和的婴儿，显示出一个个聪明，甚至辉煌的，以及很多其他稚气的闪耀瞬间。托德并不比同龄孩子的平均身高矮，其实还高一些；但他的骨骼发育异常、发育不良，头过大，脚很不协调，总是绊倒或者摔倒，让父母很焦虑，也成了其他男孩的笑柄。然而，更令人费解的，他经常在够东西的时候找不准位置——总是偏离几英寸。他的行为越是达不到想要的效果，他就越沮丧，越不耐烦。

托德特别让他父亲考普尔斯通伤脑筋，他的父亲是有着精明的商业头脑，在贸易金融方面的成功人士；他对自己的口才和写作能力颇为自豪，他曾经是普林斯顿辩论社的头儿，上大学期间是一个“校园风云人物”；他无法忍受他唯一的儿子“拒绝”（考普尔斯通这样说）学习读书和写字，坚决不肯学，以至于总是把书举在他头的一侧几英寸的地方，甚至倒着拿书。考普尔斯通断定，这个“恶作剧的东西”令人异常愤怒，必须严加管教——“唉，这个孩子要么是一个魔鬼，要么魔鬼附体，”考普尔斯通对哭泣着的托德的母亲表明了自己的观点。事情发生在他们父子之间的一次竞赛，在竞赛中，他们比的是纯粹的肺活量，以及行为的疯狂性，托德取得了胜利，使考普尔斯通冲出了房间。

（然而，据说，也许是不负责任地说，私下里，考普尔斯通对他任性的儿子进行了“管教”：是用手，用软鞭子还是皮带，就不得而知了。当然，人们没听说过温斯洛·斯莱德管教过自己的儿子考普尔斯通和奥古斯都，甚至在他们小的时候都从来没对他们吼过。）

但是，尽管他的父亲和众多的家庭教师费了很大的劲儿，托德就是不肯学习他的 ABC，更不学算术；其结果是，在他长到十二岁的时候，他的家人已经放弃强迫他，并且向这个男孩的固执、顽固，或者无论叫什么吧，投降。（后来，当托德长大后，在诅咒的创伤已经自生自灭了，他似乎就能“读书”和“写字”了；甚至，有人声称，托德在许多方面“高于平均水平”；因为，1911 年，我进入普林斯顿学院一年级的时候，托德就读于那里，而且肯定是一直在选修正规课程。）虽然容易发脾气，托德也表现得非常温柔；他早已被他的堂姐安娜贝尔视为最喜欢的人；甚至，有的时候，也被约西亚视为最爱，尽管他没有他妹妹那样对他们年轻的堂弟有耐心。（约西亚最沮丧的是，在棋盘游戏中，如跳棋和国际象棋，托德经常赢；不是因为托德是一个优秀的玩家，而是因为托德如此厚颜无耻而又技术高超地作弊，如此不露痕迹，以至于几乎发现不了。“他会成为坦慕尼协会大厅杰出的政治家，在那里钱会凭空蒸发，”约西亚说，“如果，不像坦慕尼协会大厅的一些人那样，他可以足够长时间不在狱中。”）

威廉敏娜告诫自己说，托德·斯莱德还只是个孩子——只是一个十一岁的孩子；然而，她害怕他的凝视中透出的那种早熟和洞悉一切的力量，几乎怀疑这个孩子可能有通灵能力。因为几个月前的一个星期日，在克罗斯威克斯，一次成年人聚会上，托德大摇大摆地走到威廉敏娜面前，严肃地和她握握手，用一种低沉的声音，委婉地向她表示同情说：约西亚缺席了聚会，伯尔小姐注定要“食不甘味”和“音不悦耳”了——这个声明出自一个孩子的嘴是如此荒谬可笑，威莉几乎不敢相信她听到的话。接着，当这个顽皮的孩子重复着他的话，用假装同情的目光看着她的时候，她涨红了脸，发现呼吸困难，意识到托德·斯莱德知道（这会是整个普林斯顿都知道的吗？）——她爱约西亚·斯莱德这个秘密。

但我没有告诉任何人！甚至没有告诉过安娜贝尔。

在此之后，威莉对待托德·斯莱德非常谨慎，但是很感激他，到目前为止，据她所知，他没有把她的秘密泄露给任何其他人。

就这样，托德还想让别人给他读书，而不自己读；《丑小鸭》之后，托德要求读《精灵山》，一个幼儿最喜欢的古老故事，之后是《冰雪女王》——安娜贝尔则喜欢迁就他，这使他很高兴，仿佛他只是一个三、四岁的孩子，非常容易快乐。对此，因为她自己的原因，安娜贝尔犹豫了。然而，托德如此坚持，在地上蹬着腿闹，直翻白眼，她不得不投降；但是她的声音似乎少了幽默感，动作也不生动了，没过几分钟，托德就厌倦了，又是哼哼，又是叹气，开始一把一把地拽草扔给雷神，刺激它。当安娜贝尔读到小男孩和冰雪女王的雪橇之旅，以及他们是如何"飞"过森林和湖泊，飞过海洋和陆地，而他们脚下却寒风呼啸，鬼哭狼嚎，死寂的积雪熠熠生辉的时候，托德使劲地打了个哈欠，好像对这样的恐怖毫不在乎；最后，把故事书从他堂姐的手中狠狠撞掉！安娜贝尔被吓了一跳，她还没来得及抗议，他就跳了起来，朝着森林的方向跑去，驱赶着兴奋的狗跑在他前面，孩子和狗都在疯狂、兴奋地吠叫着。

威廉敏娜说："安娜贝尔，你把你的堂弟惯坏了。他只会变得更糟糕，如果你持续下去。"

"但是——我能做什么呢？任何人能做什么呢？托德是——是托德。"

"你这么肯定？你知道，这是对他的一种放弃——因为他永远也不能成为一个成人，甚至也不会成为一个上高中或大学的年轻人，如果他被如此纵容的话。"

令人惊讶的是，安娜贝尔没有否认这一点；但是，她甜美的脸涨红了，不高兴了，眼睛闪烁着泪水，她只是合上故事书，任由书从手中滑落。

"是的，你说得对，威莉。这是我的报应。"

后来，当威莉查看她给安娜贝尔画的素描时，她发现她的朋友的肖像中有着如此强烈的担心、忧郁，以及某种奇怪的玩世不恭的暗示——（在安娜贝尔嘴唇的曲线里）——她不想给她看，并认为很快将素描折起来并把它藏在她包里是最谨慎的做法。看到这里，安娜贝尔似乎有点受伤，笑了笑，问这幅画是否太丑陋不堪了；威莉说：“是的，这是，有一点，但失败的是艺术家的失败，而不是模特的失败。我会很快再画一幅——再画一幅。”

两个年轻妇女继续漫步，跟随托德进入了森林；但是，她们突然心情很沉重，现在不想依偎着散步了。

别别扭扭地过了几分钟后，威莉压抑着情感，低声说：“安娜贝尔，我希望你不会从我身边‘漂移’——以及其他朋友身边，那些爱你的人——在你和达布尼结婚以后。有时我担心你已经在‘漂移’——因为，除非是我一直是在幻想，你已经有点遥远，心烦意乱，最近，至少在我陪着你的时候……”

安娜贝尔很快抗议说：“威莉，不是这样的！你是我的锚，你和约西亚。我将永远不会‘漂移’开你们两个中间的任何一个——我发誓不会失去你们中的任何一个。”

听到她的名字和约西亚·斯莱德的名字被如此结合在一起，威莉笑了；只是说，这话听起来怪怪的，安娜贝尔竟然发誓她不会失去她的哥哥，或者她的老朋友——“这让我觉得你有点不对劲，安娜贝尔？不想说？

安娜贝尔马上再次表示抗议，微微一笑说：“威莉，不是，你现在开始戏弄和折磨我。也许我们应该变换个主题？

“当然。考虑一下这个变化了的主题。”

“在我心里，威莉，在我的灵魂里——我一点都不烦恼。我——我很开心……”

但是，安娜贝尔的声音却和她说的完全不同，威莉转向她，用一只胳膊搂着她的腰：“亲爱的安娜贝尔，怎么了？请告诉我。”

“我已经告诉你了——没有什么可说的了。”

“当局者迷。是你和达布尼之间有什么问题吗？与你的父母有关？没有什么话，亲爱的安娜贝尔，来表达你现在的感受吗？”

“没有什么话可说，”安娜贝尔叹了口气，轻声说，“没有什么话可说。”

两个年轻的女人跟在托德和雷神后面进入了森林。她们离开开阔的天空之后，渐渐地，她们的谈话转变了基调，充斥着阳光斑驳的阴影或各种其他阴影。威莉说她感觉有点伤心，因为安娜贝尔不再信任她，和她说心里话；

毕竟，自从在普林斯顿女子学院五年级成为“好朋友”以来，她多次信任安娜贝尔，和她倾诉心里话。“安娜贝尔，如果不和我说，你最亲密的朋友，你还会和谁说呢?”

安娜贝尔笑了笑。没有快乐，只是烦恼。

“哎呀，也许是你的姑妈阿德莱德，关于她大家在谈论这样的事情，她的蜜月中的一次‘意外’。”

“我姑妈阿德莱德？但是为什么?”

“因为——人们在谈论这样的事情。谈论她的蜜月中的一次‘意外’。”

“你为什么说这件事呢？——没有人知道发生了什么。至少，我不知道。在我们的家庭内部，这样的事情是不说的。”

“我不明白的是，威莉，是在旅行中发生意外事故，还是在蜜月的新婚夫妇住的酒店里？而且这场‘意外’是不是无可挽回的?”

“一场‘意外’，一直是这样说的，是‘未详细说明’的那种。“我相信是发生在百慕大群岛，或在开往百慕大群岛的游轮上。”

“所以，你姑妈阿德莱德既是一个‘已婚女人’——然而，在许多方面，还是一个‘姑娘’——在本质上，并不比我们成熟。她的身材没变，因为她还没有生孩子。据说，她和她的丈夫非常亲密——他们一直是浪漫的情侣。”

“是的，据说是这样。不过，不过我发现很难和贺拉斯谈话——像他一样，他也很难和我谈话。”

“所以，也不知道阿德莱德·伯尔遭受的是悲剧，”安娜贝尔沉思着说，“还是一种福分。”

所有这一切的同时，安娜贝尔都在转动着她手指上的那枚祖传订婚钻戒，那枚戒指她带着太松了。

这两个年轻女人在一起走了几分钟，无言地沉思着；但是，在她们前面，托德在喊雷神，雷神在咆哮；森林里飘出来一种微妙的咸水气味，在这里，土地下陷，成了沼泽。

“托德，你去哪里了?”安娜贝尔喊道，没怎么指望她的堂弟会回答她。

这两个年轻女人走得快了。有一条类似于进入树林的小路，逐渐变宽，向四面八方伸展开来，在她们的脚下软软的、一踩就陷下去，并且有弹性。

安娜贝尔吓了一跳，笑了。“哦——‘失重’。”

但有什么东西抓住了安娜贝尔的衬衫下摆，并且是在裙子下面。令她沮丧的是，她发现她的漂亮的蓝色条纹连衣裙的下摆被撕裂了、弄脏了；百叶裙的白色衬裙内侧很脏。她有点呜咽地掸掉裙子上的泥土，然后把她的裙子放回原位，好像刚刚想到了这一想法，说：“请不要认为我疯了，威莉——请不要和别人说——但是我经常在想，为什么兄弟姐妹在他们长大以后不能继续生活在一起；不是古怪的老单身汉和老处女，而是——完全正常的人！为什么，世人这么坚持要结婚？自从我是一个十二岁的女孩开始，我发誓，我的母亲就几乎没有为我想过别的事情；家庭中的每一个女性亲戚都一直在策划。我本来希望成为一名儿童书作家，或插图画家，或艺术家——他们对我说，也许，在你结婚了，并有了自己的孩子，你可以有一个像那样的‘爱好’。但没有哪个想成为一名作家或艺术家——或音乐家或科学家的男孩或年轻人——被告知他应该把它当成一种爱好，这是为什么？”

“出于不允许我们投票的同样的原因。我们是二等公民，虽然同我们的兄弟一样是同一个美国的居民。”

“父亲解释说女性参政是‘多余的’——一个女人会和她的丈夫投同样的票，或者，她将存心投和他相反的票，因此就抵消了。在任一情况下，女性的选票都被浪费了。”

“不一定！我们首先会想试试看。”

“可是为什么，兄弟姐妹不被鼓励生活在一起？全家人可以一起生活，就像他们以前做的，在过去做的？我会感觉如此——孤单——不可思议地孤单——只是和达布尼生活在一起；他也会和我自己的感觉一样，我想。而且，你知道，没有人像约西亚那样好相处——至少，和我相处。大部分的时间里，我们甚至不需要说话；我们很高兴地安静地待在一起。然而，和达布尼在一起，总是需要找话说——很紧张……这就引起了我的怀疑，”安娜贝尔快速地低声说，“为什么一定要结婚，我们和陌生人结婚，远离我们的亲人。你知道，我的表姐莉诺拉，住在威尔明顿，是几年前结婚的，生一个强壮的大男孩时，差点在分娩时死掉，因为她从孩提时代起就有风湿热，她内心一直很紧张；据说，她和她的丈夫现在如兄妹一样生活在一起，没有人认为有必要批评他们。然而，如果一对实际的兄弟姐妹，有血缘关系，要建立一个独立的家庭，社会就会对他们非常不满、不屑。多么的不公平，威莉，多么不合逻辑！——你同意吗?”

威莉有气无力地表示同意。(她不喜欢这个话题的漫无边界，或者是片面的愤怒。)以一种少女的渴望，补充道：“想想看，我们三个都住在一起，在这样一个家庭里，如果我们生活得更快乐——例如，在果树园，或奥耐达，或在震颤派教徒社区。为什么‘兄弟姐妹’不能扩大到包括‘兄弟姐妹’的复数形式呢？——因为那样，当然没有伤害。”

威莉就这样说着，自以为是、不计后果、无法挽回！

感觉现在需要把手按在她温暖的脸颊上，来冷静和平复自己；在阳光斑驳的森林的树荫里，踩着潮湿、富有弹性的森林地面，她变得浑身发热，很不舒服；她的头发潮湿，像马毛一样粗糙，垂在后颈上，让人感到不爽。她以前为什么认为她的“土耳其裤子”那么潇洒，现在却沾满了牛蒡，下摆污秽不堪?

这两个年轻的女人停了下来，安娜贝尔拽着她朋友衣服上面的牛蒡，也拽着她自己衣服上面的。在森林内部，到处都是叮人的小虫、蚊子和极小的那种叮人的墨蝇。安娜贝尔气恼地说：“是的，威莉——你是对的。然而，这太晚了——对我来说。我已经坠入爱河，而且我该死——我现在属于另一个人，身体以及精神，约西亚和英俊的中尉都救不了我，你也救不了，亲爱的威廉。”

就在这时，这两个年轻的女人发现，根本看不见托德和雷神了；虽然那个男孩的喊声和笑声，以及狗的野性的叫声，似乎还从森林的各个方向回响着。

安娜贝尔带路向森林的深处走去，呼喊着她堂弟的名字；然后，差点摔倒，只好让威莉在前面走，威莉引领着两个人朝着另一个方向走，边走边喊：“托德！你真坏！你为什么躲着我们？马上出来!”

紧张的几分钟之后，这两个年轻的女人越走越深，进入了森林里面软软的、下沉的沼泽部分，这里是石溪河河口排水的地方，最后，在同一时刻，她们看到了托德在一片林中空地，巨大的原木乱七八糟地堆在一起；原木似乎已经硬化，像一座倒塌的可怕的纪念碑。阳光斜射到这个开放空间，具有了一种大森林的特有品质，不知怎的，似乎不像是自然的太阳光，或太阳光本身，而是一种奇怪的、银色的、月亮的光辉，令人不安，却没有完全令人不快。

托德站在那里，低着头，狂野的黑发在他那苍白的脸上一簇簇立起；尽管安娜贝尔和威莉都叫他，他好像没有听到；雷神也没有以它一贯的方式从躺着的扁平的床上飞跃起来，摇着尾巴来找她们。

两个年轻的女人发现托德并不是单独一个人在这个陌生的空间，而是还有一个年轻的女孩站在他面前，与他认真交谈，安娜贝尔和威莉都不认识这个女孩，她身材修长，事实上像个幽灵似的，长而不羁的黑发，一张圆脸，皮肤暗淡，颧骨突出；黑色的眼睛，似乎燃烧着激情。女孩穿着很粗糙，看起来是工作服，已严重污损，撕裂，甚至烧毁。她的右手手指畸形，或错位了。最明显的是，小火苗在女孩四周轻轻地燃烧：一会从她不整洁的头发开始，一会从她紧张的双肩，一会从她伸出的手！——女孩正向托德伸出手去，仿佛要抓住他的手。

更引人注目的还是，女孩的脖子周围有一根粗绳子，做成套索；绳子的长度约十二英尺，末端像是被火烧黑了。

啊！女孩的黄玉眼睛愤怒地闪闪发亮！

这地狱般的幻像是阳光的恶作剧吗？安娜贝尔和威廉敏娜睁大了的眼睛欺骗了她们吗？火焰在女孩周身冲起，形成火浪，然后消退；并再次燃起，淫荡地震动着，在核心地带，发出淡淡的蓝色的煤气火焰；如此微妙，有一种地狱般的美，这些可能是夕阳的余晖意外造成的错觉，或者是海市蜃楼。

“托德！来这里……”

安娜贝尔用颤抖的声音叫他，但托德并没有任何听见她说话的迹象。

因为托德似乎已经被这个恶魔女孩迷住了，无法逃离她，仿佛不理解冲动着的蓝色火焰可能意味着什么，或者绕在她脖子上的粗绳子意味着什么；或者他所冒的危险意味着什么，因为她非常接近他，马上就要用她燃烧着的手指触碰到他、抚摸他，而他没有退缩。

“托德！是安娜贝尔——安娜贝尔和威廉敏娜，来接你回家。托德！”

然而，难道是那个在燃烧的女孩非常迷人？可是她黑皮肤，稍厚的扁平鼻子、厚嘴唇，乱七八糟、很久没洗的头发散落在后背；那双不可思议的明亮的眼睛；套在她的脖子上的绞索，那一定很不舒服，似乎太紧了，限制了她的呼吸……也许是因为托德认为女孩和自己年龄相仿，但仔细一看，她年纪大得多，至少是安娜贝尔或是威廉敏娜的年龄，一个年轻的女人，不是女孩。

那个德国牧羊犬雷神奇怪地躺在离燃烧的女孩的脚边几码远的苔藓上，嘴向前伸着，耳朵竖起，形成尖尖的小三角形，眼睛崇拜地盯着女孩——为什么雷神不吠，而只是喘着粗气，好像它已经跑了很远的路，累趴下了，又好像是在膜拜？

当安娜贝尔和威莉紧握着双手，紧张地小声地尖叫着向前跑去的时候，正在燃烧的女孩转向了她们，表情中有着愤怒、沮丧和痛苦；现在，一阵大火突然烧遍了她的全身，把她整个淹没在火海中；一眨眼的功夫，好像从来也没存在过一样，燃烧的女孩消失了。

“托德！感谢上帝，你安然无恙！”——安娜贝尔喊道，冲向托德，抱住了他；而相当震惊的是，托德从她的怀抱中挣脱出来，一脸愤怒蔑视的表情看着她。

“这位是安娜贝尔堂姐，”托德开始有节奏地喊叫着，用那种能让他父亲发狂的音调，“她来得太早了；这位是威莉小姐，她是个不速之客；这位是托德，他终于在森林里找到一个朋友，但却失去了他的朋友，可怜的愚蠢的托德，感到孤零零。”

最令人震惊的是，德国牧羊犬本来是从小狗时就认识安娜贝尔的，也是几乎从那时就认识了威廉敏娜·伯尔的，此时却突然跳了起来，在喉咙深处咆哮着，耳朵向后，露出可怕的牙齿，好像——（这可能吗？）——它不认识那位忧心如焚的年轻的金发女人和她那黑头发的朋友了。

作者注：历史学家的自白

虽然很罕见的是，历史学家会坦率地谈论这样的事情，但是，我们所有从事构建过去的人——通过积累、选择和升华大量的相关事实的方式——通常存在着两个困境：事件的同时性现象和证据的真实性现象。

我一直用了几十年的时间，如果不是我的整个生命，来努力地收集《被诅咒的：新泽西州普林斯顿悲剧事件的历史（1905 年 - 1906 年）》的材料，在此过程中，我不得不淘汰大量的资料，使读者不会被过多的信息分散注意力；但是，如果我假惺惺地说，随着我的叙事以模仿“寓言”的形式展开，中心集中在某些关键的个人，其他的只是一带而过，而且克制着自己不去思考、感觉和行动——事实上，是克制不参与历史，那我就是虚伪了。当我写关于安娜贝尔·斯莱德、威廉敏娜·伯尔和托德在克罗斯威克斯森林的情况时，可以肯定的情况是，伍德罗·威尔逊、温斯洛·斯莱德、阿德莱德·伯尔、约西亚·斯莱德、克利夫兰夫妇、巴亚德中尉和所有其余的人在继续他们的生活，未受到打扰，没意识到“焦点”已经转向了别处；因为他们丝毫也没有意识到，很久以前，在一部编年史里，当一个历史学家费力地要去弄明白他们处境的悲情时，他们是参与者。但是，当我局限于线性年表，以及急于出版时，如果不这样做，我怎么能够继续呢？甚至如果我希望在这部编年体中包含当时发生在普林斯顿的每一件事情，这样一个艰巨的任务如何能够完成呢？

所以，虽然我很想调查某些不寻常的令人感兴趣的场景，这无疑能够更加有助于阐明这部编年史，但是，我不能，而是必须很遗憾地快速通过：因为在这里，在前程别墅的楼上，参加完欢迎泰迪·罗斯福总统而在拿骚俱乐部举行的盛大午宴之后，衣衫不整的伍德罗·威尔逊卧病在床，因为胃痛而扭动着身子；这件事情令这位敏感的大学校长愤怒、沮丧，最后疯狂，他不能忍受这种令人作呕的吹嘘，以及对于西方的动物屠宰的耸人听闻的叙述；忧心如焚的艾伦·威尔逊在他身边忙碌着，给这个痛苦的人服药，并祈祷她的丈夫不会死！——这一切，几乎都是发生在6月4日左右巴亚德和斯莱德婚礼的前夕，在这场婚礼中，他们亲爱的女儿杰西将发挥重要的作用。威尔逊先生紧咬着牙齿说："他愚笨。他粗俗。他是一个小丑——一个恶霸。他不尊重我。他在我面前摆架子——在普林斯顿所有的地方！这是不能容忍的。"（就这样，这位普林斯顿大学的总管（校长），评论着美国总统对他的不公正待遇。）同样，在另一个地方，一个令人难过的场景：

"拉格尔斯先生，我很抱歉。合同是一年，你知道。将不会续签了。"

"但是，为什么不呢？"古典文学院的院长阴沉地摇摇头。

为什么？为什么不呢？似乎这些问题无法回答。

"但是——我原以为——我的意思是，我竟然相信……"

这个年轻人似乎真地感到很震惊。他认为，作为拉丁语老师，他的教学生动活泼，教学效果好；的确，雅格·拉格尔斯一直将他的很多时间致力于给那些拉丁语极差的学生们当私人教师。

"孩子们都学到了很多。好几个学生告诉我，特别是……"

"拉格尔斯先生，谢谢你。"

"……甚至他们的父母都表示感谢，并要求我……"

"不幸的是，合同将不会续签，这一点我已经努力解释了——我们非常抱歉。"

"但是——我们是谁？"

白发苍苍的古典文学院院长再次阴沉地摇摇头，一脸无声的痛苦。好像在告诉这位惊讶和深深受伤的年轻人不要问。你不会被告知答案的。你被我们伟大的大学开除了，而且绝不会再回来。

"先生，你怎么能这么不公平地对待我？——这么不合理？你有什么理由要解雇我？"

"拉格尔斯先生，你不是被'开除'。你的合同不能续签，这是完全不同的事情。有匿名举报，你看。”

“‘匿名举报’——但是——”

“拉格尔斯先生，请出门的时候关上门，拜托了。”

不久，在另一个耻辱的场景中，雅格·拉格尔斯被叫到摆满书籍的普林斯顿神学院院长的简朴的办公室，撒迪厄斯·沙克尔顿牧师用古典文学院院长一样的忧郁和无情的语调告诉他，人们相信，如果拉格尔斯先生能够在春季学期结束的时候，也就是下个星期一离开神学院，那是“对所有有关各方最好不过了”。

“但是，沙克尔顿牧师——为什么？”雅格·拉格尔斯问道。“原因是什么？我错在哪里？你必须给我指出我错在哪里。”

拉格尔斯在神学院的第一年表现“非常好”——他的《圣经》古代语言指导老师对这位年轻学者赞不绝口，而且他的牧师职责指导教师曾预言有朝一日他会很快成为一个“非常认真和负责”的牧师。在第二年，学术报告持续有力，直到3月份，当时报告声称他在神学院的工作“明显变坏”，甚至包括一些不明原因的旷职。

“神学院面临着申请者远远多于学院岗位空缺的情况。我们有一打以上的人在等着——这些人非常值得期待。所以，很不幸，拉格尔斯先生……”

“但是，我不明白……”

“这不是让我们‘明白’的，拉格尔斯先生。我们必须忠诚，我们必须超越。”

这个年轻人满头雾水，摇摇晃晃地走了。如此受伤，近距离的观察者从他的步态中肯定能看出来他走路一瘸一拐的。

他不会背叛我——他会吗？我的表哥伍德罗……

在拿骚厅，雅格被简略告知，威尔逊校长不在办公室。而且他预约时间表在本周剩余时间是满满的，不可能见他。

雅格抗议说：“但是，我是威尔逊先生的表弟，从弗吉尼亚来。他知道我。他会想和我说话的。”

他的名字由校长秘书记了下来。

“请告诉威尔逊先生——已经有一些可怕的误会。他会知道我的意思，我希望。告诉他——雅格不会放弃!”

一英里之外，在梅德斯通的房子里，阿德莱德·伯尔太太在阅读《秘密教义》时睡着了，从令人不满意的轻度睡眠中醒来后，她看到，或者是想象她看到，一张脸压在她卧室的窗户上：一个黑皮肤的孩子的幽灵，大胆、冲动，因为愤怒，或饥饿，而膨胀着；伯尔太太完全不认识她，因为她和伯尔太太见过的任何人都没有关系。然而，伯尔太太还没缓过神来发出尖叫，那个人就消失了，没有任何未说出来的暗示表明她会很快回来。

莫拉家位于默瑟44号，离梅德斯通半英里远，在育婴房里，伯尔太太的表妹阿曼达·菲茨伦道夫正在护理她的小儿子特伦斯，此时，有什么东西打扰了她，可能是一阵脚步声，或者是一声叹息，或者一个阴影，或——管它是什么呢？——一个男人半透明的身影从墙上的镜子里划过。曼迪赶紧把孩子抱在怀里，转过身，她什么也没看见，什么也没听见；她知道，除了在房子的另一部分有几个仆人以外，只有她单独和特伦斯在一起；然而，她一阵颤栗，她必须把她的孩子放回到摇篮里，以免把他掉到地上，或伤害到他——在一瞬间的混乱中，曼迪似乎觉得她的婴儿不再是特伦斯而是另一个孩子，一个陌生人的婴儿——他的鼻子比特伦斯的可爱小鼻子要宽，嘴唇更肉乎乎的，黑黑的、薄薄的婴儿头发更粗，婴儿肤色更深。一阵眩晕，她受不了。她突然想到她的艾德格尔斯特恩不会对我做这样的事。壁炉旁边有一个看起来很邪恶的火钳，这种东西很少在卧室里使用，曼迪的手渴望去挥舞那把火钳，但她抵制住了，她会抵制住的，而是弯腰去安抚躁动的婴儿，喃喃地说，“哎呀，没事，宝宝要睡觉了。”

坎普贝尔顿环路99号就在附近，在这座著名的老殖民地的房子里，威廉敏娜·伯尔正盯着卧室里一面穿衣镜中的自己形象，一个法国裁缝跪在她边上，给她修改淡粉红色的缎子连衣裙，这套连衣裙是她准备在安娜贝尔的婚礼上穿的；她目光挑剔，几乎就不看镜子中令人心动的美妙的东西，而以一种近乎苛刻的态度紧紧地关注着自己身上的缺陷——脸、身材、容貌。威廉敏娜今天不是“威莉”的状态——“威莉”那个自我是依赖别人来存在的，像安娜贝尔和约西亚；一个人的时候，她只不过是威廉敏娜，父母看见就会失望的那个女儿，因为她不漂亮，又不具备美丽不足的年轻女人往往会具有的迷人温顺、甜美顺从的性格。威廉敏娜也不注意自己的衣服，其修长的优雅的裙边镶有两排褶边，上升到前襟，配上一套精致的褶网，所有这一切都是为了弥补她有点削瘦的身材。相反，这位变得温顺了的年轻女子因为现在被迫用力吸气来适应礼服的窄腰，突然觉得她可能会一下子就爆裂——一定会爆炸：觉得她都要哭出来了，或者笑出来，或绝望地大喊大叫，或者悄悄地说亵渎的话。（这是，有时在睡梦中，威廉敏娜发现自己做的事情，说这样的脏话！这样的意想不到的话！——在白天，威廉敏娜几乎都不知道怎么说。）她最亲密的朋友即将到来的婚礼使她一下子不得不自己缓解自己的孤独，觉得是一种羞辱。*约西亚不爱我，以后也决不会爱我。*

最多，约西亚是“喜欢”威廉敏娜，他以一种表哥或者哥哥的态度随意地称其为“威莉”；他很欣赏她的聪慧，她在槌球方面的技能；然而，他多年来并没有真正看过她，她是肯定的。在他们的最后一次谈话中，约西亚曾急切地谈论他的无数的新计划（在德国研究哲学，回来后到西部或者北部，到北极；加入纽约市的美国青年社会主义者联盟）——没有一个会涉及威廉敏娜·伯尔。

威廉敏娜以前一直是一个非常优秀的学生，曾经背过莎士比亚作品中的许多段落，充分地吸收了伟大诗人对人性的敏锐洞察，知道物极必反，强烈的仇恨可能逆转，而爆发“爱”，仅仅是单纯的喜欢永远不能。而威莉永远不可能像安娜贝尔一样成为约西亚的妹妹——约西亚对安娜贝尔的感情是不存在竞争的。

对于裁缝的询问，威廉敏娜一句也没听见，只是一直盯着镜子中的自己，仿佛被她自己的奇丑惊呆了；也许对她来说，像奥菲利娅那样消失会更好、更仁慈；把自己从她迷恋的哈姆雷特的生活中删除，因为人家根本没有迷恋她。她以一种她的善良、大方的本性中所没有的报复心想着这一切，想着她多么渴望拥有一种像安娜贝尔·斯莱德那样的年轻女人以其纯真和美貌而对雄性物种所具有的神秘力量，即使短暂也好；令她不快的是，如果没有人爱她，那么威廉敏娜所关注的所谓的知识和艺术才华又有什么用呢。如果约西亚·斯莱德不爱她，她自私地希望约西亚会因为另一个人对她的爱而感受到强烈的嫉妒，她的心因为想到这些而狂跳。*那么，他就会承受和我一样*

的痛苦。我们会非常般配地度过一生。

这一时刻，在另一个地方，也就是，普林斯顿大学校园里麦考士巨大的演讲厅，皮尔斯·范·戴克教授在讲授康德伦理学的讲座，他停了下来，离开了讲台，拿着手帕到旁边咳嗽；范·戴克教授已经患上了神秘的过敏症，或肺部感染，几个星期以来一直断断续续地；没有明显的恶化，但就是无法治愈；有大约五十个本科男生以怜悯的眼光入迷地盯着他，范·戴克教授没完没了地咳着；在他金丝边眼镜的背后，咳嗽的泪珠在眼睛里闪闪发光，而且马上就要溢到他的脸颊上，绝望中他试图清清嗓子；试图挣脱出来，从他的肺部深处，或他的鼻窦，无论是什么很可能会使他窒息的黏性物质；直到最后，坐在前排的那位年轻教师站起身来，不安地走到他身边——“范·戴克教授，我可以帮你吗？”

在拿骚街与威瑟斯庞街路口，安得鲁·韦斯特院长遇到了穿着华丽，长着黑眉毛的格罗弗·克利夫兰夫人，她正在和她的女儿在城里购物，一个黑人女仆跟随着；他和这位夫人亲切交谈了几分钟，在这个过程中，一种微妙的女人调情随之而来；或，相反，一个佯装的调情；因为是安得鲁·韦斯特和弗朗西丝·克利夫兰都没有感到自己给对方以任何真正的吸引力，除了“社交”吸引力；安得鲁·韦斯特得知克利夫兰先生的健康已经“完全恢复”。几个星期前，格罗弗从神经衰弱中调节过来，他现在能够进食自己习惯性的早餐了，克利夫兰夫人非常喜欢详述早餐吃的东西，因为这是她丈夫的健康证明：牛排、弗吉尼亚火腿、猪排、鳕鱼和油炸胡瓜；甚至，有时候，还吃咸牛肉和卷心菜，同时，他还读常读的几家报纸——“因为格罗弗非常跟形势，你知道；那是他骨子里的东西。”在整个期间，安得鲁·韦斯特都表现出非常感兴趣的样子，因为这是这个男人的院长气质，充分利用任何机会。因此，克利夫兰夫人转动她的遮阳伞的象牙柄，说：“现在已经在普林斯顿流传的关于格罗弗的谣言完全是没有根据的；我希望，韦斯特，你会为抗击这些谣言尽一份力。”

根据温斯洛的儿媳妇亨丽埃塔·斯莱德写的日记记载，斯莱德博士此时正躲在庄园里他最喜欢的英式花园拐角的房间里，沉浸在自己的学术研究中；是否从事《圣经》的翻译工作，或者在辛苦地收集他以前写的布道文，或在他的日记里涂鸦（不幸的是，这本日记后来在 1906 年的春天被毁掉了）。她不知道；但亨丽埃塔却注意到她公公身上一个“令人不安的变化”，他一直都是一个性格平和、宁静的人，而且对他的家人和公众脾气都很好，很少烦躁甚至疲劳或分心；但最近，温斯洛已经“不是他自己”了——相当易怒、疲劳、心烦意乱的；更不愿意与家人一起待着，也不愿意与常常顺便到访他的图书馆的朋友一起消磨时光。也许他是在为婚礼焦虑，因为邀请了很多人。也许他是担心天气，因为计划在庄园的室外举行庆祝活动。亨丽埃塔，准新娘的妈妈，随心所欲地写了好几页，为了婚礼而担忧，不过对历史没有什么益处。

约西亚·斯莱德一时冲动，决定和几个朋友一起去波克诺山猎熊，虽然他妹妹的婚礼只有几天时间了，而他是婚礼上的重要角色。“但是如果——你发生什么事怎么办？”安娜贝尔恳求地问；约西亚笑着说：“我不会出任何事情，我保证。”然后，安娜贝尔说：“你会回来的，对吧？前一天晚上？不会更晚吧？约西亚？”——几乎乞求她哥哥，你会回来的，你不会把我一个人丢在这里不管的——对吧？

英俊的达布尼·巴亚德中尉穿着一件埃及棉衬衫，细长锥形裤，出于无聊，碰巧注意到，一个黑色的小昆虫正趴在那跪在他面前的意大利裁缝的脖子上；他正好无事可干，便伸出手指捏住了那个东西，并用指甲戳它，结果，裁缝又惊又痛，大声尖叫着，蹒跚地离开达布尼——因为那个小黑点不是昆虫而是一颗痣或小疣，深深植根于这个人的肉体之中。

幽灵妻子

1905年6月4日上午，天气潮湿，斯莱德和巴亚德两家的婚礼就在这个上午举行，年轻的厄普顿·辛克莱和妻子以及幼小的儿子住在罗斯代尔路的一座摇摇欲坠的农家院，离克雷文老宅不是很远。他走了好几英里，已经来到镇上，急需在长时间的写作之后舒展一下四肢；他对于婚礼除了模模糊糊地知道婚礼的主角姓斯莱德，其他一无所知，那个年轻的社会主义者自然地把这个姓氏和资本家对群众的极端剥削联系起来。在拿骚大街，他碰巧看到一队富丽堂皇的汽车和马车，就像某种皇家队伍——“不是葬礼，因为似乎没有灵车。婚礼吗?”

有几分钟的时间，厄普顿·辛克莱站在人行道上，盯着众目睽睽下的这场炫富表演：到达普林斯顿第一长老教会的汽车清一色为豪华旅行车，厂家为皮尔斯一箭头、兰伯特、哈勒戴、别克，凯迪拉克和奥兹莫比尔；所有的配件都是黄铜的，像挡风玻璃一样闪闪发光，非常漂亮。尽管马车一年比一年少，被汽车无情地取代了，但是这里的马车却散发着永恒和浪漫的气息，也非常漂亮。厄普顿在旁边看着，脸上露出尴尬的笑容。他既没有汽车也没有马，这位内心压抑的年轻社会主义者并没有被激怒，而是一种羡慕——不是羡慕富有，而是这里所体现出的家庭和夫妻的元素。他们是这个地区的统治阶级，厄普顿想；然而，当你考虑他们的时候，他们在本质上是一个由家庭组成的部落；夫妇是每一个家庭的中心。

这是一个资产阶级社会制度：家庭以及构成其中心的夫妇。然而，厄普顿却是颇为惆怅地想着这件事。

他自己的婚姻，自己亲爱的妻子梅塔——啊！最近是多么烦恼，又多么岌岌可危啊；厄普顿没有从邻近的地主－农场主家借一辆马车，而是步行到了镇里，来躲避他的狭小写作房间的限制，以及其大脑的限制，因为最近陷于他的婚姻困境，结果创作精力受到影响。

厄普顿深深地爱着他的妻子：但是，他知道这种爱正在陷入困境，正在越来越衰弱；不符合这位社会主义者的理想。他知道，这样的爱情是基于纯粹的情感基础，而不是马克思、恩格斯，和其他革命思想家严谨的思想性，所以岌岌可危。

外面的空气只是稍微有点炎热，非常潮湿，厄普顿想着他的妻子：在过去的几个星期，她不快乐，她绝望，她性格发生了神秘的变化。二十四五岁的他在婚姻和养育子女方面那么没有经验，怎么就无法对付这样的变化呢？前一天晚上，梅塔在设施很差的农家院厨房做了一顿拼凑起来的劣质晚餐，餐后，梅塔一直愤怒地哭泣，然后又绝望地哭泣；宣布说她“不能过下去了”，祈祷赋予她从痛苦中解救出来的力量；使她的丈夫恐怖的是，她竟敢把一把手枪枪管顶在她的额头上，在至少十分钟的痛苦的时间里，厄普顿无论如何都无法说服她交出武器。

此时，他们的儿子正睡在隔壁房间的摇篮里。

就这样，眼前的危机已经过去了。但厄普顿感到震惊、沮丧和困惑；感觉自己就像被那把左轮手枪击中了头部，迷茫眩晕，那把手枪是他们结婚时他的妻子带来的。（也就是说，梅塔偷偷地随身带着武器，那是她的父亲，一位厄普顿从未见过面的前陆军军官的。）

然而，厄普顿决定履行他的家庭责任，星期六到镇里购物，办理一些杂事，就好像没有发生什么；他的妻子的情绪如此善变，说不定那天较晚些的时候，他再次与她说话，梅塔就会忘了她前一晚的痛苦了。

不过，她已经不喜欢夫妻两个当时居住的普林斯顿附近农村“田园诗般的环境”；不喜欢每餐都要在烧木头的炉子和手压泵的水池旁做饭，说不定会发生什么未知的事情，就如同护理疝痛婴儿时每一次努力都可能充满了灾难。

“我认为我不是一个好母亲，”梅塔已经开始哀叹，“因为我不是一个很好的革命者。如果这是法国大革命，我应该被送上断头台。”她的幽默感在厄普顿看来没有什么感觉。她的笑声很刺耳，沙哑的笑声令人心烦意乱——不再是当年与厄普顿·辛克莱恋爱时那个年轻女子的甜美而沙哑的笑声了，而那仅仅是两年前的事情。

未来对厄普顿来说似乎曾经很有希望，但是现在却不确定了；像欧美资本主义社会的社会主义进程一样，岌岌可危，有些偶然性，不可预知的一个巨大的机会游戏。很明显，各方面都改革，从遍布整个国家的工厂耻辱地使用童工，到南部黑人的恶劣的、非人性化的条件，那些黑人的生活几乎没比他们生活在奴隶制时代的祖父母有所改善。然而，他和其他的社会主义者要如何面对这样一个庞大的实体？他具有所需要的勇气吗？

沉思着这些事情，厄普顿忘了时间；他就是这样，陷入一种清醒的记忆丧失状态，只有婴儿的啼哭或妻子刺耳的声音才能叫醒他，清醒后不知道自己在哪里。在拿骚的人行道上，他被夹在行人中间，四周都是人，在盯着街对面现在已经关闭的第一长老会教堂的大门，那里的私人婚礼一定正在进行。豪华气派的汽车和马车的游行已经结束；似乎精心准备的婚礼都发生在教堂里。

"我希望他们会比梅塔和我幸福。我希望不是婚姻制度造成我们的困境，但只是我们的短暂的——转瞬即逝的——情绪……"

街道对面教堂的白色宽门被猛然打开的时候，人群中一片低语声；穿着婚纱的年轻女人和穿着盛装礼服的男人快步走下石阶——这是新娘和新郎吗，这么快？年轻女子穿着美轮美奂的丝质白色美丽婚纱，长长的拖裙拖在肮脏的路面上；那位绅士，穿着正式的燕尾服，戴着白色的手套，和一顶高礼帽，帽子给了他一种怪诞的高度，像踩高跷。尽管他们服装优雅，这对新婚夫妇走路时却显得笨拙、仓促，甚至有紧迫感，仿佛在逃跑；爬上在路边等待着他们的马车，这是另一个时代的马车，由四匹马拉的——四匹马！(每一匹马都是优良品种，厄普顿看见了——纯黑色，高头，编的鬃毛和尾巴，前腿或脚踝有一块不小的白色，吸引了羡慕的眼光。）这位年轻的社会主义者心情如此郁闷，以至于没能够以他习惯的方式对这种明显的资本主义的贪婪作出回应，而是遗憾地想，这么可爱的一个年轻女人，可能还不到二十岁，竟然和这样一个十分令人厌恶的男人在一起！——新郎至少是她的年龄的三倍，矮胖的身材，松弛的面部，长着一张癞蛤蟆一样的脸。

厄普顿在他的写作间的地板下面藏着一本日记，回到家里的时候会在本子里事先写一写他要创作的东西；因为这位年轻作家的生命很少会有几分钟是“丢掉”的——也就是说，未必不可以转化为有用的散文，如果没有出版，也可供将来参考。

> 推理这样的婚姻是被迫的，不需要革命理论。新娘被**卖了**——像动产被卖了一样。她家族的耻辱，她整个族群的耻辱！她所有的青春和天使般的美丽，她很快就会后悔。

一旦动起来，开始走了，厄普顿很快就沉浸在自己非常琐碎的差事中了，随着人群一起沿着拥挤的拿骚街，沿着钱伯斯街、银行和威瑟斯庞往前走；不断看看他上午要买的东西的记录单：面粉、糖、玉米粉、鸡蛋、面包、肥皂、茶叶、理发店、图书馆——最后这项加了好几道下划线，因为厄普顿正沉浸在一部关于“社会主义意识形态”的南北战争的小说，居住在普林斯顿大学附近主要是为了使用大学的特殊历史档案。(这让读者觉得颇具讽刺意味吧？所有的人中，厄普顿·辛克莱竟然想要读普林斯顿大学图书馆的藏书，而内心却谴责该机构是一个白人特权的堡垒；更有甚者，这个秘密行为与社会主义秘密原则相矛盾：**不与敌人妥协**。)

厄普顿·辛克莱是位像雄心勃勃的迈达斯国王一样的年轻作家，《亚瑟·斯特灵》杂志骗局实验被误导的始作俑者。表面上，他如何住在新泽西普林斯顿附近是一个复杂的故事；然而，透过表面，却相当简单——他身无分文，他的头两本书失败了，他已和一个富裕的社会主义者乔治·D. 赫伦签约，他和他的家人将每月受到三十美元的资助，创作环境非常不同于他们在纽约市伤风败俗的阁楼房间的环境，厄普顿要努力创作一个内战三部曲，旨在影响群众信奉社会主义。第一本长篇小说，《马纳萨斯》已经完成；第二本，《葛底斯堡》，正在顺利进行；以及即将创作的《阿波马托克斯》：厄普顿认为，这是社会主义视野的巅峰之作。无论是厄普顿·辛克莱还是他的赞助商赫伦先生都不怀疑这个三部曲将会有巨大的吸引力，如果能让群众都意识到了，并敦促他们去读的话；如果杰克·伦敦没有用类似的“流行”——“冒险”——材料取得显著的成功，自另当别论。虽然试图让被蹂躏的群体改变信仰总是有挫折，因为他们在心中紧紧抓住统治阶级的妄想，好像那是他们自己的妄想。

矛盾的是，在美国，每一个身无分文的公民都认为，运气好的话，他可能会成为一个百万富翁；所以不想限制“强盗大亨”——有朝一日，他可能也会成为一个！——厄普顿这样沉思着，并会在那天晚上将其题写在他的日记里。

关于这样的事情，厄普顿在他们结婚前几个月时常会给梅塔滔滔不绝地讲。厄普顿尤其喜欢引用尼采的查拉图斯特拉的话——只有从国家结束的地方开始，多余的人才不再多余。

虽然厄普顿知道自己在意识形态上和普林斯顿相去甚远，确实是一个外来的敌人，不过他曾几次和梅塔漫步，在朦胧的夜晚，沿着郁郁葱葱的前程大街，为了听到学生在富丽堂皇的饮食俱乐部唱歌——“哎呀，这些男孩的声音像天使！这可能吗?”梅塔大声喊叫道；或在更豪华的西区，我们可以在那里看到从革命时代传下来的巨大的老房子：梅德斯通、莫拉、彭布罗克、海姆、惠特希夫，韦斯特兰（据说是前总统格罗弗·克利夫兰在霍吉路的府邸），以及从榆树路依稀可见的克罗斯威克斯庄园也毫不逊色。当心不要被这些华丽的房屋建筑，或它所属的社会所动摇；所有的财富来自于别人的劳动，那些机器的工资奴隶。厄普顿说，当“阶级的历史阶段”已经完成了自己的历史使命，这将发生改变。就这样，梅塔听着，厄普顿向她滔滔不绝地讲着马克思和恩格斯的三重辩证法、圣西门的阶级斗争观念和亚当·斯密的劳动价值论；那些经常被马克思和恩格斯引用的著名前辈们：傅里叶、欧文、费尔巴哈和黑格尔。厄普顿兴奋地说，马克思和达尔文在 1859 年同一年里出版革命性书籍，这不可能是一个偶然；在自己的一生中，在一段沮丧的时间里，当时他正在纽约城市大学奋斗，尼采的那本具有预见性的《查拉图斯特拉》到了他的手里，这也不可能是一个偶然——“一个小时后，我的人生改变了。”和越来越多的同时代的人一样，他似乎很清楚，未来会把查拉图斯特拉看作人类真正的救世主——“资产阶级基督教的耶稣基督是不可信的。”

厄普顿太感动了，他闭上眼睛，给梅塔背诵了几段令人振奋的《查拉图斯特拉》篇章，这些篇章无疑会动摇任何感性的人；并且用惊心动魄的话结束——“自由的生活是自由的伟大的灵魂。实际上，拥有财产少的人就被更少的东西所拥有：因小小的贫穷而受到礼赞！”

对此，梅塔说，“那么我们非常受到礼赞，我猜！因为我们是穷人。”

为什么他年轻的妻子哭得那么厉害，而且让自己陷入病态的抑郁状态，厄普顿不知道，他的性格是完全不同的：他喜欢认为自己是一个能干的人。所以他觉得哪怕是轻轻责备她都不舒服，她沉浸于自私自利的私人生活的痛苦，而革命正在酝酿中，需要他们的全部精力。难道没有美好时刻到来的期待吗？那个时候，工人阶级可以去投票，推翻现有的资产阶级政府，攫取生产工具，创建一个马克思曾预言的无阶级和无国家的社会。“不管我们多么贫穷，或者让我们承受多少苦难，只要我们知道未来，梅塔，这就足够了。”

“但是我们基本没有像大多数人一样受苦”，梅塔迟疑地说：“像黑人，和最贫穷的移民。我们会读书——通过读书总是会有逃脱的希望。”

“书籍不是一种‘逃脱’的手段，梅塔！书籍是一种知识手段，以及学习如何应对未来的手段。”

厄普顿简短地说，虽然他经常给梅塔讲述一些黑人和贫穷的移民所忍受的特定的不公正，但是他不喜欢她在他处于理想主义的心情时来顶撞他。

他对于自己揭露芝加哥牧场的小说《屠场》所获得的出乎意料的效应——又惊讶又欣慰。该作品正在以连载的方式在社会主义报纸《诉诸理性》上面发表；编辑本人对报纸日益增加的销售量表示惊讶，并预测未来会出现更为非凡的情况。(厄普顿不想过分刺激梅塔和引起虚假的希望，但纽约的一些出版商，包括资本主义堡垒，麦克米兰出版社和双日出版社，都表达了以书的形式出版这部小说的兴趣；厄普顿可能很快就具有了追求理想目标的手段：创作一部戏剧、创办一家杂志，在布鲁克林组织一个社会主义团体，这似乎不只是一个幻想了。)

诚然，新泽西农村的“田园诗的浪漫”已经有点变味了，因为在摇摇欲坠的旧农舍生活非常艰辛，尽管这对年轻夫妇和刚出生的儿子在普林斯顿第一个冬天的情况比现在还糟糕，当时他们不得不住在用沥青纸来防寒的小屋子里，只有一个烧木头的炉子来取暖，大部分时间都非常寒冷，而且在生病。(如果不是多亏了慈善的地主一农场主和他的妻子捐助，小戴维可能已经死于假膜性喉炎了；只因为在最寒冷、最痛苦的夜晚，年轻的辛克莱家庭被邀请睡在农场主的房子里，那里取暖还不错，如果不能说真的很“暖和”。) 现在，尽管他们生活在一座自己的农家院里，但是一个非常原始落后的住宅，屋顶漏水，地板腐烂，老鼠在屋里乱窜；而且，厄普顿的神经对宝宝的不断哭泣和喊叫异常敏感，这让他心烦意乱，无法集中注意力。所以，在暖和一点的天气，厄普顿就回到柏油纸的小屋，一个人单独工作，写那本颇具野心的《葛底斯堡》小说。(厄普顿·辛克莱如此投入到他的工作中，他决定一天坐在办公桌前的时间绝不少于十二个小时，这样坐禅产生的不幸但必要的后果是，梅塔不得不挤牛奶，这些奶牛是连同农家院一起买下的；处理一群很少下蛋的肮脏的鸡，试图保护那个小果园兼菜园的地方免受大部队的蠕虫、昆虫和蛞蝓的侵害，这些东西加班加点、前仆后继地骚扰着这块根本也生产不出多少水果的土地。厄普顿同情梅塔的沮丧，也同情她的疲惫；但他不能容忍她经常发出的绝望——如果他们有一天能够建立一个社会主义聚居地，就可能是在农村，所以现在的农场工作是极好的训练。

当梅塔抱怨“孤独”和“无聊”的时候，厄普顿感到内疚，因此感到愤愤不平；因为难道她没有厄普顿、小戴维，以及农场主的妻子可以说话吗；而且她可以给社会主义同志写信，想写多少就写多少，像厄普顿每天做的那样。但是，梅塔辩解说，她渴望换换地方，一个场景的变化，即使坐着一辆“满是蛀虫的”萨里式游览马车进城这样简单新奇的事情也行；但是奇怪的是，厄普顿笨拙地牵起母马，并宣布梅塔根本不能跟他一起走时，梅塔通常会在打扮“准备进城”时异常激动——急促呼吸，或心跳加速，或“她的子宫里突然出了问题”。(当时，由于在人手不足的贝尔维尤的产房忍受了十四个小时的分娩煎熬，梅塔患上了一种女性生殖器官疾病，为此，一位社会主义医生同志建议她服用丽迪雅·平卡姆的植物萃取片，别吃红肉。而且在健康状况好转之后再怀孕。)

然而，革命有希望到来——很快。厄普顿·辛克莱最尊敬的社会主义理论家现在设置的日期可能为1910年。

*　*　*

在厄普顿冒险调查芝加哥牲畜饲养场和屠宰场之后的几个月里，这位年轻作家经常禁不住去生动地回忆那些日子，觉得那些日子就像高烧——做梦一样迅速就过去了；在1905年6月4日上午，他在干杂活的时候，被发生在附近的普林斯顿的街道上和人行道上的资产阶级的愚蠢行径所打动，这些富裕的人多么像禽兽，注定要被屠杀，还不知道自己的命运。离革命还有五年！那时将不是人头落地，而是财富化为乌有，族群妄想破灭。

然而，厄普顿认为这些人和自己之间有明显的差距：他穿着工人的服装，某种普通廉价面料的裤子，褪了色的衬衫；头上戴着一顶从农场主的谷仓掠夺来的破草帽。而普林斯顿市民穿得这么好！只有极少数的人，一定是普通的劳动者，而且大多数黑色皮肤的，穿着与自己相像；富裕家庭的仆人们穿得更好，穿着清新的制服。他在芝加哥帕金镇待了两个月，生活在屠宰场的工人中间，现在非常思念那段日子。在那样的地方，可怕的阶级斗争是肉眼就看得清清楚楚的，而在普林斯顿，是镀了金的，你必须深入表面之下，用一种“诡异”的眼光去观察。

每个夜晚，厄普顿都将这些条目忠实地记在了他的日记中。他希望，有朝一日，群众将能够阅读厄普顿·辛克莱的多卷本日记。

他顺着拿骚街星期六购物的人群，试图让他的思想充满活力和乐观，然而厄普顿发现自己在痴迷地想着前一天的情景：梅塔坐在摇摇晃晃的厨房餐桌上，手里拿着左轮手枪，指着自己的头——实际上是压在她的太阳穴的苍白的皮肤上。在这样的时刻，她看起来是多么脆弱可怜的年轻女人！那么直接地表露无疑；厄普顿曾想把他的眼睛移开。他永远不会原谅梅塔那个粗俗的军人父亲给女儿这样一件武器，或允许她把它从他的家庭带出来，尽管厄普顿猜不出为了什么目的。（他不想认为梅塔的父亲竟有梅塔需要这把枪防范他的想法。）她瘦削的脸颊上已尽是泪水；她的手明显在抖动；她用一种平淡、绝望的声音说，她是一位“坏妈妈”，她因为没能够扣动扳机而瞧不起自己。

一个可怕的景象，厄普顿永远不会忘记。觉得很难原谅。

“她是我儿子的母亲。这个可怜的孩子一定永远不能知道。”

厄普顿心烦意乱，发现自己在盯着他映在一家商店橱窗里的瘦长影子：一个稻草人，戴着破旧的草帽。不在乎外表形象和意识不到自己在公众眼中的形象有多么古怪是两回事。像个流浪汉一样，他拿着几件新买的东西，装在一种有两个轮子的装置里，这种东西有一个垂直的便携式仪器箱和一个把手。他发现自己站在帕默广场的约瑟夫甜糖果店的窗口，看着一大堆的东西，包括薄荷棒糖、花式小蛋糕、太妃糖、棒棒糖和各种闪闪发光的糖果；最精美的是，巧克力被做成各种精巧的形状（小鸡、士兵、熊，甚至小型乐器和飞艇）——另一堆摆放的是雷神斯坦因·凡勃伦所谓的炫耀性消费品。对于像厄普顿这样避免所有奢华食物以及肉类的人来说，这样的展示是相当令人厌恶的。啊，他想进入商店，去抗议！对业主、员工和微笑的客户指出，这样的奢侈品代表了多少浪费，多少虚荣，而就在附近的特伦顿和新不伦瑞克，更不用说特拉华河畔的可怜的血汗工厂，五六岁的儿童每天劳动十四个小时，仅仅挣几便士。难道普林斯顿的公民不知道——难道他们不在乎吗？

厄普顿没有读过第一手资料，但是他听说过一件几周前发生在卡姆登的特别卑鄙的处决人事件：一次公开的私刑，一名年轻的黑人男子和他的姐姐，被几个穿白衣的可怕的三 k 党蒙着面，多达五百人挤在一个地方旁观。厄普顿当时在普林斯顿附近的一个地方，没在现场，所以，除了通过寄信给他在纽约的同志，关于这个事件他没办法了解更多，而那些信主要涉及的是其他事项。对于厄普顿来说，重要的是，在与他谈话的普林斯顿地区的人中间，没有一个人知道这件令人愤怒的事情。然而，就在前几天，美国总统泰迪·罗斯福访问了普林斯顿，拜访了富有的政治赞助人。他后悔他没有发现更多关于罗斯福访问的情况，没有在总统住处外面组织纠察队员罢工。有一天，他会成为一个烈士，为革命被捕，被警察殴打，被控以莫须有的扰乱公共秩序罪名、公共猥亵行为和叛国罪。真正的革命者不等待被召唤，而是自己主宰自己的命运。他的信仰是他的勇气。

就在那一刻，厄普顿转过身，在那些偶然的时刻中的一瞬间，他看到了可以改变人生的一幕，他的妻子梅塔在广场对面——不知何故，梅塔竟然已经进城来，留下婴儿在家里不管？留给了农场主的妻子吗？——这可能吗？虽然在下一瞬间，当那个年轻的女人和另一个人一起走了的时候，厄普顿在怀疑这是不是她。这个年轻的女人，虽然和梅塔在很多方面惊人地相像，甚至包括她波浪的蜜色头发，以及一顶别致的小草帽跟梅塔的都是完全一样的，穿着一件长长的荷叶边花裙子，厄普顿很可能想起从他们恋爱的日子起她穿过；但他已经有一段时间没有看到妻子穿了。在农场，梅塔穿那些没款没形的衣服，有时穿男款的衣服——因为在他们新的放荡不羁的生活中，外表显然不重要。他的眼睛一定是在捉弄他，厄普顿想。片刻之后，当他眯起眼睛看对面繁忙的广场时，蜜色头发的女人已经消失了。

即便如此，厄普顿还是因为激动而感到眩晕。如果梅塔进城了，却没和他一起，这几乎就是不忠的欺骗行为。扔下小戴维不管！他想知道为什么他的婚姻原本有着这样的浪漫情调和社会主义理想，现在竟然变味了；已经成为一个陷阱；对他和他的妻子都一样。然而，这个陷阱囚禁的却是人类，一个女人和他爱之胜过自己生命的孩子。无法想象我们会分开。然而，我们怎么能继续生活在一起呢？而且如果——我们有另一个“错误”——把另一个无辜的孩子带到这个世界……

厄普顿就这样沉思着，穿过繁华的拿骚街，到了大学校园，进了格林大臣图书馆；进了庄严、高高圆顶的资料室，在那里，在过去，厄普顿会觉得一种激动的喜悦——因为这位充满希望的年轻作家毫不怀疑书可能改变世界；他的榜样是查尔斯·狄更斯，还有美国的伟大作家哈丽特比彻·斯托的《汤姆叔叔的小屋》被普遍认为促成了内战的爆发！① 那么，为什么厄普顿·辛克莱不应该跻身于西方文明的伟大作家之列呢？坦率地说，厄普顿私下里已经厌倦了他的内战三部曲的浮夸情节，虽然乔治·赫伦声称发现第一

① 普遍存在着一个误解，认为亚伯拉罕·林肯总统见到（很柔弱娇小，很不起眼的）斯托夫人时说，“就是这位弱小的女士开启了一场伟大的战争！”因此，读者认为，一个单一的个体，这里就是一个女性小说家，可能帮助推动历史进程，走向更好。所以，读者笑了，和一个人看到一条温顺的狗用后腿惊人地直立而发笑没什么两样。历史学家必须揭露和纠正这种误解，追求真实性。

部小说“惊险”；但是，当他签订合同去完成这部作品的时候，他会发现真的如此；厄普顿·辛克莱是一个正直的人，甚至，有时，如他的妻子控诉的，一种愚蠢的正直。他最渴望做的是开始另一部像《屠场》一样的新作品——一部“燃烧弹型的小说”，就像他的社会主义同志们所称做的——会推进全世界的社会事业改革。整个美国——如果不是整个世界——将不得不注意到他：他的目标是牛肉托拉斯、铁路托拉斯、石油托拉斯及其资产阶级宗教的可耻的“利润”（正如一个社会主义的智者称福音派为“先知”），厄普顿也在挑战美国的“公共教育”与新闻本身的虚伪，特别是赫斯特出版公司的“黄色”、低级趣味。虽然《葛底斯堡》只写了一半，《阿波马托克斯》还有很大一部分未写，但是厄普顿已经开始计划两部新的小说创作了，讽刺攻击资产阶级文化艺术，名为《拜金主义》和《金钱书写》。因为这当然是真的，正如先知查拉图斯特拉所宣讲的，宁愿生气也不羞愧。如果你是被诅咒的，你不喜欢，因为你想被祝福。更愿意少加入诅咒者的行列。

厄普顿本质上是个温和的人，一生中从来没有“诅咒”过，但是，他决定去学习。

还有一次，厄普顿在格林大臣图书馆待了几个小时，卓有成效，之后他在穿过华盛顿路的时候，在一群缓慢行走、表情严肃的本科男生中间，厄普顿看见了，或者似乎看到了，他的妻子梅塔在更远的人行道上；这一次，她穿着一件厄普顿没见她穿过的米色连衣裙，她和一个穿着亚麻西装的高个子男人在一起，厄普顿根本不认识这个人。然而，这个年轻的女人肯定是梅塔：栗红色卷发从她的宽边草帽下垂落下来，时髦挺拔的身形和“苏格兰人”特有的脸颊，过去的几个月一直苍白。而且，很短的一瞬间，她似乎看到了他。

除非厄普顿那天因为吃得很少而头晕眼花。只有傻瓜才会以为一位崇拜自己的年轻妻子竟然与一个陌生男人在欺骗他。

但是，他还是盯着这两个人朝着相反的方向走了；年轻的妇女撑着一把黄色的太阳伞，手臂随意地挎着那位高个子男人的手臂；过了很久，他才振作起来，踉踉跄跄地朝着威瑟斯庞街的方向走去，那是他回家前的最后一站。

虽然在外面吃饭违背厄普顿的原则，因为餐厅的食物贵得惊人，而且也不可能有家里做的饭菜营养丰富，但是，厄普顿认为在威瑟斯庞街的骑士宫廷酒馆补充一下体力，也许是个好主意；否则他可能很容易遭受头晕和饥饿的折磨。酒馆里面烟雾缭绕，令人很不舒服，他进去的时候尽量不去注意那些坐在大部分餐桌旁的大学生，因为他不得不讨厌他们，甚至厌恶他们，觉得他们是有钱人，上大学好像是参加一个乡村俱乐部，好像大学是他们家世袭特权的财产。(虽然厄普顿曾辛苦地做兼职工作，完成了自己在纽约城市学院的学习，当时一起学习的是一群热情洋溢的移民和移民的子女，尽管他们有时候也很疯狂，但是他们中的很多人非常聪明，而且毫不掩饰自己的野心和机会主义思想，但是他们都是无产阶级子女，所以他没有怨恨他们。)厄普顿听到伍德罗·威尔逊希望改革普林斯顿大学的令人惊讶的情况，特别是要提高学术水平，因为其学术水平当时远远低于哈佛和耶鲁，更别说作为美国常青藤大学蓝本的那些传说中的英国大学了。

作为一名大学生，没有家庭收入来支持他，厄普顿的贫困无法言说。然而，他并不后悔自己的经历，因为当时他已经皈依社会主义，觉得和所有的工人有一种强大的亲属关系，都是资本主义经济的受害者。相比之下，这些普林斯顿的学生，他们中的许多人是戴着他们俱乐部的三角帽，在某种意义上，被剥夺了这种知识，不理解资产阶级的生活方式在快速衰亡；他们和他们的家庭注定要早早灭亡；近在眼前的天启会开创一个新时代。啊，新的耶路撒冷就要来了！——到那个时候，所有种族和肤色的男男女女都会知道他们是亲属，再没有敌人。

还不知道革命会如何发展。但是，厄普顿认为，无政府主义哲学家的论点是最有说服力的：社会会分裂成独立的、自治的社区，人们会互相情投意合，没有警察，没有军队，没有道德卫士，而且没有政府。古老的神灵死了，被废黜了，人类终于掌权。转变身份的无产阶级将教给昔日的阶级敌人自我约束、慈善美德、共享和蔑视贪婪。

在喧闹的酒馆，厄普顿跟精疲力尽的服务员点了奶酪、黑面包和一杯牛奶，然后坐下来想着这些想法，这些想法对他有安慰的作用。然后，当四周的年轻男性的声音如此响亮、快乐，并且因为年轻人的极大的热情而热血高涨的时候，他忍不住偷听着；听到最近船员战胜布朗的兴奋消息；对威尔逊校长的粗鲁而诙谐的评论以及他的“女性之家”；关于作为杀害斯派克斯家年轻女孩嫌疑犯的“漆黑的黑鬼”已被拘留的传闻；除了之前被拘留的一个来自东欧的移民已经特伦顿警方签署了认罪书之外，这个新的被拘留者被认为是真正的凶手，而不是另一个。(关于斯派克斯家年轻女孩谋杀案，厄普顿只听过传言，现在讨论这件事时，普林斯顿年轻的大学生们义愤填膺、群情激愤；他们中的一些人愤怒地说，“漆黑的黑鬼”玷污了一个白人女孩，但是却有不同的声音在为他提出辩护……)

听到这个消息，厄普顿皱了皱眉头，把牛奶杯放在了桌子上。在特伦顿－普林斯顿地区绑架和谋杀一个年轻女孩已经把梅塔吓坏了，已经促使她把藏在壁橱里的史密夫威信左轮手枪拿了出来，而且确认子弹上膛了。但现在看来，凶手可能根本就没有被逮捕：很有可能，为了当地警方的面子，一个无辜的人，或几个人，被拘留和审问，然后被迫“坦白”。空气中弥漫着这些男学生在附近餐桌上吃喝的啤酒、绞细牛肉、腌牛肉烘土豆泥混杂在一起的味道，还有弥漫着的烟雾气味，酒馆里的气氛越来越沉重；厄普顿觉得对食肉者有一股厌恶之情，他们丝毫没有意识到自己在吃什么：既没意识到吃的东西的真正的本质，惊恐的动物所遭受的痛苦，也没意识到肉类包装行业所引起的那些东西品质之劣。他用一只颤抖的手盖住眼睛，一会儿又似乎闻到了他曾经在里面住了两个月的牲畜屠宰场那种生的、腐臭的、令人作呕的，然而又很奇怪的味道。血、内脏、动物的排泄物、生肉和动物的恐惧的气味……空气中充满了生物变成血肉的恶臭；动物的惊慌和恐怖的尖叫声；有灵性的动物们因为对死亡的恐怖而凸出的眼睛，伸出的舌头，令人不寒而栗……厄普顿·辛克莱在他的小说中称之为*充满猪的尖叫声的宇宙*；尖叫声直冲云霄，根本没人关注它们的痛苦。如果人类意识到这种痛苦，有一种简单的方法可以减轻罪恶感——*他们只是动物而已*。

南方的基督徒曾经讨论过，黑人奴隶不能像白色人种一样感觉到疼痛。

厄普顿感觉不舒服，推开吃了一半的饭，摇摇晃晃地从酒馆出来。他不知道他是否足够仔细地将手枪藏在了干草谷仓里，梅塔找不到它；然后，没有意识到自己思想的矛盾性，他不知道将子弹藏在自家小屋简陋的地板下是否明智，因为子弹可能会受潮腐蚀。

在这段时间，大多数的普林斯顿人都在嗡嗡地议论着温斯洛·斯莱德的孙女安娜贝尔就在婚礼的几秒钟里被绑架的丢人的消息；只是没说年轻的新娘出于自己的意志逃离了，在她说完对达布尼·巴亚德的婚礼誓言之后，非法私奔了。但厄普顿·辛克莱不知道这样的丑闻，他有点眩晕地朝着斯托克顿街走去，就这样到了霍吉路；在身后拖着两轮的玩意儿，里面装满了他一天采购的东西。他回忆起刚刚恋爱的时候和亲爱的梅塔如何一起演奏二重奏：他拉小提琴，梅塔弹钢琴。他们最好的作品是演奏年轻的莫扎特的作品，这让他们心潮澎湃。他回忆起梅塔曾热切地读他写的那篇关于 1886 年秣市惨案的叙事诗的手稿；梅塔如何宣布这部作品为杰作，他当时是如何吻了她——冲动、大胆。梅塔相信厄普顿·辛克莱是最有才华的作家之一，他那一代美国人的思想家。当时他们多么天真、快乐啊！

现在他们被捆在了一起——不再是作为情人被捆在一起（因为在那次意外怀孕后这关系已经如死了一般，再也不会重来了），而是作为兄妹，在感情上已经疏远了。最近，哪怕是厄普顿的单纯的目光和温柔的话语都会令梅塔反感，她害怕不想要的后果。厄普顿想知道，是她不再爱自己了吗？

突然，他似乎迫切想要回家。他匆匆沿着霍吉路简陋的人行道朝着玫瑰路和开阔农村走去，心里充满了一个坚定的想法，那就是他必须回到农场，回到他的妻子和年幼的儿子那里——“在太迟之前。”

恶魔新郎

安娜贝尔！安娜贝尔！

在婚礼仪式上。从肃穆的旧殖民地时期的教堂的每个角落都在发出低低的嘶嘶声。

大部分客人是听不到这个声音的，但是，安娜贝尔·斯莱德却听得分外清楚。此时她正在普林斯顿第一长老会教堂的圣坛上，颤抖地站在她的未婚夫达布尼·巴亚德中尉身边。

安娜贝尔？快来。

尽管这声音几乎就是耳语声，但是，这召唤却有着大声喊出来的戒律般的权威性。纳撒尼尔·菲茨伦道夫牧师声音宏亮地说着神圣的结婚誓言：安娜贝尔·斯莱德你把这个男人，嘶嘶的声音越来越大、持续时间越来越久，人们观察到心不在焉的新娘在往旁边看，眼睛离开了跪在她旁边的巴亚德中尉，移向了教堂的后面。她的表情，后来一个目击者声称，充满了恐惧和内疚。

安娜贝尔！我告诉你，快来。

一个低沉的音调，庄重，崇高而亲切。好像晚春的潮湿空气在传递着强大的力量。

安娜贝尔：跟我来。

现在，新娘发现无法保持镇定了，而是随着她的名字每次被嘶嘶地发出来，便扭过头向身后瞥一眼——一会向右，一会向左——她的脸色苍白，嘴唇明显在颤抖。

关于这个话题已经写了那么多了，当地对于这个话题的高昂情绪已经随后持续了几十年了，历史学家在呈现一个“客观”的现场情景时必须谨慎。因为，似乎是在否定他们的感官，大多数的观众——（例如，那些自称为斯莱德家族亲密的朋友的人们）——后来会坚持认为，紧接着她和中尉巴亚德的婚礼之后，年轻的安娜贝尔被从圣坛上“绑架”；没有人会相信新娘能够行动如此疯狂，如此可耻，是出于自己的意志离开的。

读者必须自己想象 1905 年 6 月初的那个星期六的早晨，普林斯顿第一长老教会的内部是什么样的。教堂白色的室内，装饰着美轮美奂的白色鲜花——百合、玫瑰、康乃馨；平时不加装饰的墙壁，具有了一种美丽的新教的简洁性；石头墙上狭窄的窗子的波浪状玻璃发出波浪般的阳光。在圣坛上主持的是纳撒尼尔·菲茨伦道夫牧师，温斯洛·斯莱德的干练的继任者；中年，有绅士风度，正直、秃顶，眉头紧锁却面带微笑，意识到了这个场合的严肃性；空中，在教堂的后方，传来华美、响亮的管风琴曲，在演奏着巴赫的作品。新娘穿着耀眼的白色婚纱，已经由她的父亲奥古斯都·斯莱德送到圣坛上，交给了新郎，此时她的父亲正笑容可掬地坐在拥挤的教堂前排；巴亚德中尉已经站在圣坛上，然后又跪在他的新娘身边，穿着美国陆军制服；女人们的眼睛固定在新娘身上，新娘穿着乳白色锦缎的婚纱，时尚的“鸽胸”，高领，缎带、羽状绣花针迹，九英寸深腰褶襞；长裙看似普通，只有几道横褶与有花边的拖裙相连；袖子在上臂双抽，到手腕变细，以丝带和羽状绣花针迹收起，格罗弗·克利夫兰太太在她的日记中感叹，她从来没穿过这么苗条时尚的礼服。

令所有认识她的人惊奇的是，贺拉斯太太，就是阿德莱德·伯尔，竟然从她的病床上起来了，出席了婚礼仪式，她的忠诚的丈夫贺拉斯在一侧搀扶着她，另一侧则是一位麦克林兄长搀着；阿德莱德甚至在安娜贝尔被奥古斯都·斯莱德领上圣坛的时候就开始哭泣，当安娜贝尔和巴亚德中尉跪在圣坛前，低着头，像两个被罚的美丽的孩子，菲茨伦道夫牧师开始用庄严的语调履行长老会婚礼仪式的时候，阿德莱德哭得就更凶了。那天晚上，阿德莱德用大量的象形文字在自己的日记中记录道，仅仅是新娘礼服上的绸缎铃兰的装饰就非常感动她，她渴望再次成为一个傻傻的小女孩，一个毫无戒心的小傻瓜，再一次与亲爱的贺拉斯步入婚姻的殿堂，如果她能这样打扮的话！阿德莱德，以及其他女性的观察者，都特别注意到新娘的飘动的面纱，这面纱是斯莱德家祖传的，可以追溯到十七世纪末的英国，在早期冒险家们来到新大陆之前。

然而，读者应该知道，那新娘的时尚的“窄轮廓”，使得这位年轻女子的腰部非常细，才约十八英寸，是巧妙束腰的结果；1905 年的鸽胸制作得很巧妙，这是非常有必要的，因为它可以延续协调的线条，女性的整个身体向前倾。像腰部一样，臀部显得非常小——一个有争议的创新，因为更为丰满的臀部受到更保守的服装制造商的青睐，一般来说，也受到男性的青睐。

读者可以想象在教堂的前排就座的斯莱德家族的人们——庄严的老先生温斯洛——他的儿子奥古斯都和考普尔斯通以及他们的妻子；安娜贝尔的哥哥约西亚，黑西装、黑领带，坐在新郎的亲朋中非常突出，不是很时髦，但是打扮得很潇洒；幸运的是，约西亚和他的朋友们在波克诺山打猎去了，只是前一天晚上才回来。安娜贝尔的堂弟托德被迫穿上了“小绅士套装”（巧克力棕色亚麻，手工缝制的白色缎子背心，白手套，闪亮的黑色漆皮鞋）——坐在约西亚的旁边，浑身发痒，坐立不安，眼睛向后翻着，像一匹被囚禁的小野马驹。

在前排就座的还有威廉敏娜·伯尔，非常令人羡慕的伴娘；穿着合身的荷叶边粉红色的礼服，很紧张，而不是她所希望的那样冷静地微笑；六个美丽的伴娘穿着相同的礼服，像直立的会呼吸的粉红色缎花；还有花童小奥丽埃纳，托德的妹妹——一个天使般的金发小孩，张着非常明亮的眼睛，面带羞涩的微笑。在新郎的人群中，只有约西亚值得一提，所以我认为我不会详述其他的人——英俊的年轻人，巴亚德中尉的朋友和同志，他们的名字后代已经不记得了，虽然当诅咒第一次表现为最引人注目的方式时，他们近距离见证了那一天的非凡事件。

安娜贝尔：现在。

阿德莱德·伯尔坐在第二排，就在斯莱德家人的后排，根据她的说法，从男孩的躁动不安和激动兴奋来看，托德是第一个在教堂里表现出意识到了低低的嘶嘶的声音；另一个可能是伍德罗·威尔逊，他所有的感官中，听力最敏锐，而且具有极端敏感性，他皱着眉头，眯着眼睛，扫视了一圈；然后，表现出不满的神情。一个接一个，许多人听到了嘶嘶声，或者想象他们听到了；虽然那是他们“听到”的，但是没有人会说；他们也没有发誓说那个声音清晰可闻，并不是不可思议的空气振动，仿佛是尖声吹口哨声，人类的耳朵觉察不出来。

然而，达布尼·巴亚德，跪在祭坛上，似乎什么也没听到，除了牧师吟诵的声音，他什么也没意识到——达布尼·巴亚德，你愿意接受安娜贝尔作为你的合法妻子吗——以及他自己的严肃的回答我愿意。巴亚德中尉下颚的肌肉紧绷，仿佛神经突然痉挛，他转向他的美丽新娘，结果有些震惊地发现娴静端庄的安娜贝尔几乎没意识到他，或者菲茨伦道夫牧师；她的蓝紫色的眼睛睁得大大的，在寻找教会中的某人或某物，虽然也许在这座肃穆的旧殖民地时期建筑的后面，但是看不见。

安娜贝尔：来吧。

然而，仪式继续，菲茨伦道夫牧师作了最后的宣告，以耶和华的名：现在我宣布你们结为夫妻。然而，即使是现在，当新娘和新郎应该拥抱、亲吻的时候，那个低低的声音越来越大，向上升波，安娜贝尔打了个寒颤，做出一个令人费解的姿势离开了巴亚德中尉，好像她不认识他。

此时，那个低语声增加了音量。每个听到它的人都感到困惑，有些害怕；患了一种麻木恐慌症；不知道他或她是否真正听到了，或在这个潮湿的公共场所已经陷入了暂时性的意识模糊，或疯狂，这个地方现在似乎充满了敌对情绪。

因为这是恶魔的力量来捉弄我们，恐吓我们，根据我们是否在他的咒语之中，或是陷入了幼稚的幻想。

当普林斯顿历史上的臭名昭著的事件朝着其发展的必然结论前进的时候，我承认我是几乎完全依赖我的前任 Q. T. 霍林格，以及各种各样的信件、日记和当地观察家写的日记。否则，这件事完全超出了我的理解力。但是，清楚的是，大胆的召唤——安娜贝尔！来我这里——是从安娜贝尔的诱惑者埃克森·马特传来的，他站在教堂的后方，在敞开的门口，没有往里走一步。

不敢往里迈出一步，评论者将指出说。因为，这个神圣化的教堂是一个神圣的地方，魔鬼，或他的任何恶魔，都无法进入。

然而，尽管埃克森·马特无法进入教堂，他却有能力吸引安娜贝尔·斯莱德，现在是安娜贝尔·巴亚德夫人，从她丈夫的身边离开，仿佛他强行跨入了教堂，沿着红地毯走来，抓住颤抖的年轻女子的后颈，带着她离开了他。

安娜贝尔：是时候了。立刻跟我走。

于是，这位新娘茫然地离开了新郎；把她的花束扔在了地毯上；心无旁骛，只盯着门口那个威严的身影，匆匆走过过道，带着受伤的小鸟那受到伤害的优雅，她的双唇张开，紧张得喘不过气来，乖乖地走了，并且面露那种最微妙、最性感的女性的微笑。

“安娜贝尔，我的爱人！你是不是不淘气了？”——埃克森·马特这样低声、嘲讽地说；当参加婚礼的客人转身惊呆地盯着的时候，癞蛤蟆一样的这个家伙粗暴地将新娘搂在怀里，压住她的双唇，给了她一个最肉欲十足的、最具男子汉权威的热吻。

第二部　诅咒的化身

我为歇斯底里的少女们开的药方是结婚，因为妊娠会治愈她们。

——希波克拉底

决斗

“约西亚，我为你祈祷，就像为你妹妹祈祷那样——祈祷你不会屈服于野蛮。”

温斯洛·斯莱德的声音刚刚高过耳语，他和忧心忡忡的孙子低声地说着话，这些日子里，“绑架”给普林斯顿第一长老教会带来了可怕的耻辱，在受邀的二百多名嘉宾面前颜面尽失。

这位长者令人尊敬，能力非凡，读懂别人的内心似乎已经不是第一次了。

“我们的敌人如果邪恶，那要小心，我们受他们影响，也会变得邪恶。”

温斯洛·斯莱德一边说着话，一边去拉孙子的手；约西亚不再是个孩子，这样基督徒的安慰形式不会让约西亚的手得以平静，这位慈爱的祖父也做不到。

他会做的，他发誓。

因为他身上没有自己的祖先风范？——这些祖辈当时是年轻人，比他还要年轻，他们在战斗中却宁愿献出自己的生命，还有一些人，一旦受到敌人的侮辱与挑战，就会立即用决斗的方式来回应，男子汉气概十足。三十二岁的埃利亚斯·斯莱德曾签署过《独立宣言》，他在普林斯顿战役中英勇作战，据说被一个懦弱的英国士兵头领刺了七刀，最后被送到了普林斯顿的老克拉克的纽约派克农场，死在那里。弗里兰·斯莱德少校是华盛顿的另一个助手，他在斯普林菲尔德的第一场战斗中就表现突出。亨利·刘易斯·斯莱德上校挑战蛊惑民心的政客安得烈·杰克逊；宾厄姆·斯莱德与弗吉尼亚大学法学院的一个人发生冲突，他们与1850年出台的一项旨在维护奴隶制而吞并古巴和中美洲的民主方案立场相左，宾厄姆·斯莱德死于与后者的决斗！（这是十九世纪中期美国的民主梦想。）亚伯拉罕·刘易斯·斯莱德六十七岁时，曾为了自己年轻的第三任妻子的荣誉进行了一场决斗，小报赞颂的这个事件发生在1889年曼哈顿的中央公园。自少年时代起约西亚就听说了这件事，它给这个家族带来难堪，也带来了骄傲。

据传说，亚伯拉罕·刘易斯·斯莱德的对手没有击中他，亚伯拉罕十分镇静，他回击的枪法百发百中，子弹穿透对方的头颅，在对手惊恐的两眼中间留下一个"可怕的"大洞。

警察当场拘捕了亚伯拉罕·刘易斯·斯莱德，控告他犯下谋杀罪，不过，亚伯拉罕被警方拘押时间没有超过一小时，就被释放，并撤消了对他的所有指控，这是因为纽约市长是他政治上的朋友，一位有钱的知己，他们两个都是著名的"世纪俱乐部"的成员。

据约西亚的斯特拉坎亲戚所讲——（约西亚的母亲是斯特拉坎家族的后裔，最早生活在罗得岛）——约西亚对这些英雄知之甚少，对这些英雄的死亡壮举就知道得更少了；然而，早在童年的时候，沃尔顿·斯特拉坎的故事就让他十分感兴趣，他的妈妈是沃尔顿·斯特拉坎的嫡亲。沃尔顿·斯特拉坎十一岁时就成了布拉道克·爱德华将军的密探，他能力出众，在宾夕法尼亚西部与法国战役中，他在数百名集结的士兵面前扮成将军本人。仅仅几年之后，沃尔顿成了有名的殖民军军官，1755年在莫农加希拉河战役中一举成名；二十多年后，沃尔顿·斯特拉坎死于费城的一场决斗，决斗是因为一个似乎是斯特拉坎家族保护下的获得自由的女奴。

"我就这么勇敢吗？甚至连马特动不动都嘲笑我？"

约西亚指的是那段往事，就是在教堂门廊里，埃克森·马特当着全部来宾的面，抓着他的妹妹安娜贝尔；在约西亚的脑海里，埃克森·马特魔鬼般的形象如同一个镜像，无限制地扩大。

年轻人热衷为荣誉而战，实行复仇，约西亚也是一样，他担心别人会先于自己报复他；达布尼·巴亚德中尉在这种情况下躲藏起来了，据说在巴亚德中尉的新婚太太被人劫走的那次教会事件发生后不久，巴亚德中尉成了戴绿帽子的角色，让他无法忍受。可以想象，遭受背叛的丈夫和情人心中的怒火，比遭受背叛的兄弟的愤怒，要强烈得多。

(据巴亚德的亲戚讲，人们相信遭受背叛的丈夫是上了安娜贝尔和她的“诱拐者”的当；现在，一个星期过去了，都到了十二天，巴亚德家族的人都知道，达布尼丢尽颜面，他去过宾夕法尼亚州边界处的特伦顿、华盛顿渡口和新希望等地的酒吧，参与那里的“醉酒吵架”；普林斯顿西区传言四起，巴亚德中尉“风度日下”，羞愧令他脾气大长，这个年轻人几乎发狂，他“断绝”了与斯莱德家族的联系，尽管斯莱德家族的人本应该是他的同盟。)

约西亚原本不是达布尼·巴亚德的朋友，除非受到胁迫，否则也不希望与他结成盟友，所以约西亚因为这件事而感到一种解脱；因为他想亲自去找他的妹妹，并且对埃克森·马特施以正义的报复，不管对自己造成什么样的后果。在普林斯顿学院上学时，约西亚就读过荷马《伊利亚特》和《奥德赛》的两个译本；也读过以前历史上列出的那些浪漫传奇小说：书中赞美了勇敢的男人和男孩们，作者有瓦尔特· 司各特、詹姆斯·费尼莫尔·库柏、杰克·伦敦、欧文·威斯特；他坚持己见，想借助马克·吐温的《哈克贝利·费恩历险记》中哈特菲尔德和麦考伊斯之间的斗争来解释他们残忍地相互杀戮，马克·吐温并没有悲叹、痛惜，而是给予了赞扬。约西亚从新泽西州的一个城镇到另一个城镇，追踪那对失踪的夫妇，他发现自己紧跟着那个愤怒的丈夫达布尼·巴亚德，达布尼有时仅仅比他早上几个小时；他怀疑，如果达布尼喝得大醉，发着脾气，就会一心想报复，会在酒吧里宣布自己的意图，那里的人就会听到他的话，达布尼侮辱约西亚的妹妹名誉的事情也就可能传开，因此，约西亚必须与他一战。他不可能对自己的父母这样说，但是他感到他必须对温斯洛·斯莱德这样说：“‘受伤害的丈夫’侮辱‘不忠的’妻子，如果他只要暗示了他对安娜贝尔的不满，你知道，祖父，我必须做什么。我别无选择。”

温斯洛·斯莱德平静地说：“不，约西亚。你会有一个选择，像我们大家做的一样。甚至像她做的一样——我们失去了的安娜贝尔。”

随着日子令人难耐地过去，对约西亚来说，显而易见的是，在寻找安娜贝尔和恶魔埃克森这件事上有一些不同寻常的问题：因为不仅这对非法夫妇是乘坐一辆由四匹马拉的高贵的老式布鲁厄姆马车，从拿骚街的教堂消失的，“仿佛进入了老国王大道（现在的 27 号路）稀薄的空气中”，而且，在丑闻曝光之后，很少有人能够对埃克森·马特住在普林斯顿的那几周负责。

诚然，几个最尊贵的老普林斯顿的家庭招待过马特，而且他还到访过克罗斯威克斯庄园；他还曾经在普林斯顿大学校长住的前程别墅做过几天客；西区每个人似乎都遇到过他，和他握手，人们回忆说：他握手时“强劲，充满活力，热情”，而另一些人则说他“无生气，像条死鱼一样冰冷、无力”。然而，约西亚很难拼凑这个人的信息。他的祖父温斯洛没有多大的帮助，只说埃克森·马特是一个与长老会有关的弗吉尼亚人，实际上他不请自来，要和温斯洛在他的图书馆——“探讨一个神学问题，对一般信徒没兴趣”；会面时间很短，不到两小时；但是，埃克森·马特没有离开小镇，而是在别处出现了，在别人的家里，在前程别墅，去和伍德罗·威尔逊握手了。”

首先，他为什么来普林斯顿；他到底是从哪里来的（到此时为止，长老会一弗吉尼亚背景已经被证明是假的）；他是一名法律人士，如伍德罗·威尔逊认为的，一位“伦理学家”和“教育家”；像其他人相信的，他是一个有钱的男人，还是像另外一些人声称的，他是一个赌徒和老千；他是怎么与温斯洛·斯莱德娇生惯养的孙女安娜贝尔联系上的；以及，最神秘的是，埃克森·马特到底长的什么样？

似乎没有两个人是一致的。约西亚自己的记忆中有一种生动的反感——这个矮胖男人的癞蛤蟆的面部特征，水沟中死水一样的眼睛；一个狡猾的、淫荡的、意味深长的微笑，蠕动的嘴唇。然而，约西亚重视的那些人的观点，如贺拉斯·伯尔，坚称埃克森·马特看起来“完全普通：不高不矮，不胖不瘦，不漂亮也不丑陋”；有几个妇女，包括约翰娜·范·戴克和佛罗伦萨·钱伯斯，声称发现马特“英俊，南方人的傲慢”但是“轻声细语，彬彬有礼”。大家无法达成一致的是：马特是不是有“粗粗的黑头发”——或者“稀疏的金色头发”；或者他其实秃头？皮尔斯·范·戴克教授，仍然因为不可思议的肺部感染而疲弱，只能用沙哑的声音说话，他坚持说埃克森·马特是“一种魔像”——（魔像是希伯来传统中的一种生物，一个人形生物，用黏土制成，没有灵魂)。西区普林斯顿的居民中没有一个愿意承认是自己把埃克森·马特和安娜贝尔·斯莱德撮合到一起的：事实上，没有人能记得瞥见两个人在同一个屋檐下的同一次聚会中一起待过。

特伦顿上堡街的胡迪布拉斯星座酒馆的酒保回忆起来的是一位“友好的南方绅士”，而拿骚客栈的酒店经理则长篇大论地愤怒指责这个粗野的客人，说在他的套房留下了“残忍和兽性”的证据，又不肯付钱赔偿；把埃克森·马特的行李从火车站运过来的出租马车司机则声称他一辈子从来没运过这么重的箱子——“满是石头，像墓地”。这位先生还向约西亚抱怨说，把马特先生拉到拿骚客栈，并帮助他在套房安顿好之后，马特给他的几个美元不知怎么在一小时内就从他的口袋里“消失”了。

在不伦瑞克的车夫客栈，马特一直“焦虑地思考着，并且鬼头鬼脑的”；在拿骚客栈，他一直是“惊人的活跃”，对于酒店及其历史表现出一种充满敬意的好奇心；他用“有教养的”南方口音说话，或用“发音清楚短促的英国口音”；或者用马里兰或新泽西州南部的更为平淡单调的语调。他的身高中等偏上，苗条，英俊；又有人说：矮胖、笨拙，没有特色，松弛的嘴唇嘲讽地笑着，“粉红色的猪眼睛”。酒吧女服务员谈论约西亚时态度非常谨慎；其他的女性，在得知马特“绑架”了斯莱德家的女儿之后，知道他们上当了，以为马特是一个绅士，是前牧师温斯洛·斯莱德的一位“亲密的私人”朋友，所以替约西亚和他的家人担心。经过了各种调查之后，约西亚自己的最初的印象正在危险地消失；最终，埃克森·马特将失去所有的可鉴别的特征，只剩下恶魔气息，比如黑暗的皮肤和黄玉色的眼睛。

无奈之下，约西亚去了位于 206 号路的默瑟县警察总部，询问“埃克森·马特”是否在斯派克斯谋杀案中受到过讯问，结果获悉，因为那个孩子受到的攻击显然是来自一头疯狂的野兽，所以警长的助手们也很难质疑一个绅士。

约西亚问埃克森·马特如何是一位绅士；而得到的答复是，警长的助手们第一次听到马特的名字时，马特已经在普林斯顿大学校园里的前程别墅做过客，“大学校长的私人朋友，不可能和普林斯顿斯派克斯家庭有任何关系。”

约西亚言辞激烈地说："那么你们都是傻瓜。你们是魔鬼的合作者。我会按自己的方式做。"

现在终于到了清算的时刻了。

背景：宾夕法尼亚乌鸦岩的乌鸦岩客栈，位于新希望北面的特拉华河上；时间，仲夏夜近凌晨一点，安娜贝尔·斯莱德失踪后六周零两天。

或者，正如可怜的安娜贝尔可能被记者们所称的，安娜贝尔·巴亚德太太。

那天是约西亚的二十五岁生日。由于他自己坚决要求，斯莱德家没有在这个伤心的时候为他过生日。

没有他妹妹安娜贝尔在场，约西亚也不会真正庆祝生日。

所以处于热血青年时代的约西亚愤怒地开着他的黄铜饰边的汽车来到特拉华河谷，穿过霍普韦尔和兰伯特维尔的沉睡的村庄，来到新希望；然后向北沿着蜿蜒的河路，到风景秀丽的乌鸦岩十字路口，十一英里远。约西亚独自一人带着复仇的使命到了乌鸦岩，要把他的（名誉扫地的）妹妹带回到家人的身边，如果有必要，和诱拐她的骗子战斗到死。

为此，他带来了一个小山羊皮箱子，衬着深红色的天鹅绒，两把做工上乘的决斗手枪，枪柄是雕刻的红木制成的，1800年代费城受人尊敬的军械工匠小特里尼蒂工坊的高级产品。

约西亚回忆着他祖父的恳求：你不会屈服于野蛮。

作为一个有坚定的长老会信仰的年轻人，有着新教基督教信仰的基础，约西亚明白自己的行为是鲁莽的，危险的；这肯定不是基督徒的行为。然而，如果他的斯莱德和斯特拉坎的祖先们知道，他们会为他欢呼。没有什么比一个家庭的荣誉更珍贵的，甚至是基督教的救赎也比不了。

"如果我注定要因为我的行为下地狱，我必须接受它。如果没有地狱，只是人们在为彼此构建，那么，我将被赦免。我将得到救赎。"

他的名誉扫地的妹妹，可怜的安娜贝尔，他会原谅的——当然。约西亚依稀认为她可能只是回到克罗斯威克斯庄园，隐居一段时间；也许她会在某个时候与约西亚一起到意大利旅行，并且在罗马，或威尼斯或佛罗伦萨生活一段；最终，随着时间的推移，约西亚和安娜贝尔会一起享受生活，约西亚开始他的人生——不过，他还不能确定：哲学？新闻？医学院？法律？按照伟大的刘易斯和克拉克的模式去西部或者北极探险？政治改革？社会主义？

约西亚深知，决斗是非法的——在新泽西州是一级重罪。早在1804年，小亚伦·伯尔和亚力山大·汉密尔顿之间的臭名昭著的决斗在纽约州就是一级重罪，虽然在新泽西在一定程度上没有那么严格禁止，当时的决斗地点设在了威霍肯。在南部各州，立法着眼于维护“传统”（比如，法律禁止种族通婚，以及“鸡奸”）——执法人员是不可能抓住和逮捕决斗的先生们，因为他们是不可能抓住并逮捕那些参与对黑人实行“私刑”的人们的，陪审团更不可能投这些人的有罪票。

约西亚知道如果他伤害或杀死埃克森·马特，他将被逮捕；也有可能，约西亚不是这种事情的幻想家，而是一个宿命论者，他可能会受伤，或死亡。然而，必须冒这个险。为了安娜贝尔的缘故，也为了斯莱德家族。

长达几周的时间里，他沿着广阔、美丽的特拉华河畔的滨河路寻找着，都失败了；“追踪”这对非法夫妻的几周里，通过各种查询，贿赂，和一定的威压；最后，一次偶然的机会，约西亚遇到了住在卡姆登某公寓里的埃克森·马特的一个前“管家”。约西亚违背了斯莱德家族所有的原则，乞求、威胁、哄骗，最后把五十美元塞到了他（没洗的）手里，终于得到了回报，让他惊讶的是，对方向他提供了马特在新泽西/宾夕法尼亚常用的半打“别名”。

看来，“埃克森·马特”不是这个骗子的名字；约西亚根本不知道他叫什么了。

“魔鬼没有名字，没有脸。”

在乌鸦岩客栈，约西亚得知“弗朗索瓦·德阿普施普先生及太太”在那里登记过，被前“管家”猜中了。“弗朗索瓦·德阿普施普”是马特的别名。（“如果你努力寻找，你会发现他——你总是会找到他。”这位前贴身男仆边说边向约西亚眨了眨眼睛，这令约西亚很沮丧。）但是，给前台工作人员手掌里塞了一张十美元的钞票换来这个讯息之后，约西亚突然感到意志消沉和精疲力尽；他本来是热血澎湃地开车从普林斯顿到乌鸦岩，现在他却感到心里没底了；他漫无目的地走到这家小旅店的大厅，坐在一个单独摆放的桌子旁边，把头俯在交叉的双臂上，待了几分钟；接着，责怪自己——“神机妙算的奥德修斯”在这样的时刻会怎么做？在马上接近一个有辱自己名声的人的时候，杰克·伦敦的主人公会怎么做？为了恢复力量，约西亚点了一大杯黑苦啤酒，很快喝了下去，几乎没有品出味道；大约半小时内，他将上楼去敲那间弗朗索瓦·德阿普施普先生及其所谓的太太住的那间能够观看河景的“蜜月套房”；只有上帝知道会发生什么事情。

他不能拒绝决斗，约西亚认为，但如果他拒绝了，我该怎么办？攻击他，打他？直接杀了他？那安娜贝尔呢？她必须亲眼看到吗？他不想考虑安娜贝尔在这样的斗争中可能会站在谁的“一方”。

约西亚已经看得很清楚，安娜贝尔是出于自己的自由意志而在教堂门口加入埃克森·马特的。她是死一般的苍白，好像在催眠师的咒语驱使下眨着眼睛、目不转睛；但没有人强迫她离开她的新婚丈夫达布尼·巴亚德的身边，并离开她那悲痛的家人的保护。

不过，约西亚不会评判安娜贝尔。甚至没有必要考虑“宽容”她——约西亚根本不会评判他亲爱的妹妹。

“好像她生病了。她必须从疾病中挽救回来!”

在酒店大厅黯淡的僻静处，在一块木板桌子旁边，约西亚偷偷地跪在地上打开小山羊皮箱子，再次检查两把又大又笨拙的决斗手枪。他看见了它们，闻到了枪身散发的阴冷的油的气味，手里感受到了它们的重量，没有像他所预料的那样感到安慰，而是令人恐慌。约西亚是一个猎人，打过野鸡、鹅、鹿、熊；他操作过步枪和霰弹枪，又懂得使用枪炮。但他用手枪却几乎没有任何经验。虽然幻想的决斗已经在他童年的梦想中漂浮多年，但是他从来没有确切地预想决斗的细节。重型的钢制手枪，雕刻精美的木头，玲珑剔透的银边——其中一把有一个鸢尾花图案，另一把是同样微妙的蛇形图案。有一会儿，他听到嘶嘶的召唤声——安娜贝尔！安娜贝尔！再次听到了他爷爷的警告，再次感觉他爷爷的手指摸索着他的手指，爷爷的手指比自己的柔弱，容易躲避。

“爷爷，谢谢你。我知道你的意思——我知道你是对的。但是我没得选择。我必须为家族的荣誉报仇，因为没有其他人能做了。”

然而，如果约西亚真的杀了一个人！祖父斯莱德将如何为他悲哀，还有他心爱的父母！

一瞬间，约西亚想到了威廉敏娜·伯尔。她也会为他而悲伤……但没办法，约西亚是英雄好汉的后代，必须为家族的荣誉复仇。

“喂？请开门。”约西亚大胆地敲了敲22号房间的门，乌鸦岩酒店的“蜜月套房”。他把耳朵靠到门口，听到里面一阵含糊不清的说话声。

他的声音比他预料的更有力：“我是约西亚·斯莱德。请开门。”

房间里面又传来了一阵交谈声，接着，有人以惊人的速度推开了门。

“什么事？你好？你是谁？”

在门口站着一个年轻而充满活力的中年男人，约西亚确信他从未见过这个人，这个人奇怪地将绅士和痞子形象集于一身；红润的脸庞和粗鲁地瞪着的眼睛。男人的白色亚麻衬衫解开了，露出一个长满硬硬的胸毛的粗壮胸膛。个头和约西亚几乎相等，这位绅士－恶棍见到他没有表现出恐惧，而是一种困惑。

“对不起，先生——可否请问贵姓？”

在这个瞪着眼睛的男人背后，在这个花里胡哨的房间里面，是一个披散着浅黄色头发的女人，脸庞漂亮，而且棱角分明；这个女人穿着一条孔雀蓝和服，漫不经心地在腰部扎了一下，结果在喉咙处松开了，像她同伴的亚麻衬衫一样。她的手指拿着一个小小的金色烟盒，拿腔作势地慢慢从里面抽出一支长长的白色烟卷。

“我——我是约西亚·斯莱德——我正在寻找——我的妹妹安娜贝尔……”

约西亚听到自己笨拙的结结巴巴的声音。约西亚觉得脸一下子就红了。他双手紧握着小山羊皮箱子，里面装着决斗手枪，这让他觉得自己又突兀，又愚蠢；通过那位绅士－恶棍看着约西亚的样子，以及凝视着约西亚的羞愧表情的样子，约西亚感觉，他一定是明白小山羊皮箱子里装的是什么，以及约西亚为什么会如此急切地敲门。

"'约西亚·斯莱德'——'安娜贝尔'——他们和我们有什么关系？你一定走错了房间，斯莱德先生。我们是弗朗索瓦和卡米尔·德阿普施普，我们都不是你认识的人。"

约西亚看到那个穿着和服的苍白的金发女人瞟了他一眼，轻蔑地点燃一支烟，喷出小毒蛇似的烟云。这个女人不年轻，大概四十岁，约西亚感觉她既完全陌生，可是又熟悉。她认识我。但是她不承认认识我。

约西亚从门口退了出来，感到困惑，觉得那个女人不可能看得那么清楚，并从他颤抖的手中拿的小山羊皮箱子推断出他为什么在敲他们的门。他结结巴巴地道歉，解释说他正在寻找另一对夫妇；那个绅士－痞子朝他笑了笑，狡黠而又意味深长的微笑，这使约西亚非常吃惊，以至于他没有关上门，而是把门开得更大了。

"先生，你来和我们一起喝杯香槟吗？我们回到这个美丽的小旅馆庆祝我们结婚二十周年纪念日，如果你和我们一起庆祝，我们会非常高兴。"

这个绅士－恶棍几乎是在向约西亚眨眼。

"谢谢你，但我——我想——我最好不……"

"为什么不，先生？无论你正在寻找谁，他们肯定会在今晚晚些时候到这里，是吗？在这期间——来杯香槟？"

在房间的后面，苍白的金发女人，不整的头发散落在背上，抬起手似乎在提醒约西亚离开，甚至是在绅士－痞子回头看着她，紧皱眉头的时候。

"卡米尔请我，坚持让你加入我们。既然你已经来敲我们家的门，可不是偶然的，是吗？你愿意吗？"

"不——不了。不 谢谢你。晚安！"

约西亚茫然地转过身去，心怦怦地跳动。他抓着小山羊皮箱子，快速沿着铺着软软的破旧地毯的走廊走了，墙上贴着稍微有些污损的墙纸，每六英尺左右有一盏蜡烛形状的电灯，照亮了他回到楼梯的路。

在蜜月套房的门口，绅士－恶棍喊叫着约西亚，冷笑一声："晚安，先生！也许，一次做一件事。"

后记：历史学家的困境

无数次，我重新研究以前的场景，把约西亚·斯莱德带回到乌鸦岩旅馆22号房间的门口；无数次，我沉思着约西亚和“弗朗索瓦·德阿普施普”的高深莫测的对话——以及穿和服的金发女人“警告”手势的意义——但一无所获。不管这个场景可能意味着什么，它不会对我产生意义。

我一直对这个场景感到困惑，我走访了乌鸦岩酒店，调查了那个蜜月套房，这个房间几十年没有改变，但是没有任何线索。得知这一切，读者会笑。

也许这就是历史学家的困境：我们可以记录，我们可以把事实一丝不苟地、忠实地聚拢在一起，但是只能到我们可以解释的程度。不能创造。

无法言说 II

在拿骚大厅关着的门后面他们开会了。

没有秘书作笔录。

“玛蒂尔德，你可以离开我们。”

“先生？‘离开你们’？”

威尔逊校长重申了一遍他的命令，声音简直都颤抖了。他的脸色很苍白，皮肤紧绷、憔悴。在他薄薄的嘴角处，淡淡的粉状物质已经干了。那些从这位焦虑的男人身边近距离经过的人，也就是说在三英尺之内，注意到他的呼吸里有樟脑和灰烬的味道。

“玛蒂尔德，我已经告诉你了。你离开的时候把门关上。”

这次会议是仓促召开的。而且保密。

这次会议没有既定议程。

在校长办公室的外间，有一张备用的木头桌子，看起来好像是殖民时代传下来的东西，实际上，是 1777 年普林斯顿战火中的幸存物。人们聚集在桌子周围，充满困惑和忧虑。几个院长，几个系主任，大学的律师，讨论中的住校男教师和这位男教师的年轻助手托马斯·特里梅因（普林斯顿 95 级学生），他也是罗曼语研究部主任，在这个令人忧虑的时间之前，他从来没踏进过这间具有历史意义的拿骚大厅。

威尔逊校长严肃地主持会议。令人震惊的是，在他身旁，稍稍在他身后的地方，校长秘书玛蒂尔德通常坐在上面记录会议纪要的那把椅子是空的。

人们尴尬地坐着。尴尬地互相扫视着，然后又扫视着面容忧郁的校长，他似乎在等待另一个人进入房间；或者，他很可能只是像平常在公共场合一样，呆板地坐着，陷入了沉思，皱着眉头，用刚刚清洗过的手帕使劲地擦着眼镜，就像他在从他的灵魂深处召唤合适的词语来开始这次因为不可记录而变得不同寻常的会议。

几分钟后，沉默变得使人压抑，好像氧气正在被慢慢地从房间里吸走，威尔逊校长清了清嗓子，把眼镜架在鼻子上，开始讲话，神情就像一个徘徊在深渊边缘的人。

“你们一定想知道为什么这么匆忙地召集大家开会。为什么你们被警告不要告诉任何人——我重复一遍：不能告诉任何人。还有为什么没有规定的会议议程。”

说到这里，威尔逊顿了一下。突然，惨笑掠过了他的薄薄的嘴唇。

“你们一定在纳闷，先生们——是的，你们有理由纳闷。因为，如果在你们的位置，我也会有理由纳闷。但是——我很难过地告诉你们——情况是如此严重，而且如此——简直就是无法言说。”

无法言说！聚集在校长外间办公室的人们看看威尔逊，又看看对方，感到困惑不解；然而，几乎就在同时，困惑变成了一种共同的恐惧和深深的尴尬。

“爱丁顿先生，你们知道他是西方学院的负责人，给我带来了令人不安的报告。正是昨天，他的助手特里梅因找到他，拿着这份令人不安的报告。”

说到这里，威尔逊用手指捂了一下眼睛，仿佛一瞬间他感到晕眩。

在别人沮丧地看着他们的时候，爱丁顿和特里梅因坐得笔直，像两座雕像；在座的人中，大部分坐在那里，双臂紧紧地抱在胸前，像一副铠甲。

(这里要注意的是，伍德罗·威尔逊并不知道，谣言已经像野火一样传遍了大学社区，就是他最近会经历某种“神经崩溃”；这次崩溃被认为与一次神秘的/丑闻事件相关。事件涉及温斯洛·斯莱德的孙女，据说她在长老会教堂举行的婚礼仪式上被“绑架”，而在此次婚礼中，威尔逊的女儿杰西是伴娘。因为没有几个与大学有关的人被邀请参加婚礼，所以很多细节都是被推测的，确切信息非常少。)

“爱丁顿先生，你想说话吗？”

但是，爱丁顿先生看起来很痛苦，只能默默地摇头。威尔逊很同情地看了看他，语气有所缓和。

“那么，特里梅因先生？”

但是汤姆萨·钱里梅因，一个瘦瘦的二十九岁男孩，穿着一套很不合身的殡仪馆助手穿的那种衣服，只会不寒而栗，出声地咽着唾沫，用摇头来表示不。

“看来，当时有——现在有——也就是说，本科男生——参与了——还有，非常遗憾地说——几个教师。”威尔逊顿了顿，让对方有时间好好理解一下这样一个惊人内幕：教师们！

“但是，那些事实，根据向我报告的，或者说，根据向我呈报的，不是原话，因为，正如我已经说过的，情况是无法言说的，是很清楚的：关于本科生，立即开除，并且删除所有记录；对于老师，立即终止合同。这样，全世界都会知道，这些无法言说的人中没有一个踏上我们的校园却不被开除的。”

这句话说得铿锵有力。但你可以看到，如果你靠近威尔逊校长坐着，那个人的满是皱纹的眼皮颤抖着，在他的嘴角已经干了的粉状物质像砒霜一样闪闪发光。

“先生们，我们将不得不——继续。我们已经达成一致了吗？我想，我们会想尽快结束这个会议。”

“先生？我可以——”

“什么？什么？怎么了，富勒顿院长？”

这位院长坐在那里，双臂紧紧地抱在胸前，似乎呼吸有困难。对于一个看上去不舒服的人来说，他说话足够勇敢了，几乎不顾一切——“就算情况是无法言说的，而且我们也不想谈论，但是，仍然，根据民事法律，被告也被允许为自己辩护，你知道——在他们受到惩罚之前。爱丁顿先生，有多少男孩被卷进来了？”

可怜的爱丁顿先生在他的椅子上坐立不安。他无言地举起手——两只手——扭动手指仿佛在数数：正好十个？

不对，十二个。十三个。

十三个！

“这是——唉，这是……令人震惊的。这是……不是我们所希望的。”这位院长前一刻还曾勇敢地讲话，现在似乎不知所措了；他的眼睛快速地眨着，情绪低落。

“没有一个是‘我们希望的’，”威尔逊校长直截了当地说，“我们都同意，无法言说的事情是不能被明确地表达出来的，然而，必须就此采取行动——迅速行动。‘迟到的正义就不是正义。’”

“那些男孩子们——就是，那些年轻人——会被开除？这么快？”

“事实上，他们现在就已经被除名了。今天上午已经要求他们腾出自己的房间。”

“这么快？”

“先生，你不需要重复自己的话：第一次的时候，我们已经听到你说了。‘迟到的正义就不是正义’，所以参与不可告人的事情的孩子们应该被要求离开，而且，可能在事实上已经离开了；或是正在等待父母到来，帮助他们腾出自己的房间吧。至于那些教师，作为知识和道德楷模的年轻先生们，他们愚钝地违反了大学对他们的信任，他们——都走了。”

“走了？”

“这是一个回音室吗？这是模仿吗？当我说这些次人类都走了，我的意思很明确，他们都走了。他们去哪里了已经不是普林斯顿关心的问题了。”

“先生，就这件事的——‘辩护’——”

“无法言说的事情也是不可辩护的。我想我们是一致的？”

“但是，威尔逊校长先生，也许该指控是——不准确的？或者被夸大了？伪造的？如果我们不组织一个调查，并允许被告人为自己辩护，我们就不能肯定——肯定——‘公正’得以实现。”

这些大胆的话陷入了沉默的深渊。校长办公室如此寂静，办公室上方，威尔逊校长的几个杰出前任的画像（乔纳森·爱德华兹牧师、约翰·威瑟斯庞、杰姆斯·麦考士）在沉思，屋里面的每个人都开始强烈意识到自己的呼吸、心跳和消化过程；托马斯·特里梅因处在纯粹的紧张状态，使劲地咽下一口唾沫，喉结一阵痉挛。你可以看到，那个被打击的年轻人，对于这个无法言说的事件非常愧疚，不过已经因为与这件事情的关联而名声扫地；他与大学的合同，很有可能，过了这个学期以后，就会随之解除。

威尔逊校长以一种勉强克制的讽刺语气继续说："你打算如何让这些无法言说的人——说话？在体面的公司，以及在文明小区，这是不可能的。"

"但是——就算是无法言说的，可是，还是一定会有办法的……这似乎不公平仅仅——除去这些人，而他们直到昨天还是我们大学大家庭的一分子。"

"是的。这正是可怕之处——'直到昨天还是我们大学大家庭的一分子。'"

一阵战栗似乎传遍了那张简陋的殖民地时期的桌子，依次触摸着每个人。托马斯·特里梅因最明显，他不得不用指关节堵住嘴，来防止咳嗽的声音更大。

然而，尽管支支吾吾地，但是异议还是被表达出来了："如果你已经将这些人'除名'和'除去'，威尔逊校长，为什么我们还要开会？这似乎是事后追溯。"

"我们正在开会，先生，因为我已经召开了大学首席行政长官会议。事实上，因为我正在请大家批准一项行政部门的事后追溯行动。

"是的，但是，先生——"

"请允许我提醒大家——因为也许你们有些人已经忘记了——我的那份已经被多次转载的演讲《为国家服务的普林斯顿》的结束语是：'因为我们在普林斯顿是为国家服务，所以我们义不容辞的责任不是做好人，而是做伟人。'"

威尔逊校长扫视了一下桌子，眼镜闪闪发光。

坐在桌旁的男人们像害羞的孩子一样没有再提出异议。

"那么，我想这次会议——就当从来没发生过，以后也决不要谈起——休会吧。"

这些人明显地如释负重，离开了。谁都没说话。

残忍的丈夫

（选自阿德莱德·麦克林·伯尔太太的秘密日记；1905年10月6日）

——残酷！残忍。我的手在颤抖，几乎握不住这支笔。

虽然羞辱、困惑和莫名的伤害已经过去六个小时了。

似乎已经发生了，就像在格林兄弟的邪恶故事中一样，我心爱的贺拉斯好像已经变了——不是他自己了——在我们结婚第十五周年纪念日的前夜；而我对他的爱仍然像我做新娘时一样纯洁。

——我不会再掉一滴眼泪，因为我没眼泪了，他不再爱我了——我得死。

——“有一天，阿德莱德，你会看到，他们变了，”当我还是个小女孩的时候，我亲爱的妈妈在我耳边说。“丈夫们会变因为那是他们的本性：他们不由自主，我们也无法帮助他们。然后除了坟墓便没有别的慰藉。”

——矮胖身材、胡子卷曲、英俊潇洒的丈夫贺拉斯一直喜爱、珍视、宠爱他亲爱的猫咪；笑话她有些喘不过气来的小模样；嘲笑她的恐惧；经过十五年无私奉献的基督徒式婚姻，唉，他发现了自己的另一个层面——男性灵魂的淫荡好色与下贱的一面。

——“贺拉斯，”我问他，声音很微弱，这个男人的呼吸声那么粗重，我的声音几乎都听不见，“为什么你半裸着？你为什么要在晚上闯进我的房间，让我看见你，以此来这般折磨我，我可怜的心脏都快爆炸了？而且——你怎么有酒精的味道？贺拉斯，求你——不要离我更近了！否则我就按铃叫仆人了！”

——或者只是一场噩梦；梦中老鹰猛扑过来戳我——抓我……今天早上我发现自己衣衫凌乱且头脑发昏——太弱了，结果受不了汉娜哄我吃下去的新药，她非常担心我才让我吃的；上午十点左右，我们的女管家来看我，她非常担心，因为所有的人都在低声说着伯尔太太的健康危机。

——（自从贺拉斯到曼哈顿出差以后，就一直是这样，粗鲁的行为，连同粗鲁的心灵，当时他留宿在麦迪逊俱乐部；克利夫兰太太低声告诉他，那里有一群淫荡的女人供这些最杰出和最高贵的绅士们享用。即使那个男人没屈服，可是，在他激情燃烧的想象中，他也已经被诱惑了；他回到自己的家里时，无法控制自己。我天真地对弗朗西丝说——“啊，但那不是贺拉斯！绝对不是我亲爱的贺拉斯。”）

——（这不是一个秘密，举止粗俗的痞子格罗弗·克利夫兰在和弗朗西丝结婚之前和多名女性有“关系”；上帝知道，结婚之后也很可能有。因为男人体内有一头野兽，如果一旦释放出来，就无法加以限制。全世界的人都知道，克利夫兰先生和这些卑鄙的女人中的一个生了个私生子，然而，我们的文明正在堕落，这已成为事实，这件事没有对这个男人不利，没有阻止他当选美国总统——不是当选一次，而是两次！）

——如此的孤独与紧张，为什么我的心跳得如此沉重。当我成为梅德斯通的女主人的时候，布迪诺特医生说，我是一个高度敏感的年轻女人，“简直和斯特拉迪瓦里的小提琴这样的乐器一样微妙和具有艺术性——猫咪因此受到称赞羡慕，因为当年我十七岁时，没穿紧身衣的情况下，腰围只有十八英寸；脸色半透明，人们很惊奇地觉得我像一个瓷娃娃。在那些快乐的岁月里，贺拉斯似乎——还有许多其他人——因为我的一切而重视我，因为我高度紧张、“敏感”，容易晕倒，需要爱抚、安慰和温柔的抚摸。

——（这所房子里正在发生什么？我是这座房子的“女主人”——但却是俘虏？贺拉斯经常去他在银行街的办公室，或者去纽约；在这里，我知道仆人们在背后说悄悄话，在我们背后算计我们；有证据表明他们在偷我们的东西，而贺拉斯对此不完全相信。汉娜在我面前表情僵硬，因为犯了一个大错被斥责以后，越来越不满；敏妮变得寡言少语；男孩亚伯拉罕，在仅仅几个月长高了好几英寸，我确信是因为他一个人在厨房狼吞虎咽，而在我面前却表现得表情僵硬，且粗鲁地咕哝着‘阿德莱德女士’，好像我的名字在他的嘴里味道极苦。刚才按铃又按铃，没有人来帮助我，如果我晕倒了，或者更糟……所以我认为哎呀，他们会起来反对我，就在这所房子里！如同昔日奴隶大屠杀，可怕的事情发生在无助的白人女性身上，对此，没有人会说话，因为这样的事情是**无法言说**的。）

——就这样，被诅咒的夏天过去了。日日夜夜在地狱般一个接一个过去，可怜的猫咪在梦中老鹰的袭击下，只能躺在那里，无能为力——这些巨大的食腐肉的鸟长着十英尺宽的翅膀，眼睛犹如炽热燃烧着的煤块，残酷的爪子像耙子一样攻击着我的脸颊，缠在我的柔软的头发里。现在，我的体内潜藏着布拉瓦茨基太太的智慧，虽然我没有足够的心智去理解她的观点；对于可怜的猫咪紧张的精神状态来说，最枯燥无味的主日学校的教义问答就够了。

关于不幸的安娜贝尔·斯莱德没有进一步的消息，她现在是安娜贝尔·巴亚德太太；虽然她哥哥约西亚已经发誓要报复绑架她的人，要把她救回来。可怜的安娜贝尔！——只是一个孩子，没有猫咪这么精明；只有猫咪替她感到深深的悲伤，没有一丝满足感，高高在上且强大的斯莱德家族的人现在被弄得地位如此低下，不堪一击。安娜贝尔现在失去了所有的上流社会的圈子，所有的像样的伙伴；就像她失去了她心爱的家人。我的不幸的侄子达布尼·巴亚德沉迷于酗酒，人们相信他还堕落淫荡，对此他的女性亲属应该不知道。贺拉斯说：这不是我们关心的，阿德莱德：不要去想它。然而，普林斯顿的女人都被安娜贝尔·斯莱德所遭遇的公开绑架吓坏了，谁能不想呢？

——令我恐惧和厌恶的是，贺拉斯更经常地到我这里来了，在黑暗中踉踉跄跄，满身波旁威士忌的酒气；这个半裸着身子，头发凌乱不堪的怪人呢喃着、恳求着、威胁着，说我必须“拥抱”——“像一个妻子应该的那样。”他趴在我的床上，嘟哝、尖叫，呻吟；压下来，像一袋面粉，重重地压在我身上，我有窒息的危险。太肮脏了，我早上必须换床单，生怕仆人们会知道，同情我；或者更糟的是，笑话我——梅德斯通的女主人，跟个妓女一样不受尊重；然而，我睡不好觉，梦中很多奇怪的场景出现在我眼前，现在，死了的鲁思·克利夫兰的嬉闹的鬼魂要比她以前活着的时候跟我更熟悉了；小奥丽埃纳·斯莱德，安娜贝尔的婚礼上的花童，现在好像是鲁思·克利夫兰的夜伴。最令人苦恼的是，扭曲变形了的威廉敏娜朝着我笑，口齿不清地说着我亲爱的堂姐艾迪！而她活着的时候从来不这样；用极度弯曲的方式扭曲着她幼小的身体，我肯定，一个高尚、纯洁的年轻女人永远不会在白天那样做的。最可恶的是，男仆亚伯拉罕赤裸裸的身体，他不超过十三岁，我敢肯定，然而，在这样的场景中，一个肌肉发达、“长成了”的青年，他的皮肤和放在我卧室的乌木桌子一样黑，他的镶白色边的好色的眼睛……

——（不过，我已经了解了我们这个时代最大胆的女性，她们原本都是普通的女人，逆来顺受的：诗人、妇女参政权论者夏洛特·帕金斯·吉尔曼，据说密谋暗杀总统麦金利的犹太无政府主义者艾玛·戈德曼！那个可怜的猫咪会有这样的胆量，这样的机会；那个可怜的猫咪不是一个可悲的残疾人，可怜的残疾人是更为普遍的女性疾病的最极端状态。）

——我不会原谅任何人。我的心，脆弱，但大胆地跳动着，骄傲地跳动着。贺拉斯变了，这让我恶心。他变得残忍、卑鄙，“不是自己”——然后跪在走廊外我的门口，从钥匙孔哀求我，噢，亲爱的原谅我——他不知道做了什么，他请求说：他在城里该死的绅士俱乐部里过度沉迷于雪莉、苦艾酒、熏牡蛎。

——感谢上帝给我的女朋友！——正如母亲曾警告过我，最后只有女人可以依赖，她们爱你。这里是约翰娜·范·戴克从她看蜂人的蜂巢给我拿来的最甜蜜的蜂窝；她和曼迪担心我看起来“很苍白，病态”；给我读艾德先生有趣的《大学的寡妇》，科雷利太太的《邪恶的求婚者》；也读《时尚人物周刊》中的迷人的选段。(当她们或其他的女人来的时候，狡猾的猫咪就会把她的神智学和无政府主义的书，吉尔曼的书《在我们的这个世界》和《黄色糊墙纸和其他的故事》藏起来；我向她们透露说我读在沃顿太太的《欢乐之家》就已经足够了。那个故事因为描写了在纽约和新港的最上流的家族，故事的女主人公的行为举止与贵妇形象完全相左，作品受到她们的诟病，因为对他们的社会进行了粗鲁的、不公平的讽刺；还有《闲谈的安慰》，这个作品所引起的愤怒从夏天到秋天有增无减，说斯莱德家族受到了诅咒，就像希伯来上帝考验约伯一样；长脸的伍德罗·威尔逊和穿背心的院长安得烈·韦斯特之间的六十二轮长期论战每周都变得越发激烈。城里，议论纷纷，一些快乐和一些悲伤；据说，不是一个，不是两个，不是三个，而是威尔逊家的四位女性都饱受着伍德罗带来的懊恼；可怜的杰西，还不到十八岁，因为她的朋友安娜贝尔·斯莱德的死亡而极度痛苦，她把安娜贝尔看作一位理想的朋友，一个行为榜样。另外，在威尔明顿，老派恩太太紧紧抓着她那数百万美元，就像她坚持她的支离破碎的生活，要得威尔逊和韦斯特互相敌对：她会将丈夫遗留的财富交由普林斯顿大学的威尔逊管理还是韦斯特管理：相当好玩，姑娘，让这些自命不凡的“学者们”按照你的曲调跳舞！然而，事件有了一个新的进展，另外一个老富翁被卷入这一争端，一个叫做艾萨克·怀曼的人，来自马萨诸赛州的波士顿，是普林斯顿86级学生，据说他的四百万美元捐赠“只是稍微有点向西倾斜”[①]。贺拉斯对这些事态的发展不赞

① 原文Westward（向西）与West（韦斯特）关联在一起，表明老富翁的态度倾向于West。

同，因为他很同情威尔逊校长，认为他是一个非常认真的人；然而，贺拉斯也很同情安得鲁·韦斯特，因为安得烈·韦斯特比威尔逊早来大学许多年，大家都看得出来他没有受到董事会的重视，没有当上校长。为了挑战那位院长的提议，威尔逊提出的新研究生院的选址已被证明是不符合卫生要求的，这成了他的新的羞辱；显然，那块地方在一段时间里曾经是一个污水场。(但是，的确让我震惊的是，在普林斯顿市竟然有污水场这样的东西！我确信，我以前从来没有听说过。)

——第二天，我在读《欢乐之家》，发现这部小说丑陋不堪，使人难受，正如人们以前关于这本书所说的；如果我没有记错的话，小说因为对伊迪丝·纽伯德·琼斯所出生的那个阶层的残酷描写令人不愉快。匆匆翻阅，我发现甚至更糟糕的是，犹太人暴发户罗斯德尔先生竟然在最后成了一位绅士——似乎使基督徒相形见绌。我要把小说扔进垃圾桶，那才是属于它的地方，因为沃顿太太的确是背叛了自己的阶级，像她亲爱的朋友，那个小丑"泰迪"所作的一样。

——惊险，得知艾玛·戈德曼在年轻的时候曾经和一个无政府主义者同志合伙谋杀了卡耐基钢铁公司的亨利·克莱·弗里克；因为安得烈·卡耐基不受伯尔家庭的喜欢，也不是这个家庭的朋友。世界如此混乱复杂，想想把谋杀作为一个解决方案非常令人兴奋。因为，在普林斯顿，人们是多么担心和烦恼啊！可怜的奥古斯都·斯莱德在他的女儿可耻的被"绑架"之后，据说饱受溃疡和关节炎的折磨；我的伯尔家的亲戚被华尔街的金融状况弄得愁眉不展；当然，范·戴克家，斯特拉肯家，巴亚德家，贺拉斯。这个世界会颠倒，只是为了扬名，罗斯福就猛烈攻击使恶霸高兴的事情，召开董事会；他和那个歹徒米切尔合谋，就是那个所谓的矿工们的"总统"，这简直令人难以置信。像他的朋友沃顿太太一样，罗斯福是一个阶级的叛徒，但在我们面前却趾高气扬，扮演着——社会主义劳工党的朋友（无政府主义者们的自称），无疑同情帕特森的暴动、纵火犯。啊，我恨他们所有的人：我听腻了这些事情：痞子、瓦砾、肮脏与文盲和贫困。阿默，贺拉斯的朋友，受到了一家社会主义报纸上的一系列无情谩骂的攻击；全城的人都在悄悄说这件事情，他在芝加哥的肉类包装公司被一个名叫辛克莱的年轻的黑幕揭发者“曝光”，那个人发表了名为《屠场》的系列文章——布迪诺特医生说起这件事就颤抖，说阿德莱德甚至都无法提及这一恶行，她一定会强烈恶心反胃，再也不会吃肉了，也无法忍受别人在她面前吃肉。如果阿默太太这周来喝茶，我会向她表示我的同情，因为如果贺拉斯在公共媒体被“曝光”，他的猫咪会作何感受呢！我们必须从历史智慧中寻找安慰，就像比彻牧师所宣讲的，神让伟大的人伟大，让渺小的人渺小；如果一个工人不能靠每天一美元，面包和水，活着，那么他就不适合活着。

这是一位有名望和声誉的著名基督教牧师。

——九月下旬，但既潮湿且压抑，犹如盛夏。斯莱德家的女孩还没有找到；出于羞愧，可怜的达布尼已经辞去了他的职务。据说，离婚诉讼已经开始，但不是由达布尼提出的，而是由巴亚德家提出的；这两个家庭曾经是朋友，现在却是不折不扣地分裂了。猫咪经常烦恼、暴躁，对傻瓜几乎没有耐心。菲茨伦道夫牧师来喝茶，我相当震惊，这个男人说我想放弃我的两个慈善对象——金斯敦的莎拉·克拉姆，他刚刚又给世界奉献了一个没人想要的克拉姆——我相信，这个是第七个——真够多了。还有文德沃格尔家庭，几乎同样多产，虽然据说父亲残废，母亲患有糖尿病；他们已经搬到很远的山谷路去了，我们的教区可以不再考虑他们了。菲茨伦道夫牧师曾经让安娜贝尔·斯莱德和达布尼·巴亚德“结婚”，在一定意义上要为这个丑闻负部分责任的，他永远也不会从这一震惊和耻辱中恢复过来。菲茨伦道夫牧师总是冲我撅起嘴唇，担心难以向文德沃格尔家的父亲解释伯尔家的慈善必须停止，因为这位父亲在拿骚厅的地窖里发生的窖炉不幸事件中受了重伤，又没有保险。由于不能够负担普林斯顿区的税收和费用，这个家庭已经搬到离原来的家几英里的地方。于是猫咪的脾气、智慧爆发了，我说：“为什么，亲爱的牧师，我们的慈善事业——我指的是你的，而不是我们的——要如此膨胀到涵盖整个地球?”这位好牧师目瞪口呆地看着我，不知如何回答。

对于克拉姆和文德沃格尔两个家庭就这样吧。我已经厌倦多年的啜泣和乞求。这是一件好事，我相信艾玛·戈德曼会同意，把这些人从我的慈善名单里删除，把它们从我的良心里删除。

啊，奈弗特尔治疗[①]弄得我非常虚弱——布迪诺特医生在我的床边监督治疗，喃喃地跟我说，就好像那是一个著名的有争议的事实，如果当年他被允许在安娜贝尔七岁的时候进行他那个“精细的手术”，就像他向斯莱德家建议的那样，那么悲剧就不会发生了；作为一个小孩子，这个小女孩被认为“过于敏感”，有着“过于强烈的想象力”；但是那个家庭不明智地拒绝了，解释说：这么小的孩子理所当然地必须允许他们自由成长；没有医疗或者甚至成人的干扰。奈弗特尔治疗是布迪诺特医生及其他医生经常被要求在青春期前的女性身上进行的，因为让她们可以幸免一些生理感觉导致的丑行是绝对必须的；免去由于无法言说的行为习惯带来的一切会导致疯狂的风险。就这样，布迪诺特医生闲扯，叹息；在为普林斯顿许多不健康的人服务的过程中，医生已经白发苍苍，年老体衰；他像父亲一样敲打着我的手腕，赞扬我的父母在我的情况中行事谨慎。（不过，我几乎不记得了。或者根本一点不记得了。也许，一条浸泡了三氯甲烷的手帕；刺痛，后来当被要求“放水”（如保姆所称）时，有烧灼感；啊，真的让人不舒服、肮脏——无聊，不值得回忆。）

秋天，但温暖。据说，奇怪的太阳风吹过普林斯顿及其附近地区。贺拉斯，最近几乎所有的时间都焦躁不安，脸比几个月前更瘦了，在我们家安装了电风扇，舒尔茨·斯卡茨·惠勒博士位于新泽西州安培市的著名实验室的

---

① 奈弗特尔疗法是一种流行的治疗神经病人的方法，它涉及复杂的电流机制，“电流”应用到病人的脊柱，致使治疗的冲击、痉挛或真实的抽搐；这种根治性治疗的理论依据是身体的“神经”和“肌肉”系统的基础操作是建立在电信息传输基础上的，这种电信息在受病痛折磨的病人身上必须从根本上重新确立方向。通常情况下，病人表现出一些治疗的进展；然后，她经常复发，病情恶化，进一步表现得“严重”，并且随着时间的流逝，最后陷入瘫痪。读者会欣慰地听到，阿德莱德·麦克莱恩·伯尔，幸免于这悲惨的命运。

发明；一个奇怪但很有效的新发明。（贺拉斯是如何知道的呢？——好像是通过我的表姐威廉敏娜；因为这两个人相当偶然地一起坐上了去纽约的火车，威莉翻阅着《邮报》，评论上面不同的广告，其中一个是惠勒博士的新奇发明。）于是这个东西就在这里了，在猫咪的闺房，非常受欢迎。我懒洋洋地摆弄着这个噪声电机，打开——关上——打开——关上，自娱自乐，它产生的清新的微风吹着我的发热的脸颊、扎起来的披肩长发。“你对你的猫咪真是太好了，亲爱的贺拉斯，”我低声说；贺拉斯说：“亲爱的猫咪，这是一个丈夫能够做到的最小的事情了。”

——受到E. 戈德曼的启发，我在紧张忘我地思考着他们所有的人会如何被处决，包括那位粗俗的焦虑的丈夫，他们的食物含有砒霜；我相信，砒霜是一种白色粉末，可以溶解在牛奶中，或者搅拌在土豆泥里；用汤匙舀进板油一样的玉米粥里，这种粥仆人特别喜欢。谁会怀疑呢？可怜的伯尔太太是残疾人，在大多数的时间里，几乎不能从沙发上站起来；更别说让她走到房子的后面，那里她已经多年不敢去了。她是不可能知道砒霜的，更别说如何使用它了。

——（人们这样议论来自马萨诸塞州的伏尔河的莉齐·波顿，说一位“太太”绝不能够拿把斧头谋杀她的父母；所以陪审员们就同意了，他们简直就是易受人摆布的白痴。根据法律，莉齐·波顿如你我般无辜；更重要的，她从未被证实是有罪的，也许你或我会被证明有罪。）

——布迪诺特和他的儿子小布迪诺特，从费城来的一个新专家丹科博士都摇着头，含糊地说着神经衰弱、风湿性痛风、神经过敏、脊髓神经症、颞叶炎症，从东方传来的最新最致命的瘟疫：老挝人的昏睡病，能够麻痹大脑和脊椎——所以他们建议一种叫做运动神经治疗的新疗法。所以，意欲让猫咪乖；不要看见吃腐肉的鸟就尖叫，他们来梅德斯通是因为伯尔先生与太太是普林斯顿比较富裕的人，可以支付这种江湖郎中的药费。所以，我的脾气爆发，我哭，我的腿在羊毛被下发抖，告诉他们离开，马上离开，我不会接受更多的医学实验和痛苦，那些庸医们以此为乐。从我是个小女孩的时候就认识我的布迪诺特医生惊奇地注视着我，震惊了——“哎呀，阿德莱德，这不像你，”等等——“哎呀，那么，阿德莱德，我们必须求助于贺拉斯了。”

——无视他们，今天鼓起勇气出去了，这是我今年秋天第一次出去喝茶，当贺拉斯得知这件事时，非常惊讶；事实上，自从去年可怕的6月4日那天可怜的安娜贝尔在我们眼前被那个畜牲绑架以来，这是我第一次离开梅德斯通。那次喝茶更重要的是，它使我暂时离开了病床：招待我们的女主人是住在前程别墅的威尔逊太太，那个可怜的男人在大学校园内的“托斯卡纳豪宅”，威尔逊夫妻对这栋房子喜爱有加，因为这栋房子给了他们十足的面子；同时，他们又抱怨男孩们往窗户里面看！（谁会愿意看这些窗户呢?）亨丽埃塔·斯莱德好心为我停下车，让我坐斯莱德家的新汽车，一辆漂亮的皮尔斯一箭头，黄铜配件熠熠发光；当然，亲爱的亨丽埃塔希望我的健康好转，因为这个可怜的女人想念她的女儿；没有人敢说起她的女儿。在前程别墅，有这么多教师的妻子和神学院老师（我相信他们都是被任命的牧师）的妻子，真令人扫兴——所有的人都非常僵硬、扭捏、最平庸的那种人；令人震惊的是，她们的穿着打扮差极了，都穿着西区女士过时的“时装”，而这样的衣服几年前就已经送给穷人穿了；亨丽埃塔和我很安静，不过克利夫兰太太以她一贯的作风，屈尊地与威尔逊太太说话，来迁就那个虚荣的女人。威尔逊太太已经宣布打算建立一个妇女俱乐部——“现在俱乐部”——聚会地点设在斯托克顿街。（所以，我们认识到，这次邀请喝茶只是一个策略，目的在于使西区的女士们参与这个俱乐部——将西区普林斯顿与学术普林斯顿融合在一起是永远不可能的。）临走的时候，克利夫兰太太笑了，狡猾地对着我的耳朵说——好像我们正在努力逃跑但却希望渺茫——在皮尔斯一箭头里，亨丽埃塔一句话也不说，而是似乎在悄悄用花边手帕捂着脸哭泣。那些女伴们——和自己不是同一类女人——非常刺耳、令人疲惫。现在，我头疼，心情不佳，必须为我急于奔赴自由而付出代价，吃一些新药，午睡。

事件。几杯浓茶过后，亨丽埃塔·斯莱德有了精神，讲了几天前发生在克罗斯威克斯的一件悲惨且令人厌恶的故事，震惊了一群女士。斯莱德家的狗雷神是一只英俊的德国牧羊犬，不知道被一种什么蛇攻击了，那条蛇黑鳞、很胖、身体特别长：这个家伙把其邪恶的头伸到了可怜的狗的嘴里，使劲地沿着狗的喉咙钻了下去，大约钻进去十五英寸，可怕极了！这个恐怖事件发生在克罗斯威克斯的美丽的玫瑰园边缘地带。听到这里，我们当中有几个人，当然也包括猫咪，都感觉非常眩晕，厌恶；约翰娜面色非常苍白；威尔逊太太赶紧跑去拿乙醚一水，让我们振作起来。我们不知道哪件事情更可怕、更令人困惑，是一条狗在这样的情况下窒息而死，还是亨丽埃塔·斯莱德那个样子说话——因为重述这个恐怖故事的时候，这个可怜的女人傻笑着，说了好几次：但是因为我们斯莱德家族是被诅咒的，现在任何事情都可能发生在我们身上。没有人能弄清楚怎么回事。

——被诅咒的！这个词就像一股电流传遍了我们全身。现在斯莱德家族的命运已经被定义，虽然我们希望把自己想象为仅仅是旁观者，但是，在我们看来，这就是我们作为普林斯顿居民的命运。

——“韦斯特兰诸事不利。”第二天，这一宣言骤然出现，这凄凉的宣言出自格罗弗·克利夫兰太太那双造型优美的嘴唇；容易兴奋的汉娜告诉可怜的猫咪“克利夫兰太太”在楼下等她，就好像这次来访是事先早已经计划好了，而事实上当然不是，这让她大为吃惊。

想象一下我的惊讶，喝了几杯加了大量蜂蜜的很甜的格雷伯爵茶以后，那位黑眼睛、橄榄色皮肤的弗朗西丝·克利夫兰迟疑地承认，在霍吉路上的那座富丽堂皇的古老的殖民时代建筑里，诸事不利；因为，自从克雷文老宅发生的事件以后，可怜的格罗弗几乎整晚睡不着觉；似乎无法找到一个让自己的胃部或是背部或胸部舒适的姿势；因此，他总是穿着睡衣，戴着睡帽在房子里走来走去；总是看见他要么祈祷，要么流泪，要么咆哮，就像当年他当律师的时候一样；当时坦慕尼协会的恶棍们，或者说是共和党人，发起了无情的运动，指控克利夫兰生了个私生子，所以不适合当总统，克利夫兰反驳了针对他的各种指控。对他产生了最严重影响的是他和麦金利之间的含泪的诉状，针对战争、缅因州、格罗弗是否从暗杀中获利或为此高兴等问题[1]，“有一次，他和老总统密谈了一个小时，”克利夫兰太太告诉我，“上星期的一个糟糕的夜晚——（事实上，我们的婚姻生活中最糟糕的一个夜晚！）——格罗弗从睡眠中醒来，恐惧地大叫，相信刺客列昂·克尔兹格纳——还是克兹尔基恩纳？——还是克兹尔格兹什么的——和我们一起在房间里，拿着武器。格罗弗已经冒了一身冷汗，我无法让他平静下来，甚至也不想让他平静下来，他推开我的手臂，似乎不认识我。我没有看到无政府主义的刺客，可是格罗弗好像显然是看到了那个人，只是那个人现在好像已经部分腐烂；在他被处以电刑之后，人们往他的尸体上扔了大量的生石灰和酸。‘他在这里，弗朗西丝！——那个无政府主义者！——他们终于找我来了！我的罪行是如此微不足道——我的过错，我的缺点——可是，他们来找我了，将拖我下地狱。’”克利夫兰太太沉默了下来，仿佛这段讲述使她精疲力尽了；可怜的猫咪几乎，因为浑身一阵寒战，感到恶心，所以不知道说什么好。不久之后，克利夫兰太太离开了，使劲地捏了一下我冰冷的小手——“祈祷吧，阿德莱德，但愿你的心爱的丈夫变心这样的事情永远不会发生在你身上。”

事件。在辞去美国陆军委员会工作之后，据说有人经常看见我苦恼的侄子达布尼·巴亚德出现在萨拉托加的蒙特和伦敦的赛马场；更严重的是，据说他是纽约市多家违禁和非法赌博场所的常客。

（毫无疑问，达布尼还经常光顾更糟糕的场所，这些地方我们女士甚至都没办法说出口。）亨丽埃塔·斯莱德用颤抖的声音讲述着这个不幸的年轻

---

① 也就是，麦金莱精神。威廉·麦金莱，是美国第二十五任总统，在纽约州布法罗去世，1901年9月6日遭到利昂·乔尔戈斯刺杀，利昂·乔尔戈斯是爱玛·戈德曼的崇拜者，自称为无政府主义者；警方试图努力把这位无政府主义女性与暗杀联系起来，却没有发现任何关于二者相互关联的证据；情报人员也未能在戈德曼身上取得什么进展，戈德曼拒绝谴责刺客。泰迪·罗斯福时任副总统，他迅速宣誓就职总统。没有任何记载说，在其任期间或之后的日子里，存在刺杀格罗弗·克利夫兰的威胁。

人的事情，他和她的女儿的婚姻最近刚被一个当地法院宣布为无效；因为达布尼似乎已经成为斯莱德家族的敌人，拒绝与他们沟通，等等，这很不合理。有一个流行的谣言，说达布尼与约西亚·斯莱德即将决斗；两个年轻人都已经选择了决斗手枪；然而，亨丽埃塔强调："约西亚是一位有基督教道德和坚强意志的年轻楷模，他决不会参与被禁止的暴力行为。他同情达布尼，就如同他会同情任何一个失去妹妹的哥哥一样。"

在斯莱德太太离开惠特希夫客厅的几分钟里，我们这些女士激动地谈起她所说的这一情况；交换意见，说，太奇怪了，竟然到处都没有安娜贝尔的消息，就好像这位年轻妇女和她的绑架者真已经消失得无影无踪。约西亚经常不在普林斯顿，据说是在新泽西的每一个地方不断地寻找着他妹妹——城市、镇子、村庄抑或野生森林和山脉，沿特拉华河，一直向西北寻找。（泽西州非常广阔，而且地区差异性很大，住在城市的居民或者来自纽约市的游客几乎无法想象其农村地区是什么样子的。）约翰娜·范·戴克告诉我们，刚一见到约西亚，人们不会立即了解他对这件事的痴迷状况与程度；他的外貌变化也不大，只是瘦了——英俊的脸庞只是略显憔悴，他的眼睛令人不快地闪闪发光；好像他还蓄起了大胡子。当他回到克罗斯威克斯的时候，据说他"很安静"——"忧郁且遁世"——躲在他祖父的图书馆阅读旧地图，据说，甚至包括殖民时代绘制的地图，现在的精准已经非常小了。"约西亚的故事中最悲惨的是，"约翰娜压低声音说："几个上星期在靠近'水间'那个地方露营的大学生将他告到了皮尔斯那里，他们说：他们黎明前在睡眠中被惊醒了，一个'长胡子的年轻猎人'独自在森林中走，带着一只打鹿用的步枪，穿着一个背包，据他自己说，他在搜索他失踪的妹妹。露营者发动起来给予援助，因为，作为普林斯顿男孩，他们天生亲切，而且有礼貌；但他们吃惊地发现失踪的妹妹已经失踪九十七天了，最后一次见到她是去年在普林斯顿的拿骚街上。你听到过比这更凄惨的故事吗？"

——那里是我的堂妹威廉敏娜——"威莉"——她跟她的父母吵架，——已经向他们禁止她就读的纽约市艺术学校提出了申请，她发誓说，她将要很快搬出她父母的房子。自从安娜贝尔不光彩地离开之后，威廉敏娜无疑一直不正常；很少来看我，其实已经几个月没有来梅德斯通了。进一步的琐碎消息，艾伦·威尔逊用她温柔的南方口音很郑重地告诉女士们，韦斯特院长以最恶毒的方式“迫害”伍德罗：例如，如果两人在斯普林代尔打高尔夫球的时候碰巧相遇，那么，作为更熟练的高尔夫球手，韦斯特会站在那里观察和嘲笑伍德罗，而伍德罗则在打球的时候努力保持镇静，结果弄得自己和他的高尔夫球伙伴非常尴尬。既然没有办法避免，伍德罗已经允许开放在巴亚德车道的摩维克家的宅子作为研究生院的临时住所，容纳二十个青年男学生住宿，正如伍德罗所说：“盲目”模仿牛津和剑桥的模式。学生们被迫穿上正式的学位服，威尔逊太太说，纯粹是因为韦斯特院长可以炫耀他的过分重视的学术标志——因为虚荣的动物，像伍德罗所称呼他的那样，会吹嘘从哈佛大学得到的深红色的帽子；在星期三晚上，演讲嘉宾被邀请到大学，在学位袍底下穿着晚礼服！如果这还不离谱的话，威尔逊太太说，她的南方口音现在因为愤怒而不那么明显了，宴席上有很多道菜，包括鱼、家禽、弗吉尼亚火腿、小面包，雪利酒、葡萄酒，上帝知道还吃了些什么。在漫长的夜晚结束时，那些年轻人护送韦斯特回他的私人住宅的时候，竟然还穿着肥大的学位服，拿着大蜡烛——“好像是祭坛男孩，安得烈·韦斯特是他们的高级教士！”除此之外，威尔逊告诉我们，在摩维克烟草消费很大，桥牌“狂欢”；可能很快就会出现允许女性访客在楼下的公共空间的情况。“院长甚至已经恢复了他可怕的单簧管演奏，”威尔逊太太激动地说，“唯一的目的就是折磨伍德罗：因为摩擦的声音能够穿过校园传到伍德罗那间位于‘前程’塔楼的书房里。”听到这里，克利夫兰太太说：“安得烈·韦斯特是一个非常好的人，一位绅士；我听说，他在研究生教育方面的经验要比威尔逊先生好得多，因为他在英国和欧洲游历广泛；据说，威尔逊先生，像任何一位乡下的新教牧师一样，几乎连美国都没游历过。”艾伦·威尔逊的反应是这样的，这个可怜的女人张嘴想要说话，面临前第一夫人的高贵优美的权威，感觉到她的听众不同情她，结果不知道说什么；很快，她满脸通红，低声说了一句什么借口，离开了客厅，好像是去向厨房工作人员咨询事情；于是人们开始大声感叹威尔逊太太的衣服多么不合时宜，她“不匀称”的五官特点、不时尚的发型，以及校长家的非常寒酸、二流的家具。“但是，你知道，他们两个非常般配：威尔逊先生和太太，”——弗朗西丝·克利夫兰像个女学生一样漫不经心地说，大家都笑了。

啊，笑笑真不错！

——现在，普林斯顿的一位新绅士。

别人告诉我，这个男人的名字缩写是英格利希·冯·葛奈斯特伯爵士；他在斯托克顿路的德拉姆斯瓦克特做客，靠近神学院；他实际上是一位杰出的神学家，从德国的海德堡来的，他给摩西·泰勒·派恩家族写了一封自荐信，他的态度和话语给派恩先生留下了相当深刻的印象。显然，伯爵是一位鳏夫；他的全部家人都在莱茵河的一次悲惨事故中丧命；但是，大家被警告说：不许谈论这件事情。

“伯爵是一个有魅力的男人吗？”我问约翰娜·范·戴克，她曾经在德拉姆斯瓦克特见过他，约翰娜用颤抖的声音微笑着说：“啊，是的！非常有魅力。”克拉丽斯·比德尔自告奋勇说：在她的生命中，她从来没有见过这么不寻常的一个人，这么“有教养”——“相貌、体态都高贵”——“完全是目前的社交焦点人物！”（克拉丽丝·比德尔！这到底是怎么回事，同她的冥顽不化的法官丈夫居住在希本路狭小的石头房子里的克拉丽斯·比德尔竟然已被邀请到德拉姆斯瓦克特去见这位伯爵，而贺拉斯或我却没有？）不幸的是，派恩夫妇不太善于社交，约翰娜·克拉丽丝一直认为，没有帮忙把葛奈斯特伯爵引荐给邻居们……就在这一刻，老北教堂宏亮的钟声敲响了——不知道为什么，一阵眩晕感掠过我的身体；我听见自己的声音在用最不经意的方式问，“伯爵的年龄是多少，你觉得？”——约翰娜说：“相当年轻：不超过四十。”克拉丽丝·比德尔说：“或者，如果五十，也是非常有男子汉气概的五十。”

——昨天下午的兴奋过后，今天上午无精打采的——难道是致命的老挝昏睡病——算是吗？

汉娜从很远的距离喊“伯尔太太？伯尔太太？”我似乎是在另一个国度，在一个俯瞰莱茵河的城堡里；在城堡里，我不是“伯尔太太”，甚至不是

“阿德莱德”——或者“猫咪”。伯爵授予我的那个称谓简单而又呆板，却不容抗拒：他用带有很重口音的男中音召唤女人到这里来。

——只有惠勒博士设计独特的装置才能抚慰我，其叶片转动，转动，搅拌起一阵令人舒适的微风吹拂着我发烧的脸。

——“我怎么残忍了，阿德莱德，”贺拉斯不耐烦地问我，“没有哪一个拥有自己的智慧的人会希望引起这样的反应!”(在把托盘放在我的腿上的时候，他故意压在我的左胸上，我没穿束身衣；我真想大骂他的行为。

(他很狡猾地用托盘的边缘和拇指。使得我退缩，尖叫，东西都摔到了地上——茶壶、热水、奶油、糖、勺子，他之后没有道歉。)

——无聊，泪流满面。如此虚弱，我的《圣经》从我的手指滑下去了，砰的一声撞在地板上。尽管我坐在沙发上，没穿束身衣，但是我感觉好像一根铁棒环绕我的肋骨、腹部、臀部；我无法呼吸；我要晕了。贺拉斯已经不再爱我、尊重我，只有坟墓等待着我。

——新的一期《名利场》是普林斯顿谈话，刊登了一篇关于约翰·辛格·萨金特的文章；他所画的曼迪的肖像画——（“普林斯顿的莫拉豪宅的艾德格尔斯特恩·菲茨伦道夫太太”）——一幅漂亮的作品——我疯狂地嫉妒！——不，我真的很高兴，因为曼迪是我亲爱的朋友，值得引起大家的关注。(但是她为什么离开这么久？已经告诉我，伯爵在莫拉豪宅的晚宴上做客；贺拉斯和阿德莱德没有被邀请。)(她为什么不带伯爵来拜访我们？她希望我求她吗?）如果算不上漂亮，曼迪也是一个英俊的女人；所谓的“魁梧”——一种“吉普森女孩”——不像我这么小巧，如果我可以这样说的话。我希望我的画像可能是萨金特画的，是不是愚蠢？或是说，是不是——太迟了吗？

——（啊，我的心跳起来了！但是，什么都没有——没人——门被轻轻地吹开，然后停住了——好像大厅里有人等着，呼吸着。“喂？你好？汉娜？——里斯太太？——敏妮？是你吗，贺拉斯？”（但是没有人，贺拉斯已经乘火车去费城了，在那里他有一个商务会议，他说；直到星期五才会返回。）没有人；猫咪又在犯傻了，这么点的小事又大惊小怪。）

——无政府主义的真正创始人是耶稣·基督，第一个无政府主义社会是《使徒传》。弱者会起来反抗他们的压迫者，最后一个将成为第一个；无产阶级将战胜它的阶级敌人，资产阶级、一切政府消亡。我们教授《行动宣传》，《个体盗用》，直至那时为止。

因此，在阅读《米哈伊尔·巴枯宁的革命思想》，这本书是我在邮件中发的借阅请求；贺拉斯不知道，他知道会完全不赞成，对我那些傻笑的女朋友也一样；激动涌遍我的全身，读到这样激动人心的话！

《行动宣传》的意思是毁灭：无政府主义的爆炸。《个体盗用》的意思是用大胆无畏的盗窃行为来反对资产阶级。

如果一个无政府主义者的革命会席卷梅德斯通，那么重新调整可怜的猫咪！我会领他去的第一个房子是德拉姆斯瓦克特，如果不是克罗斯威克斯：因为这里的每一座房子都太“宫殿”，无法有好的品味；每个都活该遭受爆炸，遭受无产阶级那双脏手的抢劫。

——“我们之中至少有一个圣徒：温斯洛·斯莱德。”

今天晚上，贺拉斯对我说了这些奇怪的话；原来我的丈夫最近就一个问题寻求了律师的帮助，这个问题我不知道。“最亲爱的猫咪，我不会让你因为这个话题而麻烦，因为那是无关紧要的”——贺拉斯微笑着说；亲吻我的额头，我惊奇地感觉有一种平静在他体内升起，原有的，过去几周缺乏的，那种精神上的平静。我英俊的绅士派头的丈夫，回到我身边：刚刚在圣·威瑟斯庞的理发店理了头发，有一股淡淡却令人愉悦的柠檬香脂气味；他卷曲的胡子已经有白的了，但显得与众不同；他坚固的牙齿展现出一个如此绽放的微笑，他的脸上已经有皱纹；眼睛里饱含对最近他轻视了的猫咪的爱。啊，我被爱着；我不会再怀疑贺拉斯了。

（虽然这很奇怪，也令人担忧：贺拉斯不肯告诉我他从我们的前斯莱德牧师里得到了什么样的建议，[①] 就好像我是一个愚蠢的傻瓜，不会关注闺阁或者客厅以外的事情。是一件华尔街的事吗？是我们共同的投资吗？（我继承的遗产和信托基金已经完全与贺拉斯的混在一起了，因为我认为他明白这样的事情。）讨厌的洛奇先生怂恿贺拉斯买，卖，再买，再卖：北方证券公司——北太平洋公司——大北方公司——科罗拉多开采和冶炼公司——美国巴拿马运河有限公司——宾夕法尼亚铁路公司——标准石油——非常无聊！我甚至不想在贺拉斯与洛奇先生等人接下来洽谈的时候费事去拿起电话听筒偷听。

世界似乎从我身边经过。布迪诺特医生警告贺拉斯——我不能过度受刺激，必须待在沙发上；不能通过粗俗或者淫秽的阅读来"煽动"我的思想。因此我错过了昨天英格利希·冯·葛奈斯特伯爵在法哈库拉山谷打猎的精彩，几乎每个人都叹为观止。因为这位出身名门的先生好像是骑了一匹超级种马，纯黑色，阿拉伯良种繁育；他的姿势高贵，但是敏捷；他骑马的风度无可挑剔；当他极其迅速地驰骋过一块田地时，伯爵的骏马几乎不用催赶。他的英国定制的骑马服，非常合身，风度翩翩，据说已经把本地男人比得羞愧难当——我那位热切的通告者约翰娜·范·戴克这样告诉我的。

"他的脸，阿德莱德，大胆又有诗意：高高的额头，铁灰色背头，给人一种头发非常浓密的印象，"约翰娜缓慢地说："这增加了伯爵的高贵而忧郁的形象。他让我想起了《简爱》中的罗切斯特。"冯·葛奈斯特家族据说是出身于欧洲中心区域叫做瓦拉几亚的地区的一个古老贵族家庭，前罗马尼亚公国；马扎尔、撒克逊人、伦巴底人、保加利亚人的武士血统，甚至在他们

---

① 虽然在1906年那个悲伤的春天，温斯洛·斯莱德毁掉了自己的绝大多数私人文件，不过，那些部分烧焦的日记残页还保留着；所以，我们知道，贺拉斯·伯尔与他几次痛苦的谈话主题，涉及基督教最棘手的一个道德问题：婚姻是纯洁的，而肉体欲望是邪恶的，教会的格雷戈瑞教父在第六世纪时就这样教导过；或者，像托马斯主义者后来校准的那样，邪恶与其说源自肉欲的放纵，还不如说源自理性的暂停。但是，温斯洛·斯莱德给了贺拉斯·伯尔什么样的规劝呢？为什么贺拉斯结婚十五年后，确实觉得有必要找他？

的静脉里还流淌着异教徒土耳其人的血液。然而，可悲的是，冯·葛奈斯特家族在数量上大大减少，他们曾经的巨大财富已经大大降低；冯·葛奈斯特伯爵自称为“虚无的唯一在世的继承人”，成年生活在从一个城市到另一个城市的旅行中度过。虽然冯·葛奈斯特伯爵是慕尼黑神学院杰出的毕业生，伯爵并没有成为一个新教牧师，而是一个“神学文本”作家，另外，他是诗人、剧作家、小说家和作曲家。一个特殊的骑士和猎人。天生容易忧郁，伯爵认为自己是“基本上没有家”——“一个流亡者”——并不像传说中的飞翔的荷兰人；除非他不是神人，但他绝对是凡人。

“他是一名鳏夫，完全没有家人。”

约翰娜用颤抖的声音传递着这样的消息。

——我想我最终会见到他的：冯·葛奈斯特伯爵。

阿曼达已经邀请贺拉斯和我在下星期到莫拉吃饭；如果贺拉斯允许，我将证明自己身体足够结实，可以勇敢地出发了，对此我非常乐观。

——一个奇怪的事件，第二次向我报告：在火车站，贺拉斯被克利夫兰太太呵斥；可能根本不是他的错，贺拉斯试图礼貌地对那个女人讲话，结果惹得她大为光火，极其粗鲁。贺拉斯说，甚至她的男仆都因为那个女人的无礼脸红。我不会替克利夫兰太太辩护：我不喜欢她，她不是我的朋友。肥胖的格罗弗·克利夫兰也不是值得欣赏的人。

然而，贺拉斯抚摸着他的胡子，用奇怪的目光盯着我——“女性的奥秘！我们男人永远无法捉摸你们的深度，只能努力不要淹没在其中。”

——我的两眼之间感觉有一种奇怪的瘙痒和灼痛感——我从睡眠中惊醒，好像一个人在睡眠中瞬间离开了她的肉体；据说，开明的人们的身体是乙醚做成的；有时在睡眠的时候这身体就脱离了道德的身体。（布拉瓦茨基太太教的。）但是哦！——在我的两眼之间有如此奇怪的感觉，在我的额头偏下的地方——第三只眼？开悟？开口，到底是什么？

继续搜索

那是在“绑架”之后几个月，约西亚才得知至少有一种他的妹妹和她的诱骗者发展非法关系的方式。

在十月一个寒冷的早晨，约西亚正在克罗斯威克斯后面的英式花园散步，苦苦思索着下一步应该到哪里去寻找安娜贝尔，因为他所有寻找她的尝试都失败了，就在这时，园丁头儿犹豫着向他走过来——这是一位上了年纪的人，已经在斯莱德家受聘几十年，认识斯莱德家所有孙子辈的孩子，从婴儿时代开始就认识。

园丁用懊恼和遗憾的声音向约西亚坦言，他希望当初能够阻止约西亚的妹妹失踪的悲剧发生，他不应该保持沉默，而应该向斯莱德先生，或者安娜贝尔的父母，或者约西亚本人说出来。

因为，他似乎有“很多次”看到安娜贝尔小姐把密封的信放在花园南头的一棵高大的古威奇榆树的一个腐烂的洞里，在 4 月份的很多时间里以及整个 5 月份；尽管他一直偷偷地观察了十几次，他从来没有清楚地瞥见来取安娜贝尔的信的人，那个人会取走信以后在那里再放上另一封信，用有力的字迹写着安娜贝尔·斯莱德小姐。(那个人说：他能够完全肯定的事情就是无论是谁拿走安娜贝尔的信，这个人肯定不是巴亚德中尉）在三个不同的场合，在黎明前的那种无常的朦胧中，他从温室出来，碰巧看到一个男人和一个女人在沾着露水的草地迅速朝克罗斯威克斯森林滑行而去——“他们的身体那么轻，他们的脚似乎没有留下任何脚印。”

约西亚对于这个意外发现很惊讶，完全忘记对园丁发火了；况且为时已晚，发火于事无补了。

“‘一个男人和一个女人’——可是那个女人是安娜贝尔吗？”

园丁阴郁地摇了摇头：他不知道，人影太远了。

“他们是什么穿着？”

园丁对此还是不知道。虽然他认为他们的衣服不是新的，也不时尚——“像以前的衣服，也许是我小时候那个时代的衣服吧。”

约西亚皱着眉头说：“很奇怪，亨德里克，你当时会没认出我妹妹来，即使有一段距离。”

园丁马上表示认同：然而，的确如此。当时除了想他们不是他的熟人，而是陌生人以外，他不可能认出来那个男人和女人。

“但是我在草地上找到香烟，而这里不应该有那种香烟。看起来像一个外国牌子的香烟，没抽多久，只有一小部分烧掉了。”

“香烟！但是安娜贝尔当然不抽烟。”

那么，吸烟者非常可能是那个男人。是这个埃克森·马特吗？

“那么他们什么时候不再出现在这里了？是婚礼后？”

园丁严肃地点点头。他是这么认为的。

他希望，他说，约西亚会原谅他。因为他现在如此强烈地希望他当初对某个人说过一些事情，这样这个悲剧本来是可以避免的。

约西亚说没有什么需要原谅的事情——当然并不怪他。

“不怪我们中的任何人，亨德里克。因为我们似乎不了解我的妹妹，虽然我们以前以为我们了解。”

也许这就是她逃离我们的方法——逃离克罗斯威克斯庄园，以及斯兰德家人。也许她真会抽烟，而且抽过——只是没有人知道。

在这个时候，约西亚收到了伍德罗·威尔逊的一个奇怪的字条，用最谦卑的辞藻请求他，他是否能够尽快在某个时候造访前程别墅，商谈一件“私人事情”。

安排了一个时间；然而，当约西亚抵达的时候，请他进屋的却是威尔逊太太，他失望地得知伍德罗“身体不适”，根本不能见他。

约西亚表示关心，问威尔逊先生是否病得很重；威尔逊太太突然情绪非常激动地说：“哎呀，他当然病得很重；他只能用这种办法逃避自己的责任。”

约西亚抱歉说打扰了，正要离开，威尔逊太太说：“伍德罗一直处于神经紧张状态，自从——自从那可怕的一天。他担心你们庄园的人都怪他；其实，他几乎不知道马特这个人，所以大学当然和他没有任何业务上的往来。”她说话的声音柔和了一些，不过还是有责怪的语气。

约西亚向威尔逊太太保证，家中没有人因为这件小事责怪任何人，怪只怪马特；而且，他和威尔逊先生会谈别的事情。他补充说：他可能也想和杰西谈谈，因为杰西和安娜贝尔是亲密的朋友，也许安娜贝尔已经向杰西透露，或至少暗示了自己的情况……

听到这里，威尔逊太太明显变得尴尬起来，说那是不可能的——因为杰西也精神崩溃了，不能下楼；而且，在任何情况下，约西亚都可以肯定，她自己已经仔细询问过她女儿关于“绑架”的问题，很高兴杰西对此一无所知，而且绝对无辜。

就像安娜贝尔曾经无辜一样。就像我们曾经希望相信的那样。

约西亚再次向这位焦虑不安的女人道歉，然后就走了；但是第二天伍德罗·威尔逊本人打来电话把他叫回来了，要求约西亚在下午的晚些时候见到他，那时他会从拿骚厅回到前程别墅；而且会在他的“塔楼”里工作——这个地方实际上几乎跟一个阁楼的大小差不多，简单地装修成了一个书房，不过视野极佳，穿过一片常青树和榆树，可以从几个窗口望到大学校园。

这就是约西亚所听说的“塔楼”：他有时会相当尴尬地开玩笑说：这是*校长躲开他的所有女眷的藏身之所。*

约西亚认为伍德罗·威尔逊的脸看上去比平时更苍白，虽然威尔逊不是那种看起来“老当益壮”的人——他的克星安得烈·韦斯特则和他正好相反，是一个面色红润，热情洋溢的人，笑声富有感染力，像一个身材魁梧的福斯塔夫。出于礼貌，约西亚询问了老人的健康状况，他知道对方期待他这样做，而且还严肃地给他背诵了一大堆疾病名称，非常搞笑。威尔逊说：这些疾病中有很多疾病都是他一直在默默忍受的，不想惊动他周围的人；或给那些站在他对立面的人“以希望”。

消化不良、上半身慢性神经痉挛、手间歇性震颤、偶尔的视觉“闭塞”——这特别令他恐慌，因为他要写许多重要的讲话，准备很多文章。(哈维先生，《哈珀斯》的编辑，曾向他约稿，他急于完成。) 甚至在请约西亚坐下之前，威尔逊就告诉约西亚，这些疾病是大学“形势”给他带来的强大压力的结果——他确信，约西亚知道是关于什么吧？“最近令人愤怒的事情是，韦斯特院长已经去诱使董事在研究生学院的事情上支持他——这个人已经收到了麻省理工学院校长职位聘请函。据说薪水高于普林斯顿大学的校长。”威尔逊顿了顿，以便于约西亚可以消化一下这席话的内容。

“但是，这个口是心非的人却不愿离开普林斯顿，我知道。关于这所‘技术学院’有一件恶毒的交易——哈佛校长爱略特先生正在努力想把它并入哈佛大学，成为一个‘科学系。’那么，韦斯特院长怎么能够当校长呢？这是非常复杂的——恶魔般的。然而，董事们会相信他，尤其是格罗弗·克利夫兰，他是韦斯特的密友。”

在威尔逊用一种“坚忍的”声音咆哮般地神侃着的时候，约西亚扫视了一下房间，房间简朴、杂乱；只有一张书桌、一张餐桌和几把椅子，但是，窗台以及桌子上却堆满了文件；在靠近书桌的一个低柜上放着数量惊人的药物和糖浆；约西亚甚至注意到一包白色的宽纱布绷带，和一个锡瓶，瓶身上写着“哥特传奇赫柏涂抹油”。满是污渍的勺子，弄脏的手帕和纸巾——一阵陈腐的人体排泄物的气味从这些东西中隐隐散发出来。

“我可以打开窗户吗？这儿有点闷……”

但是不可以，伍德罗·威尔逊对这个建议不赞同：因为他正在和支气管炎斗争，不能冒肺部进一步感染的风险。

抱怨完韦斯特院长之后，威尔逊紧接着抱怨他在清除大学的“朽木”过程中遇到的困难，这件事是温和无能的校长弗兰西斯·巴顿遗留给他的问题；但更困难的是，他在废除饮食俱乐部的运动中遇到的问题，饮食俱乐部对大学本科的生活带来了“真正的窒息”，而且体育——“各个体育队粗野、霸道；教练和训练师把自己看成像我们的教师一样配拿到他们的工资。”

约西亚回想起，当别人批评伍德罗·威尔逊“冷酷”——“又冷酷又有野心”——一个“自以为是的家伙”——一个“拜占庭帝国的行政官员”时，安娜贝尔经常维护他；安娜贝尔曾经提出抗议，说她的朋友杰西的父亲，正如她所了解的，喜欢和孩子们交谈，用“老黑”的拖腔给他们讲充满方言的滑稽故事，逗他们开心。有几次和杰西在一起时，安娜贝尔回忆说：尤其是对小女孩们，威尔逊先生蹲下身子给她们讲故事，这样她们听起来更舒服，笑得更欢。

约西亚几次试图打断威尔逊，但是他的独白以一种顽强、安静的方式坚持着，就像缓慢移动的糖蜜；他急于询问埃克森·马特的事情，但是威尔逊却避开不谈，而建议约西亚像他以前一样以法律职业生涯开始；因为他当初就是拥有法律学位，却想从政，而不想从事法律。然后他告诉他的客人，事实上加尔文信仰并不赞成逃避这个世界，因为这个世界，《圣经》明确地表示，是善和恶较量的一个战场——魔鬼最喜欢的事情莫过于让我们中最优秀的人退隐到私人生活，让世事无人问津!”

“‘我们中最优秀的人’——但是，先生，我们怎么知道?”

“我们怎么知道？唉——上帝让我们知道。这里没有奥妙。”

威尔逊突然恼怒了，仿佛一场比赛被击败。布满皱纹的深邃的眼睛在争论中变得更加犀利，慵懒的姿势立刻挺直。但约西亚却没有失礼地说着，他可能设法用这种态度驳斥了他的斯莱德家族任何一位年长的亲戚，“到目前为止，我从我的研究中了解到，在普林斯顿这里，乃至所有的国家、部落、氏族，有时候甚至个人，都相信自己是‘上帝的选民’而他们的敌人是魔鬼的选民。在这种情况下，威尔逊博士，是魔鬼的，相信上帝只站在我们这一边需要我们相当虔诚，而且只把我们的利益放在心上，而还有如此多的其他人——上百万的人。”

透过明亮的抛光眼镜，威尔逊对着约西亚慢慢地眨着眼睛，好像他这辈子从来没有听到过如此非同寻常、令人不安的观点。“约西亚，我想知道我是否听得准确？这样的‘自由思想’——‘无政府主义’——观念在普林斯顿没有立足之地，而且也不能归咎于你的课程的学习，我相信。在神学院，沙克尔顿牧师已经公开声明任何类型‘新观点’绝不会在这里受到欢迎，不像‘自由思想家’堡垒的协和神学院；如我所说，我对普林斯顿的承诺是，

‘改革’必须为传统服务。像你这样的想法会引发富有活力的论战话题，但是，在现实生活中，是不可接受的，是相对论的废话。”

约西亚使劲忍着才没翻眼睛；或者，像大学生们在无声嘲笑时所做的那样，在光秃秃的硬木地板上来回蹭脚。相反，他同一种安抚激动的长者的方式说：“好了。我知道，先生，知道我很无知。”

他不喜欢威尔逊在盯着他时的那种颤抖的样子，或抽搐嘴唇的动作，嘴角的白色粉状物质似乎已经结块了。他不知道威尔逊为什么邀请他来访。一定不可能是滔滔不绝地罗列他平时的不满吧？

他大着胆子说：“现在，先生，关于您以前的副手或者说熟人，埃克森·马特的问题——”

“不，不！那个被诅咒的人不是我的‘副手’或‘熟人’，我向你保证！”

对此，约西亚不知如何回答。毫无疑问，人们经常看见伍德罗·威尔逊和埃克森·马特频繁交往，定期在一起；约西亚本人就看到过他们在一起。

“他那个人粗鄙、野蛮、不绅士，像杰克·伦敦，”——威尔逊说，说话的时候似乎联想到很多事情——“前几天，他竟然敢在公共场合说他并不否认社会主义是一种威胁！‘其目的是消灭，连根带枝地根除，我们当今所有的资本主义机构’——这个恶棍口出狂言。到 1910 年前，如他们所说的，一定会爆发革命。来自南欧和东欧的最下层的移民大量涌入怎么办？或者有着更为优良的血统的北欧人，英国人和苏格兰一爱尔兰人日益受到威胁；因为，据说：劣币驱逐良币。”

约西亚叹了口气，并没有回答。在不远处的老北教堂正在敲响下午 6 点的钟声。

“我在普林斯顿大学读本科的时候，就是一匹‘拉车的辕马’，我受到‘常春藤’排斥，”威尔逊说，讽刺地扭动了一下嘴唇；好像没有什么比透露这件事更令人难以置信的了。“我当时发誓，等到合适的时间和状况，我就一定报仇。我已经等了二十年。阿盖尔郡的坎贝尔家族的人知道忍耐。”

一个客观的观察者不可能得出威尔逊这种冲动的话语和威尔逊对“无政府状态”的厌恶之间的任何连接——但约西亚明白。

约西亚曾不屑于普林斯顿的口水战，作为年级中比较抢手的新生，他已经得到了高级饮食俱乐部“常春藤”的邀请，虽然是非正式和间接的——对此他以斯莱德式的傲慢不予理睬。所以在校园中，在他的本科期间，他一直是所有人嫉妒和敬畏的对象，甚至某些教授。他竟然不理睬“常春藤”！他在其他地方交了几个朋友。但是友谊和人气对他来说似乎不是大学的重点，当时或现在都是如此。

现在威尔逊的长下巴脸上表情是那种一贯的谦卑，再加上一定程度上因为有望沉冤昭雪而受到安慰，这让约西亚觉得，那一刻，他已经退回到就在这个校园度过的他的青少年时代：基本上，一个有着特权和焦虑的幽闭的小世界，在这里，人们不得不因为极其微不足道的事情而伤透脑筋。

“听到这些，我很难过，先生。那些饮食俱乐部如果不加以限制，很可能会专横跋扈的。”

“他们将会受到限制。我会和那些思想顽固的校友以及格[①]——该死的那些支持他们的董事会成员和韦斯特院长，战斗到死。”

现在，伍德罗·威尔逊整个瘦长的身体都在发抖。

对于虔敬的威尔逊来说，说格——该死的可是极端情况。

约西亚感到一种冲动，想安慰老人，甚至用手帕给他擦擦微湿的嘴角。但他绝对不会触碰伍德罗·威尔逊——当然不会！他记得，很多年前在麦考士举行的一次欧洲讲座中，他的一位教授宣称，尽管疯狂的人是比较少见的，但对某些政治领袖来说这几乎是前提条件：“他不是功能疯狂，而是思想疯狂。他会本能地知道如何将被其他人团结到他的疯狂周围，他会假装他是在为他们服务和他们的生命依赖于他——拿破仑，例如。”

约西亚认为，至少在美国，在我们的民主制度下，这是不可能的事。

镇子里面到处在说：伍德罗·威尔逊镇从少年时代起就有“政治野心”。有一次在一个宴会上，弗朗西丝·克利夫兰曾经毫不掩饰地说：在普林斯顿，“最有力的男性器官”是伍德罗·威尔逊的嘴。

想到这里，约西亚笑了。但是马上就停止了微笑，因为伍德罗·威尔逊在瞪着他。

---

① 指格罗弗·克利夫兰——译者注

“你觉得很搞笑，我知道！你，我记得，是常春藤的会员。”

“不，我不是。”

“我听说：你是。或者，你拒绝了他们的邀请。”

“这都是很久以前的事了，威尔逊博士。最好相信那些饮食俱乐部将会随着校园民主的兴起而‘枯萎’——正如社会主义者和马克思主义者所预测的，国家将‘消亡’。”

“这样根深蒂固的生活方式决不会‘枯萎’——如果有必要，必须炸药来促成这一结果。幻想饮食俱乐部‘消亡’，就像希望有一天黑鬼们和——和女人们会被普林斯顿大学录取一样。”想到这样一个荒谬的想法，威尔逊大笑起来。

“韦斯特院长在这一问题上也反对您吗？”

威尔逊没有觉得约西亚问这个问题是因熟悉而失礼；而是反应热烈，就像约西亚是一位知己。

“是的。当然。韦斯特在一切可能的问题上反对我，因为他想要的是我的灵魂，一言以蔽之，他说。”

“一言以蔽之——真的吗？”

“他说的。有人报告我的。”

现在，威尔逊颤抖着想要踉踉跄跄地站起来。约西亚抓紧时机，也迅速站了起来，借口说：他不得不离开，因为他预计在惠特希夫吃晚餐。带着奇怪的欣快的微笑，威尔逊把胳膊放在约西亚的肩膀上，并陪他走下狭窄的楼梯到一楼，然后到了门厅。(约西亚想知道威尔逊太太和女儿们在房子的哪个地方。“塔楼”和房子的主要部分分离，这样伍德罗·威尔逊就可以爬上去，甚至有客人来访，都不被发现了。)就在约西亚刚要离开，渴望外面的新鲜空气的时候，威尔逊把嘴凑到约西亚的耳边，说：“你想知道我为什么邀请你吗？这很难说：约西亚，但是——我亲爱的女儿杰西一直不适，你知道——在那——可怕的一天之后——那一天她曾经那么盼望，当伴娘。医生已经给她用了药，见了一些效果。但是我必须告诉——杰西被那些可怕的噩梦折磨着。海迟医生开的安眠药似乎加剧了那些噩梦。她连续在晚上梦见可怜的鲁思·克利夫兰——和被谋杀的斯派克斯家的女孩，我们当中当然没有人认识这个女孩——这些鬼魂戏弄和折磨她，抓她的窗口，请求允许她们进到里面；最近，这两个中又加入了一个，一个金发碧眼的女孩，杰西觉得这似乎是你妹妹安娜贝尔，是她几年前的样子，年轻、单纯、被吓坏，乞求让她进入杰西的房间；但杰西说她太恐怖了，下不了床。杰西说——如果她们是吸血鬼怎么办?”

威尔逊的声音颤抖着。约西亚走了，好像他被刺伤了心脏。

想抗议说我的妹妹没有死。我的妹妹不是吸血鬼！

可是，约西亚只是感谢了威尔逊，赶紧离开了。

老北教堂的钟正在打点，也不知道是几点了。

1905 年 10 月

吸血鬼！约西亚被激怒了。他有生以来从来没有听到过这么可笑的事情。

约西亚是一个纯粹的理性主义者。约西亚心目中的英雄是亚里士多德、戴维·休姆，约翰·斯图亚特·穆勒。他读的哲学和逻辑的书不多，但对于所有可疑、神秘的东西感到抵触厌恶。

是的，在某种程度上：约西亚是一个基督教新教教徒。但约西亚的信仰并不是受到理性的制约；他的信仰和家庭忠诚紧紧绑定，这是不容质疑的。

"没有'超自然的'世界——只有这个，'自然'的世界。其他的都是胡说八道。"

"胡说八道。"

在韦斯特兰德她那间布置得很奢华的闺房一图书馆里面，格罗弗·克利夫兰太太已经使自己从婚姻烦恼中解脱出来了，她正在她那台新的安德伍德打字机的新键盘上打字，是一篇关于女性参政权的文章的最后一页，这篇文章原本是她生病的丈夫受《女性之家》杂志的邀请开始写作的；但是弗朗西丝·克利夫兰用她自己的那种更为对话体的方式修改了这篇文章，结果这篇文章成了聊天式的情感交流，而不是一个沉闷的说教。弗朗西丝微笑着，认为如果这篇文章发表，将会引起一片"哗然"："'明智和负责任的妇女不想投票。'由于在文明的发展过程中，男人和女人的假定的相对位置，很久以前就被规定下来了——被远比我们高的智慧规定下来了。"弗朗西丝停顿了一下，然后猛烈地敲打着打字机的键子，敲出了最后那句尖锐的话："总之，女性参政权是，胡说八道。”

可怜的格罗弗正在从隔壁房间里叫她。弗朗西丝借口说打字机太吵，她没听到；在这样的情况下，仆人很快就跑过来。

“毕竟，我们付钱给他们就是干这些的。”

事件。英格利希·冯·葛奈斯特伯爵是近期普林斯顿最受欢迎的晚宴嘉宾，穿着深色调的晚礼服，镶有褶裥花边的白衬衫和银色绣花马甲，他已经陪同阿曼达·菲茨伦道夫太太和她的姑奶奶托马西娜·贝百利去参加在德拉姆斯瓦克特举行的丰盛的晚宴——因为艾德格尔斯特恩出差去圣·弗兰西斯科了。正是在这次晚宴上，冯·葛奈斯特和另一位客人，威廉敏娜·伯尔小姐，意味深长地交换了眼色，甚至在她用少女般的笑声回应坐在她右手的一位同桌吃饭的伙伴时，这眼神还能让她感觉一阵可怕的冷意传遍了全身。这样一个强大的人格！——这么英俊，虽然他的脸颊满带着忧郁。但是伯爵对我会有什么兴趣呢！

自从安娜贝尔离开后，约西亚一直对她很冷漠，威廉敏娜发誓不会因为伤心，或因为虚弱而退出社会；人们常常看到她穿着登山鞋和粗花呢的衣服沿着特拉华－拉里坦运河大堤大踏步地走着，这条河平行于卡耐基湖；人们常常看到她沿着拿骚街，朝着公共图书馆的方向大踏步地走着；每周至少一次，在清晨，她出现在普林斯顿火车站的站台上，手里抓着一本艺术家的作品集，要进城去纽约艺术学校，在那里跟着著名的罗伯特·亨利学习——虽然她焦急的父母禁止她在纽约市过夜，即使在一个亲戚家里。

事件。是在惠特希夫，他叔叔考普尔斯通·斯莱德和婶婶莱纳拉的家中，约西亚听到了撕扯他的心的消息：根据他的叔叔的说法，安娜贝尔和“那个人，马特”，有人看见他们在纽约市华尔道夫－阿斯托利亚，还有一次，在第五大街北侧的弗里克大厦的私人晚宴上。考普尔斯通厌恶地哼了一声，递给约西亚一张《纽约先驱报》的剪报，两个人坐在一辆漂亮的佩奇汽车里，年轻的金发女子头上和肩上都照着面纱，那位绅士穿着风衣、戴着风衣帽子和护目镜；下面的说明文字很简单：时尚情侣国外游。

这张照片，考普尔斯通说：将是他们的家人永远无法摆脱的“耻辱”的明证。

“但是这是安娜贝尔吗？那个男人肯定不是马特。”

约西亚仔细地研究着这张照片。也许，年轻女子可能是他的妹妹，或者是她的双胞胎；但那个男人绝对不是埃克森·马特，因为他身材苗条，黝黑帅气，而这个马特却矮胖、丑陋，像个丑八怪。

考普尔斯通愤怒地说：“想一想我在安得烈·韦斯特家和那个混蛋打牌，事实上，我打牌时输给那个混蛋很多钱！而且不止一次。”

“但是——这是‘马特’？他根本不像‘马特’。”

“不过，约西亚，记住——我从开始就不信任他。他举止像那些布尔什维克，而且他的‘牌运’又太好。他还浑身散发着龙涎香的味道——像一个愚蠢的女性。”

尽管莱纳拉通常在她的丈夫忘乎所以地咆哮时一般都保持沉默，也许被这句话刺痛了，约西亚的婶婶平静地说：“哎呀，考普尔斯通，我记得你说过埃克森·马特是最活跃的家伙，‘男人中的男人’，而且很聪明，会模仿伍德罗·威尔逊和泰迪·罗斯福。”

考普尔斯通哼了一声，勉强表示同意。“当然是真的，他极其有趣。但是我没有笑。”

莱纳拉低头绣花，好像是手中的刺绣吸引了她最大的注意力，而不是这次对话，说：“哎呀不是，考普尔斯通，我相信你的确笑了——我想你当时笑得很厉害。因为伍德罗·威尔逊相信他自己是你的朋友，因为他是你父亲的朋友。”

“他不是我父亲的朋友。他是一个依附者，需要我父亲的支持——所有斯莱德家人的支持。”

约西亚感觉到客厅里有一种紧张气氛，在他的叔叔和婶婶之间；他很想问考普尔斯通关于埃克森·马特的事情，但这似乎并不像一个好时机。

那天晚上，惠特希夫潮湿和寒冷，像一座陵墓。

惠特希夫，现在居住的是一些陌生人，是巴亚德巷最古老和最豪华的房子，始建于1769，几十年来，做了无数次的补建。这是一个宏伟的佐治亚风格建筑，一面“软软”的红砖外墙，高高的屋顶，突出的门廊，众多的窗户上都安装着狭窄的百叶窗，在巴亚德街角，现在这条路被称为克利夫兰巷。在约西亚的童年，他一直觉得离克罗斯威克斯 1/4 英里远的叔叔的家似乎总是比自己的家更轻松，或者，至少，这个家庭被考普尔斯通赋予了一种粗暴轻率的气氛，因为他不想和他哥哥奥古斯都来争当温斯洛·斯莱德的“严肃”的儿子。(约西亚的家人一直和老一代的斯莱德生活，因为克罗斯威克斯是一座巨大的房子，很容易容纳另一家人。）像他的朋友安得烈·弗莱明西·韦斯特一样，考普尔斯通因为其慷慨、好客和“男性”的幽默感而在西区受到普遍欢迎；虽然社交圈里的熟人很少知道他和他的儿子托德关系紧张，这是一个考普尔斯通不可能与他们或是任何人讨论的话题。

走近这座房子时，约西亚已经听见从二楼的一个窗口传出来的喊叫声，抬头望去，他看到了他的堂弟托德在朝他做手势；在他与考普尔斯通以及莱纳拉谈话期间，约西亚听见从楼梯顶端传来过类似的喊叫声，但是知道，如果他找到了他的堂弟，托德也会躲开他，那是那种男孩子的幽默，对此，在这个时候，约西亚没有太多的耐心。

此时，考普尔斯通四十七岁，1858 年出生；然而，因为这个男人已经秃头了，而且喜欢留着络腮胡，变得和韦斯特院长一样圆圆胖胖，所以他看上去老了十岁。作为斯莱德家族的财富继承人，考普尔斯通一直对生活持有轻松的态度：为什么别人总是运用他们的大脑来考虑上帝的本质、基督的神性，以及上帝是否在大自然之中或高于自然等等的难题呢；为什么无辜者受苦，而邪恶者收获——考普尔斯通猜不出来。“‘永恒’和一大杯啤酒之间的区别很简单：我可以用我的手指握住酒杯，然后喝掉，而‘永恒’，如果我想从中找到食物，我就会等很长一段时间，然后才能解渴。”

既然考普尔斯通的收入有了保证，他会经常沉迷于想一些鲁莽的事情：几年前，他已经和齐凌海姆·巴亚德一起支持私人民兵，这些民兵会被一些公司聘用来抵抗罢工纠察队员以及类似的情况，就像最近恶名远播的“联合矿工工会”，以及最近经常曝光的发生在“丝绸之城”帕特森的冲突；在支持托马斯·爱迪生的水泥家具革命方案中，他损失了多达二十万美元，正如考普尔斯通和蔼可亲地说：“沉没得无影无踪。”

考普尔斯通还投资了五月湾——亚特兰大市的度假区，而且他参与了

“五月湾挑战杯比赛”，投注下得很大，但并不总是明智的。考普尔斯通有在这样的比赛中支持占下风的选手的习惯，他赞助过密歇根的格林菲尔德市的亨利·福特的实验车间的一辆汽车，当时这辆汽车参加了五月湾沙滩拉力赛，结果，这辆福特汽车惨败，这位年轻的发明家落得身无分文，只好把他在五月角市的赛车卖给了一位选手，才买了回密歇根的火车票！考普尔斯通的态度迅速发生变化，他如此讨厌这辆汽车的性能，以至于他拒绝资助发明家回家的车票。他厌倦了“美国本地产”的产品——“下次我会支持杰出法国人，雪佛兰。”

约西亚的脸色红润的叔叔是一个非常善于社交的人，不像他的哥哥和他的父亲温斯洛；他在西区的餐桌旁出现一定会受到热情接待。他讲方言故事的技巧远远高于伍德罗·威尔逊，尽管两个人都青睐“老黑”的口音；考普尔斯通还会讲一大堆关于“罗许式的犹太人”和“波兰移民”的笑话。考普尔斯通还是曼哈顿俱乐部受欢迎的成员，虽然距离太远，坐火车或由人开汽车送他都不太可取。在二十多年的婚姻中，考普尔斯通对他的妻子的绝对忠诚丝毫未减，据普林斯顿的任何人所知。

考普尔斯通觉得必须时不时地惩罚他那嚣张的儿子托德，但他宠爱小奥丽埃纳，这孩子显然是他最喜欢的。他总是对自己的侄女安娜贝尔表现得很疼爱，而且他喜欢约西亚，他经常抱怨说，这个孩子应该是他的儿子，而不是他的侄子；他们会相处得很好，而且他也就不会那么在意托德是个白痴。

（白痴？考普尔斯通是不经意间才这么说他唯一的儿子吗？恐怕，是的。并不总是在托德离得很远，一定听不见时他才这样说。）

约西亚的婶婶莱纳拉，比德尔家族，和考普尔斯通同岁；不是个美人，但是个“帅气”的女人，如果说多少有点肉肉的感觉；虽然坐在她胖胖的丈夫身边。她从比例上看很小。她的头发也不是那种难忘的发式，而且在任何情况下，通常都戴着一顶上午帽，或者下午帽，或者无边帽，或者礼帽；她每天一大早就起床，而且总是沐浴两次——第一次浸泡是用肥皂擦洗，然后浸洗；第二次是冲洗。只要教堂做法事，她就会去，而且总是睡前读她的《圣经》；对于读哪一本《圣经》，她不是很在意，她只读几页，主要专注于《福音书》或《创世纪》中的《何西阿书》，或《尼希米记》，或《西番雅书》，因为只读了几分钟后她就会不记得她读了什么，只是她的心情平静下来，准备睡觉。莱纳拉每一天都祈祷托德能够恢复正常孩子气的方式，就是她似乎还能回忆起来的他小时候的表现；因为，像她的丈夫一样，莱纳拉发现很难相信他们的儿子并非故意不好好做事，如果他努力些，可能就已经学会了读书和写字；但莱纳拉从来没有责备过托德，而且当考普尔斯通决定该是“用鞭子抽一顿的时间了”，她就会流眼泪。

在她的许多活动中，莱纳拉最自豪的是她在美国殖民地时期圣母院新泽西分部的突出地位，以及她在第一长老教会女子圣坛会的地位。但莱纳拉在社区里最著名的是她擅长做的食物，特别是糕点：她的专长是卡仕达酱蛋糕和从木瓜到波森莓各种花色的蛋挞。人们断言，只要西区女士刚刚躺在病床上，莱纳拉就会拿着装饰得漂漂亮亮的篮子，装着她的厨房里加工的各种美食来了；她最关心镇里长期卧床不起的病人，每周都会拜访他们。“啊，莱纳拉·斯莱德又来了”，阿德莱德·伯尔有一点点尖叫地笑着说：“所以，我知道我病了；康复的希望几乎没有了。”

然而，莱纳拉喜欢严厉批评那些偏离了她自己的行为的行为，而且，在她的侄子约西亚面前，莱纳拉忍不住会提起威廉敏娜·伯尔，她说她从来没有完全信任过威廉敏娜，因为她对安娜贝尔的“肆意”影响，因为这两个女孩是小学同学。威廉敏娜“直言不讳”——“任性”——“不尊重长辈”；她的穿着打扮丢人现眼，穿着“土耳其裤”和“没有下摆的灯笼裤”。最令人震惊的是，她因为住在曼哈顿的事情和父母争吵，而且她上艺术课，据说，大家都知道那些课堂上裸体的男女摆各种姿势；莱纳拉从斯托克顿夫妇那里听说，威廉敏娜现在偶尔抽烟。普林斯顿的共识是，莱纳拉正色说，这位积极进取的年轻女士在“追求”一个她不愿提及姓名的青年男子。

“莱纳拉婶婶，您是对的——您不应该提他的名字。”约西亚既困惑，又生气；他感到一阵内疚，他想和威廉敏娜接触，但似乎一直没有时间或机会。“好了。别人做了，你知道。相当频繁。”

“我相信所有你听到的事情只是一般的八卦，编出来伤害感情的而不是照亮真理的。”

约西亚在自己的这份简洁的声明中能够听到他的祖父温斯洛微弱的

回声。

“你知道，威廉敏娜可能知道安娜贝尔。——关于安娜贝尔的情况?”

“她可能已经知道，或怀疑——某种东西。她举止很奇怪，很拘谨，而且很内疚，自从——那一天。”

在这一刻，通向后面铺了石板的客厅阳台的几扇高大的门被推开了，托德盛气凌人地进来了，没有任何人知道他什么时候爬出去的；他自顾自地哼唱着，好像只有他一个人，完全无视他的堂哥约西亚。莱纳拉一下子紧张起来，好像在等待着她那张优美的茶几咔嚓一声裂开；但似乎没有注意那个眼睛闪闪发光的男孩抓起剩下的无壳三明治和小蛋糕。然后托德大胆地扑到怒视着他的父亲旁边的沙发，大声咀嚼，同时还一直大声哼唱《拉链库恩》，用手抚摸一个想象中的巨大的肚子，在嘲笑考普尔斯通。

考普尔斯通的表情没有任何感情色彩，姿势僵硬，死死地盯着他面前的约西亚，没有任何迹象表明他注意到了儿子的闯入。约西亚跟托德打招呼，托德只是点了点头，没看他堂哥一眼，然后继续吃。

他是被诅咒的。但他一直如此。然而，他是我的堂弟，所以我爱他。

约西亚真地希望他几分钟前就离开了惠特希夫，躲过了托德。现在，他担心他叔叔突然脾气爆发，考普尔斯通很可能会“管教”托德。

自从几个月之前在罗斯威克斯森林散步以来，托德的皮肤因为太阳的照射已经变得明显黯淡下来，他在户外花费了大量的时间，现在看起来，他的妹妹说，像个“印第安人”。他以前总是一副顽皮的样子，但是最近，他表现得好像自己的衣服，也许他的皮肤，使他烦躁。显然，安娜贝尔的突然失踪令他感到不安，同样他亲戚们的反应也令他不安；他比平常吵闹，但有时又比平常安静——自言自语，然后陷入冰冷的沉默中，每当这个时候，让他母亲痛苦，而让他父亲愤怒的是，他似乎是又聋又哑。(约西亚知道，自从六月份的那个星期六上午以来，他的堂弟就没说出一个连贯的句子，虽然他的父母不会说这件事。)他的胃口变得很古怪，他只在意想不到的时候想吃就吃，让厨师惊慌的是，他喜欢自己在厨房吃。尽管已经多次禁止他在没人陪伴的时候离开惠特希夫，托德经常莫名其妙地就消失一段时间，仿佛进入了“稀薄的空气”；然后，他又出现了，没有任何解释。不止一次，他的父母差点就要向普林斯顿警方报警，因为到处都找不到托德；大家着急地四处打听，可是他似乎也不在克罗斯威克斯，或任何附近的其他人家里。惠特希夫家里的工作人员、克罗斯威克斯和其他地方的人们都私下里说托德是一个恶魔；有几个年长的女仆，遇到托德的时候，会迅速向空中做古老的德国女巫猎手做的动作。

约西亚的婶婶莱纳拉试图继续勇敢地和他说话，好像没有任何问题发生，但是约西亚的注意力被托德新搞的一个恶作剧吸引走了——因为托德翻出来一顶约西亚的旧帽子，这顶帽子约西亚已经多年未见了，然后把帽子歪戴在他钢钉似的头发上。托德站起来，嘲弄地向约西亚敬礼，此时的约西亚厉声说："够了，托德。"他一把从他堂弟手里抢过帽子，这样做是冒着过度刺激托德的风险，但是他只是看上去很受伤，很不满；接着开始用一个特别高的音调吹口哨，吹着《拉链库恩》，终于惹得他父亲从沙发上站起来，抓住他滑稽的儿子，劈头盖脸地开始掌掴、拳击，怒斥道："难道没有告诉你又告诉你，托德——你不许让你母亲烦心。"

约西亚立即介入，想办法分开了这对父子；不过自己的脸上挨了考普尔斯通的一两拳；尽管托德看来已经受伤了，他的鼻子在流血，像一个婴儿一样哀号着，大声喘着气，但是考普尔斯通还是绕过约西亚再一次抓住托德，最后猛烈地晃动着他，之后转身冲出了房间。

在这混乱的几秒钟里，莱纳拉一直笔直地坐在椅子上，摆弄着她那些闪闪发光的小小的英国茶具，轻轻地责骂她儿子："你看，托德，你又把你父亲惹恼了。如果他的忿怒下不去，但愿上帝保佑我们大家。"

来喝茶，约西亚！我没有什么新闻——不过觉得有必要告诉你发生了什么事情，结果改变了我们的生活。

自六月以来，约西亚就避免到彭布罗克，那是威廉敏娜的家，在坎普贝尔顿环路，尽管菲茨伦道夫夫妇曾几次请他吃饭，而且威廉敏娜请他喝茶，或仅仅"顺便造访"。普林斯顿的流言蜚语都在说，可怜的威廉敏娜是无可救药地爱上了他，这让约西亚陷入困境。约西亚既不相信也不想相信，因为他太绅士，不想伤害任何人；然而，又太过自傲，认为"威莉"·伯尔不是自己合适的伴侣——因为她和安娜贝尔很久以来就关系非常亲密，他已经把威莉当成了一个妹妹。

然而，她继续邀请约西亚，他认为，宁愿牺牲自己的自尊。他很同情她，希望向她赔罪，所以接受了。

彭布罗克是西区比较大的房子中一处较小且较为普通的房子，在上世纪四十年代被夷为平地，为新房子让路；当时这是一处鲜明的都铎风格范例，这种风格当时在美国被普遍效仿，前门有那种原始的黄铜环锁，令人印象深刻，这种锁是从伦敦带来的；一个高顶前厅，螺旋式楼梯通往楼上各层；室内昏暗，核桃镶嵌；但是，在后面，有一个迷人的小花园或早餐室，威廉敏娜亲自领着约西亚走了过去，他按门铃的时候，就是威廉敏娜开的门。在这个房间里，种满了茂盛的观赏植物和小果树，还有埃及花瓶，里面插着非常多的又大又美丽的羽毛，威莉似乎一直坐在一个舒适的藤沙发上读书，因为那里放着一本打开的薄薄的诗集。约西亚问这是什么，威莉说："我不知道，约西亚！我一直在读啊、读啊，而且我有明显的感觉——但不知道在想什么。"约西亚拿起那本小书：《诗集》。书的作者他从来没有听说过：艾米丽·狄金森。

"约西亚！请坐。过了这么长的时间。"

威廉敏娜快乐地说，没有一丝责备，只有她平时的坦诚友好和微笑时的酒窝。

她从一个土耳其摩洛哥微型烟盒里拿出来一支香烟给约西亚，这令约西亚相当吃惊，他谢绝了，借口说他只在晚饭后的傍晚吸烟；而且，那个时候也只吸雪茄。

"那么，我希望你不会介意我抽烟。我发现，它让我的神经平静。"威利说着用一根小小的镀金边火柴点燃了一支烟。她说话时有轻微的呼吸困难。约西亚从未见过任何西区的女人，无论任何年龄，之前吸过烟，很喜欢他妹妹的这个朋友的新鲜、意想不到的行为。"告诉我，威莉，安娜贝尔抽烟吗？"

"安娜贝尔！当然不抽。如果她抽烟，你就会知道。"

威莉穿着休闲的衣服，事实上，是一条土耳其裤子，约西亚的婶婶强烈谴责这种裤子，看起来像睡衣；而且在这条裤子外面，她穿了一件水手衫和一见漂亮的棉风衣，或者是家常服。胸前挂着一块女士的手表。穿着黑色的皮鞋，丝绸的长袜，约西亚偶然瞥了一眼她的脚踝时看见的。

人们在低声议论说威廉敏娜·伯尔不喜欢时髦的紧身衣，所以没办法夸耀那种“吉普森女孩的身材”；根本没有她更时尚的同时代人的细腰，威莉给人一种结结实实、敦敦实实的感觉；一个健康的女孩，没有花架子。然而，那一天，威莉似乎比平时花了更多的时间打扮，因为她经常不守规矩的厚厚的黑头发，现在平滑地梳理成向后梳的发型，并且别着琥珀梳子和发夹。这是一种顽皮的打扮，而不是娇揉做作，威莉在她水手衫的 V 领处夹了一个镶了花边的香水手帕，并且巧妙地在她头上插了一支粉红色的茶玫瑰。

“你是不是刚学会抽烟，威莉？谁给你的那个奇特的烟盒？”

威莉含糊其辞地笑了笑，把烟盒塞进土耳其裤子口袋。“一个朋友。”

“一个新朋友吗？”

“是的。新的。你不认识。”

通过她的表情，约西亚马上想到礼物是一个男性的仰慕者送的。他只是觉得自己有一丝嫉妒。

威莉喃喃地说：“一个新来到普林斯顿的人，德拉姆斯瓦克特的一个客人。”

然而，约西亚仍然固执地不肯接着往下问。

尽管威莉急忙自己打开前门，防止家里其他的工作人员打开，但是她还是不得不允许管家把茶端进来，因为如果不那样做，这位小姐就得遭受流言蜚语，而且还会被报告给伯尔太太知道。但是威莉明显地很高兴她能够自己倒茶并且让约西亚吃平时吃的食物——松软的白面包加上黄瓜和豆瓣菜三明治，黄油烤饼，以及木瓜奶油蛋挞。可能是因为古老的银茶壶发出的热，或约西亚装着锡兰茶的茶杯冒出的蒸汽，或者是花园茶点厅本身的亚热带气息，使约西亚开始感到温暖，渴望打开浆硬的衬衫领子。

威莉好像没有紧迫的理由要求约西亚看望她，她愉快地谈论着新的百老汇热门影片，贝拉斯科先生的《西部女孩》，她还没有看到过，但是非常想看。（威莉是暗示她和约西亚一起去吗？）还有其他的话题，威莉以开放、坦诚、友好的方式谈论着普林斯顿的那些话题，直到约西亚开始变得焦躁不安，问她是否听到任何事情——任何事情——关于安娜贝尔的；威莉带着受伤的表情说，她当然没有——“如果我有，我会立即告诉你所有的事情。我会打电话的。”

约西亚接着问威莉是否能回忆起安娜贝尔告诉过她什么，无论这件事可能看起来有多么微不足道，关于“埃克森·马特”的事情。

威莉不太敢看着约西亚的眼睛，她说：“我想这就是我让你来顺便到访的原因，约西亚。我可能犯了一个可怕的错误……”

“什么错误？”

“关于那个男人，他的名字我不能说，安娜贝尔从来没和我说过。虽然我听过他的消息，作为一个镇上的新人，结识了许多朋友和邻居，还有威尔逊博士；我的母亲在心里下定决心，我和他必须见面。”

“是的。我听说过。”

“但是，在那次尴尬的宴会上，安娜贝尔并不在——这里只是一场晚宴，只有十个人就餐。说实话，安娜贝尔对她的生活中即将发生的巨大变化说得很少；但通过动作、手势、叹息和突然爆发的紧张的笑声，她说了很多。因为，有几次我们一起散步，像平时一样，我们安静地待在一起，我感觉安娜贝尔很明显，尽管她没说不快乐，那么她显然就是不快乐。我当时以为她是因为和达布尼的婚事有一些焦虑，她真的不是很了解达布尼，或者不是很了解婚姻本身——安娜贝尔被呵护备至，你肯定知道。这是一个奇怪的事，一个人要嫁的男人必须假装没有‘经验’——一个人要娶的女人必须事实上没有‘经验’——至少在我们的阶层。什么事情都不能说出来。

约西亚慢慢地说：“安娜贝尔有时太快乐了——比如，在她的订婚派对上。她似乎爱上了达布尼的制服，或他的一些想法，而不是他。也许她爱上的是我们对于安娜贝尔·斯莱德应该是什么样子的幻想，那就是最美丽的新娘，最听话的女儿。”

威莉小心翼翼地掐灭了手上的香烟，这根烟她几乎就没抽，然后放在了一只小银碗里。

“约西亚，我觉得我让安娜贝尔失望了。有一天我们在克罗斯威克斯森林中散步时，她似乎想说什么，但我——我没好意思追问，或者是太无知了。从那时起，我每时每刻都在责怪自己。”

约西亚等着，威莉接着说：“她向我暗示说她‘恋爱了而且死定了’——‘我现在属于另一个人，身体以及灵魂，没有人可以救我’——我想这是在指达布尼·巴亚德，即使我知道这是不可能的。很奇怪，达布尼似乎与安娜贝尔的激动无关。”

“然后——什么？你故意没有听到？”

“我故意不明白。”

“安娜贝尔到底是怎么说的，你还记得吗？”

“她说得很动情——不是很连贯。她说：‘约西亚和英勇的中尉，他们都救不了我’——这样的话。所以我知道，我应该知道，达布尼不是她所关注的对象。”

“可怜的巴亚德中尉！如果他没有使自己成为斯莱德家族的敌人，我会感觉更同情这个人的。”约西亚激动地站了起来。他匆忙放下装着锡兰茶的杯子。“如果我能逮到这个‘马特’，我会替达布尼和我报仇的。但是——他们逃跑了！”

威莉犹豫地说：“可能是安娜贝尔的确害怕达布尼——她怕你们所有的人。她不想让她的家庭失望，或他的家庭。她可能这样做是出于绝望，只是为了逃避。”

“‘逃避’——在哪里？”

“她不可能知道会发生什么。如果她真的和这个男人‘搅在一起’，秘密地。”

“那么你从来没有看到他们在一起，或者听到她说起他吗？”

“我已经告诉过很多人，约西亚——没有，没有！当然没有。”

“安娜贝尔是一个非常害羞的女孩。她什么都不知道——我确信——关于‘婚姻关系’——我相信我母亲从来没有去纠正她的无知。”

威莉盯着她的茶杯，没回答。约西亚看到她的脸有些发红。他说：“应该有一种‘自由恋爱’——就像那些革命者说的——对于那些害怕婚姻的人来说。或者更好的是，一种女人在二者都没有的情况下过自己的日子的方式——没有‘自由恋爱’，也没有’婚姻‘——而只是作为一个人，像一个男人可以做的那样生活——不受异性界定。”

“是的。是这样的。”威莉停下来沉思着，咬着下嘴唇。“但是安娜贝尔还没有准备好这样的生活，我也一样，真的。虽然我比安娜贝尔可能已经接近了。自由地生活，像妇女参政权论者认为的那样，一个女人必须经济上自给自足。她必须有体面的工作，和一份体面的收入。无论是安娜贝尔还是我都没有——还没有。”

“安娜贝尔就是为了结婚才长大的。而你，我认为，你是不同的，你几乎可以算是新一代。”

“我多么希望这是真的！但我会努力的。”

“有人说你想住在纽约。在某种程度上，你应该。普林斯顿目前不适合你。”

“是教会的虚伪，是吗？如此善良、友好的基督徒，我们所爱的人，离开他们会很痛苦。”

“唉，安娜贝尔已经离开了。到这个时候，我想如果她想回来她可能就已经回来了。”

威莉低声说：“如果安娜贝尔已经抛弃了她在这里的生活，即使她犯了个错误，难道不应该给她自由吗？她的自由甚至也会被弄成痛苦的吗？”

“我要杀了那个混蛋，如果他让安娜贝尔痛苦。如果我能找到他，抓住他。”

约西亚的耳朵一阵轰鸣，脸色潮红。对他来说很明显，他和威廉敏娜单独在一起，在这间屋子里；难道他们没有他们渴望的自由吗，甚至自由都要被弄成痛苦的吗？那么，在这样的自由中，有什么乐趣呢。

“我觉得我们都是自私的，因为我知道我是，约西亚。我想让安娜贝尔回来和我们在一起，尽管我们知道她是安全的。”

“我们究竟如何能相信，又来了——‘安全’！”

“或许这是真的，安娜贝尔没有‘选择’——她是一种符咒的受害者，如催眠或催眠术。这是大多数人的想法，而且我宁愿去这么想。”

“这就是我想的——我更愿意去想的。如果我能找到那个男人，我会让他付出代价。我妹妹的情况需要救援，需要报仇，即使她自己不去做。”

在这样的情绪下，约西亚好像也不知道自己做了什么，他抓住威莉的胳膊，把她抱起来，举到自己的嘴边，吻她的嘴，弱弱的，毫无经验。然后推开了她，心跳如此疯狂，他觉得他会晕倒；只有新鲜空气可以帮他。被约西亚·斯莱德亲吻，即使是如此心不在焉地，威莉似乎也不知如何回应；然后，当约西亚离开房间的时候，她跟着他，斗胆拽了拽他的胳膊。“约西亚！——我的朋友。我会再见到你吗？”

“会的，当然会。你会再见到我——很多次。再见！”

约西亚结结巴巴地说，渴望逃离。几分钟后，大步走在通向榆树路方向的坎普贝尔顿路上，他能够回想起来的只有那场激烈的讨论中的告诫难道不该让她自由吗？她的自由甚至都要被弄成痛苦的吗？

“从进化假说看待上帝的创世纪”

这是温斯洛·斯莱德的布道文的有趣标题，1905 年 10 月 19 日，他在位于费城附近的“德国人一神教教会”进行了这次布道。这是这位著名的前牧师在他的一生中最后一次在这样的场合公开露面。

整个漫长而潮湿的夏季，如他所说的，在失去他心爱的安娜贝尔之后，温斯洛·斯莱德几乎一直躲在克罗斯威克斯他的图书馆里，处于悲痛和（可能的）耻辱带来的麻痹中。与约西亚以及斯莱德家族的大多数人不同，温斯洛不谈这件事；他在寻找安娜贝尔，把她带回来，并且为了她的荣誉给她报仇这样的事情上一点也不热心，以至于你会认为他已经放弃她了——这一“损失”是不可逆转的，是人类掌控不了的。

作为失去孩子的可怜的母亲，他的儿媳妇亨丽埃塔几次在他面前泪流满面，每到这个时候，温斯洛就让别人来安慰她，而自己静静地告退，离开房间回到他的图书馆避难。

在秋天，温斯洛有了些精神，接受了哈维上校的邀请，为《哈珀斯》写一篇文章，讨论当时的“大众传教”这一敏感话题及其给一个更成熟信仰的稳定性带来的危险性；他接受邀请去泽西各地做布道嘉宾，而且，最成功的，就是在位于富裕的费城郊区的“德国镇一神教教会”做的布道，《从进化假说看待上帝的创世纪》。那么多仰慕的面孔，那么多诚挚的握手！——恍若当年斯莱德博士作为长老会的牧师，普林斯顿大学的校长和新泽西州州长——以及其他许多岁月，温斯洛·斯莱德几乎都忘了，好像那是另外一个人所作的努力，对他来说是一个陌生人。如果在他的背后有人低声议论他的家庭的可怕丑闻，这些都巧妙地避开了他，而且可能引发他的东道主们对他的更大的同情。多么好的一位圣洁的人啊！在他的晚年，要背负一个多么沉重的十字架啊。

几周的时间里，温斯洛在研究“上帝的创世纪”——他从来不是一个避免知识性的问题，或是掩饰科学对信仰的挑战的牧师；几周来，他查阅他的图书馆里的书籍和期刊，以及从格林大臣图书馆借来的新材料，他非常喜欢去格林大臣图书馆，装出一个年轻、好学的学者的样子。他跟他的孙子约西亚讨论他的演讲，约西亚是温斯洛的亲属中唯一一个熟悉基督教神学家所称为“进化假说”的人，但他们的讨论分歧很大，令人心绪烦乱：约西亚宣称，温斯洛所提出的达尔文的理论“太简单化了，是错误的”，温斯洛愿意去考虑由众多的神学家所提出的观点，即为了破坏对《圣经》中创世纪的信心，魔鬼把假化石分散到各地，是“荒谬的”。最让人心烦意乱的是，约西亚暗示他的祖父不是真正理解达尔文的适者生存和自然选择等基本概念——“一切都是偶然的，爷爷：根本就没有‘创世纪’。”

“约西亚，当然有‘创世纪’！看看这个世界——世界是存在的。”

“但是这个世界，所有的世界，都是‘偶然’。我认为这就是达尔文的意思。”

“达尔文不可能想说没有设计。没有设计，就会一片混沌。”

“嗯，我认为这个理论是：从‘混沌’里出现类似于‘设计’的东西。但这都是偶然的。”

温斯洛通常是温和、礼貌的，甚至对待很笨的人也是如此，现在却对他的傲慢的孙子开始失去耐心了：“约西亚，这怎么可能呢？”

“爷爷，我怎么知道？我不是一个生物学家、地质学家，也不是遗传学家！我正在努力成为极其非理性世界中的一个理性的人。”

“认为我们的世界，人类本身，可能演化自虚无，这就是非理性的。唯一合理的结论就是，如果有创造，就有创造者。如果你发现一块复杂的瑞士手表丢在沙滩上——”

约西亚打断道：“但是没有‘创世纪’，祖父大人。您被困在您的有神论的词汇中了。”

现在，温斯洛愤怒了，他坚持道：“——一块瑞士手表丢在沙滩上，你会得出这样的结论：手表是自己‘进化’的吗？没有手表制造商，没有创造？”

“这可不一样，爷爷。一个是生物现象，而另一种是‘发明’。这是一个愚蠢的论点。当然，手表有一个发明家，有一个制造商！手表不会繁殖自己。”

但是，温斯洛似乎不明白，固执地回到他的布道文的主题：“存在如此复杂的机制，证明了有一个‘造物主’——所以，我们复杂的物种和广大的世界，也是如此……”

“爷爷，不对：尽管世界有惊人的多样性和过程，世界上有太多可怕的错误，但是假设没有‘造物主’是更理性的——一切都是偶然，我们必须尝试去理解它。”

“绝不可能！我绝对无法相信这个世界是个‘偶然’而不是一个‘创造’。我要演讲的人对我们的教义有信念，也绝对不会相信。”

温斯洛激烈地、愤怒地说着。他平时和蔼可亲的眼睛闪烁着愤怒。约西亚从来没有见过祖父这样的状态，立刻感到后悔了，这样的讨论的实际目的是什么呢？老一代人必须相信那一代人必须相信的东西，约西亚想。年轻一代将取代他们的长辈，并为他们自豪地称之为‘信仰’① 的那种无知感到同情。”

约西亚含含糊糊地道歉，赶紧给自己找了一个借口，溜出了他祖父的书房。

他们再也不会再讨论这个话题了。

他被困住了，像装在罐子里的蝴蝶。只要在罐子里一有氧气，他就可以生存。但是现在没了。

---

① 这里，约西亚·斯莱德是有先见之明，还是幼稚天真呢？他着迷于他那些宝贵的进化理论，想象在人类的世界上，自己成了类似人的某个物种，有了某种进化，有了越来越复杂的思想？因为如果现代人属性持续存在，信念永远会被理性所取代。

好像是为了反驳约西亚，以及温斯洛·斯莱德在布道中成为准理性的年轻一代，德国镇教众很容易接受他的观点，而且对于他的布道形式，最年轻的听众以及受教育最少的听众都可以理解；布道的精华在于“信仰”和“科学”完全存在于不同的领域，不重叠，甚至不共享相同的词汇。在这座美丽的老教堂没有掌声，就像这是一个报告厅，而一神教的牧师和他的同伴们对于这次布道非常满意；无数的人在布道后来到了温斯洛·斯莱德面前，与他握手，称赞说：他向他们解释了他们自己的信仰，而他们自己在某种程度上都做不到。

再次受到公开的吹捧，这种感觉多好啊，或者说应该感觉多好啊！在反对无神论，捍卫基督教信仰的事业中。但温斯洛感到累了，还有轻微焦虑，就像老年人从家里走一段距离可能觉得的那样；所以，在一个教友的家里进行的讲究的午餐还没结束，他就向大家先告辞了，说他要去赶两点钟的火车。

在回普林斯顿的路上，温斯洛抬不起来眼睛；他无法专注于他希望读的这本书，哈佛哲学系新出版的《乔治·桑塔亚纳的理性生活》。温斯洛在火车上的私人车厢打了个盹，突然醒了过来，发现车窗外面有一个生物——马？鹿？——跟着疾速行驶的火车或者在跌跌撞撞地跑——接着，令他惊讶的是，那个身影竟然是人，像个幽灵一样的人。哎呀，那是安娜贝尔！——他心爱的孙女安娜贝尔！——在崎岖不平的地形上赤脚跑着，瘦瘦的裸露着的双臂可怜地伸向了他；她的长长的披肩发被风吹乱了，白皙的孩子般的脸疯狂地扭曲着。*祖父！救我！不要抛弃我！为我向你的上帝求情！*——甚至当火车似乎正在加速，并出站台的时候；安娜贝尔被落在了后面，在铁路路基对面穿过干枯的乱草拼命地踉跄着向前跑。

火车咔哒咔哒的声音太大了，没有人听到老人的惊恐的喊声和求救声。没有人发现他倒在了车厢地板上，半张脸因为恐怖的表情扭曲了，他的眼睛在翻来翻去，直到乘务员在普林斯顿火车站推开车厢门。

魅影恋人

人类的肚子是人类不会轻易把自己看作上帝的原因。

今年秋天，尼采这句简短的格言对厄普顿·辛克莱有着一个特别的意义：不是因为，像全世界数十亿贫困的人，他每天遭受饥饿；当然，也不是因为他过于沉迷于丰富的食物。厄普顿的特殊情况是缺乏食欲，或者，甚至，有时，厌恶食物；他很少感觉到这个词的通常意义所意味着的“饿”，而且强迫自己吃一顿饭以后，他经常因为无声的痛苦扭动着，仿佛他的消化系统的胃酸都在暴动。

他的处境是多么神秘，多么不公平，所有的人中只有他竟然遭受这样的折磨！——当时，他虔诚地坚持素食的原则，避免肉类和家禽，而只吃鱼；坚持严格的禁欲主义，伏案工作长达十五个小时，并且在他觉得头晕的时候只允许自己喝加热的脱脂牛奶。厄普顿的理论是：空腹会刺激他持续的散文成就，因为他相信这给别人带来过这种好处；难道巴尔扎克先生不是一口气在他的办公桌旁工作三十小时吗？厄普顿·辛克莱认为自己在习惯上比巴尔扎克更正派、更健康，更禁欲，而且更无私地致力于自己的理想。

梅塔担心厄普顿会把自己弄“贫血”——而且一般说来会生病——但是这位年轻的作家说：在阿勒格尼钢铁地区，六岁大的孩子就会整夜辛苦地烧炉；他的工作，和他们的比起来，确实是很轻的。“我不想糟蹋自己，变得懒惰，”厄普顿说，“当革命需要所有的力量时，我们就可以提供了。”

“但是你‘不懒’，厄普顿——你当然不懒。你吃得不多，事实是，而且非常瘦。”

“没有其他人那么瘦！”厄普顿反驳道。（虽然他私下感到有些忧伤，因为他似乎无法增加体重，而只是在减重；因为吃了最温和的食物之后，像无盐、无糖的麦片粥，一个煮鸡蛋，一碗热牛奶，奶里泡些面包，他还是会坚忍地默默忍受肚子痛。他感到极其歉疚，作为他强加给他的小家庭的禁欲主义的后果，根据一个表情严肃的普林斯顿医生的诊断，他的儿子戴维得了佝偻病。)

他担心，这件事梅塔永远不会原谅他——小戴维弱小的骨骼发育不足。

然而，她很难和厄普顿争论，因为他总是在沉思他的社会主义信仰。他确信，他的胃溃疡的状况和他的神经敏感性仅仅是症状，其原因是金融资本主义：他和他的社会主义同志们在二十世纪初的美国各个角落发现的“贪婪的强大堡垒”。

“在这样一个病态的社会里，”厄普顿对梅塔说，“简直怎么可能人人健康呢?”

这种还击太宝贵了，不能丢弃掉，那天晚上，他必须记录在日记里。

> 在我们这样的一个病态的社会里，怎么可能任何一个公民都是健康的呢?

在梅塔“自杀企图”之前压力相对较小的日子，这对年轻夫妇经常晚上去散步，用一个爱斯基摩人的背包包着他们的儿子，绑在厄普顿的身上；因为农村对于散步者的态度没有普林斯顿村的人那么热情，其私人土地常常是每隔一百码左右就要用禁止入内的标牌标示，厄普顿和梅塔就在镇子里面和普林斯顿大学的校园里散步；如此田园诗般的场景，厄普顿评论道，却是如此严重的一个特权堡垒，如果他不慎住在了这样的地方，他就会生病。当时梅塔急忙把他领走了，领到了亚力山大路；在那里，在那座小小的石头火车站，厄普顿突发灵感，谈起了“垄断的”铁路公司对美国公民所做的一切；并且告诉她，以及站台上所有碰巧偶然听到他谈话的人，如果和平过渡失败了的话，暴力革命必须进行。他紧紧抓住梅塔修长的手臂，引用了他最喜欢的一段查拉图斯特拉的话：“看，苍白的罪犯已经点头：他的眼睛诉说着极大的蔑视。我的自我是要被压制的东西：我的自我对我来说就是对人类的蔑视——那就是苍白的罪犯的眼睛所诉说的。”

梅塔有礼貌地倾听着，像她一贯所做的那样；但是梅塔似乎并不理解。

“尼采用谜语说话，梅塔。然而，如果你有答案，他的话就不是谜语而是十分清楚。我是一个和平主义者，这你是知道的——但是——这是什么样的情形！有一天会有枪击、炸弹和高高跳跃的火焰，以及街道上的哭声，如果财神的崇拜者们不留意我们的警告。”

“恐怕，将是美国军队朝革命者开火。或者是平克顿的人马，就像他们已经对罢工所做的。”——梅塔就这样喃喃地说：声音中缺乏自信。

厄普顿除了需要他的妻子作一个忠实的听众以外，对她根本就没在意，他领着她从站台走上铺了石子的铁路路基，因为没有火车即将进站；接着，又走上隐隐发光的铁轨和枕木。他谈论着他的少年时代以来铁路一直带给他的痴迷：火车车厢、蒸汽机车，那些钢铁、速度和浪漫的怪物——可鄙的J. P. 摩根和他的铁路信托公司贪婪地企图利用的同样的浪漫。厄普顿的确喜爱铁路，他承认，他所说的铁路指的是机器本身，以及它所创造的纯粹的奇迹——骄傲、巨大的噪音，浓浓的黑烟弯曲向后飘去的快乐景象；火车在晚上到来时的“忧郁的音乐”；咔哒咔哒的车轮，震耳欲聋的轰鸣声，机车锅炉炉面的奇妙的O形。

“当杰克·伦敦和我见面，我们两个必须见面，我会使劲问他关于‘乘坐轨道’的问题，因为我知道他做过这样的事情。我会问他是否亲眼目睹过铁路交通事故——交通事故看起来是很可怕的，据说。这都是息息相关的，”厄普顿兴奋地说，“以及新人类兄弟会的情况，因为它是从旧的专制夺取的。在阶级斗争的辩证的历史中，怎么能不是这样呢？生活是一种简单而明确界定的进化过程，在这一过程中，强大征服弱小，反过来又被更强大所征服；所以整个物种可能会灭绝。旧的思想——相信上帝‘创造’天和地以及一切住在地上的事物——已经被达尔文和尼采及其追随者彻底驳倒了；现在，我们把马克思、克鲁泡特金和巴枯宁作为我们的预言家——还有杰克·伦敦。”

厄普顿接下来开始谈论“偶然”在辩证过程中的作用；例如，路上，麦金利总统被刺客乔尔戈什暗杀的方式，乔尔戈什便不知不觉地成为一个历史危机代理人，虽然世界把他看作一个狂热的无政府主义疯子，而将其抛之脑后。由于麦金利的突然死亡，罗斯福被抬上了总统的宝座。“通过这样的‘偶然’，历史永远改变了，”厄普顿说，“现在在罗斯福政府任期内，《屠场》的出现也绝非一个意外。因为有更多的可能性是罗斯福会比麦金利更加注意到这一点。”

对于她年轻又不讨人喜欢的丈夫被邀请到白宫讨论他的芝加哥牧场博览会的可能性，梅塔也许在心里笑了笑。

“因为艺术家的天性不是革命家吗？”

梅塔表示同意，是的。

因为社会的进步不可能离开天才，厄普顿继续说道，所以没有天才就没有社会进步。“正如雨果认为，思想就是力量；上帝通过人创造艺术。所以，当需要进步时，上帝继续给世界增加诗人的天才，如果革命带来暴力，甚至是一种可怕的暴力，那么诗人必须为残暴服务。”

梅塔柔声低语说：“但是你相信‘上帝’吗，厄普顿？我原以为你说过我们不应该再相信。”

“我当然不相信那个旧式的、名誉扫地的‘上帝’，”厄普顿说：“而是把‘上帝’看作存在于一种辩证的历史中。虽然我是一个和平主义者，因为我是一个素食主义者和一个禁酒主义者，但考虑到革命可能带来什么样的怪异，就给我一种快感。一种新人类，也许；一种新道德——‘超越善与恶’，正如尼采所说的。”

“像法国大革命？”梅塔颤抖着说。“断头台——在我看来多可怕啊。而且许多革命者被推上了断头台，砍头了。”

“不像法国大革命，梅塔，”厄普顿耐心地说，压着愤怒。“这是一种全新的革命，我们的社会主义同志们已经圆满构想出的革命。这将包括资产阶级的‘崩盘’——资本主义的。想一想铁路事故——这样的戏剧性事件带来的疯狂的兴奋——在这样的情况下，我们让所有的最强大的图像突然停止；强健的向前运动被阻止；野蛮的力气被阻挠；被阻止不动的火车机车冒着滚滚黑烟；自鸣得意的乘客们坐在他们的私人普尔曼式卧铺车厢里，把各种奢侈饰品抛出砸碎了的窗户，肉体上和精神上都崩溃了，他们的血液流入了普通的泥土。当时多么悔恨啊，可是太晚了——一切浮华的毁灭多么可怕啊！

强大的发动机翻了，火焰滚滚向前，油腻的黑烟——惊慌失措的哭泣和尖叫声——血肉模糊的脸，像受伤的蛇的身体，刺穿了青蛙——神圣的钢铁好像是纸板一样皱了起来。现在铁路信托公司还有什么力量？”

厄普顿激动地说着，梅塔不得不拽拽他的手腕，使他安静下来；因为站台上的人们正奇怪地听着。厄普顿羞愧地不作声了。过了几秒钟，一辆三节车厢的短程车沿着铁轨开过来了，当地人管这种车叫“小车”，往返于普林斯顿路口到普林斯顿村，淡淡的薄烟得意洋洋地向上冒着。厄普顿·辛克莱赶紧搀着身边的妻子爬出路基，爬上站台；如果不是仅仅抓着身上的棉披肩的梅塔靠近她，喃喃地说：“厄普顿，求求你——我现在只想回家去。”他就会留下来，带着一种嫉妒看那半打乘客爬上小火车。

一周后的一个深夜，厄普顿发现他的妻子赤裸着坐在厨房的桌子旁；丑陋的左轮手枪的枪口顶在额头上，手指颤抖着压在扳机上。（厄普顿从来没有开过枪，不知道必须用多大的劲儿才能按下扳机；这个场面把他吓坏了。）梅塔悄悄下床时把他弄醒了；他点燃了一支蜡烛，寻找她；不想叫喊着找她，因为担心把小戴维吵醒，引发震耳欲聋的哭声。

这是一个地狱般的场面——看见梅塔在厨房里，在一盏幽暗的煤油灯旁。然而，更令人沮丧的是，在把武器交给他后，梅塔痛哭说她讨厌自己是一个坏妈妈，缺乏勇气去做上帝曾对她耳语的事情。

“上帝不会让你做这么残忍的事，”厄普顿抗议道，“即使是《旧约》中愤怒的上帝。”

随后的几星期，厄普顿一直想着他妻子的可怜的话，认为他不应该听到这些话。尽管他们条件拮据，可是难道他不是一个忠实的丈夫和父亲吗？

尽管他致力于社会主义事业，难道他的妻子没有意识到他爱她吗？不过，对于一个女人来说：这好像还不够。

他在为子孙后代而写的日记中记录道：

革命者不能结婚，和殉道者一样。

自从他们抵达普林斯顿和罗斯代尔路上的老农场进行“乡村实验”以

后，毒药已经渗入他们的婚姻，如果还没渗入他们的灵魂：但是这位年轻的作者不能确定这种毒药是什么。

一个地方可能成为毒药吗？或者，更不太清楚的是，时间会吗？

新泽西的这一地区很漂亮，普林斯顿是一个田园小镇，没有大多数城镇的丑陋。厄普顿在他写给社会主义同志的信件中说到了这个地方，至少在公开情况下，如何看起来没有“贫穷”的人；当然，没有乞丐；即使黑人家仆和体力劳动者都穿得很体面，住在威瑟斯庞街南部的一个体面的住宅区，人们很可能误认为这个住宅区是一个“白人”社区呢。然而，厄普顿觉得这里似乎有一种自由浮动的毒药……尽管他年轻的妻子曾经对他和他的写作宠爱有加，甚至在他给纽约的各家报纸匆忙写成的稿子中都能够看出来天才的证据，她现在表现出来的兴趣却只是敷衍了事，而且似乎对于刊出《屠场》的《诉诸理性》杂志每期都销售一空这件事毫不关心。(“既然杂志是按普通稿费给你钱的，那么它是否是“畅销书”几乎没有任何差异。我们仍然贫穷”——梅塔如此残酷却精准地指出了问题，而且根本没有一个男人可能期望从一个忠诚的妻子那里得到的那种同情）他们有个习惯，就是厄普顿给他妻子读书，晚上在煤油灯下研读，这样他们可以一起讨论那些文章；但是，梅塔已经对此逐渐失去了兴趣，甚至把阅读材料都弄丢了——那些东西包括厄普顿自己写的那篇《乌托邦的科学基础》，他本打算在那年夏天举行的“校际社会主义协会”第一次会议上提交。

厄普顿有了一个可怕的想法：他的妻子会爱上别的男人吗？

或者，至少，在秘密地和另一个男人约会吗？

这位不幸的丈夫就这样折磨自己，同时又要在农舍后面的小屋里那个神圣的工作场所俯身在他的写字台上辛苦创作。

今年秋天，自从距离只有几英里的那个斯派克斯女孩被谋杀，还有附近那些“无法言说”的其他罪行发生以后，梅塔就开始独自散步，好像向这些情况公然挑衅；她好几次宣布她不像其他的女人，她“不害怕”；因为，对她至关重要的是，离开小戴维，能够和她的想法独处并没有被打断的危险。在这样的时刻，这位脆弱的年轻女人表现出一种非凡的能量，如果不是发热的能量，能走很长距离——至少有两英里到镇上去，然后再回来；或者，农舍后面的树林和田地里，距离就无法计算了。她在省线路、卡特路和坡路上面走，在石溪河地区走，也沿着罗斯代尔走；一个偶然的机会，厄普顿得知她走到了和罗斯代尔平行的勒普利特河路，这条路在小溪的对岸。有时，梅塔敢在克罗斯威克斯森林里走，虽然这块土地在显眼的地方立着禁止任何形式的“侵入者”的牌子；她回家的时候鞋子上都是泥巴，好像她一直走在沼泽里。如果她没有告诉厄普顿她要离开家，未经许可就出去散步，回来的时候很可能会呼吸困难，皮肤晒黑，衣服被荆棘刮坏，而且头发凌乱。“梅塔，你去哪儿了?”厄普顿会不满地问；毕竟，他不得不中断自己的工作，照顾宝宝。而梅塔只是含糊地说她一直“在走——忘记了时间。”

厄普顿已经把那把左轮手枪藏起来了。还有子弹。然而，如果梅塔想伤害自己，他怎么能够阻止得了她呢?——尽管他有爱的真诚，有他的道德信念的激情，但是他知道他无能为力。

> 淫荡通常增长太快，爱情跟不上。而爱的根源又依然薄弱，容易撕裂。

厄普顿曾在他的日记中写上了弗里德里希·尼采的这句话。现在还不清楚这是否跟他和梅塔有关系，但是这句话有一种令人不安的智慧。

起初，当辛克莱夫妇决定纯洁地生活，像“妹妹和哥哥”，防止再次怀孕的时候，梅塔显得面色苍白、紧张、焦虑和暴躁；

但是，奇怪的是，随着时间的流逝，她开始流露出一种幸福和神秘的样子；甚至，厄普顿认为，性感愉悦。

(或者是他想象出来的吗?)

有很多次漫长、未作说明的散步，对此梅塔几乎懒得道歉；有时候梅塔睡得非常香甜，一直到睡到天亮，而以前她从来没有这样睡过，完全放松、忘了周围的一切，明显不愿醒来去继续她的家庭主妇的职责，即使小戴维尖叫着，希望引起他母亲的注意。

她和孩子玩耍的时间也越来越少。如果她和厄普顿偶然触碰到对方，在房间狭小的空间里撞到对方，她即刻就愣住了；对此，厄普顿觉得颇为不爽。

当然，辛克莱夫妇不再睡一张床；梅塔选择睡在前面房间的一个狭窄的床，向厄普顿保证说：她一点也不介意。

随着从秋天进入初冬，厄普顿越来越意识到妻子没有明确说出的一种幸福神情；在准备饭菜，或者餐后打扫厨房的时候，她的嘴角在微笑，而不是皱眉；房子里有一面镜子，镶在卧室的一个衣柜上，她会盯着唯一的镜子中自己的影象，表情中饱含渴望、希望，和——（除非这也是厄普顿的想象）——媚态。他不是一个生性多疑的人，但他让她感到不寻常的是，梅塔现在会花五分钟甚至更多时间梳理头发，还带着少女的期望从多个角度观察镜子里的自己，而且把头发梳理成不寻常的风格，他只能得出结论是从时尚杂志《名利场》学来的，当然他家里没有这样的杂志。

一次，厄普顿从他的小屋出其不意地走进农舍，竟然发现梅塔在试她的一个旧帽子，她已经用一些缎带使这顶帽子有了“生气”；另一次，在一个抽屉里翻东西的时候，他发现，在女性用品底下藏着一枚昂贵的胸针，他从未见过，珍珠母镶嵌着红色的小宝石。(红宝石?）梅塔声称这是她的祖母给的礼物，但厄普顿对此怀疑，为什么他以前没有见过呢?

梅塔含糊其辞地说这不过是“小物件”——她从没在他面前戴过。

十月下旬的一天早晨，厄普顿正坐在小木屋的写字台前，屋外是干燥的玉米地，他发现自己因为想着梅塔的事情分心，根本没办法写作；他双手抱着头坐了一会儿。他在给市里的一个同志写信，但是从干秸秆吹过来的风好像在对他窃窃私语，虽然无法辨别词语。就在这时，厄普顿看到，在远处，不过没有超出玉米地（明显）的边缘，一辆马车正在悠闲地移动，虽然那里既没有道路也没有车道，没有马和马车可以这么顺畅地穿过一块玉米地……马车很漂亮，虽然是老式的风格；在这个乡下地方，农民没有汽车，如果它出现在普林斯顿，就不会显得这么特别。

这肯定是一种错觉，厄普顿想。或者是因为过度劳累而一时虚弱。或者马车是沿着一条路经过，从小屋里看不见。他接着写信，强迫自己去重读一遍：总话题是校际社会主义协会，今年年初成立，旨在对抗美国教授在讲授马克思、恩格斯、克鲁泡特金、费尔巴哈、巴枯宁等人的思想时的无知和偏见；特定主题是希望选举杰克·伦敦当协会会长。厄普顿尊敬伦敦；他认为伦敦是社会主义最值得骄傲的人物：帅气、大胆、直言不讳、具有挑衅性，公认的天才，写成了《荒野的呼唤》和《海狼》这样犹如“燃烧弹”级别的畅销书。——如果伦敦当选，并且同意就职，对协会将是一个多么好的宣传啊！——申请加入这个羽翼未丰的组织的申请函将如潮水般涌来。

所以，厄普顿·辛克莱认为，协会必须选举伦敦，而不是尤金·德布斯；虽然德布斯是老牌的社会主义斗争者，但是这个人有不可否认的问题(酗酒、婚姻并发症、脾气暴躁)——不能像锐气十足的伦敦那样能够得到社会主义者和“异教徒”的普遍关注。

伦敦不是已经在几次与社会主义的敌人遭逢对抗时脱颖而出了吗？——难道他没有向敌对的集会发表演说，并发起了一项雄心勃勃的，即使是不明智的，竞选加利福尼亚州的奥克兰市长的活动吗？他的确鲁莽，但是健谈；“粗鲁”但是“富有诗意”；一个男人中的男人，但是却受女性青睐，包括上层社会的“淑女们”。有了灵感，厄普顿写道：“他一直是大马哈鱼渔夫、‘牡蛎海盗’、一个码头工人、一个水手。他踏遍了我们伟大的国家，对她了如指掌；他住在恐怖的怀特教堂地区的贫民窟，在克朗代克河寻找黄金。他被警察殴打，被判入狱。”

(虽然厄普顿不想提起，伦敦已经匆匆为《屠场》写了一篇长长的简介，精装书将很快面世：“终于搞定了！我们一直在等待的书！描写工资奴隶的又一本《汤姆叔叔的小屋》！辛克莱同志的《屠场》！就像《汤姆叔叔的小屋》为黑人奴隶所做的一样，《屠场》将为今天的白人奴隶做同样的事情……每一个劳动者都会读这本书。它会打开无数对社会主义充耳不闻者的耳朵。它将为我们的种子犁好土壤。它将使成千上万的人皈依我们的事业。同志们，全靠你们了！”)

厄普顿尽力替杰克·伦敦辩护，对抗那些目前流传的关于伦敦和“妖妇”查米恩的“庸俗、华而不实的流言蜚语”；因为伦敦仍然与他的妻子在一起，或者选择离开她，那与社会主义有什么关系呢？在任何情况下，伦敦都已经否认认识妖艳的查米恩，这就足以让厄普顿·辛克莱支持他。

这时，他再次抬头去看，或者好像去看，马车的魅影——现在它向他直驶过来。

“是来找我的?”

这辆车看起来相当结实，一匹枣红马拉着，马的额头有一块白星；比普通的双座车更宽敞，事实上，是一辆带篷四轮小马车，灰色或珍珠色；黑色的车顶有一部分变低了，加穗饰的马车车夫座上的布篷无疑是白色的。一个绅士在赶车，鞭子轻轻地甩在枣红马的马肩隆处，一位女士坐在他身旁，她的头靠在他的肩膀上，举着一把半打开的丝扇遮住照在脸上的太阳。

厄普顿惊愕地盯着。就在这一瞬间，他眨了眨眼睛，揉揉眼睛，因为幻影突然消失了，只剩下了空空的玉米地。

“我精神失常了吗——我？总是以自己的理性为自豪的人?”

厄普顿尽可能迅速而坚决地回到自己的写作中。虽然很难阻止思绪走神：也许这辆带篷四轮小马车跟普林斯顿大气中的毒素有关系？在斯派克斯谋杀案中，一个男人被逮捕，而且，可能到现在为止，已经被宣判；但厄普顿对当地警方已经逮捕了真正凶手的说法没有信心。有谣言说：在这个县里还有其他的暴力和破坏行为。在新泽西农村地区，戴着白头巾的“三 K 党”就像致命的龙葵一样一夜之间突然出现，不定时地耍耍威风。

回想起马克思和恩格斯曾经教导的话真是发人深省，无产阶级并非总是圣洁的，而是，因为使人丧失人性的劳动，往往会变成畜生。各种各样的醉酒——卖淫——放荡；抢劫、残杀、谋杀、“私刑”都是不可避免的资本主义对人性犯罪的后果。为什么无产阶级不会偷窃，或者变得残忍，甚至针对自己的兄弟姐妹呢？谁教育工资奴隶要学好呢?

有一次，在从石溪河对面长途跋涉地徒步回家时，梅塔接受了附近一个农民的顺风车，坐在他的简陋的马车里；厄普顿一直因为看到这么粗野的一个人陪伴他的妻子而苦恼。作为一个社会主义者，他一定会认同所有的工人和所有的被剥削者；然而，作为一个出身于很好的家庭的有教养的年轻人，一个热爱艺术的人，并希望相信人类本性善良的人，他坦率地说，该地区一些人的退化令他惊愕沮丧。打妻子和孩子、性病、醉酒，彻底的疯狂和猖獗的残酷，这一切都可以在辛克莱租的房子方圆几英里的范围内找到。最普遍的是十足的愚蠢，因为厄普顿已经发现，没有几个农民知道如何聪明地种地，或者在乎这一切；他们最有利可图的事业是非法制造“苹果白兰地”这种烧酒（据说，暗中出售给普林斯顿大学最高级的饮食俱乐部），以及无耻地出卖他们作为美国男性公民的选民权利——在默瑟县，只有区区两美元！这位年轻的社会主义者在热情地描写芝加哥的工资奴隶制，尤其不满于童工，但是令他吃惊的是，可以说，就在他的后院，周边农户的年幼的孩子们将为他们的家庭农场一天工作高达十六个小时；更残忍的是他们父亲们的庄稼种得一塌糊涂，每个农场的繁杂工作都是浪费人的精力和精神。最恶心的是，如果最终的收获和播种不好，父亲很可能马上就“喝光”这些东西。

厄普顿听说，在霍普韦尔山谷，唯一收效大的农民似乎是那些有超过一百亩土地的面积较大的农场，他们通过卓越的智慧、狡诈、阴险或公然欺骗获得了这样的农场；这些农场在一定意义上复制了工厂的模式，大规模生产以及雇用“下流一廉价”劳动力。虽然这些农民在谈话中非常亲切，是有着新教的虔诚的基督徒，但是，如果他们没有系统、持续地剥削他人，包括自己的家人，他们是不可能发达起来的。一些城市社会主义者认为，事实上，美国农村绝不是天堂；农场也不是田园诗般的静修之处。

厄普顿尤其苦恼的是，甚至贫穷的农民也没有感觉到与那些像自己一样的人或者不如自己的人之间的同志友情；几个月前，他和梅塔都被邻居们诙谐地提到卡姆登的可怕的私刑震惊了——“需要这样去教训他们，是他们自己的错。”还有：“一个黑鬼必须明白他不是一个白种人，如果是女黑鬼，她也是。”

同时，厄普顿希望相信，在不久的将来，一个特殊的社会主义者干部会在一个像默瑟县这样偏僻的农村地区建立一种合作的“家庭群落”。有人反驳吗？人们要相信什么？厄普顿狠狠地在日记中写道：

> 我们必须，像先知查拉图斯特拉一样，克服自己的弱点，那样我们可以能够成为超人。

然而，半小时后，厄普顿偶然从他的写字台上抬起头，结果看见了窗外惊人的景象：事实上，一个淫秽的场面，在离小屋不到三十码的地方，在玉米地的边缘。带篷四轮小马车上的那位先生和那位女士已经从车上下来，以为只有他们自己，没有人在观察他们，竟然正在以最亲密、热情的方式在拥抱。厄普顿揉了揉眼睛：那个女人是梅塔，自己的妻子？

“这不可能！不可能。”

这个男人有一种痞子的招摇，坚实的身体和红润的面孔；为了到乡间旅行，他穿着“运动”服，戴着一顶游艇帽。从他衣服的时髦式样来判断，他应该属于资本主义剥削者阶级；从他极端红润的皮肤来看，他绝对是一个食肉动物。

受伤的厄普顿·辛克莱发现很难辨别出那个妇女的面貌特点，似乎在装模做样地抗议她的同伴的鲁莽冒失，难为情地扭动、用头顶撞、用拳猛击(只是轻轻地，像玩一样挥动着拳头)，想用脚踢，然后疯狂地笑，而她的多情的求婚者在下流地拥抱着她；丝绸扇子已掉落在地上。那个年轻的女人穿着漂亮的条纹丝绸连衣裙，是那种时尚的“窄底裙”，裙子现在已呈半解开状态；她金红色的头发原本是用吉普森女孩的发式时髦地盘在头顶上，现在因为动情时的挣扎已经散了下来。厄普顿从未见过这件条纹连衣裙，他确信，他也没有注意到他妻子的头发盘成这种发髻；但梅塔时髦得体的苏格兰人的外形轮廓是不会错的，少女般的笑声也不会错的。

“停下来！你必须停下来！梅塔！”

厄普顿放下写的东西，跑到外面去了。

但是，现在，又一次：那对情人哪里去了？

那辆珍珠色的带篷四轮小马车和头上带白星的枣红马也不见了。

“梅塔？你在哪里？你躲在哪里？回答我。”

然而，玉米地似乎像以前一样是空的。只有干秸秆在移动，在连续戏弄地耳语。一阵疯狂中，厄普顿跑到谷仓，找到在一个高台子上的左轮手枪，他把那把枪藏在画布底下了；接着，他回到小屋，在一块松动的地板下他藏着子弹。他用颤抖的双手用力地把子弹塞进左轮手枪的枪膛，他不知道是否方向正确，因为他不知道如何给枪装子弹。他头上的大动脉在咚咚地跳动，他跑到外面，挥舞着枪：“我已经看见你了！现在我知道了！我会杀死你们两个！”

虽然一个人也看不见，厄普顿还是举起枪，不顾一切地瞄准，扣动了扳机。一声可怕的、震耳欲聋的爆裂声！几乎撕裂了他的耳膜。

然而，疯狂控制了他：厄普顿一次又一次地扣动了扳机。子弹飞射到碧波荡漾的玉米秆里，他不知道飞到了哪里。但是没有喊叫，没有任何人隐藏的迹象——“你们在哪里！魔鬼！淫贼！你怎么敢嘲笑我！”

没有回答。只有干燥的玉米秆嘲讽的低语声；他终于听到了微弱的哭泣，一个被遗弃在农舍的婴儿的哭声。

好像，事实上没有人在田里，也没有人去过。回到儿子身边后，把孩子笨拙地捆在了背包里，背包也没调整好，厄普顿就匆匆地回到田里，沿着一行行的碎秸秆更认真地查看着。

在田里，他发现了一些骨骼残骸。一些小动物，也许是兔子。浅灰色的毛丛，或羽毛——一只被猫头鹰吞噬的猎物？

在田地的尽头，他发现了相当大的一堆马粪，但不能令他满意地决定粪便是否是新鲜的，或有一两天的时间了。

“没有其他该死的线索！”

几个小时后，将近黄昏的时候，梅塔回来了。

穿着一件土褐色的棉布裙子，上面的印花图案已经褪色了，看起来好像是用一个种子袋做的，帽子软软地歪斜着，鞋子沾满了灰尘，衣服到处都是蓟草，梅塔慢悠悠地走到房子附近，没有明显的恐惧；相反，像一个在梦中的年轻女人。通过厨房的窗户，厄普顿在观察着她，他仍然处在惊讶的状态，现在头痛，而且恶心，浑身有不适感。

“梅塔！你究竟到哪里去了？”

这个问题里有一种亲切感，这加速了厄普顿的不适感。

梅塔抗议说，她难道没有告诉厄普顿，她在“散步”吗？——她确信她告诉过他。

“我只走了一个小时，或者稍长一点。”

一个小时！但厄普顿咬着自己的舌头，不想吵架。他回到桌边，梅塔打着哈欠走进房间，摘帽子的时候，蓬乱的头发散落在她的肩上，她能看见他正在清洗那把左轮手枪：用油腻的手指不熟练地给零件上油。

厄普顿毫不怀疑，他的窄窄的、刮得干干净净的、强烈愤怒的脸笼罩着一种忧郁，或者说他的深嵌的眼睛是湿润的。在他身旁，煤油灯发出微弱闪烁的光芒。看到左轮手枪，梅塔愣了一会儿；然后随便地或不经意问道，为什么枪被“允许”回到屋子里了，既然厄普顿已经禁止了？

“新泽西的谋杀案大部分已经破获了。如果再有更多的凶杀案出现，我们也不会吃惊。”

“谋杀？不止一次？”

“我想，是的。还有更多。”

梅塔颤抖着，把她的头发都抖散了，掉下来一段玉米须丝。

《蓝宝石色大理石书》

厌恶！沮丧。

我研究这部历史时，最痛苦的事件之一就是接下去的那章，题目《沼泽王国》，我的确感觉如此，绝对说的是实话。

这是安娜贝尔·斯莱德的“忏悔录”。非常令人不安，而且在某些方面，又是一个下流的文档，我选择既不审查，也不失真地呈现这部作品，就像早期的历史学家已经做的那样；这几乎是逐字逐句地从一本题名为《蓝宝石色大理石书》的笔记本中选取的。

历史学家必须依靠来源。历史学家不“发明”来源。然而，这是一个发明，也就是说一个谎言，为了保护“无辜当事人”的利益，忽略或扭曲来源。

事实上，我的历史学家对手用非常不专业的方式处理了安娜贝尔·斯莱德的自白。他们一直误导、混淆视听、胆小怕事；他们不诚实，他们不专业。(具有讽刺意义的是我，一位“业余”历史学家，竟然谴责其他这些人违反职业道德的行为；但的确如此。)

当然，如果不能说这个话题完全令人厌恶，那么也是令人不安的。其确切的真实性不能保证。

(但是，过去的什么事情可以准确地验证，即使我们是目击者?) 然而，在《克罗斯威克斯诅咒的未解之谜：新一轮的调查》(1949) 中，历史学家Q. T. 霍灵格没有任何借口就把“未经证实的‘野兽’诞生故事”仅仅降格为一个脚注，并如此含混地阐释安娜贝尔的故事，以至于人们不能体会它的高度精炼的诗意语言。在希拉姆·泰特的《克罗斯威克斯恐怖的“未解之谜”》中——这个耸人听闻的研究将最终的屈辱和安娜贝尔·斯莱德死亡分成了单独一章，但对其细节处理很不合适，以至于向持怀疑态度的读者暗示，这只不过是谣言或八卦，或这一类的废话，成了老妇人谭。——由一个“匿名”作者创作的《老普林斯顿的吸血鬼谋杀案》太卑鄙了，无法解释这么严肃的话题；不过，因为其显赫的学术证书，克罗夫特一克鲁克就更没什么说服力了（哈佛学士，耶鲁硕士，劳伦斯威尔中学多年的老校长），或者海伦娜·沃森小姐也如此（巴纳德学士，哥伦比亚硕士）。最让我困扰的是一些文章，明显是为新泽西的报纸仓促拼凑，把安娜贝尔的悲剧和所谓的“泽西恶魔”受害者的命运混为一谈。（这类神秘的生物在 1909 年 1 月曾经猖獗，当时有一些指出了妇女的流产、死产和狂暴以及其他异常现象的报道，至少包括一个年轻女性在松林生下一个可怕的怪胎的故事——不可能的和未经证实的事件，完全超越我的以事实为根据的编年史。）

我的这部分编年史的主要信息来源是一本日记，八英寸乘十二英寸大小，蓝宝石色大理石纹理的封皮。约西亚·斯莱德似乎从 1906 年元旦之后的某个时候在他的妹妹安娜贝尔的床边记的这本日记；虽然不像阿德莱德·伯尔的日记那样是记录成编码的，但是这个叙述很难誊写，因为它显然是在匆忙中写的，感情上很痛苦，结果造成许多地方不连贯，修辞格混乱，突然断裂以及省略的陈述。而且读者会注意结尾很突兀——据说：安娜贝尔·斯莱德开始分娩，一系列的子宫强力收缩，痛苦地继续了二十个小时。

在日记的扉页是约西亚写的凄美的题词：请上帝赐予我与我妹妹即将表现出的同样的力量吧。

由于这一章许多读者会只想浏览一遍，或者完全略掉，因为它关注的是历史学家这一行业，人们对此的兴趣就像是崇拜电影明星的人们对于电影制作的“后台”情况的叙述的兴趣一样多，所以我认为在此处列举我的一些珍贵的研究资料是明智的，这些资料在大多数包含与这一话题相关信息的图书馆、专门收藏、历史档案等等里面是找不到的，甚至没有提到过。显然，《蓝宝石色大理石书》是最珍贵的资料之一；虽然是约西亚·斯莱德手写的，但是不同于书信、便条、报纸文章以及其他和约西亚相关的具有纪念意义的言行录，而且是写在《米色摩洛哥书》中间的几页——《米色摩洛哥书》是约西亚 1901 年 - 06 年的日记。(约西亚是一位典型的年轻男性日记作者，他没有忠实地记录他生命中的每一天，而是一段又一段很长的时间里一个字都没写。还有一些参差不齐的撕页。) 此外，众所周知，我严重依赖阿德莱德·伯尔太太的《红色小牛皮书》——如今已经褪色、破旧，实际上看起来像一个凄凉悲伤的文档，尽管那位长期患病的病人的写作手法生动、“活泼”；还有约翰娜·范·戴克太太的多卷本日记，历史学家们称之为《象牙书》，因为它保存在《普林斯顿特殊典藏品》中，并已被许多历史学家查阅。(这些历史学家所不知的是，约翰娜·范·戴克还记了另外的秘密日记，我称它为《黑色斑纹书》。这是一个小型日记本，写了约六十页，大部分的条目没注明日期，而且非常不连贯；确实发生的事情是，约翰娜·范·戴克在 1906 年 2 月（早）产了一个男孩，大约是安娜贝尔·斯莱德生孩子的时间；这段时间，她一贯忠实的丈夫皮尔斯好像得了一种变异的普林斯顿萎靡不振症，不幸的后果，我不想加以评论。) 最稳妥好用的文献是威廉敏娜·伯尔的《褐色斑纹书》，里面写满了笔记、个人文件、新闻剪报、不明身份人的情书（?)、照片，甚至商家的收条以及威廉敏娜写的详细的日记；还有更乱、更不整齐的《檀香木盒子》，我在其中存储了已经属于我的私有财产的各种伍德罗·威尔逊的材料；还有玫瑰锦缎盒，其中保存着属于格罗弗·克利夫兰的材料。我手头还有《橙色大理石书》，这本书曾经是亨丽埃塔·斯莱德太太的日记，但是它的细节令人失望，对历史学家用处微乎其微；以及阿曼达·菲茨伦道夫太太的《鸢尾书》，书中对于她自己“鬼魂缠身”的婴儿期的儿子所作的混乱和充满幻觉的记述令人怀疑，并没有什么实际用途。

最珍贵的，一直锁起来的，而且钥匙放在我书房的，是一只乌木漆盒，其中存储了所有有关温斯洛·斯莱德的材料；虽然我对这些材料也怀疑，有时半夜醒来想我是否应该马上销毁。对我来说：这是无价的东西，能够让我明白这些很久以前的事件，还有更多的其他用途；但是对于那些用来反驳《普林斯顿特殊典藏品》中关于斯莱德博士的说法的一些事实，我还无法对此加以验证，做不到心安理得地将其引入我的编年史中，这是一个无法轻易解决的道德问题。

因为《被诅咒的》旨在查究道德的复杂性，而不在于对一件最好让它烂在坟墓中的旧事“惊悚”再现。

至于一般被称为《安娜贝尔·斯莱德忏悔录》的文件——或者，如我更喜欢的，《沼泽王国》——约西亚没有标明确切日期，但是因为安娜贝尔(显然）是在1905年12月份的第二周回到克罗斯威克斯，而且因为她生孩子及其（不可告人的）后果发生在两周内，所以，完全有理由推测，约西亚对于他妹妹的悲痛欲绝的故事大约写于12月12日和圣诞节之间。整个忏悔可能是在一个漫长的时期讲述的，因为安娜贝尔的声音似乎在修改，并逐渐微弱，接着再次散发强度，其节奏就像是一个灵魂在彻底地揭露自己；从文件中可以判断，约西亚或安娜贝尔后来完全没有修改。

通过整理日记，到目前为止我已经能够发现，可以肯定，除了安娜贝尔的妈妈、她的祖父温斯洛和她的哥哥约西亚当时在她的卧室，绝对没有其他人了。(据说，安娜贝尔的父亲，奥古斯都不忍看他女儿的脸；她的堂弟托德被名副其实地控制在惠特希夫的“锁头和钥匙”之下，嚷嚷着要见她，但被禁止了；威廉敏娜也想去看望安娜贝尔，而且，安娜贝尔可能也会高兴看到她，也被安娜贝尔的父母一个简短的命令禁止了。)

大为震惊的布迪诺特医生来访过，但是，要么是那位先生宣誓保密，他没有违背誓言；或者，他的关于那次可怕的接生的纪录已丢失。

沼泽王国

快点，再快点，马沿着老国王大道疾驰，口吐白沫，打着鼻响——我们的马车剧烈地左右摇摆……

安娜贝尔说话声音微弱，犹犹豫豫、结结巴巴的，约西亚听起来非常费劲，很难将她说的话写下来。

可怜的安娜贝尔！她带着精神上的耻辱和身体上的痛苦回到了她在克罗斯威克斯庄园那间她少女时代住的房间。她在发热——甚至昏迷，因为怀孕，她的下半身怪异地肿胀着。

与安娜贝尔在一起的还有她的母亲，亨丽埃塔，也处于强烈的焦虑状态，以及她的祖父温斯洛·斯莱德，老人前几个月中风，没完全恢复，他的左半部分脸瘫痪，左眼斜视，结果那只眼睛只有最低视力。而且老人的讲话速度已经减缓，就好像每个字都是自己努力冒出来的，像石头一样奋力地滚出来，与之前和之后的话没关系。和温斯洛·斯莱德透过火车车窗已经预见到的一样：他的孙女不仅会只身回来，而且会大腹便便；她会疲惫不堪、伤心欲绝，已经不会歇斯底里了；在 12 月一个特别寒冷的雪夜——被她的情人抛弃了。

这里是闪烁的烛光，没有电。（虽然斯莱德家的房子 1905 年就已经全部通上电了。）安娜贝尔的房间从她少女时代到现在一直没变化：用非常漂亮的维多利亚风格装饰的，很有“女人味”：玫瑰色的鸢尾花形法国墙纸，一盏迷人的爱尔兰水晶小吊灯，白漆家具和樱桃木写字台，俯瞰着玫瑰园，现在是冬天，房间干燥。有一个大理石壁炉，赭色大理石的，很少使用；上面的镜子，类似于林池，在阴影中随着烛光闪烁着。几个高高的窄窗上挂着印花棉布和锦缎窗帘，色彩鲜艳柔和，只不过现在褪色了，看不清楚了。安娜贝尔的少女时代的床是一个美丽的古老的十八世纪的“雪橇”床。是祖上传下来的，挂着白色的丝质帷幔，大多是白色的床单和被子；在一张女孩睡的窄窄的单人床上，躺着一个即将临盆的年轻女人，手指绝望地抓着洁白的羊毛被。

布迪诺特医生被匆匆唤来，接着又被打发走了。安娜贝尔希望坦率地和她的弟弟、母亲还有祖父说说话，有陌生人在场会感到受拘束。

（斯莱德家的老管家卡桑德拉是训练有素的助产士，可以代替他助产。但是，当时卡桑德拉是在楼下候着，等候传唤。）

（读者们应该注意：各种第一人称和“目击者”对于埃克森·马特的可恶的孩子的叙述在史林格、泰特、沃幸、“匿名者”等人以前所作的记载中已经报告了，但是这些东西完全是华而不实的和不可靠的。卡桑德拉特别疼爱她雇主的孙女，从来没有透露她所见过的事情，甚至在孩子出生时她帮忙的事情也没透露过，虽然很多人反复地问过她，其中一些人很执著地问了她很多年。所有关于这件事情的已知部分都是来自于约西亚在《蓝宝石色大理石书》中的记载，这本书现在由我保管。）

要想“确定”这个场面，还有个情况应该指出：小安娜贝尔的一张蜡笔画像（是老一代斯莱德人的一个友好的朋友荷马·温斯洛画的），十一岁，戴着饰有缎带的水手帽，带着羞涩的微笑，挂在遮有帷幔的床附近的墙上；这张童年的画像充满了天真和信任，与床上的那个年轻女人形成了痛苦的反差，她精致的五官因为羞辱和痛苦扭曲着。

……风撕扯着我的头发，掀掉了我头上的新娘面纱——使我的眼睛充满了泪水——虽然不是（还不是！）——悔恨和耻辱的泪水。你爱我超过所有的人吗，亲爱的安娜贝尔，他低声说：而且你愿意做我的新娘和我的王国的王后吗……

很奇怪的是，树木从我们身边飞过——国王大路旁边的草地本来应该是新鲜的绿色，现在却是光秃秃的灰色，就像在日食一样失去了所有的色彩。更奇怪的是，我们似乎在经过克罗斯威克斯庄园，我一生在此度过的心爱的家，远离公路，掩映在高大的树木中，但是，我现在头晕眼花，房子是单调的铅色，没有任何色彩和美；远方的天空不再是蓝色，而是清洗后的玻璃的透明度。隐约出现在路旁的灌木丛是令人吃惊的不可思议的粉笔色——新耕种的农田不再是一种肥沃的深深的土的颜色，而是相反的色调，惨白如细粉状的雪落在田地上，而现在是晴朗的六月天！

他警告过我——我不许往后看。一次也不许回头看，因为我是为了他才离开的。

风，风！鞭打我的头发——我的爱人的有力的手臂搂着我，我把脸埋在他的脖子上——你承诺你跟我走，并且只把我当成是你真正的丈夫吗？——他的嘴唇贴着我的眼睑，手臂搂得更紧了，我突然疼得哭了起来。

炙热的风夹杂着讨厌的味道，鞭打着我的脸，令我无法呼吸，尽管我们正在穿过我从小就熟悉的风景——可是，这些在路边的怪东西是什么？——我们走近的时候，就闪动着黑乎乎的翅膀飞到空中？——它们似乎是鸟，但是在这一带通常看不到那种鸟，而是夜鹰，或者叫夜猫子，扁扁的大脑袋，长而尖的翅膀，眼睛只有一条缝，瞪着我们，像燃烧的煤。在我们经过的时候，它们的叫声听起来愤怒、不耐烦，接近人类的叫声，好像专门朝着埃克森叫；好像它们认识他，而他认识它们，以某种未知的方式。

我勇敢的安娜贝尔！——为我的缘故，已经摆脱了你的旧生活！

马飞奔的速度更快了，更猛了——我几乎可以相信，喷着鼻息的时候，火焰在从它们的鼻孔里喷出来——长长的鬃毛在风中吹拂着，尾巴抬得高高的——眼睛左顾右盼——可是急躁的埃克森还是在马肩隆处挥动鞭子——好像他在害怕被追赶。

我们很快就会到达我的安全王国，没有人能够追过来。

没有人，亲爱的安娜贝尔，能把你从我的怀中抢走。

粉笔色的灌木丛，若隐若现的光秃秃的树，荒凉的农村，一种未知种类的动物在吃草——发出一种那么可怕、炙热的光，不过是苍白的光线，我的眼睛痛，我不能太仔细地看我看到的任何东西；一切都像是多年的褪色了的雕刻，或者是爷爷年轻时代的物品。啊疯野狂骑！啊阴沉的改变了的世界！但是，一旦我们在狭窄的路口遇到另一辆车——一辆驼背的马拉着的农民的马车——这辆车毫无疑问地像是冻住了，而且坐在马后面的农民已经头发斑白，穿着工作服，戴着破旧的草帽，目光呆滞，双眼像两个玻璃球一样凝视着我们，好像他看见了我们，可是并没看见；马车走了，但简陋的车轮却不转，马也不往前跑。我仿佛知道，这是由于埃克森的缘故：时间可能是为我们停止了，这样埃克森就可以和他的新娘向前猛冲了。

我们看到了一个被遗弃的墓地，那以前是贵格会教徒的墓地，在一座教堂的破旧废墟旁边；所有的墓碑和烧毁的教堂，都是相同的铅的色调。我们看到一个罪犯团伙穿着破烂不堪的囚服，戴着脚镣，在路边费力地走着——这些人没有一个有白种人的特征，而是非洲血统，平钝的鼻子，肥厚的嘴唇，但是他们的皮肤却是苍白的！——看起来令人震惊，有人可能会认为，世界已经翻过来了——天堂已经醉醺醺地和地狱倒转过来了。

几个小时过去了，或者是几天过去了——我已经弄不清楚时间了，像一个被巨浪连续拍打的人——几乎不知道我被如此匆忙地带到了何处；爱情像氯仿麻醉剂一样注入了我的体内，通过鼻孔和嘴巴，导致大脑中雾蒙蒙一片。马车的剧烈运动对我是种安慰，马车使我不致摔到外面；穿着我的耀眼的白色婚纱，婚纱都弄脏了、皱了、划破了。我再也不会是安娜贝尔·斯莱德了，再也不会是那个无知的孩子了，而是一个和她的爱人绑定在一起的女人，无休止地绑在一起；这是我沉迷的一部分，我丝毫也没想到我合法的丈夫达布尼·巴亚德，就像一个人不会去想一个已被新的、更强大和更苛刻的梦所取代的原来的那个梦。马车摇摇晃晃地沿着沙土路上压出车辙的车道前进，这条路通往森林深处——那个地方应该是叫“松林”，——可是也是在克罗斯威克斯的我们自己的森林。你是我的一切，亲爱的埃克森像一个影子在吸收着一个更为昏暗的影子，或这是一个强大的河流吸收着无数的小支流。

多么奇怪，大树在头顶上盘结在一起，形成一种拱形——这些无叶的树有一种幽灵般的感觉，在树上看不见任何生命的迹象；虽然这些似乎是橡树、山毛榉、榆树以及克罗斯威克斯森林的栗子树。我们不久就穿过一大片开荒地，这片地那么熟悉，令我极其痛苦；不可思议的是，这块空间充满了闷热的耀眼的光；我的眼睛突然向上看，看到了一棵高大的橡树的树干，上面挂着两具尸体，吊死的；没有生命的，可怕的烧伤，尽管风猛烈地吹着，尸体一动不动。我的眼睛被吓坏了，我不敢看，只能把脸埋在我爱人的热热的脖子上，他笑着说亲爱的安娜贝尔，你快安全了——不要害怕——没有人会像伤害别人那样伤害你——你的美丽会让你得到赦免——我向你发誓永远爱你。

就这样，马把我们拉进了沼泽王国，而我还不知道那就是“大黑暗带”，或“受诅咒的王国”——狭窄的巷道越来越窄，渐渐变成了泥路——到此时为止，两匹配合默契的漂亮的马已经被它们急躁的主人残忍地折磨得精疲力尽了，马嚼子上沾满泡沫和血渍，它们非常可怜，紧绷的后背上纵横交错的血印清晰可见。马上我们就到了沼泽，周围是一些长满了苔藓之类东西的巨大的树，也是灰色调；四周是蓄满沼泽水的黑暗的池塘，水下看不见的蛇形生物荡着涟漪；气味咸咸的，有一种强大的臭水沟的味道，到处是腐烂植物。耐心等待，我的爱人，我亲爱的、纯洁的新娘！——因为我们马上就到了，我们的婚床在我的宫殿最豪华的房间等待着我们呢。

一股持续的沼泽空气，完全发酵的味道，如此浓烈——我几乎无法呼吸。克罗斯威克斯森林的那种山毛榉变成了长满苔藓之类的东西，以及其他一些对我来说很陌生的树，我不认识的各种挺拔的光滑树皮的树——除非它们是美洲红树，蜿蜒曲折的树根盘根错节。鸟儿愤怒地叫着，在我们周围盘旋——夜枭，更加凶恶残暴；还有其他的大型捕食鸟，像撒旦一样扇动坚毅有力的翅膀，在虚无中飞翔，飞向绝望的人类。我开始感到恐慌，脖子上的汗毛像动物惊恐时一样竖了起来，我的保护神把我更紧地搂在怀里。耐心点，亲爱的！我们就剩下一小段距离了，不能强迫这些懒鬼跑得再快了！

现在，我们面前是一扇年久生锈的熟铁大门，其拱门的顶端是狮鹫般的怪兽，还有尖刺；让人觉得这扇大门既温馨又令人生畏。然而，门是敞开的，没看见看门人。这时，我的爱人把我的手紧紧地握在他的手里，我真担心他会伤了我的手指，而且他还激动地低声说你以此种方式摒弃了你的家人和你的合法丈夫；你会永远信守决定来忠于你心中真正的爱人吗？

我勉强喘息着发誓说是！是。

就这样，我穿着毁了的婚纱被带到沼泽王国；我的面纱，我的西班牙式的蕾丝，以及我的每个精美的绸缎做成的铃兰，那么精致，就像一朵微型的真花。因为我的傲慢与无知，我被带到了这里，无知又虚荣。亲爱的安娜贝尔！可爱的安娜贝尔！终于到了我的王国。

我陶醉在爱情中，即使这份爱因为我的保护神如火的目光而畏缩了。我只是盲目地希望自己能够进入另一个人的生命。

埃克森·马特是我见过的最英俊的男人，我肯定。个子高大、身材优美、举止优雅；声音柔和、深情款款。

这就是我的盲目、罪恶、病态的本质。

被带到了深深的藏在那片暗无天日的沼泽中的沼泽宫殿，没有人会发现它；没有人会从另一个世界冒险进来，带被蒙骗的安娜贝尔回家。

很快我们从满是泥巴的马车上下来，然后气喘吁吁的马被从我们手里牵走了；埃克森低声说：这两匹马要杀掉——因为这样的旅程后他决不会两次使用同一对马。

然后牵着我——不知道为什么我会有这种感觉，用手指紧紧扣着我的手腕——把我牵进了洞穴状的“宫殿”，这个地方让我惊讶得说不出话来，拱形天花板的拱形又高又昏暗，就像一个古老的大教堂，周围空荡荡的，发着回声，还有一股强烈的气味，混杂着潮湿、腐土和腐臭味。

接着，我的新郎没有再说话，而是领着我爬上螺旋楼梯，楼梯上散落着纤弱的小动物破碎的骨头，我总是踩到这些骨头，带来一阵恐怖；除了安娜贝尔：来！到我们的婚床去，便没有别的话了。

这样，沼泽宫。

在沼泽王国内部。

我，安娜贝尔——王后！

安娜贝尔王后，沼泽王国的王后。

残酷的“埃克森·马特”，坐在她的身旁，是国王。

至于我的新郎如何对待我的，这很难描述。

即使是婚床，也很难描述。

在一段严重磨损和长满青苔的石阶的尽头，是主卧房，满是污垢，以及害虫干硬的粪便和尸体——从唯一的（有木栅的）窗口俯瞰，一片墓地，因为年久失修，陈旧的墓碑东倒西歪，非常肮脏，周围刺草丛生，坟墓间散布着苦味水水池。在这里，一种我从未看到过的生物在自得其乐，像一群吵吵闹闹长得过快的孩子；很多天，哪怕看到这种奇怪的物种，我就会恐惧地退缩：长得像巨大的笨拙的鸟，却是爬行动物，有锋利的爪子；巨型蜥蜴飞快地吐着舌头，一双黄玉色的眼睛；柔软的肉质鳞茎的生物像没有壳的软体动物，却长得有猪的大小，同时用众多的触须吸食物质。多么可怕啊！——墓地的土因为这些生物找东西吃而被弄得破烂不堪、乱七八糟。

埃克森，谁埋在墓地？——我这样壮起胆子问我的丈夫；他漫不经心地冷冷地回答道——啊，你的前任们，亲爱的安娜贝尔。我是一个鳏夫，当过很多次鳏夫了。

沼泽宫，安娜贝尔是在宫中统治的（模拟）女王——只有一个短暂的时期。

沼泽宫，阴冷潮湿长满苔藓的房间——有一些房间，像一些私人小教堂；另外的一些房间则那么拥挤、不通风、黑暗，它们有可能原来是地牢，或者是刑讯室。许多走廊在许多方向通向宫殿深处，穿过宫殿，在宫殿外面穿过斑驳的石墙上面的缺口，进入沼泽深处；坡屋顶的门厅歪向一边，然后又向另一边；没有窗户，或者有狭窄的（有木栅的）窗户面对着恶臭的庭院，院子里堆满了破碎的砖石，以及气味令人作呕的沼泽百合。有许多段台阶，却不通向任何地方；或者被锁上的沉重的门看起来似乎已经给锁了几个世纪。

沼泽宫！但是，有一天，埃克森很可怜我，所以我认为如此，领我进了他的图书馆；那个图书馆远远大于我的祖父温斯洛·斯莱德的著名的图书馆——你想要读什么就可以读什么，我亲爱的妻子。带着我的祝福。

但令我震惊和痛苦的是，在直通天花板的十五英尺高的书架上，有皮革包边的书，打开时，书里面的印刷的字迹被弄得模糊一片，好像宫里曾经发过一场洪水；更糟的是，许多书都完全是空白的页面，我翻看着这些书，越来越沮丧，感到一种强烈的凄凉感。

为什么这样，埃克森，我问我的新郎，你的书怎么了？——埃克森冷漠地耸耸肩，再次轻描淡写地回答说——所有的页面，所有的书，都是毫无用处：有什么大惊小怪的？

沼泽宫，“仆人”当差——这些似乎只是不完整人类的生物！——令人讨厌，又令人可怜。他们都畸形怪状，无论男性和女性；年龄差别很大，但大多是老年人；他们的皮肤苍白，像青蛙或者蛇的肚皮；他们的眼睛都有黑眼圈，空洞无物，看着令人悲伤；他们的行为怯懦、局促却又狡猾，甚至鬼鬼祟祟的。他们努力工作！——然而又徒劳无果。这是你的前任之一，亲爱的安娜贝尔，如果你好奇的话——埃克森指着一个弯腰驼背的干瘪老太婆说道。老太婆似乎裹着一件皱巴巴的裹尸布，尽管她正手脚着地跪着用力擦着台阶；即使这个可怜的生物听到了埃克森的无礼的话，她也没有做出任何表示；我也感到头晕，没有继续盯着她看。(非常可怕的是，那个可怜的女人似乎是在徒劳，把脏水泼到肮脏的台阶上，使劲地擦着，可是台阶上面的污垢却没有丝毫改变；埃克森在浸湿的台阶上毫不在意地大步走着，没有向下看一眼。)

我被允许在远处看埃克森·马特的妹妹卡米尔——这是一个面目特别严厉的美丽女人，皮肤非常苍白，浅黄色的头发松开了垂到后背，目光冷酷。

你千万不要接近卡米尔。你千万不要跟卡米尔说话，除非她先跟你说话。

埃克森钦佩地谈着他的妹妹。他的脸已经是一张满是斑点的青蛙的脸，鼓鼓的眼睛，一张流着口水的湿乎乎的嘴松弛下来，表情里混杂着惊叹、忧虑和兄弟姐妹间的讨厌。

* * *

他管他们叫做“夜晚之子”。那些丑陋的动物在我们卧室的窗子外面的荒凉墓地里嬉戏。虽然他们几乎和在白天一样活跃：尖叫、诉苦、内讧，带着一种狂躁的贪婪在腐朽的坟墓里和黑色长满寄生虫的水池到处翻弄找东西。“夜晚之子”，埃克森·马特喃喃地说，你会很快就不再嘲笑他们，我的骄傲的安娜贝尔，因为过不了几个月你和他们会很快非常熟悉；而我，和我的同伴们，会厌烦你细腻的皮肤和乏味的方式。

说埃克森以前的新娘都是死了是不完全正确的；而是她们当中不定数量的人，多达二十个，还真正地活着，一直在沼泽宫的各个房间里囚禁着，或者允许出去做体力劳动者，像穿着皱巴巴裹尸布的可怜的老太婆。我的后宫，埃克森说，没有阿拉伯王子的后宫那样华丽，因为我们的女人们不那么训练有素，而且很快消瘦，然后死去；或是被帮助死去；如果她们不受宠了。在一个真正的后宫，期待被爱那是不现实的。亲爱的安娜贝尔，明智些！

在这样的屈辱中，我如此崩溃，残忍和粗鲁的“使用”，以及讨厌的食物，使我如此虚弱，我甚至不能向仁慈的上帝祈祷（由于我的虚荣心和愚蠢，我已经放弃祈祷了），而是毫无感觉地躺着，一连几天、几个星期，而埃克森却在我软弱无力、毫无抵抗的身体上干那些如此猥亵的行为。回想起来就令我觉得恶心、无言以对。我的身体的软弱无力和抗拒有时让他高兴，有时却引起他愤怒。很快，就没有必要“装死了”，亲爱的老婆！

埃克森很快也厌倦了我们的婚床上的单调无聊，他把他的那些好色的酒友请到了我们的婚床上。

在整点时一座大钟敲响了。听起来像海底的钟声，我们是古代海洋的居民。

有时，钟声有一种空洞的声音，迟钝、沉重、郁闷、低沉；好像声音是来自内部，在人的骨髓里。看到我困惑恐怖的表情，埃克森·马特说：亲爱的安娜贝尔，你听到的那不过是报时的音乐而已。为什么要有愚蠢的恐慌，好像你还是庄园的一个孩子？你已经离开了你的天堂，你不能返回了。现在当每个音符响起来的时候——就是每次敲钟——要明白很快就过去；每一个音符，想象它是永恒的，尽管很短暂，我们几乎无法把握它是否存在。

在整点、半个小时，和一刻钟的时候——敲钟、敲钟，来嘲弄时间。

在沼泽王国，时间不动。

或者，如埃克森·马特幸灾乐祸地说：时间过得如此飞快，无法衡量它，或者感受它。

所以，狂热的安娜贝尔穿着一层污秽的婚纱躺在那里，婚纱已经成为一种睡衣，或家居服；有时候，她躺在无名房间的石头地板上，地板上铺一层破衣服；靠近些，听那些不幸的男男女女的喊叫声，按照埃克森的说法，这些人是被挑出来作为“医疗”或“科学”实验对象的；据透露，他的某些酒友是从事医学，或科学的人；通过恐惧、厌恶、令人畏缩的疼痛，虽然只是模模糊糊地，但是安娜贝尔知道他们叫麦卡拉斯特！——“斯科特”！——欧迪根！——皮特凯恩！——皮特－威廉姆斯——斯金纳！埃克森领这些人进入卧房时，他开玩笑地这样向安娜贝尔介绍的他们。

后来，有人往她身上浇水：微温的、恶臭的水，但这些水却被不顾一切地接受了，有一种食物——扔在她躺的房间里，或者，当埃克森和他的朋友们旁观时，到厨房的肮脏的地板上，供他们极度消遣，安娜贝尔和其他人被迫从地板上拾着吃，像动物一样，而且他们也像动物一样贪婪，因为给他们的东西而感激涕零。

腐臭的食物，垃圾食品，主要是剔净肉的骨头——这些被扔在饥饿的人们面前，不管蝇类和甲虫已经进入食物里面。你的斯莱德家族的骄傲哪里去了，亲爱的？——埃克森嘲笑着说，然后放声大笑。

为什么流这些损毁形象的眼泪？男人们鄙视眼泪——这是女性令男人们最厌恶的弱点。你不是放弃了你的家人，跟着我的吗？你不是把命运交给了埃克森·马特了，因为他让你满意；你不是拒绝了你的家人，无耻的斯莱德家族的人了吗？几十年前，你的家人做奴隶贸易发了财，从此开始，一直是最圣洁、公义的基督徒吗？你不是抛开了你的娃娃脸的中尉，那愚蠢的绅士，而去用血湿润他的嘴唇吗？你不是打破了你的父母的心，并且毁掉了你的哥哥约西亚吗？在我面前，你那颗愚蠢的处女的心不是因为多情而晕倒了吗？

于是，埃克森冷冷地、讥诮地大笑着。完全变了，不是我在爷爷的花园里认识的那个南方绅士了。

他紧紧地闭上了松弛的癞蛤蟆的脸上那双粘液色的眼睛。

他的额头低，布满皱纹，病态的白色；薄薄的嘴唇发着淫荡的光，安娜贝尔在普林斯顿的某些先生们的脸上看到过那个样子，或者想象她见过，当时那些人不知道安娜贝尔，或任何人，在这样一个时间观察着他们。

在肮脏的床上她乞求上帝原谅她。乞求上帝给她指引一条走出沼泽宫和沼泽王国的路，一条不是死亡的路。

她好想念她的亲爱的家人——她的母亲，和她的父亲；她的祖父；她心爱的哥哥约西亚，她曾肆意伤害他的哥哥，现在都不记得为什么了。

她还没有绝望到足以理解比她有着一颗更纯洁的心灵和更大决心的基督教怎么会宁愿死，也不会选择继续生活在恐怖的沼泽王国；一个比她自己的心灵更为纯净的女人竟然急切地接受了坟墓，并把自己送给了墓地可恶的食腐肉的动物，而不愿意屈服于埃克森·马特和他的同伴们的兽性欲望。

原谅我，有着如此下贱的活下去的愿望！回到我亲爱的家人身边，我伤了他们的心，我玷污了他们的声誉。

有一段时间我被当成女仆和被遗弃的妻子受得到了更多的虐待，在这段时间前后，我在宁静的时刻寻找一些小的慰藉；我呼唤着庄园，我的家人，还有像威廉敏娜那样少女时代的朋友，以及很多童年时期的友好的面孔，好像童年，好像岁月可以逆转。我经常在那里，精疲力竭，万分沮丧，一动不能动，甚至埃克森·马特或者他的一个酒友踢我，我也不能起来干活；就这样，我在污秽中躺了足足两三天，那群畜牲忽略了我，因为他们在兴奋地忙他们的一个实验课题——电击、输血以及与另一物种的生物进行“器官移植”，还有，如果不幸死亡，要用手术器械进行解剖。(这些事情我最终还是知道了，尽管我没有直接见过这样的恐怖现场。)在这种情况下，我的灵魂似乎从我身体上离开了，在没有空气的单人牢房四周漂移；我的手指重新开始一种以前的、有趣的生活，就是在克罗斯威克斯客厅里演奏莫扎特、舒伯特、贝多芬，和萧邦的钢琴奏鸣曲；或者一边演奏，一边和我心爱的家人一起在钢琴旁按照乐谱演唱史蒂芬·福斯特、吉尔伯特和沙利文邓等人的歌曲，以及托马斯·莫尔为这些如此优美的音乐填写的歌词，约西亚尤其喜欢——

常常，在静静的夜晚，
在沉睡的铁链束缚我之前，
美好的记忆带来光亮
围绕我的其他时光；
微笑，眼泪，
童年的岁月，
说过的爱的话语；
闪闪发光的眼睛，
现在变暗了、消失了，
欢快的心，现在碎了！
因此，在寂静的夜晚，
在沉睡的铁链束缚我之前，
围绕我的其他时光。

以这种绝望的方式，渐渐地，我在自己的身上聚集了力量来忍受。在我哭肿了的眼睛的前方有了希望，我希望有一天我会逃离沼泽王国回到庄园和被我如此残忍伤害的亲爱的家人身边。

女性是最卑鄙的生物：缺乏智慧，排斥她哺乳动物的本性，好色，以及“冷淡”；诡计多端，又愚蠢；完全没有引导男人的那种道德和理性的动机。很短的时间内，这些生物拥有美丽——但这种美丽像春天的花朵一样不长久，很快溃烂，发臭，之类的。

埃克森·马特的酒友们这么说：说的时候没有这么言辞激烈，而是更加殷勤和困惑；他们中的一些人是搞“科学”的人，一些人似乎是“宗教”人士，一些人是“商人”——或者安娜贝尔是这样归类的。这些人为埃克森的宣言干杯：然而，我们必须允许使用女性！——明白世界必须不断重新有人类补充，我们不希望把我们宝贵的种子撒入沼泽。

在这个时候，我显然是怀孕了。这进一步招致埃克森·马特厌恶我，他考虑是否可以由他的一个或另一个伙伴在我身上，和未出生的孩子身上，做一个“实验”。

然而，埃克森忘记了这件事；或者是同情我；那些男人认为作为一个泄欲对象我缺乏女性的美丽和吸引力，几乎没有用处了，所以我在宫中的地位就变成了女仆；这使得我能够了解更多情况，就是埃克森·马特和他的妹妹卡米尔以及一些无礼的房客以前都仅仅是这个家庭中的仆人，或农场工人；前段时间才起来造反，反抗合法的国王和王后以及所有的皇室成员，和王国的贵族，用无情残忍的方式杀死了大多数的人，剩下的则被迫终身劳役。

其中一个备受蹂躏的女佣人曾经是埃克森·马特的年轻的新娘，她告诉我，来到这里，你就已经走到了世界的边缘。可怜的孩子，你将如何找到回家的路！——太远了。

多么悲伤！多么耻辱！

然而，只要活着，就多么感激上天。

我无法让自己恨在我的子宫里的孩子——这个孩子耗尽了我的精力，唤醒了我最可怕的饥饿感，我不顾一切地想活下去，几乎连墓地里的食腐尸的动物都吃。

对中立的观察者来说：埃克森·马特的妹妹卡米尔看起来是两个人中更“高尚”的那个；因为卡米尔的举止有一种女王的风范；然而，她是平民出身，她的一些小动作会暴露这一点，如让她那张雕塑般的脸扭曲，不合时宜地皱眉；或者投向我这种可怜人的一闪即逝的傲慢却又怜悯的眼神。（是卡米尔最后因为看到我严重改变的状态而感到厌恶，才把我赶出了宫殿中心区域，并且命令我在酒窖干活，其他人员称之为“隧道”或“坑”或“地狱洞口”。）

就这样，我一点点地知晓了沼泽宫和沼泽王国的真正本质：现在的主宰者是很久以前一个时代的凶残的仆人，其特定的历史似乎现在已经遗失了；没有人记得起义发生的时间，公开处决王室和他们家臣的时间，以及强迫许多有贵族和上流社会血统的人进行劳役的时间；多数年轻的仆人都认为起义已经不是在他们的有生之年发生的；但有一些人，极少数的人，声称，他们亲眼见过那些屠杀，而且险些被杀。这些事件发生在三十，或二十，或是十年前。老仆人否认这样的故事，他们的说法我听起来更令人信服。

他们都对于现存政权具有普遍的厌恶和恐惧，这是显而易见的；在我看来，一群前家仆竟然以这样的方式受到抬举，现在由他们的前主人和女主人伺候着，多么可悲啊。这些家仆出身粗鄙、没教养，来自更荒凉的欧洲地区，就像来自于爱尔兰西部的“爱尔兰黑人”，据说这些人相信农民式的迷信、盖尔语以及由酒精激发的狂野的忧郁！

然而，我们都感激上天，我们活着逃了出来——更坚忍的仆人们会这样说——如果生活确实如此，是这样一个充满奴役的地狱。

我更加拼命地祈祷从这个地方解脱出去，我的孩子要出生在别的地方；尽管它在我的身体里面又踢又扭的，像个小恶魔，但是我不能不爱他；尽管这是埃克森·马特的儿子，我担心肯定是儿子，但是我还是忍不住爱他——因为这就是一个女人的天性。

但是我没有逃离的勇气，因为我知道如果抓住了我，他会严厉处罚我的；我越来越臃肿的身体很笨拙，因为我的四肢都瘦了，缺乏肌肉。在虚弱中，我现在都羞于透露，就像做一个狂热的梦，我竟然当时还存有最荒诞的幻想：埃克森只不过是考验我，就像关于“耐心的克里塞尔德”的那个古老的中世纪故事，我们曾经不得不在学院的英语课上读中世纪英语翻译过来的东西。认为埃克森可能希望确定我是否十足地爱他，或这感情很肤浅，只是为了兑现我对他的誓言……在这种时候，我似乎听见用嘶嘶的声音说着的那些话，亲爱的安娜贝尔！美丽的安娜贝尔！从一个失落的世界升起；而这些，在我狂热的幻想中，正是我如此渴望重获的东西，我宁愿出卖我的灵魂，或用它疯狂地交易——再交易一次！然而，这也只是愚蠢的想法，在真实的外部世界并没有实际意义。

在那个世界中，我实际上是最可怜的；开始出现严重的妊娠反应，每一个有关症状都出现了：早晨呕吐，肚子臃肿，脚踝肿胀；鼻窦感染和支气管炎，就像肠胃感冒一样向我大肆袭来；仅仅伺候那些醉酒的痞子混蛋就是一种折磨，令人筋疲力尽；因为说不定哪个男人很“偶然”地用胳膊肘猛击我的肚子，或者用酒瓶子或椅子连续撞击我；这引发了许多的笑声。只是看到那些男人以兽性的贪婪吞食食物，毫不犹豫地吃生牛排，血从他们的下巴滴下来……（这“人肉三明治”是宫中最受欢迎的一道菜，切得厚厚的牛排夹在两片粗糙的面包中间）随着我的妊娠反应越来越强烈，这种野蛮举止使我越来越多地出现一阵阵恶心、呕吐，所以别人很讨厌我，我也讨厌自己。漂亮的安娜贝尔！——美丽的安娜贝尔！——滚开，躲起来，你真令人**讨厌**。这样嘲讽的话在我晕眩的头脑中回响。

我被放逐到阴湿的地窖，这是一个巨大的洞穴状的空间，像一个山洞，在垃圾、污水、老鼠和其他害虫成群的地方，我发现还有很多和我类似的劳动者；我们的任务之一是把过多的污水舀出化粪池，并运到离这座房子 1/4 英里处的森林峡谷；我们的任务是连续灌装水桶，然后连续排空水桶，一小时又一小时，日复一日，处身在最令人恶心的气味和环境中；在几分钟的休息时间内疯狂地吃东西，吃的是那些烘烤的劣质面团，和厨房剩菜；就在我们辛勤劳作的恶臭的地窖里短暂地睡一会。每天十六个小时的卑贱劳作——接着十八小时——二十小时——因为秋天的雨瓢泼而下，污水池水位增加，宫殿面临洪水淹没的危险；整天都在进行这样的劳动，而且受到埃克森·马特的死亡威胁，因为他不能忍受“兵变”。我肯定是我们这些地窖里可怜的成员中最弱的，我们被迫爬行，因为在那里我们不能直立行走，并且锯齿状的石头天花板很低，我们不得不像蛇一样趴在地上扭动……这时，我有了这个严峻而明智的想法：这是你的地狱之洞，而你自己找上门来的。

然而，也许正是这个最终的羞辱最后起了作用；因为不久后我就想到，如果的确如此，我自己把自己送到了地狱之洞，那么如果我有勇气，我就能让自己离开；在所有的时间里，我都脸朝下俯伏在地，臃肿的肚子贴在地上，周围是肮脏的污泥、煤泥、污水，和内脏，不排除很久以前死去的其他仆人的骨头。我有了一个新的想法，如果我脱离了地狱之洞，我会用我的生命来解救我的受苦受难的同伴，这使我很震惊，这个想法似乎不是从神那里来的，而从我自己的灵魂深处，我自己的呼声。

逃离沼泽王国唯一的可能性是如果我的同伴不举报我，他们显然没有；尽管恳求我说，在夜晚碰巧能够爬过一种洞穴，或隧道之类的地方到达宫殿外面，然后趁着最苍白的月光穿过沼泽森林，这“太危险”了；这是纯粹的运气，当我被驱逐出宫殿比较好一点的区域的时候，埃克森·马特此时丝毫也没注意到我；甚至可能是，埃克森·马特此时又带了一位新娘来到了沼泽宫，而我不知道。于是，在一个寒冷的雨雪交加的夜晚，我出发了，与其说是绝望，不如说下定了决心。我不知道是几月份了；甚至不知道是哪一年；因为在沼泽王国，时间不是像我们所知道的其他地方那样存在。于是——不管怎么说——我回来了——第二天的黎明过后，我开始识别出我周围的环境——用惊奇的眼光看着普林斯顿外面的群山，现在已经覆盖着极为耀眼的白雪了。

听到一个遭受如此厄运者的这些可怕的话，你就会忍不住感到反感，因为罪恶、退化、兽性之深，甚至因为你的安娜贝尔堕落的程度之深而更为反感。但我的祈祷是，你将在你的心中原谅我，也许有一天会再爱我；让我，和我即将出世的宝宝，在庄园里避难。

后记：始祖鸟

如果具有科学和自然主义爱好的读者知道下面的事实，他们可能会感兴趣，就是，在安娜贝尔沼泽宫墓地所描述的奇怪的食腐动物的种类中，至少有一种——那种半鸟、半爬行动物的动物——显然不是她谵妄的幻影，而是在美国东部某些与世隔绝地区发现的一种真正的生物。

尽管活着的人几乎无人声称见过这些可怕的鸟（它们被归类为“鸟”，因为它们能够飞行有限一段时间）——这种情况很明显，根据我曾经咨询过的大学的生物学家的说法，它们一定是始祖鸟的后代，一种已经灭绝的侏罗纪时期的“会飞的爬行动物”。这种生物今天主要是在佛罗里达州的沼泽地(它们和沼泽鸢作伴)、佐治亚的奥吉奇地区、北卡罗来纳州“阴暗沼泽”，以及，离家更近的，泽西东南部（包括十七多平方英里）的偏远的“松林”以及更小一点的“大沼泽”或“克罗斯威克斯沼泽”，在普林斯顿西部和南部几英里处。

诅咒的化身

看完了安娜贝尔·斯莱德在沼泽王国噩梦般的历险故事之后，我太累了，耗尽了所有的情感！虽然我已经读过无数次，但每一次阅读都让我更难过，而且担心我作为一个历史学家的客观性可能会受到损害。

而且我对可怜的约西亚感到极大的同情。在长达数小时的时间，他逐字照抄了这份令人心烦意乱的材料，通常也是几乎被情感所压倒，如此愤怒，以至于他的手都写疼了，手指几乎握不住笔。

如果在这本书《被诅咒的》结束的时候，安娜贝尔回家了，她家人原谅了她并且因为她的回归而颇感安慰，而且她的孩子出生了——她的孩子，而且这个孩子不是恶魔的，那就好了。

然而，不幸的是，结局不是这样的。到目前为止我已经能够确定，安娜贝尔死于分娩，或之后不久；在分娩即将结束的时候，她陷入昏迷，再也没有醒过来；在熟练的助产士卡珊德拉的努力下，孩子“出生”了——但没有活过几秒钟。

布迪诺特医生被叫到庄园，但是他什么也不能为年轻的母亲做了，她已经停止了呼吸，皮肤已经开始发冷；心烦意乱的医生签署死亡证明宣称安娜贝尔死于分娩后“并发症”。(这份证明我已经找到了，在《普林斯顿区档案》中；但我无法找到未取名字也未受洗礼的斯莱德婴儿，即温斯洛·斯莱德曾孙的任何出生或死亡证书)

安娜贝尔和她的儿子都被埋葬在普林斯顿公墓斯莱德家族陵墓，当时在斯莱德家族的安排下，普林斯顿警方通过一项特殊法令，举行了一个私人仪式，只有家人参加，禁止所有其他人参加。

据说是这样的，而且这件事也是这样被广泛相信的。

正如我所说的，《蓝绿色大理石书》里面全是安娜贝尔的话；所以，为了理解后面的混乱的事件，历史学家必须查询各种各样的参考资料，而不幸的是，这些资料中没有一个可以完全相信。

虽然一致认为安娜贝尔·斯莱德是在艰难的分娩后死在了她童年的床上，而且不久后就被埋葬了，但关于婴儿有相当大的分歧：婴儿是一个怪物，还是一个正常的婴儿？

《米色摩洛哥书》是约西亚的日记，没有包含对于这一时间的记录事项，但有几页被撕掉了，参差不齐。

约翰娜·范·戴克太太的《象牙书》用了十多页写这个话题；但是，没有克罗斯威克斯这些事件的第一手经验，而只完全依赖传闻，她的叙述的价值是有限的。这似乎是范·戴克太太的假设，不过这种说法在普林斯顿很普遍，就是说：由于母亲身体上遭受的折磨，这个婴儿是一个“早产儿”。所以这个不幸的故事迂回曲折，结局变成了范·戴克太太写的结尾。上帝保佑这些可怜的灵魂！

阿德莱德·伯尔写的《红色小牛皮书》似乎拥有多一些的信息，大概是通过八卦的朋友和搬弄是非的仆人获得的信息，或者是布迪诺特医生泄露了机密；虽然患有某种未确诊的发热，伯尔太太担心可能是早期老封昏睡病，这位病人用写得满满的大约三十页纸记录了她所谓的“**克罗斯威克斯庄园悲剧**”。伯尔太太如此着迷于她的淫秽题材，以至于当她推测这个婴儿的“畸形的本质”时，有些段落中她忘了用她通常使用的难以辨认的象形文字，而是用了英语，她从“可靠消息”听说这个婴儿是黑皮肤；是否这种“残酷本性”应该被解释为“种族混合”这一被禁止的罪恶带来的“正义暨必要的天灾”；或者这样的现象是否是一种自然的“突变”，就像连体双胞胎，或小矮人。阿德莱德最早的条目写的是“吓坏整个普林斯顿的新的、可怜的事实”——可怜的安娜贝尔·斯莱德，回到她的家庭，死于分娩，生下了一个死婴；直到一天之后，获悉“新鲜猛料”新闻的日记作者才写到，婴儿的皮肤是黑色的；直到几天以后，她才说孩子确实是一个“怪异的自然天才”，出生就有两个头和按照透视法缩短的、鳍状的手臂，以及心脏、肝脏、肾脏等某些重要器官长在身体的外面。“多么仁慈的上帝，拒绝给这样的受克星体呼吸。”(阿德莱德然后就尽情放纵自己，写一种不健康的猜测，怀疑如果她和贺拉斯有个孩子，“是否这个孩子会长成体面的人形；或者可怕的畸形，因为贺拉斯有时衣衫不整地出现在我面前，那种情况我宁愿被永远锁在疯人院，像传说中的安得烈·韦斯特太太。”)(关于韦斯特院长的妻子的这么残忍的谣言流传着，她早在二十年前就去世了。)

在前程别墅，威尔逊夫妇对于伍德罗被称为“斯莱德家族的不应得的悲剧”这件事自然感到震惊和悲痛；他一直很喜欢安娜贝尔，如同喜欢约西亚一样，认为这个年轻女子的“堕落”应归因于世俗世界日益增强的不道德性——事实上，问题出现在长老会正统性的中心。威尔逊居住在观察家轻视地称为“威尔逊博士的衬裙天堂”，和妻子和女儿们生活在一起，并且经常拜访岳母，关于女人伍德罗犹豫不决，并怀疑性的“自然倾向”包括道德和理性的深度，相当于人类的道德和理性的深度。所以，安娜贝尔·斯莱德的神秘行为似乎对他来说只是证实了一些怀疑，而且是给所有人的一个警告，就是多年的基督教的培养不能总是克服从头开始就具备的雌性生物的事实。

杰西·威尔逊，安娜贝尔在学校的朋友，对她死亡的消息深感震惊；但不想谈论这件事，也不想谈论关于“畸形的黑皮肤婴儿”的谣言，只是说：自从安娜贝尔死后，她的噩梦似乎已经减少了，为此她很感激。“除了安娜贝尔，我不会梦见——任何东西！好像安娜贝尔把我的情绪都带走了，把我留下了。”

多年来，杰西的粉红色的缎子伴娘礼服就放在前程别墅的衣橱里，一次也没有再穿过；因为这位年轻的女人真诚地相信这件礼服有诅咒，如果她要敢穿，诅咒就会折磨她。

在她的《褐色斑驳的书》中，威廉敏娜·伯尔动情地记载了她能了解到的她亲爱的朋友的痛苦磨难；首先，她记录了去看望安娜贝尔时被拒绝进入庄园而感到的失望；她记录她的担心，担心安娜贝尔可能会生病；接着，记录一些传闻：安娜贝尔疯了，并试图用过量鸦片酊伤害她和她的孩子；安娜贝尔并没有死于分娩，而是几天后，在给她的畸形婴儿喂奶的时候；那恶魔来要他的儿子，并当着斯莱德家所有人的面带走了婴儿，没人敢抬根手指阻止他……然后，有消息说安娜贝尔已经死了：开始的时候威廉敏娜不敢相信。像其他的西区居民一样，威廉敏娜因为没有被邀请参加安娜贝尔的葬礼而“困惑和愤怒”，并且陷入忧郁状态，她再也见不到她的朋友了；但是又开始梦想事实上安娜贝尔并没有死；而且有朝一日，她会很快和安娜贝尔在今生团聚。

威廉敏娜听到了普林斯顿的墓地葬礼的事情，墓门慢慢关闭的时候，约西亚突然哭起来，他的母亲或者任何人都无法安慰他；托德从呆若木鸡状态中醒来，冲向陵墓，抓门，和正在关门的服务人员摔打，生气地哭着说他的堂姐安娜贝尔不应该死，也不会死；因为托德不允许她死，托德会带她回来。

此时，在普林斯顿人中间，每一种疯狂的谣言都在流传，埃奇黑尔路的一位邻居转达给阿曼达·菲茨伦道夫的传闻最古怪，说安娜贝尔·斯莱德生的那个婴儿根本就不是人类，而是一条黑色的蛇；长着钝子弹似的头，黄玉的眼睛，长度至少为两英尺，粗粗的，肌肉发达，有“钻石”鳞片，躺在其母亲的血液中。阿曼达因为厌恶和怀疑而感到头晕；问这个丑恶的的东西后来怎么了，被告知，它逃脱了。

据报道，所有在安娜贝尔的房间里帮忙接生的人都被恐惧和怀疑震惊得目瞪口呆，吓坏了，不敢抓住那条蛇，或者用任何武器打它。“结果那个可怕的东西从床上爬下来，下楼了，爬出了克罗斯威克斯。正是看到那条蛇，吓坏了安娜贝尔，她陷入了昏迷，再也没醒过来。”

菲茨伦道夫太太喊道：“荒谬！十分荒谬，这样的谣言。”

就这样，她的邻居被制止后离开了；但会接着对其他人说：她已经讲述了那个可怕的孩子出生的事情，曼迪·菲茨伦道夫太太看起来一点也不像人们会想到的那样惊讶。

第三部
“大脑，调整至最佳状态……”

作家必须求助于医生、求助于那些熟悉人类心智的潜在悸动以及偶尔变态的人。

——查尔斯·布鲁克登·布朗 1798 年作品《维兰德》的广告词

“各种声音”

在他妹妹死后，人们普遍注意到约西亚·斯莱德“严重改变”而且“行为古怪”，但观察者们只看到这个男人的外表，不知道这位克罗斯威克斯庄园的年轻的继承人，到底已经发生了多大的变化以及行为有多古怪。

在安娜贝尔去世之前，约西亚一直疯狂地行动，到处在寻找她，并且希望找埃克森·马特报仇，可是现在他却几乎成了一个十足的隐士，和克罗斯威克斯家族的人不相往来，甚至很少同意与家人吃饭。他曾试图找到安娜贝尔被囚禁的沼泽王国，但没有成功；新泽西的地图，早期的那些地图，也没有标记出任何如此巨大的沼泽区，除了占地只有仅仅几亩的克罗斯威克斯森林里的松林和小沼泽地，而这两个地方约西亚已经探索过无数次，完全没有用。

很多时候，约西亚幻想着，伍德罗·威尔逊在大学校园里把他介绍给埃克森·马特的时候，他就已经把他杀了；当然，要不是因为他就不会做出这样的疯狂行为。

“我们的生活只能在事情过后去解释，但必须一天天盲目地度过。人类的状况多么愚蠢啊！”

整个那年的冬天和1906年的春天，约西亚的大部分时间都是把自己锁在庄园，因为自己的失败而沉思和自责；因为他是真的相信他妹妹的死都怪他，因为他没有事先阻止。在漫长的夜里，他一遍又一遍地阅读那些他认为对人性的理解至关重要，而且可能对他要采取的行动有指导意义的那些书，读了又读：罗伯特·路易斯·史蒂文森的《哲基尔医生和海德先生》、埃德加·爱伦坡的《怪诞和奇异的故事》，查尔斯·布鲁克登布朗的《维兰德》；

玛丽·雪莱1818年版的《科学怪人，或者，现代的普罗米修斯》；尤其是，弥尔顿的史诗《失乐园》以及莎士比亚的悲剧——《麦克白》、《奥赛罗》、《李尔王》和《哈姆雷特》——这些作品似乎特别符合他的情况。约西亚如此焦躁不安，以至于他很少能够连续坐半个多小时，而是不得不踱来踱去，或者冲到外面去在月光下散步；他有同时读几本书的习惯；刚刚开始阅读一本书，他马上就把这本书推在一边，拿起另一本——一会儿读西奥多·德莱塞的《嘉丽妹妹》，一会儿读杰克·伦敦的《野性的呼唤》；一会儿读从他的祖父温斯洛的书房拿来的柏拉图、修昔底德、歌德和黑格尔；一会又去读在那个书房中供奉着、无法取下来的华丽而陈旧的《古腾堡圣经》。(在这种时候，温斯洛·斯莱德就会在附近静静地坐着，观察他皱着眉头的孙子，但很少评论；因为，像约西亚一样，温斯洛似乎觉得在某种程度上安娜贝尔的死也归咎于他，因为他未能阻止它；而且，自从几个月前中风以来，这位老人已经失去了很多活力，也不那么友善了，而他一向是以此而闻名于世的，看起来就像一位忧郁不堪的人，他的生命已经被留在了身后，困在了他过去的、从前的生活和声誉的废墟里了)“你有什么问题吗，约西亚？”

“问题？什么问题？”

“关于你读的东西……你看上去好像有问题。”

看到他的孙子做鬼脸、读《圣经》，温斯洛斯莱德用善良和谦逊的声音说；因为在《圣经》中有多处不理解的地方，惹得他直做鬼脸。但是约西亚只是耸耸肩。

“我有很多问题，爷爷。但不是《圣经》可以回答的问题。”

不过，不管他的意图多么强烈，他的注意力很难集中，因为他的思想以不相容的“各种声音”不断地攻击他。

你会的，是吗？——嗯？是的当然你会的——你！

当这些声音上升到了一个絮聒不休的程度时，约西亚不得不逃离了家，进入森林漫步，或沿小路流浪；他的神经非常紧张，他不能忍受其他人的陪伴；他已经不再见普林斯顿的男性朋友，甚至都不和他们讲话了，经过无数次的被拒绝以后，这些朋友已经停止尝试与他联系。他想到皮尔斯·范·戴克在校园里的办公室去拜访他，但是他却没办法使自己踏入大学的校园。愚昧的男大学生让他感到急躁和轻蔑，而智慧和严肃的大学男生则让他感到嫉妒和对自己已逝青春的向往。

约西亚尽可能地避免见到拿骚街上的忙碌的情景。因为他不无道理地认为，当他走在人行道上的时候，人们的头在他的身后转过来；怜悯，同情，然而也带着残忍的满足感。

那是其中一个吗？——斯莱德家人？

认为他们会羞于抛头露面……

以前，在米考伯书店，约西亚喜欢在那种愉快的恍惚中浏览群书，挑出来一大堆购买；现在，他鬼鬼祟祟地穿过各个过道，搜索着那种可能一下子抓住他的想象力，他必须马上拥有，而且马上阅读的某本特定的书的书名，就像他的生命都系于这本书上。所以，在最近几周，约西亚冲动地购买着各色各样的书籍。马克·吐温的《傻瓜威尔逊》中尖刻的小小的反讽正好符合他的异想天开的想法，尤利西斯·S·格兰特的《个人回忆录》对他来说则似乎是坦诚、无所畏惧，但郁郁寡欢的记载；终于，哈丽特·比彻·斯托的《汤姆叔叔的小屋》引起了约西亚的同情和愤怒的情绪，最终使他认定，在历史上，“白色”美国人的责任就是要建立一个“黑色”美国人能够作为平等的人自由自在生活的社会。

一本薄薄的书，约西亚以前订购的，现在他来取了，满怀期待——艾米丽·狄金森的《诗歌》。约西亚看到，自其1890年出版以来，这个大多是短诗的小册子已经有了几个版本；他手里的那版已经于1896年出版过。然而，除了威廉敏娜的评论，约西亚从来没有听说过关于这位女诗人的任何只言片语，所以一直怀疑他是否应该购买，直到在回来的路上，距离克罗斯威克斯约一英里的地方，他一页一页地翻看着，被一个不寻常音色的“声音”震撼了，一个绝非他已经听到过的人的声音：

要讲全部真理但不必直截了当——
成功倚仗循序渐进
我们脆弱的激情经不住耀眼的光芒
真理实在是惊心动魄

好比孩子对闪电的惊恐
要慢慢解释才能安抚他
真理必须逐渐展现光芒
不然人人都会目盲——

“如果我会被‘各种声音’缠住，那么被这样的一个声音缠住是多么明智啊！”

然而，很多时候，约西亚觉得他必须逃离克罗斯威克斯，逃离普林斯顿；不要坐火车（在火车上他会遇到其他的普林斯顿人），而是坐汽车到纽约市，走在街上，惊叹着人来人往，那些人中许多似乎是移民，说着他完全陌生的语言。虽然约西亚有亲戚和朋友住在派克大街上的豪宅，但是，俯瞰着第五大街上的中央公园，他一点都不想去联系这些人，而是更喜欢沿着鲍威尔街拥挤的街道漫无目的地走，就像它是以前被叫作的——很久以前，一片青翠的荷兰农场；同样吸引他的是曼哈顿西区拥挤的街道，露天的“新鲜农副产品”市场和肉类包装区濒临哈德逊河，服装区，“鲜花”区，贫民区的一排排富有阶层的出租房到处都是人，就像蜂箱里装满了的蜜蜂……只要穿过像第五大道，第六或第七大道，那样宽的街道，或者是那条被恰当命名的、令人眼花缭乱的歪歪斜斜的百老汇大街，在这些街道上，各种交通工具在标示不清的车道上朝着两个方向疾驰着——马拉的货车，马拉的消防车，四轮马车和出租车；各种机动车不断地按着刺耳的喇叭，加入到里面，加剧了混乱的局面——就像想到战争一样，约西亚的血液因为挑战而沸腾。货运卡车和消防车的司机们猛地向前冲进慢车道，根本不顾那些喇叭声和行人的尖叫声；反而更加使劲地鞭打着他们的马，就像在拥挤的道路上本来应该谨慎行进的是这些马。约西亚几次差点被疾驰的马撞到，还有一次差点被一辆黄铜装饰的汽车撞到。那辆车就在离他几英寸的距离开过去了，车上穿制服的司机只是瞥了他一眼，好像斯莱德财产的继承人和一个不幸的街头恶狗一样无足轻重；但是，他最危险的时刻是由四匹不配合的马拉着的一辆消防车，为了避免和横冲直撞的货运卡车迎面相撞而冲出了街道，冲上了拥挤的人行道。惊魂不定的约西亚冲着司机大叫：“你他妈的！在街道上赶车！”——但在几秒钟内，消防车突然向前冲去。愤怒来得快，但怒火平息得也快，因为约西亚看见了曼哈顿街头的喧嚣吵闹、丰富多彩和缥缈无踪。

尽管在普林斯顿的时候约西亚很少笑，他经常发现自己在曼哈顿的时候却不由自主地面带微笑，可又对这种毫无人情味的热闹场面和莽撞无礼的精神状态感到困惑不解。

这个世界是多么辽阔、多么神秘！新泽西的普林斯顿是多么狭小、多么土气、多么虚幻；大学是多么远离粗犷的活力、远离粗鄙庸俗以及异域风情，就像一座魔法岛，似乎漂浮在刚刚浮出地球一点点的某个地方。特别是，曼哈顿的书店和米考伯书店大大不同，书籍和高品质的期刊非常讲究地搁置在书架上，在书架后面的特殊玻璃箱里放着售价很高的第一版本和古籍。跟百老汇的一家繁华的大商店比，这家商店更像是一个小仓库，而不是一个书店。约西亚购买了林肯·斯蒂芬斯饱受诟病的《城市的耻辱》，这本书在米考伯是不卖的，还买了几期印刷粗糙的名为《诉诸理性》的社会主义杂志，这本杂志他从未见过，其标题吸引了他。“因为这是我们唯一的希望——诉诸理性。”后来，坐在联合广场上，无视四周的喧哗，约西亚开始阅读《屠场》的选段，讲述的是芝加哥的屠宰场和肉类包装的肮脏的条件，用的是一种体会极深的、甚至是亲身经历的方式写的，这令约西亚很着迷，甚至是让他作呕的地方都令他着迷。

他愤愤不平地想着——这样所揭发的事情是真的吗？小说中的那个富有而又没有节操的芝加哥肉类加工商“达勒姆”好像只是稍加掩饰的J. 奥格登·阿默。

想着，“但是阿默一家是我们的朋友。他们是我的祖父母和我父母的朋友。阿默一家自己意识到这一点了吗？”

约西亚在大学的时候就已经认识这个有教养的普林斯顿家族的儿子了，他不敢相信他们与这个家族的芝加哥那个分支，就是J. 奥格登·阿默为首的那个家庭，有什么直接的关系；当然，尽管他们拥有那个繁荣发展的公司的股票，就像也许斯莱德家族拥有其股票一样……两年前，芝加哥发生了大规模罢工，在此过程中雇佣了成千上万的黑人罢工破坏者来代替罢工的工会工人。当时，约西亚一直在西部旅行，很少看报纸，或关心“新闻”。现在，在《诉诸理性》中读着这些，他很惭愧自己竟然如此孤陋寡闻。

普林斯顿的斯奈德家族与普林斯顿的阿默家族都是西区的显赫之家，因此历来是盟友和朋友。安娜贝尔曾经是埃勒维兹·阿默的同学和朋友，这是一个小圈子，包括威廉敏娜·伯尔。蒂莫西是阿默家的一个儿子。在约西亚是普林斯顿大一新生的时候，他已经是一个高年级的学生了。他在帮助约西亚争取获得了当初约西亚曾对之嗤之以鼻的常春藤的珍贵的邀请函这件事上立了汗马功劳。约西亚想去考虑一下，阿默家族对于《屠场》的反应是否会类似于自己的。

然而，在继续阅读的过程中，在阅读其他的社会主义者杂志报道的问题时，约西亚越来越感到震惊和恶心。那些工人工作在那样的条件下，酷似他亲爱的妹妹安娜贝尔在沼泽宫的地窖的经历，令人无法容忍；那么穷，被困在经济的困境中，甚至生病的人和受伤的人都不得不返回正在扼杀他们的工作条件中：肺结核，风湿，“布朗肺”和血液中毒，以及由于意外事故而造成的每一种身体伤害，因为鲜血和内脏使得屠宰场的地面异常光滑，因而事故频发。最可怕的是肥料室和“蒸汽箱”室，约西亚读到，工人有时滑进沸腾的水缸里，在几秒钟内就融化了，然后被作为“达勒姆的纯板油”送往世界各地！（阅读了厄普顿·辛克莱在著名的第九章里面所曝光的内容之后，约西亚不得不合上了杂志来平复心绪。）

“会是这样吗，我无意中吃了一个人类同类的一部分？在克罗斯威克斯，在我们的晚餐桌上，我和我的家人已经成了食人族？”这种想法如此可怕，在那一天剩下的时间里，约西亚无法让自己吃东西，甚至面包和奶酪也吃不下。

各种声音！像来自地狱的穷追不舍的猎犬发出的声音。

约西亚现在很少去教堂做礼拜。而且，即使他去了，他也拒绝坐在教堂前面斯莱德家族的座位，因为，透过别人的眼睛来看待他自己的那个斯莱德自我，他觉得对此深恶痛绝，那种特权意味着同等的耻辱。所以，约西亚偷偷溜到第一长老教会，希望没人能发现他，甚至连他自己的家人也不能发现他；他溜进教堂后面的座位上，突然感到一阵悔恨，把脸藏了起来。

他悔恨自己没能够杀了埃克森·马特，也悔恨自己没有发现作为巴亚德中尉的未婚妻的妹妹有多不快乐。

他甚至没有在教堂的环境下进行过一次公开的祈祷；也没有请人为他做过私人祈祷，考虑到世界上的数百万居民，他不明白造物主怎么可能了解他们中作为个体的任何一个人；他更不能理解造物主为什么要了解。他早就放弃了理解他的祖父温斯洛的将信心和智慧相结合的希望，这一结合使得温斯洛·斯莱德成为如此受到崇敬的人物——在他那类人中间。

约西亚几乎从来不听温斯洛的继任者菲茨伦道夫牧师的布道，他竟说些《圣经》里大家最熟悉的和最陈腐的论点，而且向会众说话的语气就好像他们确实是羊群，约西亚陷入一种惊奇的遐想；变得脆弱的声音与他高声嘲笑的声音和自己的祈祷的声音混合在一起，像洪水一样向他涌来，令他无力承受：我们在地狱中的凶恶的父，你的该死的名，你的该死的王国，永远**阿门**。

才女妖妇

约西亚！我是你的朋友，请你在能够来的时候来我这里。或者在你希望来的时候。求你了！——威廉敏娜就这样自己对着自己喃喃自语着，演练着令人兴奋又说不出口的那些话，同时在镜子里调整着自己新买的“宽边”软帽，或在苦苦地扣着她那件洁白的棉布水手衫那紧袖口上的纽扣时，或者准备那个将带进城里在罗伯特·亨利的课堂上要用的繁琐的作品集的时候，她都在喃喃自语。

充满渴望，但任性固执的威廉敏娜·伯尔小姐！

1906年春天，令家人忧心忡忡的是，她开始在洛基山女子神学院做女教师，讲授艺术、演讲和艺术体操。这所学校就在普林斯顿城外，位于通往新不伦瑞克的老国王路上；因为伯尔家族认为这件事有失身份，真令人尴尬难堪，他们刚刚进入社交圈的女儿竟然想要“工作”，更别说还要和中产阶级家庭的女性（那些老处女）在一起了，这更糟糕。

然而，更令伯尔家族震惊的是，在威廉敏娜坐早班火车进城的那些不同寻常的日子里，她竟然沉迷于“狂热的，如果未受过指导的”对艺术的兴趣。

因为威廉敏娜以自己特有的固执而喜不自禁，如果必要的话，她或许可以自食其力，不依赖所有的伯尔家的人。

“否则，我就不得不结婚。如果我不为爱结婚，我就要为钱结婚。我不愿意。”

这样，威莉相信自己是知足的。或者认为她应该知足。因为在她的人生的这个新阶段，她的生活已经发生了变化，男人们已经开始对她感“兴趣”

了，而以前他们不是；只不过，这些人没有一个很理想的。当然，他们当中没有一个是约西亚·斯莱德。

事实上，这些人的注意力已经令威廉敏娜担忧了，而且没有人们可能希望的那样令人愉快。

比如说：她遇到英·冯·葛奈斯特伯爵——关于这个人，威廉敏娜根本就不想去考虑。

“一场误会。一个不幸。再也不会了!”

在这个被激怒了的年轻女子的左手腕上，还留着伯爵的强有力的指痕——看起来就像铁虎钳的印记。她现在依然保留着那个男人咧着大嘴露齿而笑的记忆。还有那双阴森森的黄宝石色的眼睛。再也不会了!

然而，作为一个有同情心的传记作家，我是否可以暗示，这个直言不讳的年轻女人并没有她自己想象的那样天真?

因为看起来好像有一个狡猾的女魔头在通过威莉严肃的棕色眼睛向外窥视，这个女魔头用自己的笑容扭曲了威莉的笑容；一抹漂亮的绯红进入她的脸颊，和男性在一起的时候不请自来；即使她因害羞而没表现出的那种最天真妖媚的样子，因为害怕被误解。尽管威莉把蓬松的头发从脸上拢到脑后，梳成了一个女教师的发髻，而且威莉已经把她的脸擦洗得闪耀如滑石，以质朴的样子来挑战人们的看法，可是，她已经成了惹起“回头率”的人物。

由于非常在意自己在金士顿的女子学校做女教师的时光，威莉穿着有高高浆硬领的紧袖白色棉外套，以及宽松，而不是“捆得很紧”的裙子；虽然讨厌被窒息的感觉，但是威莉还是每天早晨给自己穿上那种使前身平坦的带有长长的肩带的紧身胸衣，给她的那身柔软而有弹性的肌肤穿上一身铠甲。(无意中，威莉的紧身胸衣打造出来的身材吸引了羡慕的目光，因为，即使身材都掩盖在她那条极其宽松的裙摆下面了，她还是显出了与众不同的匀称身材，美极了。）威莉对过于复杂的发型和带羽毛装饰的宽边帽子嗤之以鼻；除了手表和一个天鹅形状的微型象牙胸针，就是她的婶婶阿德莱德最近给她的那个传家宝，（虽然是在彭布罗克的时候她的叔叔贺拉斯·伯尔给她带来的。）她也不戴其他任何首饰。她的长筒袜是薄薄的黑色羊毛或棉布的，她白天穿那种带有普通黑色纽扣的黑色皮鞋。然而，尽管如此，她的举手投足中、在她的搔首弄姿中，更主要的是在她的目光的偷偷扫视过程中，仍然有某种隐蔽的、淫荡的东西。还有什么别的原因能使普林斯顿男人那样注视着她呢？何况他们中的一些人是人尽皆知的幸福的已婚男人。

“这一定是我的错。这是某种新的东西，可是——是什么呢?”

一个星期的时间内，威莉就收到了很多人主动提供的、令人讨厌的而且令人为难的关注，包括健壮的、人到中年的考普尔斯通·斯莱德，沉默寡言的汉密尔顿·霍吉，大学的行政长官伍德罗·威尔逊博士以及神学院的牧师撒迪厄斯·沙克尔顿，甚至还有患了中风的格罗弗·克利夫兰。司机把密封好的各种情书送到她家，还有几个从著名的汉密尔顿珠宝商店寄来的包装精美的包裹；还有那么多的埃德蒙甜美糖果店寄来的包裹——巧克力、小糖果、黑色森林德国大蛋糕，甚至还有软心豆粒糖。(软心豆粒糖！威莉感到困惑，谁愿意吃这样幼稚的糖果，自从她十六岁以来，她就对此没有丝毫的兴趣了。)鲜花当然是最受青睐的礼物：其中包括几十朵从银行街花店买来的长茎玫瑰，再加上栀子、百合、雏菊和丁香，以及盆栽兰花。即使在威廉敏娜被称为伯尔小姐的神学院里，她也收到了这些女孩塞到她手里的不应当写的信件，这让她非常尴尬，而她在那所学校一向以让学生们好好学习而闻名，另外她对少女的那些愚蠢的行为毫无耐心；对于拒绝接受礼物她毫不手软，甚至包括一个女孩满怀感激之情的父母出于“无私”的原因而送的礼物。

威莉不情愿地打开一封一位绅士写来的意想不到的情书，称呼语就是陈词滥调——*我的亲爱的倍受仰慕的伯尔小姐，亲爱的美丽的伯尔小姐*；她不耐烦地略过了那部分爱情声明书，声明是用措辞微妙的男性辱骂语言很委婉地表白的，接下去看落款，或者，正如经常发生的那样，没有落款。

“这是一种病，鼠疫。但是，怪谁呢?”

当这些讨厌而多余的关注最初开始的时候，也就是在1906年初春的某个时候，由于人们对安娜贝尔·斯莱德的丑闻和悲剧的兴趣开始渐渐减弱，也看不见安娜贝尔的“野蛮孩子”了，威莉的确感觉到了一种少女的快乐，这令她很羞愧。这些都不是她的母亲所希望她在曼哈顿奢华地初入社交界以后得到的关注，但是这些关注看起来是发自肺腑的，而且是热情洋溢的。这不足为奇，我们也不应该就此对威廉敏娜·伯尔小姐严厉指责，不能指责这位年仅二十一岁的年轻姑娘会被这些男人的关注弄得飘飘然；她也许把那些来自已婚男人的关注仅仅看成是游戏而已，不是认真的。也许这样的关注在普林斯顿是司空见惯的，只不过她不知道而已？

她用一种挑剔而又渴望的神情端详着镜子中的自己："可能吗？'威莉'竟然漂亮？而且他会注意到这一点——最终？"

对威廉敏娜来说：所有这样的男性的兴趣都只是约西亚·斯莱德对她感兴趣的前奏，她仍然痴迷地想着他。

在她最甜美的梦境中，她感觉到了约西亚的嘴唇——温暖、霸气而又温柔——压在她的唇上；几个月之前在花园空地上的冲动的吻对她来说仍历历在目，仿佛就发生在前一天。从这甜蜜的梦中醒来，她会大声哭泣——是因为快乐还是悲伤，她不知道。

因为威莉已经从许多渠道获悉，自从安娜贝尔死后，约西亚一直在逃避生活。对她来说：他就像一个修道士、一个忏悔者，因而极其令人仰慕。她绝不会苛刻地将约西亚·斯莱德评价为一个想玩弄她的感情的人，就像她从来没有苛刻地评价过安娜贝尔，她最亲爱的朋友。

虽然收到这么多的贺卡和礼物会令威廉敏娜受宠若惊，但是她知道她必须忽略这些卡片，并且在可能的情况下返回这些礼品。（可是，一个人怎么能够返还鲜花呢？威莉留下了那些花，花园的空地上于是到处都是鲜花的美丽和芬芳，客人笑着说：一个人很可能在这样的环境中想入非非。）那些匿名送给她的礼物也不可能返回；或者拒绝据说是她的姑妈阿德莱德一定要她的贺拉斯叔叔转交给的那枚做工精致的传家宝胸针也是不可能的。

（阿德莱德送给她的胸针竟然没有附上一封短信，这让威莉觉得很奇怪。贺拉斯认为非常有必要在一个星期日的下午，没人在家的时候，把胸针当面交给她，他解释说：这枚古老的胸针太宝贵了，不能交托给一个送货员。）"但是——阿德莱德婶婶好吗？她是好，还是——不怎么好？"威莉问她那位粗壮的、留着胡须的叔叔，后者带着悲伤的微笑告诉她说："不太好，威莉，恐怕。有些日子可怜的猫咪好像都不是完全清醒的。"）

然而，随着一周又一周过去，威莉开始被这样的"关注"弄得心烦意乱

——那些追求她的男人中，大部分的年龄越来越大，而且已婚，而且因为某种必然的原因而令人厌恶不已，她就更是心烦意乱。

女性的行为和男人的行为一样令人烦心，有过之而无不及。

例如，在埃德蒙甜品店遇到威尔逊家的三个女儿，威莉露出了她最友好的笑容，并且邀请那三位年轻姑娘坐在她的桌子旁一起喝些茶、吃些蛋糕；但是，老大，玛格丽特，毫不客气地摇头予以拒绝，杰西和埃利诺则紧张地婉拒；好像说是他们的父亲在等待她们从药店办完事回家，而且她们来这里只是购买一些小蛋糕，在路上吃。此后不久，有一次，威莉碰巧在米考伯遇见了约翰娜·范·戴克太太，这位一直非常通情达理和热情友好的太太竟然也皱着眉头转身离开；克利夫兰太太，穿着貂皮大衣，戴着貂皮帽子和手套，穿着高统羊皮靴，显得丰满、迷人，可是，在帕默广场，她竟然也这么残酷地“切断”了威廉敏娜年轻的微笑，可怜的威莉震惊得险些晕倒。

而且，在以后的日子里，威莉也受到霍克太太、摩根太太、派恩太太、阿默太太和她的女儿埃乐薇姿的冷拒；甚至一直是她的朋友的曼迪·菲茨伦道夫（关于此人各种不祥的谣传开始越来越多）也如此。想想，*噢安娜贝尔，如果你能帮助我多好啊！我都做了些什么，我能做些什么来弥补？*

最令威莉苦恼烦心的事实是：自从那次突然亲吻之后，约西亚·斯莱德再也没有顺道来看她，甚至没有联系过她。好几次她觉得她看见了他，在普林斯顿，但在远处；显然，她不想追他，不想冒险再次受到冷落。有一次，令她惊讶的是，她确信她看到约西亚正沿着第十四街和第五大道交汇处的一条拥挤的人行道前行，在纽约艺术学校附近，这是她的目的地；还有一次，威莉抑制住了去追约西亚并且呼喊他的冲动——“因为在曼哈顿，也许约西亚不想和普林斯顿的约西亚·斯莱德搅在一起。”

“是的！这开始让人伤脑筋。”

威莉叹息着打开拉维克定制礼品店寄来的一份小礼物，盯着盒子里面看，似乎是一个金项圈，中间是一个方形的钻石装饰。未署名的卡片上写着一串奇怪的话——

邮至：残酷、美丽的才女妖妇

寄自：一个对她不存有任何悖逆情感的人

感谢她在爱情的折磨中带给他的一切

你的忠实的追求者

多么漂亮的金项链；然而，多么可怕，完全像一个狗项圈。

而这个笔迹？虽然比正常的要模糊和潦草，试图进行笨拙的伪装，但是，威莉肯定她认出来了，她深吸了一口气，那是她的叔叔贺拉斯·伯尔的笔迹，她父亲的弟弟，可怜的猫咪的丈夫。

玻璃猫头鹰

在整个普林斯顿，人们开始议论，在斯莱德家族充满了悲伤和纷争的日子里，男孩托德，就是考普尔斯通和莱纳拉的“白痴”儿子，如何出现了一个意想不到的变化；变化主要不是在于他的外貌，而是在于他的行为。相对于他的年龄来说：托德长得很年轻，身材细长、强健，双目有神。

很奇怪的是，托德似乎已经自己掌握了阅读和写作的基础知识，而多年来他的老师和家庭女教师对此已经绝望了。

自从他心爱的堂姐安娜贝尔死了以后，托德不像以前那样让家里人烦恼了；他不再那么频繁地招惹考普尔斯通生气，或惹他母亲流泪。尽管以前只要看到书就很可能使他大闹一场，除非是一本儿童画册，现在托德能在惠特希夫图书馆一待就是数小时，这个图书馆他父母两个人都不是经常去。

当然，托德的笔迹很幼稚，根本不像一个十二岁的普林斯顿小学生的字迹，而是介于手写体和“印刷体”之间，而且这个男孩要付出巨大的代价才能够完成。他拼命地专注在这件事上，以至于额头上的汗水闪闪发光，手指有时握铅笔握得太紧了，都弄断了。一天下午，和他妈妈一起去拜访克罗斯威克斯庄园时，托德一个人躲到客厅的一个角落写东西，费力写出来的字母看起来就像哥特人的字——

哇某欧五 一万亩科特 欧姆诺某咪咪爱

——没有人能读懂；直到，碰巧，伍德罗·威尔逊顺道拜访斯莱德博士，有人把这幅奇怪的印刷品拿给他看，他倾斜地拿着纸，直接就读了出来——

爱可以征服一切

——这让托德很兴奋。

所有人是那么的高兴啊！——托德第一次写的东西。

而且伍德罗·威尔逊，这位普林斯顿大学校长，真是太好了，他花时间去解读孩子写的东西，还很亲切地对他讲述自己的童年，讲述他本人在读书和写字时遇到的各种困难。"事实上，我不能像别人一样理解单词意义的时候，我的家人当时也认为我'懒惰'。我不得不难为情地承认，至少我在你的年龄，托德，才会轻松地读书。我一直是个差学生，在普林斯顿读本科时表现平平，以至于大学毕业时全年级第五十名，我不知道是否应该隐瞒还是透漏这一事实，这样让其他的男孩子们可以从我的例子中树立信心。"看到托德·斯莱德在全神贯注地听他说话，而且用那双诡异的黑眼睛盯着他，威尔逊博士说："我要告诉你一个秘密，托德——看似一个诅咒的事情可能是一个福分。因为我们中那些开始以'障碍'开始生活的人要比那些发现学习很容易的人勤奋得多；所以，随着比赛进行，我们通常领先。"威尔逊博士的蜡黄的皮肤因内心的激情而闪耀着。

"'比赛'——就像赛马吗？你是一个赛马的骑手吗，威尔逊先生？"

"不，托德！我的意思是比喻。'赛跑未必快者赢'——这是一个古老的说法。"

"但——是赛马吗？还是仅仅步行？"

"哪个都不是，托德。对不起，把你弄糊涂了。"

"威尔逊先生，你为什么不知道是赛马还是赛跑？你参加了哪个？"

"我想是赛跑。"

托德用批评的眼光看着威尔逊博士的脚，脚上穿着紧紧的黑色鞋子，整齐地系着黑色鞋带。

"一场比赛，"威尔逊博士说，有些激动，"永不停止，在比赛者的跑道上设置一切障碍物，这样，当胜利来临的时候，就会感觉更加甜蜜。"

那天晚上，全家人在惠特希夫已经安顿下来，都在睡觉，托德突然兴奋地喊叫起来，把大家都吵醒了。

原来，那个不安分的男孩子只是假装睡觉；他会坐在他的小办公桌旁，只点一盏灯，在一张张纸上绝望地乱涂乱写，他自己甚至都不知所云。当他的母亲赶到他那里时，他告诉她有一个“启事”通过他的指尖传达给了他，他会将其记录在纸上；但这个“启事”被困在他身上的某个地方，出不来。

托德不知道为什么，但他知道迫切需要警告巷子对面的克利夫兰太太，还有斯特拉肯恩夫妇、范·戴克夫妇以及安娜贝尔的朋友威廉敏娜·伯尔，告诉他们会有非常不好的事情很快发生，他认为是在伯尔小姐教书的洛基山神学院。

奥丽埃纳被唤醒了，在她哥哥身边发抖；好像这个小女孩也梦见了非常糟糕的事情。

“托德！奥丽埃纳！你们真不是好孩子，这么晚了还不睡觉！”——莱纳拉这么喊着，心里却充满了恐惧和沮丧。

托德坚定地站在那里；奥丽埃纳则开始哭，可怜兮兮地，莱纳拉不得不搂着这个孩子，并安慰她说一切都会没事的。

莱纳拉急忙叫醒丈夫，告诉他事态的发展，但考普尔斯通对她毫无耐心。

“托德说我们应该警告这些人。至少——我们可以警告威廉敏娜。”

但急躁的考普尔斯通认为没必要。“有足够的荒谬的谣言在我们周围流传了，不用再自找了。你会让我们闹笑话的。回去睡觉。”

就这样，什么“警告”都没有发出去。历史学家们忍不住推测，如果托德的父亲对于他的预感没有那么不屑一顾的话，那么，对威廉敏娜的生活会产生什么影响呢？

第二天整整一天的时间里，两个孩子仍然在一起，不过老老实实的了，在瑟瑟发抖。托德能够容忍比他小很多的年仅九岁的妹妹在身边，这可不是他一贯作风；然而，这一天，他似乎很同情她，因为她看起来孤独无助，能够且很害羞地告诉他，安娜贝尔在她睡梦中来看她了——“她很漂亮，像从前一样。她对我说：‘奥丽埃纳，这里有你的一个地方——你必须来找我！’

但当我尝试着去的时候，我没办法去——好像有扇门挡住了去路。”

“安娜贝尔在天上，奥丽埃纳。你不能去那儿。”

“不，我能去。安娜贝尔是这么说的。”

“你不能。”

“我能。”

“我说过了，你不能。”

说到这里，奥丽埃纳开始哭了，好像她的心已经碎了。

如果克罗斯威克斯，像温斯洛·斯莱德所接受的那样，是个被诅咒的家园，那么，邻近的惠特希夫显然也被厄运所诅咒了。在过去十八个月里，考普尔斯通越来越沉浸在一种方案中，即一些南美国家以及古巴、海地和波多黎各将在一家（未命名的）美国公司的赞助下建立一个军事和贸易联盟，这在他的商业生活的圈子里已经是一个公开的秘密；首要问题是，正如考普尔斯通和他的同事所悲叹的，“小猴子抵抗被文明化。”

考普尔斯通试图直接向西奥多·罗斯福请求（私下里）支持；但罗斯福却在别处从事其他政治斗争。

而且，无可否认地，虽然莱纳拉肯定不知情，但是谣言已经传开了，就是考普尔斯通曾多次被发现开着他的温顿汽车出现在普韦尔地区，车里有一个比他年轻二十岁甚至更多的虚弱的年轻漂亮女人，在西区从来没见过这个女人，长着苏格兰人的红脸颊，穿戴时髦得体，超出了她的身份。

被诅咒的家庭，难道他们不是吗！在他的思想完全陷入其他的事情时，约西亚嘲笑的声音向他袭来，常常突然出现——这些家庭应该全部付之一炬，从而净化普林斯顿。

托德对于他成年亲属的成见根本不在乎，而是继续他的“研究”，几乎是独立进行的；莱纳拉匆匆忙忙地给这个男孩聘请了一位年轻的男老师，遭到了他的坚决反对，老师几次课之后就辞职了。虽然经常单独一个人，托德没有显得孤独；他穿着厚重的外套和靴子在惠特希夫庄园到处走，活像一尊到处移动的极其神秘而又逼真的人与动物冰雪雕刻，而且经常一次就“消失”几个小时。当莱纳拉喊他，并派仆人来找他的时候，会发现托德在雪地上的脚印戛然而止，好像这个男孩已经飞了，或者被一只大爪鸟从地上抓走了。长着巨大爪子的鸟。后来，人们发现托德已经越过惠特希夫十二英尺的石头墙逃走了，徒步走到了一英里远的普林斯顿墓地，去看他的堂姐的坟墓。

我注意到安娜贝尔·奥丽埃纳·斯莱德（1886－1906）的墓上刻着这些字——**疼痛是我的一部分，耶稣我的救主**。

在这下面是一行简单的字——**斯莱德家宝贝**（1906）。

回到家，托德沉默了，沉思着；接着很烦躁、不安；当莱纳拉试图安慰他的时候，他突然爆发了，因为他的堂姐而极度痛苦，说：“托德不会原谅安娜贝尔把他一个人留下，然后去山上那地方，把门锁上，不让他进去。托德想要炸药，把门炸开！”

有一天，在冬末，安娜贝尔的葬礼后八周左右，托德在惠特希夫后面的一个高大的冷杉树下发现了一个玻璃猫头鹰。他当时一直在用一把玩具铲铲雪，想再堆一个栩栩如生的雪人，就在这时，玻璃猫头鹰在他的脚下闪烁了一下，他把猫头鹰从冰雪里撬出来，在冬日明媚的太阳下察看着。

这只猫头鹰有着惊人的美丽，做工极为细致，一个谷仓猫头鹰的大小，用了有暗影的乳白玻璃，玛瑙的眼睛。每一根羽毛都是不同的，甚至在这个动物竖起的耳朵里面都是柔和的羽毛。尤其是那些锋利的爪子，活生生的。

“你怎么知道托德会找到你，猫头鹰？你能够看透雪吗，猫头鹰？”

这个孩子将这个奇特的东西拿回家给仆人看，非常兴奋，因为他认为这个东西一定是个“好兆头”；而管家和厨师则认为这个东西一定是厄运的前兆——也许因为托德·斯莱德发现了他。

“最好把它拿走，斯莱德少爷。不要留在这里。”

像他经常忽略大人们的请求一样，托德没有理会恳求的仆人们。黑皮肤的工作人员总是那么担心，担心可怕的事情会因为托德而发生，或者发生在托德身上，而他们会因此受到指责。

这个孩子莫名其妙地确信这只玻璃鸟是“真的”——是一只在寒风中冻僵了的活鸟——是因为鸟的羽毛的颜色不是完全一色，而是雪白色镶着浅灰色的边；眼睛栩栩如生，睁得大大的，混浊的橙色，黑色的瞳孔，似乎还能不可思议地看见东西吗？

所以，托德忙着“让猫头鹰活过来”；在温暖的厨房里对着它又是大呼小叫，又是低声吟唱，还用双手用力地搓它；直到一个小时或更长时间后，“玻璃猫头鹰”真地复活了，突然有了生命，令仆人们惊恐万状。现在，猫头鹰成了一只爪子锋利的鸟，长着锋利的喙；带灰边的雪白羽毛湿湿的、发着臭味。如果不是托德紧紧地抓着，猫头鹰就会振翅升空了。

“把它拿走！把它拿走！”仆人恳求着，托德嘲笑着他们的不安；吹嘘说在他刚刚把猫头鹰从雪里抠出来的时候，他曾听到猫头鹰的心跳。任何人都没来得及阻止，托德就跑到外面，没穿大衣，也没戴帽子，把在他手中挣扎的鸟放走了，他使劲地将鸟扔到空中，大喊着，“飞走！飞走！到她那里去，叫她回来，托德正在等待着她。”

仆人们都在谈论托德少爷的“魔鬼－猫头鹰”，不过没让东家听到。所以，当莱纳拉看见托德的手上满是新的划痕，而且其中一些还在流血的时候，她完全惊呆了。“托德，你怎么了？你做了什么？”

“谁？‘托德’做了——什么？”

莱纳拉无法从她儿子那里得到明确的或条理清楚的回答，她赶紧把儿子弄到洗手间，给他洗受伤的手，并缠上绷带，在整个过程中，她都在低声哭泣，因为她明白莱纳拉·斯莱德的疼痛绝不亚于安娜贝尔·斯莱德的疼痛；即使这个焦躁不安的十二岁的孩子不停地挣扎着，笑话他。

“飞走！飞走！有朝一日，托德将会去找你！”

“推理——我们的救赎”

1906 年 3 月的一天下午晚些时候，约西亚·斯莱德应邀去看望住在霍吉路的前教授皮尔斯·范·戴克。为了一个特别的目的，约西亚！请一定来。

自从安娜贝尔死后，约西亚就从社交生活中隐退了，曾多次拒绝范·戴克夫妇的邀请，也同样拒绝了其他普林斯顿居民的邀请；尽管范·戴克教授和太太告诉他他们生了一个儿子，他也向范·戴克教授和太太发了道贺信，但是他已经有一段时间没有看到他们了。

（约翰娜·范·戴克生了一个儿子！整个普林斯顿都在嗡嗡地议论。但是范·戴克太太不年轻了！）

（根据记录，1906 年 2 月生孩子的时候，约翰娜·范·戴克四十一岁，皮尔斯·范·戴克，四十六岁。）

（是的，同样根据记录：我不想再谈这次生孩子，或之前的意外怀孕。在这件事情上，我作为一个历史学家的客观性是最重要的，我必须慎之又慎。）

范·戴克教授在门口迎接约西亚，他脸色看上去有些苍白，浆洗过的白衬衫领子敞开着。在通常情况下，范·戴克教授的着装是无可挑剔的，他的灰白胡子总是修剪得短短的，日益稀疏的头发整整齐齐地在左侧分开，今天下午却显得略微蓬乱，而且似乎喘不过气来。

“约西亚！感谢上帝，你是安全的。”

“安全？我为什么不——安全？”约西亚笑着回答道，尽管皮尔斯的话或许不是开玩笑。

“快！请进。”范·戴克博士关上门，把约西亚引到房子的昏暗的室内，领到他的书房。书房俯瞰着整齐的花园，万年青上挂着露水，因为长得过高已经把窗户遮住了一部分。约西亚被这座简朴的老房子里的寂静吓到了，他原以为他可能会听到婴儿兴奋的喋喋不休的声音呢。

当亨丽埃塔·斯莱德得知约西亚要去拜访范·戴克夫妇的时候，她劝他带礼物给宝宝，她已经在镇上的米尔格里姆商店购买了礼物，并且已经用漂亮迷人的淡蓝色的纸包好了；约西亚没有看到礼物，但被告知是一条无绒婴儿毯。当约西亚把盒子交给范·戴克博士，并喃喃地说恭喜的时候，那位长者心烦意乱地接过盒子，放在桌子上的一本《形而上学》杂志上面。

“如果你想知道范·戴克太太去哪了，实际上——范·戴克太太不在这里。她已经走了。”

“‘走了’？去哪里了？”

“女人和她们的新生婴儿会去的那些地方。为了避免‘污染’——据说。”皮尔斯几乎是快活地笑着说。“请坐，约西亚，想来点雪利酒吗？”

皮尔斯急忙收拾散乱地放在书桌上和周围桌子上的报纸、书籍和白色硬纸板。约西亚发现这位哲学教授正沉浸在涉及一些图表和几何图形的一个课题中。

“事实上，约翰娜到距这里不到一英里的母亲家去了，在战场路。不会是长期搬家，我相信。”

约西亚想不出如何回应这份公告。他不知道这位从前的教授所说的“污染”是什么意思，可是又没有勇气问。

范·戴克博士的态度是很奇怪的那种热情洋溢的样子，虽然他的眼睛红通通的，他的面色明显不健康；他反复咳嗽，拿手帕捂着嘴。有传言说皮尔斯·范·戴克患上了支气管炎和肺气肿，或起源于亚洲南部的亚热带病；但约西亚太矜持，不好意思问他从前的教授一些诸如健康之类的私人话题。

范·戴克的房子似乎比约西亚记忆中的还要暗些，否则就是因为这是一个阴沉的冬日下午的原因，已经接近黄昏。范·戴克的房子是一个位于霍吉路的小公寓，在一个阴冷的鹅卵石墙的后面，是一座简朴的法国诺曼底式的房子，屋顶陡然翘起像紧锁的眉头，周围蓬乱的树木和灌木早该修剪了。

“谢谢你向我表示祝贺，约西亚，”范·戴克博士说，微笑着叹了口气，“是祝贺生了一个儿子，我想你一定是这个意思吧？然而——正如有一天你会发现的——它与我没有多大关系，不像与她的关系那么大。与父亲的关系没有与母亲大。”

约西亚笑了笑，有些不知所措。他从前的教授是在像苏格拉底那样打哑谜吗？

“哦，没什么不好意思的。我经历了所有那一切——我已经挺过来了。不管‘小儿子’的身世如何——现在已是既成事实了。在任何情况下，这一切都是自然的——就是说，大自然。就像托马斯主义者们会详细阐释的那样——自然法则的表现。”范·戴克博士把雪利酒倒进两个杯子，递给约西亚一个。在一个较低的大理石桌子的银盘里堆着很多松软的小三明治、巧克力饼这类的东西，是管家已经准备好了的，范·戴克博士“特别热情地”说，知道他年轻的朋友约西亚·斯莱德来访。

“约翰娜不在家很好，这样我们男人可以坦诚地谈一谈。在我们中间的这个诅咒现象——它盯着我们所有人的脸，就像一种致命的蜥蜴——这个，我们必须讨论。”

“‘诅咒’——？”

“当然，约西亚。除了是一个诅咒，不然它还会是什么，自去年6月以来，在我们中间爆发？”

范·戴克博士压低声音说道。突然一阵咳嗽让他说不出话来，他用手帕捂住了嘴。

约西亚接过他的同伴递过来的的雪利酒，但没有举到嘴边。一阵恐惧的热浪袭遍他的全身；他感到羞耻和沮丧；想着自己从修道士般的隐居所出来进行这次拜访是多么大错特错啊。

很多时候，约西亚都会这样想。一个诅咒降临在他家。毫无疑问，其他人也一直这样想。然而这个诅咒尚未有人说出来，至少他没有听到过。他不知道他是感到释然，还是感到震惊。

“但是在这里，我们有补救办法，约西亚。有补救的可能性。”

范·戴克博士正在向约西亚展示几本书，几卷短篇小说——亚瑟·柯南

·道尔写的《福尔摩斯探案集》、《福尔摩斯回忆录》、《福尔摩斯归来》。还有一本大部头的书——《巴斯克维尔猎犬》。起初，约西亚不明白教授在急迫地说普林斯顿需要福尔摩斯来打击“诅咒”，或“恐怖”之类的话是什么意思。

“自从你上次来看我，约西亚，我的生活已经改变了很多。我已经放下我的哲学思辨，转而喜欢福尔摩斯实用主义，产生了令人振奋的结果，我认为。我把所有的柯南·道尔的福尔摩斯故事都进行了仔细研究，这些故事在关于这位侦探的传记资料方面有一定程度上的重叠，而且呈现了一个看待世界的非凡视野，有像一座‘作案线索’的丛林——不是一个在绝望的相互竞争的多节瘤‘哲学’丛林。我们需要的是务实的逻辑，这似乎是在日常生活中缺少的。”

范·戴克博士正在翻阅故事集，像一个心烦意乱的老师那样在对约西亚讲话，他一会脱离了他的主题，一会又带着惊讶的微笑返回到主题；约西亚努力有礼貌地听着，他必须在非常尊敬的教授面前表现如此。

他疯了。这位教授疯了。那么你呢？你为什么到现在还不割断你的喉咙，胆小鬼？

太可怕了，约西亚的一个“声音”跟着他——甚至跟到了这里。

作为一个只有十八岁的无经验的年轻人，约西亚·斯莱德在大学时选了皮尔斯·范·戴克的大型讲座课，被课程的奇怪标题吸引了——“形而上学简史”。他之前没听过形而上学这个词，只在他的预科学校学过物理基础知识。

很快，这位大一学生已经成为教授的一个痴迷的崇拜者，因为，虽然范·戴克博士身材矮小，头上只剩一圈薄薄的柔软光滑的灰白头发，讲课的声音又高又细，但是，他曾精辟地讲解了如芝诺的悖论、柏拉图的洞穴寓言、康德的绝对命令以及休姆的认识论理论等主题；他在讲台后面的光鲜程度绝不亚于伍德罗·威尔逊。（事实上，这位矮小的哲学家继承了威尔逊的衣钵，连续三年当选大学“最受欢迎”教授。）（为记录在案，威尔逊博士肯定希望我加上这一条，在巴顿博士任校长期间，作为法学和政治历史教授的伍德罗·威尔逊连续七年荣获这一非凡的荣誉）皮尔斯·范·戴克的荣誉更为有意义，他因为对学生要求高和打分严格而著称。

当时，哲学学科让约西亚兴奋，他认为被迫思考是一种奇异的乐趣，因为他没有被要求作为一个宗教人士去思考；虽然范·戴克博士似乎在骨子里是一位柏拉图主义者，也是一位（非教条的）基督徒，他喜欢引导他那些机智的学生们就任何一个课题进行对话和辩论：宇宙的性质，比如说——它是否会永久地存在；以及神的本性——是否宇宙的各个角落都弥漫着他的恩典，或仅仅是一些地方，或根本不存在；还有人类的本性——原罪是否是我们的基本真理，或者是卢梭提出的高贵的野蛮和天真的愿景才是我们的基本真理。

在一个难忘的上午，在一次哲学课上，约西亚·斯莱德举起手来问范·戴克教授一个聪明而认真的新生常问的典型问题："上帝怎么可能，并且为什么应该可能，允许在他创造的宇宙中存在邪恶?"范·戴克教授冷冷地反驳道："年轻人，如果你能把那个问题表达准确，不滥用词，那么你会发现你自己已经回答了那个问题。"

正是大约在这个时候，在长老会教堂，关于教义问题出现了激烈的公开论战，其中包括温斯洛·斯莱德牧师。约西亚对其中的细节知道得很少，但据了解，普林斯顿神学院已成功地强迫美国基督教长老教会大会就异端邪说的指控对协和神学院的查尔斯·奥古斯都·布里格斯博士进行了审判；这个决定引发了大量的激烈讨论和许多的苦楚。据称，布里格斯博士被认为对《圣经》批评持温和态度；对于普林斯顿所讲授的"经院神学"极力戏谑——布里格斯嘲笑其为"智力停滞"。(事实上，普林斯顿神学院和大学都夸口说，在巴顿博士任职期间，他的话没有将"新思想"引入课程或管理方法。)

这些事情，约西亚觉得不快；但后来，他发现，传统的思维方式，无论是神学的，校际体育比赛的，或前程大街上的饮食俱乐部，他看了都很不舒服；对他来说：最明智的做法就是超然于这样的争论之外，并专注于他的学习，其中包括科学、历史、英语文学，以及数学和哲学；他将按照父母的希望获得学士学位，继续追求自己的知识，进行自己难以驾驭的思考。家里人一直希望约西亚将“追随祖父的脚步”——就是，他将进入普林斯顿神学院，准备任神职——但是这个幻想很快就消失了，因为阅读了杰姆斯·弗雷泽爵士有争议的关于异教习俗的大杂烩式作品《金枝》之后，这个年轻人显现出一种与生俱来的怀疑主义。

现在，在范·戴克教授的书房，在大格子窗外面，不断传来屋檐的滴水声，约西亚认真地听着老师的话，因为他期待着从此次拜访中获得一些有价值的东西，而不是令人沮丧的浪费时间。但这位长者现在正在满怀惆怅地说着，而且完全没有条理：“我承认，约西亚，我十分惊讶，不相信——因为在我的生活中发生的事情是不可能——‘科学上来讲’——发生的。虽然这在普林斯顿已经绝不是什么秘密了，约翰娜和我多么希望有一个孩子；而现在，我们已经结婚近二十年了，我们几乎——唉，事实上，我们已经——放弃了希望。在某种程度上，我已经从失望中变得踌躇满志了。你知道，我的家族到我这里就后继无人了，对此我已经认命了。”范·戴克博士盯着壁炉，沉思了片刻，壁炉里，一股小火在阴燃着，勉强发出一点热；约西亚几乎觉得他已经忘记了约西亚的存在，不过，片刻停顿之后，他继续用微弱的声音说：“至于约翰娜，她也只好认命了——当然。约翰娜是非常明智的——理智。然后，这件事情发生了——我说‘这件事’是指的奇迹——我的妻子，用古朴的说法，有喜了——我们当时不知道作何感想，是否应该，像别人为我们感到的那样，喜出望外，或者——深感不安。因为——不想让你难堪，约西亚，不想让我自己难堪——有一段时间了，至少几年了，我妻子和我不再同居一室……然而，确实发生了奇迹；婴儿出世了；皮尔斯·范·戴克是‘父亲’了——这是一件高兴的事情，我相信。”范·戴克博士再次陷入了沉默，喝光了杯中的雪利酒。

约西亚猛地灌了下去。他的从前的教授在向他透露什么？透露的是——有可能是——新出生的小范·戴克的父亲的身份有问题；这件事情出了问题，成了秘密，必须将其称为“奇迹”？

约西亚不想考虑两个母亲上个月都生了孩子。两个母亲都生了——被诅咒了？

约西亚打了个寒颤，虽然阴燃的炉火已经使房间变得非常热了。木头烧着的气味使他的鼻孔酸痛。

“但是现在，约西亚。‘推理——我们的救赎。’这是我现在的座右铭，不再是我思，故我在。”

在范·戴克博士的办公桌上有一块约三乘四英尺大小的纸板，上面画满了一个复杂的图表，用不同颜色的墨水画的。还有一本对开大小的书，在硬硬的书页之间，他插入一个干花枝——百合花，有一种凝固住了的特别色调和气味。(约西亚记得这些：那不是他几个月前给皮尔斯·范·戴克的吗？从克雷文老宅拿来的？他都已经忘了，直到现在才想起来。)“在把我的发现结果呈献给你以前，约西亚，我想问你是否熟悉福尔摩斯，懂点吗？因为我想我几个月前已经提到了福尔摩斯对你的意义。”

“你提过吗？我不觉得提过，先生。”

“是的，约西亚。我提过。”范·戴克博士用无比犀利的语调说道。“我一直都在哲学系和其他地方坚持对我所有的同事们说，柯南道尔的‘侦探’已经找到了解决我们人类的愚蠢的办法：认真观察‘线索’，以及精明推理。”

“但‘福尔摩斯’是一个虚构的人，先生。他不是——一个实际的人——”

范·戴克博士气恼地打断说：“我已经问过你，约西亚：你读过这个人的非凡冒险经历吗？以及他的‘推理’？”

读大学的时候，约西亚读过一些福尔摩斯的推理故事，当时他的那些住在西校区的套房里的室友们在传阅那些书；他被那些书迷住了，被那位侦探的巧妙的逻辑所折服。他告诉范·戴克博士，他能够明白为什么许多读者认为福尔摩斯是一个迷人的英雄，以及为什么那些充满神秘、诡异和丰富多彩的人物故事本身具有很高的可读性；最重要的是，故事中提出了难解之谜的解决方案——这是最令人高兴的。“在现实生活中，奥秘往往是未解决的。但在福尔摩斯的故事中，读者被保证给一个‘解决方法’。”

“当然，读者是‘被保证’，约西亚。因为福尔摩斯遵循的是一个无可挑剔的侦探战略。”

“这些故事是虚构的，先生，是设计好了要被‘侦探’出来的。就是说：

它们是有着现成的解决方案的难题；它们不是真正的奥秘，不是我们在生命中遇到的那种。”

“但我认为它们是。它们是围绕着我们的那些杂乱无序、混乱、令人费解的谜的升华——它们是高级的。”

范·戴克博士皱着眉头表示不赞成。显然，这不是他希望他以前最喜欢的学生所做出的反应。

“仔细阅读任何一个故事，”约西亚有些咄咄逼人地说：“都能看出它们的缺陷。在《歪嘴的人》中，比如，巧合起了不可能的作用，我认为那根本就不可信，一个乔装起来的男人，妻子会认不出他来。《斑点带子冒险记》中，荒谬的是，罪犯竟然会设计出一个复杂的计划，在和继女单独住在一起时谋杀她，而他完全可以用无数更为简单的方法杀死她——用一条印度蝰蛇，真是太搞笑了！在《血字的研究》中，反摩门教的段落又尖锐又难以令人信服，在上下文中，事实上，福尔摩斯只是发了一封电报到芝加哥去了解读者所不知道的一些隐藏的事实，这件事揭晓以后，难道读者不是被无理操纵了吗？”聪明、好斗的学生约西亚就这样说着，但他的前教授脸上表情却没有表现出赞同。“好吧，先生，”约西亚说，“就其娱乐的主要目的而言，故事的确成功。”听上去毫无信服力。

“‘娱乐’！”范·戴克轻蔑地说。“好像在我们所有人生活的这个危机时刻，我的意思是你还能娱乐——！”

范·戴克博士接下来给约西亚看他所谓的详细的“线索方案”。这个表格错综复杂，上面用几种颜色的墨写得满满的，一串串的彩色的大头针或珠子固定在表格表面。“把福尔摩斯式的‘推理’应用到我们受诅咒的普林斯顿的悬疑案件，我已经分离出许多连接脉络，或者说关联，还有‘线索’——我知道，福尔摩斯本人会嘲笑我的方法，过于繁琐，而且很业余。我唯一的信仰就是最终我会胜利，因为我是正确的，我愿意为了这个目的牺牲一切……看这里，约西亚，别那么困惑！这不比康德的形而上学更复杂。在这一栏里，我用编码符号写出了过去的十个月所有重大事件，大致吧；用珠子标出了所有线索。这里是事件，这里是线索。你看到了吗？现在，这个东西让我觉得这是一个可行的假设，因为恶魔的原形被真实地表示出来了——”

听到“恶魔”，约西亚一惊。他没有听到他的家人以外的任何人用这个词来描述埃克森·马特——他认为，范·戴克博士是在说这个人。

“——因为，约西亚，你要知道，在我们中间有一个‘恶魔’——或者是魔鬼本身，或是魔鬼的‘撒旦们’之一。在希伯来《圣经》中，没有一个单一的撒旦，而是众多的‘撒旦们’。每一个都是造成混乱和痛苦的力量，每一个都必须打击。”范·戴克博士把硬纸板推得离约西亚更近些，这样两个人可以一起读。“所以，无论恶魔以什么形式存在，我都已经使用一个领带别针——这里是珠子的，这里是钻石的；这里是蛋白石的。约西亚，我想你会反对说，”这位长者面带微笑地说，“我不知道我是否掌握所有的线索，这是真的。我也不知道一些目击者的报告是否不诚实、是否混乱不堪或者根本就不知情，或者是出于‘保全面子’。我的方法远不如福尔摩斯的准确，因为在现实生活中的线索要比福尔摩斯的案件多得多。然而我继续乐观面对，以我写第一篇关于柏拉图研究的论文时的热情面对，当时我还是一个年轻的教师。使我感到焦虑的是，我必须在恶魔发现我在做什么之前解决这个悬疑问题。否则——我的生命可能有危险。”

约西亚苦笑着，想，他至少给了它一个名字：诅咒。恐怖。至少，它不是一个单一的家庭的疯狂。

这位哲学教授的陈述中有某种感人的东西，以至于约西亚不太愿意对其加以批评。虽然他认为“线索方案”是一个绝望的措施，他也不可能真地明白，但是其复杂性和精密的态势非常感人，有一种在瓶子里建造一个小型的帆船的感觉；除了他的化学课和物理课的方程式之外，他曾见过如此设计独特巧妙的东西吗？它就像一个真正的星系，多种颜色绘成的丝状图案、像硬币一样的小符号、拉丁语和希腊语的词汇以及别针和珠子，还有许多铅笔画的符号。看到他年轻的朋友竟然如此仔细地研究这个图形，范·戴克博士似乎很高兴，他用一把银色开信刀作为教鞭，向约西亚讲授侦探学概论，以及他所谓的克罗斯威克斯诅咒，或是具体说就是普林斯顿诅咒。

“就像福尔摩斯经常说的，”——说到这里，范·戴克博士的语气中充满了权威感和亲切的熟悉感，你会认为福尔摩斯是他的一个朋友——“非凡而有悖常情的东西可以引导，而不是障碍，开明的眼睛，而常规情况，比如说简单的、充满想象力的谋杀却可能无法破解。在分析我们面临的这样一个非常复杂的问题时，需要的是能够向后推理。然而，演绎的方法擅长向前推理，也必须利用好。所以，顺着这个蓝线，‘线索方案’是一个向后跳跃的方法；沿着这条黄线，就是向前跨越。情况更为复杂，因为诅咒，或者恐怖，就在我们周围，而我们却不知道它在哪里，或者，它下一个打击的目标是谁。所以，我们也必须横向推理。”

约西亚摇了摇头，感觉不知其所云。

“蛋白石的领带夹让你感到困惑？不是，是橙色的珠子？啊，这个简称CR，指的是‘克雷文’——‘克雷文’老宅；这个，与垂直写着的‘三月’一词挨着的，象征着诅咒的第一次出现，目前为止我所知道的第一次出现。克雷文老宅，在三月五号——克利夫兰先生崩溃了——众鬼魂入侵我们社区。现在，这里的彩色珠子串，以及珍珠领带夹，代表的是‘次估值’——如果图表是竖着读（我现在正在这样读）。正如福尔摩斯所说：所有的生命是一个伟大的链，当我们检查其中的一个链接时，我们就可以知道它的本质。”

约西亚喃喃地抱歉说，他“不太明白”。

“嗯，这的确具有挑战性，约西亚。特别是当一个人第一次面对这样的命题，即一个人性的‘侦探’可以纯粹根据一个人面部的瞬间表情，或抽搐的肌肉或看一眼来确定这个人最内心深处的想法。我让米考伯去订购福尔摩斯的作品《生命之书》以及他的关于指纹、长期挥发的香水的检测、一个人从事的行业对其手的形状的影响方面的专著，还有经典的《论各种烟草灰之间的区别》。所以我希望，一旦我有这些宝贵的资料在手，我就能够进展得更快。”

“我也希望如此，先生。”约西亚谦虚地说：他感觉到一阵莫名的不安侵入他的身体，就像“各种声音”汇成的一阵喧闹声，尤其是当他的从前的教授似乎更加兴高采烈的时候。

“当然，约西亚，正如古人所认为的，生命是一个‘伟大的链条’。福尔摩斯大胆地说：一个天才可以从一滴水推断出大西洋，或者尼加拉河，存在的可能性，即使他从来没有听说过它们的存在；熟练的侦探也可以训练自己辨别一眼就能看出一个站在他面前的人的过去，和他所属的职业，即使不能看出他的灵魂状态。通过一个男人的指甲，或靴子，或胡须，或外套的袖子，通过他的表情，拇指和食指的老茧，你可以了解到很多东西！想想我们如何战胜生活的混乱真是奇妙的事情。我的殷切希望是，如果不是太迟了的话，我将能够拯救我们宝贵的社区——我们所爱的人——免受诅咒。因为，你知道，在我们中间，我们已经失去了最美丽、最纯洁的心……"

约西亚仿佛没听见这些好心但笨拙地表达的话，他皱着眉头，转向图标，仔细检查着，指出了范·戴克博士的一两个小错误："对不起，先生，克雷文老宅的事件发生在四月，而不是您标明的三月。"

"四月？不是三月？你确定吗？"

"确定。我不会忘记的。"

"但是我——我也不会忘记啊！因为当时我也在那里。"

"是的。我当时在那里。"

"但是——三月是我的方案的关键——因为 M 与'麦凯迪·格斯'联系在一起——"

"谁是'麦凯迪·格斯'？"

"我的一个刚毕业的学生，他前几天来找我，讲了一次令人毛骨悚然的经历，他九死一生，勉强逃过了躲在亚力山大大厅后面阴影里一个邪恶的陌生人的攻击；根据他的描述，那一定是一个'撒旦'。麦凯迪·格斯是一个年轻的柏拉图主义者，一个强健正直的人，决不会私下闲谈或撒谎；他向我声明说，一个印度长相的人走近他，用一种令人质疑的表情摸了摸他的肩膀——好像要拥抱他——麦凯迪·斯格推开了他，这个人马上就变脸了，露出了牙齿，好像他想'撕开我的喉咙'。你看，这点与斯派克斯家的孩子的死亡有关联，孩子的死亡用一个绿色别针表明；这条紫色的线把二者连接起来；这里表示在几个连续的夜晚的'神秘行为'……"

"威尔逊家的狗汉尼拔？"

"回忆一下，《巴斯克维尔家的猎犬》的'神秘行为'，它在本应该叫的时候却不叫？在这个案例中，威尔逊家的胖胖的灰狗汉尼拔——（那个本科生称之为‘带腿的箱子’）——表现得更像是一个正常的犬类，他是莫名地嚎叫——非常大声——在夜里，上个星期叫了好几次。”

“你根据这个推断出——？”

“约西亚，不是‘我’从中‘推断出’什么——而是逻辑链。‘线索方案’更像是一张地图，描述一个实际的地形。威尔逊家的狗在晚上嚎叫，这绝非是巧合，它叫的时间正是疑似‘撒旦们’在普林斯顿大学校园内漫游，并且在学生中寻找受害者的时间。威廉敏娜就是个例子，人们一直看到她在像卡耐基湖旁边的小路之类的僻静地方，和不明身份的男人们在一起——‘绅士们’，我们希望是！”

“威廉敏娜？和男人们在一起？但是是谁呢？”

约西亚不喜欢想象他的朋友威莉和男人们在一起；这一想法让他恐慌，是一种背叛。

因为威莉崇拜我。这是一个不变的事实。

“人们甚至发现，”范·戴克博士压低声音说，嘴唇猥亵地扭曲着，怪怪的，“威廉敏娜在纽约市第五大道，和一两个放荡不羁的艺人在一起。你知道，她在和臭名昭著的亨利上艺术课，有谣言说那个家伙真的在西部的某个地方杀了人。”

“是吗！这是一件好事，我想。”

“一件‘好事’？你是认真的吗，约西亚？据说，在纽约艺术学院有裸体模特——裸体。——男性和女性的都有。”

约西亚皱了皱眉头，考虑着。回顾着威莉的嘴唇贴着他的嘴唇时的柔软的压力，还有似乎是从她的肌肤散发出的芳香，约西亚不认为威莉参加真人模特课是一件好事，课堂里有时是男性裸体模特。

范·戴克博士用银色开信刀敲打着“线索方案”，继续说：“你看，这里，这个黄色虚线连接的，是一个指定为T的事件，发生在普林斯顿公墓……”

约西亚看着黄色虚线皱了皱眉。这是多么的疯狂啊！

“……这是我让你今天来这里的一个主要原因，约西亚。虽然没有被邀请参加你亲爱的妹妹的葬礼，我已经去她的墓地看了几次，去祭奠她；我相信，安娜贝尔的思想和她的智慧的火花是有些被低估了，因为她是如此有吸引力，以及让人眼花缭乱的外表。在我看来，这很不幸——你的家庭没有想到敦促安娜贝尔继续她的学习，没有像你一样，作为一个男孩，自然而然地就在一流的大学继续你的学业了。相反，安娜贝尔读了一所二年制的大学，然后就在纽约'亮相'了，而且——成了一个精力充沛的年轻军官的未婚妻。约翰娜告诉我说：安娜贝尔有讲故事和画插图的天赋。然而，就手头的这个案子而言"——范·戴克看着约西亚的脸，不敢继续沿着这一思路想下去了——"前几天，我心里想着我的朋友福尔摩斯的方法，回到了墓地，回到了斯莱德家族陵墓，想着检查一下墓穴，寻找新的指纹——"

"'指纹'？可是是谁的？"

"——恶魔，也许——在他显人形的时候。至少，这将是一个科学的程序。我也希望检查墓地周围的区域，在融化的雪中寻找脚印。然而，当我到达时，有一个人在我之前来到了墓地——原来是你的堂弟托德——他看见我，吓了一跳，像一个罪犯一样，穿过迷宫般的墓碑逃跑了，他低着头，他的头发像野兽的鬃毛一样竖了起来。我在后面喊他——'托德！托德！是我，皮尔斯·范·戴克！'——但他拼命地逃走了，仿佛我是魔鬼。"范·戴克博士笑着说，几乎一副喜气洋洋的样子。"在陵墓的墓基，我的确发现周围有数量可观的脚印，其中只有一些可能属于那个男孩。我不愿从中得出任何结论，但是我必须告诉你，约西亚，通常在这种情况下，你将发现在蒙受灾难的社区会有一个人或多个人与恶魔势力联盟。"

约西亚抗议说：他非常怀疑他的堂弟托德与任何势力联盟，他只是一个十二岁的孩子，还是"不成熟"的年龄。"托德是那种非常'独处'的男孩。"

范·戴克博士简短地说："不过，也许我在墓地看到的不是'托德·斯莱德'，约西亚——而是一个孩子般大小的像他的小恶魔。"

约西亚举起双手，终于愤怒了。

"但是，先生，难道我们都是骗子吗？——'魔鬼'？看着像人的外形，我们如何判断？"

"这是一个十分明智的问题，约西亚。一个真正的形而上学的问题，我一直在思考的问题，你可以肯定，自从——自从我亲爱的妻子在大约十个月前告诉我她的那个‘奇迹般’的新闻。”

范·戴克博士已经喝了两杯雪利酒，而约西亚只能够吞下一口，这个酒太甜，甜得发腻。约西亚看到他的从前的教授的脸涨红了，眼睛奇怪地闪闪发光；他似乎呼吸急促，就像在极度兴奋中挣扎；除非约西亚弄错了，否则范·戴克博士的头骨似乎微微有些畸形，眉头处有一个皱起来的凸起，嘴很小，扭曲着。约西亚站起身来的时候，他的东道主也和他一起站了起来，在约西亚看来，这位长者也没有他印象中那么高，后背明显畸形，穿着一个宽松的粗花呢夹克。在他的衬衫领开口处，能够看见兴奋的动脉就在潮湿的皮肤下搏动着。

范·戴克博士精神饱满地陪着约西亚走到房子的前门，和他握手道别，请他向温斯洛·斯莱德和所有其他的斯莱德家人转达他最热烈的问候，他现在很少见到他们了。“告诉他们——唉，也许现在告诉任何人都为时过早——‘范·戴克正在追踪’——‘范·戴克正在寻找’——这可能对他们的丧亲之痛不算安慰，但我希望这将是令人欣慰的。”没错，约西亚的从前的教授的确比从前矮了，腿明显变短了；在那副斯文的金属框眼镜后面，眼睛闪烁着一种不自然的光泽。

“你必须找时间再来，约西亚！——来看看它。”

“它——？”

“原谅我：我的意思当然是说：他。”

赭石色奔跑着的雪橇

是约西亚吗？是约西亚吗？到我们这里来，快点！

这是多么奇异的景象啊，而且多么意外啊——约西亚停下了脚步，凝视着。

在离开皮尔斯·范·戴克教授的住所后，约西亚已经开始不安地朝着拜特尔公园出发了，那是离斯托克顿街不远的一片开放区域，里面有的地方长着一些树，离克罗斯威克斯大约一英里半；他的那位从前的教授的书房热得让人受不了，更让人热得受不了的是那位教授激烈的推理，这让约西亚感到窒息，头昏脑涨，非常渴望呼吸新鲜空气。

“哎呀，这是什么？‘洪雪’……”

约西亚没有意识到，在他拜访范·戴克博士期间，突然刮起了暴风雪。板油般的云层散了，取而代之的是臃肿的雪云；不是因为空气寒冷，而是因为降雪太厚，而且飘落得很慢，就好像雪花只是为了让人们观赏，每片雪花都闪闪发光。

约西亚原本想要在战场路到处走走，像他读大学的时候经常做的那样，需要独处；他很少留意缓慢纷飞的雪花，或潮湿的东北风，或越来越深的黄昏。

因此，他穿过白雪覆盖的田地，在这片田地上，几代人之前，他著名的祖先埃利亚斯·斯莱德曾英勇地抗击康华里斯的人，约西亚碰巧看到，不到一百英尺远的地方，一个引人注目的景象：一匹马拉着一架外形漂亮的古老的雪橇，高高的弯曲滑板，马在打着鼻息。

“哎呀，这是谁呀？陌生人……”

赶雪橇的人是一个驼子，穿着深色大衣，帽子拉低到前额；一个侏儒般的人物，甩动着鞭子，打着马肩隆。

雪橇里坐着的是几个女人，其实——是年轻的小姐。

这个雪橇驶过白雪覆盖的田地，穿行在厚厚的缓慢飘落的雪花中，黄昏即将来临，这一切看起来很浪漫，约西亚停下来盯着看，微笑着；当然，他应该认识雪橇里的小姐们，即使他不认识赶雪橇的人……然而，她们的脸兴高采烈地转开了，他看不见；她们没注意到他。一个裹着一件厚厚的华丽的黑色毛皮大衣，戴着同样皮毛的帽子，应该紫貂皮或冰貂皮；另一个，骨架更小些，穿着貂皮大衣；第三个人，一顶波斯羔羊皮高帽和一件与其匹配的紧身卷毛皮上衣，在约西亚的眼中显得非同寻常地漂亮。很奇怪，这些女人没有叫住他，让他一起坐车，因为在雪橇里那个穿波斯羔羊毛皮的女人身边有一个空位子；那个侏儒一样的赶雪橇的人也没有让他上车，那个人的脸显得干巴巴的，尤其是从他的方向看过去的话。约西亚把雪从睫毛上撣掉，听着女士们快乐地聊天，并注意到雪橇的一个令人好奇之处：虽然雪橇的两端圆滑、呈弧形而且制作精巧，滑道却发出一种独特的赭色或铁锈色的闪烁的光，与其说是划破雪堆在雪里走，不如说是在易碎的路面上掠过。

你为什么站在那里保持沉默，而不调集来人马？你，克罗斯威克斯家族的继承人，只要举起你的手，就可以被用一个风格适合你的血统的方式带到你的家。

然后，当约西亚站着一动不动的时候，仿佛全身瘫痪了——约西亚！约西亚！来吧，快来！

好在约西亚及时意识到这是一个讨厌的声音，用一种嘲笑的口气在引诱他。

他警惕地站在那里，一动不动，雪花纷飞，在他的周围梦幻般盘旋着，赭石色奔跑着的雪橇悄悄从距离现在不超过三十英尺的地方轻轻地驶过。雪橇的铃声轻轻响着。马的呼吸冒着蒸气，马的黑色的粗尾巴甩动着。约西亚全神贯注地盯着，欣赏着肌肉优雅的高脚马和充满古典美的雪橇。他的心被他所听到的女人们叮叮当当的发狂的笑声所震撼，似乎听到了他的妹妹安娜贝尔的轻快的笑声；虽然年轻女士们的脸藏在阴影里，说不定她们中的哪一个可能是安娜贝尔，他感到一阵说不出的颤抖。

就这样，雪橇过去了，消失在纷飞的雪中。

只留下一个铃声的回声，和女士们的笑声，这使约西亚想起了很久以前的一个夏天的晚上从阳台或露台的风铃发出来的毫无生气的音符。

你为什么保持沉默？像个太监一样不像个男人？

难道你不是斯莱德家的一员，已经为缴械投降做好准备了吗？

“蛇狂”

不久之后，在1906年4月初的一个星期一的早晨，洛基山女子神学院爆发了女性神经病，或歇斯底里症。

对这次（次要的，被忽略的）诅咒的爆发，好奇的历史学家们可以翻阅当年4月3日普林斯顿卷宗，卷宗报道了在当地周刊头版头条的突出事件：

洛基山神学院报道“蛇狂”

28名学生，3名教职工患病晕厥以及“癫痫”发作

不幸的是，在这个离奇事件中心的是威廉敏娜·伯尔，就像大学里搞研究的科学家们从未对这件事情作出令人满意的解释一样，中立观察员从来未对此作出令人满意的解释，而是将其作为女性歇斯底里，置之不理。

当时，威廉敏娜正在学校音乐厅指挥女生合唱团演唱——（音乐厅建立在山脊上俯瞰磨盘河的一座新古典建筑，介于沼泽和泥泞的那片土地之间）——当时，一个叫佩内洛普·范·奥斯伯格的面色苍白的漂亮女孩在演唱塞尔比先生那首曾经流行的《穷乡僻壤》，突然，她在女高音独唱的过程中停住了——

成荫的树林和潺潺的小溪，
走在，颤抖的月光嬉戏的地方，
保护厌世的乳房不受伤，
平复着一天的忧虑烦恼！

睁大眼睛盯着唱诗班主唱的头后面的地方；面色立刻白如死灰，指着接壤天花板的装饰线脚，说：“哦，是活的！——蛇！——在那里——！醒了！——它已经动了！——正在朝我们过来。”

在震惊的几秒钟，大厅一片沉寂：如果威廉敏娜沉着冷静地去听的话，她就会听到她的手表轻微的嘀嗒声；接着，那位经受打击的女孩的呼吸声变得沉重而微弱，喃喃地说：“蛇！——蛇！”她倒在了旁边的女孩的怀里，晕了过去，手却仍然指向天花板。

随后，所有的女孩都开始尖叫、晕倒——音乐厅一片混乱。

威廉敏娜很久以来就很好奇，优雅的新古典建筑装饰的线脚造型如此奇怪；第一次走进音乐厅时，她就注意到在天花板上有一些看得不是很清楚的错综复杂的白色雕刻：可能是意大利风格的藤蔓，或希腊式的卷须，或“冻结的波浪”，或者，实际上，是疲倦地伸展开的蛇。称其为“白色”是一个误称，因为，随着时间的推移，这些线脚因为布满灰尘褪色了，但不均匀；所以，有些地方深浅不一，色调不均匀。在有光的地方，很普通的情况下，线脚造型似乎在“移动”——在一定程度上。威廉敏娜自己已经注意到这一点，认为这个错觉是一种光的现象，没必要考虑，没有任何意义。

然而，现在，似乎这些“蛇”已经从长时间的睡眠中醒过来了，并且在移动。洛基山神学院女孩们的尖叫多么可怕啊！又一个女孩砰一声昏倒在地板上，接着又一个，当威廉敏娜过来帮助她时，她和两个吓坏了的女孩撞在了一起，她们好像小孩子一样投入她的怀中；因为那些蛇正在扭动着，并开始沿着墙壁和窗框滑行，刚刚能够看清，在四面墙上可怕地爬着。

威廉敏娜是房间里唯一的成年人，还有约三十个少女，她觉得自己已经完全惊慌失措、困惑不解：因为她不能确定看见蛇正在从线脚往下滑行，可是，根据空气中不寻常的躁动和女孩们惊恐的哭泣声，合理的结论是：情况不对劲了；情况非常不对劲了；而她是负责保护她的女孩们的。

另一个女孩尖叫起来，指着威廉敏娜身后：“哦，在那里！黑色的蛇！它惊醒了，它很生气，它是来找我们的！”——现在更大的恐怖接踵而来，女孩们呼喊着、到处乱撞，呜咽着、抽泣着，脸色苍白，不知道如何躲开那些蛇，因为（似乎）根本看不见那些蛇到底在哪里。可是，很明显，那些蛇从四面八方沿着磨光的硬木地板向她们爬过来。

伯尔小姐大声喊叫，让大家保持秩序，可根本没人听她的；她跑来跑去，想要使大家平静下来，又是责骂，又是阻拦，甚至威胁。但是屋里面有太多恐慌的女孩，情绪高涨，像一阵突如其来的野火，在大风的日子；这位女教师所能做的就是尽力阻止女孩们在匆忙退出大厅时彼此践踏和互相伤害。

“小心！拜托！没有蛇！哪里有蛇啊！我没有看到蛇！百基拉！玛丽安！请不要推，你们必须有序离开大厅。——拜托了，姑娘们！”

现在，因为挫败和不断升级的恐惧，威廉敏娜自己差点抽泣起来。

她正在试图阻止女孩们彼此伤害，她绊了一下，吓了一跳，因为似乎有——东西——蠕动着，蠕动着——蜿蜒——在她的脚边；一个肉滚滚的东西在滑行，像一座浅浮雕具有了生命。

一个灿烂的生物，不是苍白的白色，而是闪光的黑色，浑身是闪闪发光的鳞片，银色的、深褐色的和赭石色的；下腹细肋，和岩石山皮肤白皙的女孩一样凝脂般白皙、光滑；它那宽宽的、扁扁的、聪明的脑袋高高举起，舌头轻弹，宝石般的眼睛闪闪发亮，仿佛在褒奖她。

此后，威廉敏娜就一无所知了。因为在歇斯底里的女孩们中间，她也晕倒了，她的衬裙在她的身边噼啪作响，在她重重地摔倒在硬木地板上时，她的高立领割进了她的喉咙。

有人在学校的其他地方拉响了火灾警报。洛基山消防车，载着半打热心的消防队员志愿者在几分钟内就到达了。不幸的是，这加剧了歇斯底里，因为火灾警报和警笛声震耳欲聋；不久，好像全校的女孩子，并不仅仅是合唱团的成员，都陷入神秘的疯狂——因为看到（无形的？）蛇在滑行、滑动、蠕动、卷曲、翻腾着，从四面八方朝她们前进，她们大声喊叫着。消防员又惊讶又困惑，因为他们发现根本没有火，而且看不到蛇，尽管尖叫着的女孩们指出了那些蛇，然后跑开了，当时是寒冷的四月初，而她们只穿着水手领上衣和蓝色羊毛裙子，以及与之搭配着穿的长筒袜子；鞋上满是泥巴，而有些女孩，为了在绝望中拯救自己而掉进了融化的松软的泥土中。一些教师现在也参与进来了，试图恢复平静；其中，一个名叫霍勒伦的年轻数学老师，生性胆小，似乎也看到了蛇，或者看到了蛇在潮湿的泥土中留下的痕迹，也晕倒了；或者，像布迪诺特医生后来描述的现象，癫痫样发作，原因不明。

总之，“蛇狂”最严重的情况持续了不到一小时，蛇似乎逐渐消失了；无论是这些生物逃进了音乐学校后面泥泞的沼泽，或者干脆消失了，结果，第二天，发现它们在音乐厅的线脚里恢复了原来的仁慈、温和的样子；然而，歇斯底里症的影响却不易摆脱掉。症状变化很大，女孩们之间，老师之间，因人而异；有些在那天剩下的时间里感到沮丧；有一些人一个星期都没能回到神学院；其他人，包括拉丁语老师库珀和可怜的霍勒伦，在他们的余生再也没能完全摆脱蛇的幻想。学校的女校长辛格尔顿小姐是一位身体健康的女人，六十刚刚出头，本来会声称自己在学校的任何地方从未见过一条蛇；然而，她太紧张了，大家看到她已经失去了一直以来人所共知的沉着和自信。

佩内洛普·范·奥斯波第一个看到了那次突发状况，结果大病了好几天，长达几个星期的时间里，大家不断地爱抚，替她担心。令人惊讶的是，教艺术、朗诵和艺术体操的威廉敏娜·伯尔老师病了一周；当她恢复以后，她竟然从神学院辞职了，令她的同事和辛格尔顿小姐很是吃惊，她对此尴尬地解释说：

“因为我受不了最荒唐的女性歇斯底里，不能阻止我的学生的疯狂发作，我恐怕不比最愚蠢的人成熟多少，没有权利来教她们。”

后记：大自然的负担

虽然在普林斯顿和邻近地区人们几十年来都在谈论“蛇狂”，但这个插曲很快作为女性歇斯底里的一个令人遗憾的例子被当局否定，就像被布迪诺特医生和他的医学/科学的同事们所否定一样。在《分组》上有一篇著名文章，文章中，社会上的一些绅士被邀请就此事进行评论，共识是，一种“来源不明的幻觉”已经席卷了女子神学院，而那些“蛇”仅仅是幻想而已。

在被采访的先生们中有几位是大学里的科学家一教授，以及校长威尔逊本人。这些人中有几位装出一种快乐的语调，对学校及其教职人员不利的是，有几个人令人遗憾地暗示说“容易激动的女孩们”和她们的老师需要更好的、更权威的司法管辖权，即神学校需要一位男校长。但伍德罗·威尔逊意识到自己在大学担任的首席管理者的职位，没有选择批评神学院的女校长，或任何的老师；他仁慈地指出，在普林斯顿大学当然也曾经有过“‘恶魔的行为’的多次爆发”，当时是在十九世纪早期，男孩们“像钟表”一样背叛，所以他不想对神学院进行褒贬，如果他的女儿们已经在那里上学，他绝不会让他们从学校退学。威尔逊博士最后恳请大家同情、理解，有耐心：“因为女人，她们生来就有比男人更重的负担——那就是，繁衍后代——如果她们在非主观故意的情况下落后于男人，必须受到宽容和忍耐的评判。”

“查尔斯顿的失败”

“我不会在失败中沉沦。我发誓。”

有各种记录表明，在 1905 年至 1906 年的那个冬天，在自己的大学里，在“外面”（也就是说：普林斯顿外面）倍受钦佩和尊敬的伍德罗·威尔逊经常被嘲笑、被蔑视，以及在政治上受到激烈反对。这种情况使这个男人的敏感神经难以忍受，给他带来了一个个不眠之夜；而且，当禁欲主义的威尔逊笑着抱怨他的忠诚的妻子艾伦的时候，这种情形又加重了他的“中美洲风暴”——（就是说：在他的身体的“赤道地区”出现的严重的胃部不适）。

最初争论的问题，即研究生院的选址问题，现在已经几乎衍生为校长办公室和他的某些行政人员之间的一场战争，局势不断升级，涉及所谓的大学的“残酷控制链”，以及威尔逊博士因为个人不喜欢和痛苦而发起的反对位于“前程大街”的那些高级餐饮俱乐部的运动。还有其他的摩擦，几乎每天都有。

“我不会允许叛乱。我被任命来管理这所大学，那么我就会管好。”

具有讽刺意味的是，的确如此：在普林斯顿以外，在某些地区，伍德罗·威尔逊的声誉非常高。例如，三月下旬，在曼哈顿莲花俱乐部举行的民主党的晚宴上，“政界元老”乔治·哈维在把威尔逊博士介绍给他的抽雪茄的听众的时候就“提名”他为总统候选人——哈维指的美国总统（英文单词 president 既可以指大学校长，也可以指总统——译者注）！虽然威尔逊博士对此表现得极为谦恭，并努力将这一说法从头脑中清除掉，但他的内心却深深为之感动和兴奋；刚一回到家，就忍不住跟他亲爱的妻子分享这件事情。

这片土地上的最高的总统之职！当然这只是奉承。

不，伍德罗。你是当总统的料！你知道神为你准备了一个更重要的命运，已不仅仅是普林斯顿。

然而，与此同时，如此令人费解的是，威尔逊博士在普林斯顿很少受到尊重；只有他的本科生似乎很欣赏他，不过和他保持距离；大部分的行政人员和大量的教师都转向支持有社交才能的安得烈·韦斯特了；董事会的情况更糟糕，以至于又引起了他的胃部极度不适。威尔逊博士对他的董事们的"屈尊就下"大发雷霆，他们竟然把他这个大学校长当成了一个"纯粹的佣兵，一个听差"；他不愿意指名道姓，但是，这些先生们中有一个人极度地炫耀他作为一个"退休的联邦政府首席行政官员"的权力。（威尔逊博士被克利夫兰先生的事情弄得极为沮丧，他不能忍受听到有人说那个人的名字，甚至是克利夫兰的迷人的妻子的名字，弗朗西丝，也不行。）在 1906 年冬/春之交，他的敌人变得如此恶毒，他们似乎已经开始在最强大的校友会中系统地一点一点地破坏他的名声，尤其是在南方；威尔逊博士不得不痛苦地想，如果他的老朋友温斯洛·斯莱德没有在克罗斯威克斯过着一种引退的生活，以至于现在拒绝会见像威尔逊博士这样的朋友，那么这位比他年长的人或许就可能辅助他了。

"但是我会和他们斗争，艾伦。你放心！"

一个人树敌越多，就越有干劲。伍德罗·威尔逊的苏格兰祖先是战士，而不是整天流泪、性格懦弱的女人。

因此，威尔逊博士开始发起一个狂热的运动来修复他在普林斯顿校友中间的名声，这些校友包括当时经济富有而政治强大的受过大学教育的那部分人群；他决心与一些错误形象作斗争，就是认为他作为行政人员是"教条的"，"死板的"，"顽固的"，"独裁的"，所以，在东部和南部的一些重要城市举行的校友聚会上，如巴尔的摩、华盛顿、里士满和亚特兰大等地方，关于他最热衷的一些话题，"民主和大学"、"宗教和爱国主义"、"普林斯顿如何为国家服务"以及"天生的领导者"等，他都取得了可喜的成功。

接着，他在 1906 年 4 月 13 日来到南卡罗来纳州的查尔斯顿。

这次大出风头付出了如此惨痛的代价，普林斯顿大学的校长表现如此"离奇"，一些忧心忡忡的校友写信给董事会，要求威尔逊博士辞职！

历史学家通常忽略，或轻描淡写，威尔逊博士的职业生涯里这个不同寻常的差错，部分是因为关于“查尔斯顿的失败”（伍德罗·威尔逊如是说）很少有可靠的记录。我所能确定的是，威尔逊博士以他一贯的“权威”和“轻松”的方式开始在查尔斯顿校友组织会议上的演讲；他知道如何通过讲述一个奇闻轶事来让他的南方观众“做准备活动”轻松起来，他讲了一个关于年轻的主人们把“三个黑子”带到普林斯顿的轶事，故事发生在内战之前，这三个黑鬼看见了平生的第一场雪，眼珠子都快冒出来，他们认为这是在下棉花。（据说，这件事在威尔逊博士的完全由绅士组成的观众中激起了“阵阵笑声”。威尔逊博士使用了他那种非常幽默的黑人方言，时不时地还翻翻眼睛，做些搞笑的手势，无疑更是增添了欢闹的效果。）

这个良好的开端后，威尔逊博士开始演讲，这篇演讲他睡着了都能背诵——（“经常背，事实上！”他开玩笑地对威尔逊太太说）——题目为“大学人，基督徒，和爱国者”——但是，几分钟后他感到一丝恐惧，甚至恶心；他的声音通常沉着而又富于抑扬顿挫，此时却开始结巴了。这都怪他吃的那顿红肉晚餐，非得逞强做男人中的男人；或者是因为那些绅士们的雪茄及烟斗里冒出来的令人作呕的烟云从通风不良的房间里飘了过来。威尔逊博士继续说着，感觉到额头直冒汗。他环视了一下观众，仿佛在房间的后面看见了韦斯特院长肥大的衬衣，毫无特点的秃头，红润肥胖的脸庞，威尔逊博士感到一阵恐惧感刺痛全身——他的强敌正假装听众坐在那些全神贯注的听众中间。

“不，这不可能。他不敢跟我到查尔斯顿——他不敢。”

然而，这位普林斯顿的校长原本驾轻就熟的演讲似乎已经变得无可挽回的糟糕了；就像单独的一节火车车厢在一次残酷的事故中和其他车厢分离了，滑到石子铺就的路基上，接着便开始加速，然后就在一阵隆隆声中失控，威尔逊博士说话的语速开始加快，经常自己说到一半就断了。

他说话的内容，正如已经被报道的那样，变得杂乱无章：一会儿，威尔逊博士用慷慨激昂的声音谈到了盟友和敌人；一会儿，谈到了民主和来自国外的威胁——“因为千百万与新教为敌的人涌入这个新世界的海岸，回想与灵魂受到专制、不宽容，以及臭味熏天的迷信思想的控制。而这些东西在罗马的教皇领地占据着统治地位，并且在信奉天主教的欧洲盛行。”讲到此处，威尔逊博士突然转变到基督教领袖和基督教信徒这一熟悉的主题：“因为耶稣基督是我们的榜样，他知道自己是‘一个渔夫’，并且下命令说所有那些希望获得拯救的人都应该跟随他——是的，甚至跟随他上战场。”然后，没有任何明确的过渡，威尔逊博士喃喃地嘲笑着大学里两败俱伤的斗争，这引起了观众的不安，又是咳嗽，又是清嗓子，以及类似的动作，一片慌乱，提醒演说者他该结束了；但是，威尔逊博士没有注意到，而是继续说着，语速很快却杂乱无章，警告他的听众说：他们的大学的“高贵的遗产”正在遭受“内部敌人”的威胁。在某一刻，这位愤怒的演说者警告人们提防“财富的崇拜者们”——以及“怒目而视、凶残成性的无政府主义者和他们的工会组织者亲信们”——因为，他担心，美国绝不会成为一个真正的民主国家，直到这样的时候——（说到这里，伍德罗·威尔逊使劲挺直了身子，虽然身高有限，面带着内阁官员的严厉，因为眼镜而闪闪发光）——直到这样的时候，先生们，就是一个女黑人入主白宫。”

说到这里，威尔逊博士突然停住，仿佛一个开关被扔进了他的大脑。他不停地眨着眼睛，尴尬地微笑着，准备接受通常情况下会响起来的热烈掌声——而这次，在 1906 年 4 月 13 日晚上，南卡罗来纳州的查尔斯顿，掌声很久才响起。

过后，威尔逊博士恳求他的查尔斯顿主持人告诉他他讲了些什么，因为他似乎不记得了；主持人眼睛躲闪着说：“唉，伍德罗，我没听见，完全没听见——或者说：即使我听见了，我也不记得你确切说了什么。”

“但是，我说了什么？我当时在开玩笑？然后那个笑话躺枪了？”

“是的。有可能。”

“但是没有笑声。没有掌声。我到底说了什么，如此冒犯观众？”

“伍德罗，没有人听到。我没听到。没关系，人们会忘掉的。每个人都是富有同情心的。”

“但是，天啊——我说了什么？”

威尔逊博士坐火车回到普林斯顿的家中，他得了胃溃疡和“心理一神经”抑郁症，为此，他的医生海奇博士给出的治疗方法是立即去百慕大群岛休假，不得少于十二天；这样，那个过度紧张的人就可能平静心情，并恢复到以前幸福快乐的平衡状态。事实上，威尔逊博士被告知，他必须立刻逃离普林斯顿，否则，身心很有可能完全崩溃。

“我的心肝宝贝……”

在这里，我将收录在百慕大群岛“强制休息”期间（1906 年 4 月 16 日至 27 日）伍德罗·威尔逊写给他心爱的妻子的私人信件。

令人震惊的发现是，在给他的爱妻写这些发自内心的真诚的信的时候，伍德罗·威尔逊同时正拜倒在一个神秘交际花的石榴裙下，最后屈服于那个神秘的社会女人的花言巧语。社会历史学家们称她为“辛贝拉·派克”——现在已经确认是个假名。

海军大酒店，百慕大群岛

1906 年 4 月 17 日，星期日

我的心肝宝贝，

我多么想念你啊！我好不难为情地说，我不停地想着你，常常在客栈的阳台上闭上眼睛，想象着你在我身边；我会把你的手紧紧抓在手里，从你的身上得到慰藉，安抚，和安慰，以弥补我最近忍受的痛苦和屈辱。不过——我会忍受，我会胜出。

这一点，我发誓。

请不要告诉任何人，亲爱的——我离开是因为“健康”的原因——甚至不能说是“因为过度劳累而稍做休息”。(虽然上帝知道的确如此!)你不需要告诉他们任何事情，只是说：“伍德罗五月一日星期一上午的时候将回到他在拿骚大楼的办公室。”

啊，百慕大群岛当然是世界上用来忘记普林斯顿的最好的地方，当然，尽管我会在这里工作的——我会非常努力地工作——（好几个讲稿要写）——我会想念我亲爱的小妻子。

我的单纯天真的小艾伦，不到一个小时我就会感谢一次上帝，感谢他把你送给了我，你的伟大的、无限的、滋养丰富的爱情！这是上帝的计划，换成别的人，远不如我的亲爱的艾伦，早在多年前就会“抛弃”我这样的丈夫了；上帝的计划，我们将终生紧密相联。请记住，亲爱的艾伦，女人不是通过增加我们的男性知识，而是通过用她们的更高级的同情心和直觉的天赋来了解我们，成为我们的帮手……当我看到那些嘲笑的面孔，那些丑恶的面孔，那些会毁了我的面孔，他，那个韦某某胆敢折磨我，在查尔斯顿……我立刻想起你，你的永恒与绝对的爱；我的整个宇宙都变了，就好像所有的男人和天使都在听，我的思想如此完美地映照在你的那双可爱的棕色眼睛里！

星期日下午 4 点。

大西洋的上空是那么的瓷蓝——真是惊人。你和女孩子们曾经嘲笑我，我不会看待事物，但是现在我却在看着一个可以称作天堂的景象，在海军大酒店背后的辽阔海滩上，沙子几乎是白色的，非常光滑；工作人员每天清晨将其打扫平整。一切都是平静的，平静的！我本来是几乎害怕海浪的，在波涛汹涌的渡口，海浪以前总是令我的神经焦躁不安，可是现在，恰恰相反，是那么宁静——催眠般的——治疗。在普林斯顿，现在还是寒冷而且令人不愉快的早春——夜晚依然有一丝冬天的感觉——但在，在这里，在这座天堂般的岛屿上，已经充满了春天的气息，红色、黄色、橙色、雪白的花朵都在盛开，像人的脑袋一样大，在我经过时似乎在向我点头问候。

在那边，冲突，仇恨；在这里，宁静，和平。

但是不行！你求我不要焦虑地思考我的“病态”的话题——我不会那样的。

过来个殷勤客气的小黑来伺候我，他的个头就像个小矮人，问我——希望喝一杯吗，先生？

星期日的晚上

晚餐前，从一种不安的午睡醒来——因为在查尔斯顿的失误的恐怖而惊醒——崩溃，耻辱，在那样的一个公共场所——此事过后，我害怕我永远也不会正常人一样生活了。我的想法是阴暗的，病态的；与其他在此旅游度假的人们的红润面孔形成了鲜明的反差，他们都是美国人和英国人。至于我的消化……

(不要难过，亲爱的，如果需要，我完全有能力护理自己，已经能够很熟练地洗胃，在任何情况下——我羞于让我的亲爱的人做洗胃那些令人厌恶的事！)①

据说，马克·吐温今天中午从迈阿密乘船抵达，一位名叫派克的美国女继承人立即占有了他。这是一位极有名望的绅士，身穿一身白衣——白色的亚麻布、白色的棉布、白色的丝绸！——满是牙垢的嘴里一直叼着一根难闻的古巴雪茄。我要避开他，我想——因为众所周知，塞缪尔·克莱门斯在他的那些粗俗的“讽刺”作品中赐力量给反对基督的人，不可能是伍德罗·威尔逊的朋友。

现在，我要说晚安了，亲爱的！我感觉有点忧郁，孤独；反叛；我担心“中美洲”的造反只是暂时平息。但是，我不得不服用鞑靼油才能无忧无虑地睡眠，我会从写关于基督教爱国主义的演讲中获得安慰，我要在五月份的时候在费城协会做这个演讲。

爱你的老公，

伍德罗

海军大酒店

1906 年 4 月 18 日

我的心肝宝贝，

---

① 当出现特别严重的胃痛时，伍德罗·威尔逊就使用自己的胃泵，一种适合的家庭治疗（如灌肠），1913 年，这样的仪器，在他成为第二十七任美国总统后不久，被白宫医生强制从他那里拿走。

在黎明的时候，我穿着“白衣”（谢谢你我的亲爱的把我的东西装得这么仔细，包括这样的可爱的小卡片，随着时间的推移，我不断地在我的内衣里发现的小卡片！）赤脚沿着沙滩走；听到我的夜晚并不是像在查尔斯顿的溃败之后我所担心的那样备受煎熬，你就会放心了；因为，幸运的是，我带来了大量的药物来对抗失眠以及平时的胃部不适。

然而，在户外走一走，在海浪附近走走，我发现我因为对抗的事情而心烦意乱，心思飘到了别的地方；演讲的话语在我的脑海中旋转，就像剑一样。我不会被我的敌人打败。我不会的。在一阵迷乱的心烦意乱中，我被住在海军大酒店的一个人拦住了，因为我马上就要踩到一只狮子的鬃毛了——是这样，就是那种经常被冲上沙滩看上去很恶心的水母。）（黑人仆人们总是快步将这些水母弄走，但并不总是足够快。）“先生！你不想踩在这种东西上吧！”那位先生眨了眨眼睛，警告我说。的确，我不想：我谢过他，在离开之前，我们彼此做了自我介绍，简单地聊了几句。

啊，艾伦！你不会相信的——我的不幸！——阿曼达·菲茨伦道夫和她的丈夫艾德格尔斯特恩也在这里度假，在派克太太的家——她的家叫做桑·苏西，据说是岛上最富丽堂皇的别墅。无意间，我在酒店偶遇菲茨伦道夫太太，她来这里拜访朋友们。“哎呀，伍德罗！这真是一个惊喜！”——等等，等等。我希望我当时足够礼貌；掩盖住了我的沮丧。在这里，我最不想说的是普林斯顿的那些事情，甚至不想看到熟悉的普林斯顿的面孔，因为我在这里就是想避开他们休息一下……

亲爱的艾伦，我在阳台上，心情忧郁，我为你写了一首诗；我的宝贝，我如此想念你。因为你是我的好天使——你让我远离绝望、黑暗的诱惑。这些无力的文字无法表达我对你无限的爱。当我被抛在黑暗中，我似乎在那个时候就更加渴望你更大的热情。原谅你的愚蠢的伍德罗，爱慕你的丈夫——

你是我等待的歌。

我在你的目光中发现了甜蜜。

优雅高贵的声音中充满紧张，
形式、思想、风采、良心，
这些是我所缺乏、想要发现的
在我的心灵的溪流中，
像一个人从梦中惊醒
看到了幸福的信心之光。

(如果配上音乐，我想的是一个风笛的旋律——我们阿盖尔郡的坎贝尔家族是无耻的感伤主义者，尽管我们是强壮的战士!)

明天，派克太太在桑·苏西举行午宴——阿曼达·菲茨伦道夫颇费周折地为我弄到一份请柬，见马克·吐温先生——但是，我相信我会婉言谢绝，因为我喜欢独处；和平与平静；为即将到来的演讲，有很多工作做准备，等等。我多么希望我亲爱的和我在一起，在我的身边！我被丢在黑暗中，却没有你，虽然我现在面带“微笑”面对世界……

爱你的老公，

伍德罗

海军大酒店

1906年4月19日

早晨7点

我的心肝宝贝，

感谢上帝，亲爱的——我度过了一个还算平静的夜晚——今天早上在天亮之前就起来了，在清新的风中沿着海滩大步走着；这个时间天很冷，不像一天的大部分时间那样暖和得令人厌烦。我渴望着能够有一个不受干扰的早晨，可以全身心地去写要在费城协会做的那篇演讲稿、一篇投给《大西洋》的稿子。如果我沉浸在工作中，就会减少与亲爱的你分离的痛苦，假装她会召唤我，如果她有时间，她会给我按摩颈部，因为没有她的“神奇”触摸，颈部已经开始僵硬。[1]

在天堂的蔚蓝色穹顶下，在这天堂般的地方，国家与世界的“重大”事件似乎很遥远——只是理论上的——一点也不荒唐。这里是小人国，我是格列佛。

派克太太的“宫殿”别墅可以俯瞰大海，在那里举行午宴，那是一个比我预想的规模大些的聚会；塞缪尔·克莱门斯，穿着一身白衣，留着凶残的小胡子，眉毛竖立着，像皇室成员一样坐在阳台上，被崇拜者包围着。然而，克莱门斯先生屈尊地和我握手了，就大学的费用问题开了一两个玩笑；因为，如他喜欢说的，他的孩提时期在密苏里根本没有受过教育，除了最为粗暴的那种：密西西比河上当轮船船长的时候。然而，克莱门斯先生再次很让我吃惊的，他读了《美国人民的历史》，以及我所写的乔治·华盛顿的传记，并且说了很多评价很高的话——当着别人的面。

派克太太也很友好。“啊，你就是伍德罗·威尔逊！关于你人们谈论了很多事情。”我很有礼貌地问这些事情是什么；这位女士认真地说：“关于未来的事情——我们国家的未来。”她的眼睛在我身上搜索着，我几乎感到晕眩；觉得自己无法清楚表达思想，在非常欢乐的气氛中，芙蓉花的强烈的香气……亲爱的艾伦，我是如此的想念你！在这桑·苏西饮酒狂欢的人群中，我非常、非常孤独！

得知我所做的事情，你会吃惊的是，我亲爱的，但我希望不会反

---

① 一位佐治亚的医生曾告诉过她，“只要一个男人的脖子是丰满的、坚挺的、强壮的，他的身体就是健康的。”威尔逊夫人养成了一个习惯，每天晚上睡觉前，按摩威尔逊博士的脖子，并检查是否有发炎的粉刺，敏感的痣，肿胀，不自然的凹陷等等。没有一个妻子能像艾伦·威尔逊那样关心丈夫的健康；我希望，我不会让故事跳跃得太远，1914 年 8 月，在她临终前，威尔逊太太用尽自己的力气，焦急地询问丈夫的健康情况，因为，美国总统的担子重重地压在他的肩上，这加剧了这个可怜人的很多病情，以前从未有过的病情。

对，就是我已经起草了几封信，写给我们可敬的董事长，[①] 写给戴维·琼斯和他的弟弟汤姆；写给赛勒斯，爱德华，摩西，巴顿博士，（尤其是）韦某某本人，让我重新考虑我的位置，想知道计划是否会有所更改，研究生院的位置是否有了折中方案……不要以为我日渐软弱，亲爱的！虽然我在心里知道我是对的，然而我是（事实上）被小人国的国民包围着的格列佛，必须根据这一情况进行统治。（正如皮尔斯·范·戴克安慰我所说的，我不能为了我的理想毁掉大学；虽然我当时很生范·戴克教授的气，但是我现在明白他的话是明智的。）现在，我必须穿衣服去吃晚饭了，虽然，在桑·苏西宴会狂欢后，我几乎没有什么食欲和"社交对话"；我亲爱的妻子不在我身边，我就更没欲望了。

爱你的老公，

伍德罗

海军大酒店

1906 年 4 月 20 日

我的心肝宝贝，

谢谢你，亲爱的，你可爱的信！虽然如你所说没有太多的"内容"提供，你关于我们家的消息，关于普林斯顿的消息都"只是小事"。但是，这些对我来说是最珍贵的，离我亲爱的你那么遥远，就连你在信里的声音对于我孤独的耳朵来说都是音乐。

在这里，有高尔夫，草坪网球！——（你的丈夫很不擅长这些活动）；乘"电动汽车"岛上观光——亲爱的，好像我的社交活动已经开始了。漫步在酒店四周摆满鲜花的小路上，我听到一个声音——"伍德

---

① 威尔逊博士提到格罗弗·克利夫兰，这个人的名字他不忍心说，他不太喜欢他，克利夫兰在普林斯顿死去的时候，也是就 1908 年，威尔逊博士下令普林斯顿的校园不要有任何举动，甚至没有一个国旗降半旗致哀；尽管，在普林斯顿的其他地方，在美国的很多地方，很多国旗降了半旗。

罗·威尔逊，会是你吗?”——是弗兰西斯·派恩，同行的还有几个人；我无法逃避我们的邻居，大学的捐资者，已经被迫到桑·苏西参加下一步的社交聚会了。

今天下午，百慕大群岛的首席大法官，高兰先生，跟我聊天，他的谈话亲切而漫无边际；我在这位白头发的老先生的身上获得快乐，是因为他不知道（或关心）任何的大陆政治；事实上，他是英国人；普林斯顿大学不过是几年前他的一个亲戚读过书的一个“非常愉快”的地方。塞缪尔·克莱门斯先生过来了，他穿着耀眼的白色服装，斜戴着草帽，嘴里叼着有害的雪茄，邀请高兰先生和我在台球桌旁“重击”他；高兰先生笑着接受了，而我以有讲稿要写为借口，拒绝了。“再找个时间吧，也许，嗯，威尔逊博士，等你不在忙着拯救世界的时候?”——克莱门斯先生用他惯常的方式如此说道，一些人认为这种方式粗鲁，其他人认为有趣。

我要承认，这是我的荣幸——克莱门斯好像喜欢我。

亲爱的，这些花言巧语太累人了，还有其他的！我还得将写给董事会的信定稿；不过，明天早上再写。与我的理想妥协也比“毁掉”大学明智，我认为；妥协也比毁坏自己的健康强得多，危害我亲爱的妻子的健康，我对我的妻子的爱超越一切的表达能力……

爱你的老公，伍德罗

海军大酒店

1906 年 4 月 21

我的心肝宝贝，

收到你的来信再次给了我莫大的惊喜，校友们的回信数量众多，而且内容让人愉快！——这有助于在一定程度上减轻查尔斯顿那件事的痛苦。(有很多暗示表明，有几个查尔斯顿的校友确实已经写信给董事会，要求我辞职。这种无耻的行为甚至不值得我做出反应。）今天，我将起草信函给众多有影响力的人，包括科尼利厄斯·凯勒、亨利·巴亚德、杰克·希本、摩西·派恩、温斯洛·斯莱德——你能想到其他的重要人物吗？——除了那些我昨天列出来的。在这个天堂般的地方，我的大脑里充斥着这种和解的新态度。(我会尽力避免仅仅是“妥协”，我讨厌这个词。)

在这里，在洒满阳光的露天阳台上喝“上午茶”，我在躲身给我心爱的小太太写这封信，其他的客人都不着急到阳台上来，把我从孤独中“拯救出来”(如果知道关于我是什么样的人的那些谣言，你会觉得很好笑；一个怪异的传言说我是欧洲的一个小公国“流亡”或“贬黜”的君主！派克太太大笑着告诉我说。)

今天早晨我起得很早，打高尔夫；我的同伴是弗兰西斯·派恩和他的客人英格利希·冯·葛奈斯特伯爵，我想你在普林斯顿可能听说过他；因为他今年冬天是德拉姆斯瓦克特的客人。伯爵说话带有浓重的口音，不过他很懂英语；他的全名是英格利希·鲁道夫·海因里希·哥茨莱科－穆勒·冯·葛奈斯特伯爵。他确实是有教养，有着古老的瓦拉几亚人的血统。我开始明白为什么派恩斯和其他几个普林斯顿西区的家庭都喜欢他。要不是他有欧洲背景，人们可能会以为他是阿盖尔郡的坎贝尔呢！——也就是说：男人中的男人。他的额头高高的，轮廓分明，一副沉思的样子，发型带着十足的贵族派头；他的鼻子高挺，他的耳朵大而柔软；他的眼睛里有着一股妩媚动人的黄褐色，颜色会随着光线而变化。虽然是一个有爵位的贵族，承认自己的血统与大多数欧洲贵族有遗传关系，但是伯爵却自称是“没有祖国”和“感谢他的美国朋友们的好客和仁爱”。他用可能想象得出的最迷人的方式对我说：“威尔逊先生！你在盯着虚无家族的唯一活着的继承人。”

事实上，伯爵也阅读了《美利坚民族的历史》对其价值极尽恭维；声称他从中学到了很多东西，因为，在欧洲，他说：“我们通常不认为美国人是一个民族，而是一个顽强的杂种血统混合人群。”他对于我写的那篇文章印象非常深刻，这篇文章是关于 1894 年臭名昭著的普尔曼联合抵制事件，以及评论平民论者的总体威胁：劳工煽动、罢工，直接犯罪，就像最近发生在帕特森的骇人听闻的事件。——我在黑人、东方人以及大量的欧洲出身下层阶级的问题上提出有必要关注白人歧视，伯爵和弗兰西斯·派恩都认为我的观点是最好的，因为那是他读过的主题演讲中最合理的。“我一直认为这是很不幸的，”伯爵说，“这样的看法，对于任何一个头脑清醒的人来说完全不言而喻，却往往在公共媒体以及讲坛上被那些通过煽动者、骗子和疯子大声叫嚣！——这是，你知道，令我们非常尴尬的。”我陈述了自己的观点，坚信美国人民受到上帝的庇佑，美国人因为“监护人的使命”而凌驾于普通人之上，旨在——不，是有义务——在全世界传播我们的理想，即：基督教和民主。对此，伯爵提出了唯一的异议。俱乐部里其他的人也加入了我们的辩论，包括艾德格尔斯特恩·菲茨伦道夫。我认为我的话有说服力，亲爱的——我相信，你要是听到我说的会骄傲的——因为，毕竟，这是1906年尽人皆知的观点，自麦金利时代以来一直如此，就是，上帝赋予了美国在世界各地传播福音和基督教民主的使命，以及打开东方市场的使命——通过外交手段，否则就通过强权。“我们是世界政治中吹拂的一股纯净的空气，可以破坏古老的幻想，清理着各地的病态的有毒气体，我向那些先生们作了解释。我们争论这是否是一个“美国的”义务抑或更是个“盎格鲁－撒克逊的”义务，我们在午餐期间也在思考这个问题，相互尊重地握手，我现在感觉真地“妙极了”……这些人现在都站在我这边。还有更多的人，只不过没有声明立场。

派克太太坚持要请我吃饭！——坚持说是马克·吐温本人邀请您参加，威尔逊先生，这让我很受用！

“谢谢您，可是我恐怕必须谢绝您的好意”——这些词清楚地说了出来，可是——（莫名其妙地）——被这位很高兴地转动着遮阳伞的美国女继承人理解为相反的含义了——“谢谢您，先生——我会派我的司机下午7点在这个阳台下接您——希望您在那个时候已经放下您的许多论文、书籍，抬起头，你会用眼睛去看着点。”

所以看来，我的心肝宝贝，我必须出去了，虽然非常不情愿——非常不情愿！没有我亲爱的妻子帮我打领带，看到我“穿着得体”地融入一个体面的上流社会的圈子。

唯一的恩惠，我将在酒店大堂把这封信贴上邮票并寄出去，它会迅速到达我的心肝宝贝那里，明天清早就会到达！

爱你的老公，

伍德罗

海军大酒店

1906年4月25日

我的心肝宝贝，

这个天堂般的地方，我的头多么紧张地旋转着，绞尽脑汁！

原谅我，亲爱的，我已经几天没写信给你了——因为我一直完全沉浸在工作中——像个和尚一样封闭在这个房间里！

感觉有点喘不过气来，我亲爱的妻子，因为今天的大部分时间里我一直在准备修改我的声明，打算用来代替辞去校长职务时的辞职信——我一生中意义最为深重的一篇稿子！

你会说伍德罗不要夸大其词！你会使你的心跳加快，大脑发热——不要夸大其词！

当然，你是正确的，我的心肝宝贝。你总是正确的。

这是女人的天才，了解我们，而我们却不了解我们自己。

我多么希望，亲爱的艾伦，我可以把这份声明读给你听；在声明中，我在想方设法避免“低声下气”的同时——（作为阿盖尔大家族的一个后裔，我很难成为一个“尤赖亚·希普”）——我却非常冷静地解释了我以前在研究生院的牢不可破的地位，并表示道歉——（是的这是**真诚**的）尤其向韦斯特院长道歉，我承认，在过去的一年，我对他在某种程度上进行了中伤。

因此，这项工作进展顺利；但我必须再准备一稿。还认为最好是我自己完成所有的打字工作，不用酒店里的“出租秘书”来打字；在这样的时刻，很想念我的心肝宝贝。可是——**我要自己把写给格和泰**[①]**的信打出来**——在一天或两天之内寄出去。

我的大脑感觉发烧，我想沿着海滩在风中走走会有治疗作用；因为午餐是很多的唠叨——随后的两车客人被拉到政府办公楼与州长一起喝茶——（如派克太太所解释的），州长是受人敬重的基奇纳将军的兄弟。在这群人中有塞缪尔·克莱门斯，他穿着白色的亚麻布衣服，雪白的头发和竖立着的硬硬的黑眉毛，令人惊叹不已——菲茨伦道夫夫妇——弗兰西斯·派恩——英格利希·范·葛奈斯特伯爵；当然还有派克太太，希贝拉（她让我这么称呼她）看来好像认识所有的人——她笑着说：从来没有像当她“和客人们碾压在一起”时这么高兴。所以——我们被碾压着。

基奇纳州长是一个高贵的老头，“光辉孤立”的典范——即使是在百慕大群岛这一非常狭小的统治范围。因为，虽然够迷人，这个作为英国保护国的天堂般的小岛是世界上对于历史无关紧要的区域之一。我多么羡慕这位先生！统治他的帝国岛，没有任何在野党，至少他所知道的情况如此；人口由受过良好教育的和有教养的白人组成，其中的很多人显然是富裕的游客和参观者，他们不会提出任何政治问题，因为他们只是短暂停留，对岛上的政治漠不关心；所有这些人由一群训练有素的、说着别有特色的英语的黑人伺候着，不像我们美国的黑人。（听到他们的声音你会惊讶，亲爱的！简直就像是一种笑话，或恶作剧，这么黑的黑人会讲如此精确的英国英语，像一个逗人乐的玩偶；对于美国游客来说：没有任何暗示表明这有什么奇怪的；在这里，我所遇到的仆人都受过极好的训练，绝对称职能干。我真希望能运一些回家，运到我们位于前程别墅的家！）

“对不起，先生”，还有一次，我一边沿着海滩走，一边思考这些问题，当时没穿鞋和袜子，差点踩着一大群水母；很感谢一个年轻人，他

---

① 格，指格罗弗·克利夫兰；泰，指泰迪·罗斯福。——译者注

面带困惑的笑容，麻利地过来救我。谢天谢地，亲爱的艾伦，你不在我身边，否则你会因为恐惧和厌恶而难以忍受，这些半透明的一团团胶状物质，尾部长着丑陋的触角，被潮汐冲到海滩上；尽管我记得在午餐会上，虽然别人的谈话吸引了我的注意力，我还是听到了弗兰西斯·派恩对于这些特别的水母的“非同寻常”的现象的评论，即在每年的这个时候都会出现在这些水域中的狮子的鬃毛。

啊，在吃午饭的时候，还有一个令人不安的谣言，就是那个吹牛大王“TR”[①] 和家人可能要参观百慕大群岛；塞缪尔·克莱门斯抽着最难闻的雪茄烟，吞云吐雾，说了一通布尔一摩尔斯总统更像公牛而不像驼鹿的可笑的话，[②] 引起午餐会上的狂笑。我承认，我和宴会上的其他人一起大笑的，因为克莱门斯先生非常搞笑，即使说他又残酷又狠毒。希贝拉·派克转向我，问我对总统的看法，像任何外交官一样，我提出反对看法；然而，我讲了行刺的故事，一个无政府主义者去宁静的百慕大群岛扔了一颗炸弹在咧着大嘴笑的总统面前，这引得大家哄堂大笑——这里，没有足够的警察保护总统……因为这种刻薄的言词，你可怜的丈夫会受到罪有应得的惩罚，在两小时的午餐结束时，在赤道地区突然胃痛发作，不得不唐突地离开。

我的心肝宝贝，我担心这些新朋友会在我的背后悄悄谈论我，说我“不善观察——因为克莱门斯先生往往是最犀利的，能够在别人身上看到更为温和的眼睛可能会忽略了的弱点和缺陷；希贝拉对于旁边桌子上的长着龅牙的英国女男爵作出了极为残忍的评判；我感到一阵痛楚，因为如果我们亲爱的女儿们听到这种欠考虑的评论会受到伤害。(这里的英国和美国客人都非常宠爱派克太太，人们经常看见她和葛奈斯特伯爵和派恩先生在一起——有件小事向你报告，我看不到克莱门斯先生所称

---

① TR 指的是 Teddy Roosevelt（泰迪·罗斯福，即西奥多·罗斯福）——译者注

② 英文姓氏为 Bull—Moose，即公牛——驼鹿，所以导致被取笑——译者注

道的那种波提且利[1]画作中的女人身上的宁静平和美，而到目前为止更喜欢那种不那么“有教养的”和“工于心计”的美！回想一下耶稣吩咐我们要看到灵魂深处、不被外在自我弄得眼花缭乱的话是有益处的；对于派克太太更是如此，因为派克太太属于（所谓的）美貌、良好的教养以及财富并没有赋予她善良和慈善的那种人，而是恰恰相反——因为像她的同伴克莱门斯先生一样，希贝拉似乎无法抗拒狡猾或犀利的妙语，激起听众大笑。)[2]

请原谅，最最亲爱的妻子，这封信有些语无伦次；我的思绪像不安的飞蛾一样到处乱飞，自己朝着这里的屏幕撞，渴望用光和热杀死自己成为牺牲品！我不想吓唬你，但我的精神受到了一种新的神经炎以及“赤道兵变”的攻击，现在我必须把平卡姆的药和油酒石一起吃（如此令人作呕地混合在一起，病人希望别吐出来）；希望能睡觉；如果睡不着，就只能用泵了，别无他法，尽管你求我说当你不在身边的时候不要用。

爱你的老公，

伍德罗

海军大酒店

1906年4月26日

---

① 波提且利：佛罗伦萨画派的意大利画家——译者注

② 历史学家间的分野是明确的，且不可撤销的：派克太太和威尔逊博士之间“亲密关系”什么时候开始？是在这一天，4月25日，或者接下来的一天，那天威尔逊博士突然取消他在海军部大酒店的预定，而是在桑·苏西度过了几个晚上？据说，派克太太和愚蠢的威尔逊博士之间有很多信件来往，但是，据我所知，不幸的是，没有一封信件被保存下来。(最可耻的是，那个时候，派克太太也被认为在与塞缪尔·克莱门斯调情，这样的关系不是那么不合情理，因为克莱门斯先生是个鳏夫，而派克太太的丈夫似乎并不存在。关于这样的私通，我们可以认为伍德罗·威尔逊并不知情。)

我的心肝宝贝，

谢谢你的甜蜜蜜的来信，替我感谢女儿们，谢谢她们给我写的令人愉快的小短信——你无法知道我是多么的感动，在躁动不安的夜晚之后；在整个漫长而令人不安的一天，我是如何把我亲爱的家人紧紧拥在心口的。听到你从梅德斯通那里得到的“麻烦的”消息，我是多么难过啊。因为你已经选择不提供细节，我就更担心长期卧病的阿德莱德·伯尔的病情已经恶化。在这里，尽管不到万不得已我尽量避免与普林斯顿的面孔接触，我发现自己又已接受了一份晚宴邀请，这次是菲茨伦道夫家在桑·苏西举办晚宴；我的苦头是今天晚上要穿上我的双排扣长礼服和灰色条纹的裤子、我所拥有的最硬的硬领。好心的菲茨伦道夫太太已安排他们的司机开着派克太太坐的“银云皮尔斯－利箭”再一次接我。(虽然我非常不喜欢让我们普林斯顿的朋友和邻居们认为我没有自己的交通工具；董事会给我的工资让我如此囊中羞涩，买不起汽车，更别说一名司机开车送我回家了。）虽然菲茨伦道夫太太很仁慈，但是她有些强制，这往往是有财富和社会地位的女性的性格缺陷；对我的鉴赏力来说：她的衣服太“新潮”——几乎像派克太太的衣服一样算计着去吸引眼球，据说给她缝制衣服的是一位赫赫有名的巴黎设计师，这个人是为法国第一太太设计时装的。菲茨伦道夫太太和派克太太都是那种青睐最精致的“轻淡柔和色彩的”；她们礼服的下摆都非常宽大，而服装的肩线都出奇地低，据说是日本风格（因为派克太太看见我目不转睛地盯着，笑着解释的）。这里的妇女们帽子都巨大——没有像我亲爱的妻子的那种修剪适度的小帽子——装饰着豪华漂亮但却很张扬的鸵鸟羽毛。克莱门斯先生嘲弄地说要牺牲多少鸵鸟才能让我们女人的虚荣心闪闪发光啊——对此我内心喃喃地说**阿门**！

我本想告诉你，亲爱的艾伦，前几天我碰巧看了一眼菲茨伦道夫家的孩子，在普林斯顿没有几个人见过这个孩子——孩子的名字是特伦斯——穿着婴儿服装裹在襁褓中，放在一辆遮着帷帐的婴儿车上，保护孩子免受太阳的强烈光线；还有，如阿曼达说，最奇怪的是，免受孩子可能受到的任何“奇异的影响”，防止一个成人俯身凝视他的小脸！

终于——我准备好了写给学校理事们的信件的最后定稿。——将在明天像一个特洛伊人一样辛劳跋涉地去寄出；希望收件人会在我回到普林斯顿的前几天领会这些信件的重要意义。

不要担心我，亲爱的——我很好。(我只需要用一次泵!)虽然蓖麻油快用完了，我希望我可以在这里的岛上购买到，因为没有了这种东西我会绝望！

我最亲爱的妻子，我现在必须停笔了，因为时间过得太快了，派克太太的车很快就会来接我，像一辆战车从天而将。我很想念我亲爱的艾伦，无法言表。

爱你的老公，

伍德罗

海军大酒店

1906年4月26日上午11点

我的心肝宝贝，

真该死，我只有现在才让自己舒适地坐在了沙滩上的这个小桌子旁边，附近有某种邪恶的骚动；不守规矩的孩子们尖声呼叫和闹嚷。最烦人的是当我正在润色和完善我的信件时，我的头一阵阵剧痛，我的手开始颤抖。

看来海滩上的奥秘揭开了：一只讨厌的水母显然刺痛了一个涉水的孩子，他的保姆疏忽了。一个十岁的男孩昨天也被刺伤。孩子们在这附近玩耍是非常愚蠢，他们的父母允许他们这样做同样愚蠢。(我向一个很有礼貌的浅肤色黑人表达了带有这层含义的话，当时他正把我的桌腿安放进沙子，听了这话，他微笑了一下，翻了翻眼睛，向我传达了一个清晰的信号，那就是，这个天堂般的小岛上的黑人都认为观光客和游客涉水是极度愚蠢的行为；但绝不想表达这样的看法，当然。我觉得是我的南方的根使得我和黑人种族密不可分，在愚蠢的北方人的眼中，我们与黑人有着融洽的感觉!)

范·葛奈斯特伯爵好像是位了不起的博物学家，甚至到过荒凉的加拉帕戈斯群岛，这些岛因为达尔文而恶名远播，根据他的观点，被冲上岸的大群的水母中有些比普通的水母大，胶状的汁液囊和触须的大小几乎不可思议；其毒素相当厉害。昨天，男孩的腿上留下了难看的红色伤痕，他哭得极为恐怖……我也会哭的，如果我无意中撞上一个闪闪发光的原生质动物，那些家伙从远处看就像是大海的碎片，或者像海藻!

派克太太已经邀请我在桑·苏西度过我在百慕大群岛剩下的假期——她非常善良，因为海军大酒店那些年老的英国客人开始令我感到厌倦；那里很有吸引力，无论葛奈斯特伯爵抑或塞缪尔·克莱门斯都是那里暂住的客人，别墅的美丽、好客也令人惊叹，位于岛的最南端的半岛上，四周长满了高大的棕榈树和美丽的叶子花，高达二十英尺。据报道，桑·苏西的仆人们都不是普通的西印度黑人，而是原来的“契约佣工”(当他们到达岛上时，其中一些人被告知说：他们的契约期限已从七年提高到九十九年——如果他们是黑人)——因此这些人总的来说素质高些，且非常聪明。

我多么希望你在我身边，亲爱的——我如此依赖我亲爱的妻子，来“打扮”我；一副清教徒表情的普林斯顿牧师认为我的装扮暴露了我的单身汉的处境，他感到必须帮我调整领带，或衣领或袖口，而此时的我在那些嘲笑我的女士们面前束手无策。

昨晚，当一个仆人端着一小杯又一小杯“海地”黑咖啡走过来的时候，克莱门斯先生在我的耳边低声说了一句离奇古怪的话——“啊，豪华！舒适！轻松！财富！丰富的食物、饮料，享用的人！这一切都令人非常麻木、迟钝，是不是，威尔逊先生?”——当时，希贝拉就在几英尺远的地方。当我听到这样的话吃惊地抬起头的时候，克莱门斯先生很快改口说：“不过，对于余生来说：这是更可取的，当然。这是一个人必须考虑的。”

(克莱门斯先生看起来比我最后一次见到他老了很多，这很奇怪。他一边抽着雪茄，一边说他打台球，“像一个从地狱来的恶魔。”然而，他的头发那么白，那么浓密，胡子那么骑士。他的雪茄散发出非常强烈的恶臭味，我担心我要快点离开这个房间，否则会生病的；但我知道我的离开会引起其他客人的欢乐，我不能冒这个险。当派克太太“点燃”一根雪茄时，想象一下我的惊讶吧——我相信那种烟叫小雪茄——给她自己点的，——一边和男人们说笑着一边喷着烟圈，幸好是在露天。)

除了清晨和菲茨伦道夫太太的鱼汤进行一场小规模战斗之外，我的食物一直消化得相当好，我由此预测我回到普林斯顿以后会很好，我认为！然而，更重要的是，我和一批对于美国的未来以及美国的“独特”政治有着不寻常的判断力的人进行了多次高水平的谈话——关于大众为了他们自己的利益而总是不去投票的政治倾向，或者根本就不投票，这就使得老道的政客们有机可乘，从有利的方向去操纵一切。我尤其珍视我和葛奈斯特伯爵的谈话，他的智慧、机智与克莱门斯先生不相上下，除了言词不是那么激烈。我已经和你说过，伯爵说英语带有明显的口音；有时，他的演讲是非常具有流动性，类似音乐。这里是一个绅士，也是个男人，而我们的吹牛大王总统“TR”的行事方式却不是这样。他在任何时候都表现出与生俱来的勇敢，以及从容淡定、尊重权威；如他所说：他看出来我是一个美国贵族，生来就是统治型——伯爵说，是那种欧洲人立即就能识别出的类型。他的眼睛是一种奇怪的类柠檬黄的色调，像某种已抛光的皮革。

他的头发如狮子般，有些地方已经变白了。我承认我有点喜欢他，怀疑他可能被说服在大学演讲，关于他选择的任何主题——历史，政治，加拉帕戈斯群岛！当我们第一次相遇时，这位绅士喊道：“啊，著名的威尔逊博士！他好像在普林斯顿有很多的敌人，他们全都是胆小鬼，而人们感觉他注定是伟人”——另外一次，关于另外一个话题，伯爵喃喃地对我说，几乎是在道歉：“没有人在自己的地方社区里是一个先知，威尔逊先生。你必须在这一点感到有所慰藉。”

最亲爱的艾伦，一个男人发现另一个男人是这样的一个朋友，真是如此罕见，还是一个陌生人！

下午3点10分

徘徊在桑·苏西周围——这里和前程大街周围是多么不同啊！在那里，我从来没有感觉像在家里一样，因为大学是土地的所有者；大学生目瞪口呆地凝视或穿越栅栏呆呆地望着是他们的权利，整晚的时间都是。但是，在这里，一切都是阳光、大海；因为没有人敢在这片私人土地上非法侵入，如此坚固，外人无法进入，桑·苏西的仆人如此能干，非常忠诚于他们的主人。我希望我亲爱的小妻子可以跟我一起走走，观察一下这富丽堂皇的别墅，光滑的白色灰泥和红色的百叶窗；如此古雅，派克太太称它为“小农舍”，有两个巨大的耳房，有十四间卧室，和新泽西州长那座位于格特的豪华的避暑山庄一样辉煌，或是说：就这一点而言，和梅海角的任何东西一样辉煌。

多么势利的普林斯顿西区——（不排除我们无耻的享乐主义的前总统）——都目瞪口呆地凝视或呆呆地望着，想看看我在这里受到了多么亲切的对待！他们饱受诟病的、容易上当受骗的伍德罗·威尔逊在这里受到皇室的待遇！看看希贝拉多么为我担忧，我的套房非常理想，桑·苏西的每项服务我都可以随便享用。

只有，或者曾经只有，一个不和谐的音符——就在今天早上——我在阳台上徘徊，望向大海，海滩上的一个动作引起了我的注意——一个别墅的仆人，尽管肤色很浅的；我感觉这年轻人似乎像是拉格尔斯家的男孩，这让我很不舒服，我和你说起过他——他曾经骗人说是我的一个亲戚，你可能还记得——一位大学的老师，一位神学院学生——已经被大学和神学院都开除了——原因让人难以启齿——不过，后来，我看见这个仆人好像在和葛奈斯特伯爵谈话，在一个宽阔的石板平台的边缘；一个红色的什么东西掉在了地上，那个仆人迅速弯腰把它捡了起来，好像是防止伯爵这样做；就是这样，一枝艳丽的叶子花，那位无礼的年轻人插到了伯爵的翻领上，伯爵大笑起来……想象一下，他们两个朝我的方向看一眼，当时我多么惊恐，不过幸运的是没有看到我，我蹲在屏风后面一动不敢动。

我相信桑·苏西仆人不能是雅格尔·拉格尔斯。这不过是一种错觉，在过度受到刺激和一晚睡眠不佳之后的错觉。

另一个孩子被水母蜇伤了，好像是。他们说：这个可怜的小女孩失去了知觉几分钟，现在已经被抬去住院。可惜！只有八或十岁。有人会认为，保姆，或母亲，更近距离地看着就好了……我很欣慰，你，亲爱的艾伦，有幸没看到这些大自然的奇丑的怪物，生来无骨架，发着柔和的微光，却能致人死亡。今天，克莱门斯先生讲了一个下流的笑话，让我很反感，在某种程度上，是关于狮子的鬃毛与无数的卷须和刺痛的毒素的话题。(很奇妙的是，伯爵葛奈斯特回忆说：亚瑟·柯南道尔，英国推理小说作家，写了一个叫做“狮子鬃毛冒险记”的什么东西，克莱门斯先生没有听说过，正如他懒散地说：他没有浪费他的时间阅读仅仅是幻想的东西，因为现实世界的痛苦、折磨就在眼前。)

香槟，白葡萄酒，餐后甜酒——对此我婉言谢绝，这几乎不需要说；我无法合眼，“赤道地区的叛乱”如此严重……

午夜

啊，我多么想念我亲爱的爱人！虽然桑·苏西的卧房装饰华丽，对于一个孤独的单身汉太大了；夜间海浪的声音很舒服，像一个巨人的手掌轻抚着、安慰着。我的脖子，因为晚上伸的时间太长而僵硬了，我晚上是想听听那些人们激烈讨论的智慧，像羽毛球上的羽毛一样，非常希望得到我亲爱的艾伦的轻柔的手指的安慰，把疼痛、痛苦、寄宿在我大脑加热槽里面的恼人愚蠢的担忧清除掉……

在夜间醒来看到一个可怕的幻想，也可能是早些时候看到的什么东西，但在我心不在焉的时候大脑里没留下印象；然而现在看到的，一个令人不安的活生生的形象，我们的朋友、邻居阿曼达·菲茨伦道夫默许了伯爵关于一个微小的象牙鼻烟盒里的一撮鼻烟的出价！在所有的普林斯顿的女士们中，菲茨伦道夫太太，一个刚刚做母亲的人，允许伯爵把鼻烟插入她的鼻孔，让她呼吸，然后打喷嚏——她的脸上出现了一个泡泡，转瞬即逝了，眼泪从她的眼睛里流了下来。

这件事，年轻的黑人仆人的阳台事件，让我稍微重新审视我的新朋友英格利希·冯·葛奈斯特伯爵；虽然是男人中的男人，肯定是一个绅士，我不确定他的态度是否支持“前程大街”——支持威尔逊博士的“温柔的港湾！

至于艾德格尔斯特恩的缺席，克莱门斯先生摇摇晃晃地走过来，他粗短的手指夹着一支点燃的雪茄，对所有会听到的人说：“一个人可以在不愉快的情况下独处几个月。无法忍受的情况下可能需要更长一点时间。”

爱你的老公，

伍德罗

桑·苏西

1906年4月27日

中午12点

我的心肝宝贝，

再次感谢你的亲爱的小信，承载着这么甜蜜的家里的消息，信是昨天从海军大酒店带来的；莫名其妙地放在了我的卧房里，我忠实的男孩以赛亚眼光锐利，刚刚发现了它。

他妈的！就在我离开这里去写信的时候，我的一些论文——给凯勒、希本、斯莱德、派恩等人的宝贵信件的草稿——已经从阳台上吹走了，吹到了海滩上；我非常愤怒，亲爱的，我想让它们吹向大海算了……要不是亲爱的以赛亚卖力帮忙的话，他会为我“做事”，他多次说过，“直到地球的终结”。

(关于一件最悲惨的事件的新闻传到了桑·苏西，虽然不是一个惊人的消息：终于有一个孩子被狮鬃水母严重刺伤，心脏肌肉麻痹，死亡。多么可怕的一个结局，对于一个到百慕大群岛过田园生活的家庭来说！我是多么高兴啊，我的甜蜜爱人，你和我们亲爱的姑娘们都**不在这里**。）

原谅我，对不起，我这么迟回复你的上一封信——或那些信——因为你一定知道我的工作非常繁忙，包括《大西洋》的那篇文章以及给费城协会的布道；最近，还有在五月花协会的一篇演讲。这些没有一篇完成了——不过所有的文章都写了相当一部分。我的该死的神经炎让我痛苦不堪，整整一夜；在这里会发生这么多的事情，无论是岛上即兴汽车探险，海滩上故弄玄虚的午餐；哑剧字谜（令女士们喜悦的是，关节僵硬的普林斯顿校长对此却才思惊人的敏捷）；游艇上令人眩晕的旅程，绕岛，看鲨鱼；众多的茶会，晚餐。我很少参加，当然——不过，如派克太太所说："大学校长是大学最好的广告，不能把他的光芒隐藏在篮子底下。"引用塞缪尔·克莱门斯独特的话——"这个地方充斥着百万富翁，就像蛋白虫奶酪充斥着蛆。"

（亲爱的艾伦，原谅我！如果我的话越来越糙，确切地说这不是我希望的也不是我的错，而是受克莱门斯先生等直言不讳的人的影响；这种醉酒的影响不久我将完全摆脱，当我回到我们在"前程"的安乐窝的时候。）

然而，关于塞缪尔·克莱门斯再说一句："马克·吐温"——他有时自称"圣·马克"。这是一个集魔鬼与天使于一身的人。他的外表年龄与精神的内部侵蚀相称，因为一个女儿最近的死亡（那可怜的人间接提到了，不过经常提到）使他的心似乎已经枯萎了。他极为痴迷地说——对有些人沉闷地长篇大论——美国的私刑——美国国会、首席执行官、最高法院如何对此无动于衷。他说：他正在为《哈珀斯》写一篇"爆炸性"文章——《美国：私刑王国》——他让我读这篇文章，——我现在在犹豫是否答应，因为文章主题让我反感；同时，我很赶时间。克莱门斯先生最突出的恶习，他说，他愿意与我分享，竟然是——他抽"最精致的腐蚀肺部的哈瓦那雪茄"——他每天抽这种烟很少低于四十支。(这怎样可能呢?)一位在派克太太家做客的英国女士对这个惊人的统计数字表现出吃惊、焦虑，警告“马克·吐温”，说他在过早地为自己挖坟墓，那位短小精悍的白发绅士表现出一副歉意，告诉她他不可能一天抽超过四十支雪茄烟，虽然他试过。这个人喝的“老爷爷”牌威士忌的数量也同样令人印象深刻，或者说令人焦虑；然而，这是唯一的手段，他告诉我说：“通过这一手段他才可能有望陷入一种宁静的空白遗忘，每天晚上有三或四小时的幸福时光。”不幸的人！我想跟他说说祈祷的舒缓效能，但他吸着他的臭雪茄，喷着烟圈，咳嗽，咯咯笑着说他还试过那个品牌，不知道与“老爷爷”牌效果如何。所有这一切，我亲爱的小妻子，我不应该告诉你，这当然是相当粗俗，令人难堪；越是这样，这位幽默家的回答就越有趣，人们不禁笑了起来。

(克莱门斯先生给共进晚宴的客人讲了一个极其令人捧腹的故事，来博得大家一笑。故事讲了三个来自佐治亚州的黑人坐火车去纽约市，看到他们平生的第一场雪，他们相信一定是下的棉花！想象一下我听到这个故事的惊讶)

克莱门斯先生转过身去，再次到台球桌旁就位。据说，他已经输给葛奈斯特伯爵大约五百美元。趁着转身的功夫，他打了个响指，对我说：“你爬到顶峰时，威尔逊先生，我毫不怀疑你会的，就像我已经做到的一样——你就只剩下一个方向了：迅速走出去，进入到空洞的空间。”

下午5点

亲爱的！——我犹豫是否要责备我亲爱的妻子，但是——你似乎误导了我，或许使我误入歧途。

我不想做这样的指责。然而，我阅读和重读了你写给我的十几封信，自从我离开普林斯顿以来的信，找不到不这样做的证据。

派克太太说：我不能判断过早，或太严厉。

派克太太极其关心我的痛苦，已经安排了她的私人医生“给我查查”，——对此我非常感激。道奇医生已经给了我一瓶一六盎司的蓖麻油，用圣约翰麦汁配置的一种新的处方药，睡觉的时候含在舌下。

然而，我亲爱的艾伦，这里的问题是英格利希·冯·葛奈斯特伯爵与你焦虑的丈夫之间的对话，一个小时内就被泄露出去了。“威尔逊先生，我可以和您说实话吗？”——我的知己这样开始道，告诉我说他在普林斯顿一直听到“一些令人不安”的消息，通过那里的记者听到的；其中涉及一位普罗克特先生“迫在眉睫的遗产”——（这或许是66届的威廉·库珀·普罗克特，安得烈·韦斯特的崇拜者）；他觉得必须尊重我们之间最近达成的这份友谊，告诉我这个事实；还补充说在普林斯顿我的对手们正在忙着发起一场给所有的校友写一封恶意书信的活动，这已经是人所共知的事情了，重申对于我在查尔斯顿，或其他地方“不专业的行为”的指控；鼓动我辞职；而我却在桑·苏西浪费时间。

“在我看来很奇怪，威尔逊先生，”葛奈斯特伯爵说，摆出一幅真心遗憾的样子，“普林斯顿的每个人竟然都谈论这件事的进展情况，而这位大学校长却蒙在鼓里——就是说：不知道——发生了什么。你在家里难道没有忠诚、值得信赖的通风报信者吗，可以委托他们来通知你。”

对于这个问题，亲爱的艾伦，我完全不能回复。我根本无法回答。

跌跌撞撞地离开，非常不安，只有现在，亲爱的艾伦，才能够表达我的心里想什么，我对你的失望；我相信我的伴侣，会报告这样的消息给我；我不能信任我的助手，我的办公室工作人员就更不行了。我知道你只是想保护我，给我时间，正如你所想，从积劳中恢复过来，我越来越不健康的症状；我知道你不想欺骗我，或者破坏我在大学的权威。但我所有的激情都在于这样可怕的权力之争，你肯定知道我的坎贝尔家族的战斗精神只有对我的灵魂实施暴力才能够被压制……

我已经在镇上安排好了，乘坐明天九点的船回大陆；从那里，我要坐火车，尽快回到普林斯顿——不能像奥德修斯那样迟缓，不过，却要拿着那位伟大的被冤枉的战士的战剑，挥舞着砍向我的敌人！

的确，我不想掩饰——我因为你感到很难过、很委屈，亲爱的；这使我们婚姻关系极其紧张，我不希望将这次紧张看作我们的婚姻即将破碎。希贝拉·派克曾经劝我，不要在这时候仓促行事；她提醒我保持冷静；因为“婚姻纽带”是一个精致的结，“一种钳制”，她已经学会谈判，在不止一次令人担忧的情况下谈判。不过，希贝拉对我指出，现在还为时不晚，我还没有把“妥协性的”信寄出去，否则那会损害我的权威性；我现在干脆把信烧了还不算太晚，从我的记忆中删除这些信件的耻辱。这样一个怯懦的想法竟然会受到喜爱——受到来自阿盖尔郡的一个坎贝尔家族人的喜爱！

我相信我现在不能那样做了——因为我的敌人很快会发现。

现在，最亲爱的艾伦，我要打包了；我必须向州长告别，克莱门斯先生，范·葛奈斯特伯爵（我们将在普林斯顿再见，经常，我希望）；向可怜的菲茨伦道夫太太表示哀悼（因为艾德格尔斯特恩，我刚刚得知，和另外一名游客的儿子，被水母杀死了，显然不是狮鬃水母，而是一种叫“海黄蜂”的水母）——啊，我们在普林斯顿会听到更多关于这件事的消息，我想！——因为这是很可悲的，很傻的，一个成熟的男人会沿百慕大群岛的沙滩行走，不穿鞋，走到了一群恶心的水母中。

原谅我的尖刻的语气，亲爱的妻子。我不是真生你的气，而是更生我自己的气，因为作为我的伴侣我一直信任你。这不过是我情绪不安，我的心肝宝贝，突然的猛烈大风吹得百叶窗嘎嘎响，我得赶紧收拾，向桑·苏西告别，在这里，我的生活已经发生了如此重大的变化，并踏上凯旋之路。

爱你的老公，伍德罗

“草里的一个细长的家伙……”

（来自于阿德莱德·麦克林·伯尔太太的秘密日记）

——有一天，你会看到，他们会变。丈夫们会变，那时，除了坟墓，没有任何安慰可寻。

——这已经发生了。我从没想象过会有这事。我被骗了。我被骗了好几个月了。但我不再上当受骗。啊贺拉斯！——亲爱的！你怎么能够背叛爱你的猫咪呢？

——现在是早春。1906年。我担心，我看不到另一个春天了。我已经捎信给曼迪，据说她已经从百慕大群岛回来了。求她顺便到访来喝杯茶，也许她会把伯爵一道带来，我听到很多关于那位可敬的先生的事情，如果不这样我根本见不到他，因为我现在卧床不起。我丈夫每晚都欺骗我，在这个屋檐下和妓女鬼混，所以我要向这位伯爵求助，他是一位绅士，请求他保护我。我丈夫现在瞧不上我，想要我死，我在自己的床上也不再安全。

——一股樟脑、金缕梅、颠茄和薄荷的气味。圣约翰麦汁的辛辣味，布迪诺特医生承诺将“减轻”忧郁。一种微弱的抽水马桶的味道，马桶需要洗了。新来的女孩格丽泽尔达必须双手双膝着地来爬行。

——我头上的头发立起来了，惊恐万分。就像猫的尾巴——当她害怕或愤怒的时候，尾巴就会蓬松成两倍大，像一只疯狂的钟摆那样摆动。藏起来的爪子伸出来了，还有尖锐锋利、闪闪发光的牙齿。

——他不会像奥塞罗掐死苔丝狄蒙娜那样让我窒息而死。

——在我的床头柜上，在弗恩太太的平淡的《诗篇》下面，隐藏着艾米丽·狄金森的《诗集》(虽然我认为这不是女诗人的名字，如此未经雕凿的诗歌会是这个世界的一份赤裸裸的尴尬）——还有沃尔特·惠特曼写的《草叶集》(当然，这不能是诗人的名字！这种赤裸裸的羞辱，性变态，同性恋的诗歌!）和几卷布拉瓦茨基太太的作品，贺拉斯已经警告过我不要看；以为我已经让那个女孩带走了。

——然而，我发现我必须读我的《圣经》。就像在我的母亲之前的她的母亲，她的母亲又在她的母亲之前。在这些薄薄的泛黄的书页上沾满了女人的斑驳的泪痕。求神保护我远离恶魔。这到底是怎么发生的，我的英俊、挺拔，长着卷曲的胡须的丈夫贺拉斯，在西区有口皆碑的最忠实、勤勉的丈夫，已经变了？我那两片由于吃泻药而苍白无力的嘴唇在低声祈祷虽然我走过死荫幽谷我必不怕遭害：因为你与我同在……

——一阵雨夹雪，一年的这个时候下这种雨很奇怪。硬硬的，闪闪发光，像沙子打在窗子上。沙沙的风在烟囱里吹过。我独自一人。我将在睡眠中被杀死。这个家庭里的人们会把手按在他们的耳朵上，就像猴子不想听东西时那样，就像他们不去看他带到这所房子里的接连不断的妓女一样。我不知道，现在是白天还是晚上？——因为天空不显示是白天还是黑夜，天空不再发光。我用食指压着布迪诺特医生的嘴唇，把他留给我的所有的药片都吞下去了——这是我们的秘密，阿德莱德！我不知道那个人的意思，他是个白痴。据说，他将吗啡注入他的静脉，把自己弄成了一个低能儿。然而，他是我们所拥有的一切。我们必须相信布迪诺特医生。哦，贺拉斯！你为什么欺骗我？你为什么背叛你的忠诚的妻子而投向别人的怀抱——无耻的荡妇的怀抱？

——“你为什么哭，太太，”新来的女孩格丽泽尔达问我，瞪大眼睛盯着隐藏在被子下面的猫咪；匆匆下楼去告诉所有在厨房里的人关于女主人的“奇怪的心情”——“白种女人的样子。”谣言于是在伦敦西区的厨房里接连传开了：从梅德斯通到彭布罗克到安海姆到惠特希夫到韦斯特兰德到德拉姆斯瓦克特到克罗斯威克斯到——（我不知道过了克罗斯威克斯家是谁家了，除非是到了地狱）。女孩走了以后，我拿起镜子，凝视其中的幽灵。啊，曾经红润的脸颊现在一片蜡黄，满是痛苦的泪痕！——没有人会注意，没有人会在意。我的头发完全鬈曲着：乱蓬蓬的，烟熏火燎的颜色，现在可怕的致命的灰色已经出现了；我不得不解雇那个下流的小汉娜，因为她使用海娜粉染发剂的技术竟然如此糟糕（因为这个黑人小娼妇是个惯偷，从我这里偷走了我的祖母伯尔的微型天鹅状象牙胸针，尽管我朝着她大声尖叫了，威胁她说要把她扔进监狱，她就是不承认）——我不希望这个新来的女孩如此近距离地接触我！——赶紧走，让我睡觉。因为我的贺拉斯已经不再爱我，只有坟墓在等待我。

——如果我不爱你了，那么混沌又来了。

——无聊，不安，然而当莱诺拉·斯莱德在楼下喊的时候，我捎话说我不能见她，威尔逊太太，当天晚些时候，在所有的人当中——艾伦·威尔逊！威尔逊家甚至连台汽车都没有，只能由那些经济条件更好的人开车送。许多日子，据说威尔逊博士沿着校园的汽车道骑自行车，男孩子们捂着脸在笑。第二天，弗朗西丝·克利夫兰小心翼翼地开车过来查看，是否阿德莱德真像大家都在说的那样糟糕。

——喘不过气来。睡不着觉，尽管吸食鸦片酊。

除了一点苹果天竺葵的果冻，什么都吃不下——（约翰娜·范·戴克善意顺便来访）——涂在烤面包上；一杯加了奶油和蜂蜜稀释的伯爵茶；一顿面包布丁涂上点糖粉构成的午饭——那是我那可怜的胃可以容忍的所有东西，不管医生怎么骂，还有贺拉斯怎么骂。（但是面包布丁有那么奇怪的味道，虽然它是米妮的老配方，我不知道是否有毒药被涂在上面了；“粉状”的糖是**砒霜**。）

——那个偷东西的妓女到处说她的女主人辞退她是因为她拒绝在药房里买**砒霜**。这是诽谤和诋毁，太离谱了，让人无法接受。在我的梦里，伯爵出现在我的面前。我恳求他不要靠近我，因为我是一个已婚女人，对丈夫绝对忠心耿耿。他那双黄褐色的眼睛，他的高贵的布满皱纹的额头有着一种阴燃的力量，“蓬松如狮”的头发，突然间他消失了——像其他人一样。

——最后，经过几个星期的恳求，我的表妹曼迪来了。不真诚的道歉一如她那身寡妇的丧服一样虚伪，如同一个妓女的微笑，伯爵转达了他最深切的遗憾，阿德莱德，正在为去西部的旅行做最后的准备，脱不开身。我没有责怪我的表妹而是亲切地甜蜜微笑。人们疯狂地指责她，说她在百慕大群岛毒死了可怜的艾德格尔斯特恩，虽然另外一些人说那只是一次可笑的意外——那个傻子，赤着脚，踩上了一个有毒的水母！（好像，不管是否赤脚，人们会希望踩在一个水母上，不管是否有毒）人们疯狂地指责阿曼达，她的小特伦斯跟已故的艾德格尔斯特恩毫无相似之处，反倒是像伯爵本人——(虽然头脑更为冷静的人们占了上风，指出冯·葛奈斯特伯爵直到宝宝出世以后才出现在德拉姆斯瓦克特)。我们很快就笑了，又哭了一会；因为艾德格尔斯特恩是最高尚的男人；一直是最忠实的丈夫。我的表妹打扮得很漂亮，一如既往；作为一个寡妇，她是最时尚的；她脖子上围着一条像塞瓦斯托伯尔港的海水一样蓝的日本丝绸披肩，穿着一双漂亮的新高跟皮靴，是平顶海山圣人新出道的意大利鞋匠制作的，每个人都在谈论这件事。

——他在这座城市，他称之为这座城市！——这座城市！他们都离开了我因为我把他们都赶走了，我不在乎。我是病态的，无聊的，残忍的，无法想象布拉瓦茨基太太所说的时空半暗带，即被超越，是什么意思。我一阵疯狂，不能自制，我要把这间病房里装置的天鹅绒窗帘一把火烧掉，我要把放在床上的各种药摔翻、砸碎，我要把我的牙齿咬进一个又一个巧克力，直到盒子完全清空；是的，吐出奶油、樱桃、松露、核桃、焦糖，或诸如此类的东西，吐在地毯上。呸！我鄙视你们所有的人。伯爵让人转达他最深切的遗憾亲爱的阿德莱德他已经在别的地方找到了真正的激情。比德尔太太敢于抛弃她的纸牌！阿莫太太和派恩太太！当无政府主义者开火的时候，我要注视着你们恳求的白色面孔，我会毫不同情地说我不认识你们，一个都不认识。

第三眼的开启，据称，是最剧烈的疼痛——也是最精致的快乐。

我也许会成为一个装置。以我的充满乙醚的身体来提升到更高的半暗带。

——今天早上，卧房太冷。风从一个不严实的窗口吹进来。中午的时候，屋里又已经变得太温暖了。当她为我安放风扇的时候，那个女孩弄得一团糟，摸索着，咬着下嘴唇，因为她是个笨蛋，害怕电。我看得出她是黑皮肤，却是印第安人的长相，嘴唇不完全是黑人的嘴唇，她的祖先必然是杂种。她的头发粗糙、笔直，像一个德拉瓦族印第安人的。她很害怕打开风扇，但我坚持她必须这样做，然后，宽宽的、光滑的、尖锐的、优美的曲线叶片开始转动，慢慢地，接着，我发热的脸上有了一种被抚慰的感觉。

——无法入睡，因为贺拉斯从城市返回来了；我不知道他什么时候会对我说晚安，他的气息会是什么味道，他的脚步会是多么惊人和不稳定。在烛光下读科雷利太太的《背叛的新郎》直到我的眼睛疼。无法确定这个故事是否是一个文学杰作，但是可以确定这个故事是令人心痛的事实。然后我的那卷每晚读几页的狄金森的诗，惠特曼的几页诗，让人热血沸腾；然后，我的“被禁”的那本医学知识方面的书，我必须躲避贺拉斯，不能让他看见，布迪诺特医生也一样，医学博士本杰明-拉什著的那本《医疗咨询和心智疾病观察》(其中一章题为“病态的性欲望”是很可怕的，在其淫秽方面，无法言说。我以前绝不知道一个人能写出这样的文字，不知道任何发行商会印刷这样的东西。事实上我还不知道在文明世界有这种可怕的东西。)

——你为什么不带宝宝特伦斯和你一起来，我想问我的表妹曼迪。这是为什么，你的邻居、朋友中很少有人看到特伦斯。是这样吗，在你去百慕大群岛之前的日日夜夜，可怜的艾德格尔斯特恩经常在这个城市中？

——“我想有一个自己的小宝宝是太晚了吗？”——前几天，刮过脸的布迪诺特医生结结巴巴地给了我一个如此侮辱性的回答时，我很震惊，我密谋推翻一个茶盘，将一壶热气腾腾的水灌进绅士的——

——（感觉真好，写这样一个淫秽的符号：____我的这个恶魔的代码，没有人能破译它；贺拉斯肯定不能，论起猜字谜，他笨得就像踩着高跷的山羊。）

——约翰娜·范·戴克顺路来看我，说她很想看到我，因为她马上要去“四面”，俯瞰特拉华水峡，因为她急需休息；她和宝宝，一个小家庭的所有成员；而不是皮尔斯，他当然必须留在大学里，他的健康状况不允许他旅行。虽然我希望看到约翰娜，但出于某种原因，我尖叫着让格丽泽尔达打发她走；因为我遭受了毁灭性打击，可怜的猫咪被认为不配有孩子，而只比我大一岁的约翰娜却有了她的宝贝。这是不公平的！

我的贺拉斯总是在城市里；或者藏在走廊尽头他的房间里，在那里——（我想，我听到过，）——他哭泣，咬牙切齿。

——“猫咪？亲爱的猫咪！一定看看你的着急万分的贺拉斯，一定。”

拉一张椅子坐在了沙发附近，那时贺拉斯看起来的确着急万分，我的坚硬的心融化了；因为我想我冤枉了我的丈夫；或者，在我吸食鸦片酊以后糊里糊涂的梦境中，贺拉斯冤枉了我。他抱怨说这个房间不通风的，有股“怪”味，窗帘“死气沉沉”，灯被烟熏得非常昏暗。他的脸刚刚刮的，好像；他的眼睛里燃烧着渴望；我禁不住观察着他在如何啃噬他的左手的大拇指，拇指周围的皮肤露肉了，在出血。不要碰我，不要靠得太近，我不能忍受被触摸——我就这样请求着；不要离开我，不要抛弃我，我是深爱你的合法妻子——我就这样恳求着。

——（拉什博士的书以无所畏惧的笔触记录了人身上的动物性，有着无法言说的情欲的细节。这些书页应该一页一页地丢进我的壁炉里的小火中，那个男孩亚伯拉罕可以替我做；一页一页地，把这些令人讨厌的惊人真相放到火里。狡猾者猫咪会管住她的舌头，一个字也不提。如果他们知道她发现了什么，他们会对她进行可怕的惩罚——普林斯顿的牧师和怪物。）

——亲爱的普鲁邓思姑妈今天下午过来了；或者是昨天。看到那个女人的阳光、无忧的面孔，我的心一下子充满了希望，虽然由于年龄的增长松懈了，两侧有许多皱褶，但是普鲁邓思姑妈开心地笑着；因为她已经做了巡视，从惠特希夫家到彭布罗克家，从德拉姆斯瓦克特家到莫拉家，从韦斯特兰德到克罗斯威克斯，给这些家庭的女性，她声称，施了一个善意的巫术

（鼠耳草，水兰，长春花，颠茄，雪绒花，曼德拉草，莓茶，狗骨茶，和“紫花景天”）——从来不好好照顾她自己。普鲁邓思朝我眨了眨眼睛，保证着“该成为什么，就成为什么。我们可以希望成为除尘器”。

——（看起来好像，在惠特希夫家，我亲爱的姑妈普鲁邓思遇到了斯莱德家的儿子托德，他低声告诉她，以免他母亲听到，说她的所有的“善意的巫术的蠢事”不可能对“诅咒”具有长久的对抗效果。）

——对于贺拉斯，要赢回他的爱：把雪绒花、颠茄和一点点夹竹桃混合起来，溶解在他的茶里，普鲁邓思姑妈建议。对于神经过敏的阿德莱德，“紫花景天”粉和野生的黄梅——（最后这个曾经被新泽西这个地区的莱尼一莱纳普部落的印第安人用在帮助那些难产的人）。

当我问姑妈，我是否太晚了不能生宝宝了，她看起来很惊讶，好像我低声对她说了拉什博士书里列举的恐怖纲要中的一件猥亵的事情；不过，接着她就恢复过来了，带着一种神秘的微笑，说——“该成为什么，就成为什么。”

——我要给牧师斯莱德写一张字条，虽然在我们中间他现在不过是“温斯洛·斯莱德”；然而，他是坚定我信念的人，我永远不会忘记他在壮年时的样子。我会求他给予我那种曾经满足了我们的长者和我们的祖先的精神安慰；我也会给伯爵写一张字条，让那个男孩寄出去，因为现在生活在我们中间的这位欧洲贵族还在德拉姆斯瓦克特家里做客，我相信，尽管正在西部旅行。（如果，真的，伯爵是在旅行，如曼迪所说。）啊，我要采取一切措施！因为我不软弱；我仍然是一个相对年轻的女人，在我人生的第四个十年。我会轻松地摇铃叫来我的女仆，把我的头发梳成时尚的发式，穿上最新款的沃斯牌子的服装，叫辆马车；没有什么我不知道的事情：坐火车到费城去不是不可思议的；或者在我的任性的堂妹威廉敏娜的陪伴下去纽约市旅行；或乘坐白星号轮船到伦敦，巴黎，直布罗陀，伊斯坦布尔……现在是春天，我的脉搏在跳动！难道我不可以坐一艘漂亮的大游轮到南极地区航行，让那些循规蹈矩的毫无情趣的普林斯顿人大吃一惊吗？伟大的罗伯特·福尔肯·司各特最近就进行了这一探险；难道我不可以继续我的艺术家的职业吗？带着我的大大的素描本，画一系列的南极企鹅群图，来让全世界惊奇与欢乐吗？①

（虽然我想计划到东印度群岛旅行或许更合理，我的叔祖父雷金纳德·柯克帕特里克·麦克利恩是孟加拉炮兵少将，驻扎在新德里——离这个诅咒中的那些灾祸非常远，我应该感觉很安全。因为白人在印度很受尊敬，据我的理解；尤其是有着我们的英国血统的人。贺拉斯会多么惊讶、嫉妒，如果他接到他亲爱的猫咪在大象背上照的照片！）

（这里有一个爱打听的人，顺便提一下：普鲁邓思姑妈小声跟我说莱纳拉·斯莱德曾经在几天前问过她一件非常奇怪的事情。尽管斯莱德太太开始时是用戏谑的方式问，哪一种“爱情药水”可能是赢回考普尔斯通的爱和忠诚最有效的，在会谈的过程中，她接着却询问白色有毒的升麻属植物，常见的茄科植物，美洲南蛇藤和蓝胡子百合：这些东西中的哪一种可能“磨出最好的粉”，在热饮或者混合在面团和加糖以后“不会被察觉出来”。（因为，普鲁邓思姑妈告诉我，这些都是毒药；然而莱纳拉·斯莱德却来了解这些东西，她无法想象！）因此，普鲁邓思姑妈“轻轻劝阻”斯莱德太太，斯莱德太太带着受伤的浅笑说：她的兴趣是“完全科学方面的”和“最好忘记。”）

今天早上醒来时，感觉我非常想念我亲爱的任性的堂妹威廉敏娜，（据说）她的父母“完全剥夺了”她的继承权，因为她坚持居住在纽约市华盛顿广场公园附近的在某处“肮脏的波西米亚式的”住处；最令人震惊的是，竟然是在无年长女性陪伴的情况下。不过，我给彭布罗克寄去了一封短信，托

---

① 这里的注释会是有所帮助的，我认为！阿德莱德·伯尔一定一直阅读着《大西洋月刊》以节录形式发表的斯科特船长的《发现号之旅》，贺拉斯·伯尔订阅了这本杂志；显然，阿德莱德·伯尔已经被爱德华·A·威尔逊的精巧的企鹅画图所打动，爱德华是1901－1904年发现号科考队官员之一。这位历史学家兴奋地发现了这些《大西洋月刊》包含的画图，这些画图原来是梅德斯通的贺拉斯和阿德莱德·伯尔的，1952年，他们拍卖一大纸箱的书籍和期刊时，我花了二十二美元买到的！

他转交给她，我希望老伯尔能够转交，不会卑鄙阴险地扔掉。

——（还有，在普林斯顿，人们在谈论最近发生在岩石山的“蛇狂”事件，谈论我的表妹在这件事情中迄今尚难解释的作用。在一些地方，人们同情可怜的威廉敏娜·伯尔，认为她是受到春季洪水期间从磨盘河的蛇侵袭的受害者，遭到她的女校长非难的受害者，她的女校长因为她对女生的歇斯底里没有做出负责任的反应而立即“解雇”了她；在其他地方，人们认为，威莉自己把蛇招来的，用某种不经大脑的、虚张声势的做法来勾引那些翻身解放的假道学的轻佻女学生。所以我希望跟威莉说说话，找出哪种说法是真实的，或者是否有另外一种说法。）

——白色的缎子上衣，配一条“散摆”的短裙，可是在后腰身部位有一些非常细微的缝褶、双线缝的一行精致的柔柔的铃兰，安娜贝尔·斯莱德在她举行婚礼的那天穿的。前面是一个“围嘴”，带细葡萄牙蕾丝花边的深椭圆形，镶着串珠穗带。单胸襟，这种风格纯洁、时尚，适合我娇小的身材。

婚礼的裙裾，我想，就用我自己的那个镶着串珠穗带的旧裙裾吧——那个东西被认真包好后就放在了这个房间里，我相信。无人问津，像我的新娘礼服一样，长达十五年的时间。

——我的那个很少使用的小小的大理石壁炉里燃着微弱的火，贺拉斯靠近我的沙发，朗读着《最时髦的人和麦克卢尔》上面的文章，想要取悦他的猫咪。在恶魔般舞动着的火光中，他的皮肤上的麻点和斑点异常突出；似乎很明显，一个陌生人在经常通过他的眼睛凝视着。但我必须丝毫不能露出我知道的迹象。然后，因为我一直打哈欠，贺拉斯偷偷地把他的读物放在一边，竟敢把我放在床头柜上的那本薄薄诗集拿走了，诗集是放在弗恩夫人的书下面的；使我惊讶的是，他翻看着艾米丽·狄金森的诗集，皱着眉头，邪笑，不断地用舌头舔着嘴唇，笨拙地读完第一首，接着竟然更加权威地去读第二首，好像这些诗他完全不陌生，而是非常熟悉——

一个细长的家伙
有时在草丛里驰骋——
你可能见过——是不？
他的出现，很突兀——
草儿像被梳子分开——
现出利箭带斑——
然后在你的脚边合拢，
又一路打开向前……
自然界好些人士
我也认识，他们对我也熟悉——
他们让我心里涌起
一片真情实意——
但每次碰见这个家伙，
不管是有伴，还是单独
总是呼吸急促
还冰凉侵骨——

他的奇怪的颤抖的声音突然结束了，你可以看到，他希望这首诗更长些。卧房里紧张局势加剧，狄金森的这些神秘的诗行有一种收紧导线的效果；线已经相当紧了，现在被弄得更紧了；草地上的那个狭长的家伙似乎出现在我的面前，轻吐着它的恶魔的舌头，突然，我不知道为什么，我在笑，然后我又在哭，贺拉斯迅速放下诗集，试图抓住我的手，让我平静下来。几分钟后，我让自己显得平静下来了；虽然我的心狂跳，但是，我把我的痛苦藏了起来；或者说我不想让贺拉斯更加心烦意乱，我害怕这个男人的脾气、在他深不可测的灵魂深处的陌生感。然后，因为接近我晚上九点的睡觉时间了，贺拉斯将注意力转向了米妮为我们准备的甜点托盘，两杯温牛奶；贺拉斯一口一口地用勺子喂我吃蓝莓蛋挞，蛋挞极其好吃，可是甜得过分，我觉得。一时间，我的太阳穴砰砰直跳，眼睛流泪，偏头痛发作，你知道。我毫不犹豫地大胆面对贺拉斯——“这些蓝莓是真的，而不是蓝胡子百合吗？你知道那是毒药。”听到这句话，我的老实厚道的丈夫瞪着眼，眨着眼，紧张地弹拨着他的胡子；然后俯身向前，好像担心我会通过一些手段从沙发上掉下来和伤到自己。此时，我可能已经盲目地用我的拳头、肘部打了出去，喊道：“你想毒死我！你和她！你以为我不知道那个她吗——我可以闻到你的衣服上面的狐狸精的气味……”贺拉斯抗议说：他根本不知道我在说什么；摇摇晃晃地站起来，转身离开了我，接下来发生的事，我不知道——因为看来好像，我一定是昏过去了；贺拉斯把我的嗅盐瓶放在我的鼻子下面，来唤醒我。

“亲爱的猫咪！你要知道，我爱的只有你。”

——最后我表妹威廉敏娜已经屈尊回了我写给她的那封充满甜言蜜语的信，不是责备而是以最轻松的逗趣的方式问她什么时候会顺便到访来看看她可怜的被遗弃的表姐，她的回答匆忙、唐突，显然是没有花费时间，因为信是附在一个粗糙印刷的海报上面的，海报是宣传“**四至五月份年轻艺术家纽约派艺术春天展**。”——一副自吹自擂的架势，因为海报暗示说威廉敏娜已经以 **W. 伯尔**的名字在纽约第五大道第十街的展览中展出了几幅画作。好像如果我进行了这次讨厌的曼哈顿之旅，来看看一场展览是多么地粗制滥造和只是业余水平！贺拉斯也不想陪我去这样一个地方，我肯定。

——现在我对于通过我的嘴唇说出来的话极其谨小慎微。现在我足够精明，邀请格丽泽尔达又吃又喝，品尝她给我端来的托盘上面的东西，尽管我假定是米妮准备的这些食物。我突然很厌倦他们所有的人，像一个吟游诗人演出时的希腊合唱队喋喋不休、东拉西扯，为他们的女主人阿德莱德担心。如果伯爵要是愿意来，带我走！我相信，到了此时此刻，是时候了。

——第 71 篇诗篇。主啊，我真诚地信任你：让我永不困惑。你的公义搭救我，让我逃离：求你侧耳听我，拯救我。

(作者注：这是阿德莱德·伯尔匆匆写的一封信，没有写邮政编码，如读者将会看到的，是写给温斯洛·斯莱德的：将在伯尔太太去世后在秘密日记里发现的一封信，因为这封信从未发出过，甚至没有放进一个写有地址和盖章的信封里。)

1906 年 5 月 5 日

午夜

亲爱的斯莱德博士——

我想提醒你这个诅咒，这是我要开始解释的诅咒，这是一个我必须揭露的秘密，我请求你作为我的精神导师——（虽然我们没有面对面地见过对方，多年来无论关系多么亲密，亲爱的斯莱德博士）——要理解我，要与我分享；你必须拯救我们摆脱这个诅咒，祈求上帝拯救我们，因为**只有你斯莱德博士**可以拯救我们，我现在必须承认这一点。这几个月来我在信奉“奇怪的神”——没找到解决方法。因为我现在所知道的还没有我是个女孩时的多。当时，我跪在你面前，从你纯洁的手指上接受我的第一次圣餐，如多年后的一天我跪在我亲爱的新郎贺拉斯·伯尔的身边进行结婚宣誓。这是一个我希望在整个普林斯顿的村子、整个国家去发出的警告，那就是，我们的身上在发生一件事情，这件事从我们出生的时候就一直在发生，可我们一直不知道。降落在我们身上、迷惑了我们的是影子，我们无法看到阴影所掩盖的东西。这是一个我必须快速讲完的故事，因为贺拉斯也许会发现我的卧室门透出的微弱的烛光。贺拉斯也许可以推断出，他的妻子正在把自己的灵魂暴露给另一个男人，而她从来没有把她的灵魂暴露给他。

现在是在普林斯顿，已经过了午夜，老北教堂钟声已经敲响，这是要解释的诅咒，在我们中间存在着，被遮蔽、被隐去姓名，肉体邪恶，充满罪恶，不知道我死死地盯着他们，虽然也许布鲁特的确知道，不过那就像他们感觉这样的事情一样。我用手稳稳地点燃我的蜡烛，我刚刚从我的病床上爬起来，双腿颤抖，但是却决然地站了起来，我用我的喀什米尔披肩紧紧地裹住我的身体。这是诅咒，这是恐怖的诅咒，你必须祈求上帝拯救我们。我悄悄地离开了房间，悄无声息地走到走廊里，朝着贺拉斯卧房（漆黑一片）的方向走去，胆战心惊，唯恐有人会发现我，哦！这是梅德斯通的生病的女主人，我们很长时间没有见到了；哦！这是那个歇斯底里的女人，她会非常努力地伤害自己，让她回到床上，将她放在床上，放在床上，关掉她的床头灯，永远永远让她**在床上**。没有留神，而是在大厅里毫无声音地快步走着，他会被莉莉丝吓坏了的，他会被这个淫妇所引诱，他会让这个恶魔一幽灵怀孕，他自己根本不知道。一个孩子将因为诅咒而出生，来挑战这个诅咒。我的烛光照出的高大的阴影在跳着地狱般的舞蹈，跳跃着，摇曳着，这一个，我正在告诉你的这一个，这些年作为梅德斯通的主人的这一个，他不在他的卧室——正如我早就知道的；正如我早就怀疑的，我的心里早就知道；你必须拯救我逃离一切正在发生的和将要发生的，斯莱德牧师，在收到这封绝望的信之后马上救我，如果你能做到的话。正如我早就知道的，这个人没有躺在他的床上，因为我知道，因为这不可能是我不知道的秘密，教堂敲响了午夜最后的钟声，猫头鹰在温柔地叫着，咕咕地叫着；我看到扔在地毯上面的床单、皱巴巴的枕套和一只手套，在床底下，只能看见手指，一幅极其吓人的景象，但是我的沉着镇静占了上风，因为这个故事是我必须讲述的，关于我的灵魂中所意识到的这些邪恶的事情，无法言说的邪恶，没有名字的邪恶，尽管他们会嘲笑我，大声说我歇斯底里，快点把她弄回到床上，到奥特赫姆去，到床上去，永远到床上去，永远。毫不在意而是勇敢地奋力前行，边走边读散落在贺拉斯的书桌上、地毯上的皱巴巴的信，**我最亲爱的——我的美丽高贵的无情妖女——我的珍贵的爱人——我的残忍与美丽的性感女郎——我的欢乐与苦痛——我的甜美的我所崇拜的我的销魂的“威莉”**——你能想象到我的嘴唇边掠过的苦涩的笑，你可以想象得出匕首在剜我的心，尽管我当然知道，如果这不是我那位已经当了婊子、妓女的表妹威廉敏娜，就是另一个表妹，因为你自己心爱的孙女安娜贝尔“变了”——恶魔是她在地狱里的新郎。我承认我宁愿发现我丈夫的床有那种格丽泽尔达身上或者汉娜身上的烟熏火燎——满是油污的气味——（我承认，我不完全肯定，汉娜的婴儿的父亲不是梅德斯通的主人，因为人们悄声说：可怜的汉娜在生产时饱受痛苦，是在她的亲戚们收留她的那间位于普罗文斯·莱恩路旁的小屋子里生的）。我承认，没有什么会令我惊讶，斯莱德牧师！想起几年前，在一阵迷迷糊糊、时睡时醒的午睡中，我碰巧听到拖着脚走路的声音和喃喃的幽咽声，在我听来就像在我的卧室外面的走廊传出的低沉的笑声，我以为，这对奸夫淫妇想象着他们的女主人太低能了，不会发现他们；我掀开被子，迅速地踮着脚尖走到门口，把门敞开，吃惊地发现**自己的丈夫跪着蹲在锁孔旁**；我当成笑声的原来是哭泣声，毫无男子汉气概的抽泣声，这是我必须警告的诅咒，这是圣经已经警告过我们的存在于他的血液里、骨髓里的男性习惯，正如《诗篇》所允诺的，斯莱德牧师，你会记得你的确承诺过，祈祷上帝今天晚上来拯救我，为了这位我正在谈论的丈夫，这位合法的正式结婚的基督徒丈夫，他曾经跪在圣坛上，就在你面前，发誓无论疾病、健康都要爱和尊重他的妻子阿德莱德，可是今晚却要被发现躺在一个妓女的怀抱，在马车棚里，在月光下，凝乳般的月光下；极其苍白的月光下；穿着我的睡袍、披肩、穿着薄丝绸拖鞋，在五月初凌晨一点的寒冷的空气中，我没有时间祷告，我没有时间去使自己在思想上准备好去应对我会看到的地狱般的景象，透过饲养马匹的畜栏去窥视，我看到我的颤抖着的蜡烛火焰反射在马匹大瞪着的眼睛里，它们没有吓到我，它们没有吓走我，发现那两个亲密拥抱的好色的动物也没有吓到我，只是厌恶；可怕的难以形容的通奸，我的丈夫在猛烈地狂吻我亲爱的表妹威廉敏娜·伯尔，她都可以给这个男人做女儿了，她也许还是这个男人有血缘关系的亲属，是你的那位已经下地狱的孙女安娜贝尔的学校里的朋友，我想这就是我必须要说的，我想这就是我为什么要向你求助，我的表妹威莉由于和你那位遭天谴的孙女的友情而被罚入地狱；我看到了一切，无法转身离开；我看到了一切，知道我要将之公布于众；神魂颠倒地拥抱在一起的丑陋的裸体，狂热的亲吻，无耻的男人喃喃地说那些**噢我的爱人我的甜蜜残酷的威莉——宝贝我会有什么不为你做的呢，为了这个**——这个男人热切的爱抚，那个年轻女人的微弱的抗议；在苍白可怕的月光下，眼睛因为羞耻而闭上了；哦，他们吮吸着的嘴唇！——太可怕了，我一回想起来就恶心。这就是发生在我们身上的恐怖的诅咒，斯莱德牧师。这就是在我们与世隔绝的世界里爆发的来自地狱的恐怖诅咒。我们犯了什么罪过，我们不知道。我们是无辜的，因为我们不知道。因为我的那位还是少女的表妹没能阻止我丈夫的粗壮有力的双手，不能阻止他啃咬的嘴、伸出来的舌头，像一些可怕的深海鱼或海洋蠕虫物种；这是恐怖的诅咒，斯莱德牧师，在他的强烈的肉欲状态下，他会希望把可怜的猫咪掐死在她的床上，使他自己摆脱掉可怜的猫咪，尽管她爱，她始终忠诚于他。哦！她是一个歇斯底里的女人，让我们给她服药吧，让我们就像给她穿上她的寿衣那样用床单把她裹起来吧，让我们用最优质的鹅毛枕头来捂住她的尖叫声吧，让我们把这只蜡烛从支架上弄翻掉到她的床上吧，让我们用她的电风扇把她切成碎片吧，哦！不能相信她，她在说谎，她该死，她注定遭天谴：梅德斯通的女主人。

但是，打开我的卧室门，走过来的不是贺拉斯——使我很吃惊、快乐，那是我认识的一位绅士，虽然我以前从来没有看到过他，就像他也不认识我一样；高大，“狮子”的头发；轮廓分明的额头，浓密的眉毛；鹰钩鼻；最最迷人的黄宝石般的眼睛……最终来的竟然是我的朋友冯·葛奈斯特伯爵。所以就是这样。我终究没有像曼迪所希望的那样被冷落。普林斯顿太太们不用再偷偷地笑话阿德莱德·伯尔太太了。“请进来吧，亲爱的伯爵，我一直在等着你。请原谅我紧张，或者焦虑——这不是我在内心深处对你的感觉，你必须明白。”伯爵靠近我的床，弯腰低头看着我，把我的冰冷的手指握在他的手里，在我的手背上轻轻一吻，这一吻本身感觉很轻；但却刺痛，燃烧，像一个炙热的铜板压进肉里。“我亲爱的伯尔太太，终于见到你了。”

斯凯勒·斯卡茨·惠勒博士的新机器

给温斯洛·斯莱德的信似乎从未完成和署名；当然，这封信是从来没有放进一个写好地址的信封里，贴上邮票，然后寄出去。

相反，在阿德莱德这个病人死后，信总是会被发现夹在阿德莱德的（编码的）日记中间。

没人知道，我也不能强迫自己去想象，1906 年 5 月 5 日晚上，在位于普林斯顿的图书馆大街梅德斯通的楼上发生了什么。

当然，就此已经著述颇丰。但我不想在这里解释写了什么。我觉得，我想，替亲爱的可气的阿德莱德感到这样的遗憾！——可怜的猫咪，正如这个病人自称的。这样的遗憾，这样的悲伤。

只要这位病人手中有笔，她就是最活泼的——调皮，快乐，绝望，该死——不过，活着。但现在，笔已被粗暴地从她的手指中间抢走了，她永远闭嘴了。

* * *

那是第二天清晨，大约在八点，当伯尔太太的女仆格丽泽尔达小心翼翼走到病人的房间，按照伯尔太太的吩咐站在她的门口，听了听，努力地想确定一下伯尔太太是否还在睡觉，或者已经“起床”了——（这里说的不是字面上的真地“起床”了，而仅仅是醒了）——需要帮助。这天上午，格丽泽尔达确实听到卧房里面有声音，却猜不到是什么声音；尽管后来由于一阵可怕的恐惧传遍了她的全身，她发现了里面的情况，能够感觉到脖子上的汗毛都立起来了：梅德斯通的主人倒在他妻子的床上，半裸着，床单上都是血；怀里抱着浑身是血的妻子，摇动着她的毫无生气的四肢，哼唱着，低吟着，轻笑着，就像是一个高兴的爱人。

人们认为伯尔先生疯了；不过，听话了，也温顺了，好像知道最坏的事情已经发生了，已经过去了。

格丽泽尔达大叫一声，丢掉装着早餐的托盘，跑下楼，跑到厨房，非常痛苦，以至于家里的工作人员跟着她到了霍吉路，仍然不理解她想说什么；不久之后，报警了，警察被叫来了。

不可能超过一刻钟，普林斯顿镇的两名颇为震惊、充满恐惧的警察进入了卧室，伯尔没有表现出惊恐，或恼怒；虽然这些是他家的入侵者，就在他妻子的卧室，而且他和他的妻子都半裸着，他似乎不以为然，继续抱着已经蹂躏了许久的妻子的尸体，来回轻轻地摇动着，唱着史蒂芬·福斯特的歌曲片段——

啊！愿红玫瑰永远活着
在大地和天空微笑！
为什么美丽要哭泣
为什么美丽要死去？

贺拉斯·伯尔很有尊严地从他的妻子身边挪开，从浸血的床单挪开，大家认为他至少躺在那个床单上十个小时了，并努力站了起来；好像邀请警察走到房间里面，因为他们似乎冻结在门槛上了，吓得目瞪口呆。没有任何前奏，伯尔供认了自己的行为——“其后果是不可否认的。”他告诉警察，他把他的妻子从她痛苦中解脱出来了，是出于怜悯才这样做的，希望上帝会宽恕他的灵魂，即使，他知道，他的同行会严厉地审判他，因为他必须受到审判。

至于这次可怕的谋杀案是如何发生的，我不完全清楚。我也不想猜测，完全顾不上。只要提到一点就足够了，那就是，与伤痕累累的贺拉斯·伯尔一起被羁押，并受到特殊对待，没有任何一点反感的，是一个巧妙的装置，由猛烈旋转的风扇组成，是最近买给那位病人的，因为她的房间密不透风、太热了。

四面

1.

“直面威胁我们所有人的诅咒。”

阿德莱德·伯尔被多年来一直深爱她的丈夫谋杀，其惨状难以形容，这件事震撼了普林斯顿，皮尔斯·范·戴克忧心如焚，担心在宾夕法尼亚的乌鸦岩的荒野中，他的妻子约翰娜和他们年幼的儿子会有“风险”；决定在大学学期结束前几周就结束所承担的工作，搬到“四面”去——“因为诅咒必须正面反击，通过合理行动的战略方法。”

最初，范·戴克博士的计划甚至包括如果在婴儿出生后约翰娜的健康状况继续恶化，没有改善，他可能劝说布迪诺特医生当医生的儿子佩尔西·布迪诺特临时居留在乡间的旧庄园里。

显然，已经可以断定的是范·戴克太太身体“不好”——患有“神秘的痛苦”和“挥之不去的不适”；这孩子，出生时只有五磅六盎司，现在的体重增加低于正常速度。

在普林斯顿，人们对约翰娜·范·戴克知之甚少，因为她以前居住在“四面”。在普林斯顿，除了范·戴克家族非常亲密的朋友，几乎没有几个人曾经到访过特拉华河畔的那处乡间宅子，这处地产原本是一百年前建造的，并没有特拉华河谷的建筑瑰宝的美誉。约翰娜的女性亲戚朋友没有被邀请去看望她，她给她们充满探寻口气的信件的回复中也没有欢迎她们的意思；经常，约翰娜只是在来信的背面潦草地写封回信，大意是她和宝宝都生活得非常好，即使不能说是茁壮成长；但很需要“四面”的平静、安宁、偏远，而不是普林斯顿的烦扰喧嚣。

约翰娜的一些女性朋友对她的说法的真实性表示怀疑：约翰娜并不想搬到乡下，未能从分娩的痛苦中完全恢复；她也不想让孩子远离良好的医疗条件，如果孩子需要的话。但皮尔斯却坚持如此。皮尔斯变得异常激动，坚持着。所以，约翰娜满心不乐意地接受了。

“搬离普林斯顿是为了孩子，同样也是为了你，约翰娜。你必须理性。”

约翰娜低下头，因为只能如此。她的丈夫处在他的“新阶段”（作为一个“新”父亲吗?)，说话的语气如此坚定，如果有人反对他，他的目光中就充满了不满，所以她干脆学会了屈服，这是最佳的适应办法。她离开了，回到婴儿房，这样她可以跟宝宝玩，洗澡，喂奶，给他唱歌，做一个母亲该做的；因为，如皮尔斯所说的，如果约翰娜在他面前“侍候”婴儿，他会感到不安。

很少有人知道，约翰娜不希望让他们知道，皮尔斯很少允许孩子出现在他面前；而是把孩子放在育婴房，和他保持着距离，甚至到了使用后面的楼梯进出房子的二楼的程度，以避免经过育婴房，育婴房的门通常是开着的。

皮尔斯也不打听婴儿的情况，而婴儿已成为约翰娜的整个谈话的主题，或几乎是；一天吃晚饭的时候，她忍无可忍地问他，“皮尔斯，难道你不喜欢——爱——你的小儿子了吗?”皮尔斯眉头微锁，沉思说：“不，当然不是。作为他的父亲，我肯定喜欢——像——爱他。就像，作为你的丈夫，我一定对你那样。”

这次对话后不久，皮尔斯就安排约翰娜和孩子，以及家里的工作人员去居住在“四面”。

在梅德斯通的悲剧之后，事实上在消息传开的可怕的二十四小时之内，深受震撼的皮尔斯·范·戴克出现在大学校长的拿骚厅办公室，没有预约，向威尔逊博士“紧急请假”，请求停下他在大学的职责，这样他就可以与他的妻子和年幼的儿子住在乌鸦岩，他们现在正暂时住在那里。

威尔逊博士大吃一惊，因为范·戴克教授的确显得很烦躁，连脸都没有好好刮；他的衬衫显然不是新洗的，一只鞋的鞋带也没系。（这是范·戴克太太没在家对这位教授的家庭和个人生活的影响。）威尔逊博士对于这个要求也大为惊讶，因为，威尔逊博士认为，作为一位最负责任的和最知名的普林斯顿教授，以及作为一直支持他的教授，这种要求按说应该是提前几个月提出的。

“这现在几乎不是秘密了，伍德罗，在我们的社区有一个诅咒——不只是克罗斯威克斯。邪恶已经爆发，出现——无论是岩石山的一群毒蛇还是，就在最近，发生在梅德斯通的惨不忍睹的谋杀——我们霍吉路的邻居！你能相信吗——贺拉斯·伯尔！我们尊敬的亚伦·伯尔的曾孙！贺拉斯一直在慷慨为大学捐赠……现在，这一切将结束了，我想。由于伯尔没有直接继承人，财富会归亲戚们。”

皮尔斯·范·戴克说得很快，很紧张。伍德罗·威尔逊以他惯有的冷静听着，毫无表情，这令他的某些同事和对手心神不宁，这些人抱怨说那个人令人不可思议，令他们十分恼火；现在，令他们十分恼火的是，当他开始说话时，他非常坦诚。

“所有这一切中最棘手的问题，伍德罗，你知道，就是不可能判断出来谁是‘我们的人’，谁是‘他们的人’。”

“‘他们’——?”

“恶魔。”

“恶魔!”

说到这里，威尔逊博士确实表现出一种转瞬即逝的情感，在他狭长的“下巴突出”的脸上闪过：一种惊恐的表情，一种恐惧的表情。

“有‘恶魔’，你知道。这个‘埃克森·马特’——是一个。还有一些其他的。”

威尔逊博士严肃地点了点头。他已经做出了一些努力，把他和魅力十足的马特之间长达几天的友谊从他的记忆中驱赶出去；欣慰的是，范·戴克教授似乎什么都不知道。

“现在有这么一位范·葛奈斯特伯爵住在德拉姆斯瓦克特。他到底是谁?”

这位哲学教授大声呵斥，发出一阵笑声。“姓冯·葛奈斯特，我相信，”伍德罗·威尔逊生硬地说：“那人是欧洲著名的神学家，也是一个政治理论家。他不可能是一个‘恶魔’，皮尔斯！事实上，我已经邀请他在毕业典礼上作赫尔姆斯讲座。”

“赫尔姆斯讲座！那可是相当高的荣誉，先生。”

“好了。英格利希·冯·葛奈斯特伯爵是个可敬的人。”

皮尔斯·范·戴克心不在焉地抚摸着他的下巴，好像关于这个话题他还有话要说：但考虑到威尔逊博士的语调，他还没想好怎么说。

现在，伍德罗·威尔逊严肃地问皮尔斯是否和他的系主任谈过这次“休假”的事情；是否研究过安排老师和其他同事接替他的课、考试和评分，等等。他们之间似乎已经谈妥了这件事情，威尔逊博士批准了他这份超乎常理的紧急请假要求，而他原以为这位系主任会一口回绝，认为这样的请假既离谱又违反职业规范。

正如皮尔斯在当天下午写给他在“四面”的妻子的信中所说——*我本来以为和威尔逊要发生更多的战斗，因为你知道，我是哲学系的关键人物。但是——那人立即就屈服了！这是一个好消息！再过一天我就会在你身边了。*

“我将破解那该死的代码。密码就是被破解的。”

从繁重的学院和学术的日常工作中解脱出来，他的想象力因为“四面”那浪漫的与世隔绝而获得了一种迟来的自由，皮尔斯·范·戴克很快相信他已经开始认清“诅咒”的模式。当然，像所有的“奥秘”一样，需要冷静而系统的分析，哪怕只是需要时间。

而约翰娜和一名育婴女佣“侍候”婴儿的时候——（这个工作似乎需要无限长的时间）——皮尔斯会躲在书房，或沿着特拉华河散步，那里有一条穿过荆棘的狭窄的小路；离乡下的房子有一定的距离，皮尔斯眯着一对近视眼看其风雨侵蚀的石灰岩结构，屋顶已经严重倾斜，烟囱熏得黑黑的——*唉，这里已成一片废墟！我把我的心爱的小家庭带来住在一片废墟里！*——但很快转过身去，又恢复了他的步伐；因为解码“克罗斯威克斯诅咒”必须集中最大的注意力，而不是关注家庭生活琐事。

“如果有必要，我会牺牲家庭生活。如果我被召唤，没有其他人——如果我被选择……”

这是逻辑的功效，皮尔斯推理说。无论是亚里士多德或斯宾诺莎的抽象逻辑，或福尔摩斯的更实际的逻辑，混乱的变成了清晰的；人们过后会因为困惑不解而感到可笑。当然，要达到这个目的必须工作。

所以，皮尔斯尽心去解诅咒之谜，经常熬夜到很晚，拒绝约翰娜让他到床上的恳求，同样，他的一日三餐也更没有规律。但皮尔斯深信，秘密马上就要参透了，因为阿德莱德·伯尔死亡“方法论”肯定是一个线索——“有可能正盯着我们所有人的脸。”

皮尔斯很少和约翰娜说这样的事情，因为他说的时候，那个女人总是用空洞的，或不知情的，或者挑衅的方式回答，就像这次——

“但是皮尔斯，贺拉斯不是一个恶魔。他是——他以前是——我们的一个邻居，我们的朋友。他当时一定是疯了。所有来自普林斯顿的信都说他一直在酗酒，而且……”

“可是，”皮尔斯说，刻意忽视他妻子的天真的话，“为什么恶魔如此折磨这个可怜的女人？毕竟是个残疾人，是个可怜人。涉及这样古怪的‘凶器’是什么意思？在所有我钻研过的犯罪和推理小说的编年史中，从来没有过一个——一个——电扇被用于此目的。”

“……而且据说贺拉斯曾经一直写信给威廉敏娜·伯尔，最坦率的、令人震惊的那种信！威廉敏娜把这些信立即交给了警察。还有他送给她的一件礼物，一枚象牙胸针，这原本是可怜的阿德莱德的——他匿名寄给威廉敏娜的。只要想象一下！我们的邻居和朋友，竟然这样……”

“他们不是‘我们的邻居和朋友’，约翰娜，当魔鬼已经影响了他们的时候。只不过是可怜的安娜贝尔·斯莱德是达布尼·巴亚德的新娘，当恶魔将他的力量施加在她身上的时候。”

“你知道吗，皮尔斯，人们都在说：在普林斯顿，是威廉敏娜驱使他成为那个样子的。他们可能结婚，‘威莉’可能继承财产。”

此时，皮尔斯的确暂停了一会儿；因为皮尔斯有了新的想法，要添加到“线索方案”。

“蛇，当然！‘蛇狂。’威廉敏娜‘召唤它们出来’——接着就无法控制它们了。”

“但是，皮尔斯——威廉敏娜根本没做这样的事！她也没有驱动贺拉斯去杀人——我确信。这些只是向我报告的零星的谣言，并没有人认真对待。”

“在一项犯罪调查中，如果其中‘编码的奥秘’盛行，没有什么是不被认真对待的。”

“像威廉敏娜·伯尔这样的一个年轻女人的声誉是一个非常严肃的问题。至少在普林斯顿如此。如果她搬到纽约市，并开始新的生活——也许没关系。”

“阿德莱德刚刚被杀，我希望不是仅仅等待下一个恐怖事件的到来。如果我能够洞悉这些层层叠叠的线索……”

“亲爱的老公，我认为更重要的是，在这一刻，你把饭吃完；你现在饭量很差，体重也降得太多了。”

皮尔斯早已忘了现在是吃饭时间：他们坐在“四面”的灯光昏暗的饭厅，那里柔软的法国墙纸笼罩着灰尘，丛生的灌木像日益侵蚀的白内障使人无法看清那条河流了。约翰娜是正确的，皮尔斯饭量很差。饭菜几乎不动；相反，他依靠在一天的晚些时候喝葡萄酒和雪利酒度日，在早上的时间用很浓的黑咖啡来刺激他的神经。

“约翰娜，我很感谢你的关怀。但我不是一个暴躁的婴儿，要被‘侍候’——我可以把自己照顾得很好，谢谢你。”

没吃晚饭，而是拿着半杯葡萄酒，皮尔斯离开了妻子，到书房去寻求自己的私人空间和舒适去了。

搬到距普林斯顿约三十英里的“四面”，皮尔斯只收拾了几件衣服和个人物品，而是集中在图书，期刊，和越来越多的与“线索方案”相关的大堆的东西，这些东西自从约西亚·斯莱德来访以后就在增加，现在已经占据了他那间乡间房子一层的书房大部分。皮尔斯没想带他的那些学术性的哲学书，那些书仍在他大学的办公室里。但他带上了福尔摩斯的推理小说以及记载了关于“诅咒”的初级、二级、三级、全集，和“可能”的线索的那些笔记本，想把其中的一些线索和柯南·道尔的关联起来，因为他们之间有一个明确的平行线索，他可以肯定。在新泽西州的普林斯顿突现邪恶的力量，这只是一个多重“诅咒”，或者说是“恐怖”的一个表现而已——邪恶爆发进入人类世界，必须有一个比我们更强大、更勇敢和更“有创造力的”力量把我们从中拯救出来。

“这是多么明确啊！然而——在另一个无辜的人被谋杀之前，如何进行呢？”

在五月初的一个下午，皮尔斯正在书房里聚精会神地研究这些问题，就在这时一个访客来到“四面”，一位不速之客——约西亚·斯莱德！

这位年轻人一直开着他那辆低矮的双座温顿汽车在附近行驶，在“新希望”的北面，开到乌鸦岩的边缘时，他看见了“四面”，感到一种“突然的渴望”，想再次见见他以前的教授，当然，还有范·戴克太太；看他们刚出生不久的宝贝，现在，他认为，至少三个月大了。

“哎呀，约西亚！真意外啊！快进来，孩子。马上进来！”皮尔斯高兴地说。

约翰娜很高兴看到他们年轻的朋友——不过是在她克服了他的到来带给她的惊讶之后。

“约西亚，我希望你留下来过夜吧？或者两个晚上，如果你能抽出时间。我们将很高兴有你的陪伴，是吧，皮尔斯？”

皮尔斯情绪很好，能够从他废寝忘食的工作中走出来，并有机会与他年轻的朋友分享他的工作，而这项工作对这个年轻人非常重要，这让他感到很宽心。

（皮尔斯把约西亚拉到一边，警告他不要在约翰娜在场的时候提起普林斯顿那边的许多麻烦事：“我为她的幸福快乐担心，她最近变得心烦意乱、郁郁寡欢；自从生下，你知道，我们的儿子——她吃不好，体重下降，已经远远低于正常标准。我原本希望布迪诺特医生的儿子跟我来，给约翰娜做检查，但那没有完全解决问题。她抱怨“四面”太安静了，虽然最近关于梅德斯通的新闻弄得她心烦意乱……但是，你知道女人是怎样的，约西亚，我希望！”）

虽然皮尔斯已经向约翰娜宣布他从大学的政治活动和诽谤中伤，以及伍德罗·威尔逊和韦斯特院长的长期不和及无休止的计谋中解放出来令他多么宽慰，可是，现在既然约西亚在这里，他似乎又对所有的消息都非常感兴趣了；在餐桌上，他不断地问他的客人每一类问题。除非是谣言，否则最有趣的消息就是关于普罗克特的那笔数目巨大的遗产，说是超过一百万美元——但指定用途是用于韦斯特院长办公室而不是校长办公室。这一怪现象令皮尔斯非常惊奇，他一再让约西亚重复讲述。“对伍德罗来说：这真的看起来像巫术，一个杰出的校友会通过专门挑选这个大学校长的敌人来领这份大奖，用这样的做法来侮辱校长！”

约西亚喃喃地说：这是一种耻辱，像伍德罗·威尔逊这样的著名学者和教育家竟然发现自己卷入这样的鄙俗事务，而他的生命中还有太多的事情去应付……皮尔斯好像没听见他的话一样，笑着说：“威廉·库珀·普罗克特，这位肥皂液捐赠者——宝洁公司——这样的财富！毕业的大学生迫切需要。这是巫术吗？安得烈·韦斯特的魔鬼党吗？流氓！伍德罗会很无助，因为他无法拒绝这样一笔钱——他会因为他的虚荣心和“酸葡萄”而在普林斯顿四面受敌；然而，他怎么能够接受呢？他会接受吗，你认为，约西亚？“

约西亚耸耸肩，他怎么会知道？

“我不会卷入这种事情，先生。甚至我的祖父温斯洛都已经脱离出来了。”

“多么令人震惊啊，这是个悲剧啊——梅德斯通发生的那些事件。关于这件事，约翰娜不想让我们说：但我觉得我们必须说。”

约西亚坐在那里，沉默着，没有反应；虽然不喜欢这样说下去会导致的结果。

“据说：你的朋友威廉敏娜·伯尔——在某种程度上‘参与’了。是和贺拉斯一起。可怜的、疯狂的贺拉斯！也许她很无辜——无辜——你知道倔强的年轻女士们如今是什么样子，甚至是来自良好的家庭……她已经成为一个艺术学大师，据说。你有没有看过她的作品，约西亚？”

“我没有。”

“你经常看到伯尔小姐？”

“几乎从来见不到。”

“你知道，在阿德莱德·伯尔的卧室里发现了一些材料。”

“一些材料——?”

“阅读材料。”

皮尔斯冷冷地说，但很满意。这些材料，他说，形形色色的很多，一定是阿德莱德自己购买的，贺拉斯不知道或者说不是共谋，臭名昭著的布拉瓦茨基太太的神秘作品，狂野的女诗人和臭名昭著的“变性者”惠特曼的诗句，社会主义和无政府主义的小册子，女性的“惊悚”小说：甚至，据说还有一本卡巴拉……

“卡巴拉？中世纪犹太作品？希伯来文圣经注释？”

约西亚怀疑地说他觉得没有什么比这件事更荒谬的了，西区的一位太太，而且是残疾人，会在她的东西中有这样的一本书，连同其他的类似书籍。

皮尔斯说：“是的，这似乎不太可能。然而，它似乎的确如此。阿德莱德也留下一本日志，或日记，用代码写的……也许，当它被解码以后，为什么那样攻击她的谜底会揭开了。”说到解码的希望，皮尔斯的话里有一种惆怅。他已经向普林斯顿市警察局提出了申请，也向伯尔家的亲戚们申请了，提出担任解码人，但没有人回应。

约西亚记录了妹妹的“沼泽王国”的悲痛欲绝的故事之后，故事是用一种代码写的，或者是一种精神错乱的诗歌，或者是疯狂的诗歌。记录后，他陷入了沉默，因为斯莱德家族以外没人知道安娜贝尔的故事而感到庆幸。

但是皮尔斯继续慢慢地摇头，带着热切的渴望。在摇曳的烛光中，他的肤色看上去不像约西亚最后一次在普林斯顿见到他的朋友时那么体弱多病；餐厅的阴暗的背景下，他的貌似“变形”的头骨也不那么明显了，也不那么引人注意了。事实上，有几分钟的时间里，他看着约西亚，感觉他就像老范·戴克教授一样和蔼、慈祥，虽然他年轻，却是一位相当有魅力的权威人物，是他在约西亚大学一年级的时候将他引进了精神世界。在用餐快结束时，他用一种机密的语气说：“这不是用于一般的消费，约西亚——当然，约翰娜以前就已经听说了——但仅仅几周前，在他匆忙到百慕大群岛‘度假’之前，伍德罗已经绝望了，以至于他向一块通灵板——或者是一个灵应盘咨询？其中有一种荒谬的神秘仪式，仪式中的鬼魂们‘说话’——对未来的‘启示’。当然，伍德罗对此不屑一顾，声称这是艾伦的想法；但他当时还是认真的。他的启示只有一条信息——韦斯特院长会在地狱中被油炸，脂肪会从他的骨头滴出——信息是从我们刚过世的亲爱的杰姆斯·麦考士那里传出来的，大家都这么传。当我的线人问伍德罗是否真的如此，而并非玩笑时，据说伍德罗挺直了身子，说：‘先生，我不拿地狱开玩笑，也不拿安得烈·韦斯特开玩笑。’”

说到这里，皮尔斯开始闷头儿大笑，非常欢乐，眼镜都从他的鼻子上滑落了，他很快就开始气喘和咳嗽，就像约西亚最后一次见到他时一样糟糕。

约翰娜和她的年轻的客人担心地交换了一下眼神。

(这里应该透漏一下，约西亚突然来到“四面”的原因不是偶然的，而是按照范·戴克太太前一周寄给他的一封信行事的；因为这位陷入困境的妻子和母亲自称是“严重关注”她丈夫的精神健康，以及他的身体条件，并想知道约西亚是否可能很快来“四面”拜访，他是皮尔斯非常喜欢的学生——就像是偶然路过的样子。约西亚片刻都没有犹豫，而是马上制定计划开车去乌鸦岩看望自己从前的教授。)

尽管时间很晚了，皮尔斯看着明显累了，但他坚持要把约西亚带到书房，认真地和他说话，最后，谈了关于他对于“线索方案”所做的最新发现。他将其推到约西亚面前，上面是教授难以辨认的字迹，写道：

邪恶的存在——绝对的，人性的弱点无法克服的——
甚至骄傲。

邪恶如此极端强大凡人无法理解。

邪恶——魔鬼——恶行——恶魔帝的忿怒——长着偶蹄的耶和华——永恒邪恶的罪与死亡
交配带来的——人类的。

基督之前的时光——十字架不过是死亡或嘲弄。

地球之前的时光——上帝不过是混沌和永恒的夜。

是诅咒的可怕的秘密——包围着我们、滋养着我们吗？那是我们不知不觉中呼吸的氧气？

如何逃脱恶魔——

如何解咒——

皮尔斯·范·戴克至少给他的年轻朋友又讲了一个小时，对方则真诚地赞赏，饶有兴趣地听着；不时地，约西亚会提一些建议和对于“线索方案”（小小的）修正，总是毕恭毕敬地，对此，皮尔斯表示感谢。

“我认为我们一起工作，将会是一个优秀的团队，约西亚——像福尔摩斯和华生——如果华生比柯南·道尔描写的年轻些、敏锐些。也许，你知道，甚至成为——‘著名的’……”

“也许，范·戴克教授。至少，这件事可以考虑。”

“不是‘可以考虑’——”皮尔斯怒视着他的年轻朋友，把“线索方案”推到了一边，合上了他的笔记本，准备睡觉。“事实上，现在就该考虑。”

“你认为他病了吗，约西亚？或者只是劳累过度？”

约翰娜·范·戴克问她的客人，双手紧握在一起，显出一种明显的焦虑。此时他们站在楼梯的尽头，灯光昏暗，“四面”的一楼就像一个巨大游泳池的水在他们脚下。

“我想他只是累了，约翰娜。如果他能休息……”

“如果他能休息脑子！他的思想！他是如此着迷于他所谓的‘诅咒’……‘恐怖’……有时候好像，他已经把它吸入体内，像毒药一样；它已经自己把气息呼入他的体内。在这样的时刻，他的眼睛是什么样的深情啊——”约翰娜停住了，颤抖着。

约西亚改变了话题，说：“噢，在早上，我希望我能看到你的儿子?”

“哦，是的！当然。多早都行，只要你喜欢，因为他醒得很早。”

约翰娜开心地笑了笑。关于痴迷的丈夫的话题消失了，被心爱的宝贝的话题所取代。

“他叫什么名字，约翰娜？肯定告诉过我，但我担心忘了。”

“他的名字！啊——他的名字！我们叫他‘宝宝’——‘小家伙’——保姆和我。眼下，皮尔斯已经把给他‘命名’的事情推迟了。”

“他已经推迟了‘给他命名’——？但是为什么?”

“我想也许——没有好名字能够配得上皮尔斯的儿子。”

约翰娜欢快地说，但不是很有说服力。

“他会很快选择一个名字，他已经答应了。既然现在他已经在‘四面’，和我们在一起了。他已经答应了!”

“你有没有考虑过叫你的儿子‘小皮尔斯’？——这似乎是一个很好的折中，如果选择另一个名称很困难的话。”

“是的。我考虑过。但皮尔斯——唉，皮尔斯不是很确定！也许‘俄狄浦斯’是它的名字！皮尔斯用一种隐晦的方式开玩笑说。(他有一个如此称呼我们的孩子的习惯。)但是，你可以明天亲自问皮尔斯，约西亚。好吗?”

“好的。如果你想我让我问的话……”

当约西亚曾对他的母亲说他要去范·戴克夫妇在乡下的住宅去拜访他们时，亨丽埃塔让他替她转告约翰娜，——最初几个月最难熬。为了婴儿的缘故，你必须让自己活着。

这个奇怪的消息，约西亚无意传达给他的女主人。

在管家为他准备的那间简单装修的客房门口，约西亚和范·戴克太太道了晚安。他们的对话使约西亚很焦虑，但他还是笑对他的女主人，好像没什么不妥之处；虽然在这个年轻的生命阶段，才二十几岁，但是，因为约西亚在自己的家庭中被那么多的悲伤和痛苦所包围着，他已经明白，在这种情况下，随时的一个微笑是给另一个人最好的礼物，而话语听起来却显得平淡和陈腐，帮助不大。

“晚安，约翰娜！谢谢你的美餐。”

“谢谢你，约西亚。我几乎以为——你救了我们的性命。”约翰娜紧张的脸放松了一下。

在冰冷的房间里，壁纸烧焦了，四柱床又高又硬，约西亚发现一大束刚刚采摘的丁香花，是约翰娜悄悄带到房间的，好像。整个夜晚，其浓郁的香味充满了他的鼻孔，贯穿于他那狂风骇浪的梦想。

2.

其他人睡觉时——约翰娜在她自己的卧室里，卧室的门通向婴儿房；婴儿在摇篮里；约西亚在其中一间客房里——皮尔斯·范·戴克仍然在他的书房中，皱着眉头研究“线索方案”。他虽然不喜欢——不过，作为一个亲切的人，他还是假装感激——傲慢年轻的约西亚·斯莱德给他的建议！——给他的。他本来想用他作为教授－演说者所特有的反讽说，谢谢你在不了解情况的状况下主动提出的意见，我的孩子。你多么慷慨啊。

不过，和约西亚的谈话中，他有了一些想法。事实上，他很感激约西亚来到他们的家中，否则，这个家阴暗沉闷，唯一感官上的消遣就是婴儿的大声哭闹，足以影响到距离几个房间以外的皮尔斯的敏感神经。

他不认为约西亚不请自来，意外出现在“四面”有什么奇怪的。他的确觉得，在刑事侦查的压力下，所有发生在他身上的事情，或者他的周围的事情，都是他的破除诅咒运动的具体参考；而约西亚·斯莱德，来自于被诅咒的斯莱德家族，会自然地被吸引到皮尔斯·范·戴克这里，把他看作保护神，导师——救世主。

在他看来，约西亚·斯莱德的年轻生命被“耽搁”了——这个年轻人没有按照他的计划去读法学院或医学院，或继续读研究生；也许斯莱德家不鼓励他这样做。自从这个诅咒到来以后，老斯莱德特有的生命力已经从他们身上滤去，一种麻痹降临在他们身上。

“我会帮助他们。只有我一个人，我必须坚持下去。”

然而，经常的情况是，当皮尔斯深夜把自己关在书房里——（事实上，“锁定”是准确的：最初，他担心妻子会在凌晨三点开书房门，带着一个苦恼不已的皮尔斯来找他？你为什么熬夜到这么晚？）——他没有了时间概念；

发现自己在房子的其他地方，拿着点燃的蜡烛在黑暗中游荡着；更奇怪的是，皮尔斯曾几次发现自己在外面，在夜晚相当寒冷的空气中，河中刮起的风像一个残酷的爱抚一样令他颤抖。在月光下，在一个古老的玫瑰园的废址，牙齿打颤，完全不知道怎么来的这里，为什么他会来这里。

“来清理我大脑里面的蜘蛛网。一定是这样的。”

我们就这样为不合理的事情捏造各种原因。我们是非理性的理性主义者。我写这一章很难，因为，坦率地说：作为历史学家很少坦率，我在写我自己的亲爱的已故的父亲，在这样做的时候，虽然我完全同情他，就像同情我亲爱的妈妈一样，但是看来做的却是非常错误的：违背了某种最基本的东西，像俄狄浦斯的可怕的罪恶。

这一夜，在和这位年轻的昔日学生共进那顿智力上富有刺激性的晚餐之后，皮尔斯本来打算至少工作到四点，然后睡在书房的沙发上，盖一个已遭虫蛀却很温暖的旧羊毛被；最近，他需要靠近，身体上靠近，“线索方案”；他很害怕这张图表会出问题，那是他积累了数百页的笔记——比如，火灾。电在宾夕法尼亚州雄鹿县的这一地区很不稳定的，所以煤油灯，蜡烛，木火都是必要的；约翰娜有着少女的乐观态度，喜欢说：“四面”是浪漫的——“我们就像哥特小说里的人！”（但皮尔斯很清楚，普林斯顿西区的女士们宁可居住在简·奥斯丁的小说里。）这种态度虽然能够对抗她潜在的焦虑，却不能完全将其根除。

所以，这个夜晚，神经兴奋不亚于焦虑紧张，突然，皮尔斯发现自己不在办公室，不在书房，而是，他也不知道怎么搞的，竟然在外面。对于五月份来说：空气非常寒冷；在宽阔的、黑暗的特拉华河上，距离皮尔斯站的地方不到一百英尺处是一座荒废的花园，月光荡漾着，颤抖着；工作出汗的时候，他只穿着衬衫，并且解开了衣领；现在，他冷得牙齿格格作响。

幸运的是，约翰娜不知道！约西亚也不知道。

皮尔斯不知道准确来说当时是几点了。也许是凌晨三点——离黎明还远着呢。在他身后，在他头顶上，都是那座坚实的正方形的房子，建房子用的石灰岩已经风化剥蚀，窗户也黑漆漆的了。风吹着攀附在房屋的藤蔓沙沙作响，这些藤蔓并没有在春天复苏，都死了，而且非常干枯了；吹动的声音就像说话的声音，窃窃私语。然而，皮尔斯无法解读声音的内容。不远处是几个雕像，在月光下泛出朦胧的白色，显得逼真生动却又瘫痪麻木：纤细、高大的戴安娜，身边是她的那些高贵的猎犬，舌头从长满毒牙的嘴里伸出；丘比特和普赛克这对情侣纯情地缠绕在一起；最远处，清秀青年阿多尼斯踮着脚尖。约翰娜曾嘲笑过这些雕像，也曾经擦拭眼中的泪水，说：从皮尔斯的曾祖父传下来的“四面”这份遗产真是喜忧参半，因为，为了使这座房子恢复生机，使它基本适合居住，他们不得不花费了几千甚至数万美元；他们必须拿掉这种奇丑的雕塑，这些雕塑是皮尔斯的祖先的一个又一个雕塑家朋友完成的；他们几乎完全投入这一工作，放弃了他们在普林斯顿的生活——“‘四面’会活吃了我们。”

他妻子漫不经心的话把皮尔斯气坏了，事实上感觉受到了相当大的侮辱。“四面”是他的财产，不是她的。

女人不能继承这样的财产，这是法律。如今，女人可以打官司；妇女参政论者叫嚣着要求法律改革，要求妇女的权利；但是那一天还没有到，妇女很少有法律上的权利，因为她们没有投票权——没有。作为一个大学的自由主义者，皮尔斯·范·戴克和任何普林斯顿的教授一样赞同改革，支持这样的社会变革；然而，私下里，他很高兴的是实际发生的如此少，如此慢。

也许，事实上，永远不会发生——妇女的权利。

“对一个人来说，有更紧迫的事情：‘邪恶的问题’。”

皮尔斯静静地但大声地说道。在夜的寂静中，只有风的声音，以及低处河流的声音，在无风的夜晚，有时在房子里能够听得见河流的声音。皮尔斯决定不再盯着雕像，因为那些雕像似乎在盯着他；甚至戴安娜的猎犬似乎也在盯着他，以一种神秘的犬类的方式在嘲笑他。“接下来，我将和它们谈话——这些石头动物。它们将对我说话。”

约翰娜是正确的：这些雕像丑陋、可笑；最糟糕的是，自命不凡。正如约翰娜所说的，他们在这份古老的地产恢复生机之前是不会邀请他们普林斯顿的朋友来参观“四面”的。

“在诅咒解除之前，无法做任何事情来改变我们的生活。”

考虑到这样的想法，皮尔斯转过身来，打算进房子里面——他看到一个敞开的门，通向他的书房；显然，他处在一种梦游般的恍惚状态，他是从那个门来到外面的——在一段短石阶尽头，他停了下来，看到——是有一辆马车朝“四面”驶过来吗，这么晚了？

“另一个客人？不可能的！又一位意外的——不速——之客？”

然而，当马车摇摆地沿着前面的车道驶过来，并且停在了房子花岗岩柱廊前面的时候，皮尔斯急忙过去招呼马车；因为，他认为，他的为数不多的仆人不可能在晚上这个时间起来，就只有他能够尽地主之谊了。“但是，我相信我们不知道有人要来。没有征得我的同意，约翰娜不敢邀请任何人。”

一个穿着苏格兰格子披风的高大的长着鹰钩鼻子的绅士从马车上轻巧地跳下来——这位绅士的名望绝不亚于他的惊人外貌和身材，对这位绅士的名望，我们这位哲学家了解得比镜子中的自己还深。所以，我们可以想象，此时的皮尔斯·范·戴克从惊讶渐渐变成敬畏，进而成为一种恐惧。这个不请自来的不速之客并非他人，而竟然是福尔摩斯先生，世界唯一的咨询侦探。

* * *

尽管这次深夜造访不同寻常，而且神秘诡异，皮尔斯·范·戴克很快知道了其动机。

这位英国人一副贵族派头，懒洋洋地靠在皮尔斯书房的皮椅上，他告诉全神贯注的美国东道主说：柯南·道尔，他读医学院时的一位同伴，把范·戴克教授的几封令人欣赏的信件以及他索要一些专著的要求都转给了他；虽然“福尔摩斯”肯定是在伦敦不缺客户，但是信中所详尽解释的普林斯顿及周边地区的情况让他无法抗拒。“所以，教授，我决定尽快从利物浦启航，抱有一种有可能是自私的希望，”这位英国人笑着说，用一个老式的铁钳子从壁炉里拿起一块炽热的煤，点燃了他的烟斗，“你不会在我到达之前已经用你自己的方法揭开了这个秘密吧!”

听到这里，皮尔斯·范·戴克满脸通红；弄得很尴尬，杂乱无章地喃喃道，不幸的是，他还没有揭开这个秘密；发现自己陷入了僵局。至于福尔摩斯先生——

“对不起，教授：我不是‘福尔摩斯’。”

“你不——是?”

"当然不是。'福尔摩斯'是一个虚构的人物，是个笔名。我的名字是秘密的，将永远不会被发现，因为柯南·道尔已经答应了。"

那位英国人慢吞吞地接着解释说：他既是，也不是，流行的推理小说中的"福尔摩斯"。不像魅力十足的福尔摩斯，他舒舒服服地生活在陆地上，有着"婚姻"的责任；有一处古老的、庞大的、半废弃的乡村地产，从英格兰－苏格兰祖先们那里继承下来的，在雷吉斯镇附近的西多赛特；是贝克街的一处"相当一般的临时住宿处"。"只是做私人的咨询侦探，我的收入相当不稳定，我必须用在伦敦大学医学院担任病理学家的兼职收入来补贴家用；我没有完成医学学业，没拿到学位，对我来说：年轻时的这个草率行为现在是个明显的错误。现在是 1906 年了，我们现在都不是我们曾经那么年轻和理想主义了……"这位鹰钩鼻子的英国人摇了摇头，一副茫然困惑的样子，使劲地抽了几口烟，皮尔斯注意到他的烟斗是直管的，而不是像他预料的是一个葫芦形的。他叹了一口气说："我多么希望我有'福尔摩斯的自由'！没有什么比当一位全职的犯罪鉴赏家，并且用我的智慧对抗世界上技艺最高超的罪犯，更让我高兴，更发挥我的才能了。和我的朋友柯南·道尔故事中的人物'夏洛克'一样，我觉得，脑检测艺术是最高的艺术，除此以外，其他的人类和娱乐都显得相当苍白无力。健康的精神厌恶停滞不前；我不适合普通的人类生存方式，由于全然的无聊，我快疯了，或者简直要切断自己的喉咙。如果不是因为我的这份秘密职业，我将如何活着呢？和你一样，教授，作为我内心的激励，我以追求真理——在最深的引人入胜的推理过程中追求真理——为自豪。虽然我已经结婚数年，事实上，神秘的另一个自我，那夫妻生活"——说到这里，这个英国人盛气凌人地示意了一下房子里屋，这一动作似乎囊括了皮尔斯·范·戴克所有的婚姻和家庭的历史，"事实上，感情生活和情绪大体来说是可鄙卑劣的；纯粹浪费时间。"

令人震惊的话！皮尔斯感到自己原本兴奋的脸越来越热了；虽然他通过吸了一口气来反驳这种说法，他认为没有合适的词藻来为自己的立场辩护。

因为——是真的吗？私人生活，感情生活和情绪，是可鄙卑劣的？纯粹浪费时间？

向这位英国绅士坦白自己最近成为一位父亲该是多么尴尬难堪啊……那

就是，他亲爱的妻子在多年未能怀孕后刚刚生了一个孩子。

用一种有教养的慢吞吞的长腔，这位英国人继续说着，很关注他的美国东道主的不善交际和对他的在场产生的敬畏感：解释说尽管他的老同学道尔将他极大的浪漫化了，并给了他“几乎万能”的各种能力，就像小说家惯常一样，但是，道尔还是或多或少地呈现了这位侦探人格中的精化本质——“是惊奇地呈现，事实上。”作者甚至暴露出他的某些习惯，而这些习惯他希望只有自己知道……（说到这里，“福尔摩斯”卷起袖子，露出消瘦、有力、伤痕累累的手臂，令皮尔斯·范·戴克非常吃惊。）“我有使用可卡因的习惯，你看——液体可卡因注射到我的血液，直到我更有用的静脉已经干涸。我认为，我以更恐慌和自责的心情看待这种做法，而不认为如道尔所暗示的是相当不负责任。作家必须呈现出一个符合道德的宇宙，否则他可能会歪曲更为弱小和易受伤害的读者群。”尽管如此，这位英国人却相当心满意足地吸着烟斗。看得出他很喜欢皮尔斯·范·戴克的陪伴，皮尔斯认为，也许“四面”的规模和风格给他留下了深刻印象，在月光下，这宅子看起来似乎风雨侵蚀的程度不那么明显；其内部的房间，显得黑一些也是顺理成章的，就不显得那么寒酸了。“任何一个有理性原则的人都希望摆脱上瘾，肯定地——你同意吗，教授？我想你曾经暗示过你是一个‘康德式的人’——事实上，是一个非常道德、非常循规蹈矩的虔诚的德国作风的哲学家。”

皮尔斯绞尽脑汁地想找到一个合适的反应，可以表现出同情，但又表现出一些睿智的谴责；因为这位英国人似乎在诱使这样的反应，就像一个朋友可能会希望另一个去做的。但是，他还没来得及说话，这位英国人继续大谈他自己与虚构的侦探之间的相似之处和差异，他认为这些可能是他的美国崇拜者感兴趣的东西。

就外貌而言，他承认自己和福尔摩斯几乎就是双胞胎：六英尺三英寸高，一百六十磅重——因此“瘦到骨瘦如柴的程度”。是的，他的下巴很尖，鼻子明显的长而窄；至于他的眼睛——是否“非常敏锐和洞悉一切”，他无法说。他的双手，事实上，沾上了去除不掉的油墨及化学物质；他的衣服，或多或少如道尔所说——“虽然我的配偶——实际上是我的‘同伴’，——在我们有限的预算的基础上，试图给我穿得更时尚些。”然而，在其他方面，这个英国人皱着眉头说："我所谓的圣徒传作者反而诽谤我。他知道，自少年时代起，我一直着迷于太阳系的运作，然而，出于戏谑，他把我的兴趣颠倒了，结果，'福尔摩斯'成了一个既不知道也不关心哥白尼理论意味着什么的天才！——还以一副高傲的语气拒绝科学的最新发现，除非那些发现与他自己的领域有关。——小说中的福尔摩斯那么狭隘，除了他自己的小提琴偶尔吱吱地响几声之外，他蔑视对艺术、历史、政治和音乐的所有兴趣——那个人只是另一个英国怪人，我非常反感。"

皮尔斯·范·戴克被这种坦率所感动，只能低声表示礼貌性的赞同。然后，他很害羞地给他的客人一小杯白兰地，因为他觉得自己的这一举动好像太迟了，对方接了过去，简单地点点头，表示感谢，然后一口气灌了下去。

皮尔斯本打算学他的客人的样子，也一口气把他的杯中酒灌下去，结果呛到了，咳嗽起来；最后，咳的时间太长了，他的客人问他是否没问题——"你的咳嗽是'支气管炎'，我想。你生病了吗？"

皮尔斯觉得很尴尬，坚持说他没有生病。

"你的肤色蜡黄。在过去的一年，你去过热带或亚热带的地方吗？"

"没有……"

"你没有任何形式的发烧？寒战？你的眼睛只是轻微的黄疸，我想。"

"我的眼睛……？"

"当然，我不是医生；我不是医学博士。我不应该以这种方式'诊断'。"

皮尔斯又咳嗽一声，不能完全清嗓子。

"你得的是威尔士矿工的那类咳嗽，他们在井下工作多年会这样。我的意思是——你的咳嗽声像他们。你去过任何空气中有'粒子'的地方——例如，石棉或肥料厂？"

"没，我没有去过。"

"你呼吸过异常辛辣的东西吗？例如一个很强的沼气？"

"没——没有……"

看到他的东道主因为这一长串的审讯而很不舒服，英国人妥协了，虽然很不情愿。这次即兴调查受挫后，他给自己又倒了一杯白兰地，灌了下去；凝视着阴燃的火，似乎陷入了一种麻木状态；任其烟斗熄灭了。皮尔斯犹豫了一下，大胆地提出，亚瑟·柯南·道尔的故事中所呈现的他的“本质”，也许才是最重要的。福尔摩斯因为他的天才而享誉全世界，不是他的那些小怪癖。“可以毫不夸张地说，先生，‘福尔摩斯’正在迅速成为当今的英雄人物。”

“真的！多么奇怪。”

英国人慵懒地说，无法判断他是嘲弄还是真心这么说。他又拿起火钳点燃了烟斗，一个人轻声地发笑。“在这件事上，让我烦恼的是，范·戴克教授，是我自己的自相矛盾。虽然刑事侦查的艺术是，或者应该是，一门精确的科学，脱离人的情感，这对我来说似乎是不言自明，但是，平心而论，我同时又被道尔形象的‘浪漫’所吸引。比如说：如果我不是柯南·道尔本人，华生就不存在，就不用像他上学的时候一样到处跟着我——一种解脱，我一个小时也不能忍受他。”

没有华生！皮尔斯觉得很失望。

英国人吸着烟斗，散发恶臭的烟雾。他用一个古怪的声音推测说，如果他不是一个侦探一病理学家，他应该喜欢，像他的朋友道尔一样，当个文学家；虽然其影响力超过道尔。“去编写稀奇古怪的寓言，像发条钟一样精确，然而，希望用这样的文字去掩饰一种老式的英国人的感情，而且是一个‘为了说教的故事’，而不是不可预测的那种故事；提炼复杂的作品，使之成为就像只写给孩子的游戏——这似乎对我来说是一个具有挑战性的冒险。因为，我认为，小说家是最高明的侦探，不仅钻研错综复杂的事实，而且钻研那些动机，像一个心理学家；探索个体，然后来说明种类。在任何情况下，范·戴克教授，我没有权力反对道尔的事业，必须学会接受自己作为另一个人的想象中的一个‘人物’的命运。您有什么问题让我们来处理？教授。”

皮尔斯急切地给他的客人看构成“线索方案”的几张图表，都是用微小的，细长的笔迹手绘的，上面有大量的增补、大头针、珠子等类似的东西，甚至那个敏锐的英国人也傻眼了。皮尔斯试图解释诅咒，它的历史和（可能）的起源；他试图解释自己的僵局。但他说话的时候太激动了，英国人请他停下来，从起源开始。“没有什么东西，我的美国朋友，比大事年记更能遏制灵魂冲动鲁莽的速度了。”

所以，英国人懒洋洋地躺在沙发上，眼皮发沉，静静地抽烟斗，皮尔斯则花了一个小时试图讲述到目前为止他知道的诅咒的几种表现。他谈到了前总统克利夫兰已故的女儿得到的“天罚”，以及几乎同时出现的恶魔埃克森·麦特，还有安娜贝尔·斯莱德在她自己的婚礼上看起来非常真实的“着魔”……他说到安娜贝尔失踪了好几个月，她的再现，并随后在分娩时死亡；他谈到“捕风捉影，但是不折不扣的”的传言，就是她生下了一条可怕的黑色蛇，而这蛇随后消失了。还有其他罪行——谋杀。

在提到黑色蛇时，英国人动了一下，睁开了眼睛，好像醒过来了。

皮尔斯越来越兴奋，他一边对其内容发表即席演讲，一边铺开了“线索方案”给英国人看；他说到“蛇狂”，说到一个出身良好家庭的年轻女人的“莫名其妙”的行为，她好像和一个已婚男人纠缠不清，这个男人正是他的邻居贺拉斯·伯尔，就在最近，他谋杀了卧病在床的妻子……

此时，英国人的清瘦修长的身子已经坐直了，他用满是无法消除的烟渍的手指拿起了“线索方案”，仔细地检查着。看到世界上最受尊重的咨询侦探在考虑他一个业余人士的发现，皮尔斯感到一阵自豪。他高高的精致的眉毛现在皱了起来，他那双清澈的玻璃色调的眼睛散发出冰冷的光芒。英国人皱着眉头苦笑，并自言自语，皮尔斯无法判断就这样过了多少分钟；但是，可以从随后的事件估计出来，可能长达半个小时。整个期间，皮尔斯站在英国人的身旁，只是盯着他看，眨眨眼睛，因为忧惧和希望一声不吭。

最后，当悬念已快无法忍受的时候，英国人从皮尔斯的书桌上拿起一支钢笔，在图上画了几条大斜线，把突出的点和其他点连接起来，然后转向备受他折磨的东道主，面露顽皮的笑容。

“这是基本的，我亲爱的朋友，你看到了吗?”

但是，尽管努力地看，皮尔斯还是没有看明白。英国侦探专横地在他的详细图表上面画斜线，并且在他的复杂的笔记上面写字，这使他受到严重伤害。看到教授的蜡黄色脸上的表情，以及紧绷的样子，英国人把一只手放在他的肩上安慰他。

“你的推理能力，教授，虽然对于一个业余人士来说非常了不起，但是不会给你答案，因为你没有找到事件之间的关键性的关系。你意识到‘埃克森·马特’是一个魔鬼，这是一个辉煌的发现；然而，由于我不能理解的原因，有可能与美国人对欧洲自命不凡的偶像崇拜有关，你没有在‘英格利希·冯·葛奈斯特伯爵’这件事上作出相同的发现。事实上，按照奥卡姆的剃刀逻辑，我的推测是，这两人是一个。为什么你看起来很惊讶？看来，伯爵没有被你注意到；所有的女士都接受他了，一些绅士也接受了。你的小儿子，就是你这里标为‘它’的地方，我很抱歉地说：不是你的儿子，只是一个恶魔的产物——我认为，这一点你几乎已经意识到了吧？”

皮尔斯震惊了，他默默地盯着他的客人。他似乎没有听到英国人的最后那句话。

傲慢的英国人摆出一副就事论事的样子，好像他并没有刺穿这个男人的心，他兴高采烈地拿起图表，用他的烟斗灵巧地指点着“恶魔的错综复杂的”各种关系，以及如何在A和E之间画单一的一条粗线就可以在一瞬间把所有介于两点间的线删掉；以这种方式抹掉了几周的推理工作。同样，在1905年6月4日、1905年12月24日、1906年2月24日的别针在逻辑上是关联的，表明了一种（尚未确认）的三角关系：因为“埃克森”——“安娜贝尔”——“阿德莱德”——“阿曼达”——明显匹配；“J”——“JS”（约翰娜·斯特拉坎）和“JS”（约西亚·斯莱德）。通过某些字母和人物的换位，英格利希·鲁道夫·海因里希·格茨雷希－缪勒·冯·葛奈斯特伯爵可以连接到图表上面的几个人，包括“WW”（伍德罗·威尔逊），以及，不幸的是，在这样的情况下，还有“JS”（范·戴克太太）。

等等，等等，英国人开始“解决”这个难题，就像一个人展示给另一个头脑迟钝的人如何“解决”一个字谜，画更多的线，在“方案”的一些部分乱写X，撕开一角漫不经心地扔到壁炉里。英国人说：恶魔的妹妹卡米尔竟然不在这张图上，让他的好奇心顿增；这是皮尔斯的一个疏忽，严重的疏忽之一，卡米尔是一个“最贪婪的”恶魔，以它的女性形式示人。英国人对充满敬畏的皮尔斯·范·戴克说：“你看，我的朋友，我知道这些非常讨厌的老东西们，1889年的时候就已经在大陆和他们打过交道，然后1893年又在萨里的鼠洞。我的老同学道尔将第一次情况给出的标题是‘毒苗圃历险记’；第二，‘狮子鬃毛历险记。’对于伯爵，我记得很清楚，不‘作战’的时候，他和我都爱一起打台球；我们常常一起吃饭，我们的赞助者付费——那些收留我的人，他们一律是‘镀金时代’大房子的主人，请魔鬼到他们家里做客，并邀请他们共进晚餐。现在让我查查我的小百科全书的家谱来确定一下……”英国人从他的外套口袋拿出来一本深红色书皮的小书，很破旧，他迅速地翻着，直到翻到了他要找的东西；然后用一个较低的、戏剧性的声音读了起来，如此多的名字，心烦意乱的哲学家几乎跟不上，就像一个严重气喘的老狗跟在一条强壮的小狗后面在露天里跑。

“德阿德阿尔伯特——德阿普索普——斯奇克里城堡——百思特尔一寇勒大公——埃格·弗兰克斯通男爵——格茨雷希一缪勒城堡——位于瓦拉几亚的苏尔道可普斯珀基的冯·葛奈斯特宅院。纹章：银色，在蔚蓝的十字架上，在旧大陆的四只红嘴山鸦之间，蛇行的向前直走，形成扇形体。羽饰：半蛇形只用后腿站立，领圈部位白蓝交替，有纹章。所以你看，范·戴克教授，和我怀疑的一样，”英国人懒洋洋地说，苍白锐利的眼睛盯着茫然的美国人。“的确是一项讨厌的业务，不过，感谢上帝，不是不可收拾的。楼上婴儿床里的东西必须处理掉——马上处理。如果你的妻子舍不得，如果她‘抵制’——你也必须采取措施对付她。不过，你为什么这样看我，教授？这一切很让你吃惊吗？我不这样看啊，”他说，吸着烟斗，有一种令人疯狂的那种自满，“因为你的巧妙的‘线索方案’包含着所有事情的答案，虽然你看不到。”

英国人一边继续用温和一些的声音说话，转向了石头壁炉，拿起火钳，在火中放了几分钟，火钳现在热度适中了。“时不时‘超越’那些仅仅是当地的法律，不仅是允许的，范·戴克教授，而且很有必要，就像你钟爱的康德所认为的。（就像我相信道尔曾经报道我在几个著名的场合所做的那样，那样做可以避免更大的邪恶。）因为‘邪恶’毕竟是一个相对的概念：有一种次要且实用主义的邪恶，就可以按照拍死一只苍蝇那样来处理掉，还有一种巨大的，包罗万象的，有人可能会说是普遍的那种邪恶，必须用能够找到的任何方式使之停止。我知道，作为一位具有国际声誉的道德哲学家，这些对你来说都不陌生；但看来你对于自己屋檐下的情形的处理却一直拖泥带水的。不知什么原因，你妻子的事情逃过了你的眼睛。你希望相信你妻子是

‘忠实’于你的，但是，尽管如此，去年春末的某个时候，她被一个魔鬼的代理人引诱了；一个颠扑不破的三段论在你的祖居的高墙内上演了。这是说：邪恶必须被克服；邪恶在这里，在其婴儿房的婴儿床里；所以，除了尽快地将其连根拔去，别无他法。”

皮尔斯·范·戴克双眼肿胀、目光呆滞，看着这位高大、消瘦的英国人，有几秒钟的时间像块石头一样一动不动。然后，他迟疑不决地摘下了他的眼镜，可能想擦擦镜片。有一两次，他好像要说话，苍白的嘴唇颤抖着；但一个字也没说出来。“福尔摩斯”作出一个尊重的姿态，让受伤的人在沉默中好好玩味这一切。

整个这段时间里，火钳一直在加热，逐渐从黑到红到白热化，发出一种奇异的光。

终于烧到热度以后，英国人有力地抓住火钳，并传给了皮尔斯·范·戴克，他明显地踉跄了一下，铁火钳的重量似乎比他预料的重些。然后英国人陪他走到楼梯脚下，态度和蔼，胜似兄弟，你不会想到小说中的福尔摩斯会是这个样子。“教授，我相信你此刻在回想起，”英国人喃喃地说，“《理想国》的最后一卷中所谈到的一个‘暴君’是如何比柏拉图哲学王的快乐少三乘以三的平方，然后再立方：就是说：七百二十九次。只要想一想！柏拉图是最杰出的哲学家，除非像很多他的后来者那样，他真地疯狂了。然而，你即将针对自己屋顶下的那个东西所采取的这个勇敢行动，那个吃着你妻子的奶的东西，那个胆敢把自己说成是小皮尔斯·范·戴克的东西，你的行动将在未来的某个时间给你带来的快乐远远多于你不这样做，带来三乘以三的平方，然后再立方倍的快乐——我们可以说：比你作为一个‘恐怖’的准爸爸的快乐要多得多。所以，现在——上楼去！——到婴儿房，然后去那张婚床。”

于是，皮尔斯·范·戴克像举着国王的权杖一样举着那个白热化的火钳，登上了灯光昏暗的楼梯，走向在二楼等待着他的一切。

3.

不会很疼的。疼痛可以忍受。拿出你的勇气，约翰娜！不要抗拒，因为那样只会让他更生气。

沙哑的说话声把约翰娜从睡梦中惊醒，她好像感觉到有影子在靠近她睡的沙发，以为是窗玻璃那里刮过来的沙沙的风声。

你知道我是你的姐妹，约翰娜。我不会骗你。我劝你，不要像我以前一样地抵抗。你挑战他们的愿望，会更加激怒了他们。那么，你就会痛苦——就会像我以前一样。

约翰娜此时睡在婴儿房里，那天晚上早些时候，婴儿腹绞痛，她又是喂奶又是抱着，结果在有垫子的沙发上睡着了，脖子和背部都僵硬了。起初，她以为喃喃说话声一定是宝宝咕咕的自言自语声，接着她意识到那喃喃说话声是来自另外一个人；因为宝宝在他的婴儿床上睡得稳稳的。

"皮尔斯？是你吗？"

约翰娜眯起眼睛看着已经打开的房门处的黑影，那扇门通向她自己的卧室，她平时在那里睡；另一扇门，通到走廊，似乎是关着的。

在大厅，也就是这座房子里被称为仆人区的地方，照看"宝贝儿"的黑人女孩睡着了，她那么称呼他；约翰娜无法忍受另一个人睡在她和儿子之间。她认为孩子醒来第一个见到是他的母亲，这似乎是至关重要的。

"是你吗？但是你在哪里……"

她好像弄错了：皮尔斯并没有在婴儿房。

皮尔斯，很有可能，在楼下的书房。他催促约翰娜和约西亚上床睡觉，理由是说他还有"只是几分钟的工作"要做；但约翰娜怀疑他几个小时的时间里一直在研究"线索方案"，而且可能已经在他的书房沙发上睡着了。

约翰娜用颤抖的手指赶紧划火柴点燃了一盏灯；现在她可以非常清楚地看到，宝宝肯定是睡在他的婴儿床里的；宝宝睡觉的时候，他睡得沉；因为，当宝宝醒来时，他会先惊天动地地怒吼。

不会很疼的。我不会骗你的，我亲爱的姐妹。你一定不要抗拒，这一点至关重要。因为夏娃的堕落，我们都成了罪人。我们现在从我们的主人的手中收获。

约翰娜听到这些奇怪的话从平静的婴儿房的阴影中发出。然而她知道自己独自在婴儿房。她浑身颤抖，调整了煤油灯灯芯，从沙发上起身，焦虑地环顾四周。

有很多关于“四面”闹鬼的古老而愚蠢的故事。经宾夕法尼亚东部地铁路线上的一站，或据称如此，一个黑人奴隶被诱骗进入这座房子，隐藏在烟囱背后阴湿的隧道，结果房子的主人向奴隶的赏金猎人告密，然后被拴着铁链拖回到南方的奴隶主那里，故事条理不清，污言秽语的。

多么可怕的故事，皮尔斯！这会是真的吗？你的曾祖父会对无助的人做这样的事吗？

皮尔斯被约翰娜的话刺痛了，反驳道，*是的，为什么不会呢？你的祖父可能也做过这样的事情呢。*

不过，约翰娜不相信有鬼。除了她和宝宝，房间没有人。

自从被丈夫送到“四面”，约翰娜感觉到忧郁的情绪无孔不入；沮丧、没有活力不是她的本性，但房子的与世隔绝状态令她沮丧，因为房子的条件就令人沮丧；她所有的关注重心就是孩子，她只是非常偶然读一读她几周前带来的书，还经常被打断。她认为，胡乱猜想事情不是她的性格；她不是一个神经兮兮的残疾人，就像可怜的阿德莱德·伯尔，以及其他普林斯顿的女性；然而，在“四面”，她被许多毫无根据的恐惧所困扰，比如她有一种挥之不去的恐惧，担心她丈夫有严重的问题，而且他们的婚姻也如此。

的确，在过去的一年中，皮尔斯已经从根本上改变了。他老了，幽默感已经消失，被不可预知的愤怒所取代；有时，他的目光泛着黄光，仿佛他恨她。(约翰娜没有对任何人承认过这一点，甚至没对一个姐妹承认过：她的丈夫恨她!）很显然，他恨、害怕和鄙视他们的天真无邪的小宝贝，对这个孩子他只是称之为——它。

约翰娜温柔地看着熟睡的婴儿。在睡眠中，他显得那么小！完全无助。

“我希望你什么不知道。现在围绕着你的一切——在你的身上已经达到的终点——会不为你所知，就像我们周围的巨大的星系是我们未知的。”

婴儿躺着的婴儿床是一个家族的传家宝——斯特拉坎家族的传家宝。床有着一个坚固的松木框架，上面是白色的格子，白色缎面装饰，白色的缎带。一个漂亮的婴儿床，但是当初皮尔斯看到它的时候，他退缩了，发出了一声嘲讽的笑——“它看起来像一个婴儿棺材。这是不可接受的。”

但约翰娜占了上风。传家宝婴儿床保留了下来。

约翰娜赤脚站着，穿着长度到她的脚踝的法兰绒睡衣，头发散开在肩上，扫视了一下昏暗的房间，感到不安；后来，看到，似乎纯属偶然，她在婴儿房更远的角落里看到在一张躺椅上坐着的身影，或者依靠在上面；就在这一瞬间，她再次听到低低的、喃喃的，急切的说话声——不会很疼的。抵抗是徒劳的。如果你抵抗，他会生气的。我不会误导你，我亲爱的约翰娜姐妹！

约翰娜瞪视着，努力不尖叫出来；因为甚至在惊慌的状态，她也不想吵醒熟睡的婴儿，吓到他。

这可能吗？——人影是阿德莱德·伯尔。

这个可怜的女人抬起她受伤的、血淋淋的、赤裸的胳膊给约翰娜看——她抬起死灰般的脸，也是血淋淋的，一副痛苦求助的表情；泪水湿润了她的眼睛，而且——她的小扁胸处有多处正在流血的伤口……

约翰娜别走开。我是你的姐妹，我正在等着你。不要把我一个人留在这里。

约翰娜茫然地转过身；恐怖中，她撞上了婴儿床，结果把宝宝弄醒了；她的老朋友阿德莱德·伯尔的身影似乎发出了微光，接着又黯淡了，仿佛对她很失望，或者在否定她；因为她很胆小，不敢鼓起勇气和阿德莱德说话，而对方如此迫切地向她求助。因为有恐惧——明智的恐惧，我认为：如果我们对死人说过一次话，死者就会在他们的绝望的孤独中粘着我们，永远不会离开我们的身边。

然后，约翰娜吸了一口气，尖叫了一声，因为她无法阻止自己了；如果不是幽灵消失了，她就会用尽所有她肺部的力量来大声尖叫求助的；她在黑暗中挣扎着坐起来，才从噩梦中惊醒。

因为灯没有亮，毕竟。她时睡时醒地一直在婴儿房的软垫沙发上睡着，沙发太小太窄，没办法舒适地睡，甚至睡个午觉也不合适；结果她的脖子和背部都疼。她梦见了整个情节。

约翰娜的手抖得很厉害，不过她现在是真地把灯点着了，灯发出了一股强烈的煤油味，就像不小心把油添得溢出来了；看见婴儿房里没有别人，她松了一口气——除了一堆婴儿尿布、婴儿毯和叠得整整齐齐的柔软的白色小毛巾，躺椅上什么都没有。

约翰娜认为，噩梦的根源是：视神经在作祟，透过闭着的眼睛还是在一定程度上可以看见光的。

婴儿也没醒，不过——这似乎是一个奇迹！——还在继续平静地睡觉。

然而，约翰娜仍然非常不安，她认为尝试睡觉将是徒劳的和令人沮丧的；所以当皮尔斯不久以后进入婴儿房的时候，就是凌晨三点左右，约翰娜正裹着一床棉被，躺在靠近婴儿床的沙发上；虽然灯光很差，她还是在尽力读着亨利·詹姆斯先生难懂的作品，很久以前从图书馆借过她最喜欢的《黛西·米勒》和《贵妇画像》；但是，约翰娜现在正在阅读的，或者想要阅读的，是又长又难读的《金碗》，她已经读到二百页——还不知道这个故事讲的是什么。让她似乎很奇怪的是，她丈夫进了婴儿房，而白天他都避免进来的，不过，约翰娜还是决定对他表示欢迎，不管他来的时间有多么不正常——“皮尔斯，是你吗？你终于要睡觉了？”然而，她的呼吸停止了，她睁大了眼睛，看到她的丈夫冷冷地朝她走过来，手里拿着个杆子之类的东西——火钳？——举在手里；火钳的一端因为炙热在发光，好像刚刚被从火里拿出来。

温文尔雅的皮尔斯·范·戴克变成了一个凶残的人，一张扭曲的脸；一个畸形的头骨，下面是一绺绺湿乎乎的黑头发，冒着热气；一个严肃而残酷的微笑，像一个石像鬼的微笑。他在做什么，朝着婴儿床走去？他们的婴儿在睡觉的床？举起了火钳，愤怒地砸下去？

在她丈夫的眼睛里，有一股黄褐色的黄玉眩光。

“不要试图阻止我，约翰娜。这是一种预言的行为。”

约翰娜扑向她的丈夫，并试图从他手中抢走火钳。然而，皮尔斯的力气太大了，是什么样的愤怒使他的身体如此有力气！火钳烫到了她的肌肤，她脸上的皮肤，和她眼睛的睫毛；直到此时这位被吓坏了的女人才开始尖叫。

4.

在附近的一间卧室，约西亚·斯莱德已经醒了；更确切地说：从他和约翰娜·范·戴克几个小时之前分开以来，约西亚几乎就没睡觉。不舒服的床垫，醉人的丁香花的香味渗透其中，房间里那似乎无处不在的独特的刺鼻气味，像坟墓的气味；斑驳的月光照在天花板上，像水中的倒影；不远处的喃喃低语声，或者，各种杂音，在楼下，虽然他知道那房子是黑暗的，那里不可能有人——所有这一切都使约西亚无法入睡，哪怕是他平时那种心神不安的、断断续续的睡眠。

突然，传来约翰娜的喊声。

一瞬间，约西亚从床上一跃而起，冲到婴儿房。

本能地知道可怕的事情即将发生，他必须阻止。快点！快点！他们的生命取决于你只有你约西亚——只有一次，这个声音不是魔鬼的声音。

在婴儿房，借助灯光，约西亚看见两个人在搏斗，一人手里拿着一把火钳；没有时间去理解这惊人的场面，约西亚马上和那个疯狂的男人抢夺火钳，将火钳从他的手里夺过来，他的手指在行动中被烫到了；以年轻人的一股猛劲，他把那人摔倒在地——只有现在，才看见那人是他的朋友和前教授皮尔斯·范·戴克。

“为什么，这不是真的。这不可能发生……”

这时，约翰娜在抽泣着对约西亚哭诉，条理不清地在解释到底发生了什么事，或几乎发生什么事；婴儿床里的婴儿惊醒了，正在呜咽，仿佛跟大人一样知道恐怖。

皮尔斯·范·戴克躺在地板上，颤抖着。他的那张脸，片刻之前曾经扭曲得像愤怒的猴子，现在已经放松了，松弛了下来；喉咙里发出嘶哑的嘎嘎声，仿佛有荆棘和蒺藜，在阻止他的呼吸。约西亚跪在他身旁，拽着他的衬衫领口，开得更大些，以便于这个男人可以呼吸；但是，约西亚把他的头撞在地板上时用的力气太大了，或者说愤怒的突然发作使他如此绝望，以至于阻塞了他的心脏的跳动，或他的大脑中的大动脉，结果，在几分钟里，尽管约西亚很努力，范·戴克博士已经停止了呼吸；或者说：不再有进一步的躁动或惊恐，而进入了一种昏迷状态；在几小时后，死亡。

火钳，其致命的尖端现在已经冷却，放在离那个摔倒的人几英尺远的地方，毫无害处。

“天使号角”解析

历史学家们对于在“四面”发生的“精神崩溃”和“故意杀婴”保持缄默，仿佛这些都和诅咒没有直接关系；好像，那是在宾夕法尼亚的乌鸦岩地区发生，距离普林斯顿太远了，没必要考虑。

然而，范·戴克的悲剧中出现了一个对这一地区的历史至关重要的事实。

人们认为约西亚·斯莱德在挽救婴儿及其母亲的生命这件事上功不可没，然而，几乎不需要说：这个年轻人充满了可怕的罪恶感，结果变得比之前越发沮丧、绝望。

因为如果他的老教授没有爱他到一定程度；如果他的老教授没有信任他，欢迎他到他的家里去？更主要的是，在那次嗜杀成性的疯狂离奇地爆发之前，如果他对于诅咒的想法是错误的？如果那个可怜的人，有着无比的英雄气概的人，没有想到一个连接完全不同的事件和完全不同的人物的线索模式？好像，皮尔斯曾经和约西亚具有很多共同之处；比其他任何人都多；因为他相信约西亚，把他当成儿子。

“现在他死了，剩下我孤单一人。他曾经欣赏的学生，现在是他的刽子手。”

* * *

（但：约西亚的绝望的行为给了他一份令人开心的记忆。他会回想起那个催促他快点去婴儿房的亲切的声音——他们的生活依靠你，只有你约西亚。那不是魔鬼的声音，而是他亲爱的妹妹安娜贝尔的声音，那个声音自从她死了以后他就没有再听到。）

“你没有‘杀’那个人——你是在保护别人。”

而且，“你不是故意那样做的。实际上，这是一次无私、勇敢的英雄行为。”

而且，“约翰娜·范·戴克的孩子欠你一条命，就像约翰娜欠你一条命一样。这一点，你必须承认。”

约西亚被如此告知。但是他不相信。

就在那个人的葬礼后不久，范·戴克教授的“精神崩溃”理论得到了阐释，可是这也无法令约西亚备受打击的良心得到安抚。这是通过玛格丽特·伯尔太太偶然访问“四面”的方式进行的，在这悲痛的时刻，玛格丽特·伯尔太太正在帮助约翰娜的家人。

上了年纪的普鲁思邓·伯尔太太来帮助约翰娜收拾行李，返回普林斯顿；和其他人一样，教授的书房里的“无穷尽的杂乱”令她震惊和沮丧。因为这个状态毫无征兆，大家一致认同，皮尔斯·范·戴克在大学里的办公室和他在霍吉大学路住宅里面的书架都是整整齐齐的，认真地按字母顺序排列的，他很少把一本书放在桌子上，而不是放在架子上。但是，在“四面”，这里到处都是一张又一张的大型图标或曲线图，好像是对这个男人的疯狂的无声证明——线索方案（?）——和众多的笔记本和活页纸，许多都摊在地上。伯尔太太和她的黑人姑娘助手发现了分析 A. 柯南·道尔故事的十几页图表，是教授用那种急迫的、难以辨认的字迹写的。

但最明显的发现是一朵压花做成的看似简单的书签，放在一本斯宾诺莎的《伦理学》中，当时放在教授的桌子上面，在“线索方案”下面；伯尔太太打开书，看到书签，俯下身子闻了闻那朵“压花”，马上把书从手边扔走了，仿佛那是一种有毒的昆虫。

“真是一个悲剧！皮尔斯一定以为这是一朵‘花’——干百合也许。事实上，这个气味难闻的东西是晒干了的‘天使的号角’——一种有毒的曼陀罗的近亲，最致命的‘野花’。”

“天使的号角”甚至在脱水状态下毒性也非常大，它的果实和种子，如果吃了，人体会出现发烧，瞳孔放大，混乱，谵妄，惊厥，甚至死亡。如果范·戴克教授一直在呼吸这种微弱但是持续散发的“书签”的气味，每天几个小时，连续数月，那么他的大脑逐渐恶化，导致偏执的怀疑和愤怒，这是合理的。

伯尔太太应该过了七十八岁了，具体不知道多大了。精明的老太太很有实践经验，她让她的助手用了好几层报纸把那张毒书签“小心包起来”，她要带回到普林斯顿，呈递给警方的侦查员。

当约西亚听到这个消息的时候，他的心里再次充满了负罪感。

毒草！而不是一朵马蹄莲，在克雷文老宅的地面上发现时已经断了、碰伤了！

你不要承认有一个声音曾经嘲笑他，就像埃克森·马特的那种空洞的、鼻音很强的声音。你不要承认教授办公室里的“天使的号角”的来历？

“世界末日的善恶大决战”

可能吗？这么快？

听说这种令人不安的事情——（一些显赫的普林斯顿家族之间在盛传那些“可怕”的和“莫名其妙”的事件要爆发了）——厄普顿·辛克莱开始怀疑是否世界末日的善恶大决战真的像社会主义预言家所说的那样指日可待。他猜测他和他的妻、儿是否会有危险，明目张胆地住在如此接近诅咒中心的地方。

“谁能想到，如宁静的绿洲般的新泽西的普林斯顿——泽西恶魔的产卵场!”

厄普顿半严肃，却半认真地说。他不能不认为富人们的这些苦难是应得的，而且，从历史的角度，是正当合理的；然而，他非常怀疑这些痛苦是来自于一种超自然的力量。

然而，这在他看来的确像是，就在空气中有某种灾难性的变化，甚至在新泽西农村。

“因为，只要想想，梅塔，”一天晚上，厄普顿兴奋地说，当时妻子正忙着厨房的家务，并且照顾着坐在高脚椅上的小戴维，“在芝加哥的上次选举中有五万张社会主义者的选票；在《屠场》成书发表的时候，在一天内收到了一万二千张订单，在所有的地方当中，普林斯顿有一块纪念石，用来纪念‘琼斯母亲’和‘工厂童工’；很明显，我的那篇论述‘儿童十字军’的头条文章是所有的《国家》杂志五月刊能够在报摊上销售一空的主要原因！[1]

“伴随着这些古老的普林斯顿家族的‘悲剧’——斯莱德家族、范·戴克家族、伯尔家族——也许还有其他的东西——怀疑这不仅仅是巧合也是不无道理的，你同意吗？克鲁泡特金曾经说过，历史上没有任何事情是‘偶然事件’。”

厄普顿的心中突然充满了欣快感，他抓住了大惊失色的妻子的两只手臂，不让她拿羹匙喂小戴维萝卜泥。他用一个兴奋的声音宣布：“很明显——我们生活在‘资本主义的末日’——被压迫者的灵魂打破枷锁来反抗‘贪婪之神’——将在它想实施报复的地方进行报复。而且这在我们曾经预言的几年前就在发生了，就在离厄普顿·辛克莱写《屠场》的丛林小木屋只有几英里远的地方。还能有什么事情比这更惊人、更像一个奇迹吗？”

梅塔轻轻地挣脱了丈夫的控制，然后，回过身继续履行母亲的职责，喂小戴维，只是喃喃地说：“是的。一个奇迹。”

---

① 厄普顿·辛克莱指的是最近一个月在宾夕法尼亚东部由劳工组织者玛丽·哈里·斯琼斯领导的童工罢工。这些孩子，有的年仅九岁，还有许多缺少手指和脚趾，还有恶劣工作条件带给他们的其他伤害，从费城开始游行，到牡蛎湾、长岛，直到西奥多·罗斯福的私人官邸。尽管这次罢工在媒体上被嘲笑为一种“无政府主义者侵略”，罢工的确使公众注意到了在丝绸厂和矿山工作的孩子们的困境。罢工要求每周工作五十五小时。在牡蛎湾的豪宅，罗斯福拒绝会见“琼斯妈妈”和数百个脏兮兮的、腿脚显然疲倦不堪的孩子。一位宾夕法尼亚法官裁定罢工的孩子有罪：“你们罢工是在反对上帝。”

第四部　驱除诅咒

科尔德·斯普林

“甜美、纯洁的孩子！她现在是一个天使。”

五月中旬，一个特别寒冷的早晨，普林斯顿的墓地上，悲伤的斯莱德家人又一次聚到一起，埋葬自己的亲人：一口珍珠母色的棺材，不到四英尺长，这么小，令人伤心欲绝。

“她现在与天使在一起。”

斯莱德家人与众多人一起悼念九岁的奥丽埃纳·斯莱德的死亡。她的死亡令人极为震惊，意想不到——看似，一次意外。

奥丽埃纳身体矮小，体重才刚刚六十磅，惠特希夫的育婴房的小床上已经找不到她的身影，母亲莱纳拉还是像往常一样在那里为她掖着什么，可是，这次在房子外面，花丛下，她在卷着一件又脏又破的棉布睡衣，宅院东北角落的院墙外，一棵郁金香遭到蹂躏，却开着花。

孩子的身体遍体鳞伤，骨折断裂，好像从一个很高的地方落下，或被扔下，石头墙仅仅六英尺高度，她落下的地方超出了这个高度。

惠特希夫屋顶最高处吗？这可能吗？

然而，所有看到她的人证实，这个小女孩死亡的时候看上去没有遭受什么痛苦。她眼睛半睁着，嘴也微微张开；她的表情显得吃惊，甚至有些宁静，不是恐惧或痛苦。

众所周知，奥丽埃纳非常乖，从不违背父母或保姆的话，没人能够说清楚她在那个晚上，怎样溜出了育婴房；又是怎么爬到那么高的地方，她赤裸着小脚，小小的身躯只穿着件棉睡衣；怎么能做到，又是，为什么这样做呢？

托德对妹妹的死非常震惊，他似乎不相信这事情，然而这却是不争的事实，他说起奥丽埃纳曾几次告诉他她所做的关于“安娜贝尔的梦”；还有“特权的天空”(一个九岁的小孩子这样奇怪的表达会令我心生疑问，只是不同的调查报告多次引用她的表述)；还说，总有一天，她独自“飞”向“北部冰冷的土地”，安娜贝尔现在居住的地方。奥丽埃纳曾告诉托德，一个“目光锐利”、满头银发、非常漂亮的女士正教她飞行技能，大人们没有听到他们的谈话。托德嘲笑妹妹的胡说八道，没有把妹妹的话当回事；不过，正如他兴致勃勃地说，他自己的信口雌黄，还是经过一番努力的，所以他是当回事的。

(妹妹死后的日子里，托德行为奇怪，有时欢快异常，甚至轻狂，有时，死一般的沉默，默默无语，没有一滴眼泪。)

有一次，他声称，他试图告诉他母亲关于奥丽埃纳的“飞行”梦，可是，母亲却心不在焉，好似没有听到一样。

还有一次，他想告诉母亲这件事，母亲却皱着眉头说，他和他的妹妹不应该总是“讲着彼此的故事”。

斯莱德家族陵墓由花岗岩和石灰岩凿制而成，意大利大理石的门廊，悼念者聚集在墓地上，一阵寒冷的小雨突然下了起来；大家尽其所能，相互安慰，互道同情，说着老套的哀悼话；不过，对于一些人来说，奥丽埃纳这个孩子的死亡带走了一丝恐惧，带走了一丝悲伤，没有什么可说的。当然，有一点却毫不夸张，那就是皮尔斯·范·戴克曾经声称的：社群中存在着一个诅咒，甚至最无辜的人，这个九岁的孩子，可能也无法逃脱它。

在这个冬日里，牧师纳撒尼尔·菲茨伦道夫显得苍老了许多，带领这些熟悉的基督徒们做着祷告，他勉强地用一种乐观的声音讲着，亲爱的小奥丽埃纳要是确实如她想象的那样，能够会飞的话，那她一定是飞到了天堂。

托德·斯莱德离得很近，他用手指节按着自己的嘴巴，抑制着来袭的笑声。

他的父母眼睛盯着那口发光的白色小棺材，仿佛这里有最后还有一个他们无法解开的谜。考普尔斯通长着一张耽于声色的老脸，松弛肿胀，没有活力；鼻子大大的，破裂的毛细血管把它变成了红色；一双小眼睛泛着灰绿光，眼中的愤怒难以掩饰，主要是针对他的妻子。据说，考普尔斯通因为女儿的死对莱纳拉大加责备，永远不会原谅她。这个女人总是乘坐着皮尔斯一箭头豪华轿车“漫游小镇”，由一个身着“猴服”的“粗鲁的老黑”驾驶着，这套“猴服”是莱纳拉为他定制的；她总是“干预”残疾人和慈善事业，“干预”女子委员会事务，这些委员会致力于恢复历史遗迹，致力于向像埃塞俄比亚这样的一些“偏僻的地方”发送“多余且不需要”的二手衣服。

（莱纳拉悲痛欲绝，一言不发；她不会为自己辩护，至少在这个时候；虽然她向嫂子亨丽埃塔吐露过心迹，说自己经常对未来充满了绝望——不知道自己与考普尔斯通的未来日子会如何“结束”。“他根本不像他的父亲温斯洛，也与斯莱德家族的大多人不一样——他不是一个好人。

“上帝原谅我，我想知道，我可怜的女儿寻求‘飞行’是不是为了逃避她专横的父亲。”）

这对悲痛的父母站的地方与大多数送葬者不远，就在菲茨伦道夫牧师的面前。有些人认为他们并不让人同情，整个墓地哀悼仪式上，他们也没有彼此看看对方。

人们普遍认为，普林斯顿西区的所有人都参加了这个葬礼，包括那些前几个月没有被邀请参加安娜贝尔·斯莱德葬礼的人。

（他们包括，伯尔家、斯巴霍克家、派恩家族、阿默家、斯特拉坎家、菲茨伦道夫家、范·戴克家、比德尔家、巴亚德家，沃什伯恩家——这里仅举几个地位较为突出的家庭。）

（当然，显而易见，还有几个没有到场的。贺拉斯·伯尔、皮尔斯·范·戴克，就是其中两个；威廉敏娜·伯尔因为个人的原因已经离开了。）

因为约西亚卷入他以前的教授皮尔斯·范·戴克的死亡事件，因为许多与这件事相关的故事在普林斯顿及周边地区传播，所以约西亚·斯莱德意识到普林斯顿的所有人在观察着他，评论着他。从法律上讲，他是“清白的”，这一点早已裁定。（在今天早上的葬礼上，约翰娜·范·戴克身穿黑色的亚麻布料外衣，头戴宽镶边的黑色面纱帽，和表情严肃的斯特拉坎家的亲戚待在一起。）约翰娜一直向周围的人赞扬约西亚的英勇，从未停止叙说约西亚曾如何“救”她的孩子和她自己。然而，即使在纽约市，不安的情绪也侵扰着约西亚，有时他想象着陌生的人们一直在盯着他看。你能跑到哪里去，你能藏到哪里去？在你的额头上有着该隐的标记，一个杀死信赖者的凶手。

事情的进展让人出乎意料，经过了几个月的克制、顺从、忧郁、悲伤之后，约西亚开始变得急躁、易怒；尤其，这个年轻人动不动就与自己的父亲奥古斯都争吵起来，这样的事情在以前几乎没有见过。约西亚刚刚阅读了手头找到的所有厄普顿·辛克莱的作品——（众所周知，厄普顿·辛克莱居住在普林斯顿地区，约西亚急于见到他）——以及林肯·斯蒂芬斯的《城市的耻辱》，弗兰克·诺里斯和西奥多·德莱塞的小说，他让父母大为吃惊，因为他和父亲在乔纳森·奥格登·阿默回应《屠场》的真实性上意见相左，《屠场》发表在《星期六晚邮报》上；他与父亲在对待多数商人诚信上同样意见不一，那些商人愤怒地反驳"黑幕揭发者"对他们的指控。

最初，奥古斯都有尊严地回应着儿子；不过，当他的儿子抓着这期作品，大胆地带到餐桌上，大声朗读《屠场》和诺里斯的小说里最令人厌恶的段落时，奥古斯都反应激烈，似乎个人权威受到了挑战："约西亚，够了。他们都是社会主义者和无政府主义者——他们的话不可相信！这些自由思想家、妇女参政权论者和无神论者——会推翻我们的文明，并将其付诸一炬。在我们人生这样的时刻，你不希望让你的母亲、你的爷爷和我感到不安。"

"有什么更好的时刻，父亲？如果世界在动荡，我们除了让自己与之一起动荡，还要做些什么？"

"如果你知道你在说什么，约西亚，你就不会说话这么鲁莽。"

"如果你知道你在说什么，父亲，你就不会说话如此自鸣得意。"

奥古斯都现在情绪激动，脸色发红，异常愤怒地说："我几乎不能相信这是你，我的儿子，温斯洛·斯莱德的孙子，竟然说出这样的话——而且一个邪恶的灵魂没有钻进你的内心。"

邪恶的灵魂！这种不公正的评价起到了效果，让约西亚沉默下来，他低声地说了声抱歉，从桌子旁离开了。在他身旁的餐桌上摆放着一盘来自于阿默先生的牲畜栏的烤牛肉，这盘肉原样未动。

现在，在斯莱德家族陵园里，奥丽埃纳的墓旁，约西亚僵硬地站在那里，显得很高。他设法避开了自己的父母，站在哭泣的婶婶莱纳拉和祖父温斯洛之间，祖父靠在约西亚的肩膀上，开始时轻轻地倚着，后来越来越沉重。虔诚的基督徒们嗡嗡的祷告声令他的大脑麻木。约西亚想让这些送葬者振作起来，请求他们当中有人相信，哪怕是一小会儿也好，相信他的小堂妹奥丽埃纳成了天堂里的“天使”，请求他们中有人不要相信这个家族的诅咒夺去了她，如同迟早要夺去他们中的所有人一样。

他心中的一个声音悄悄地问道，安娜贝尔都死了，为什么还要奥丽埃纳？在克罗斯威克斯和惠特希夫已经恢复了平衡，现在只剩约西亚和托德了。

作为一个理性的人，约西亚知道更多，并且相信“历史”要经过科学的调查，但是，关于诅咒的论证，约西亚认为，似乎范·戴克教授的看法非常有说服力，即使在细节上说服力不那么有力。约西亚没有想到，真正的恶魔已经进入了皮尔斯的灵魂，但是，这位哲学教授的书里不小心夹入了有毒的曼佗罗花，他中了毒似乎确实合乎常理；他未曾向任何人承认，是他把有毒植物给了自己的朋友，并且制造了假象，给的是一个马蹄莲百合——也就是那个幽灵般的马蹄莲。

事实上，默瑟县验尸官发现，皮尔斯·范·戴克的大脑皮层区域有明显的恶化，验尸官讲不清是什么原因所致。他没有裁定是曼佗罗花的缘故，但是，也没有裁定不是它的缘故。

有些事情同样令人难以置信，“恶魔”已经进入了疯狂的贺拉斯·伯尔身上，现在，他被新泽西州萨米特市的奥特霍姆精神病犯罪医院接收看管，治疗杀人疯子的桑赫斯特水疗法已经用在他身上，尽管这种水疗法的使用存在着争议的。[①] 据说人们几乎辨认不出贺拉斯·伯尔了。(在贺拉斯·伯尔被逮捕，认罪，并被送到奥特霍姆医院后不久，这个执迷不悟的人开始改变自己的故事：虽然他出于挽救阿德莱德“脱离苦难”而确实杀害了她，可是，那是因为这个亲戚，年轻的威廉敏娜·伯尔小姐的催促才令他这么做了。这个奇幻的故事里，贺拉斯·伯尔提到了他谋杀的真正原因是源自女妖妇，因为她“给我一些希望，也许有一天我们可以结婚——如果我自由了”。有些事更令人震惊，却令约西亚感到恶心，普林斯顿镇的许多人都开始相信这个疯子的诽谤；威廉敏娜·伯尔甚至遭到普林斯顿警方的审问，这令她十分羞愧。)

在普林斯顿西区哀悼人群的边缘处，站着一对奇怪的夫妇——体格魁伟的格罗弗·克利夫兰肩膀松懈懒散，低着头，肥胖的脖子溢出了他的衣领；弗朗西丝·克利夫兰浓妆艳抹，黑黑的眼圈，闪亮的嘴唇，如此时髦的打扮与这样忧郁的场合对照鲜明。最近传言四起，说克利夫兰先生状况持续“恶化”；虽然他早餐和往常一样胃口巨大，甚至晚餐吃得更多，但是据说他午餐时“食欲不振”，经常在别人的面前就睡着了，有时甚至在自己说话时就会睡着。奥丽埃纳·斯莱德的突然死亡肯定让克利夫兰先生再次想起自己心爱的鲁斯的死；拜访惠特希夫的时候，克利夫兰先生当时一直和这个漂亮的金发小女孩说着话，让她坐在他的胖胖的膝盖上，晃动着；他笑着告诉这里的主人们，他在育婴房“非常高兴”地度过了整个晚上，因为有他们美丽的小女儿相伴，而在晚餐的餐桌上，他被认为是“生动逼真的蜡像”。(事实

---

① 神经病人的水疗法是根据哈佛医学院著名的医生西拉斯·桑赫斯特命名的，是当时众多的“水疗法”之一。病人在已经证实可用的时间内被捆在椅子上，要特别注意头部、躯干、腿周围的皮带（要用棉絮包住，防止损伤）；然后，大量的水从大约六英尺高度从几个软管或导管“冲”在患者的头上。为了防止意外溺水，舌头吞咽，或因为过度尖叫而导致声带破裂，始终在口中放入一块干净的布或海绵，并采取每一个预防措施，然后在几个小时治疗之后，病人被立即送到一个房间，并放置在温暖的床上，在那里进行长达十二小时的不间断睡眠。贺拉斯·伯尔在1911年仍然是奥特霍姆精神病犯罪医院的病人，当时死于中风，但是，一般认为桑赫斯特治疗已经治愈了他的疯狂的妄想，因为，据报道，病人在他生命的最后一年“温顺，非常安静和平和”。

上，没有人认为格罗弗·克利夫兰在普林斯顿西区的任何一家餐桌上成为“生动逼真的蜡像”。）即使是现在，当护柩者把这口让人心碎的珍珠母色的棺材放置到坟墓的时候，克利夫兰先生倒吸了一口气，吞咽下去；他尽其所能，不让自己晕厥过去；因为他看见这个金发小孩儿和自己亲爱的鲁斯在那些遭受风雨侵蚀的墓碑群中玩耍——她们身着白色衣服，跳着舞，披着松散卷发，赤裸着娇美的小脚丫。他注视着，微笑着，女孩们躲在一个十五英尺远的天使般的大理石后面，偷偷地看着他，大理石两侧各露出一个可爱的小脑袋，都用食指按着撅起的可爱的小嘴儿。爸爸和我们一起玩！现在和我们一起玩！不要告诉任何人，现在就过来跟我们一起玩！

（“格罗弗，你不要弄出这样的声音，”弗朗西丝在丈夫的耳边悄悄地说，心里急躁，“——那声音不像哭泣但像咕哝声。请停止，我很羞愧。”）

伍德罗·威尔逊和妻子艾伦也站在普林斯顿西区的哀悼人群的边缘处，他们好像不确定自己在西区人中的社会地位；一个身材高大，挺拔笔直，清教徒做派，另一个身材矮小，穿着不够利落，有些懒散，头上的那顶黑色小面纱帽，在西区女人眼中，好像多年前藏在一个衣柜里层，最近被捡出来了，掸去灰尘，重新流行起来。威尔逊太太的黑色大衣，前排的纽扣乌黑发亮，看上去让人心生疑问，因为它和弗朗西丝·克利夫兰遗弃的黑色外套很相似，那件外套最近由弗朗西丝·克利夫兰捐给了普林斯顿妇女救济基金会，以救济默瑟县的贫困女人。

伍德罗·威尔逊在百慕大群岛逗留期间晒出来的棕褐色肤色曾得到普林斯顿每个人的好评，不过这健康的肤色很快就褪去了；新泽西 1906 年的春季，潮湿寒冷，阴雨绵绵，令人沉闷不快，春日里盛开的花、茂盛的树木在这连绵的阴雨中衰败了。然而，威尔逊博士依然健硕有力，满怀决心，神情矍铄。他希望“查尔斯顿的失败”如今已经成为过去，抛到脑后；但是，他为失去老朋友和支持者皮尔斯·范·戴克而深感悲伤，威尔逊博士认为，皮尔斯的大脑在大学争斗的重压下“啪”地崩溃了，他与伍德罗·威尔逊作对的教职员工进行了数月的冲突，这几个月充满着欺骗与诡计，充斥着不知疲倦的政治活动。然而，皮尔斯的死也产生了积极的后果，威尔逊博士的坎贝尔家族的战斗勇气再次被激发，在举行朋友葬礼的一个星期内，这位普林斯顿大学校长面对可能背叛他的董事会成员发表了自己的演说，演说坚定有力，令人信服，结果促使那些先生们勉强地做了一件出乎意料的事——拒绝接受普罗克特一百万美元的遗赠，因为这份遗嘱极力主张研究生院院长，而不是大学校长，来管控这项资金。伍德罗·威尔逊绞尽脑汁意外战胜了安得烈·韦斯特的消息传遍整个普林斯顿，这给了韦斯特一个措手不及，他一直到处大肆吹嘘，他将成为大学的下一任校长。伍德罗对他的妻子说，令人可惜的是，董事会决策的消息到来时，皮尔斯·范·戴克无法分享这份荣耀，这是威尔逊博士重掌权威的第一步。

威尔逊博士沉思着，入了迷似的。他认为，众所周知，皮尔斯·范·戴克是反对伍德罗·威尔逊“战争”的牺牲品，差不多算是一名“烈士”。威尔逊博士不想说起此事，至少现在不愿说起它。

“真是让人悲伤，伍德罗，不是吗！这个可怜的孩子。”

“是的。伤心总是难免的。但是——‘尘归尘，土归土’。这是一种超越理解的平和。”

威尔逊博士的嘴唇很快地动了一下。因为在这个模糊的时刻，他不记得这是什么葬礼——谁的葬礼。

托德·斯莱德站在离他父母有一点儿距离的地方，好像和他们有些疏远，他身穿黑色绒面丧服，合身的夹克，短腿裤子紧贴膝盖，黑色的袜子被吊袜带固定得紧紧的。照看孩子们的保姆，非常努力地，坚忍地给死去的小女孩的哥哥穿好了衣服；母亲没有把手放在托德的身上，今天早上也不能去看看他，因为她害怕看到，在这个小男孩的眼睛里充满着对她的指控。

过去的几个月里，托德·斯莱德成熟了一些：胳膊和双腿不再那样纤弱，举动也不再傻里傻气。脸孔棱角更加分明，骨骼凸出；斜下巴更加尖利和坚挺；调皮的眉毛下面一双炯炯有神的眼睛不安地左顾右盼，如同诱饵一样。他身高五英尺四英寸——这对于一个十二岁瘦小的孩子来说够高了。托德没有因为妹妹的死而哭泣，人们正在低声地谈论着他。（在一些地方，包括仆人的住处，人们都在低声谈论这个“奇怪的”男孩知道自己妹妹的死，只是不去承认。）小孩子的棺材被安放在陵墓内，寒冷的细雨落在每个人的头上，在风雨侵蚀的花岗岩墓旁，托德呆呆地站立着，闭着眼睛，嘴巴抽搐。我会很好。我将是现在需要的天鹅，而不是小鸭。

墓地仪式接近尾声，家族陵墓沉重的铁门正要关闭之际，温斯洛·斯莱德突然转身面向他的孙子托德，这位白发苍苍的老人抓着托德的胳膊，向托德恳求说，他必须“保护”托德——“我的孙子托德和约西亚，那一代人就剩下他们了。”温斯洛眼睛里闪烁着困惑，嘴角的笑容充满希望，他对约西亚说：“我过去的罪降在你们的身上，我必须亲自解释，尽我所能改正革新，这样上帝才会宽恕我活着的孙子们。”

温斯洛的儿子们很快来到父亲面前，好像要父亲安静下来，不要讲话，因为父亲的话令他们很是吃惊；但是，温斯洛对抗着这些男人们，他的手臂滑向孙子们的胳膊，把他们紧紧地搂向自己，所有的眼睛都盯着他。

“让我现在，在奥丽埃纳的墓前讲话吧，”温斯洛恳求着说，“在安娜贝尔墓前，我曾经退缩，未曾讲些什么。这次，我求求你们所有的人，如果你们爱我，或者，如果你们同情我，不要管这事了。”

* * *

以下是以摘要的形式编辑的温斯洛·斯莱德的引人注目的报告，收集在这个乌木漆盒里——可以说是他的“忏悔录”；是关于1855年一个名为“珍珠”的年轻女子的事件，这段往事虽说条理并不完全清晰却热烈激昂。这种即兴的揭发在普林斯顿是绝无仅有的，对所有的人来说都是惊诧的，包括目击证人和以多种方式讨论和描述这个事件的人们。温斯洛·斯莱德说话时不时地停顿，结结巴巴，经常陷入沉默，在这里我不可能准确地汇报他讲的话，我也不会注意到他的儿子们愤怒焦虑、局促不安，不管哪一个都逼迫父亲停下来，离开回家，因为好像这位老人处在神经崩溃的边缘。

“我的生活中不幸的事件”——温斯洛·斯莱德这样称它——发生在1855年3月的一天下午，这天可不同于五月份的天，冬日里阴暗的天空突然冒出几分春意；这份春意短暂，但却十分珍贵。温斯洛·斯莱德当时年仅二十四岁，刚刚与新泽西州共和党参议员贾雷尔·雷伯的即将成为继承人的女儿订婚（后来婚约被解除）。温斯洛与他的父母居住在克罗斯威克斯庄园，并在普林斯顿大学神学院上课，他在那里学习希伯来语、希腊语、《圣经》

的《新约》和《旧约》、日耳曼神学，还有“布道准备和布道”以及“牧师辅导”等实践课程。与大多数神学院的学生一样，温斯洛·斯莱德大学毕业后马上进入长老会神学院，他没有完全决定自己是成为一位“牧师”，还是成为一名圣经学者；或者是到一个更世俗的公众生活中寻求自己的命运。(温斯洛的一个同学兼朋友是亨利·范·戴克，他成为一个著名的牧师和演说家，最后成为普林斯顿大学的英语文学教授——据记载，他是皮尔斯·范·戴克的父亲。）三年前，在大学毕业典礼上，年轻的毕业生温斯洛·斯莱德发表了“纯文学”的演讲，他非常热切地谈到密尔顿、歌德和莎士比亚，还谈到了毕业生要投身于他们祖辈信仰上帝的事业、投身于国家命运，他几次被掌声打断，感到高兴，那些话引起了听众们的回应。（1852 年 6 月 25 日的《纽约先驱报》指出，这个年轻的斯莱德先生的演说“雄辩有力，语气热烈，十分鼓舞人心，展现了演讲者的智慧和机敏，也许是上午的典礼中水平最高的。”）

因此，似乎一个令人羡慕的职业就在面前。温斯洛·斯莱德不得不从树上采摘果实，这是他的事情。

然而，一年的神学院学习中，向一个魅力十足却被宠坏了的十九岁女孩求爱所带来的紧张与压力令温斯洛感到疲惫不堪；学习各种语言和常常在空空的教堂里布道也让他的大脑确实疲劳过度；短时间内，这个年轻人被各种疾病压垮了，这些病被诊断为伤寒、高烧和神经炎，他需要在克罗斯威克斯庄园里静心疗养一段时间，方能康复，于是暂时退出神学院。就在温斯洛从不明原因的致命发热中恢复过来的两周时间里，由于恶毒的机缘巧合，这个年轻人经历了将伴随他一生的不幸的“冒险”……

在这个时候，温斯洛刚刚经历了一轮订婚招待会，订婚庆典分别在普林斯顿、纽约、费城举行；他尽自己的努力，勇敢地弥补在神学院丧失的时间，每天工作十二到十四小时，因为与同学一起毕业是一件值得骄傲的事，而不是把它拖到几个月后。此外，温斯洛有时在克罗斯威克斯庄园庭院里徘徊到深夜，他心里纠结着，独自思考加尔文主义和自由意志之间的老难题，他说，这些难题就像一个陌生人的手紧紧地抓着他。

对于人的生命是完全由上帝决定的观点，他的祖先乔纳森·爱德华兹不曾有过片刻的怀疑；爱德华兹牧师蔑视自由意志的观念，认为它“幼稚可笑”。但是，问题是，如果我们不知道未来是什么，也不知道神对我们的计划是什么，我们便无法去想象“自由意志”？——在任何情况下，我们不对我们的行动负责吗？

乔纳森·爱德华兹和他同时代的清教徒相信，人类的大多数被诅咒下地狱。但是，温斯洛·斯莱德不能接受这样的观点，即上帝会把他自己创造物的大部分送入地狱。

温斯洛是一个谦虚的年轻人，容易陷入尴尬，不希望自己显得虔诚、自负或单纯，在每一位长者的面前，他没有对这些思想说些什么，当然，在自己漂亮的未婚妻伊万杰琳面前，也没有说些什么。

三月的一个下午，温斯洛在神学院的图书馆学习，图书馆的一扇窗子已经向上推高了几英寸，让新鲜的空气进入；他为自己设定的任务是学完一部分希伯来语法，并且为长老会草拟一篇评论，这是他的指导教师弗里克牧师分配给他的任务，这个任务做起来令人愉快却很费时间；他努力地收集自己关于婴儿遭受诅咒这一主题的想法，婴儿遭受诅咒的主题是兰斯洛特·普赖斯牧师和弗雷德里克牧师都阐明过的。几个小时里，这个年轻人一直在图书馆努力学习着，他的周围还有一些其他同学，他们的勤奋也反映在温斯洛的身上，突然，他似乎感到火焰舔食着他的手和他手里拿着的重重的书卷，这火焰是蓝色、橙色、淡绿色、浅黄色，不过是透明的，它瞬间跳到他裸露的眼睛上，进入他的大脑里。

温斯洛不是一个容易激动的年轻人：他明白，火焰是某种错觉，是因为过度劳累和最近加重的病情导致的某种病理视神经现象，他不允许自己（表现出）不安的样子。(他不愿意相信魔鬼与这有什么关联：他不属于那种长老会成员。）所以温斯洛忍住了喊叫，离开了房间，没有引起别人的注意，他确信这点；但是，似乎有一点令他的同学好奇，他把自己的书本丢在那里，还有一支昂贵的钢笔。他匆匆地离开了这座红砖建筑，在早春之际，这座红砖建筑的周围满是干枯的冬草；他很快穿过宽阔的草坪，避免见到其他的学生和牧师教授；很快来到默瑟街，向南走去，走向开阔的田野；发现自己来到一片草地上，脚下的泥土已经解冻，变得松软，他不知道自己到哪里去，只知道自己必须去某个地方——任何地方！——离开神学院，离开普林斯顿。

温斯洛·斯莱德一路奔向西南，走向霍普韦尔镇的科尔德·斯普林村，走向一个叫着某种不吉利名字“狐狸和野兔”的酒吧，这些地方离普林斯顿至少二十英里，这个年轻人永远不会明白他怎么来到这里；他一定是以非同寻常的活力和坚定不移的毅力，很快离开默瑟街，踏上斯托克顿，从斯托克顿到珀丽，从珀丽到州级路，直到最后他完全离开大路，跨越农田和森林。在这段悬浮的时间里，温斯洛的头脑里没有想神学，甚至没有想他即将到来的任务，没有想他的未婚妻或在克罗斯威克斯庄园的家人，而家人们对他有很多的期待；相反，他的头脑像发了疯的苍蝇，嗡嗡地叫着。

温斯洛·斯莱德完全不知道“狐狸和野兔”酒吧，斯莱德家族的任何一个人都不知道这个地方；这确实是一个粗糙、吵闹、嘈杂而友善的地方。尽管他身穿“都市服”——脚穿结实的皮鞋——温斯洛没有让人感觉到扭捏不自然；然而，不明智的是，他快速地喝了一大杯啤酒，仿效着他周围那些强壮的工人们，所有的人，无论老少，尽情地喝着，大声地交谈，狂欢着。(他们是谁？——很可能是工厂的工人，他们在一英里远的特拉华河边的纺织厂工作，这些纺织厂就在兰伯特维尔小镇。）这位神学院的学生感到十分奇怪的是，这些人看起来似乎享受自己的生活。然而，有什么让他们享受的呢？这些社会地位低下、面貌粗糙、穿着邋遢肮脏的人不是被迫靠自己的双手和脊梁来工作的吗？他们中的一些人，正如温斯洛偶然注意到的那样，不是满身伤疤、甚至严重损伤，如手指缺失，严重弯腰驼背吗？他们的欢乐中交织着亵渎和猥亵——（那种亵渎和猥亵，温斯洛从未听过，也无法想象到）——他很清楚，他们不是上帝的宠儿，耶稣还没有进入他们的心里；更糟糕的是，他们没有想念上帝或基督的想法。他们似乎不明白他们是有罪的，温斯洛认为，——应该有人来告诉他们！不过，这个牧师认为他很快能做到这一点，而不必要在这个时候。

这个寒冷的春天里，温斯洛·斯莱德在酒吧里就这样沉浸在欢闹中，他又喝下第二杯啤酒，这杯酒更容易喝下去；于是，又喝了一杯；不久他就头晕眼花，意识不够清晰了，他没有注意到，一个面貌粗糙、比他年龄大些，但不会大得太多的红发男子挤到他的身边，好像要他单独出去；很快他就敦促温斯洛到外面去，如果不说是央求他的话，外面有人找你。

或者，可能是那个面貌粗糙的人在说，有人需要帮助。

此时，温斯洛的意识又一次不太清晰了，他已经离开了“狐狸和野兔”酒吧，步行或“被走”一段很短的距离（这个年轻的学生，并不习惯喝酒，他脚步踉跄，并不太稳）；现在，他在另一个住处，不是一个酒吧而是一个简陋的房子，或小屋；在这里，有着强烈的柴火烟和煤油的气味，一个年轻的女人，更准确地说是一个女孩，年龄比温斯洛年轻一些，也许比他年轻八岁或十岁，被介绍给了他，或者说是，锈红头发的男人和另一个人推给了他，温斯洛看不清楚那个人的脸孔。女孩的名子叫“珍珠”——或许，那两个人告诉温斯洛的；灯光下，她看上去似乎是一个混血儿，温斯洛捉摸着；不是“有色人种”——不是“黑色”——或明显的“黑人”——只是这些肤色的混合，具有欧洲血统；她的鼻子又扁又短，鼻孔宽大，皮肤粗糙，麻子显示干枯的颜色，像阳光下退了色的东西一样，她的头上围着脏脏的头巾，克罗斯威克斯庄园的女人们通常戴的那种头巾。温斯洛被推向珍珠，如同珍珠被推向温斯洛一样，两人挤在一起，在一个小屋的狭小的空间里；光秃秃的地板，一张单人床上铺着肮脏的床垫和粗毛毯，就像马背毯那么重。女孩的气味强烈：女人身体的味道，几乎没有洗过的脏衣服的味道；更让人苦痛的是，她油乎乎头发的味道。还有她呼吸的气味，像温斯洛的啤酒一样。

珍珠努力凝起双眸，凸起肉嘟嘟的嘴唇，带着微笑，吸引着她捕获的人——（这个男人似乎成为了“捕获的人”）——温斯洛努力摆出超脱的样子，试图逃离；但是，这个女孩的手牢牢地抓紧了他的胳臂，她忧郁的目光如此专注，与温斯洛的目光对视着，他感到一种麻痹进入了灵魂。

接下来发生了什么，温斯洛·斯莱德几乎没有什么记忆。

温斯洛片刻间感到强烈厌恶，他退缩着——因为他一下子就注意到珍珠嘴巴里掉了几颗下牙；她的右手的手指损坏严重，而她却敢于用这只右手去“爱护”他。

感到一些东西正从他身边拿走——（他的钱包吗？他结实的皮鞋？）——可是这样的感知来得很晚，没有什么作用，他知道必须阻止，但又不能；因为这个狡猾的女孩就在他怀里，或者说：这个神学院的学生躺在女孩的怀抱里，她紧紧地抱着他；就在他耳边，她急促喘息着，散发着啤酒味道，和更模糊的东西的味道。锈红色头发的男人和他的同伴们大笑起来，开着玩笑，砰的一声关上了门，让这位神学院学生和珍珠待在一起。

就这样，时间混混沌沌地流逝着；实际上，温斯洛·斯莱德可能已经失去了意识，根本不知道周围的境况；突然，传来一个（男子）响亮的声音，背景是湍急的流水声，这可能是特拉华河，此时，温斯洛看不出来，或者说，没有足够的智慧去看得出来。

后来，人们知道，锈红头发的人名叫亨利·塞林科特，而“珍珠”没有姓。

啊，温斯洛·斯莱德对自己的同类知之甚少：他在这里住了近二十五年，懂得拉丁语和希腊语，还有希伯来语、法语、德语，通晓希伯来《圣经》和《新约》，以及最新的神学理念，但是，他似乎没有意识到局势的严重性，没有意识到自己身处险境。他已经订婚，却不知道异性所怀的诡计与欺诈。

温斯洛感到困惑，内心恐惧越来越强烈，他看到了苍白的火焰舔那女人扭曲的脸孔，火焰变成淡淡的蓝色，橙色和红色，透明的；在她眼神里，闪烁着一种病态的黄色，如同在她的指尖上一样；他意志模糊，屈从于一个恶魔的拥抱，生命也随之变得枯萎。

然而，他完全瘫痪了，所以无法挣脱，只能忍受着痛苦，那个女人的嘴紧贴在他的嘴上，吮吸，吮吸；她好像要将他的灵魂吸出来；她尖尖的指甲抓着他，一种刺激的手法，就像大人挑逗小孩子，或挑逗一只狗一样，让它们动起来。这个女人的身体，很有肉感！并非骨骼结实，腰肢纤细，与温斯洛所熟悉的年轻女子不一样，她的手臂肌肉强壮，看起来胖胖的。这个女人的胸让人震惊，内衣下，柔软的乳房裸露着……在此期间，听着下流的笑声，温斯洛恳求必须离开这里，回到普林斯顿自己的家，他必须把鞋弄回来……现在人们已经发现温斯洛·斯莱德带着一块金怀表，就在衣服内侧的口袋里；这块表，刻着 W. S. 字样，实际上是块祖传的怀表，是个无价之宝。贪婪的手伸向了那块表，温斯洛无法阻止他们拿走它，珍珠笑的时候，她的下牙床有很多缺口，看上去让人痛苦。可能是温斯洛努力地扭动自己，摆脱那个女人，或是在锈红色头发男人和他的同伴间推来搡去，这些人已经回到了木屋；不知为什么，发生了斗争，有女性的尖叫声，有不是女人声音的声音，也不是别人的声音，这声音似乎形成于这个地方可怕的、潮湿的氛围中——你属于斯莱德家族，你自豪地向世人宣布，你是斯莱德家的一员，如果你没被送到地狱，我们将会看到是一个尊敬的牧师。

是魔鬼在说话吗，在预言？或者是温斯洛·斯莱德家族祖先的神灵，讲着厌恶他的话？

突然，这个皮肤粗糙的女孩对温斯洛大发脾气。或者——某个人对温斯洛十分不满。

现在他拼命地挣扎着，要挽救自己的生命。那个女孩抓着他，他像一个疯狂的动物一样。

温斯洛不顾一切地拼命摆脱她的掌控，设法逃出了小木屋；而那些攻击者欢笑着，容许他逃掉，他们尽情地嘲笑着他，看着他一瘸一拐地逃跑。

……沿着路边，奔向黑暗的乡村……

在他身后，是一片喊叫声。女人的呼喊声渐渐远去。

温斯洛成功地逃脱了，他一瘸一拐地蹒跚前行，双脚只穿着袜子，没有穿鞋，进入一个树木繁茂的地方，瘫倒在这里，他不知道待了多久，之后又鼓起力量，继续前进，并不清楚前面的路是什么地方，后来看出来，这就是兰伯特维尔一特伦顿路，它和老国王公路交汇，也与普林斯顿派克路相连接，他沿着这条路最后回到了家，眼含泪水，心存悔意。

“上帝帮帮我吧！我已经无力帮助自己了。”

然而，此时，他是感到多么的耻辱和羞愧啊。几天后，这个神学院的学生得知，寒冷的春天里，在霍普韦尔镇附近树林里发现一个赤身裸体、头破血流的黑人年轻女性的尸体，这个镇距当地一个臭名昭著的酒吧 1/4 英里远。他立刻知道那个人是珍珠，知道锈红色头发的男人和他的同伴很有可能毒打了她，并且杀害了她。

然而，温斯洛非常害怕，他不能强迫自己走上前去说话；他不能，也不会，主动地帮助指认凶手。

并不是上帝没有明示温斯洛·斯莱德他应该做什么，而是上帝抑制了他做事情的能力。

我不能。我知道我必须，可是我不能。

因为我生命的一切将被毁掉，我的家人的希望——会破灭，遭到破坏。

接着，这个懦夫每天沉浸在恐怖中，他害怕他将卷入这个案件，到听证会上作证；不得不揭露在那个不幸的夜晚发生的事情，他承受着因做伪证而遭受处罚的压力。这样，真的会毁掉他的生活；他成为牧师的职业梦想也被抹杀在萌芽状态中；他的婚约会终结，结婚的愿望也将破灭；温斯洛·斯莱德也无法在这个体面的社会里抬起头，无法正视深爱的父母的眼睛；因为，几近愤怒的声音已经预测到，*你将被带到地狱之中。*

但是，上帝已经允许温斯洛离开那个女人及其同伴们，允许他迫切地回到普林斯顿，那时他一瘸一拐，双脚血迹斑斑，所以上帝再次介入，在一个星期内，凶手塞林科特被拘捕，并且交代犯罪事实；来自科尔德·斯普林的众多目击证人出来指证他，说他想抢劫、殴打和恐吓任何反对他的人，说他与一个年轻的工厂女工私通，而那个工厂女工的尸体后来被发现了。

新闻上没有说那块产于瑞士的祖传的金怀表，它一定是在塞林科特的口袋里发现的。还有一双出自普林斯顿的一个鞋匠之手的结实的皮鞋，这双鞋一定不属于塞林科特这样的人，也不属于他的任何一个同伴。

亨利·塞林科特在特伦顿被公开绞死，这个肮脏的事情就这样结束了，这段插曲也就被人遗忘了。

除了年轻的温斯洛·斯莱德外，所有人都遗忘了这件事，温斯洛很快就成为了斯莱德牧师，一位深受尊崇的“牧师”；他的工作让人尊敬，他在神学院的毕业典礼上发表毕业演说，在劳伦斯维尔的长老教会获准布道。因此，所有人为他鼓掌，表示祝贺与钦佩，热忱地评价他，人们赞颂他是正直的基督徒的典范，经历十九世纪末几十年的动荡，他的事业蒸蒸日上，在同僚们的心中地位不断上升，年仅四十一岁就成了普林斯顿大学校长，十三年后成为新泽西州州长。

“我骄傲自豪，我耻辱羞愧。现在，站在你们面前，我暴露无遗，乞求你们的怜悯。”

温斯洛·斯莱德声音柔和，语气却坚定不移，他讲完自己的故事，所有人都全神贯注地听着。他现在没有靠在约西亚的胳膊上，而是在他不远的地方站着，向送葬的人们发表演说，人们无不为之深深感动，许多人眼角泛起了泪水。他说：“我亲爱的家人，亲爱的朋友——这么多年来，我的内心一直承负着过去的那个罪孽，这块疤痕每时每刻都煎熬着我。所以，我常常祈求上帝的宽恕，我想，上帝，以他的仁慈，现在可能宽恕了我；但是，我无法原谅自己；过去的日子让我认识到，降临在我们社区的诅咒，是来自年轻女子珍珠的诅咒——来自我的怯懦，这份怯懦最终受到审判，受到所有世人的谴责。”

随后，斯莱德家人催促温斯洛离开墓地，乘坐一辆家族的车，回到克罗斯威克斯牧师住宅；而他的听众依然留在那里，仿佛获取非凡的启示之后，才慢慢地离开墓地。

首先，所有人都沉默着；之后，便开始说起话来。

遗孀阿曼达·菲茨伦道夫的穿着耀眼夺目，吸引眼球，她提高嗓音，如同一个歌剧歌手一样，淹没了其他人的声音：“温斯洛·斯莱德是一个圣人，其实——这一点我们早就知道。哪个人会像他一样，站在我们面前，如此谦卑？如此高尚？说‘原谅’这样的人，那十分可笑。只是，令人遗憾的是，温斯洛·斯莱德失去了孙女们，这大大地影响了他的判断能力，容许他去推想，在所有的人中，由他来解释所谓的‘诅咒’……”

菲茨伦道夫夫人说话时，似乎一股温暖的，更像春天的空气弥漫着墓地；头顶上，遮蔽的天空开始放晴，出现几缕薄薄的阳光，像犹豫的手指，忽隐忽现；哀悼者感到地球在移动，他们确信，他们的确感到某种移动；好像在最后，诅咒正在升起。

“祈祷上帝，事情果真如此，”威尔逊博士一边喃喃地对妻子说，一边离开普林斯顿公墓，在几乎所有人中，只有他是独自步行而来，朝着拿骚街和大学校园走去，“当然，我们都已经得到了足够的惩罚。”

1906年5月21日

这不可能。我的亲叔叔——是一个杀死自己妻子的凶手，一个无耻的骗子。

实际上，威廉敏娜自从在电话里得知那个可怕的消息，即她的叔叔贺拉斯·伯尔残酷地杀害了她的表姐阿德莱德·伯尔，就一直处在失眠状态——(事实上，她们属于第三代表姐妹，血缘关系并不是很近)——威廉敏娜发现自己成为这个肮脏的情节剧的中心，因为这样的情节不可能由玛丽·伊丽莎白·布拉登、路易莎·奥尔科特和威尔基·柯林斯设计出来：贺拉斯叔叔疯狂至极，说他谋杀自己的妻子是源于这位才貌俱佳的威廉敏娜·伯尔的诱惑与教唆。

在所谓的公共舆论“法院”里，否认、抗议或辩护似乎不会产生什么不同的结果；虽然调查这个案件的普林斯顿警方侦探倾向于同情这位精神错乱的伯尔女士，可是，伯尔女士的证词在他们看来似乎远比贺拉斯的证词更杂乱、更无头绪。

威廉敏娜其实偶然听到警察间的对话，从对她的审问中有人相信自己的判断：“她似乎与他关系密切。”

令人震惊的是，威廉敏娜一直喜欢她的叔叔贺拉斯，认为他是最有耐心，最为善良，最宽容的丈夫，属于普林斯顿的“无能的丈夫”的那类，任何特定的时期，都有很多这样的人。

令人震惊的是，贺拉斯偷了阿德莱德的象牙天鹅胸针，把它送给了威廉敏娜；威廉敏娜不能割舍这个玲珑剔透的珠宝，把它藏在抽屉里，因为她不能在公众场合戴着它。

阿德莱德死后，威廉敏娜拿出这个天鹅胸针，决定戴上它："阿德莱德会要我这样做的，我想，她不会让它留在一个抽屉里。"

即使是自然死亡，一个完全"合法"的死亡，人们对它的反响已远远超出了想象；更何况是谋杀，一个发生在家中的谋杀。阿德莱德·麦克林·伯尔被谋杀引起了无数的法律难题，一般来说，她的地产应该归属于她的丈夫；可是，在这个案件上，她的丈夫是谋杀她的凶手，又是监禁在奥特霍姆的嗜杀成性的疯子。所以，有很多事情需要当地的律师来处理，这让他们十分喜悦；威廉敏娜被迫回到普林斯顿，回到彭布罗克的住宅，尤其是为了在情感上支持她的女亲戚们，她们需要她的陪伴，需要她的建议。她的父母不会顷刻间就相信这个丑陋的谣言，相信威廉敏娜"煽动"了她的叔叔，他们都知道自己的女儿是多么渴望生活在纽约，并且成为一位大师。这场灾难后，可以看出他们对她的同情程度，他们钦佩地谈论她，如果说他们不太了解她在做什么，或是她的艺术"意味着"什么——在他们看来，她的艺术似乎模糊不清，主题太过平庸，算不上大师级的手笔，也没有美国风景画家弗里德里克·丘奇的特点，丘奇的关于哈德逊河流域的油画《黄昏时的暴雨》位于他们餐厅的中心位置。

就这样，"威莉"回到了普林斯顿，回来承担错综复杂的家庭责任；但是，她不能让自己冒着风险，去融入社会，甚至不能去参加奥丽埃纳·斯莱德的葬礼，奥丽埃纳的死令她撕心裂肺。"尽管在那里我会见到约西亚，我也不能去。"

不过，她给斯莱德家的每个人都写了封安慰信，不仅仅是写给莱纳拉和考普尔斯通。在给约西亚的信中，她多加两句，"这样不幸的糟糕事件发生在你的家人身上，我们所有的人都爱你。"

她动作迅速，趁着自己还没有改变想法，要删除"爱"这个字眼儿之前，就贴上了邮票，封好信封。

安得烈·韦斯特院长在波士顿走了许多英里，来到艾萨克·怀曼的比肯山豪宅会见他，艾萨克（普林斯顿 1843 级）八十多岁，是个有钱人，安得烈·韦斯特结束了这场令人失望的会面，准备慢慢地离去，此时，他的目光环顾着这位老人的图书馆——目光在一件又一件的物品上移来扫去：拉丁丛书（确信从未打开过）；象牙镇纸（也许来自印度，但是，安得烈·韦斯特对那个野蛮的地方一无所知）；怀曼的祖先的谄媚表演画像；一个大耳山羚羊的头，塞进和安装在壁炉上的铜匾上，悲哀而顺从地凝视着（但是，韦斯特院长不是猎人），这是什么？——一件日常的物品，或是一个传家宝——一把老式的步枪和牛角火药筒挂在墙上显眼的地方。

韦斯特院长巧妙地评论这些物件，充满赞赏的口吻，说话随意，就像一个经验丰富的管理员和筹款人一样，他知道这位年长的主人会以饱满的热情回应他。虽然这位普林斯顿最受欢迎的院长最近遭遇董事会的冷落，又似乎挣扎于与伍德罗·威尔逊的争斗中，但是，韦斯特院长从来没有表现出任何沮丧失望或心烦意乱，而是体现出一股坦率，一股孩子般的热情。（他说，他会对伍德罗·威尔逊发脾气；威尔逊的“幼稚的利己主义”最后会让他失败。）因此，艾萨克·怀曼详细地告诉他关于他的曾祖父霍雷肖·怀曼上尉的情形，就不足为奇了。他的曾祖父是华盛顿将军最信任的一个助手；在普林斯顿一个战役中“光荣”牺牲的大英雄。

安得烈·韦斯特的眼睛闪烁光芒，咧了咧大嘴，高兴地笑了。

“普林斯顿战役，你说？为什么，怀曼先生，我生命中的每一天都走在战争公园里，风雨无阻，正如‘战争’这个名字一样。战役地点紧挨着战争公园，从那可以看到整个默瑟街，按照我的计划，研究生院就建在那里；可是，威尔逊先生更倾向于把它建在校园里，建在众多的其他建筑之中，这样的话，研究生院就会淹没在其他建筑中了。”

在这里，这位富有的校友似乎仅仅在几分钟以前急于摆脱韦斯特院长，现在他敦促院长再次坐下来，并给了他一杯最好的苏格兰威士忌酒。

“你必须告诉我更多关于这些计划的细节，韦斯特院长。我想，你说的是‘可以看到’战争公园?”①

正午的时候，前中尉达布尼·巴亚德带着自己的母亲到新泽西州金斯敦的斯巴霍克亲戚家吃午饭——（这个地方离洛基山女子神学院不到一英里远，那也是臭名昭著的“蛇狂”所在地）——达布尼·巴亚德偷偷地离开了聚会地点，自己不知不觉地沿着杂乱的磨盘河岸，快步地走着，陷入了深深的沉思之中，他第一次长时间地一个人独处，感到十分解脱、轻松。达布尼十分厌烦“上流社会”的谈话，厌倦母亲对自己的爱，这令人窒息的爱如同潮湿棉絮一样，母亲的亲戚们让人生厌，他们中比母亲年轻的不只一个人，但却没有人和焦躁不安的自己年龄相仿。达布尼感到解脱，他逃避讨论克罗斯威克斯诅咒的痛苦，他们称之为克罗斯威克斯诅咒；对于这个话题达布尼·巴亚德从不加以评论，而是保持着沉默，一种有尊严却受到伤害的沉默。因为他不知道，自己内心深处感受究竟是什么样子：安娜贝尔成为他的合法妻子不到五分钟，他在哀悼安娜贝尔·斯莱德吗？或许，对于她死了以及斯莱德家陷入长久的悲痛中，其实他很高兴；或许，他希望能够追上埃克森·马特，并且赤手空拳杀死那个人吗？或是他从未接近诱惑他妻子的人，也没有机会杀他，没有机会威胁自己年轻的生命，他就宽慰吗？

“让他们统统见鬼去吧。我的意思是所有的一切。”

沿着河边的小路走了一小段距离，翻过小山，便是老国王公路，然后就

---

① 置读者于一种低劣的悬念之下，并不是本历史学家想要采用的策略，因为历史是过去的；所以我没有理由不向读者表明，威尔逊和西斯特之间的长期不和的结果所体现出来的是，直到这一天，曾经属于希拉姆船长的古董枪和火药筒挂满了怀曼府邸的一面墙，就是研究生院院长的官邸。我们可以惊叹不已的是，院长的灵感之作《普林斯顿之战，你说?》不仅描述了伍德罗·威尔逊的敌人们在普林斯顿的胜利，也描述了伍德罗·威尔逊后来在1912年秋作为民主党总统候选人的胜利；还有《十四点计划》，《国际联盟盟约》，1917年《反间谍法法》以及1918年《反煽动法》。

是毗邻卡耐基湖[①]边的一段运河，此刻，他突然看到一位二十岁左右的年轻人，骑着自行车前行，年轻人身穿暗紫色的运动衫，他认出，那是某个“俱乐部”的运动衫——他认为，可能是山寨俱乐部的（山寨俱乐部和常春藤俱乐部是当时饮食俱乐部的“精英”）。达布尼，这位美国陆军军官学校毕业生，现在被剥夺了使命，他对骑车来到金斯顿的普林斯顿大学生感到愤恨；他推测，这个男孩的父亲很有钱，从他的“天使”般温和的外表上看，他没有受过什么苦。这个男孩儿眼睛盯着湖泊，处于一种朦朦胧胧的状态，就像《科利尔周刊》上的一个大学生插图；虽然男孩儿似乎没有意识到达布尼的存在，不过，他显示出某种高傲的姿态，他凝视着荡漾的柔柔水波，而这在达布尼·巴亚德看来却似乎没有什么，达布尼在距离男孩儿约三十英尺的地方静静地站着，观看着他。

达布尼看到男孩没有戴那顶展示他信誉的俱乐部帽子；他的头发又厚又密，小麦黄色，呈波浪卷，令人心生兴趣去触摸它。他衣服样式时尚，但穿得自然随意。裤子松松的，适合他修长的身材；他举止活泼乐观、直率豪爽；他吹着口哨，忙忙碌碌，但并没有打扰运河的宁静，他佯装以大自然为乐——从达布尼男性的角度去看，他特别排斥这样的态度。

达布尼想转身离开，但不知什么阻止他这样去做：那个卷发男孩正伸展双臂，打着哈欠；他仍然没有注意到被人观察着，相信自己孤身一人在那。他丢下自行车，漫步走向湖边，在水边蹲了下来，神情恍惚，如在梦幻中。

平静的水面的另一侧，一队加拿大鹅嘈杂地叫着。

“我会离开，当然。我不会接近他。”

---

① 卡耐基湖！这是伍德罗·威尔逊校长最早的一次，很难说是最后一次，“校长的失败”。这座美丽的湖是由磨盘河大坝形成的人工水库，1906年，“镀金时代”的实业家安得烈·卡耐基赠送给普林斯顿大学的全体人员的礼物。伍德罗·威尔逊认为这件礼物是喜忧参半之事，不欢喜像其他人一样在卡耐基湖里尽情玩要；安得烈·卡耐基曾背着校长与校友密谋，购买土地建湖，完全背离了威尔逊博士所重申的愿望，希望这位富有的企业家资助建造一座大学图书馆。对这位脾气暴躁的捐助者，威尔逊博士说：“我们需要的是面包，卡耐基先生，你给我们的是蛋糕。”

然而，现在，又一个人出现在达布尼的身旁，他感到吃惊（有些不快），可是，更让人吃惊的是，这个人是个“伯爵”——所谓的欧洲的神学家，是在德拉姆斯瓦克特晚会上介绍给达布尼的；他的名字太长，无法记住，名字具有欺骗性，只猜出他来自一片环状地区，是瓦拉几亚地区，或罗马尼亚，或德国巴伐利亚州，或其他什么地方。虽然前中尉达布尼和这位伯爵只不过是在派恩斯的晚宴上有过一面之交，不过，此刻，这位身材高大，穿着典雅的绅士朝他微笑着，露出光亮的牙齿，湿湿的；一半是嘲弄，一半是认真，他稍稍屈身，向他鞠躬，表现出欧洲贵族的样子，这样的行为举止是贵族应有的品德，甚至对生命初期遭遇失败的美国年轻人来说，也是一样对待。他漫步闲逛，走近达布尼；轻轻地碰了碰达布尼的肩膀；看了一眼蹲在湖边几码远地方的那个男孩，他说：“你先看到那个小伙子，中尉，他是你的，这才公平。”

“梅塔？过来听。”

他会把自己所写的读给她——除了短暂的休息，他毫不松懈地写了二十个小时——厄普顿·辛克莱激烈地反驳了阿默自我辩护时所表现出的自以为是的傲慢态度和彻头彻尾的欺骗性，这一抗辩以“J. 奥格登·阿默”的名字，发表在《星期六晚邮报》上——（好像这个傲慢的资本主义猪能够为自己书写）；厄普顿新文章的标题为《饱受谴责的肉类产业》。它概括《屠场》所体现的问题，甚至有所超越；这样问题出现在《人人杂志》上，这本杂志在美国所有主要城市的报摊上会有出售。

年轻的厄普顿·辛克莱已经成为一名畅销书作者。

厄普顿·辛克莱沉浸于自己的作品中，没有意识到周围的环境。甚至，在把作品朗读给自己妻子的时候，令他着迷的是他自己的声音，而不是妻子的存在；如果平静地表达出来，妻子对他的评价常常是赞赏有加。

厄普顿，作为一个社会主义者，致力于理性原则，拒绝“放弃”恐惧和幻想；他倾向于相信，古老的普林斯顿家族中存在本地的“诅咒”。例如，在他专注于快速地手写或机打《饱受谴责的肉类产业》这一文章的时候，窗外田野里的模糊的轮廓令他分神；一个幽灵的面孔不止一次就出现在窗子那里，几英尺远的地方；但是，这个年轻的社会主义者，伏在他的写字台上奋笔疾书，没有抬头瞟上一眼。这不过是一种幻像。你知道，这不是“真实的”。梅塔曾警告他，如果继续实行严格的素食饮食，他的健康会受到影响，这样的饮食原则是他最近刚刚制定出来的，根据这一原则，他必须把鸡蛋列为禁食之列——“因为母鸡是利用得最充分的劳动者！人们先是从它们那里获取鸡蛋，吃掉鸡蛋；然后，再把母鸡吃掉。”

然而，梅塔表示抗议，她认为，鸡蛋是她准备起来最便宜的食物；如果厄普顿不肯吃，她会继续给自己和戴维准备。

她质疑你的权威。她是在反抗。

她是一个不忠实的妻子，正如你一定知道的。

那个幽灵面孔在窗玻璃那嘲笑着。厄普顿拒绝去看，可是他还是看到了。

一个欢快的颤音，指甲沿着窗框向下划着。

厄普顿系统地，逐个观点地反驳“J. 奥格登·阿默”。他写了一封十五页的信给《星期六晚邮报》的编辑们，逐一列举自己的观点；但是，编辑的回信却简短直接，拒绝出版他的文章。（这是一个公开的秘密，肉类包装巨头，与那些铁路和工业方面的同伙一样，拥有美国著名的杂志和报业的股份，控制着公共新闻媒体。）阿默公司的御用文人敢于声称，任何有问题的动物或躯体，它们“没有一个原子”进入阿默公司的食品产品中，他们的申明继续着，以一种令人讨厌的窃笑方式——

> 当然，你知道肉类包装厂的工人是什么样的人——是低智商的外国人——你知道不可能控制每一个人的行为。如果这些人想要呕吐，那么他们就呕吐；但是，荒谬可笑的是，人们想象着他们会吐到肉上，而不是吐到地板上的锯木屑里，这些散落的、厚厚的木屑恰恰是为了这个而铺的。

这篇无耻文章的开篇和结尾诋毁了“美国国内颠覆性的社会主义的元素”——将社会主义者和无政府主义者联系到一起，如同新闻经常讲的那样，好像社会主义党与混乱的、不理智的、有着潜在暴力的无政府主义党没有什么不同，刺杀麦金利总统的刺客与无政府主义党有着瓜葛。

然而，比这篇华而不实的文章更让人不安的是对厄普顿·辛克莱和他的出版商的诉讼威胁，阿默公司很有可能诉讼他们犯有“诽谤罪”——“人格中伤罪”——“阴谋颠覆贸易罪”。然而，厄普顿还没有告诉梅塔这些事情；虽然他认为“消除隔阂”会是一件好事，可是，谁在坦言事情真相，谁在可耻地说谎，这个问题还得到法庭上解决。厄普顿设想着亲自去美国最高法院，为自己争辩。

“那时，事情会解决的。这么多的宣传，不会伤害我们的事业。”

厄普顿一直在读自己的文章给梅塔听，她异乎寻常地平静。厄普顿一边大声朗读，一边编辑稿件；因为他是非常快的写手，他思维敏捷，有时似乎思考速度超过手指书写的速度。

“梅塔？你是怎么想的?”

厄普顿抬起头，皱着眉头。他原认为梅塔在房间里，就坐在他身后的一把椅子上；或许，在厨房里，没有多远的地方，两间屋子的门都开着。(厄普顿现在农舍里工作，这间木屋的屋顶破烂不堪，滴着雨水；这个春天一直潮湿、阴冷，阴雨不断。)

就是这样，过度工作让他的视力十分疲惫。他应该去查查自己的眼睛，应该去配副新的眼镜。通常情况下，对他来说，看到幽灵身影不会是真的，但是，看不到真实的身影，的确是真的，这一点更加可怕。

“梅塔——?”

厄普顿站起身来，有些愤怒。手里拿着匆匆写出来的二十页稿子，还有编辑后的稿子，他去寻找妻子，去了厨房，去了昏暗的小“客厅——可是，那里没有人。

“梅塔，该死的。去了哪里……”

令他的懊恼的是，这个时候，他才记起，梅塔当然不会在那，因为她已经带着他们的儿子戴维回到纽约，和她的父母一起回到一个“临时住处”，她的父母住在斯塔滕岛。

妻子的父母从来没有接受厄普顿·辛克莱，他们对《屠场》的成功也没有什么深刻的印象，除了——“终于”——他们的女儿和外孙子可以生活在更好的住处；但这至今还没有实现。

厄普顿感到失望，但是，并没有气馁，他回到自己的写字桌旁。他的手不稳定，他必须想出一个办法去打字写书，让自己的肘部牢牢地固定在桌子上以便有力气。像拜火教的创始人一样，他认为：“我已经开始深入他们之中，去解救众多无知的人们。”

火炬！火炬！因为这个墓穴的空气需要暖起来。

约西亚的声音最为持久。如果他用手捂住自己的耳朵，声音会更大。

现在父亲和儿子在很多方面意见不一致——政治、宗教、思想——约西亚现在避免与父母一起吃饭，他的借口就是说自己身在别处。普林斯顿的每个人都在谈论《屠场》的喧嚣和《星期六晚邮报》上的“辩护”，而且自那以来，约西亚和奥古斯都发现彼此难以礼貌相待；甚至亨丽埃塔，这个最听话、最包容的女人，都在努力劝说约西亚要更为理性。

“你知道，你父亲已经遭受如此大的痛苦，自从——自从安娜……你不应该让他更加不安，如果你爱他的话。”

“我‘爱’我的父亲不能成为变为一个伪君子的借口，如同普林斯顿的其他人似的！如果他不能接受这个，那么我会离开。”

“离开——去哪里?”

亨丽埃塔勃然大怒；约西亚不想看到母亲脸上病态的、恳求的表情。

“妈妈，你为什么不明白，我们是‘食人族’——像我们这样的人，我们吃的不只是肉，还有——我们中的被剥削的人——我们看不到的人……”约西亚开始支吾其词，因为他的母亲在流泪；他很快给自己找个借口，快步走到二楼自己的房间。他步履匆匆，焦急地走到那里；他还没有意识到这样的事实，即二十五岁的时候，无论如何他都不应该住在家里；但是，他应该明确去什么地方，才不会暗示抛弃了安娜贝尔，不会表明“诅咒”降临在家中，他不知道。莎士比亚的哈姆雷特必须做出的决定容易得多：去杀死国王，还是不去。克劳狄斯是谋害哈姆雷特所深爱的父亲的凶手，诱惑哈姆雷特的母亲乔特鲁德的骗子；在哈姆雷特的眼中，克劳狄斯国王存在着。然而，据约西亚所知，他在许多地方他都寻找了自己的敌人，可是恶魔却完全不存在。

有些事情令约西亚心生苦恼，仅仅过去了几个月，与他说话的一些人似乎只是依稀记得“埃克森·马特”；他们中没有任何两个人对埃克森·马特的模样看法一致。约西亚阅读皮尔斯·范·戴克的线索方案进一步令他困惑不解，因为他以前的教授似乎已经加入了很多猜测，其中多是精明的和准确无疑的。例如，他认定自己儿子的非法性，对约西亚来说，似乎是一个纯粹的错觉：因为他看到的婴儿被约翰娜·范·戴克抱着，到这个时候已经起了一个适当的名字，并且接受了洗礼，这个婴儿完全正常、健康，没有什么不寻常的地方。

(与皮尔斯相比，这个婴儿更像范·戴克夫人。他的眼睛蓝灰色，怪怪的，不像范·戴克的眼睛。)

约西亚心想：他应该加入社会党，还是搬到纽约市去？——或者他应该多多专注极地探险队，很快将奔赴南极？

他打算寻找厄普顿·辛克莱。他听说这个年轻的社会主义者生活在罗斯代尔路旁的一间废弃的农舍里，在省线公路附近，不到四英里远；他曾经驱车到过这个乡村，并被带到这个“社会主义男孩”租来的房子里，但是，似乎没人在家，这间农舍似乎当时也没有人居住。

“我们必须见面。我们必须联合。也许！”

同时，约西亚的声音折磨着他，他在房间里走来走去，用手捂着耳朵。

火炬！火炬！因为这个墓穴的空气需要暖起来。

有时，声音带上一种致命却悦耳的音调，约西亚发誓，那是安娜贝尔的声音，他再了解不过了。

在拿骚厅的校长办公室门口，威尔逊博士的秘书犹犹豫豫地敲了门。

威尔逊博士坐在办公桌后面，要处理一天漫长的事务，瘦长的脸表情严肃，没有耐心，显得愤怒，他问：“进来吧，玛蒂尔德，什么事？”

“有您一份电报，先生，是来自西联电报公司的。像是一份急电。”

急电！伍德罗·威尔逊想反驳这种愚蠢的女人，在校长的生活中哪有什么事不是紧急的。

多么艰苦的一天！威尔逊博士有一连串的约会，其中几个至关重要，甚至是举足轻重的。他清楚自己是一个责任重大的船长，带领一艘伟大而苦苦挣扎的航船；他知道自己注定要“创造历史”；他的父亲曾对伍德罗多次预言，告诉他，他的生命与耶稣基督一样，必须接受反对与嘲笑，甚至“牺牲”——在某种程度上。“因为无数张邪恶的面孔的存在，所以就会有无数次‘受难’。但你会再次站立起来，伍德罗——每一次你的敌人把你撇倒。‘我是黑暗里的一盏明灯，为你照亮。’”

事实上，伍德罗并没有感到黑暗中闪亮着一盏明灯，而是那盏灯光亮微弱，挣扎着不被熄灭。

然而，最近，在大学里，他一直绞尽脑汁争取胜利。现在，他的敌人能够看得出来，他不会屈服于他们的要求与反对，而是因为他们变得更加强大，就像打着清教徒教士幌子的苏格兰战士，也许他们已经改变了他们的策略；威尔逊博士认为，皮尔斯·范·戴克的死亡是韦斯特院长对抗性的行为造成的后果，这样的死亡不能不令他们清醒起来，令他们感到懊悔。

“为了我的缘故！可怜的皮尔斯。我将命名一个哲学教师岗位，以此纪念他。”

一丝少有的微笑在威尔逊博士的脸上掠过，他想起长得像猪一样的安得烈·韦斯特对董事会最近的投票惊惶困惑的样子——拒绝接受百万美元的礼物，这笔钱原本要转到研究生教务办公室。他确信，普林斯顿所有人已经开始谈论这场胜利。这在普林斯顿大学的历史上是前所未有的，（也许）在美国大学历史中也是前所未有的。

如果他关于研究生院的建议和他关闭饮食俱乐部的行动不能获得成功（他已经无数次告诉过自己这样的事）——他将立即辞职。

那时，董事会将是多么惊诧！多么震惊与后悔，那些教师们一直坚决反对他！

我已经决定了，这是最后的决定。

这将是一件值得骄傲的事，事关尊严。无论你支持伍德罗·威尔逊或是你反对他——绝没有舒适的，可以退缩的中间道路。

当然，他不能这样说，他必须找到其他的，更高尚的词语来表达自己的信念。甚至在接受这个显耀的职位前，他知道，在一个民主国家里，必须占领“舆论审判”的高地。他知道，他的个人魅力不会为所有人所倾倒——不会吸引众多赞赏那个善于交际的小丑“TR”[①]的人们——但是，他明白，真诚可能是他的王牌。

像基督一样。然而，这个世界的王国！

我的敌人会被摧毁……

伍德罗必须提醒自己，最近，他一直在获得胜利。因为格罗弗·克利夫兰缺席了董事会最近的两次会议，投票更可能对威尔逊博士有利；他一直慢慢地、顽强地打压着克利夫兰的影响，克利夫兰间接地传达着安得烈·韦斯特的意愿。如果他要是死去，或是——得了中风，失去能力，就永远不会给我们大学带来危害与灾祸。

这一天，五月的寒气似乎已经消散了。伍德罗一直愿意让玛蒂尔德把办公桌后面的窗子拉开，新鲜空气穿过狭窄的开口扑面而来，那股气流稀薄，却令人震撼，时不时地分散着他的注意力，激起他的精神头儿。此时，玛蒂尔德递给他一封电报，一封需要他立即关注的电报，放下堆在桌上镍网托盘里的那些需要他阅读的信件——关于责任和义务的信件，这些信件不能滋养灵魂。伍德罗觉得这不公平，这封电报比一封信还重要；不过，他还是带着孩子般的兴奋，从玛蒂尔德手中接过电报。

“谢谢你，玛蒂尔德。你可以走了，请关上门。”

他迫不及待地撕开信封，阅读着，眼睛模糊，心怦怦直跳——

亲爱的汤米，你在我的心里和我的脑海里
一直如此。请告诉我那个地方
你的生命中会停留的地方

你的朋友

---

① “TR”指泰迪·罗斯福——译者注

希贝拉·派克

威尔逊博士感到如此兴奋，如此激动，情不自禁地把电报看了一遍，又看了一遍。

托德·斯莱德，十二岁。当时是 1906 年 5 月，这个男孩遇到了一个奇怪的命运。

他的祖父温斯洛·斯莱德在墓地“忏悔”，“忏悔”主要是针对托德和约西亚的，自那以后，托德一直非常内向和安静。像约西亚一样，托德躲避自己的父母，躲避所有的成年人，每一个成年人。虽然他读写仍有困难，当他尝试这些，遇到失败时，他不轻易地发脾气。

“但是，为什么词语拼写正确、并且使用正确很重要，即使它们是谎言？没有人能够解释。”

托德对他的祖父的公开忏悔感到惊恐。他惊诧地想象着一个男人，一个年轻人，他的行为和五十年前他的祖父表现一模一样；想象这个年轻人在某种程度上就是他的祖父斯莱德。

此后，托德常常去克罗斯威克斯住宅，不请自来。他徘徊在花园里，被人看到（亨丽埃塔看到他）——和花园工人说话；他出现在朝着克罗斯威克斯森林方向的路上。

德国牧羊犬雷神现在不陪他了，雷神已经不在世上了，在冬末，它死于一种神秘的疾病。

当然，安娜贝尔也走了。还有，她的朋友威廉敏娜·伯尔也走了。

亨丽埃塔看到托德从一个或另一个窗口，向他挥手，但是，没得到回应；如果她呼喊他，他假装没听见。

当他不在克罗斯威克斯住宅的时候，他很有可能在普林斯顿公墓，在斯莱德家族陵墓区。

墓地看守人在那里看到托德·斯莱德，知道他是谁，没有接近他。这座旧公墓可以追溯到革命时代以前，它周围有很多游荡者，如同活鬼似的——墓地看守人知道要保持距离，因为他们是些哀悼者，他们不希望平息自己的悲伤。

不过，不寻常的是，哀悼者中有一人竟然如此年轻。

在墓地里，托德对安娜贝尔自言自语。很多时候，托德像个孩子似的，就像他以前在自己堂姐面前的时候一样；他喜欢被她责骂，喜欢给她一点惊喜和惊诧。可是，现在，没有人让他去惊吓了。

“可是，你为什么要离开？你去哪里了？”

托德把脸贴在花岗岩穹窿上，去倾听安娜贝尔对他的回答；但是，没有任何声音，只有头上的树叶沙沙作响，鸟儿的鸣叫，还有不远的地方，威瑟斯庞街上的车辆声。

“安娜贝尔！你去哪里了？“

托德不得不提醒自己，他的小妹妹奥丽埃纳也埋在墓穴之中。但是，他没有问她什么，她太小，帮不了他。

还有一次，托德对安娜贝尔说话的时候，像往常一样，没有收到任何回复，可是，他听到，或他似乎听到了奥丽埃纳的回答——托德，走开！我们不想要你。

不过，托德不愿意回家。他常常睡在墓地里，躺在陵墓的大理石柱廊下。他觉得软软的东西触碰着他的脸——是一只小鸟的翅膀羽毛吗？他觉得有个东西的脚轻轻地从他的手上过去——是一只匆匆跑过去的田鼠吗？托德在墓地上度过的时间越来越多，这让母亲绝望，父亲烦恼；直到五月底的一个早上，墓地看守人惊人地发现：一个新的雕像加入那些刻有六翼天使、十字架和其他肃穆的墓碑群中，那是一个小男孩儿的雕像。

然而，是谁在这儿立起这块雕像呢？一尊石像，一个男孩坐在斯莱德陵园附近的草坪上；精致的石工技术，诡异的栩栩如生的样本；一个男孩被雕刻得如此一丝不苟，甚至，他前额微小的血管纹路或衣服的折痕都得到完美呈现，连睫毛都栩栩如生，甚至连脸上倔强的神情也表现得淋漓尽致。

墓地看守人匆匆赶回惠特希夫，去报告他发现的一切；几乎与此同时，小男孩的奶奶发现托德·斯莱德从他的房间里消失了。

巴亚德中尉的夜晚

你为什么要辞职？为什么这么快？一去不复返了吗——你作为一个战士的梦想？

在他的心里，他仍然是中尉。在他结婚那天，在被公开羞辱过后，他违背了家人的愿望，在绝望和愤怒中辞去了职务；接着，当他开始感觉后悔时，收回辞呈已经太晚了。

如果不是太晚了？除非这样的想法被威士忌麻木了，否则前中尉达布尼·巴亚德一直用这样的想法折磨着自己。

大学的春季学期即将结束时，一个阴云密布的夜晚，一个名叫坦佩·考夫曼的年轻人离开了格林大臣图书馆，回到位于默瑟大街的公寓；这次回家的时间比他以往回家的时间要晚，因为每年在考试之前的这段日子，图书馆开放的时间都更长些。坦佩穿过昏暗的校园，来到默瑟大街，前往他位于这条大街与亚力山大街交汇处的公寓；他不孤独，但还是轻轻地吹着口哨，提提精神；他担心的是他的几门课程，其中至少有两门的任课教授似乎不喜欢他，或者看不起他，给他打的分数比他们给其他同学打的低得多。像其他大学生一样，坦佩·考夫曼不读当地的新闻，也不关心；他是纽约市人，发现很难把普林斯顿这个村子当回事，在这个地方，这所大学控制着这个村子，而人们却与这所大学格格不入。

读者可能会奇怪，为什么坦佩·考夫曼住在默瑟大街，而不和同学一起住在大学校园宿舍。从外表看得出来，这个二十岁的男孩是一个犹太人；所以他认为遵从大学管理部门的愿望，以及大多数同学的意愿，获取一个校外房间，这是最为有礼貌的做法。(没有饮食俱乐部愿意接受犹太人，这几乎不需要说。)

但是坦佩并不孤独；因为坦佩习惯了大部分时间独处。坦佩没有过多考虑在整个普林斯顿传播的谣言，关于一个“杀人者”的谣言——一个“恶魔”——已经杀死了几个人，还没有被逮住。

当“老北方”敲响了晚上十点一刻悲哀的钟声，坦佩刚好注意到在煤气灯的附近有一个特殊形状的东西在轻轻地动（这是在默瑟和亚力山大交汇处)；形状像蝙蝠一样，但比普通的蝙蝠大些；它似乎是悬在空中，没有扇动翅膀，在人行道上方八英尺左右的高度。一个非常大的蝙蝠，坦佩想；或者是只普通的猫头鹰——一种在坦佩的故乡不常见的鸟，红色发光的眼睛，魔爪一样的爪子。

“哎呀，那是什么?”

坦佩瞪大了眼睛，眨了眨眼；他犹豫地走过去；不过，很庆幸，在几秒钟内，奇怪的形状已经消失了；也许只是蒸汽。坦佩埋怨自己的恐慌，他非常了解默瑟大街这一带地区：鹅卵石的人行道，闪烁的煤气灯，庄严的旧殖民地时期的房子，房子上有整洁的白色隔板和黑色的百叶窗。

多诺万夫人的出租公寓在默瑟大街 77 号。

坦佩不想听到关于最近在卡耐基湖发生的谋杀案那些骇人听闻的细节，虽然受害者是一个名叫海科瓦尔德的大二学生，曾经和坦佩一起上过两门课；是饮食俱乐部的一个男孩，学习粗心大意，态度傲慢，但最后的成绩却比坦佩·考夫曼好。事实上，当坦佩第一次听到海科瓦尔德被一种神秘的“秘密”方式杀死的时候，他曾经有过一个卑鄙邪恶的想法，那就是，如果有人杀了海科瓦尔德，他罪有应得。不过坦佩马上遏制了这样的想法，因为他不是那种人。

不过，海科瓦尔德以前对坦佩一直不友好，一幅漠然、高傲的态度；据说他的父亲是一个最值得信赖的法律顾问，受雇于杜邦公司，专门从事制造火药，他因为投资杜邦的股票赚了一大笔钱。当然，这个年轻人死亡的细节被家人隐瞒了，同样也被地方当局和大学管理部门隐瞒了，他们担心歇斯底里的反应和“不良宣传”；但坦佩听说，或者说偷听到，除了他的喉咙被人或动物的牙齿咬断外，这个不幸的年轻人的身体还遭受了其他的冒犯，是那种“无法言说的”方式的冒犯。

坦佩忍不住想，海科瓦尔德都是因为他在最近举行的“特赖安格尔秀”节目中，过度打扮和穿着女装招摇过市而惹来杀身之祸的。坦佩认为这个节目滑稽可笑，但是很没品味。他的民族绝对不允许在公开场合以这样露骨拙劣的性暗示的方式放荡玩乐。

坦佩就这样继续沿着默瑟大街走着，虽然没有什么事情让他恐慌，他却心跳加速；街上的房子大部分窗户都亮着灯光，至少在二楼亮着灯光。然而，他不禁想起，海科瓦尔德是长曲棍球运动员；是一个身材修长、结实强壮的年轻人，不会轻易吓倒。然而，他当时似乎已经无力拯救自己。

同时，多诺万夫人出租位于默瑟大街 77 号、备有家具的公寓房，也笼罩着一定的“光环”，几年前，当时坦佩·考夫曼是布鲁克林的伊拉兹马斯会堂的一名高中生，多诺万夫人家的一位年轻房客，据说是个数学方面很有天赋的学生，也是犹太人，从费城来的，被发现吊死在他的房间里，自杀。(在年轻人留下的字条里，他指责饮食俱乐部因为他的祖先而“排斥”他；也指责大学，因为在所有的学生中没有一个可以算得上他的朋友。新上任的伍德罗·威尔逊校长很快做出决定，如此胆大妄为的指控不能认真对待，决不允许公开传播；结果，这个悲剧事件就这样被悄悄地“掩盖起来”了。)当时，在一个班里总是有两三个犹太青年，而且总是才智过人，最为聪明；后来，人们断言，一个年轻的希伯来绅士的朋友或者说关系较好的熟人的数量，用一只手的手指头就可以数过来。此时，在 1906 年，本科生和研究生的男生数量有几千人，其中肯定有多达六个甚至七个犹太人，这些人似乎很满足于和自己的族类融合在一起，避免被这所名牌大学出名的前程大街上的各种社交生活所吸引。

坦佩对这些事情考虑不是很多。人们也传言他是数学方面的“才华横溢”者——他也不是有很多的朋友。

“喂？你好……”

坦佩惊奇地发现，突然一个身影出现了，靠在灯柱上，像一只变大了的夜鹰。不过，坦佩松了一口气，因为他看见那个年轻人和他年纪相仿，或者年长几岁，穿着美国陆军军官的制服，至于军衔，对坦佩来说，就不得而知了，因为他对这方面的事情几乎一无所知；但他看到那个年轻人长着一张讨人喜欢的孩子气的脸，并且正在朝着坦佩微笑着，好像在安慰他。他们相识吗？这个青年人是坦佩的熟人吗？为了掩饰他的紧张，或者尴尬，坦佩做了一个顽皮的手势，把手潇洒地举到头的一侧，敬了个礼说："遵命，长官。"

这年轻的军官似乎生气了。他脸上的笑容消失了，被愤怒所取代。他从靠着的灯柱那挺直身子，挺直后要比刚刚看上去高。他一两步就跨到了诧异的坦佩面前，用手抓住了坦佩的右手，力量大得惊人。

"你是在嘲笑我吗?"金发的陌生人质问道，说话时带着一点南方口音。"你是在蔑视美国陆军军官吗?"

这是什么？驻扎在罗利营地的时候，中尉在手持的镜子中偶然发现在他的双眉中间有一道皱纹，而他确信以前是没有的。突然，他心中的恐慌一下子爆发了，接着是愤怒；然后又萌生了愤愤不平的报复意图。一个小男孩，一个应征入伍的二等兵，诺福克地区以外的山区来的一个看起来很羞涩的男孩，一头卷发、眼睛明亮，装出一副天真无邪的样子，在过去的几周里一直是巴亚德中尉的克星。

他漂亮的外表应该被抹掉，巴亚德中尉认为，否则，我自己的相貌就会打折扣。

"如果他们不挣扎。这会对我们双方都好，很快就会完成。"

从一开始，巴亚德中尉就知道：他未来的大舅哥约西亚·斯莱德不信任他。

不喜欢他，瞧不起他，不信任他。他是一个外人！

尽管斯莱德家所有的人都对他很热情，对他的父母和巴亚德家的亲戚很热情，漂亮的安娜贝尔虽然很羞涩，但是也对他谦和有礼，可是约西亚却明显和自己保持距离；正如达布尼有时注意到的，在男人的活动中，如足球、曲棍球队，有人不太喜欢他，虽然他渴望被人喜欢。你真的不属于我们中的一员。你——是个冒牌货！

当然，达布尼·巴亚德不动声色。没有露出任何迹象表明他知道约西亚的冷漠。事实上，达布尼对于这样的冷漠视而不见，对待约西亚，他表现得就好像约西亚对他很友好，他们之间根本没有隔阂似的。

“约西亚，最近哪一天我们去打猎吧？亨特顿县有很多的猎物。”

“也许。最近哪一天去。”

约西亚微笑着回答着，却皱着眉，目光躲闪着。

他不是一个老练的说谎者。他不擅长找托词。

达布尼知道约西亚曾经被西点军校录取了，也入学了，但只待了几个月。似乎士兵的生活不适合这位普林斯顿的贵族。

他多么痛恨约西亚·斯莱德啊！这个年轻人是一个势利小人，一个自以为是的混蛋，一个目中无人的王八蛋——巴亚德中尉想，有朝一日，他将为这些侮辱付出代价。

补救的办法总是一样的，中尉。而且很简单，我不知道你自己有没有想到。

伯爵微笑着，他的暗淡苍白的脸在阳光下闪闪发亮。一双充满智慧/困惑深嵌的大眼睛；这个陌生人呼出的热气吹在达布尼的脸上；一股灰烬的味道混杂着一股更强烈的酒精气味和鼻咽气味。

“补救的办法，我亲爱的年轻的中尉，是……”

* * *

“人们认为，袭击那个男孩的蝙蝠一定是一只疯狂的蝙蝠。因为一个健康的蝙蝠不会攻击人类，而且绝不会在白天。其他的都是愚蠢的行为——这个关于‘吸血鬼’的歇斯底里的鬼话。蝙蝠攻击人类的现象可能在新泽西是很少发生的，但在欧洲并不罕见。那么，为什么镇政府方面会对这件事情如此大惊小怪呢？还有普林斯顿的校园？一个身强力壮的年轻大学生应该能够保护自己，不会受到仅仅是一只蝙蝠的袭击吧。”

英格利希·冯·葛奈斯特伯爵在莫拉豪宅客厅对他的客人这样说道，他的目光跟随达布尼·巴亚德的目光轻轻移动，当时，朱利安·海科瓦尔德在运河旁边的小路上被谋杀后没过几天。

另外一个，那个希伯来男孩，中尉所接触到的第一个希伯来男孩，在默瑟街的房子中间的车道的阴影里：深色卷发，犹太人的钩鼻子，传说中的具有肉欲的种族，一个古老、如阳光一样温暖的种族，充满了各种秘密！

他说不，但是我说是，他哀求说，不，求你了，但是我说是，他祈祷说噢求上帝帮助我，我说噢亲爱的上帝，他说但是求你了，我说但是是的，他说不，他喊救命，我说不，不要救命，我说来这里，我说停止挣扎，你就不会疼，我说就像这样，我说就像这样，然后——**就这样了。**

“不！我的上帝。”他从一个不祥的梦境中惊醒。

浑身都是潮乎乎的令人难受的冷汗。

心跳加速，眼皮快速眨动；干裂的嘴唇就像一条扔在地上的鱼嘴，喘息着。希望呼吸到可呼吸的空气。

“但只是一个梦。感谢上帝！”

有几分钟的时间，躺在揉成一团的被子里动弹不得。无法回忆起他在哪里：在诺福克，或在罗利，或彭德尔顿营的军官宿舍；或者在童年的床上，或者在亚特兰大市，或者在纽约市，或者——回到了该死的普林斯顿？

他极度饥渴地用牙齿撕扯着那个青年的喉咙，以至于他可能把生命所需要的所有的热血都吸进去了；如此被激情所左右，以至于他忍不住拼命地坚持到最后，确实极其野蛮。但是，这如何是他的错呢？——食欲比意志力强烈，而二者都比不造成伤害的愿望强烈。当那个年轻的希伯来男孩眼睛紧紧地盯着中尉，显然向他嘲笑地行了个礼的时候，这个行为是多么致命啊。

中尉，满足你的胃口，并承认它给你的快乐，是不是更好些？不，像我们周围的大多数人一样，在生活的每一天都扮演一个虔诚的伪君子？

跟着你秘密心灵的随想曲要比当牧师高贵得多吗？难道你的一个朴实的美国诗人没有劝你应该在你家门口刻上——**“突发奇想”**一词吗？

然而，这个梦还是很烦。它的细节如此清晰，比如男孩的脸上细细的忽闪忽闪的黑色眼睫毛，男孩穿着的华达呢上衣；默瑟大街上一盏接一盏的煤气灯，通往北方的黑暗，超出了普林斯顿村；寒冷、芳香的五月份的空气……如此清晰，达布尼害怕再次闭上眼睛，再一次被拉入那个潮湿和恶臭的地狱。

他躺在黑暗的房间里，喘息着，这可能是一个酒店的房间；一个陌生的地方；所有的地方都显得陌生，他在夜间走了这么远。

他用指关节擦了擦干裂的嘴唇，吞咽着，吞咽着，似乎并没有擦干净他的嘴；甚至连嘴唇上的结垢也没擦掉，这些结垢显然有一股血的味道。

后记：论普林斯顿“不可言说的”事情

因为很难谈论“无法言说的”事情，所以本历史学家在陈述某些材料时会受到限制；在这种情况下，本历史学家实际上是不知道“无法言说的”事情可能是什么，尽管几十年来付出了相当大的努力去研究。

同时，因为本章包含了只有那些对于普林斯顿大学和它的历史觉得好奇的人们才感兴趣的东西，所以建议其他读者迅速略读此部分，或者干脆跳过，继续下一章，因为下一章更直接关系《被诅咒的》的故事情节的展开。

整个的普林斯顿都惊呆了，吓坏了：在五月的一个早晨，在学期结束前几天，在普林斯顿镇和普林斯顿结交界的沼泽荒野里，发现了一个二十岁的年轻大学生的尸体，在铁轨旁边的沼泽地区；好像被摧残的尸体是从当地火车里扔出来的。

这是在一个星期内发现的第二具大学生的尸体，类似的地点，类似的伤害。

第一具尸体是村舍俱乐部的成员，是大二的学生；第二具尸体是一位二十岁的大一新生，住在校园外面的默瑟大街 77 号的一间公寓里。

对于那些认为“诅咒”和克罗斯威克斯、斯莱德家族以及其他显赫家族具体相关的人们来说，这两个死亡事件有明显的异常：因为海科瓦尔德和考夫曼似乎是偶然受到了攻击，然后系纯粹他杀死亡，发生在错误的时间和错误的地点；一个在卡耐基湖岸边一个隐蔽的地方，在正午；另一个在靠近默瑟大街的一条车道上，发生在一个工作日的晚上十点以后。两个年轻人都不是出生于普林斯顿，而且他们的死亡很可能都和血统或命运没有关系。

和海科瓦尔德一样，据说考夫曼的喉咙、躯干和下半身都遭受了“严重的”——“野兽般的”——“野蛮的”伤害；他的死亡是由于“放血”；他遭受了“无法言说的侮辱”。

虽然我不是一个神学家，也不是一个哲学家，我认为在这里遵循圣·托马斯·阿奎那在讨论“基督徒们无法命名的，反对自然的可憎恶的罪行”中所提出的训诫是最有用的。

在普林斯顿大学的历史上，警觉的历史学家可能追踪“无法言说的”事件的线索或链条，这些事件包括突然开除某些教员、指导老师和学生，以及他们立即从镇里撤走；一些涉嫌参与“无法言说的”事情的大学生，或者可能参与这样事情的大学生遭到自己同学的排斥；“异端”的个人会时不时地遭受一些莫名奇妙的残酷惩治，特别是对于新生的欺侮。辩论周，一个十分焦虑的时候，是这些残忍行为以孩童的恶作剧形式展示的最佳时候；一个渴望加入一个饮食俱乐部的男孩可能会被误导相信他会受到邀请，结果面对的事实却是没有一个俱乐部想要他。(并不是说，这样的恶作剧仅限于那些可能参与“不可言说”事件的潜在对象——实际上，这样的事情随处可见。)

与此相关联的是，我们还有不幸的自杀事件：这些年轻人自我厌弃，他们的同龄人也一样地厌恶他们，这会导致他们犯下（根据基督徒的标准，是不可饶恕的）自我毁灭的罪。这种罪，有着“不可言说的”方式，增加了神秘感。

例如，在杰姆斯·卡纳执政期间（1823 – 1854），人们悄悄地谈论着很多孤立的“无法言说的”事件。当时，饮食俱乐部正在自发地形成；这些俱乐部源自学生吃饭的需要，因为当时的大学不能为日益增多的学生提供足够的餐饮设施。(卡纳校长的任期内，学校一片混乱动荡，男孩子们经常反叛，一旦出现反叛，几乎就是无政府主义状态；管理人员和教师无法控制这些不安分的男孩，他们放火，砸窗户，肆意破坏校园；多亏了一位忠实的校友杰姆斯·麦迪逊给他出主意，否则四面楚歌的校长都考虑关门了。) 在这个时候，饮食俱乐部应运而生，如：“圆桌骑士”——“胡迪布拉斯骑士”——

“国王宫廷”——“尼克尔包克尔”——“享乐主义者”——“鳄鱼”（这个后来成了伍德罗·威尔逊的俱乐部，或一个替代的俱乐部，因为威尔逊在1879年选择的第一个俱乐部——常春藤，似乎没接收他）。后来，这些俱乐部的名字都改了，而且有钱的校友们沿着前程大街为这些饮食俱乐部建造了非常漂亮的庄园般的宅子，这些俱乐部看上去就更加豪华气派了。这些饮食俱乐部建立之初，目的十分单纯，只是后来，例如，在伍德罗·威尔逊读大学的几年时间，这种情况从根本上发生了变化：在“辩论”——“联谊会新生锻炼周”，低年级的学生中间，大家针对谁将被邀请加入该俱乐部，谁不会被邀请加入任何俱乐部（即，大部分学生）的问题出现了一种疯狂的焦虑和恐惧。

因此，伍德罗·威尔逊发誓要“关闭”饮食俱乐部——随之出现了强大的校友联盟对他的反对。

无论“无法言说的”事情过去是什么，或者现在是什么，这些事件都升级为欺负和争吵事件。人们可以想象狂热的青少年“申请”——“赛马”——“处罚”——“欺侮”带来的不可避免的后果。（大一男生会遭受暴力“处罚”是再寻常不过的事情了，他们中的一些人不得不离开大学，其中一些人甚至都住院了；然而这些男孩中没有一个人指证骚扰他们的那些高年级学生。当然，由于“欺侮”和“赛马”而导致的死亡并不常见——但是，的确这样的事还会时有发生，大学的法令规定对于这些死亡情况要保持沉默。）

几十年来，通过后来的管理，饮食俱乐部发展起来了：从五个，到九个，到十三个；最后，发展到二十个。校友们开始攀比在前程大街建俱乐部的宅子，虽然大学的餐饮设施模仿了牛津和剑桥的优美的“哥特式”建筑，但是相比之下还是显得渺小寒酸。很快就出现了关于哪些男孩够俱乐部会员资格，哪些不够俱乐部会员资格的问题。简单来讲，俱乐部带来的巨大的满足感就是只有少数成员被选择；其余的人，即使不属于不屑一顾的那类，至少属于那些我们不想和他们一起吃饭的人群。

关于自己作为普林斯顿1927届成绩优异的研究生的经历，我不会谈及，只是说这一经历有所裨益，富于启发性；我要是再重复一遍这一经历，我宁愿吊死自己。

年度“辩论周”的时候，也就是俱乐部举行选举的时期，被一种名副其实的普林斯顿大学流行病困扰，疲惫紧张、夜晚失眠、激动、焦虑、兴奋、绝望、愤怒，甚至上升到杀人和自杀的冲动行为；教师没有办法阻止他们的学生参与“辩论”，就像人们不能强迫自己的孩子们一动不动地、冷静地坐着，不去看天空中的烟花。

在伍德罗·威尔逊看来，这种情况似乎有悖大学的办学宗旨，过度关注竞技会，有害身心健康，这种观点似乎相当有道理；在大二学生中间活跃的“帽子俱乐部”（这样命名是因为其丰富多彩的头饰）如雨后春笋，大范围地兴起，这些俱乐部会作为一个整体联合起来去接受或拒绝选举，从而将选举控制在高年级俱乐部手中；通过新生俱乐部大量地出现，来控制“帽子俱乐部”；这一切都涉及各种各样的哄骗、恐吓、拉拢、威胁、两面派、赛马、欺侮、心灵的伤害，以及下滑的成绩，经常被学校开除。新生俱乐部会员身份的获得经常不是在普林斯顿大学，而是在著名的劳伦斯维尔和格罗顿学校等预科学校的高年级期间就已经获得，发展势头令人震惊；这样一来，十五岁的男孩子可能已经开始过早地考虑和渴望在普林斯顿大学举行的“辩论周”，因为几年以后，他的“命运”将会在那时被决定。就这样，许多男孩，包括许多来自“好”家庭的男孩子，会因为几个男生把自己装扮成精英而痛苦。

巴顿博士的管理温和但多少有些松弛，期间发生了一件说不清楚的丑闻，这丑闻和第三“强大的”校园俱乐部欺侮过程有关：这个“巴拉瑞特”俱乐部设在都铎公馆，据说该公馆花费超过二十万美元，这在当时是一个非常高的金额，是前程大街上的建筑瑰宝。巴拉瑞特是 J. P. 摩根最喜爱的侄子的俱乐部，所以，这个俱乐部享有许多特权，十分强势地与其他俱乐部竞争校园权力与地位；然而，1899 年，在棍棒和“烙铁”粗暴虐待新成员的丑闻爆光后，这个俱乐部遭受了惨败。于是，巴拉瑞特轻而易举地解散了，漂亮的宅子卖给了另一个饮食俱乐部。因为这一丑闻与“无法言说的事情”有关，所以其罪行的确切性质从来也没有被披露，从来没有被谈起。

不过，我想没有哪件事情能够像十九世纪初的“无政府状态”那样极端。当时闹事的学生占领了拿骚厅，并且在楼里引爆火药。甚至还绑架一个助理牧师。就是一帮男孩子，穿着黑色长袍，戴着黑色头巾，把他从校园内的学生宿舍拖出来，在校长住宅的草坪上给他全身涂满了焦油，粘满羽毛，当时校长住宅位于村子中心的拿骚街上，据说这位牧师遭到了男孩们的指控，说牧师在他们身上犯下了“无法言说的”——“肮脏的”——罪行。

前一任的统治，就是塞缪尔·斯塔霍普·史密斯牧师时期（1795 - 1812），学生们似乎已经开始表现不好，一场灾难性的火灾被定性为故意纵火，开除了一百多人。1802 年的这场火灾把拿骚大厅夷为平地！在这些男孩中就有刚刚成立的美国的总统乔治·华盛顿的养子（除了以“品格卑劣和不守规矩”被开除出学院之外，这个小伙子的情况鲜为人知）。然后，在备受尊敬的老亚伦·伯尔牧师当政期间，他的早熟的儿子小亚伦在大学里以其“才华”和“放荡”广为人知——可他不过是一个仅仅十三岁的少年！

在这个时候，应该注意的是，普林斯顿大学还不存在：这些前辈其实生活在新泽西大学的时代。

附录

尽管包含着所有的恐惧，我所记录的这一段包含一种“积极”的结尾，因为，在可怕的——而且无法破解的——海科瓦尔德和考夫曼谋杀案之后，诅咒不会再次以其初级的，或残忍的形式，来袭了。

大约在这时，达布尼·巴亚德得知，通过华盛顿哥伦比亚特区的有势力的亲戚，他恢复了美国陆军中尉军衔；从这个军衔开始，一年内他将被提升为上尉。不久，他就有幸陪同威廉·霍华德·塔夫脱副总统进行了一次“排除故障”远征，去了充满异域风情的菲律宾，当时菲律宾国内动荡和多派系的政治混乱需要美国以民主的名义进行干预。“我们必须在那些邪恶的小猴子中保持秩序，”罗斯福总统宣布，“而且，上帝保佑我们一定做到！”

很快，达布尼·巴亚德上尉在新的岗位表现出色，几年之内他就会再次得到晋升，荣获少校军衔；并且在他的指挥之下，一个营的训练有素的军人在菲律宾维持社会秩序，罗斯福总统这样讲道：不会再有无辜的人被普林斯顿残忍的恶魔所吞噬。

“这里居住着幸福”

这是一个公开的记录：十二岁的托德·斯莱德被发现在普林斯顿公墓“变成了石头”，他的遗体，他的妹妹奥丽埃纳和他的堂姐安娜贝尔一起放在家族的墓室里，可是，托德仍然活着似乎也是真的；虽然他生活在一个本历史学家也无法解释的生物王国，所以我必须借助第二手和第三手资料来描述这个王国。

下面是托德·斯莱德历险记。

现在他的睡梦频繁地被那些既不熟悉，可是又恼人般似曾相识的话语所干扰——**呃栖息地菲利斯塔斯**——接着又是一遍**呃栖息地菲利斯塔斯**。托德从这样的梦里醒来时，又焦虑又困惑，深信一个“声音”在他房间里，和他在一起，或者在他脑子里回响。

变成石头，并且被宣布因为某种无法诊断的机体创伤而死亡之前，托德已经养成了在克罗斯威克斯徘徊的习惯，就像我提到的；虽然他避开了他的堂兄约西亚、伯母亨丽埃塔和伯父奥古斯都的陪伴，也躲开了他的祖父温斯洛，他祖父的“忏悔”令这个男孩震惊，他也不能完全理解。因为温斯洛·斯莱德正在承认一个事实，就像他过去不承认这个事实一样；那么，如果是这样，为什么要相信他呢？孙子和爷爷之间传递了一种羞耻感，使得托德想躲开他的祖父，甚至当他发现自己被吸引到克罗斯威克斯庄园的时候，对他来说，那个庄园似乎就是诅咒的核心。然而，一种搞笑的心理突然在这个男孩身上涌动，具有那种来自古老的托德家族的恶作剧本性，这种心理在安娜贝尔离开之前就有了，他久久地徘徊在祖父的图书馆外面的走廊，轻轻地唱道：

他撒过一次谎，可能再撒一次谎
她撒过一次谎，可能再撒一次谎
他们撒过一次谎，可能再撒一次谎
但是雷神不会撒谎
只有雷神不会撒谎
因为这个可怜的家伙已经死亡。
这就是为什么。

(幸运的是，温斯洛·斯莱德不再常常待在他的图书馆里，而是待在位于庄园的他的私人房间，那间更远的厢房。)

虽然托德的声音已经够难缠烦人了，不过他被比他自己的声音更阴险的一种“声音”追逐着，那个声音用一种嘲弄的口气喃喃地说：“**呃栖息地菲利斯塔斯**”，好像在捉弄他，令他想寻求出路，结束这种神秘的声音。

所以，结果是，1906 年 5 月 28 日中午刚过，那个小男孩走进他祖父的图书馆，这是一个长期禁止他进入的房间，尤其是在没有大人在场的时候；他到处戳戳掏掏、窥探着，不经意间看到刻在壁炉上的那句一直困扰着他的那句话：**呃栖息地菲利斯塔斯。**

托德立刻明白他面对的是一个深奥的谜，也许只有他一个人可以破解。但是他应该做什么呢？

很奇怪的是，他发现自己独自待在温斯洛·斯莱德传说中的图书馆里。图书馆有着高高的方格天花板，四面墙壁摆放的皮革装订的书据说都是古董、价值连城；放在底座上的是罕见的《古腾堡圣经》；由著名的美国艺术家们（吉尔伯特·斯图亚特、约翰·辛格尔顿·科普利、托马斯·艾金斯）所画的斯莱德家族祖先们的肖像，他们严厉的目光似乎在盯着他。如果托德想做恶作剧，那么，他可以做任何的恶作剧：沿书柜的轮梯跑，像猴子一样爬到天花板；或偷走自己的肖像，这是一张蜡笔画肖像，画中一个甜美、无邪的两三岁的孩子，躺在一片草地上，一位女士白色的阳伞遮着他，也许是他的母亲的伞……托德曾经一直着迷于这幅画着一个天使般的孩子的画像，大概这个孩子就是他自己；他也同样着迷于他妹妹奥丽埃纳的肖像和他的堂兄和堂姐约西亚、安娜贝尔的肖像，都出自同一艺术家之手。“那是曾经的‘托德’吗?”他曾经好奇地问他的母亲；莱纳拉笑了起来，用嘴唇吻了吻他的额头说：“当然！那天使般的小男孩现在和我们在一起，如果他已经黯然失色。”

这是他母亲的一个聪明的回答，托德想。很多生活是黯然失色的。

托德研究了一个真人大小的埃利亚斯·斯莱德的肖像，是科普利画的，已经开裂，并散发出一股黑暗的气息；还有牧师亚撒利雅·斯莱德，斯图亚特画的一幅油画，看起来仿佛是用蜡做的，眼睛像石头一样硬硬的，冷酷无情。一瞬间，有一个可怕的诱惑，他想撕扯《古腾堡圣经》易碎的书页，并把它从基座上推到地板上。然后，托德好像把这一刻推迟了，他回到了大理石壁炉那里，去看那些雕刻而成的文字：“呃栖息地菲利斯塔斯。”他不懂拉丁文，但是他能够猜到这些文字的意思是“这里居住着幸福”——或类似的短语。幸福必须住在家里，在家人中间——否则没有别的地方。

刚开始的时候，托德只是无所事事地拨弄着火炉，可是接着他就充满了好奇地拨弄起来了；这么大的一个壁炉，他只要微微有点驼背就可以站在里面。在这里有股灰的味道，烟囱里有蜘蛛网；站在壁炉里面向外看，他有一种头晕目眩的迷失感，就像从镜子的另一边看。几分钟后，托德的手指发现了一块松动的砖，他用力地拉着；当砖进一步松动，掉在地板上时，他又拉另一块砖，接着另一块——直到他惊讶地发现他可以看到烟囱里，或者透过烟囱看出去，仿佛透过一扇通向一束明亮的灯光的小窗口。

本来应该黑暗的地方不是黑暗的，却有“光”——某种隧道，一个秘密通道。

现在，托德有条不紊地拉动砖块，然后把砖小心地放到炉膛里。他不想让家里任何人听到他的声音，来打断他。此时的托德认为：有一条通道从他祖父的图书馆通出去，不是通向房子的另一部分，而是进入另一个对他来说完全未知的地方。

这怎么可能呢？托德知道，烟囱口只能通往一个熟悉的地方，可是不知道为什么并没有通向那个地方；随着他进一步拨弄着，试探着，除去更多的砖，他发现他正看着一片森林，一片杂乱的林地，缺乏所有色彩而像一个电影屏幕一样被生动地“照亮”。虽然脖子后面的汗毛都因为恐惧和自己大胆在做的事情而立了起来，托德还是继续拆砖，他的手指现在已经磨破了，而且很脏，终于，他挖出一个直径约十二英寸的洞，他把自己的头和肩膀塞了进去。

就这样，托德·斯莱德从他的祖父的图书馆消失了，就好像，事实上，从我们的世界消失了。

北欧的灵魂

最后，约西亚·斯莱德和厄普顿·辛克莱一定要见面。但几乎没有任何理由让这两个理想主义的年轻人必须这样做，而且几乎不会有结果。

他现在将采取更有力的方式行动起来。在革命的历史中，是行动的时候了。

他愈加献身这份事业。他越发肯定自己是身处变革的前沿。

他在普林斯顿的日子即将结束，或将近结束。下一步将是胜利转至纽约市，然后从那里到——他不知道确切是什么地方：伟大的加利福尼亚州，或在新泽西的农村社会主义公社。在那里，社会主义的共同财产，共同劳动，共同食物的原则将占主导地位。

他不会请求梅塔陪他去。但他相信，如果他给她解释得足够仔细的话，她会想和他在一起的，不会再怀疑他。

* * *

厄普顿·辛克莱曾希望隐瞒他生活中的一些事实。他向梅塔和这些同志——佛罗伦萨·凯利、克拉伦斯·达罗以及在1905年和他共同建立了社会主义社会校际联盟的杰克·伦敦——隐瞒了一个事实，就是他母亲的父亲约翰·S. 哈登是臭名昭著的马里兰州西部铁路的一名“高官”；然而，更过分的是，他父亲的祖父是在美国海军的亚瑟·辛克莱准将，1812年战争的英雄，有谣传说他通过他的军界关系“获利较大”，而且他曾经幸灾乐祸地说，对有些人来说，只要是战争就会有丰富的收获！

这样直言不讳的资本主义精神的真理，这样的事实——正如人们所预料的，不知道为什么却没有遭到大多数美国人的排斥。为什么？——年轻的厄普顿·辛克莱渴望知道答案。

他对于富人有亲身体验——在他破旧的巴尔的摩的家中，有一个失败的推销员/酒鬼父亲和一个无助、不知所措的母亲，所以他不时地受到怜悯，被邀请去和他的爷爷奶奶一起度过时光；他对富人的高智商没有幻想，同样对他们的道德状况也没抱幻想；诚然，有钱人可能会“慷慨”——“慈善”——在炫耀排场这方面，没有人会比富有的基督徒妇女在每年的圣诞节、复活节这样的日子更友善了，在这些时候，他们的心被穷人的悲情所震撼！这是真的，但与社会正义的事业不相关。当私有财产被废除的时候，真正的基督教精神就会出现。但是在那之前不会出现的。

辛克莱突然感到一阵羞愧，竟然以他的祖先的情况为自豪，真是令人难过。他母亲哈登家族的祖先是北爱尔兰的新教徒地主，据说在血统、财富和影响方面都有非常高的等级。当母亲使劲握着他的手，告诉他说：即使现在，在你的血管中也流动着他们的血，贵族的血。这是多么耻辱的事情啊！

这些痛苦的传记事实！如果他能阻止，永远别在关于厄普顿·辛克莱的任何“卷宗”中发表……

* * *

虽然他当然强烈反对审查制度。任何侵犯他人自由的事情——宪法所保障的言论自由和出版自由的权利——人的自然权利——厄普顿·辛克莱都会用他的生命与之对抗。

“谢谢你——但是不行。这个职位只有一个人胜任——那就是杰克·伦敦。”

在1905年的秋天，被提名担任校际社会主义协会的第一任主席，这是非常令人高兴的，也是非常诱人的。但是厄普顿·辛克莱微笑着庄严地回绝了提名委员会的建议，而是支持一位来自圣·弗兰西斯科的很受欢迎的，而且更著名的社会主义青年作家。

“虽然就我个人而言我不认识这个人，但是我读过他的非凡的作品——

《野性的呼唤》、《海狼》、《阶级斗争》——更主要的是那本描写贫民窟生活的高超作品《深渊居民》——我可以担保他的天才。而且我听说我们的这位同志——他在社会主义事业中所做出的努力——我将用我的生命担保，杰克·伦敦将比我们这个时代的其他任何个人都会更加令人钦佩地将我们的事业呈现给全世界。”

他绝对是真诚的！这不是虚伪的谦虚——这根本不是谦虚，厄普顿会坚持的。由卡尔·马克思、弗里德里希·恩格斯所呈现的社会主义的愿景——是客观的，并剥夺了个体的自我；一切关于自我的都是自我的过去，注定要在几代之内衰败、枯萎和消失；对此，厄普顿·辛克莱坚信不移，并且打算将其作为他的准资产阶级背景的最有效的解毒剂，反复灌输到他的日常和道德生活中。

此时，厄普顿·辛克莱已经二十六岁——即将出版他的职业生涯中最具挑战性的作品《屠场》；自从他的第一部小说《春天和收获》于 1901 出版以来，他已经创作了大量的文章、戏剧和书籍。杰克·伦敦比他大两岁，没有他发表的作品多——不过《野性的呼唤》和《海狼》已经是多种语言的畅销书，使他名声大振——就像过去曾经辉煌一时的传奇作家马克·吐温一样受欢迎。

现在，在 1906 年的春天，厄普顿还没见到伦敦。他还没握着伦敦的手，面对面凝视着这位年轻的来自育空[①]河畔的冒险家——虽然他在许多地方看到了伦敦的粗犷健壮的照片，包括《纽约太阳报》，这家报纸将这位“社会主义者－煽动家”视为社论作者的诅咒。

伦敦多么英俊潇洒！私下里——因为他的妻子梅塔不可能理解这种偏爱——厄普顿研究着这位冒险家－作家的照片，希望在这位同志的微笑凝视中看到某种——神秘的联系或亲属关系……厄普顿不可能说出他在寻找什么，但是他知道这是他在第一次读拜伦的《恰尔德·哈罗德游记》和布莱克的

---

① 1897 年，杰克·伦敦赴加拿大育空地区淘金失败，但他从加拿大这个严寒地带回来后创作的一系列以育空河畔为背景的作品使他在美国文坛声名鹊起——译者注

《天堂与地狱的婚姻》时所感受到的那种灵魂的陶醉；从思想上，厄普顿最敬重的是马克思、恩格斯、费尔巴哈和尼采，但是对于这些思想家，他感受不到他对这些诗人的狂热激情，而且，对于杰克·伦敦，他不仅是他的同时代人，而且是一种兄弟，或灵魂伴侣……他内疚地意识到自己是有教养的家庭里享有特权的儿子，而伦敦非常不同的背景细节令他痴迷：伦敦是一个巡回的占星家的非婚生子，出生在圣·弗兰西斯科的贫民窟，十四岁被迫离开学校，去当水手、黄金矿工以及体力劳动者；年轻的时候，他就开始为各种报纸写稿，并且在1901年就已经大胆地竞选奥克兰市长。(当然，伦敦失败了——但报纸报道说，这个"社会主义男孩"有一种力量，能够"俘虏"聚在一起听他讲话的人群。）在厄普顿的梦中，伦敦出现了，不是像大多数梦中的人物那样是幽灵般的，而是坚实、朴实、肌肉发达、活泼而且面色铁青；正如在实际生活中被传言的那样，伦敦好斗，不过很有魅力；非常有魅力，以至于人们不可能离开他，或者摆脱他人格的影响……这是我最深刻的自我，厄普顿想——比我自己能够意识到的更深刻。

因为，继厄普顿对尼采进行了文化上的敏锐分析之后，他最终相信，还有一个深刻的、真正的、原始的自己——经常被在公众面前的那个人的道德怯懦所背叛的那个自我。

经过厄普顿的促成，这两个人在过去的一年里开始书信交往——大量的信件——在辛克莱这方，坚持不懈、真挚诚恳，在伦敦那方面，充满激情、语言华丽——阐述着资本主义的罪行和社会主义的美德。厄普顿已经敦促伦敦接受校际社会主义协会的邀请担任其第一任主席，开始的时候，伦敦谢绝了，但后来就被说服了，并最终赢得了这一职位。这两个年轻作家都把自己的书签名送给对方——快速阅读完《海狼》震撼人心的篇章之后，厄普顿似乎是更受感动的一方。《海狼》是伦敦的新畅销书，刚刚发表，已经是第八次印刷；他在圣·弗兰西斯科的时候就写信给伦敦——"你是一位'真正的'作家——我只是一个'黑幕揭发者'。但我希望当我面对文学天才时我能认出来。"

几个星期过去了，没有伦敦的回应。最后，当厄普顿收到了伦敦寄来的一个潦草的卡片，他被伦敦讲话的直率震惊了："你的作品中的社会主义情绪无可挑剔，但是恐怕你的气质中缺乏触感——你的‘性态度’——是对我自己对这一话题的观点的诅咒。”

缺乏触感！性态度！厄普顿·辛克莱完全困惑了，不明白这可能意味着什么，而他又不敢问任何人——他肯定不敢问他的妻子。

厄普顿·辛克莱在1906年的元旦和春天多么忙碌啊！已经煽动杰克·伦敦成为校际社会主义协会主席之后，他不得不帮助组织在卡耐基厅举行的纽约市全体会议；其他两位共同创始人克拉伦斯·达罗和佛罗伦萨·凯利虽然支持这一工作，但是没有生活在纽约附近，并忙于参与其他的事务。《屠场》以及为一家有影响力的期刊《人人杂志》写的他认为很重要的一篇文章《圣·马克思福音》——在创纪录的时间内完成，甚至对于厄普顿·辛克莱也是如此——这两部作品的发表引发了洪水般的攻击，厄普顿刚刚击退了这些攻击并从那场磨难中恢复过来。(然而，尽管厄普顿能够写得很快，打字太快了，以至于有一个星期用坏一个新的打字机色带的危险，而且双手抽筋，可是他却发现杰克·伦敦写得比他还快，而且更成功，这让他很不爽——虽然伦敦的作品直到1900年才开始出版，可是到1905年，他已经出版了十本书，而且每一本书都在公众中创造了一个非凡的“骚动”。) 最近，厄普顿被迫乘火车一周去纽约市几次；这会是一个见见梅塔，看看小戴维，与他的家人和解的恰当的时间，但是——不知何故，社会主义的义务优先于纯粹的个人生活，结果厄普顿从来没有找到时间。

自从梅塔搬出了罗斯代尔路的农舍，厄普顿的饮食习惯就更没有规律了。虽然他已经二十几岁了，可是他在普林斯顿商店的橱窗里的影子仍然像十七、八的青少年，看到这一点令人非常痛苦；那么多小时弯腰坐在书桌前，使他永久性地耸着肩膀，就像琼斯母亲用作被剥削的典型，呈献给大家的那些可怜的磨坊工人的孩子的肩膀和后背一样。“唉——没有人剥削我。我自己搞成这样的!”厄普顿的那双近视眼很容易流泪；他还没有找到时间去看眼科医生，让他给自己配一副新眼镜。尽管养成了严格的饮食和卫生习惯，他的健康状况还是开始成为他长期担忧的事情；一位社会主义营养专家建议他尽可能经常禁食，避免吃肉、鱼、蛋，正如现在已经知道的，这样的养生法增加代谢率，或能量——虽然厄普顿承认，他觉得没有以前精力充沛，常常感到虚弱无力，甚至沮丧泄气——这是他必须大力抗争的一种趋势。在他的英雄杰克·伦敦的旁边——至少在他自己的眼中——厄普顿觉得自己是一种准男性，或发育不良的男性——因为伦敦已经惊异地觉察到，厄普顿缺乏触感的气质——人类接触的气质。

然而，厄普顿娶了一个年轻漂亮的女人，这个事实经常困扰他。怎么会，为什么？——他会说他爱他的年轻妻子，希望自己成为一个足够好的丈夫，然而，当他们分开的时候，自从《屠场》出版以后，他们经常分开，厄普顿很难记住梅塔的样子；厄普顿认为，令他感到耻辱的是，他的小儿子也和其他许多幼小的孩子弄混了……

厄普顿在纽约的生活中，突然有如此多的年轻女性——如此多的人！许多是到美国的新移民，或者是移民的第二代，像厄普顿曾在芝加哥采访过的作为《屠场》背景的立陶宛人；在纽约市，移民社区的居民在东区——正如《赫斯特》报纸称他们为“到处都是”而且“无法无天”——被社会主义事业所吸引，他们的活力和激情给厄普顿·辛克莱留下了深刻的印象。他们是德国人，意大利人，波兰人，立陶宛人和匈牙利人，以及俄罗斯人——他常常无法理解他们带有浓重口音的英语，甚至他们的情绪也非常外露、直接，非常不同于他和梅塔所属的阶层的含蓄朦胧的情感。

“你不陪我去集会吗，梅塔？我希望你去——这将是一个历史性的事件。”

厄普顿曾经多次恳求他的妻子。他认为，她的政治观点已经几乎和自己的相同，她有条不紊地精心编辑他的手稿——往往一行行，一个小时又一个小时地做——这对他是非常宝贵的；他的声音里含有一种热切的向往和孩子气的受伤的语气。

“你会遇到杰克·伦敦！那将是一个重要场合，所有的报纸都会写关于我们的事情。我们希望之后去收集一下——这将是一个独特的机会。‘现在革命’是杰克的题目——他已经发了一封电报。”

梅塔含糊地回答了一句。厄普顿曾无数次让她来参加这个“历史性”的集会——很多次，真的很多次，他向她称赞杰克·伦敦的美德，还有其他社会主义同志的美德。但最近，她只是说自己累了，不想参加，不再找任何别的借口加以拒绝。

有一次，就在梅塔把戴维带去和她在史坦顿岛的父母住在一起之前不久，这对年轻夫妇进行了一次痛苦的谈话。

“但是，梅塔，会有见到杰克·伦敦的机会!”

“但是，厄普顿——我已经有机会见到了厄普顿·辛克莱。那又怎样?”

梅塔紧张的笑声在随后的一段时间还在他的耳边响起，他完全莫名其妙。

在 1906 年 5 月 28 日的日记中，就是卡耐基礼堂集会前夕，厄普顿·辛克莱严肃地指出：

> 在革命时期，私人生活是没有意义的。婚姻、家庭、传统——所有资产阶级的习俗都是传播虚伪和资本主义的剥削——是难逃一死的。

“他会来的。他不会让我们失望。”

然而，到了 5 月 28 日晚上 7 点 45 分，杰克·伦敦尚未到达卡耐基礼堂，而活动计划在晚上 7 点开始。自从他加入了社会主义事业，厄普顿就发现，社会主义的集会被延迟是常有的事情——有时在最后一刻取消——同样，这些集会组织的杂乱也并不少见——但今晚等待杰克·伦敦的观众异常动荡；在空气中弥漫着一种张力，就像在惊人的风暴之前的张力。许多人不肯就座，而是在门厅和过道成群地到处转——这些都是容易激动的、好战的人，他们和来自哥伦比亚大学、纽约大学、城市大学和其他地区的高校的青年学生几乎完全没有相似性，这个协会就是为了这些高校而组织起来的。

组织者认识到相当一部分观众明显是来听杰克·伦敦演讲的，但不是把他看成刚刚成立的社会主义协会的主席，而是把他看成一位年轻英俊的作家，他的《野性的呼唤》极受欢迎，已售出超过一百万册。尽管伦敦作为一个冒险故事作家而声名远播，但是在观众中有许多衣着华丽的女性观众，以粗略的眼光就能看出，她们不可能是社会主义者。

在第57大街，在卡耐基大厅外面，聚集着很多人。这些人仿佛直到确信杰克·伦敦已经到了才肯买价格低廉的门票。从他们粗糙的衣服和富有男性的攻击性的神情来看，他们可能就是从《海狼》中走出来的人。伦敦这部疯狂畅销的新小说以尼采的“超人”为模式，讲述了一位暴虐船长的故事——令厄普顿·辛克莱又惊讶又羡慕的是，这部小说在发行之前就卖光了首次印刷的四万册。

在这一切的喧闹以及集会组织者越来越强烈的焦虑之中，厄普顿·辛克莱却不得不惊叹——这真是一个奇迹啊，他这一代作家竟然有人如此迅速地获得这样的大众声望，那种他做梦都不敢想的声望！虽然他对群众的献身精神是绝对的，而且他在内心最深处的幻想中，曾经梦想成为一名烈士，像尤金·德布斯一样，遭到破坏罢工的警察的毒打，被关进监狱……出狱的时候具有了一种新的奉献精神……“社会主义事业已经发现其伟大的诗人一预言家——他与我同龄，或年龄相仿！我的兄弟，我的朋友。”

接近晚上八点了，杰克·伦敦仍然没有到来。协会的代理主席向听众讲话，请求他们再耐心等待几分钟时，他遭到嘲笑和嘘声，以及零零散散的掌声。显然，大厅里面有了分歧，一方是那些坚定的社会主义者——他们是今晚集会的主要群体——以及那些前来听杰克·伦敦演讲的人——对他们来说，或许集会并不是社会主义事业，只是一个偶然的事件。一些穿着粗糙的人一直成群结队地在外面的人行道上转悠，还有一些人在拥挤的过道里。厄普顿·辛克莱用一种惊叹的语气喃喃地说：“我们正在接近混乱——灾难！怎么会发生这样的事情!”

事实上，责任可能在于厄普顿自己——他在提名委员会中态度非常坚决，坚称杰克·伦敦是他们的人；曾经通过邮件和电话，试了几次，让伦敦在集会前一天，或者至少在5月28日下午早些到达纽约市，可是都没有成功。不过，厄普顿的这些做法也表明了他自己身上完全缺乏一种不顾危险的自信，虽然他自己对此还不能理解，因为伦敦已经向他保证，他会“完全准时”地到达卡耐基大厅，一点点困难都没有——如果他乘船从旧金山市到迈阿密不会耽搁几小时，或从迈阿密乘火车到纽约市……厄普顿惊骇地发现，火车到达中央大车站的时间是下午6点35分。厄普顿曾通过电报请求伦敦将旅行时间提前，至少半天；他在计划比协会作演讲的时间提前仅仅 25 分钟到达纽约，这似乎非常冒险——“您会让我们都很着急，您自己也一样。请重新考虑一下!”伦敦的回答一直是乐观的，对他的紧张颇为不解地说：“消除你的‘焦虑’吧，同志，杰克·伦敦保证表现得跟剑圣一样。”

这次交谈使厄普顿一直很懊恼，他不能告诉其他的组织者伦敦的火车到达的确切时间。某种程度的内疚尴尬阻止了他，他也不愿向妻子吐露伦敦的事情。这是他的社会主义誓言中的一个原则——就像他以前拥有的基督徒品格的一个原则一样——他尽一切努力做到积极乐观；那就是，作为一种自我挫败的战略行动，坚决避免否定。从伟大的美国实用主义哲学家威廉·杰姆斯那儿，他学会了一个告诫，就是为了恢复和重振信仰，在信仰可能会逐渐低迷的情况下，要去假装信仰；在城市学院读书的时候，在“务实求真”这个问题上，没有哪个哲学家比杰姆斯对他的影响更深刻了——真理不是存在于原则之中的东西。真理是发生在一个原则身上的东西。

厄普顿曾试图向他的妻子解释这一点，因为他的妻子的哲学知识仅仅限于她在斯维特·布莱尔学院学来的“伟大的思想”的片段——“达尔文告诉我们，物种是不断变化的，因为物种中的类型为了生存必须进化，所以真理也必须‘进化’——它不能保持不变。”

“‘真理必须进化’——对骗子们来说这是多么方便的说法啊。”

厄普顿对梅塔的孩子气很不满。每当他想跟她认真地说话的时候，她总是开玩笑；每当他试图跟她开玩笑的时候，她却一脸茫然，没有反应了。

他确信，以前并不总是这样——当他们第一次见到的时候，只是几年前而已。那时，即使不是特别美丽或容貌出众，梅塔也是一个非常甜美、柔声细语、性格随和的女孩——对于厄普顿开的玩笑很快就会笑出声来，对于他的想法很快就能够表示赞同，而且渴望听到他详细地谈论《圣·马克思福音》及其变体的福音。

他天真地认为这个女人就是他的灵魂伴侣。

雷鸣般的欢呼声！——杰克·伦敦已经到了。

“他到了！终于到了——感谢上帝……”

此时是晚上8点12分了。伦敦晚了一个多小时。喧闹的观众似乎已经处在混乱的边缘，但是，他们立即被安抚下来，像一群没有脑子的野兽。一直在后台处于极度兴奋状态的厄普顿感到一股彻底的解脱，一阵狂喜——不仅仅是社会主义事业已经获得了拯救，而且厄普顿和其他的组织者也获得了拯救，因为他们已经开始为自己的安危担心，但是又不能使自己鼓起勇气逃之夭夭。

厄普顿急忙跑出来迎接伦敦，此时的伦敦正沿着大厅中间的过道走着，像一个政治家，或一个著名的拳击手，他那浓密的黑头发随风潇洒地飘动着；伦敦热情洋溢，很友好，不时地停下来与崇拜者和请求签名者握手。伦敦很清楚，他可以从位于第七街的大厅后门进来，能避免这样的情况，但是，很显然，伦敦非常喜欢这样的场景，他的一位女性同伴也很享受这样的场面——一个穿着五颜六色服装的小个子女人，紧紧地挽着他的手臂。

在大厅前面的一片混乱中，厄普顿匆忙地向杰克·伦敦作了自我介绍，而对方，满脸通红，非常活跃，明显满身酒气，用力地握着他的手，以至于厄普顿赶紧把手抽出来；然后，像一个长久未曾谋面的亲人一样，对方抓住了他，给了他一个熊抱，让厄普顿喘不过气来。"'厄普顿·辛克莱'——同志！你和我所想象的完全一样。"——伦敦边说边开心地大笑着。这句话即使不是完全的讽刺，也是戏谑的责骂。厄普顿也笑了，他心里一阵紧张——他感到一阵担心，自己的一根或多根肋骨已经在杰克·伦敦的拥抱中断裂了。

"我的女人——查米恩小姐。我忠诚的伴侣。"

伦敦再次开怀大笑——他显然因为他的同伴而感到骄傲；在黄色小报上，她的照片的标题是"'野性的呼唤'：杰克·伦敦的另一位妻子。"查米恩！这个女人显然没有姓氏。厄普顿看起来很吃惊，因为他所理解的是——伦敦让他理解的——伦敦不会带她一起到纽约，但是——她来了，打扮得像个王室成员：她个头矮小，胖得出奇，长着一张哈巴狗的脸孔，脸上的妆容俗不可耐，头上缠着丝绸头巾，她对"厄普顿·辛克莱"几乎毫不在意，在她眼里，他不过是集会上的引导员，其职责是护送她到前排预订的座位。

令厄普顿惊奇的第二件事情是，伦敦不想让厄普顿把他介绍给观众，

"不，不！这些人不是来听你讲'杰克·伦敦'——他们是来听'杰克·伦敦'讲的。所以我现在将为他们效劳。"

这是一个人高昂的士气和无比的自信的表现，他毫不犹豫地大步走上舞台，并登上了讲台，很像一个职业拳击手，在空中挥舞着拳头，来接受震耳欲聋的吼叫声和掌声，并且激起更大规模的吼叫声和掌声。过了好几分钟，观众才稍微平息下来，可以听到伦敦的声音了，伦敦把嘴巴靠近麦克风，没有任何的开场白，直接高喊着："现在革命！现在革命！我再次对你们说——革命现在！"

大厅再次沸腾了，拍手声，跺脚声，欢呼声；伦敦不得不再次等待安静下来。

厄普顿已经在矮小肥胖的查米恩旁边的座位上坐了下来，有点眩晕。他的太阳穴直跳，他的眼睛湿润了。在过去的四十八个小时里，他是如此心烦意乱，几乎忘了吃饭，现在感到头晕和双膝软弱无力。如果伦敦没有及时到达，他们差一点就接近混乱了！现在，听到他的英雄在用一个强有力的戏剧性的声音在说话，耸起宽阔的肩膀，身体向前倾着，双手紧紧抓住桌边，厄普顿感到非常兴奋。曾经是那么躁动不安的观众现在安静了下来，虔诚地期待着。

"'决不妥协'是无产阶级运动的本质……资本主义是唯一的敌人……如果一个社会主义同志会将另一位社会主义同志拥入怀抱，然后他再拥入另一个，那么，到 1912 年，将赢得整个美国……我们正在见证贪婪的两大势力之间为了对美国的所有权所进行的殊死斗争，牛肉托拉斯的首领们和标准石油托拉斯的首领们……'大比尔'海伍德的格言'好工钱或者差工程'将很快取代美国的格言"我们信赖上帝'……"伦敦大声地说着，似乎在说着一个咒语，就像一个人在重复地说着一个背下来的短语，不过却很管用。虽然他的话很熟悉——至少，对厄普顿·辛克莱和其他在大厅里的社会主义者们很熟悉——但是人们却对这些话报以热烈的掌声，好像这些话是那么新颖、大胆。厄普顿坐在第一排的座位上，就在讲台下面，抬头凝视着他的英雄，就像一只被踢的狗无限钦佩地看着它的主人，因为此刻他已经停止踢它了，并且正在善待它，虽然主人善变任性，但是这种感觉很奇妙。

当伦敦通红的脸颊带着学童那样的顽皮皱起来的时候，你就明白他要开玩笑了：“你们远非真正的备受嘲弄的‘社会主义男孩’——就像诋毁我的人为了诋毁我所支持的崇高事业而骂我的那样——社会主义不是一种威胁；哼，我们的目的是连根带叶地消灭掉当前社会的所有资本主义企业！”所有的人都爆发出了笑声，包括厄普顿；当伦敦的脸变得严肃了，或者看似严肃的时候——“我们呼吁被压迫、被剥削的美国工人和世界工人——组织起来！组织起来！组织起来！”大厅里变得安静了，仿佛伦敦在做祷告。就像一首民谣的叠句，伦敦的这个词被重复着，每次都更加激烈：“组织起来！组织起来！我再次对你们说——组织起来！这个世界将是我们的！人类的命运将是我们的！现在革命！现在革命！现在革命！”

在疲劳而兴奋状态中，厄普顿坐在那里，浑身松软，像一个沉浸在另一个人的温暖怀抱中的人。据说，作为一个大众演说家，厄普顿·辛克莱“诚恳”——“鼓舞人心”——但是无法把辛克莱和伦敦进行比较，一个用固执单调的声音进行事先准备好的演讲，往往把目光集中到他已经打印好的文字上，另一个则花哨夸张、富有活力，不停地伴以动作手势，自己的笑声不断打断自己的演讲——“这会刺痛他们！这会刺痛他们！”边说边兴致勃勃地搓着双手。如果这座城市的居民出来听伦敦演讲，他的惊人魅力会带动所有纽约市的人；可以带动所有的美国人……这样一个剑圣一样的表现值得整个体育场的观众欢呼雀跃，而不仅仅是今晚在卡耐基大厅的一千二百人或一千五百人。

厄普顿不能理解为什么杰克·伦敦在几年前竞选奥克兰市长时会表现得那么糟糕。是因为当时他的社会主义思想为时过早？是因为他的性格还不成熟？

然而，随着演讲的继续，伦敦开始重复他的话，甚至他重复那些看似自发的手势，厄普顿开始注意到，在卡耐基大厅的无情的聚光灯下，这位英俊的“社会主义男孩”确实看起来比他在书皮上的照片显得老。而且他还——矮些？比人们预料的矮些？他风流、阳刚的面貌变得粗俗了，他的肌肉强健的身体已经明显发福了，非常笨拙。他对观众说话的方式做作，装出一种倾诉的亲密样子——好像他在与他们分享秘密；同时，他的神态夸张，戏剧化地突然提高自己的声音——结果，如果你坐在座位上向前探出身子热情地倾听，那么，你可能直挺挺地靠回到座位上，就好像你被开玩笑地击中脸部。而且还有爽朗的、吼叫般的笑声，几乎就是嘲笑？或者这只是表明——厄普顿想相信——一种充满阳刚之气的表达方式，在一个讲台前面，或者一个传统的舞台上面几乎是不能出现的？

厄普顿不想认为校际社会主义协会的第一任主席抵达卡耐基大厅的时候是喝醉酒的，或半醉酒的状态，但是，这似乎就是事实。在演讲开始的时候，伦敦大口地喝着放在讲台上的一杯水，但是大概过了二十分钟以后，他就公开地从他的外套里拿出一个烧酒瓶，一口一口地抿着瓶中的酒——这令那些更为喧闹的观众，感到高兴，表示赞同。越喝酒，伦敦的脸就越红，他的声音就越响亮，手势的幅度就越大。当然——众所周知，杰克·伦敦是个酒鬼；和厄普顿·辛克莱不一样，杰克·伦敦绝不是个禁酒主义者。然而，不知道为什么，厄普顿没有想到伦敦的饮酒会影响今天晚上这个集会；厄普顿根本就没有想到这个可能性。他没敢看周围热闹的、如醉如痴的观众，不过，要是这些人中也有很多人在喝着烧瓶里的酒，他不会感到惊讶。（任何酒精饮料的消费在卡耐基大厅都明文禁止！社会主义者已经被警告过了。）

厄普顿也对伦敦的服装感到沮丧。太奇特了——太意想不到了——杰克·伦敦穿的不是他拍照时经常穿的粗糙的水手服装，甚至也不是工作服，而是令人惊恐担忧的“花花公子似的”服装——英式人字西装背心和一件白色的——丝绸的？——宽松的上衣和一条飘逸的圆点花样的丝绸领带。如果你瞥一眼，你可以看到他穿的短靴设计优雅，黑色皮革闪闪发光。而且，在他的粗粗的手指上戴着数枚闪闪发光的戒指。

人字型背心紧紧地箍在伦敦的身上，像香肠外皮，而且，随着时间一分钟一分钟地缓缓流逝，瓶中溢出的酒溅在背心上面，污渍越来越多。伦敦的头发看起来比风吹的更凌乱，头发里夹杂着一抹粗俗的灰色。伦敦现在更公开地从他的银酒瓶里抿酒了，并且津津有味地咂咂嘴——引发听众做出下流的回应。

厄普顿责备自己——因为我是一个“禁酒主义者”——经常因为我的“老处女情结”而遭到嘲笑——就像因为我缺乏“性态度”而受到杰克·伦

敦的讥讽——我是最后一个通过审判的人。

到目前为止，可以清楚地看出，伦敦没有为校际社会主义协会准备演讲稿，而且对于观众中有年轻的大学生这一事实也似乎傲然无视；他的话，像他越来越粗俗的幽默一样，是专门说给那用笑声、掌声和跺脚来和他互动的人们的。还可以很清楚看出来的是，伦敦已经忘了，如果他曾经知道的话，他的“主席演说”不过是集会中几个讲话之一：他一直说到了晚上九点半以后——过了九点半——现在接近十点了，没有一丝的疲劳。在后面的演讲者中，有一位叫摩西·利施奥瑟的人，是最近的服装工人罢工的殉道者，在平克顿的破坏罢工“侦探们”的手中遭受磨难后，他现在仍然拄着拐杖。这个人是应厄普顿·辛克莱的专门邀请来的。他越来越不耐烦，后来已经恼羞成怒了。但是谁都无能为力，厄普顿·辛克莱当然也没办法，因为如果观众们心中的英雄的讲话被打断，他们会被激怒的，事实上伦敦很有趣，有时令人捧腹大笑：“世界上的工人们需要从你们那里真正吸取教训，因为，如果他想要‘糊口’，他不应该降低自己的生活标准，而是——真正像你们一样——提高自己的收入。在那一点上，你们找到答案了，同志们：现在革命!”

就连厄普顿也不得不笑了。这是非常诙谐风趣的——堪称奥斯卡·王尔德式的诙谐风趣——因为，当你想到这一点的时候，伦敦的戏谑/戏仿的方式和时髦的服装就让人们想起臭名昭著、为人所不齿的刚刚故去的王尔德。然而，与阴柔的王尔德显然不同，伦敦有着超级阳刚的风范!

厄普顿不安地意识到坐在他旁边的那个古怪的小女人，她和大厅里的所有人一样叫嚣着为杰克·伦敦鼓掌。他不想看起来像——他不想是——清教徒式的；他相信，像二十世纪初惊心动魄的年代里任何头脑激进的社会主义者一样，他已经克服了资产阶级的陈旧狭隘；然而，他不禁感到遗憾的是，伦敦这么明目张胆地炫耀资产阶级的传统做法，这些在道德和“体面”的行为问题上和无产阶级相重叠的东西。不幸的是，赫斯特的论文令人毛骨悚然地抓住了“不道德”和“自由性爱”作为对社会主义运动的指控；然而，更不幸的是，杰克·伦敦曾经“批判”他的妻子贝丝没有给他一个男性继承人，并且在多次访谈中说到他和“具有异国情调的美丽妖妇”之间的新恋情，人们只知道她叫查米恩。一周以前，厄普顿曾颇为震惊地看到，在一份色情小报的头版，有一幅裹着头巾的模糊的照片，“夏米恩小姐”咧着嘴微笑着——“杰克·伦敦的另一位妻子”；现在，坐在她的旁边，挨得那么近，他无法想象这位肥胖矮小的女人如何能是什么“妖妇”，更别说“异国情调”的美丽了。

厄普顿认为，查米恩一定比她的情人大好几岁，这从她涂满胭脂的嘴唇周围一条条残酷的弧线以及她那双虽然闪闪发光但是已经凹陷的小眼睛就能够判断出来：超过四十，一定的！（伦敦还不到三十，虽然他看上去至少四十。）也许大厅里的汽灯火焰对她这个土地神一样的矮小女人不利，她戴着艳丽的紫红色丝绸头巾，用镶有圣甲虫形宝石的饰针别住，穿一件红、黑相间条纹的飘逸的“和服”款式的礼服，非常拘谨扭捏地坐在那里，仿佛她自己在舞台上；知道自己在许多观众的注视下，她表现出很崇拜地注视着舞台上的演讲者的样子，举起双手鼓掌热烈，并且不时地以一种女王式的谦虚来回扫视观众。

不能批评她，和他们的爱情——“自由的性爱。”因为我本人在这方面很明显是失败的。

厄普顿·辛克莱似乎觉得，他和梅塔在位于新泽西州湾头的社会主义营地度蜜月期间，他就应该明白：他根本就不懂男子气概、阳刚之气以及任何形式的“性态度”意味着什么。似乎是意外——或者偶然，厄普顿确实有一个“男性继承人”；他觉得与孩子几乎没有什么关联，就像婴儿感到与他几乎没有什么关联。

他现在明白了为什么梅塔不再因为他的笑话而笑了——为什么梅塔对他很没耐心，而且似乎总是太忙、太心烦意乱，以至于甚至没有时间像她在他们结婚之前那样听他讲话。她不再请求他和她一起上床——她不介意厄普顿熬夜工作到多晚，或者他一天工作多少小时。

最初，厄普顿的信念是，婚姻可以作为一门科学从理性的角度来研究；他认为他已经努力了——是的，他已经努力了——但是，梅塔似乎不知道如何合作。

在查米恩盯着她的情人看的方式上，有一些激动人心的东西——“原始”的东西。而且伦敦，也在他的高谈阔论的过程中不时地停顿一下，对舞台下的爱人眨眨眼，偷偷地笑一笑，湿润的牙齿闪闪发光。这是一对从根本上解放的情侣——你可以说，英雄情侣——对他们热恋的“非法”的性质毫无顾忌，公然反抗资产阶级的言不由衷的非难。众所周知，查米恩——如伦敦叫她的“查米恩小姐”——绝非中产阶级女性，而是一位勇敢的反抗者，对她来说，“另类女人”的身份是需要用激情、用“横冲直撞”去迎接的一种挑战；至于杰克·伦敦，他最近倡导用自然的激情，连同社会主义革命，来医治大多数的社会弊病。

大厅里新一轮的骚动把厄普顿从沉思中惊醒了，杰克·伦敦兴高采烈、满面红光，引起了全场观众起立高唱《马赛曲》——用法语嘹亮而又杂乱无章地演唱着，尽管大多数人都不理解法语，但是，对于厄普顿来说，粗鲁野蛮令人恐惧——

武装起来，同胞们！
把队伍组织好！
前进！前进！
用肮脏的血
做肥田的粪料！

厄普顿的神经非常敏感，一想到人血给土壤“浇水”，他就身体虚弱、无力；被杰克·伦敦的剑圣一样的表演的最终乐章所击退——他在舞台上大步地来回走着，跌跌撞撞，像要倒下，用一只手握成软弱无力的拳头捶打着另一只手的手掌，同时狂怒地高喊着——“现在革命！革命现在！革命现在！”

厄普顿·辛克莱现在是真的很惊讶。

因为，就在大厅里狂乱的的掌声和跺脚的风暴快要停止之前，杰克·伦敦大步走回后台，挥手拒绝社会主义同志们的祝贺和握手的请求，对厄普顿宣布说他是“既饿坏了又渴死了——非常想喝啤酒；而且被前台那些糨糊脑袋的应声虫弄得无聊透顶”。他的笑容已经消失了，仿佛从来没有笑过；他的眼睛布满了血丝，皮肤蜡黄。他已经撕开了他的人字型背心，因为这衣服太紧了，束缚他的躯干和腹部，令他汗流浃背。厄普顿和其他人力劝他等活动结束再离开，或者至少听完大家敬重的摩西·利施奥瑟演讲，人家刚才如此耐心地等候伦敦完成他的演说；伦敦甚至拒绝会见利施奥瑟，并且与几位从相当远的地方专程来听他演讲的富裕的社会主义者擦肩而过，而这几位是社会主义事业很受重视的捐赠者。

“我一路从加利福尼亚来到这里，也走了很远的路，现在必须给自己补充一下给养——查米恩小姐，来！——我们要去麦克杜格尔，是否有同志们想加入我们——但是不要试图阻止我了，”这个矮个子笑着说，“因为我想吃肉，我想喝酒，我想要我的女人——就是这样！查米恩小姐，来：出租车在等着，我们走吧。”

厄普顿试图恳求伦敦不要太突然离开，但无济于事。戴着闪闪发光的丝绸头巾的查米恩小姐已经来到后台和她的情人在一起了，在赞叹他的表现——“无限精彩!”——把自己的手臂紧紧地抱在他的臂弯里。两人一起从后台入口走了出去，走上街头。

当然，厄普顿不能和他们一起去。他不但觉得自己有义务听摩西·利施奥瑟和其他几个人的演说，而且集会结束以后他还有很多不能推卸的责任：社会主义者和纽约市警察之间在75大街的冲突，以及几个组织者就谁放错了一包珍贵的收据的争吵。

当厄普顿回到大厅的时候，令他沮丧的，他看到了一半以上的观众已经紧跟着他们的偶像杰克·伦敦之后无情地离开了。留下来的那些人零零散散地坐在座位上，这些人大多数似乎都是学生模样的年轻人——穿戴整齐，戴着眼镜——其中一些人和厄普顿·辛克莱出奇地相像。

最后，在晚上10点20分，摩西·利施奥瑟要讲话了！这种延迟非常过分，令人感到羞辱——厄普顿几乎没有勇气看那位备受尊敬的工会领袖手上攥着讲话稿，在后台等着，脸上的表情满是受伤的自尊、愤慨和狂怒。厄普顿急忙跑到讲台上介绍利施奥瑟，并敦促其余的观众——“请到前面坐！前面有很多空座位。”

这么晚了！已经接近午夜了，厄普顿·辛克莱和协会那些更可靠的同志们终于解脱了，可以离开卡耐基大厅了，大家疲惫不堪，彼此告别时连话都没说。厄普顿是和朋友住在东区一个有简单家具的公寓里。

厄普顿想，我现在就回到那里去——当然现在就回去。

然而，尽管他已经筋疲力尽了，他的神经绷得紧紧的；他又晕又饿；但是他还是禁不住想着杰克·伦敦那剑圣般的演说，想着集会的其他人——诚挚的社会主义演讲者接连向逐渐减少的观众做着演说，直到最后在大厅只有零落的几个人了，而这些人中有几个已经熟睡了，引领员都叫不醒了。

我要回公寓，去睡觉。然后，明天——我要去斯塔顿岛，去找我的女人和我的“继承人”。

不知何故，恍惚中，他朝南方走去——第七大街——时代广场的方向。虽然他没有光顾过著名的麦克杜格尔，甚至也没想过他知道它的位置，厄普顿发现自己不由自主地朝着那个方向走去——因为杰克·伦敦不是邀请他集会之后来麦克杜格尔了吗？——在这种情况下，如果他不接受伦敦的邀请，会很不礼貌的。因为他，厄普顿·辛克莱，邀请伦敦接受了校际社会主义协会主席的职位，并且在首次集会上发表演说——他很可能是杰克·伦敦在曼哈顿最亲密的朋友，在意识形态、热情和气质方面和他最亲密的社会主义同志。

“当然那样会很没礼貌。在伦敦作出了牺牲，来这里之后……”

当厄普顿抵达麦克杜格尔的时候，屋子里拥挤不堪、喊叫声震耳欲聋，充满硫磺味道，烟雾缭绕，他没费劲就找到了杰克·伦敦和查米恩小姐——在熙熙攘攘的餐厅正中心有一张桌子，一群仰慕者正围着那对惹人注目的情侣。

厄普顿迟疑地走近——在餐厅的前面，他被离开的狂欢者们推挤着——感觉他好像正在进入像鼓风炉似的东西里面——被吸进里面，羞怯、兴奋、害怕，但无可抗拒。他发现伦敦的桌子上摆满了玻璃杯、香槟和啤酒瓶子，肮脏的盘子和餐具；在伦敦前面的一个盘子里显然是一大块吃剩下的生肉，只有弯曲的长牙状的骨头和血淋淋的脆骨碎片。厄普顿原以为，在卡耐基大厅充满活力的表演之后，杰克·伦敦即使不是疲惫不堪，也应该很安静，但是，相反地，这位著名人士在这里大声地笑着，躺在椅子上，头上歪戴着一顶铁路工人的帽子，裸露的大大的牙齿间叼着一根粗粗的雪茄。他的下巴闪着油脂，他的犬齿看上去特别尖利。优雅的人字型外衣已经脱掉，人字形背心已经撕裂了，白色的丝绸衬衫溅满了食物和饮料的污渍，在喉咙处拉开了，露出来一个宽阔的、肥胖的、有着灰色毛发的上身躯干。

然而，更令厄普顿吃惊的是，看见他迟疑地走近，伦敦穿过烟雾眯着眼看着他，反应如此突然，如此热烈："他在这里！在这里！我们一直在等待的——是谁来着？——辛克莱同志——二十世纪的希望——自《汤姆叔叔的小屋》以来最伟大的小说的作者——《屠场》！《屠场》！——就是这样，对吧？——该死的《屠场》——没有比这更真实的语言了——这个遭诅咒的资本主义国家是一个屠场——绝不要在乎狼和死亡——深处的掠食者——这就是美国的化粪池。"厄普顿在离桌子几英尺的地方停顿了一下，突然觉得很不自在，因为桌子旁边的每个人都转过身看着他，而且伦敦摇摇晃晃地站起来，好像他在问候久违的朋友，或是实际上是一个同志－兄弟。那个狂热激动的人摇摇晃晃地朝厄普顿走来，好像要拥抱他，结果和一个服务员撞在了一起，接着又撞上了一个穿着燕尾服坐在桌子旁边的绅士——"让路，让路，你他妈的——这是辛克莱同志——让路，让那个皮包骨的家伙进来——发育不全的小家伙——让开！——'谦卑的人必第一个进入'——或者——是'最后一个'？——无所谓，如果你进入——最好最后一个，如果第一个被践踏过去——'适者生存'——坐！——在这里，我的朋友！——杰克旁边，坐——有很大的空间——我的女人在我的左边——我的兄弟辛克莱在我的右边——现在，我们都坐在了我们应该坐的地方，或者——都坐在了别人认为我们应该坐的地方；时间还早。"

厄普顿不得不坐在伦敦旁边，因为伦敦把他拉到自己旁边的一张椅子上；他的脸因为尴尬而发烫，有一种狂热的欣快感，就好像他也喝醉了。然而，比伦敦的欢迎更让他感到意外的是查米恩小姐的欢迎方式——这个活泼的小女人不甘被她的情人抢了镜头，所以她越过伦敦长满灰白胸毛的健壮结实的胸部亲吻了厄普顿的脸颊！——热烈、激情，并且用胸前的一个卷曲的金刚鹦鹉羽毛装饰胳肢他，让桌子旁边的狂欢者们忍俊不禁。

“欢一迎！欢一迎光临——管它什么地方！如果你是杰克的兄弟，你也是查米恩小姐的兄弟。坐。”

接着是一个混乱的插曲，在这期间，虽然厄普顿声明说他不喝酒，因为在他父亲酗酒的悲惨经历之后，他发誓再也不喝酒，但是伦敦想方设法地坚持让他喝大量的非常烈性的饮料，包括他所谓的演出后奠酒，一种香槟、威士忌和黑啤酒的混合饮料；伦敦甚至试图苦苦地逼迫厄普顿吃掉他吃剩下的那个食人族三明治，一磅生牛排，以及放在附近的一个盘子上面的凯撒卷配洋葱、泡菜和番茄酱，这个已经变硬了的恺撒卷上明显留有伦敦的牙印。伦敦说，他已经吃了十六盎司的板牛排，以及两个食人族三明治，虽然很美味，但是并没有能够吃完第二个。“辛克莱同志——你看上去非常营养不良，而且贫血，如果女人们对你非常狂暴，你最好马上吃掉这个三明治，这样可以给您的脸上带来一点血色。”

“但是——我想我可能已经跟你提起过，杰克——在我给你的一封信中——我是素食主义者……”

刚一说出来素食主义者这个词，桌子旁边的人们就爆笑起来——甚至是一直对厄普顿表示欢迎的查米恩小姐也不以为然地笑了起来。厄普顿也笑了起来，或者说试图笑——他是应付这种情况的好手——作为一个社会主义者，在受到诱惑、嘲笑，甚至威胁的时候，他学会了招架和猛然刺出；他充满歉意地试图解释他的“消化”容纳不了如此丰富的食物，因为他的胃有状况——“结肠炎”；然而，听到这里，桌旁的人们再次爆发笑声，好像厄普顿说的比前面说的更诙谐可笑了。

不过情况有了缓解，伦敦把手臂搭在厄普顿的肩膀上，开始笑谈他此刻喜欢的美味佳肴——事实上，最喜欢的不是牛肉，而是“两只大大的雄性绿头鸭——煮不超过八分钟，保证这只鸭子真正地半生不熟”。

这席话引起了周围的人对于美食的长时间讨论，给了厄普顿一些喘息的机会。他设法从一位焦虑不安的服务员那里要了一瓶矿泉水，尽可能文雅地喝掉了，不想引起喧闹的同伴注意；坐在伦敦附近，因为离鼓风炉近，他感到温暖，可是又太温暖了，弄得他头晕目眩、又谨慎警惕。有一段时间，他曾经天真地希望与伦敦坦率地讨论政治、文学、社会主义的未来，甚至沧桑的婚姻生活，还有爱情；他曾经天真地希望伦敦会在饭店的包房吃饭，并拒绝仰慕者邀请他和查米恩小姐喝酒吃饭。厄普顿很惊讶，在厄普顿到来之前伦敦似乎连一直坐在他旁边的穿晚礼服的绅士都不认识；厄普顿惊讶地得知，伦敦到纽约市来根本不是为了给校际社会主义协会作演讲，而仅仅是他跨大西洋旅行的第一站——他的以育空河畔为背景的书籍已经成为英国、法国、德国和俄罗斯的超级畅销书，而且他在这些国家的出版商急于招待他——“看来我已经使老‘马克·吐温’黯然失色了——德国人特别鄙视吐温，你知道——那个老傻瓜很粗鲁地批评了德国人——替犹太人辩护——他在替犹太人辩护——德国人不会原谅他”——伦敦突然大笑起来，好像他从来没有听过这么有趣的事情——“而且现在在公开发表的漫画中，给他画了一个犹太鼻子。”

这粗鲁的话引发了一轮犹太一谈话和犹太一笑话，这些话让厄普顿·辛克莱很受伤害，也很震惊——因为难道社会主义不是一场完全平等的无宗派运动吗，不是由犹太人大力领导和支持的吗？——作为一名社会主义者，杰克·伦敦当然会知道这个事实。如果摩西·利施奥瑟听到，他会作何感想……

然而，更令人失望的是，伦敦似乎已经忘了厄普顿·辛克莱。最初的忙乱之后，伦敦背向他，用曾经和厄普顿说话时用的那种矍铄、爽朗的语气和桌子旁边其他的人说话；查米恩小姐也没有再看厄普顿一眼。伦敦已经把他的香槟酒换成肯塔基威士忌，用闪光的酒杯连续地喝着。

伦敦就像一个帕夏①一样伸展四肢坐在椅子里，几次将胖胖的下巴靠在查米恩小姐的丰满的肩膀上，让这个容易激动的女人发出轻轻的笑声。伦敦在杂乱无章和毫无体系地给桌子旁边的人以及已经聚集成一个半圈的麦克杜格尔的顾客长篇大论地讲述着自己的“生命哲学”——显然，整个美国对他的这一哲学都有极大的兴趣。

“在接受采访时，人们总是询问——‘杰克·伦敦的耐力来自哪里’——哪里，他的创作能力一天决不少于一千字的，通常在一万；他怎样

① 帕夏：旧时奥斯帝国和北非文武官的称号

将听众吸引在他的手掌心——就像我刚才在卡耐基大厅所做的——两个多小时，没有减弱？总之，杰克·伦敦的‘天才’在哪里？真的，在哪里。”伦敦在喉咙深处咯咯地笑着，像一个激动的野兽；他把他的下巴压在查米恩小姐的肩上，这样会让她尖叫，在颤抖的喜悦中扫视一眼餐厅。“这样的问题，”伦敦用庄重的声音继续说道，“深深地触动到原始生命本身的关键，无法回答，除非，也许，从种族的祖先的角度回答。也就是，说白了——某些种族的优越性，以及这些种族内部通过‘优良’种类将这些优良性继承下来。”

现在，令厄普顿极度不适的是，伦敦开始醉话连篇地讲北欧至上论——兽人的无可争议的优越性——极地地区巨大冰冻荒原的后代，而且“席卷南半球病恹恹的意大利人”。厄普顿大胆地打断，反驳说，这样的信念是违反社会主义兄弟情谊：“不是人人平等？——所有种族、肤色和阶级的人？也就是说，在社会主义阵营，男人和女人一样吗？没有种族优越性——没有肤色——虽然，在这个历史的危险点，无产阶级无疑是优越的，在道德上。”但是，伦敦粗俗地吸着雪茄，释放着有毒烟雾；又吞下一杯波旁威士忌；然后打个指响，召唤服务员，要了更多的波旁威士忌。真是不可思议，伦敦不仅表现得好像厄普顿什么都没说过，而且好像厄普顿就没坐在他旁边的椅子上；伦敦继续他的独白，好像他没有被打断过。查米恩小姐和其他任何人在桌子旁边的人都没注意到他对他的朋友的粗鲁无礼。

“世界上的主导民族是从北方传下来的，你明白。从北方巨大的冰原和雪原，冻土带传下来的。从原始森林——无声悲剧之所在。是的，就是如此：喧闹的喜剧，无声的悲剧。曾经，我们是由钢铁铸成的，甚至比钢铁更伟大，在灵魂的高炉。还有，你明白，在无情的北方，生存斗争一如既往地继续着——就好像现在不是1906年，而是历史刚刚开始；我们关于对与错、正义与非正义、社会福利与社会愤怒的那些软弱、女人气的‘文明’的概念，从来没想出来过。”伦敦大声感叹，把他的雪茄戳在他剩下的牛排三明治上面，将烟熄灭，并且示意服务员端走。

厄普顿本来是一个性格安静，不愿意争吵的人，结果他此时竟以惊人的气魄，大胆地提出异议：“我不怀疑北方的‘无情’，就像我不怀疑撒哈拉大沙漠或亚马逊雨林的'无情'——但是我反对将此应用到人类历史上。这不正好导致我们的敌人提出来的'社会达尔文主义'吗?想一想恶贯满盈的洛克菲勒公开祝贺自己,说是上帝给了他钱——或者竟敢把他的罪行累累的托拉斯比喻成'美国玫瑰的精致花朵'。"

又一次,伦敦没有回答厄普顿。这可能是他专注于搜寻他的口袋,找另一支雪茄(查米恩小姐兴高采烈地从自己带着耀眼亮片的手提包里给他拿出来一支);或者,在麦克杜格尔的喧闹声中,伦敦根本没有听见他的同志的讲话。不管哪种情况,反正他几乎没有改变他皱眉的凝视,或改变他高谈阔论的口气,好像没有受到任何干扰似的,接着说:"从来没想出来过。事实上,仅仅是开玩笑,在风中!在夜半太阳[①]的大地上,那里的狼群紧跟在驯鹿群旁边,挑出弱者和年老者,以及怀孕的大肚子驯鹿,把它们拖倒在地,生吞下去,没有一丝同情,所以闲谈这样女人气的概念,这是一个愚蠢的幻想。北欧灵魂是一个人的灵魂,是亘古及今的人的灵魂。狼知道,死神知道——《海狼》中的那些食肉动物弟兄们都知道——但是,在我们心中,都知道——甚至是斜视的人、犹太人和意大利人。我的朋友,因为那是杰克·伦敦被炼成的熔炉,所以说别的将是虚伪的谦虚。"伦敦浓密蓬乱的头发上歪戴着铁路帽,一副进攻的态势,好像在挑战任何一个敢把它摘下来的人。

但是,除了厄普顿·辛克莱,餐桌上没有人质疑他的话,或者似乎因为他的话不高兴。大家嬉闹着为了"北欧灵魂"干杯——尤其是为杰克·伦敦的"北欧灵魂"干杯——尽管厄普顿,涨红了脸,非常激怒,拒绝喝他的矿泉水,却根本没人注意到。

现在已经接近凌晨一点钟,可是,麦克杜格尔的狂欢与喧嚣丝毫没有减弱的迹象。这种夜生活多么可怕啊!——这类城市生活的软肋,对此,在新泽西普林斯顿过着隐居生活的厄普顿·辛克莱全然没有概念;与他热忱地打交道的都是下东区的那些外来的社会主义者,他们大清早就起来,一天工作十四个小时,他们都是晚餐后立即倒床就睡,大多数的夜晚都是这样。杰克·伦敦,毫无倦意,继续他的含糊不清的独白,而厄普顿则在心里痛骂着

---

① 夜半太阳:指夏季在南极或北极能见到的一种现象。

自己——他真是一个傻瓜，那么天真，竟然想象杰克·伦敦希望他今晚来这里；竟然主动进入一个像麦克杜格尔这样的时髦的“低级酒吧”。如果他母亲看到他在这样一个地方！如果梅塔看到他！

厄普顿差点哭了，他竟然如此天真。如此——抱有希望。自从他们在夏天开始通信，厄普顿一直期待着与他的兄弟－英雄的亲密会面；他有很多事情要和他讨论——“无政府主义的知识分子”C. L. 杰姆斯的《法国革命史》——本杰明·塔克的《不是一本书》；改革家威廉杰·塔拉沃斯·罗姆在坦慕尼·豪尔的帮助和支持下揭露纽约市的卖淫业；校际社会主义大学协会的未来计划——除了犹太男孩和少数的犹太女孩之外，将如何吸引来自下东区更多的大学生进入该组织？然而，更天真的是，厄普顿曾希望将自己的灵魂完全袒露给另一个男人——一个已婚男人——他的同时代人；他希望坦率地说出他的困境。不是梅塔说的她将永久离开；不是梅塔曾暗示过离婚；而是——在他们的婚姻关系，她有时……她常常……表示对他的不满和不耐烦。自从小戴维出生，她完全不喜欢他碰她……

还有那件神秘未解决的事情，厄普顿看到梅塔在普林斯顿与多个陌生人在一起……而梅塔却否认。

如果杰克·伦敦的女人被看见和其他多名男人在一起，他会作何反应？厄普顿打了个寒颤。

他知道出了严重问题。就在最近，有传闻说罗斯福总统已经阅读《屠场》，并且打算在不久的一天邀请这位年轻的作者到华盛顿，梅塔只是极为敷衍地表示对此有兴趣……

梅塔，我希望你跟我一起去！这将是一个历史性的时刻。

但是，梅塔去哪里了？渐渐离开，去了别的地方，在农舍后面的高高的草丛里。在树林里，或者在一堆野玫瑰里，厄普顿患有神秘的花粉和植物过敏，无法跟随她到这样的地方……

“……韩国贴身男仆，我们已经训练的——查米恩小姐训练的！——称呼他的主人为‘上帝’。所以非常有趣！”

厄普顿越来越反感他的同志－兄弟——肉乎乎的，满脸通红，一副好斗的自以为是——伦敦猛灌波旁威士忌的样子，弄得他的白色丝绸衬衫乱七八糟，真是触目惊心，又毫无愧疚之意；他很纳闷，老实说，伦敦可能只有三十岁吗？——难道他伪造了出生日期，就像他伪造了关于自己的很多东西，比如说他的社会主义信念？这就是大家摇旗呐喊的，几年前在大火的荣耀中诞生的西部社会主义斗士：厄普顿一直在他的书房的一个抽屉里秘密保留着《野性的呼唤》作者早期的那些照片，连梅塔都不可能发现。在照片中是一个梦幻般的年轻人，不寻常地英俊潇洒；粗犷、阳刚，却有一种诗意的敏锐，让人想起来珀西·雪莱的一些肖像。那个社会主义男孩到哪里去了？仅仅是被过量的酒精、丰富的食物和公众的奉承给同化了吗？尽管他曾经——也许！——厄普顿只是有点稍微嫉妒伦敦在卡耐基大厅的观众，他已经看到使这么多喧闹的观众高兴是多么诱人；一个人若能做到让他们捧腹大笑，那么这样的做法是多么令人难以抗拒；遵循劝导的规律，又要注意逻辑修辞是多么难上加难；坚持一个人的理想，不去降格到杂耍表演和滑稽剧的层次……想到这里，一种恐怖笼罩着厄普顿——原始、迷信！那个高贵的杰克·伦敦被冒名顶替他的人杀害身亡；不知怎的，这位社会主义的英雄变成了穿着彩色衣服，戴着铁路工人帽子的野蛮醉酒的小丑，成了他从前那个真正自我的拙劣的模仿者；一个刺杀了真正的杰克·伦敦的刺客；很可能——一个恶魔……

但是，这当然是荒谬的。就像普林斯顿的一些人做的那样荒谬，他们认为在他们中间存在着被释放的“恶魔”。

厄普顿呆滞地想：*没有“恶魔”。即使我是一个基督徒，我也不相信“恶魔”。只有人——人类——和与我十分相似的个体——尽管我发现自己的行为方式很难理解。*

但很容易认为社会主义的敌人与一个邪恶力量勾结，使一个社会主义英雄堕落，破坏革命……

现在，这张桌子上的人，再加上围过来的半圈的仰慕者已经发展到多达三十个不同程度醉酒的男男女女。涂脂抹粉、浑身珠光宝气的查米恩小姐给大家讲述她的北欧情人的趣闻轶事时，这些人又爆发一阵笑声。大家很感兴趣地知道杰克·伦敦的确有一位称他为“上帝”的韩国贴身男仆——而且她，查米恩小姐真地训练过他——在一次《纽约邮报》的专访中，查米恩小姐曾经谈过这件事。非常令人陶醉的是，这位名叫“马永吉”的贴身男仆是一个阴险却“非常帅气”的男孩，非常愿意称伦敦为上帝——“‘因为我的主人的行为就是像上帝’，那位小异教徒说。”查米恩小姐大笑道。同时，她的杰克最近在圣·弗兰西斯科主持的一个派对上，大麻和鸦片被分发给客人，连同他们可以拿得住的所有的烈性酒，她的杰克非常淘气，对他们的客人玩了他的一个著名的恶作剧：他烤了一条亚利桑那响尾蛇，抹上荷兰辣椒酱，说是太平洋鲑鱼，然后端给客人们吃。当他揭开事情的原委，很多客人感觉恶心，有几个人甚至吐了出来——查米恩小姐突然爆发出一阵咯咯的笑声。“哦，海狼是残忍的——但他也很有趣。杰克不高兴发生在自己身上的事情，也从来不会让它们发生在别人身上——因为亚利桑那响尾蛇是他最喜欢的一种肉类，烧烤或者半熟。”

听到他的情人如此热烈谈论他，好像他在展出，伦敦咧嘴一笑，把铁路工人帽子向脑袋后面推了推；显然，他伸手去捏她的涂满胭脂的丰满的脸颊，在有些松弛的肌肤上留下了红色手印。

在搔首弄姿的朗诵中，查米恩小姐环视了一下灯火通明的餐厅，注意到其他食客们正羡慕地看着她和杰克·伦敦；他们对这对如此反抗资产阶级的无赖情人是如此着迷——当然这对情侣立即得到认可。现在，查米恩小姐抓住她情人结实的手腕，提醒他，他的一个“特别有意思的”崇拜者，在旁边桌上的一位英俊的青年，一直密切观察他们至少一个小时了；如果杰克·伦敦邀请年轻人到他们的桌子，对他表示欢迎，那么这不就是一个会让他因此而出名的善意的举动？“他似乎是一个人在这里，面对这样的喜庆场面一定很孤独，”查米恩小姐在杰克·伦敦的耳边低声说，“你可以从他的长相看得出来，他是高贵的北欧血统。”

“嗯？在哪里？”

“在那里，杰克！看，他脸红了。他是你的一位信徒。”

这位宽阔肩膀的作家毫不犹豫地听从他的情妇的召唤，从椅子上站了起来，满足她更为容易实现的突发奇想是他最高兴的事；他像个领主一样，耀武扬威地示意年轻人来加入他们。见此情景，这个尴尬的陌生人显出了迟疑，不想往前走，声称他不想打扰他们的聚会，他做梦也没想到坐在他们的桌子旁……

杰克·伦敦不耐烦地吩咐那个年轻人停止辩解，因为只有懦弱的人才这样做；并且让他向大家介绍一下自己。

此时，这个年轻人涨红了脸，解释说他被杰克·伦敦和厄普顿·辛克莱的作品所吸引，是社会主义事业“迟来但积极的皈依者”；他曾非常努力地想获得一张卡耐基大厅活动的门票，但没有成功；所以，他等在外面的大街上，并斗胆跟他们来到这里。“不过，我真的应该请求谅解——我意识到我闯入了私人聚会，这是最没礼貌的行为。”

即使在麦克杜格尔，约西亚·斯莱德也不能表现得好像他不是新泽西的斯莱德家族的人。

“你已经太‘有礼貌’了，孩子!”杰克·伦敦的语气中既有嘲笑，也有同志般的亲切。“过来坐下，告诉我们你的名字。”

“我的名字——是约西亚·斯莱德，”年轻人说，声音中几乎满是懊恼，好像他的名字可能已经被他们知道了，“但我，如我所说——”

“你是我们中的一个，正如查米恩看见的，”杰克·伦敦说着，抓住了约西亚的手，使劲地握住了，“——千真万确的盎格鲁－撒克逊人：半个地球都是我们的遗产，还有半个海洋：在未来的六十代，我们将统治世界。所以，请坐；别动。我不希望你也是一个禁酒主义者!”

杰克·伦敦如此热情好客，以至于他非常霸道地立即将桌子旁边的一位社会主义食客撵走，给约西亚腾地方；虽然厄普顿·辛克莱似乎很清楚地看到这个年轻人被伦敦的态度和这个群体的酒气熏天吓了一跳，后悔上前了。

厄普顿很感激约西亚·斯莱德坐在他旁边。兴奋地想：*他至少知道我的名字。他也是我的一个崇拜者。*

于是，这一切就发生了。约西亚·斯莱德与厄普顿·辛克莱握手，惊讶于后者的年轻和有教养的内敛的态度，如此不同于伦敦的自以为是；而且努力地告诉他，他的写作如何影响了他的思维，最重要的是《屠场》。因为除了这部作品的“教育性的信息”和强烈的社会主义主题之外，对约西亚来说，这部作品似乎展现了一种他从来不知道的非常生动逼真的美国移民的写照。

普林斯顿的斯莱德家族的人能够如此评论这部作品令厄普顿·辛克莱深深地感动。他对约西亚表示了感谢，并绞尽脑汁地想接下来要说什么。他不能提及他知道约西亚的家庭事件——不能。然而，这个年轻人的身份令厄普顿神魂颠倒，他想不到这样一个令人崇敬的古老家族的子孙会如此直率，如此开放；而且如此愿意容忍杰克·伦敦的粗俗和醉酒，他们的这种行为甚至越来越令麦克杜格尔的其他食客反感。“你是——你说了吗？从新泽西普林斯顿来？碰巧——至少在现在——我也住在那里；我的意思是，租了罗斯代尔路的一座农舍……”

约西亚没有自称来自普林斯顿，但他也许不记得自己说过了；在餐厅的混乱中，很难思维清晰。

所有这一切的同时，查米恩小姐身子朝着这两个年轻人倾斜，希望能够引起他们的兴趣。约西亚觉得，她是一个侏儒般的女人，却俗不可耐地涂脂抹粉，穿着太多羽毛；他起初还不知道她是谁，她和杰克·伦敦可能是什么关系。(不是他的母亲，当然!）当她的情人在对着桌子旁边的人们高谈阔论“纯”和“杂”的种族以及如何区分它们的话题时，她公然凝视着约西亚。

不可思议的是，查米恩小姐看似在看着约西亚，然而却看着他身后；她的左眼有点轻微的斜视。

对约西亚来说，不可思议的是，他发现了杰克·伦敦和他的照片有多么不同。他的着装要比照片粗俗得多，而且更邋遢——而他的思想就像切肉刀一样粗糙。

约西亚认为他是，但不可能是，“杰克·伦敦”——那位作者。他是一个小丑、骗子，可是又是另一个恶魔。

在这个刚刚开始的新世纪，二十世纪，世界是多么忧郁啊！似乎充满了恶魔，其中有几个小丑，其他人也不比他们更危险。

如果约西亚更加谨慎些，他就会离开伦敦的桌子，并且向厄普顿·辛克莱承诺，很快会找个时间在安静些的环境见他；但是，在虚弱的状态中，约西亚也开始喝酒，并且发现威士忌和啤酒调和在一起喝——“长生不老的克朗代克河”——是一个令人兴奋的创新。

约西亚一时冲动，决定离开普林斯顿，住在第十一大道和三十六街的一个普通的出租公寓，从红砖住宅房的五楼能够看到河景，没有电梯；从这里，他可以很方便地乘坐 IRT（区间快速交通线）到下东区和“村子”里，大家这么称呼这个地方，就是位于七十五街的卡耐基大厅。他漫无目的地逛过很多书店，并参观了艺术学生联盟和纽约艺术学校。（他有些茫然，原本希望能够偶遇威廉敏娜·伯尔，但他不知道她还住在纽约，还是回到了普林斯顿。）他去过在第五大道 291 号艾尔弗雷德开设的“连拍小画廊”以及那些大博物馆。他在最引人注目的廉价餐馆吃饭——德国的，匈牙利的，犹太人的，波兰的，乌克兰的，意大利的和希腊的。他参加了几次在联合广场举行的社会主义者会议，但没有哪次像杰克·伦敦名下的校际社会主义协会如此有组织、如此雄心勃勃。

在他的堂弟托德·斯莱德死亡（由于中风？紧张症？——窒息？）之后，他有一天突然离开了克罗斯威克斯，他再也无法忍受生活在这样的灾难中间；他离开的时候，大脑一片嘲弄的嘈杂声音，指责他懦弱，没有将庄园的许多房间浇上汽油，并将其付诸一炬，这个庄园就该烧。他站在他的房间窗口，长时间地凝视着花园，好像在努力地判断，如果他掉到两层楼下面的地面上，这个高度是否足以杀死他，或是仅仅受点伤而已。他想——*我不能容忍一个残疾人的命运。我会在精神上变得比我现在更加受束缚。*

接着，他看见下面的草地上有个纤细的身材，离房子稍微有一点点距离：惊讶地看到她正在割希腊银莲花，微笑地望望他。这是他心爱的安娜贝尔，穿着一件带腰带的泡泡袖白色上衣，一件黄色的“波莱罗”外套，到脚踝的长裙子；在她头上，是一顶宽边草帽，拖着一条红丝带。草帽是遮着面纱的，然后，当安娜贝尔转向约西亚，慢慢揭开面纱的时候，他看到死一般的苍白的皮肤，还有她蓝紫色闪闪发光的眼睛，即使在这么远的距离也刺痛了他的灵魂……她用小小的园艺镰刀做了个手势，意思是他应该立刻到花园里找她。

“安娜贝尔？是你吗？”

约西亚推开窗子，并且把身子探出窗外；他闭上眼睛，紧咬牙关。他必须抵挡魔鬼的引诱：虽然他每一下心跳都敦促他按照妹妹的要求去做，默默听从她的意愿，但是他灵魂的某个顽固的角落却坚持不这样做。

“不，那不是安娜贝尔。”

当约西亚睁开眼睛的时候，那个幽灵已经消失了。也根本看不到什么银莲花——在花园里根本就没长任何花——好像一阵灼热的风暴已经吹走了所有的花。

那时，他知道，他必须离开克罗斯威克斯。他收拾几件贵重的物品，包括他的私人日记，那是一个包着摩洛哥皮革的本子；还有安娜贝尔的一些纪念品，一打他最宝贵的书，一箱衣服。不顾父母的抗议，他坐上了开往纽约市的第一班火车——他希望这是开启新生活的地方。

也许诅咒会摧毁约西亚·斯莱德，但它不能够让约西亚通过自己的手毁掉自己，约西亚发誓。

那个关于烧烤响尾蛇小菜的可怕的故事已经让厄普顿·辛克莱十分恶心；他尚未恢复过来。尽管约西亚·斯莱德是一个好伙伴，他还是在想他什么时候离开不会引起杰克·伦敦和查米恩小姐的注意。

“我想我必须要走了，约西亚！也许，在普林斯顿，我们可能……”

“很抱歉我不得不说，我现在不生活在普林斯顿。我住在……”

“对不起，你说什么？在哪里？”

麦克杜格尔的噪音震耳欲聋。在厄普顿看来，他的主人，或者约西亚，已经不再注意他。但是，当厄普顿起身离开桌子的时候，伦敦立即转向他，瞪着眼睛，咧嘴笑着，露出“狼”的犬齿，抓住他的手。“你一直很安静——你看起来很苍白。你没有吃你的‘食人三明治’，我认为——这就是为什么有一种尸体的肤色。来——至少，干一杯”——伦敦把一杯香槟硬塞在厄普顿无力的手指里，自己举起一杯波旁威士忌。“厄普顿·辛克莱——社会中坚！厄普顿·辛克莱——革命的希望！王国！谦卑的人必将——最后——进入！小孩子吃亏——等等。”餐桌上所有的人都举起酒杯来干杯，只有厄普顿例外，他静静地坐着，不安地微笑着，然而却固执地抗拒着；甚至约西亚·斯莱德都不能抗拒这个横行霸道的家伙。

“什么？你不喝？这是为什么，同志？——你的这位年轻的北欧朋友都在喝，为什么你不喝？你害怕‘朗姆酒恶魔’占据你纸一样的灵魂？”

伦敦谩骂着笑道。厄普顿又一次试着站起来，伦敦又一次迫使他回到他的座位上。

“你是我们中的一员——虽然不是一个非常‘强势’的类型——稳定的雅利安股票：半个地球都是我们的遗产，还有所有的海，在未来的六十代人，我们将统治世界。你会拒绝你的遗产，同志？”

厄普顿试图抗议：他不知道伦敦在谈论什么。时间已晚，第二天一大早，他有工作要做……

“你不会否认，同志，有‘纯粹’的种族和‘杂种’的种族——肯定吧？如果社会主义运动不被某些领导人削弱——让我们坦率地说，同志：我指的是犹太人，像——他叫什么名字——‘李特-豪泽’——我们反对资本主义的战争就会进展迅速。但是犹太人在他的灵魂里是胆小鬼——战斗到死是违背犹太人的本性的。你不会否认这一点吧，同志？你会吗？”

厄普顿沮丧地说不。他会否认这点。

“社会主义的愿景是阶级战争——直至死亡！历史已经证明，自然人——自然的斗士——可能生来就被剥夺他应继承的遗产——出生在一个‘下等’阶级——这是传奇、童话故事的素材——王子受到诅咒，变成了一只小小的青蛙——他的命运是需要牙齿和爪子——尖牙和利爪起来造反！——撕开迫害他的那些人的喉咙，必须起来反对那些剥削他的人——”伦敦说着这个法语短语——用英语发音，有一个重重的鼻音 a——边说边推厄普顿的肩膀，有点想挑衅的味道。

厄普顿抗议道：“但是——社会主义愿景也是——兄弟情谊——”

“‘兄弟情谊’——是的。”伦敦皱着眉头，拖长了音。一个服务员之前端来了一盘生蚝，伦敦现在开始吃，速度很快，他把滑溜的白色的东西放进嘴里，吞了下去之后便把生蚝的壳扔在地板上。他边吃边说，朝着厄普顿·辛克莱摇着短粗的食指：“但是，是和我们的血亲，并非所有的人都是‘兄弟’——并非所有的人都是‘亲戚’。有一种天生的贵族——搪塞是无用的，同志。我想你会保卫卑劣的‘大比尔’海沃德吧？——我看‘独眼龙大比尔’也是你的同志吧？”

“哦，是的——当然。比尔·海沃德一直是一个伟大的——勇敢的——领导人……他已经召集了新泽西的移民工人，而且——”

“‘独眼龙大比尔’！”伦敦以蔑视的口吻嘲笑道。查米恩小姐试图通过喂牡蛎来安抚她的爱人，但伦敦，更加激怒了，无法安抚。“的确，‘大比尔’组织了帕特森的丝绸工人奴隶的罢工——但是这次罢工的目的是为了向人们展示——他一直在威胁工厂主，他们侮辱了他，而且——”

“请等一下！你不应该说——罢工……不，不！”厄普顿吓了一跳：他确信，帕特森罢工的可能性，丝绸工人联盟，是保密的。怎么连杰克·伦敦都知道这个计划？“据我所知，罢工还没确定——比尔·海沃德还没有作出决定。”

“海沃德是一个无耻的浪荡子，”伦敦说，冷笑一下。“患有夸大狂的酒鬼——废话连篇，饶舌之人——高兴的事情就是在摇尾乞怜的，最低等的，杂种类型的观众面前高谈阔论。他就是那种最低级的杂种一移民类型的观众。”

“比尔·海沃德是我们社会主义的英雄——救主！杰克，我必须反对——”

“‘杰克，我必须反对’——”伦敦用假声无礼地模仿厄普顿的话，引起了桌子上的人们一阵笑声，查米恩小姐则轻浮地拍了拍厄普顿的手臂，就像人们拍一个行为不端的小狗，以示责备。“而你应该说，‘杰克，我必须同意’——因为在你心里你知道我是对的。如果‘独眼龙大比尔’被平克顿的人们摆平，并且处决掉，那不会是一个重大的损失。”

这番话是如此的无情、下流，厄普顿起身离开。他无法再忍受一分钟！当伦敦试图抓住他的时候，他摇摇晃晃地躲开了，像一个孩子逃避大人的拥抱时可能会做的那样。要不是查米恩小姐迅速地拦住了他的情人，就会有一场混战。伦敦瞪着红色的小眼睛：“你不会这么早离开我们的聚会！没有人可以拒绝杰克·伦敦的款待——就像如果那个臭气熏天的印第安人给你奉上讨厌的‘熏制的’鱼和他的‘印第安女子’，你不会拒绝爱斯基摩人的款待一样。我从加利福尼亚一路旅行到纽约市，不是来被在这场社会主义中唯一一个我还算尊重的那个人粗暴拒绝的——虽然——坦率地说——《屠场》大部分都是马马虎虎，甚至对于一个揭发黑幕者来说，暴露了作者的以赚钱为目的的劣等艺术家的出身——最后一节是对我的演讲的一种滑稽剽窃——我的奥克兰的竞选演讲——你认为没有人会注意到吗？”

厄普顿震惊得说不出话来。他不能相信伦敦在针对他——在陌生人面前这样指责他。

“我只是还没有向出版社揭发抄袭，”伦敦说，“因为我们革命者必须粘在一起——像一个群里的狗。有一个领头狗，是的——但是有一个群。‘领头狗’需要‘群’——同样这个‘群’需要‘领头狗’。这是自然法则。”

看到厄普顿的眼睛里震惊和受伤的表情，伦敦笑着放过了他，仰靠在椅子上，两腿上下晃动着。他太喜欢牡蛎了，一边大口大口地喝着波旁威士忌，一边吞食牡蛎。他布满血丝的眼睛，闪烁着一种恶作剧般的魔鬼神情。“我的朋友，你的哲学的错误——你的宗教——你的资产阶级道德——就像你的社会主义道德一样——在于试图冲动立法。‘独眼龙’不理解这个基本事实，德布斯也不理解——他们任何都不理解！因为原始精神从来不抑制冲动，自由人从不抑制冲动。其余的都是陈词滥调、空话、儿歌和《圣经》经文！当哲学自身膨胀起来去指导个体的灵魂‘**你必须**’的时候，个体的灵魂立刻回答说‘**我想**——而且会准确地做‘**它想**’的事情。所以对于哲学、宗教和道德来说很多都是——太监们的幻象！对于勇敢的人、斗士、北欧的灵魂，他们只知道‘**我想**’——从来不知道‘**我必须**’。正是‘**我想**’驱使饮酒者在全世界所有的啜泣和叽叽地叫嚷的禁酒主义者面前继续饮酒——正是光荣辉煌的‘**我想**’让烈士急切地给自己穿上苦行者穿的刚毛衬衣，如果是刚毛衬衣在呼唤‘**我想**’。无数‘**我想**’的东西构成了我的价值观，我的个人伦理观——仅此而已！肉类、饮料和一个自由女性的激情——小说家的笔的潜能——声音、咽喉和嘴的力量——以及社会主义运动的报复性的阶级战争。杰克·伦敦著名的成就是‘**为了我自己的快乐**’。杰克·伦敦的天才是‘**为了我自己的快乐**’。它不是‘精神’——是‘有机体的’。我的身体的每一根纤维都跟它兴奋。原始‘**我想**’，光荣辉煌的‘**我想**’，不可避免的‘**我想**’，现在和永远！——呃，这是怎么回事？你们在嘲笑我吗？你们在给对方发信号吗？”

伦敦瞥见查米恩小姐目不转睛地盯着约西亚·斯莱德，紧撅起猩红的嘴唇，眯着眼睛，几乎都闭上了；好像她确实是在给他传递一个秘密信号，而这个年轻人，非常尴尬，不想承认。

“你敢——嘲笑我？”

约西亚摇头予以否认，即使查米恩小姐在淫荡地咯咯笑着。像一个罪行被发现了，约西亚脸红到头发根。

“我——不知道你是什么意思，伦敦先生……”约西亚强忍着，他不能说出杰克这个名字，甚至是辩解的时候。“我没有嘲笑——任何人……”

无论是好战的伦敦真的感觉到原始的嫉妒，或是长时间待在一个地方让他不安，想打架，他狼嚎般大喊一声，突然爆发了；他用摔跤的方式扑过去抓住了约西亚，大喊着他要杀了约西亚。

“向我的女人发出信号！——我的伴侣！就在我的眼前！这是被判处死刑的罪。”

伦敦试图将约西亚从他的椅子上拽到地板上，结果失去平衡跌倒了，把约西亚和厄普顿·辛克莱两个人都拖到了地板上。在疯狂的混战中，椅子被推翻了，一阵玻璃和瓷器破碎的声音；有人大喊，尖叫；查米恩小姐跳了起来，像一只野猫意图保护她的小野猫一样快速而凶狠。厄普顿在原则上和性格上都是一个和平主义者，不知道如何充分保护自己，更不知道进攻性打斗了，而只是一味用拳头朝着那个块头比自己大的人击打，造成的伤害却很小；而约西亚，绝非和平主义者，朝着伦敦攻击，不只是用具有说服力的拳脚，还用出人意料的谩骂。此时，伦敦像发狂的野兽一样嚎叫着，从桌子抓起一个瓶子打碎了，然后用带锯齿的边缘抵着约西亚的悸动的咽喉——“嘲笑杰克·伦敦，你也敢！嘲笑海狼，你也敢！侮辱只能以血偿还。”伦敦至少比约西亚重二十五英镑，但是他喘着粗气，而且已经晕头转向；约西亚从他挥舞的双臂下溜了出来，把椅子横在了他和伦敦之间——这个无生命的、执拗的对象把伦敦弄迷糊了，他仿佛不知道它是什么或如何与它抗衡；伦敦大醉了，他那双布满血丝的眼睛已经无法调整焦点看清东西了；结果他的拳头离目标十万八千里。约西亚恳求伦敦放过他，因为他非常尊重这位社会主义英雄，不想伤害他；但伦敦不答应；伦敦再次拿着破瓶子冲向约西亚；这一次，出于纯粹的恐慌产生的力量，约西亚推翻了椅子，砸在了伦敦身上，伦敦再次仰面摔在了地板上，摔得非常重以至于头狠狠地撞在了地板上；你能听到那个男人的坚硬的颅骨像把重锤一样撞击到木地板，发出令人讨厌的砰然落地的声音。

约西亚有一种令他毛骨悚然的快感，心里想——我又杀人了？把另一个恶魔撞到地板上，杀了他吗？

场面一片混乱，查米恩小姐小小的身体朝着约西亚·斯莱德扑过来，用涂有红色的钉子般的指甲去抓他裸露的皮肤。“野兽！你都做了些什么！看起来像一个天使男孩，却露出你的真面目——魔鬼！叫警察！他谋杀了我亲爱的杰克！哦——血！血从我亲爱的杰克的头流了出来！这是赤裸裸的谋杀！伟大的杰克·伦敦——哦救命啊！”

约西亚试图把这个疯狂的小女人推走——她多么像一只疯猫啊，暴怒的双眼，滚烫的皮肤，露出来的锋利的小牙齿，用她的两只爪子疯狂地抓他；他勇敢地试图帮助伦敦站起来，但是，那个人已经被击昏了，他的腿一点力量都没有；约西亚转向查米恩小姐，试图安抚她，她继续对他尖叫，要挠他。她已经接近歇斯底里的状态，呼吸急促；她那张小哈巴狗脸异常炙热，恶狠狠地怒视着。事情是这样的，杰克·伦敦摔倒的时候受了伤；他头皮上的伤口在大量流血，血顺着他的胖脸往下流，而他的脸已经毫无血色，死一般的苍白；他的嘴唇已经无力地垂下来，同样苍白，没有血色，吐着白沫。约西亚结结巴巴地对盯着人群说：“这不是我的错——他攻击我——我当时只是自卫——我没想——你们刚才一定看到了，我没想——伤害他……”

查米恩小姐尖叫起来：“哦，拦住他！凶手！他杀死了我们的王子！我们这个时代最伟大的文学天才！”

“但是——你们都是证人……”

约西亚环顾四周来找厄普顿·辛克莱，但是他的朋友正坐在地板上，他刚刚摔倒的地方，面色苍白，颤抖着；呕吐的泡沫在他的嘴边闪闪发光，他的衬衣弄脏了。没人能帮忙！约西亚笨手笨脚地想给伦敦的头上缠上餐巾止住流血，但是，他双手颤抖得厉害，而受伤的人却还在无力地在继续打他，诅咒他；约西亚把被血浸湿的餐巾丢在地上，从桌子旁退了出来，他现在绝望了，想逃跑。人们仿佛看到约西亚·斯莱德的脸上有一种可怕的东西，而这种东西从未在他的脸上出现过，所以，其他人都躲开了他；拥挤的餐厅为他让出一条路来；他发现自己跌跌撞撞地冲出来，跑到了第四十二大街，夜晚的空气很新鲜。在约西亚的身后传来了呼声：拦住他！叫警察！凶手！——不过只是隐约听到，像在一个逐渐消失的梦中。

约西亚迅速躲到麦克杜格尔旁边的一条胡同里。尽管他从未来过这么可怕的地方，而且也根本不知道自己在做什么，不过，他还是从这条小巷敏捷地拐进另一个胡同，接着就到了第四十一大街，然后到了百老汇，在晚上的这个时间，百老汇已经没人走了，他发现自己朝着北边的方向边走边跑——他相信那个方向——是自己位于第十一大道和三十六大街的公寓的方向。

这些衣服是他为晚上的集会挑选的，那是一场他希望参加的集会——米色法兰绒裤子——深褐色外套，白色棉衬衫——都撕破了，散发着酒气，令人丢脸；他的黄褐色的漂亮头发乱蓬蓬的，脸颊好像被猫爪撕裂，在流血；两只耳朵都受了伤，刺痛不已，次日早上，他来到不远处的哈德逊河，从河水清晰的倒影中，他发现自己的左耳垂有一块被撕掉了或者是咬掉了，细小的伤口上凝结了一个令人讨厌的黑丝小血块。

“恶魔！我已经进入了恶魔的区域，险些丧命。”

未知领域（一）

“莱纳拉。”

低沉、平稳、听似平静，喊着不贞的妻子的名字。

控告信——正确的术语是情书？——抓在他的手里。

考普尔斯通一边嘟哝着一边上了楼梯，然后沿着惠特希夫二楼走廊，朝着莱纳拉晨间起居室的方向走去，她躲在那里，谎称在代表“美国殖民地贵妇团体”新泽西分部写紧急信件，寻求恢复新泽西州的“历史地标”所需的基金。

“莱诺拉。”

她作为母亲的粗心淡漠已经使考普尔斯通付出了他唯一的男性继承人以及他美丽的小女儿的代价。即使他在心里能够原谅他的妻子通奸——（考普尔斯通的心是一颗核桃大小，而且生蛆了）——他也永远不会原谅她这件事。

透过二楼晨间起居室的格子窗，她俯瞰着两层楼下面花园里缤纷的春天，稍远的地方是一排高大的榆树和橡树，莱纳拉坐在书桌旁一动不动，颤抖的手，握着钢笔；她全身裹着黑色的衣服，就像一个寡妇；虽然不是寡妇，而是失去了两个心爱的孩子的母亲，这两个孩子过早地离开了这个世界，太可怕了。一个仆人给她带来了早餐托盘——（基本上没动，因为莱纳拉不再对食物有任何欲望）——她壮着胆子锁上门，不让她的丈夫进来，只希望他不会发现她锁门了，不会怒发冲冠。

她用钢笔尖触动着一张硬硬的信纸，信纸上面压印着惠特希夫的鎏金浮凸字体的水印，还是最初殖民时代的样子，莱纳拉在写信，好像她的生命全在这封信里了。她写道：最近我们注意到，在华盛顿渡口的“多莉·兰伯特”房子急需修理……我们希望你能帮助我们修复，在这关键的……

不远处，摩拉豪宅里，阿曼达轻轻地给婴儿床里的小特伦斯唱摇篮曲。和往常一样，婴儿大约在 4：30 的时候已经醒了，直到上午 9 点才停止哭喊、啜泣、踢打；保姆费尽心血，但是毫无怨言，不过显然已经筋疲力尽；所以，早饭后不久，阿曼达就出面介入了，她穿着薄纱“家居”长袍，戴着有缎带的居家帽子。在她的生命的这个阶段，阿曼达·菲茨伦道夫决心做一个很好的母亲；她决定永远放弃世俗和肉欲世界的诱惑，也就是放弃尘嚣的诱惑；尽管这个世界的诱惑很多，尽管有伯爵这样的人物，她会更深地投入到母性之中，甚至守寡……对着摇篮里的小家伙轻轻地唱着，小家伙开始渐渐停止躁动：“小宝贝，父亲去打猎……去找一张新的毛皮，裹胖娃娃……”

(但是，令阿曼达和她的家人吃惊的是，她有时似乎已经“遗忘”和自己一起生活多年的丈夫艾德格尔斯特恩·菲茨伦道夫了；或者说记得这个男人，不过只是把这个男人当作众多普林斯顿的一个熟人而已，包括那些她觉得自己应该尽份责任但缺乏感情的亲戚。艾德格尔斯特恩死于意外中毒（水母）——在百慕大群岛，一个月前刚刚发生；事故发生在海滩上，阿曼达的视线之外；只有伯爵一个证人，没有他，阿曼达不认为她能活下来；当然，如果没有伯爵，她不可能那样快速高效地安排这个可怜的人的尸体回家安葬。然而，尽管艾德格尔斯特恩的遗体被埋葬在普林斯顿公墓，阿曼达始终认为艾德格尔斯特恩仍在百慕大群岛，在桑·苏西的石板平台上，在阳光下打瞌睡，他的膝盖上放着一份《华尔街日报》。)

婴儿睡着了，阿曼达再次认真地看着孩子奇怪的暗色调的，难以言喻的“印度”（“亚洲”?）皮肤和面容；伯爵劝过她，不要过分沉溺于这样肤浅的特征，因为重要的是孩子的灵魂。“是你的灵魂，亲爱的曼迪，而不是你的身体之美，如此让我着迷。”

听到伯爵的喃喃细语，阿曼达笑了笑。脸红的寡妇/母亲扫视了一下婴儿室，确定只有她一个人；没有被任何下人看到，她继续唱不成调的歌，其中的歌词她不得不重复，因为她只记得一段：

“小宝贝……”

在附近，在维斯特兰，这座浅黄色的殖民地时期的房子离霍吉路很远，透过浓密的树木几乎难以看见，格罗弗·克利夫兰夫人同样穿着“家居”的长袍（“沃斯”品牌），站在那里陷入了沉思：沉闷、愤怒的眼神凝视着自己残废丈夫的卧室，在卧室里，那位上了年纪的肥胖的人正靠在枕头上，喘着气，发出呼哧呼哧的喘息，嘟哝着，自言自语地说着，潦草地写着笔记，这些笔记将由速记员转录誊写；格罗弗最近有了一种妄想，感觉他参与了“正常事务”：给各位大学董事同僚签署命令，这项命令是关于一项董事们肯定希望采取的行动，那就是迫使伍德罗·威尔逊辞职；给衡平人寿保险社的下属写备忘录，克利夫兰先生在他生命的暮年非常高兴地同意给这个公司“当主席”。

看着他，这位从前的弗朗西丝·福尔瑟姆沉思着的不是她在巴泽兹湾失去的女儿，不是很多年前失去的父亲（这件倒霉的事情迫使这位当时年仅十几岁的女孩深陷失去至亲的绝望中，于是她投入了她父亲政治上的密友克利夫兰的怀抱），而是想着，根据惯例，因为她不是一个寡妇，所以她不能和她丈夫以外的任何人在一起，否则就会受到最残酷的责难；可是她不想与他在一起。

她的丈夫年事已高，做一切事情都是如此缓慢，这也令这位漂亮的黑发女人感到伤心，内心酸楚。

“他永远都死不了！他如此健忘。”

伯爵来了几次电话。众所周知，伯爵是格罗弗·克利夫兰的朋友；或者说，据说是；因为克利夫兰太太知道她不能让她的任何普林斯顿的朋友猜到，是她，而不是前总统，把伯爵吸引到了韦斯特兰。

然而伯爵仅仅是握了握弗朗西丝的手；他温柔地抚摸着手指，用一种“看穿一切”的目光盯着她，一句话也不说。

在郁郁葱葱的大学校园的中心地带，在他的前景别墅的阁楼里，托马斯·伍德罗·威尔逊（他最近认为自己）正在十分辛苦地修订一首诗，这是一首十四行诗，最初是写给多年前拒绝他第一次求婚的那个年轻女人的；后来重新修改成写给艾伦的十四行诗（艾伦曾被它深深地打动过）；现在，用一种更为大胆的现代的“具有推动力”模式进行修改，写给他亲爱的朋友派克太太。在楼下，威尔逊博士崇拜的女性，包括现在单身的嫂子，都踮着脚尖来回走路，以免让他有任何的分心，丝毫没有怀疑这位中年的乡村情郎并没有在辛苦地写他的就职演讲（《基督教绅士服务国家中角色》）；他的心在狂跳，他正在残忍地消耗本已紧张的神经，创作如此大胆的诗歌——

你是我一直等待的歌——
在你的身上找到甜蜜的眼神——
优雅，高贵的声音，
形体、神态、思想、心灵，
我一直缺失并且渴望找到
春日里的，我内心深处的，
最亲爱的希贝拉！

在诗的结尾，他的签名是“你的托马斯”——因为在他看来“伍德罗”现在显得僵硬、自大、自负。

未知领域（二）

如果你不想和其他的斯莱德家族的人一起在地狱中被焚烧，那么前往极地地区，拯救你魔鬼似的生命吧！

继约西亚·斯莱德对杰克·伦敦不抱希望之后，这个声音一直如此执着地追随着他，他最后屈服了；把命运交给了一支一周之内奔赴南极的探险队，该探险队得到了苏格兰皇家地理学会的赞助，与美国一个私人金融家温思罗·普穆迪合作，这个人是约西亚母亲家族的一个亲戚。

从少年时代起，约西亚就特别喜欢读伟大的极地探险的故事，从关于北部海盗探险的古文物历史到现代关于罗斯、帕里、诺德斯克尔特以及南森旅行的记载。似乎只是前几天这个世界还因为阿蒙森的约阿海上之旅的胜利凯旋而兴奋不已，这次旅行首次从东到西穿过伟大的“美国苍穹”，也许是历史上唯一的一次；1905 年秋，罗伯特·福尔肯·斯科特船长的《“发现号”之旅》已经以两卷本出版，并配有插图和照片，这让约西亚·斯莱德着迷，就像曾经让阿德莱德·伯尔着迷一样。巨大的冰山，刺眼的雪域，那些被斯科特描述为“在荒凉的壮观”中“向后仰着他们的高贵的头”的南极群山。这的确是惊人的景象——在寒冷的零下五十摄氏度的环境下，这种惊人的壮观也同样是惊人的致命，这里短暂的阳光是那么纯净；对于文明人来说，这种未知的文明有着令人着迷的孤立感、神秘感和强大的吸引力。伟大的沙克尔顿说：“你无法理解那种消灭一切未知领域，将你的脚踏上地球人迹罕至的地方的那种向往，那种英雄般的冲动。”

阅读这样的话，约西亚感到鼓舞，并充满了渴望。他是一个的确具有领悟力的人。

想写信给厄普顿·辛克莱，他将其视为一种灵魂的伴侣，尽管这位年轻的社会主义者瘦得可怜，面如死灰；约西亚认为他严重贫血，对于几天前的那个晚上的争吵感到失望，当时约西亚那么需要一位同志。然而，他非常想把这些话写给厄普顿·辛克莱，可是他只能将其记录在摩洛哥羊皮革装订的笔记本上：

> 在我看来，这个世界充满了虚伪、谎言和十足的邪恶，几乎万劫不复。我担心，即使是社会主义也被玷污了——一个恶魔存在于那些最好的意图之中。所以无论是否为了使自己免于惩罚，我最好还是逃离已知领域吧。

约西亚的母亲的第三代堂兄弟埃斯德拉·穆迪让约西亚联系上了温思罗普·穆迪，后者让约西亚和埃里克·坎贝尔·奥茨船长取得了联系，埃里克是著名的"军人"船长劳伦斯·E. G. 奥茨的弟弟①，他当时正在募集资金进行一次春天南极探险，而且正在纽约市招募签约新船员。（这种关系网听起来比实际复杂，因为在这个世界上，极地探险如同政治，没有亲戚、朋友、熟人，没有与俱乐部会员之间的联系，事情很少达成！）约西亚非常肯定，去南极的探险会挽救他的生命，如果不是他的灵魂，他去奥茨船长所在的华尔道夫豪华套房去找他，几乎是哀求船长带上他，尽管他没有任何当水手或探险家的经验，只在落基山脉和约塞米蒂国家公园进行过徒步旅行。正

① 恐怕"士兵"今天可能早就被遗忘了。在他的时代，恩尼斯基伦第六骑兵队的劳伦斯 E. G. 奥茨上尉是 1910 - 1912 年命运多舛的特拉·诺瓦探险队的成员，在罗伯特·福尔肯·斯科特的指挥下，这个探险队在 1912 年 3 月左右在南极遭遇了暴风雪，遭受了灭顶之灾。

奥茨船长的绰号是"士兵"和"泰特斯"；人们对于他的弟弟埃里克的情况知道的相对较少，对于约西亚·斯莱德参加的极地探险队几乎一无所知，虽然我多年来孜孜不倦地搜查了记录。所以我倾向于怀疑，这种想法是作为一个中立的观察者，而不是作为一个历史学家，约西亚想逃离已知领域的愿望是不是受到魔鬼的代理人的诱惑，当时他很勇敢，试图逃避过去。

如他所说的，他只能提供一个“坚强的后背”和一个“不屈的意志”；还有强烈的逃离温带地区，进入未知的领域欲望，这从他的眼睛中完全能够看出来。

埃里克·坎贝尔·奥茨用亲切、有些半信半疑的眼神看着英俊潇洒、身体健壮的申请人。他从朋友温思罗普·穆迪那里知道一点在过去的一年里，甚至更久的时间里，新泽西普林斯顿的那些令人悲哀的事件；但是，当这个人开始大谈特谈“诅咒”的时候，他不再听了——他，奥茨船长，知道足够的关于诅咒的事情，无法想象任何真正邪恶的事情会出现在新泽西普林斯顿的地界，和奥茨船长旅途中所见过的那些地方相比，包括所谓的刚果，普林斯顿简直纯洁无瑕。他告诉约西亚，未知的领域不仅仅是表现一种纯粹浪漫向往，它也是一个地方——“而且对于一个从未离开温带的人来说是一个非常危险的地方。”

“请给我一个机会，奥茨船长！我会做你吩咐的任何事情——任何任务，不管多么卑微。我可以对探险队有所贡献，就像温思罗普·穆迪可能已经告诉您的——不是很多，但是几乎是我所有的积蓄。”

这一点让奥茨上尉相信了他的请求的严肃性和价值。

1906 年底，事情以迅雷不及掩耳之势发生了。妹妹被绑架的丑事第一个周年纪念日来临，约西亚·斯莱德离开家，到纽约市暂住；加入了校际社会主义协会，差点杀死他的英雄杰克·伦敦；和埃里克·坎贝尔·奥茨船长签约，前往南极探险，一周后起航，给备受打击的父母留下了一封十分特别的告别信：

最亲爱的母亲，最亲爱的父亲——
我要离开已知领域 18 个月，他们承诺，至少
18 个月；如果我与已知领域有缘，就不会超过
这一周期。不要把父爱母爱浪费在我的身上，因为我已经
不配；不要为我祈祷，因为我会超越
尘世的祈祷范围。

南方的天空没有历史，这已注定，没有
记忆；没有头脑。因为在那个地方上帝还没有成为人，
上帝也永远不会成为人。这一切已如此注定我相信。
是你的儿子约西亚写了这些赤裸裸的话，或者是
别人写的？——无所谓：我们作为一体航行到未知领域。
相信我爱你，即便如此。但不要为我祈祷，就像我
请求你们的那样——那是最纯粹的爱。
约西亚

海上的头几天，海上航行中的摇摆、颠簸和倾斜等带来的艰辛好像使约西亚的恶意的“声音”得到了平息；船员们开始慢慢地认识到，这艘重达三百吨的名为“巴尔莫勒尔”的漂亮帆船远远没有船主们所说的那样适于航海。虽然这艘船在港口的时候优雅高贵，修长的船体和众多的暗色调的船帆在不懂行的人的眼里非常壮观显赫，如果一个摄影师将其照片投给《纽约先驱报》和其他报纸肯定会获奖，但是，人们不久就发现，这艘船的船龄和服役时间都相当长了，从当年的命运不济的富兰克林船长的时代起直到今天，已经历经很多任船长了。

约西亚很快了解到，由于奥茨船长以及苏格兰皇家地理学会的节俭，巴尔莫勒尔超载了。尽管这艘船的重量和大小都是中等，尽管事实上她是开往世界上最为荒凉而危险的水域，巴尔莫勒尔还是装载了大量吨位的煤、马饲料和小木屋；雪橇，汽油和煤油罐；科研设备和服装；很多装着实用物品的箱子，里面装着动物胰脏、肾脏和罐装羊肉等东西。单单狗粮就有几百磅，更不用说那些躁动不安的动物们了（至少三十五只爱斯基摩犬）；尤其是一批勇敢的小马（至少二十四只）。约西亚立即对小马产生了同情，他总是喜欢骑马，在克罗斯威克斯的马厩里有一匹年轻的马，养了很多年，他经常骑；当这些小马望着他的时候，他能感觉到它们眼睛里的恐惧惊慌，并且能够感觉到它们的末日意识；这些美丽的生物难道不是注定要在波涛汹涌的大海中，或在南极荒原，灭亡吗？或者作为狗的粮食或者人类的粮食而灭亡吗？“我会保护你们，如果我能够做到的话，”约西亚向这些小马许诺，而这

些小马使劲踏着地面，打着鼻响，摇着尾巴；他抚摸着它们的头来安抚它们，并注意到它们的眼睛转动，露出了牙齿。“我不允许任何人屠宰你们，然后吃掉你们，我发誓！”这是约西亚的判断力日渐衰弱的迹象，在海上一周的时间还没有过去，每当看见潮湿、恶臭船舱里的那些小马，他就经常容易流泪；事实上，他忍不住非常频繁地去看小马就是虚弱日趋严重的迹象。

随着航海的进行，时光在恍惚无聊中或者在突发警报中日复一日地过去，至于是无聊还是警报，这要取决于天气，事情越来越清晰的是，巴尔莫勒尔的奥茨船长不是华尔多夫的奥茨船长。奥茨在陆地上时看似那么豪爽，谦虚和讲求实际，到了海上却开始显示出一种令人难测的、卑鄙的性格；根本不注意自己的阶层应有的礼节，结果出现在巴尔莫勒尔的甲板上时满脸胡须，领口和袖口一点也不光鲜。最令约西亚和他的船员不解的是船长习惯于和他的船员开最粗俗的玩笑，却讨厌船上的几个有绅士风度的探险家，以及船上的两三个“搞科学的人”；如果约西亚试图接近他，他则冷笑一声走开。

“什么事情，孩子？想要一点特别的优惠吗？那就等着吧——‘特别的优惠’就要来了，我确定。”

约西亚又委屈又受伤，就像是一个小男孩遇到这种情况会有的样子。

只因为船长爱你。渴望你。梦想着在睡觉时吸引你。实际上，约西亚能够做得比屈服还糟糕。一旦被锁在自己的船舱里，你可能会赤手空拳地掐死这个畜牲，就是为了快乐才这么做。

这样，约西亚害怕的“声音”回来了，就像一种疾病的复发，证明只是众多催促声音中的第一个，这些催促的声音仅仅是喃喃低语，不过往往非常空洞，在约西亚的头颅里回荡，这位被诅咒的年轻人担心他的一个同志可能听到了。就在赤道子午线以下的地方，这个声音告诉约西亚，如果一个人像猴子一样爬到桅杆顶上，就会看到一个神秘的景象；因为那时他的目光不仅超越海洋的地平线，也超越极地的山脉，到达天堂——在那里上帝的脸因狂热、愤怒而发着强光。只是片刻的努力，约西亚——不过却会永远平静你沸腾的灵魂。

船在驶过冰封的南极海岸——它被称为国王爱德华七世的土地，之后又驶过福克兰群岛，在这段危险的旅程中，这个声音劝约西亚脱下笨重的服装，光着头，跳入海中，那样他就可能体验在这一纬度区波浪的弹性；这是罗斯海一个从来没有被记录的现象，虽然黑色的波浪起伏，翻腾，吐着白色泡沫块，就像在斯库拉和卡律布狄斯之间的一个海峡，但是这些水的密度还足以支撑一个人游过。

一个搞科学的人会在这样的环境下做实验：那些大海鸟是怎样漂浮在上面的呢，它们几乎是约西亚的大小，随着波浪漂浮、点水，却决不会沉下去；用鸟的勇气嘲笑你，根本就不配是一个人。

“约西亚，不！阻止他，为了基督的缘故。如果你一定要，把他扔下去。把他绑起来。”

后来，约西亚将得知，是几名船员阻止了他从甲板上跳入水中，将他强行拖到了甲板下面他自己的船舱；通过吸食从船长的私人商店买来的大量白兰地和鸦片，才让他睡着了。但约西亚不知道这些故事是否是恶意的，因为他学会了对关于诅咒的谎话“充耳不闻”。

“看来，我将永远不会有和平，永远没有一刻可以像信天翁那样能够轻松地栖息于自己的躯壳之中。”

有一点是清楚的：南极的刺眼的阳光美丽得超越了所有的人类语言，约西亚认为自己到目前为止毫发无损非常幸运。如此寒冷的空气，夹痛、刺痛、刺伤、劈砍和灼烧，在全身的每一处地方寻求进入人的身体。人们不容易判断它是有害于肺腑和心脏，还是传达一种感官的刺激。

我不伤人！我不让人疼痛！——“寒冷”承诺。我会麻木你的感官，使你处在一种最甜蜜的遗忘状态。

“我希望你能给我讲一讲这样一个迷人的地方的事情，爷爷，”有一天，约西亚对站在船栏杆旁边的温斯洛·斯莱德说，“——如果你以前说的都是实话，你为什么能够站在上帝的讲坛上、天堂的讲坛上以及血迹斑斑的十字架的讲坛上做那么多的布道呢？”

温斯洛·斯莱德穿着一件厚重的橡木色粗纹理大衣，头上带着羊毛线帽；饱经沧桑却庄严高贵的面孔对着危险的太阳；白色的眉毛比约西亚记忆中的要浓密，嘴角周围是淡淡的皱纹，他低声应答着他的问题，嘴角不断抽搐。约西亚根本听不到，因为周围的风太大了。

“爷爷，什么？你在说什么？”

温斯洛·斯莱德又说一次，他苍白的嘴唇在动着，可几乎没有声音。

原谅我。

奇妙的深不可测的海洋——直冲向湛蓝色天空的极地山脉——大海的浪花执着地依附在巴尔莫勒尔的四周，冻结了，发出缤纷四射的光；绵延数百、数千英里，众多冰山和冰成岩；裂缝，闪闪发光的小山，像针一样的石笋，这些石笋内部充满了神圣的炙热：这些难道不使人为之倾倒吗？——难道他们不会毁灭所有人类的感官和记忆吗？

多么遥远，多么微不足道的新泽西普林斯顿村啊，简直来自世界的另一面！

在你面前举起手臂，露出手腕。用你的食肉动物的牙齿咬紧手腕，然后在上面咬，咬，咬。因为这样你就有了安慰，我亲爱的孙子。

但约西亚意识到那是他的宿敌的哄骗，没有屈服。

当那匹带灰色斑点的小马在齐胸高的积雪中跌跌撞撞地前进时，它的眼睛恐惧地滚动，打着鼻响；在恐慌中撒了一泡尿，冒着蒸汽，把雪弄脏了，成了黄色；在可怕的一瞬间，那些狗扑到了它身上，撕扯着它的血肉。不要！停下来！约西亚喊着。但是贪婪的哈士奇犬想吃，因为它们饿了。但是人类想吃，因为他们也饿了，而且他们知道自己注定完蛋。

我不吃，约西亚发誓。我不吃。

这时候，奥茨船长已经摆脱了自己的绅士身份的顾虑和他所属阶级的行为规范，他津津有味地吃着冒着热气的肉，然后弯下身来吮吸热血；他靠在椅背上，嘴已经染成了红色，把“内脏器官中最味美多汁的部分，肾”递给他年轻的同志约西亚·斯莱德，让他享用。

我不吃。我不吃。

在一阵颤抖中，约西亚从噩梦中醒来，他知道那不仅仅是一个梦中的幻象，而是一个愿景：约西亚知道这一切会成真，短短几个月的时间之内。一旦巴尔莫勒尔到达目的地，男人们下了船，开始“探索”他们面前巨大的白色荒原，这就是不可避免的。那些小马，咆哮的哈士奇犬，以及埃里克·坎贝尔·奥茨船长血迹斑斑的口鼻，还有他疯狂的眼睛中的胜利。来吧，我亲爱的约西亚，我亲爱的孩子——内脏中最鲜美的食物是给你的。

在这之后，在巴尔莫勒尔摇摇晃晃的甲板上，所有那些被链子拴着的哈士奇犬——（可怜的畜牲，被暴雨和雨夹雪折磨得非常虚弱）——在约西亚经过的时候，这些狗都从喉咙里发出深沉的咆哮声。口鼻周围都是泡沫，湿润的眼睛在眼窝里粹然而动。这些雪橇狗都是杀手，从幼仔时期就接受训练，攻击任何接近主人雪橇的陌生人。

* * *

约西亚开玩笑地想：事实上，根据刻板的新泽西普林斯顿的标准，他现在是在用头站立吗？就是说，是倒立的吗？他现在在南半球，远离美国东北部的温带地区。

然而，他的豪侠气概仍在。像在他的斯莱德祖先的骨骼中孕育的本能一样，仍在。

一个晚上的黄昏时分，或者是一个明亮的黎明，一个鲁莽的女人出现了，她穿着华丽的貂皮大衣，配着一顶貂皮帽子，穿着一双饰有毛皮的靴子，竟然冒险去靠近那些狗，她可能想抚摸它们英俊的头；后果马上出现了，离她最近的那只狗攻击了，在一瞬间就把她那条穿着貂皮的手臂狠狠地撕裂，并且扯断了，血流如注，溅到空中；约西亚冲上前，因为当他看到这个女子沿着甲板走过去，伸出了一只手，他已经担忧地预测到这样的事情会发生，结果看到受伤的女人竟然是他多年未见的阿德莱德·伯尔太太，她已经震惊得叫不出声音来了。那些狗吠叫、咆哮着冲向已经摔倒的这个女人，幸亏有狗项圈拴着才没扑到，此时，约西亚赶紧把她拉到安全地带；或者说，把她拉到血淋淋的甲板上一个可以使她免受进一步伤害的地方；她肢体残缺地躺在那里，鲜血从无数的伤口流出，她的脸几乎不可辨认，她的小小的白色的胸脯暴露出来，无情地暴露着，鲜血从十几个伤口流出。约西亚大声呼救，并试图用他的外袖子和手套止住血流；还用貂皮大衣；但血已经在脚下冻结，甲板上满是冰血，他滑了一下，摔倒了，头砸在甲板上，就像他当时使得皮尔斯·范·戴克的头狠狠地砸在地板上，使得杰克·伦敦的头砸在麦克杜格尔的地板上。

没有人救我们吗？有没有人？没有上帝？没有——救世主？

这位垂死的女人低声说着，约西亚躺在地上无法回应。

呼啸的风中夹杂着雨雪，在露天的甲板上，人们发现他呜咽着，神情沮丧，就像一个失去了母亲的男孩。他的眼泪在他的睫毛上和邋遢的短胡子上冻住了，他脸上的肌肉已经失去了所有的感觉。

“这次我们用打包钢丝把他绑住，先生？船长想要怎么办？”

船长的爱猫蒙哥·帕克是一个双趾的黑色马恩岛猫，每晚在船长的床脚和他一起睡，抚摸他的时候，它就会在喉咙深处发出呼噜呼噜的声音，表达特有的感情（奥茨船长对约西亚这样解释着。此时的约西亚正发着高烧，躺在船长的床上养病）——猫的爪子在不停地揉捏着，似乎在对人肉进行“护理”。

蒙哥·帕克的荣耀是它有九条生命，而它只用掉了四五条。

尽管奥茨船长非常喜爱他这只黑色无尾的大猫蒙哥·帕克，但是在船上有人不喜欢它；一天早晨，约西亚已经恢复到能够回到甲板上了，他看到这个结实的动物爬到了吊在索具上面的吊床上，而那里是约西亚自己习惯利用的栖息之所。不久之后，约西亚看到一个狡猾的恶棍拿个竿子爬上去抓那只猫，惊得它发出嘶嘶声，失去平衡，咆哮入海。

大家齐声欢呼起来。奥茨船长没在附近。约西亚靠在栏杆上寻找被遗弃的猫——看起来似乎是一团乱蓬蓬的毫无价值的黑色毛皮，在船后面的波浪中摇摆着——不知道该怎么办。一个黑人船员冷酷地笑着说，“蒙哥·帕克是魔鬼的同类。它永远不会被淹死。它永远不会死。不要为蒙哥·帕克流一滴泪。”

（结果是这样的：次日清晨，约西亚惊醒了，一个动物正在靠近他的头的地方发出动咕噜声，半露出来的爪子正在对约西亚的胸部有节奏地揉搓着。还有，啊！——那双美丽的黄宝石眼睛，冷静地发着光！）

约西亚逐渐屈服于冰雪王国。不知道他为什么能够在那片绿地中——(哪个地方名字叫什么?)——他出生的村庄，以及叫克罗斯威克斯的那所老房子里将生命维持到现在？在新泽西州的某个地方，一个和一座巨型冰山一样大小并且后果相同的地方。

无所谓：冰上王国是永恒的。他正在日日夜夜地驶入那里。

在方案线索中，那里有不计其数的平行线（新的，修改过的和更新过的)；然而，在约西亚研究那个图表时，线条延伸，扩张，到处搅打，形成了复杂难懂的各种圆圈——似乎首尾相接。

南极的月亮转过身，一动不动地悬在天空，如此巨大，如果他没有笑着躲开，手和膝盖着地，摸着爬到船舱，月亮就可能撞到了约西亚的头；蹲在一桶面粉后面；直到有人喊叫——约西亚，约西亚，你躲在哪里？——他的小妹妹安娜贝尔甜美地笑着，在克罗斯威克斯后面奴隶们住过的旧房子里找他，现在那些房子已经被用作仓库了。

不久，大海似乎变成了一个个的浅水坑，秘密的海洋生物在海面上闪烁发光，眨着眼睛；虽然附近没有植被，攀缘植物的藤蔓到处开花——或者他们是从黑色的水里出来的蛇，在每一处水面上伸展着；或者是一个男人的头转过去了，在甲板上一闪而过，进入船舱？约西亚喊叫着，踢打着，跺着脚，疯狂地想把蛇赶走，因为他的脚下也有蛇；更隐蔽的那些，无法用肉眼看到。

在远处，在破碎的浮冰上，一条大蛇的头竖了起来，移动着，像巴尔莫勒尔一样，向南朝着麦克默多湾的方向不懈前行着。

“那个？人们称为‘海蛇’，”一名船员向约西亚解释，就好像他问了一个很愚蠢的问题。“在这些水域里有许多，但是因为我们不理会它们，它们也就不理会我们。”

然而，紧接着巨蛇的后面，传来了一阵奇怪的温和的微风，伴着希腊白头翁、黄水仙和水仙花的芬芳。约西亚深深地呼吸了一下，吞下了一口空气。他知道自己得救了。

我不会像其他那些船员一样得坏血病了。我不会大脑血管削弱，以至于在中午的时候一个接一个地产生愚蠢的幻觉和噩梦了。

皮尔斯·范·戴克教授抗议说，他的脑血管没有削弱；他曾经“完全具有”能力，直到最后——当约西亚杀了他的时候。

约西亚恳求宽恕，但是皮尔斯·范·戴克坚持着，指责他的妻子约翰娜“卑鄙通奸”，恶魔所生的孩子“不是我的孩子，而是一个魔鬼”。

听到他的老教授那么粗俗地谈论自己的老婆，约西亚脸红了，他抗议说，他发现很难相信约翰娜，在所有的女人当中，竟然会对她的丈夫不忠；更让他脸红的是，对约西亚来说，这个婴儿看起来是一个完全正常的婴儿，没有特别的不同之处——不甚漂亮，也不难看；相反，有着人类婴儿不可或缺的特点。

皮尔斯·范·戴克苦涩地笑了一声打断了他，宣布说，教父圣·格雷戈瑞在六世纪的时候通过推理得出的“婚姻悖论”首先论证了他的立场：基督徒婚姻中的“肉体行为”是无罪的，尽管对这种行为的欲望是道德败坏。

约西亚把戴着手套的手捂在耳朵上，试图争辩说，基督徒婚姻，像所有的婚姻一样，不可能是道德败坏的；但皮尔斯·范·戴克不肯听。约西亚心软了，说弟兄姐妹们，没有需要，没有欲望，去结婚；因此，不需要结婚；这样，“悖论”就被超越了。

皮尔斯坚持着他的论点，越来越走近约西亚，直到约西亚惊讶地发现他的面貌特征变成了奥茨船长的。船长来安慰他。他抚摸着约西亚滚烫的额头，把冰冷的脸颊压在约西亚滚烫的脸颊上，紧紧地抱着他，把他当成了一个兄弟，或一个情人。然而，即使看不见，范·戴克教授似乎仍然同时存在，在一个约十英尺的不远的地方，冷冷地吟诵：

谁会带小宝宝？
我，深深的水说。
婴儿会在摇篮船里漂浮，
我哄他睡觉。

虽然娇嫩的小花儿只是绸缎制成的铃兰，缝制在漂亮的新娘礼服上面的，但是，这些花散发着实际的百合花香味，约西亚深深地吸气，结果开始像醉酒的人一样摇晃了。如果是他，他就不会将那个工厂女工交给她的那些粗俗的同伴。他在心里无法完全原谅他的爷爷，不能原谅他这样的懦弱。*噢，救命。约西亚。我亲爱的哥哥。不要把我抛弃在冰上，约西亚！*她惊恐的声音随着海风传来，把他打倒在甲板上。是——安娜贝尔吗？但是在哪里呢？离家这么远？啊！——她在右舷飘着，赤脚蹲在冰上，颤抖着，她的头发在风中抖动，不是很漂亮；她的脸，苍白如蜡石，绝望地转向约西亚求助。

噢，约西亚救我。不要像你以前那样抛弃我。过来给我温暖！

这一次，附近没有船员，约西亚爬上栏杆，毫不犹豫地跳入漆黑的海水。

后记

奥茨船长以流畅的笔体漫不经心地填写了巴尔莫勒尔的航海日志，其中有一条（没注明日期的）注释，表明约西亚·斯莱德的尸体从麦克默多湾打捞上来，拖到了船舱里，已经毫无生气，冰层包裹，冻硬了。

“*愿逝者安息，*”烦恼伤心的船长在日志中写道，“——一切终于结束了！”

惠特希夫之谜（一）

那天早上，考普尔斯通·斯莱德终于“走了”。在他到来之前，他妻子莱纳拉惊慌失措，壮着胆子锁上门，因为她已经预感到她丈夫对于她的无理的愤怒不可能再抑制住了。在她的孩子们死后，莱纳拉已经养成了习惯，早上沐浴后，她便一个人躲进自己的私人房间，写信，读《圣经》，享受她的简单的早餐，所以考普尔斯通知道哪里能找到她；她已经听到他在楼下提高了嗓门，好像在斥责家里的工作人员，最近他经常这样，她在判断他是否准备外出，还是准备到她这里来。

几个月来，莱纳拉一直残忍地自我审查，她到底如何辜负了自己的丈夫；她从亨丽埃塔·斯莱德以及克罗斯威克斯的老一代斯莱德那里寻求建议和安慰；她不想探究自己的家族情况，费城的比德尔家族，因为担心发现太多私人的信息，结果查出来什么丑闻。在她和考普尔斯通·斯莱德结婚的时候，她所有的亲戚都认为他们非常般配，因为考普尔斯通是一个和蔼、善良、爱恶作剧的年轻人，和他那个当商人的精明的哥哥奥古斯都截然不同，和他们的父亲温斯洛·斯莱德就更是相去甚远；他曾经表示很自豪，他年轻的妻子像一个“雷诺阿女人”，是宾夕法尼亚爱国者斯特灵勋爵的后代，勋爵在指挥大陆军北部支队时遇难殉国；预定会从她的父母那里继承一笔数量不大但也相当可观的财产，因为她是他们唯一幸存的继承人。

多年来，他们的婚姻没有什么特别之处；作为西区的一对夫妇，他们经常招待客人，也经常在外就餐。作为历史学家，我甚至对于次要的题材都会有点过分热心地进行研究，所以我研究了考普尔斯通的背景；但真的没有太多可说的，因为作为温斯洛·斯莱德的儿子和斯莱德家族企业的合作伙伴，这个人基本上表现不错。斯莱德家族企业是由专业人员管理，并一直繁荣昌盛。的确，年轻的时候，考普尔斯通对剧院情有独钟；他甚至参加了“普林斯顿票友会”，从事业余演出，曾经演过许多雄心勃勃的角色，如《仲夏夜之梦》中的特修斯，《皆大欢喜》中的伯特伦，《彭赞斯海盗》中的弗里德里克；更为无益的事情是，考普尔斯通有赛马赌博的嗜好，多年来，这让他失去了相当数量的金钱；但莱纳拉很可能根本就不知道这件事，因为这对夫妻在惠特希夫花岗岩的高墙内过着完全不相干的生活。

自从安娜贝尔·斯莱德在 1905 年 6 月被绑架以来，考普尔斯通和莱纳拉之间关系恶化；考普尔斯通将孩子们的死怪罪在莱纳拉身上，这更加剧了两人关系的恶化。考普尔斯通还有很多对莱纳拉的无端的猜忌，因为他似乎已经深信，虽然没有证据，他的妻子和普林斯顿的某个男人“关系密切”，包括潇洒的冯·葛奈斯特伯爵——虽然到目前为止我已经能够确定，莱纳拉和伯爵可能只见过一两次，而且是在大型聚会上。

然而，考普尔斯通对妻子的谴责越发严重，人们听到他当着她的面低声骂她贱人！妓女！淫妇！婊子！懒婆娘！不管其他人是否听到，甚至包括窘迫的家里的工作人员。

“不过，我知道自己在上帝的眼中是清白无辜的，”莱纳拉勇敢地辩解说。“那么在他的眼中我会感到羞愧吗？”

在今天这个五月下旬的上午，莱纳拉坐在她的书桌前，以“美国殖民地贵妇团体”新泽西分部的一位高级职员的身份开始写信，而考普尔斯通此时用拳头大声地敲打着她的房门，要求她开门。

莱纳拉被自己的丈夫弄得又是害怕，又是烦恼，所以她只犹豫了片刻就站起来去开门；作为家庭主妇，她把早餐盘从旁边的桌上拿开，放在了不会受到破坏的地方。餐盘上面放着一盘蓝莓松饼，黄油，果酱和茶具，早餐几乎一点没动。然后，莱纳拉心中默默祈祷着，打开了房门，她愤怒的丈夫推开了门，走了进去。

“果真如此！你在写什么？我必须要看看。”

考普尔斯通弯腰在写字台看东西的时候，莱纳拉无声地站到一边。信件是关于位于宾夕法尼亚州的华盛顿渡口的多莉·兰伯特家的事情，看上去毫无不端之处；但是，看到这一切，这位嫉妒的男人嘲笑地哼了一声，好像这是再明白不过的伎俩了，他是不会被欺骗的。

为了试图掩饰她的恐慌，莱纳拉建议考普尔斯通坐下来，深呼吸；因为他大声喘着气，满脸通红，所以“应该注意不要使他负担过重的心脏承受强大的压力”。

考普尔斯通做出了一些让步；因为莱纳拉那种贤妻特有的关怀总是让他感动，即使在这样的情况下。不过，他还是愤怒地挥舞着一叠手写的信，甩在她的脸上，声称他有证据证明她对婚姻不忠诚，要求离婚：“这些无耻的信件是‘*爱慕你的汤米*，写来的。”

莱纳拉不知道考普尔斯通要做什么，但是知道不能进一步惹他发怒。她建议他坐下来，“平静一下”；也许可以和她一起喝一杯伯爵茶，因为他最喜欢喝这种茶了，然后再吃一块莱纳拉那天上午刚刚烤出来的蓝莓松糕，希望诱惑他……

“这封是‘*爱慕你的汤米*’——这封还是，这五六封信——*爱慕你的汤米*。好像那个长着马脸的牧师在大学校园里没有足够的女眷来爱抚他和来满足他，竟然敢与我的妻子秘密私会！考普尔斯通再次朝着莱纳拉晃了晃那些信，莱纳拉看到那些信都有点泛黄，信纸上用黑色的笔迹写得密密麻麻，她看着熟悉，但是不能立即认出来是谁写的。

“我亲爱的丈夫，我一点也不明白这是怎么回事，只能说我是清白无辜的。我从来没有收到过——你指的是伍德罗·威尔逊？没有收到过他的信——啊，从来没有！我几乎不认识他，或者他的妻子伊莱恩——她是叫这个名字吗？艾伦？我发誓，我——”

考普尔斯通厌恶地嘟哝着，一巴掌打在了莱纳拉的头上，她又惊又疼，哭了起来。她的灰白的头发散落了下来，乱七八糟地掉在脸上，看到她这个样子，考普尔斯通缴械投降了，他假装又打了一下，这个可怜的女人满面羞愧，哭成了泪人。

“考普尔斯通，我发誓我是清白的。这些信可能是我的叔祖父杰佛逊·比德尔写来的，他过去常常落款为‘*爱慕你的汤米叔叔*’——我想肯定是他写的。可怜的汤米叔叔，已经死了十五年了，考普尔斯通！在他人生最后孤独的几年，他喜欢给他的几个侄女写冗长杂乱的信。我相信你见过他，考普尔斯通。如果你让我看看那些信，我相信我可以解释。”

“是的。我肯定你能解释。我确信你有一个现成的解释。”

考普尔斯通举起手好像又要打她，这个可怜的女人内疚地躲开了。

“谎言！这一切是多么‘可厌、陈腐、乏味和无聊’——我们的家庭生活，源自于混沌。只有这出悲剧的第五幕才能救赎。”

考普尔斯通急促地喘息着，不过他并没有忽视掉莱纳拉烤制的蓝莓松饼的香味，他把一根手指插进一个松饼，品尝着面包屑，一边继续纠缠莱纳拉，咆哮着说：“托马斯·伍德罗·威尔逊”不可能是第一个，或最后一个，和莱纳拉有瓜葛的人——“甚至可以想象，我自己该死的哥哥古斯塔斯也把他罪恶的蹄子踏在了我的床上，为了好玩和泄愤！”因为愤怒，考普尔斯通的用词变得犀利起来；他的某些常见单词的发音有了一种不列颠的味道。

“你自己的哥哥，奥古斯都？你不可能是认真的……”

“我不可能！我不可能是‘认真的’！你安静些，淫妇，否则我就杀了你！正如编剧所知道的，‘和她睡在一床？睡在她的身上？我们说睡在她身上，岂不是对她人身的污辱。睡在一床！该死，岂有此理！’所有结婚的人都会最终拿出当王八的证据。”考普尔斯通在额头上做了个王八的手势，他的绿眼睛发着光。“然而，我应该现在复仇，还是离开她去天堂？让我看看你正在写的那封该死的信——用代码写的，我想。据说，阿德莱德·伯尔的日记用代码，而且当局正试图‘打开’却没有成功。呸！一群不忠的女人。”

考普尔斯通读着写给“殖民地贵妇团体”的信，但是根本看不懂，也没有耐心去仔细阅读。莱纳拉壮起胆子跟他说话，说她担心他“不适”；自从奥丽埃纳死了以后，他没有睡过一个晚上的囫囵觉，而且他的食欲下降，只会选择他最喜欢的食物——烤乳猪、血布丁，杂碎以及莱纳拉为了哄她高兴亲手烘烤的食品。

“亲爱的丈夫，我希望你能坐一会儿，镇静下来；然后，如果你喜欢，你可以重新询问我。”莱纳拉恳求着，眼泪汪汪，深情款款地盯着她的丈夫，这令考普尔斯通很难拒绝。“这是一杯伯爵茶。这里有红糖和奶油。我给你拿过来？你很疲惫，你知道；你非常难以接受我们的孩子的死亡，这表明你对他们的爱……考普尔斯通，亲爱的，这些蓝莓松饼是你最爱的，我经常按照普鲁登斯·伯尔的配方制作的那种。你知道你很饿，亲爱的。对于你这样的年龄，又有很多责任的男人来说，禁食很不好；我相信这是很糟糕的。我给你的松饼涂上黄油好吗……”

尽管已经下了决心，但是考普尔斯通还是被妻子的安慰动摇了；也许他真的爱过她，或一些关于莱纳拉·比德尔小姐的模糊记忆使他感动，那是很久以前的事了，当时在费城举行的一次圣诞节名流舞会上，考普尔斯通·斯莱德和比德尔小姐是当时舞会上的明星人物。他使劲擦了擦眼睛和胡子，被一阵极度的饥饿感征服了，虽然有些不情愿，他还是从莱纳拉手里接过蓝莓松糕，三口两口就吃光了——“嗯。是的。很好吃——他妈的！考普尔斯通大声笑着，拿起莱纳拉推过来的松饼托盘，贪婪地吞食着；抹上黄油，迅速地吃起来，明显很爱吃。莱纳拉又给他倒了一杯茶，像上一杯一样加了红糖和奶油；这位气喘吁吁的人又用颤抖的手接受了。他喝得酣畅，一分钟内便喝光了；他很粗鲁地打着嗝，用莱纳拉桌子上的花边桌垫的边缘擦了擦嘴巴。停了一下，他脸上露出一个狡猾而狰狞的微笑，说道：“但是，这也救不了你，婊子。这 也 救 不 了 你。”

考普尔斯通·斯莱德在夜间准备了一个文件，他认为是一个“高级力量”口授给他的；这个文件上面有压印的惠特希夫庄园字样的浮凸字母组合，并且盖有斯莱德家族纹章，他打算让不忠的妻子签署。然后，他会贿赂家族企业的一个公证人，发誓他亲眼目睹了签字过程。

莱纳拉非常僵硬地听着，一动不动，考普尔斯通用快速、严厉的声音读着：“我，莱纳拉·比德尔·斯莱德，考普尔斯通·斯莱德的妻子和惠特希夫庄园的女主人，身心健康，特此承认和____，____这些人犯有可恶的通奸罪。”考普尔斯通说，当他充分确定她犯的罪行以后，他会将空白填补上。“‘我是在自由和未受胁迫的情况下签署这份文件的，我的丈夫作为我的首要见证人，我将放弃我作为他的主妇的所有请求权，放弃我作为他的合法妻子的所有预期；并把我的委任书，我的权利及由此产生的权益全部签字移交给他；上帝为我作证，我交付给他，只交付给他，自由裁量我的生命的权力：这种行为要在合适的时间和地点进行，决定权归考普尔斯通·斯莱德。’一个‘高级力量’口授指示我这么做的，莱纳拉；这是我写的。你是在这里签字，你看到了吗？看到了吗？”

然后，考普尔斯通试图让他妻子的颤抖手指握住钢笔，并蘸上墨水，但是，他们的争执导致一块蛇形的墨迹落在了文件上，这使考普尔斯通相当沮丧，因为他非常精心地在一张硬硬的羊皮纸上写下了这份文件，既没有时间也没有心情去再抄写一遍了。“签上你的名字，婊子，搞定这件事！”

莱纳拉知道自己的解释是毫无希望的，那个人不是她的丈夫而是一个发狂的动物，下决心要毁了她，于是，她突然走过去，抓住挂在墙上用来召唤仆人的一个铃铛的丝绳；她曾经在绝望中希望，楼下的工作人员不会退缩，而是来救她，或者至少召唤邻居帮忙；但是不幸的是，考普尔斯通比她快得多，笨拙地扳她的胯部把她扯了回来，扔在了一张丝绒躺椅上面。这个女人身上的火花电阻——仅仅是触碰到她的肌肉——似乎使他燃烧了起来；他感到一阵反常的兽欲，不过又感到一阵更强烈的反感。他的手指扣紧了她的脖子，喃喃地说：“噢不，你别这样，婊子——你不会得逞的。因为一个‘更高的力量’指示我的，我们不过是他手中的棋子。别挣扎，贱人——别逼我更疯狂！”

莱纳拉陷入一阵疯狂，像一头野兽一样为了生命而战斗，摆脱了一切束缚；用指甲拼命地抓他的手和脸，想迫使他离开她，哪怕至少暂时离开她，让他有时间尖叫求救。愤怒中，这个疯子抓住一个枕头，压在她的脸上；压，压，直到她的叫喊声停住了；她的身体的疯狂抖动渐渐停止了。考普尔斯通太用力了，眼睛都从头部凸出了，一条大脉搏在他的双眼之间跳动着。他似哭非哭地趴在这个女人身上，用拳头打她，就好像一个孩子可能会做的那样，低声说：“婊子！妓女！你知道了吗，太晚了？你后悔了吗——太晚了？”

莱纳拉既没有回答，也不再动了，此时，考普尔斯通把枕头扔到了地板上，抓着莱纳拉的下巴，使劲地来回摇晃她的头。多么像一个骗人的婊子，嘲笑他！但是她的眼睛似乎已经可怕地回滚到她的头里，她的嘴巴已经松弛；可怕的是，似乎所有的生命都已经离开了她。

考普尔斯通哼了一声，费力地离开了他妻子的身体；他瞪大了眼睛，擦了擦他的嘴唇流出来的血沫；整理了一下蓬乱的服装。“唉，做完了——圆满了。‘当我不爱你的时候，混沌会再来’。”

惠特希夫之谜（二）

然而，当几个比较勇敢的仆人从打开的门闯入莱纳拉·斯莱德晨间起居室的时候，诚惶诚恐的他们可能发现了莱纳拉·斯莱德躺在丝绒躺椅上不省人事，呼吸微弱；他们的主人考普尔斯通·斯莱德躺在玫瑰花的地毯上，他的晨衣撕开了，他的脸，还满面通红，散发着热量，扭曲着，表情极其可怕——愤怒，痛苦和巨大的惊喜。

这就是说：莱纳拉·斯莱德活着；而考普尔斯通·斯莱德离世。

救援到来了，而且布迪诺特医生紧跟着奥古斯都·斯莱德都迅速赶到了，此时，莱纳拉已经开始醒来；尽管这个可怜的女人也不知道发生了什么事，不知道她似乎甚至受到恶意攻击。她的薄纱长袍被严重撕裂，而且污渍斑斑；她的脸、喉咙和胸部都受伤了。虽然她肯定是费了很大劲才说出话来，但是她请求布迪诺特医生治疗她的丈夫，而不是她自己。

“斯莱德太太，恐怕太晚了。考普尔斯通没有——没有呼吸了……”

那具原本热乎乎的、肥胖的身体正在变凉；涨红的脸渐渐失去生气，无神的眼睛泛着越来越淡的暗绿色。吐着泡沫的嘴角残留着松饼屑，丝绸睡衣上也有松饼屑。在布迪诺特医生看来，已故的人在他崩溃之前一定吃了一顿丰盛的早餐；尽管证据明显，但是医生不想认为考普尔斯通·斯莱德在死于中风之前曾猛烈攻击他的妻子。

“这种严重的中风会使我们瞬时死亡，”布迪诺特医生说，讲话的语气似乎是在面对一群对于人体及其危险性了解得不如他多的人，“不幸的是，症状我是熟悉的！我早就警告过斯莱德先生说他超重，有高血压；我警告过他，在他这个年龄，他已经不年轻了，很容易得中风。（因为，你知道，伍德罗·威尔逊中风的时候三十九岁——相当轻微的中风，只不过一直保密，以免影响他的职业生涯。）一个悲剧，斯莱德太太，奥古斯都，但是，也许可以作为些许安慰的是，你们应该知道，在这种情况下，病人一点都感觉不到痛苦，尽管他的面部表情如此。考普尔斯通可能显得很愤怒，但他完全是平静的。”

有些尴尬的事情是，莱纳拉·斯莱德似乎受过某种人身攻击，虽然有其他的伤，但是在她喉咙周围明显有红色的手指印记；但是，两位先生不想打听，莱纳拉也急于由一个黑人女孩扶到她自己的卧室去洗澡和收拾整理一下，准备接受处理她丈夫死亡带来的严峻的考验，就像她不得不面对自己孩子的死亡一样。这件事已经发生了，上帝没有制止这件事的发生，她的另一个无辜的家庭成员被从她身边带走了。

受到沉重打击的奥古斯都·斯莱德勘察着房间里的破坏情况，他那位令人恼火但是却心地善良的弟弟称他为“古斯塔斯”。他扶起一个软垫椅子和一张翻倒的桌子；当仆人手忙脚乱地整理东西的时候，他注意到地毯上有一个摔碎了的韦奇伍德牌的盘子和一个摔碎了的杯子；溅到地上的茶叶；零零碎碎的面包屑和一些松饼，还有红糖方糖；他那双精明的律师的眼睛落在一个奇怪的东西上，那个东西看似法律文件，文件上还有家族的盾形纹章，他敏捷地将其装在口袋里，想私下里研究。如果这个文件被证明与眼下的情况密切相关，奥古斯都认为，他肯定会把它及时交给镇政府。

因此，在惠特希夫，命运发生了莫名的逆转，对此我给出来的说法是《惠特希夫之谜》。因为历史学家从未对此作出令人满意的解释——霍林格、克罗夫特-克鲁克、A. D. W. 梅布瑞克，还有我，都没有做出令人满意的解释。

“虚无”唯一活着的继承人

“哎呀，你太淘气了！你在伤你妈妈的心。”

她打发走了保姆，她要给她的孩子沐浴，然后让他上床睡午觉，作为一个母亲，她也许需要这份幸福感；而她现在却因为他的躁动不安而有一点焦虑。事实上，她说话时语气尖刻，用指节连续敲打着涂成蓝色的陶瓷宝宝浴盆。

婴儿特伦斯对他的母亲又是眨眼又是做鬼脸，只是假装听话，因为，当阿曼达弯下腰，轻轻地用海绵给他擦肥皂时，小家伙又开始精神头十足地踢打起来，更多的洗澡水溅到阿曼达的衣服上，把围裙完全弄湿了。

“哦！特伦斯。你太淘气了。”

特伦斯·维克·菲茨伦道夫只有几个月大——（是男孩?）——不过长得飞快；现在体重肯定在二十磅左右。他小小的身体已经开始生长，肉乎乎的，软软的；微小的生殖器有明显增长，不过他的母亲尽力不去盯着看，也尽可能少去触摸。可以明显感觉到特伦斯的肤色不完全是白人的色调。

“可怜的艾德格尔斯特恩！他会很羞愧。可是——这孩子是完全清白的……”

阿曼达没有详细询问自己的家族背景；因为她不想引起亲人间的猜疑。然而，如果在上个世纪，甚至在上个世纪之前，曾有种族的“混合”，也不会让她吃惊——“一位印度公主，可能是。当然，绝对不能只是个平民。”

阿曼达的父亲的家族来自普利茅斯殖民地尊贵的马瑟斯家族，那是个大家族，盘根错节，而且肯定很“异类”；她母亲的家庭，普罗克斯迈尔家族，原本来自罗得岛殖民地，回到东部之前，有部分移居到西部边疆，在特拉华的威尔明顿扎根。

关于艾德格尔斯特恩的家庭，菲茨伦道夫家族，阿曼达知道得少些。然而，这也是一个古老的、庞大的清教徒家族的后裔，一直得到告诫要添丁、繁衍。

伯爵警告阿曼达，母性可能不适合她；在母性的紧张情绪中，有可能有危险；她“还是一个年轻的女人，一个寡妇”，“也许不完全是一个母亲。”伯爵曾指出，婴儿天生就很“自私”——只是有限地意识到他们身边的成年人，根本意识不到像尊重或真情这样的东西。“都是食欲。必须吃东西的食欲。”

阿曼达说她爱小特伦斯，虽然他是一个难缠的疝气患儿；她是一个非常无私的母亲，这一点所有的普林斯顿人都能够看到。

“喜爱你的宝宝这一点非常好，亲爱的菲茨伦道夫夫人，”伯爵说，“但是管教他则是更难的事情。”

这是真的。喜爱是很容易，但是管教很难。最近，特伦斯似乎不那么可爱了——他的甜美的蓝色目光，以前是留给她一个人的，现在突然在不同事物间来回跳跃，好像被物体的纯粹运动和新奇性所吸引。特伦斯脸上带酒窝的婴儿笑脸曾经带给阿曼达的快乐几乎和护理婴儿本身带来同样的快乐，可是，现在看来，似乎任何人都可以逗他露出这样的笑脸——比如那个用盖尔语给他低声哼唱的爱尔兰保姆布里吉特，一个外人都可以。（阿曼达不确定她很赞同这种做法：给她的孩子用一种外来的古老的语言哼唱歌曲，而这种语言被英国各界称为是抵抗性语言。）但更令他的母亲不安的是，他经常陷入一阵又一阵嘈杂的“谈话”中，谈话时投入的劲头就好像他正在与他的母亲“谈话”，而陪伴他的却是他的动物玩具们。在洗澡的时候，他很调皮，没完没了地调皮。

布里吉特在哪里？阿曼达几乎想喊她，把那个爽朗的爱尔兰女孩召唤回来，她丝毫也不在意婴儿的吵闹、烦躁和脏兮兮的样子，不像阿曼达。在这种时候，她感觉极为神秘的是，那个在浅灰色的肥皂水中哇哇啼哭的婴儿竟然是她的孩子。

她想给他温柔地洗澡；擦干他，抹爽身粉，然后给他穿上漂亮的婴儿服；她想用他专用的银勺来喂他吃捣碎的李子泥，把他抱在她胸前摇晃着，唱歌给他，吻遍他的全身——但是，特伦斯似乎不愿意合作。

正如伯爵所说，他被宠坏了；随着他长大，他只会变得更加糟糕。

阿曼达靠在浴缸旁边，唱着一首从伯爵那里学来的小曲，浴缸里明显发出肥皂水和婴儿尿混合在一起的味道。伯爵开始是用德语唱这首歌，然后翻译给她：

谁会带小宝宝？
我，深深的水说。
婴儿会在摇篮船里漂浮，
我哄他睡觉。

但是，听了她的歌，婴儿的反应是一种邪恶的婴儿式傻笑，并且用他的胖娃娃腿一阵扑腾，再加上一声让阿曼达毛骨悚然的尖叫，因为她害怕布里吉特，或家里的工作人员，会听到，然后就跑来了。

伯爵会在下午茶时间顺道来访，或者是如约来访。那时她会头痛欲裂，双眼通红，毫无形象可言；她的母亲也会顺道造访，她会因为她的样子而大惊小怪，阿曼达不喜欢她那样做。

不是一个合适的母亲——普林斯顿是在这样谈论着阿曼达·菲茨伦道夫吗？

“我会让他们换种说法。我会让他爱上我，听我的话。”

这个宣言，是在阿曼达从默瑟大街 44 号庄严的莫拉豪宅“消失”的当天：1906 年 5 月 29 日。

“在冯·葛奈斯特大宅里，”有一次沿着桑·苏西宽阔的白色沙滩散步的时候，伯爵曾告诉阿曼达·菲茨伦道夫，“有一个传统的诅咒，也是一种幸福；或者，一种幸福的诅咒。我对于这个传统没有详细的了解，除了知道它使冯·葛奈斯特家族与众不同。”伯爵用一种忧郁而困惑的语气，给他的专心致志的美国听众讲述了罗马尼亚人和匈牙利人之间的古代世仇；“圣洁的上帝的人”像牲畜一样被农民宰杀；以及作为对这种违反天理的行为的惩罚，愤怒的上帝发起的一次次黑死病的冲击。看到菲茨伦道夫夫人听了他的话以后浑身发抖，咬着下唇，伯爵用一种更坦率的声音继续说道：“‘诅咒’的本质似乎是，正如我深切的幸福来自于我没有意志地活着，看待世界时去除了所有的欲望，我的悲伤也在于此：我是冯·葛奈斯特，我受到谴责，或者如果愿意的话，我有特权，可以把这个世界看成是一块缺乏永久性实质的屏幕，几乎由单纯的图像、印象和可能性组成；结果，缺乏诱捕一个人的灵魂的“钩刺”。据说，一个女人无私的爱可以“拯救”被诅咒的冯·葛奈斯特，然而，对我来说，要感到有欲望，却偏偏几乎没有欲望，是多么痛苦啊；当然，爱就更少了。”

阿曼达垂下眼睛，深深地感动了；幸亏精纺雪纺面纱遮住了一部分脸，保护其免受百慕大群岛强烈的太阳射线。她喃喃地说她当然理解——尽管实际上，她不理解。

“此外，”伯爵说，“我发现自己在永久的流放中：穿越各个大陆的孤独的流浪者。我不得不接受我的美国朋友慷慨的施舍，我只希望总有一天偿还；因为现在的冯·葛奈斯特当然身无分文，濒临绝境。我必须游走直到诅咒被解除，或者直到我死——可能二者完全是一回事……唉，菲茨伦道夫夫人，我一定不能让你年轻的心加载如此凄凉悲伤的秘密。”

“你从来没有‘恋爱’过吗，伯爵？你是这样说的吗？”

海上一阵阵的风吹动着阿曼达宽边帽子下面的头发，激起了她大胆说话的勇气；因为艾德格尔斯特恩正在岛的另一个部分专注于和朋友打高尔夫球，根本没在附近。

“据说如果另一个人全心全意地爱上一个冯·葛奈斯特家族的人，而且，毫无疑问地，爱他胜过全世界和天堂，那么这个冯·葛奈斯特会从他的‘幸福’中被解放出来，”伯爵皱着眉头说，“这不仅仅是说胜过所有的活着的万物，而且胜过上帝。而且，如果需要，愿意牺牲他们。一个小时这种无私的爱，一分钟也行，将抹去我的额头上的诅咒；将我的灵魂还给我，我会回报爱，而且能够感受人类通常拥有的各种情感，如遗憾，需求，向往，兴趣等等。我必须承认，我亲爱的阿曼达，”伯爵现在用颤抖的声音说，“是美国的希望将我吸引到这里；你们都是年轻人，你们自己的历史非常少，而且还是一个粗糙简陋的历史，缺乏文化；美国人似乎愿意花费宝贵的能量与青春的活力，好像这样的能量是无限的。旧世界羡慕这样的天真，对此感到兴奋陶醉；希望可以努力形成永久的血缘关系……在从利物浦启航之前，我大胆地想，‘甚至连冯·葛奈斯特家族的人也可能在那里寻求救赎’。”

听到这些，阿曼达非常激动，说不出话来，像生了根一样站在原地；直到伯爵抓住了她的手臂，将其挽在自己的臂弯里，然后继续沿着海滩散步，他们绕了一圈，回到了桑·苏西围有白色格栅的门廊，身着白色华丽服装的马克·吐温正在给他的崇拜者们举行受觐礼；看见这对浪漫的情侣，吐温先生举了一下雪茄，算是表示——认识？赞同？友情？

“欢迎你，我的朋友！到这里来——好吗？”

四十小时后，艾德格尔斯特恩·菲茨伦道夫死在了桑·苏西后面宽阔的白沙滩上，因赤裸的右脚后跟受到了致命的螯伤而遇难。

在我的研究材料中，阿曼达·菲茨伦道夫的秘密日记被称为《鸢尾书》，由于这本日记没有标明日期，而且结构杂乱，以及，像我之前提到过的，极不可靠，所以本历史学家只能猜测菲茨伦道夫夫人和英格利希·冯·葛奈斯特伯爵之间的“婚外情”可能持续的时间：时间不可能很长，因为我相信，这对情人第一次走到一起是在百慕大群岛；在那个宽松的安乐乡，远离新泽西普林斯顿的严酷；结束，或者说达到极点，是在刚刚叙述的这一天，1906年5月29日。

阿曼达的那些接近这个日期的日记条目充满了幻觉，零零散散，可怕而且令人难以置信，所以本历史学家在参阅时一直资料匮乏；尽管敌对的历史学家们会抗议，并认为我的程序不专业，但是我已经将这些令人不快的文件付诸一炬。

历史的准确性要求必须屈服于起码的行为准则的要求。

不管怎样，似乎是在四月下旬的时候，冯·葛奈斯特伯爵和菲茨伦道夫夫人“结合了”；根据阿曼达的日记，这个“结合”不是在白天而完全是晚上，她躺在床上睡觉，在她无助的状态下发生的。（该日记删去的部分似乎表明伯爵的这些夜间探望可能早于百慕大群岛，事情发生时，阿曼达躺在床上，毫无防范意识的丈夫就沉睡在她身旁；我认为这更是令人讨厌。）阿曼达往往会从恼人的梦中惊醒，在昏暗的卧室中看到这位先生幽灵般的，或者说无形的身影；有时，她目睹了他的身影轻松地穿过一堵墙，好像那堵墙只是一层薄雾。此时的伯爵完全没有了白天受到众人钦佩的殷勤有礼，他抓住阿曼达的肩膀，贪婪地把他的嘴压在她的嘴上；无视他的惊恐万状的被害人挣扎着要摆脱他，他随心所欲地吻她，直到阿曼达变得气短，晕了过去。

数小时后，阿曼达醒来，一片阳光，发现她的心懒洋洋地靠着她的胸口跳着，她的蕾丝睡衣被弄得乱七八糟，湿乎乎的，她非常茫然。

返回普林斯顿后，在年轻守寡的最初阶段，阿曼达失魂落魄，不敢确定伯爵是否“真的”在她床边待过，还是她仅仅是梦见他，她在床上躺了几个小时；对于托盘上的早餐几乎没什么胃口；感到一种痛彻心肺的内疚，以至于家里的朋友、亲戚等所有的人，以及西区的邻居们，都相信她这是哀悼艾德格尔斯特恩。

“可怜的太太！”（阿曼达碰巧听到一个仆人对另一个仆人说）——“好像她的灵魂已经不在她的身体里了，而是随他去了。”

白天，当他们有可能和别人在一起时，伯爵从不暗示他的夜间行为。看到他和菲茨伦道夫太太说话，也不会有人猜疑他们之间有任何秘密，因为他跟其他普林斯顿的朋友也说话。淫荡下流的事情就更不可能了。伯爵是一位举止优雅的绅士，他的打扮和衣着都完美无瑕；阿曼达·菲茨伦道夫则是西区女士中最亲切、正直的女士之一。

然而，有人注意到这两个人（确切地说，没有人会把他们称为“一对”）是如何——作为合作伙伴一起玩桥牌；一个晚上，在德拉姆斯瓦克特，阿曼达在聚会上唱歌，伯爵给她钢琴伴奏，震惊四座。她唱的是一首没有人听过的歌，这位寡妇用的是清晰甜美的女高音：

花儿用同情的眼光看我
他们在絮絮轻说：
悲伤苍白的年轻人呀，

你不要对我们的姐姐恼火！

应该指出的是，阿曼达一直是普林斯顿最受推崇的业余歌手。在她和艾德格尔斯特恩·菲茨伦道夫结婚之前，二十一岁的时候——（艾德格尔斯特恩已经三十四岁）——她甜美的女高音，虽然有点颤抖，在婚礼，葬礼和其他庆祝活动上很有需求。虽然她的嗓音不洪亮，她唱出来的声音有时显得犹豫不决，而且在更为严格的划分下，她的声音属于有瑕疵的中音，阿曼达还是受到她的音乐老师的鼓励，并且她的歌声富有表现力；睁得大大的灰色的眼睛看起来妩媚动人，一点点的狮子鼻，健康红润的玫瑰花蕾般的嘴唇，头上的蜜褐色的头发梳成了迷人的吉普森女孩风格。

幸运的是，所有普林斯顿的人都不知道，随着兽性大发，伯爵晚上多么频繁地“得逞”，和阿曼达在一起；对她没有怜悯，对于她的忧伤和痛苦的呜咽声报以残忍的大笑声——和白天的伯爵判若两人。

“难道他不记得？那只是——一种游戏？但是，我是什么角色，我该如何回应？”阿曼达问自己，感到困惑和羞耻；尽管她回忆起，在最近的梦中，她的胳膊搂住了伯爵的脖子，好像是胳膊出于自己的意志。

一天晚上，在春末，当时野玫瑰的芳香弥漫在空中，伯爵来找阿曼达——“我的曼迪！”——把她从卧室中领出来，穿过西区昏暗的街道，到了她不知道的普林斯顿的另一部分；在这里，都是巷子小路，穷街陋巷，一排排挨着的小房子，就像听话和无猜忌的小学生。他的手指紧紧地抓着她纤细的手腕，即使她想抽出去也做不到。似乎这两个人在“跑”——又是跳跃，又是弹跳，似乎失重了——在紧紧追赶他们的猎物，是伯爵发现的：一个约十四岁的少年，皮肤很黑，像乌木；微笑，或者是做鬼脸，露出吓人的白色；眼睛凸出，就像一匹惊慌失措的小马的眼睛一样。这是在威瑟斯庞街南部，过了墓地后几个街区；在这个夜晚，月光和阴影交相呼应；他们像大猫一样偷偷接近那个少年，悄无声息；在他惊恐地大叫的时候，像猫一样，用爪子连续击打他，用力抓他。伯爵把男孩赶到曼迪那里，曼迪再把男孩赶到伯爵那里，双手动作极为灵巧；然后，发出一声压低声音的喊叫，伯爵扑到了他们的猎物身上，把牙齿深深地咬进乌木般的黑黑的喉咙，越咬越深。伯爵伸手去抓住他的情人被狂风吹乱的头发，并把她拖到自己身边，让她也紧紧抱住现在已经瘫倒的少年，感受欲望的终极满足。

“我想，我们不会留下他，让别人发现他，并散布更多的关于社区的歇斯底里的东西。很显然，我们要把他藏起来”——伯爵笑着说；结果是，这对恶魔情侣把少年瘦瘦的尸体拖到涵洞，拖到一根排水管那里，然后把尸体塞了进去，用树上落下的树叶把开口堵上。

令曼迪震惊的是，在那样的夜晚，她不是抵制伯爵，而是立即默许了他；而且她的嘴竟然如此本能、贪婪地吮吸着，就像她的婴儿在吮吸她的乳房时那样放浪形骸；还有吞咽热血，这在白天无疑会引起她呕吐，而在晚上这竟然让她如此高兴。

“这当然只是一个梦。只是一个梦，”——曼迪安抚自己。“过一会儿，我会在我自己的床上醒来。”

那是在 5 月 29 日的早晨，在摩拉豪宅的育婴房，那个爱尔兰女孩布里吉特比预计提前返回，发现她的女主人正在——（这可能吗?）——在和婴儿浴盆里的儿子斗争，把他的头往水下按。

“太太，不要!”在紧急关头，布里吉特冲过来救婴儿，竟然斗胆将菲茨伦道夫夫人的手拉开，结果，连踢带打的婴儿从水中出来了，发出震耳欲聋的尖叫声。阿曼达迅速转向保姆，说特伦斯太顽皮，她刚才一直在教训他，因为她对他疏于管教，才产生了不幸的结果。

“菲茨伦道夫夫人，这不是你的本意，”吓坏了的女孩说，“你不会故意伤害孩子。求求你，太太——”

“哦！听他的尖叫！我无法忍受。”

曼迪沮丧地把手指塞进耳朵。她的衣服的整个前襟和围裙全都被洗澡水弄湿了；她的头发，尚未在头顶上梳理成吉普森女孩风格，湿漉漉的、软软地垂在她的脸上。“布里吉特，特伦斯被宠坏了。他自私。他根本不管心我们所有的人，不关心他的母亲，不关心你。我们都疏忽了，宠坏了他，而且现在——已经太晚了。”

布里吉特努力地想将蠕动的婴儿从澡盆里提出来，而此时曼迪却在努力推倒他，大声喊叫说他很坏，很坏——“恶魔附身了!”

不过布里吉特还是设法把特伦斯从她手里夺过来，虽然曼迪又是哭又是用拳头接二连三地打她；一方是布里吉特，一个臀部宽大、身体强壮的十九岁女孩，另一方是阿曼达，一个骨骼更加纤弱，而眼神更加狂热的女人，二者胶着在一起进行着惊人的斗争，菲茨伦道夫家的朋友和邻居们都不会相信。宝宝的陶瓷盆打翻了，到处都是水，曼迪的衣服湿透了，头发难看地绞在一起。

“阿曼达——忍耐。”

英格利希·冯·葛奈斯特伯爵站在育婴房门口，一脸惊愕。这位先生出现在宅子的这一区域是多么不合适啊；而他穿着如此正式，好像要外出，穿着轻薄的黑色羊毛披风，内衬浅色丝绸，戴着一顶黑色的丝质礼帽；手里拿着一根乌木圆头手杖。虽然这位英俊的绅士皱着眉头，他的态度却是一位愤怒而深情的老人的样子，一个“家庭的朋友”，主动承担了惩罚的责任。

“这种事情有损你的尊严，我的女王，”伯爵对曼迪说，同时伸出手臂，“所以，别管婴儿了：马上到我这里来。到时间了。”

就这样，阿曼达·菲茨伦道夫呜咽着跑向她的情人，没有片刻的犹豫；他张开双臂，把她拥入自己的怀中，用外衣保护起来。目瞪口呆的布里吉特把特伦斯紧紧地抱在胸前，当着布里吉特的面，伯爵礼貌性地匆匆吻了吻阿曼达的额头，把她抱在怀里，好像她是他的新娘；一转身，把她从房间里心满意足地带了出去。

“太太！哦——太太!”颤抖的布里吉特在后面叫她。“你不可能真想这么做！——你不可能想这么做!”

但是没有人在意这个爱尔兰女孩的话。小特伦斯继续伤心地哭，又是踢腿又是抡胳膊，爱尔兰保姆紧紧地抓着他，一瞬间，菲茨伦道夫夫人已经在伯爵的怀抱里从视线中消失了。

再也没有人在普林斯顿看到过他们两个人。

伍德罗·威尔逊的诱惑

5月30日的早晨，那个令人震惊的消息传遍了普林斯顿，在大学校园里掀起了漩涡、涟漪和波澜：大学校长，备受尊崇的伍德罗·威尔逊，患上了严重的中风，已经住院治疗；并且没有生还的希望。

一时间，各方均窃窃低语，甚至威尔逊博士的批评者们也说，这种可怕的事情是不可能的！——伍德罗·威尔逊显然生来就是成为伟人的；这是一个似乎从他的青春岁月起就注定会有一个特殊命运的人。

随着威尔逊博士中风的消息传开，也同时出现了关于中风的可能原因的谈论：就在这位大学校长似乎马上就要在他与安得烈院长的长期斗争中取得胜利的时候，命运残酷地发生了逆转，安得烈院长胜利了。

(这位精明的研究生院的院长是如何发动这一政变的？——那个生来就不擅长狡猾和诡诈的人用的是什么样的智慧呢？他不仅让老迈的艾萨克·怀曼同意留给大学二百五十万美元，而且在他的遗嘱中指定，这笔钱必须由安得烈·韦斯特院长管理。)

玛蒂尔德送来了那位院长手写的一封信，第一个传来了这个致命的消息——(玛蒂尔德面如死灰，因为知道信件的内容，而且知道这对她心爱的威尔逊博士意味着什么)。听到这个消息，伍德罗·威尔逊知道，在1906年5月28日下午，他全盘皆输了；他坐在办公桌旁，面色苍白、完全惊呆了，张大着嘴巴，办公桌上方挂着眉头紧蹙的老亚伦·伯尔牧师的画像；然后，他只是对玛蒂尔德咕噜着说了些什么，就离开了他的办公室和拿骚厅；踉踉跄跄地穿过校园，完全忘却了自己所处的环境，回到了前程别墅；他想在惊讶的妻子那里得到怜悯，甚至想在她的怀里短暂哭泣。“我的敌人最终取得了胜利，”他在艾伦试图安慰他的时候说，“如果我对这个人了解正确，他会吃了我的心。我在普林斯顿的任期结束了。我必须辞职。如果全世界都知道了我在这里的失败，只有上帝知道什么在等待着我！我无法让董事会拒绝这个要求，因为他们已经拒绝了另一项要求——这个要求意味着二百五十万美元。这注定是有利于我的敌人。这到底是怎么发生的！那个恶棍是怎么成功的？我曾经以为——啊，艾伦！——我的虚荣心曾经真的以为——上帝宠爱我，他会通过这场斗争看到我。上帝站在我这一边。”

艾伦如此心烦意乱，完全陷入了丈夫的痛苦，不禁轻声地说：“哦，亲爱的丈夫，他们害死了你。”

次日清晨，威尔逊太太发现她的丈夫在一个不眠之夜后倒在了他的塔楼里书房的地板上，或者说是他的隐修处的地板上，有报告称，那个失望的人已经在书房写好了给董事会的辞职信；他不省人事，一动不动，身子僵硬，像死了一般，睁大的左眼里面一层血，脸因为愤怒而僵化丑陋。

* * *

的确，正如所有的历史学家都赞同的，1906 年 5 月 30 日，伍德罗·威尔逊突然中风的原因是他的克星韦斯特的胜利；然而，韦斯特胜利的原因却从未得到充分阐明；这位院长本人也不知道自己如何在不经意间充当了“诅咒”全面侵入普林斯顿社区的一枚棋子。也就是说，韦斯特的胜利不过是乔装成凡人的诅咒的胜利。

（我不相信安得烈·韦斯特“涉足”这个神秘事件。我从来没有遇到任何有力的证据支持这一谣言，正如我们已经看到的，这一谣言部分是由威尔逊博士本人缔造宣扬的。）

因为现存五封备受争议的写给“派克太太”信件，而且多位知名的威尔逊研究学者认定是他的手迹，所以，伍德罗·威尔逊对这个神秘女人的激情已经不再是什么秘密；而在 1906 年，只有当事人和另外一个人知道这件事——那个人是威尔逊最小的女儿埃利诺，或者叫“耐儿”。（耐儿似乎是偶然在她父亲放在塔楼的文件中看到了那些已经皱巴巴的恶毒信件的草稿；看到了信的内容，立即毁掉了，以防威尔逊太太发现这件事。尽管她尊敬的父亲的背叛深深地震撼了她的灵魂，耐儿从来没有对任何人提过一句。）然而，伤害已经造成；信件已经邮寄；这位女冒险家“派克太太”对这些信的价值以及这些信对伍德罗·威尔逊的声誉产生的影响如此漠视，她竟然把那些信留在了孔雀酒店的房间，被精明的老板发现，藏匿了起来。这些宝贵的文献成了伟大的珍藏品，不仅揭示了——有些人可能会说曝光了——后来成为美国的第28任总统的那个人；这些信件中包含有猥亵性质的片段，所以一直锁在伍德罗·威尔逊特殊收藏品里面，只有最有资历的学者才能有资格看。

如此看来，幸运的是，威尔逊太太幸免于知道她的丈夫对另一个女人的迷恋的所有事情；有证据认为，从中风中恢复过来之后，威尔逊博士只是依稀记得“派克太太”，就像人们只记得在发烧时梦中那些诱人的幻觉的碎片和残缺的图像，但永远遥不可及。

新的历史证据表明，是塞缪尔·克莱门斯心血来潮，把“长老会牧师”威尔逊和百慕大群岛美丽的派克太太弄到了一起：因为这位大受欢迎的著名美国作家以其幽默的怪癖而著称，常常表现得肆无忌惮、残忍，他试图逃避他所谓的“无聊的沼泽王国”。

因此，克莱门斯先生认为，将这位清教徒式的大学校长邀请到桑·苏西，并看看威尔逊会不会像他所见到的许多男人那样，无论是已婚还是未婚，屈服于派克太太的诡计，这将是一个有趣的期待，而且算得上是一个科学实验。“这样做就像把雄性丧偶的黑蜘蛛介绍给雌性的行为，是没有恶意的，而且肯定是自然而然的。除了加速自然过程，从而缩短故事的长度之外，人们还能做什么呢?”克莱门斯先生自言自语着，抽着难闻的雪茄。

当然，山姆·克莱门斯本人深爱着派克太太，这不是什么秘密。前几年，由于健康的原因，在百慕大群岛度假时，他就已经拜倒在这个女人的法术之下；他喜欢称自己为“动物的温和外皮，对世界要求很少，却总是获得太多”。他自己对派克太太的迷恋持续着，像慢性疾病，但他相信，他享受一种令人羡慕的那种“刀枪不入”——也被称为“阳痿”——就女性而言。—— 用克莱门斯自己的滑稽的话语来说，似乎他对于哈瓦那雪茄和老爷爷威士忌的激情，在刚开始是用来麻醉他的内心躁动的，结果很快比那种躁动更重要了；成为强烈的欲望对象，胜过了以前任何灯红酒绿的浪漫。克莱门斯先生自称“被年龄磨去了棱角”，但是，对于“其他傻瓜”变幻莫测的七情六欲，他仍然保留着小说家一偷窥狂的戏虐性的兴趣。

本历史学家很遗憾地报告说，在从百慕大群岛寄给妻子的信中，伍德罗·威尔逊大大歪曲了他和派克太太的关系！例如，在 4 月 19 日的信中，除了作为桑·苏西午宴的女主人之外，威尔逊博士几乎没有提到她；目前尚不完全清楚，伍德罗·威尔逊是如何被邀请参加午宴的，以及为什么被邀请。在随后的一封信中，威尔逊博士不屑地谈到派克太太那种利波提切画作中的美——他说他看不出来；他从来没有表明他和她是如何眉飞色舞，如何没有心思做他带去百慕大群岛的工作。事实上，在一个身着白色服装的土著管家把他领到这个年轻女子的面前时，威尔逊博士就以孩子气的敬畏瞪着他的女主人，她当然是他在近距离所见过的最美的女人。

他马上有了一种丈夫的尴尬或羞愧，因为他亲爱的小妻子和这位荣光四射的希贝拉比起来是多么地没有魅力啊——可怜的艾伦！幸好她不在这里。

大家都知道桑·苏西的女主人嫁给了一个非常富有的人，或者可能是一个非常富有的家族的继承人，大家还知道桑·苏西的女主人的年龄是神秘莫测的——显然，她已不再年轻；然而，她的脸有着希腊雕像的面具美，完美无瑕、高高在上。她的眼睛是一种奇怪的金黄色调，眼睫毛很浓密；她的面色苍白如霜。她的微笑，兼含庄重和感性，露出完美、洁白的牙齿——牙齿的特征使威尔逊博士自觉地意识到：最近自己的蛀牙已经令人担忧，变得斑驳难看，他非常害怕大量的“牙龈工作”，所以已经几个月躲着不看普林斯顿牙医，取消了威尔逊太太给他预约的牙医。希贝拉·派克的头发是一种罕见的银金色，给她的面貌特征增添了一种月球上的，而不是地球上的特征：头发造型精致，戴着一个大大的编制花冠，或者是编制花环，盘绕着山茶花，使人们联想起先前更浪漫主义的时期。她穿着一件沃斯牌闪闪发光的金黄色丝绸礼服，象牙色丝绸镶边，是希腊的简约风格，与其优雅和昂贵相得益彰；威尔逊博士再次感到一阵尴尬，因为他可怜的亲爱的艾伦的矮胖身材使得漂亮服装也显得寒酸了。

当克莱门斯先生介绍他们认识时，派克太太露出灿烂的微笑，伸出她的手让对方亲吻，轻声喊道：“伍德罗·威尔逊，真的吗！我一直希望认识著名的《国会政府》的作者，觉得自己很荣幸。”

这真是太意外了。伍德罗·威尔逊简直不相信自己的耳朵。如果人们声称自己拜读过威尔逊博士的《美利坚民族史》或者《乔治·华盛顿》，这并不罕见，但是，声称自己已经阅读，或者欣赏，比前两部作品难读得多的《国会政府》，这的确太惊人了。威尔逊博士感到迷惑不解，脸红得像个小学生，当然也没能力去吻那个女人伸出来的手了，只是结结巴巴地做了回应；满脸通红；非常感谢山姆·克莱门斯在场。克莱门斯是一个多么好心的人啊，看到伍德罗·威尔逊眼中闪现出一个人们在沉入变幻莫测的海面时所表现出的恐慌，是多么同情他啊。

伍德罗·威尔逊早已“掌握”（或者他自己这样认为）讲台演讲的诀窍，就是演讲需要一个善于接受的、不挑剔的观众，但是，正如他知道的，复杂的社交对话艺术超乎他的掌控；虽然派克太太似乎对于他所说的所有的东西都印象极为深刻，而且在不断地问他关于普林斯顿、美国，和二十世纪“未来世界”的问题的时候，他或许都以他惯常的流利作了回答。

这样，第一次拜访取得了相当的成功；当他正准备离开时，派克太太把他拉到一边，说她希望他们会很快再见面，因为她已经很久没有遇到一位具有威尔逊博士这样气质的绅士了——“智慧的活力再加上男子气概的身材。”

（值得注意的是，从那天起，直到他患上几乎让他送命的中风的那个早上，在胸前的口袋里，在最为严格的保密状态下，伍德罗·威尔逊一直保存着从派克太太的头发上掉下来的一片山茶花瓣）

伍德罗·威尔逊跟女人们的关系这个话题非常复杂、暧昧不清，而且明显“有争议”，所以本历史学家不愿意在这里介绍；但是，为了历史准确性的问题，我相信应该记录下来的是，在这整个编年史中，除了满嘴胡言乱语的疯子贺拉斯·伯尔，没有哪位绅士像托马斯·伍德罗·威尔逊能够有这种极度兴奋的激情了——根据历史，全世界都知道的是这个人拘谨、坚定，“像个僧侣似的”！

已经发生的情况似乎是，伍德罗·威尔逊第一次见面就爱上了希贝拉·

派克——众所周知的“一见钟情”。即使在他给自己忠贞的妻子写那些一成不变地以“我的心肝宝贝……”开头的信件时。在百慕大群岛，他人在那里，心却几乎每一天都被桑·苏西的女主人俘虏，他几乎无法想别的事情，尽管他的那些信件一再严正声明。事实上，威尔逊博士激情难耐，他们见面后的第一个晚上，他熬夜给“我的亲爱的希贝拉”写了无数信件，只是他肯定没有寄出写给她的这些信。

在现存的信件中，第二封信的内容扯得最远，无论是自吹自擂还是天真烂漫：伍德罗告诉他热恋的对象，“对我来说，深深的不安分是天生的，精神上的深深的不安分”；他讲述了自己在十六岁时经历的一次皈依——和希贝拉·派克的“神奇”会面激起了他同样的感受。“我的这次灵魂巨变是由一个名叫弗兰西斯·布鲁克的虔诚、清秀的青年引发的，他当时是南卡罗来纳州哥伦比亚神学院的学生，我父亲当时在那里教书。啊，他的光芒四射的说服力！我立刻就知道了，希贝拉，真正的恩典已经在我的心里开始……这次皈依的直接后果是，当然，我成了教会的成年会员；更大的后果是，我现在理解了耶稣·基督的爱人类的天性；除此之外，上帝对于我的特别希望，那就是，我，托马斯·伍德罗·威尔逊，是命中注定要担当大任的；我决不屈服于我的敌人；上帝会保护我，直到我地球上的任务已经完成了。”

伍德罗·威尔逊连续写了好几页，话题是他遇到希贝拉·派克的“狂喜”，他对年轻的布鲁克的友谊的“深深感激”，那位改变了他的生活的“有魅力的基督徒”；然后，意识到他必须结束这次情感的宣泄，他再次谈到了与派克太太的相识带来的快乐，并在信的结尾提出希望他们会很快再次见面。

已经有很多针对伍德罗·威尔逊对于女性的感情方面的批评，特别是自上世纪七十年代的动荡岁月开始，当时“妇女权利”问题被以一个有点激进和敌意的态度首次提出，这对于威尔逊所处的时代和经历都不利。（关于这一话题最极端的激进女权主义思想，参见赫林斯、斯格尔米仕、考兹道伊和奥斯特瑞克。）当然，威尔逊博士对女性的总体态度不能从他写给气质尊贵的“希贝拉·派克”的信中推断出来。在他的时代，人们广泛的共识是：威尔逊似乎相信，女人的“神圣”的作用就是激发男人，因为男人的“神圣”的作用是“忠实，虔诚”地服务于国家。在伍德罗·威尔逊常说的这些信念中，他确信他所说的不仅仅只代表他自己和为了他自己，而是代表美国，也是说出了美国的心声；事实上，他并不怀疑美国通过伍德罗·威尔逊说话，用一个近乎全能的声音说话。

同时，威尔逊博士并不愿意充当支持微不足道的女人们争取平等的傻瓜，更不用说要优越于男人。事实上，他认为她们根本就不能够被当作“共和国的公民”认真对待。

他曾经言辞犀利地对当时一直为争取女性普选权辩护的威廉敏娜·伯尔小姐说，在他坚决反对把投票权交到妇女手中的同时，他同样坚决反对不赞成这一观点的论争——“因为不赞成这一观点的论争毫无逻辑性。”

“可是，那么，威尔逊博士，你又为什么反对妇女投票权?”威廉敏娜问道，英俊的脸蛋马上通红；伍德罗·威尔逊说：“我已经告诉你，伯尔小姐。我是‘坚决反对’——除了我坚决反对以外，绝对没有合乎逻辑的理由。”这令整个房间忍俊不禁。

威尔逊博士更为严肃地解释说，事实上，他并不反对女性参政权本身，而是担心在大多数家庭中会有“两次投票”的后果，这种方式会带来“已经过大的和未受过良好教育的选民的毫无用处的扩大”。女性主义者提出，自从解放奴隶以来，黑人男性被允许投票（至少在理论上，在这个国家的某些地区），那么女性就应该相继被给予投票权。对此，威尔逊博士的回答诙谐机智：“女士们，两个错误，不能等于正确。”

妇女参政运动使伍德罗·威尔逊和当时许多的男人一样都充满了厌恶和恐惧，他觉得妇女的行为“不像女人”，是“异常”现象；这一定会导致两性乱交，道德普遍崩溃。因为上帝赋予，像他自己亲爱的妻子艾伦那样的女人以同情和支持的美德，反过来，这些美德赋予了男人们与邪恶斗争所必需的力量。难道情况不是如此吗?如果这种力量被削弱了或者破坏了，会怎么样呢?“这个性别中所有的人都会采取原始亚马孙族女战士的态度，”威尔逊博士说，“那么我们男人就会受到恐吓，男人这个物种可能会在一代人之内就消亡了。”

然而，更令人厌恶的思想是，如果允许妇女投票，那么，是不是妇女们接着很可能就会竞选政治职务？这个想法令人无法容忍！

“想象一下，一位女性参议员！一个女总统！美国将成为世界的笑柄。”

语气轻松一点的话，伍德罗·威尔逊也忍不住拿一两个长期坚定不移的妇女参政者开涮。他认为伊丽莎白·卡迪·斯坦顿和苏珊·B. 安东尼是“可恶的泼妇，其坏脾气是他们丑陋的脸孔造成的。”他认为 1848 年塞内卡·福尔斯大会是“现在所有邪恶的根源——女巫最初的策划”。只有朱丽亚·沃德·豪夫人逃过了他的责难，在他的眼中成了一位惬意的母亲般的老妇人，她的疯狂的想法不可能伤害任何人。

就威尔逊博士自己的女眷而言，艾伦·威尔逊和他们的三个女儿向伍德罗保证，她们不希望投票，在这样的事情上完全信任男人。

威尔逊校长拒绝被女性的伎俩所左右，不做任何违反学术和道德原则的事情，普林斯顿的几代学生对此反复谈论。例如，在 1904 年的春天，出身于华盛顿哥伦比亚特区名门的一个寡妇约好了去和他说话，请求他恢复她儿子的学籍。她儿子在大学四年级的时候因为包养情妇犯罪，被驱逐出大学——（事实上，就在老拿骚大厅对面，在普林斯顿银行上面的一个公寓）。只在几个月前，这位几乎发疯的女人失去了她的丈夫，所以她穿着丧服，从私人的角度向威尔逊博士陈述这件事情：说她的儿子已经遭受了“奇耻大辱”，而且他的整个家族都同样遭受了他的耻辱；而她本人很快就要接受肿瘤切除手术，她认为，如果这件丢脸的事情继续存在，那就可能威胁到她术后存活的可能性。

虽然伍德罗·威尔逊礼貌地听着这份请求，并表示同情，但是他已经下定决心不会对此优柔寡断，因为他的原则是，“一旦他已经转动了钥匙，就绝不会改变主意。”他对泪流满面的寡妇遗憾地说：“夫人，在普林斯顿的本科生中，唯一比醉酒更为严重的罪行就是道德沦丧。不幸的是你的健康已经被你儿子的不光彩行为危害了，但这不是大学的错，夫人，也不是我的错。如果我被迫在我们大学的公平正义和你的生命之间选择，夫人，恐怕我只能被迫选择前者了。”

伍德罗·威尔逊中风前一天，正是他与叫做“希贝拉·派克”的女人最后一次幽会的那个下午，威尔逊博士花了很多时间焦虑不安地沉思；他是否最后会鼓起勇气对他心爱的希贝拉设法说出他在信中要说的心里话；他是否会抓住她的手，把他的嘴唇激动地按在她的手上。在百慕大群岛，在桑·苏西朦胧的暮色中，曾有过短暂和暧昧的亲密……但这些似乎消失了，就像白日梦一样。

“像一个小学生一样疯狂地去爱！而且在我生命中的一个时期。”在一阵狂喜的痛苦中，威尔逊博士审视着镜子里的自己：高高的、瘦瘦的，突出的下巴和玻璃般闪闪发光的眼睛。他非常激动，想象着安得烈·韦斯特会怎么想，如果他看到伍德罗·威尔逊和希贝拉·派克在一起！

战场路后面毗邻村庄的是那块叫做“战场”的著名林地，由于普林斯顿人当时并不是经常光顾，所以伍德罗·威尔逊安排特意前往普林斯顿来看望他的派克太太 4 点钟多一点儿的时候在那里见面；他在拿骚厅找借口说他有一个紧急医疗预约。

总之，派克太太和伍德罗·威尔逊只在那里秘密约会几次，我认为；一些历史学家认为，他们没有在任何“亲密”场合见过面；但似乎这种会合，在这田园诗般的地方，的确发生过，只不过只有一次。

希贝拉·派克声称，她是“被你的笔的力量，亲爱的伍德罗”吸引到普林斯顿的。在普林斯顿，她住在巴亚德巷的孔雀客栈的一间套房；当然，她的爱人不能在客栈附近的任何地方见她。伍德罗明显比派克太太更感觉到他们的爱情的压力；他承受着已婚男人在这样的情况下通常会有的痛苦和内疚，然而，如同其他的已婚男人一样，他丝毫不希望改变现状，因为没有什么比这带给他更多的幸福、更多的快乐和更多的希望。然而，因为这桩风流韵事（似乎）没有达成，事实上远未达成，伍德罗几乎没有感到任何胜利、得意或者仅仅是动物的满足带来的补偿感。

（可怜的艾伦·威尔逊！像许多配偶不忠的妻子一样，她十分清楚地感觉到她丈夫灵魂里的那份躁动；然而，艾伦·威尔逊天真地将伍德罗的状况归咎于他和研究生院院长，以及位于前程大街的饮食俱乐部之间的持续斗争，这场斗争没有任何解决的迹象。对艾伦来说，更可怕的是，在少女时代，她亲眼见证了她当牧师的父亲在中年死于急性精神病，并伴有忧郁症，这让她疯狂；而且，最可耻的是，1884 年 5 月 30 日，他死在自己的手上——命运开了个残酷的玩笑，二十二年后的同一天，她的丈夫中风。)

在 5 月 29 日那个潮湿的春天下午，随着 4 点钟的临近，伍德罗·威尔逊非常担心希贝拉·派克不会出现在战场公园的边缘；接着，他又非常担心她会出现，他将“彻底毁了”。

虽然伍德罗能够在散文和书信中坦露自己的心扉，但是他却害怕在对方面前失去“自我控制”。因为没有人，甚至艾伦，对于锁在他胸中的“不安分”有任何的觉察。

然而，根本没有必要担心，因为希贝拉·派克在树林边上，等待着他，就像前拉斐尔派的一幅画：穿着一件老样式的荷叶边的薄纱衣服，有很多层草莓色材料的泡泡纱似的装饰，镶着一种隐约可见的暗色调的丝带，巧妙地编织缝合。派克太太慢慢转动着举在头顶的一把白色的阳伞；她头上戴着一顶带缎带的宽边草帽，来搭配她的礼服，手指上戴着白色蕾丝手套。一层精致的面纱遮住了眼睛的光泽。神经紧张的伍德罗·威尔逊的印象是，她是一朵通过魔法转至北方森林的一朵珍贵的兰花，所以毫无疑问的是，当他急忙去问候她的时候，在一定程度上，他的勇气已经丧失殆尽。“啊，亲爱的希贝拉！你已经来了……”

伍德罗把一束香雪球和微型鸢尾花献给了希贝拉，那是在来之前从他妻子在前程别墅后面的花园里摘的，对方面带着幸福的微笑接了过去，把花别在了裙子腰带处。

然后，派克太太礼貌地询问威尔逊博士的健康和幸福：“你看，亲爱的汤米，短短的几个星期，好像你已经完全没有了在百慕大群岛时的‘太阳色’！”威尔逊博士觉得有必要详细地说一说自己平时的各种危机，包括消化、神经、视觉、脊柱的“违规行为”和“疼痛的牙龈”，因为派克太太像艾伦·威尔逊以前那样聚精会神地倾听着。

“我们会找到一个方法来‘超越’这些危机，亲爱的汤米。你要相信我。”

这对情侣走在“战场”上，沿着少有人走的那条充满阳光和阴影的路径；派克太太的手臂从伍德罗的臂弯中穿过，产生了令人愉快的压力感。

为了让他高兴，而并非让他苦恼，派克太太抱怨说，一个“纠缠不休的求婚者”最近“重新进入”她的生活，给予她“不必要的关注”：一位最知名的美国作家，被誉为美国莎士比亚。派克太太解释说，正是部分由于这个原因，她才到普林斯顿见伍德罗，即“汤米”——她想从一位像威尔逊博士那样具有智慧和敏感的绅士那里得到建议。她该做什么？——该怎么办？因为那位不受欢迎的求婚者是一个鳏夫，很孤独；他几年前爱过她，结果一场空，她认为一时的狂热已经过去了；而现在他又在用爱的宣言、讨厌的信件和写得一塌糊涂的诗等等来对她纠缠不休——“因为他没有写诗的才华，汤米，不像你。他写的是粗糙的、支离破碎的散文。”

伍德罗·威尔逊感到一阵嫉妒和愤怒：他知道这个不受欢迎的求婚者是塞缪尔·克莱门斯，他的对手。他激动地说：“如果你已经要求他停止，而他还坚持，他就不是一个绅士。你必须坚决拒绝他。我想——我相信——他是一个不道德的人：他是一个玩世不恭的人，一个无神论者，一个酒鬼。”

“真的！我想你是对的，汤米。是的……”

“你可能会考虑搬到普林斯顿，住在这里——以躲开他……我可以帮你，当然——如果是间接的……”

注意到她的同伴变得激动了，派克太太改变了话题，问威尔逊博士他的行政工作进展如何；是否他的“困难”已经快要解决了。这引发了一段冗长的独白，从他对于“诽谤”他的敌人的蔑视，到一些新泽西民主党的“拥立国王者”猜测伍德罗·威尔逊有资格当州长的传闻，以及他对此所感到的压抑不住的自豪感。

“州长！这是一个好消息，”希贝拉·派克说，“我听说了，我应该告诉你，只是一点点。如果这成为事实，会粉碎你的敌人吗？”

“如果我当选州长，是的——他们都会被粉碎。那就是说，如果他们没有预先粉碎我。”

“为什么，你是什么意思？”

“作为大学校长。在这里，我是极易受到疯狂攻击的。”

这两个人就这样沿着战场公园边缘慢慢地走着，进行着深刻而且认真的谈话；观察者会注意那位男士尴尬的身高，那位女士优雅的草莓色身影。有时候，女士把头往那位绅士的肩上倾斜一下，仿佛是不经意地。

接着，希贝拉·派克停了下来；撩起眼前的面纱，坦诚地看着伍德罗·威尔逊，来接受他充满赞赏的目光；并以一种孩子气的声音告诉他，在某种程度上，她欺骗了他，因为她没有完全展现自己的面目；她不是她看起来的样子。

"'希贝拉·派克'，是的——在一定程度上。但是，事实上，说实话，我是希贝拉·德·巴赫根伯爵夫人，我不是美国出生的公民，而是一个'归化'的公民，从二十岁开始。"

"'伯爵夫人！'"伍德罗·威尔逊眨了眨眼，目瞪口呆，充满了敬畏。

"我没想过向我的美国朋友们承认，不像我亲爱的忠实的伙伴英格利希·冯·葛奈斯特，他从来都毫不犹豫地展开他的家族谱系，只要愿意，任何人都可以看看，我是所谓的纯正的欧洲贵族血统，是德国北部古老的巴赫根家族。我是一个'伯爵夫人'，不仅通过世袭，而且通过婚姻；事实上，那是一个最讽刺和苦涩的结合。"希贝拉低声说，"双重意义上的伯爵夫人①，亲爱的汤米；这是我的命运。一个结了婚的女人，完全不是出于意愿。现在我已经逃离了旧世界，无非是想建立一个新生活……我想你正在好奇？你想知道关于我的丈夫的情况？遗憾的是，我的家人把我嫁给了雨果·德·巴赫根伯爵，大约有六十岁的鳏夫……他的孩子的年龄都比我大，我当时只有十八岁。总之，亲爱的汤米，情况最终是这样的：我发现自己在'神圣的'婚姻状态下很不幸福，这是一种特定的婚姻习俗造成的，这种习俗在欧洲中部很常见。我开始谋划逃跑。我没有朋友，我的家人会不认我；我的继子们都是畜牲，只想利用我；一个深夜，在我最痛苦的时候，避开我的丈夫，躲藏在巴赫根城堡偏远的一个侧翼，我双膝跪下祈求上帝的怜悯——房间里出现了一阵光，非常猛烈，如此强烈，接着，出现了一个神灵，我开始以为是上帝，但其实这是一个大天使——（你见过吗，亲爱的汤米？没

---

① 英文中，"Countess"一词既指"伯爵夫人"，又指"女伯爵"。希贝拉既世袭了"女伯爵"身份，又嫁给了一位伯爵，成了"伯爵夫人"。——译者注

有?）——光芒四射，几乎让人睁不开眼睛，既灿烂又可怕，你可以想象。”

伍德罗·威尔逊敬畏地凝视着美丽的希贝拉——希贝拉伯爵夫人！作为一个非常虔诚的基督徒，一个非常重视宗教生活的长老会教徒，他一生中从来没有见过大天使，更别说大天使来看望他了。

“是的，亲爱的汤米，你这样敏感地看着我，是对我——同情，也是怜悯——在我年轻的时候，在我绝望的情况下，这对我不是一个‘简单的’经历；正如所有的神秘主义者所记录的，‘幻象’的体验磨练灵魂；你不能真正知道你是活着，或者已经死了。或者你是在神面前，还是在恶魔面前。我当时是如此的困惑和害怕，我没有完全理解天使的启示；但实质似乎是，我的内心渴望死亡，从而我心中犯了自杀的罪；因此，如果我希望，我的被诅咒的死亡可能得到了神的赦免，所以，我的灵魂一直都奉献给上帝。这就是说，我亲爱的朋友，我当时身处绝境，既要逃脱我的野蛮丈夫，也要逃脱自己的罪所带来的恶果，如果我同意接受幽灵群落中自己的位置，按照上帝的伟大的计划，就是充当一位天女——一位天使一样的信使。”

希贝拉停了下来，伍德罗·威尔逊可能在吸收她惊人的话语。希贝拉脸色紧张，和她平时社交场合中的光鲜样子迥然不同；她压在伍德罗的胳膊上的重量增加了，好像她需要他的力量来支撑自己。

“一位天女？‘天使一样的信使’？可能吗？”

“汤米，是的。只有你知道我的秘密。塞缪尔·克莱门斯戏弄我和折磨我，叫我‘天使’——‘他的守护天使’，但这个人没有意识到他说的是什么；因为他不相信，所以恐怕他受折磨的灵魂将永远受到折磨——不相信地狱。你，亲爱的汤米，是完全不同的：你值得信任，我的秘密可以告诉你。如果，在百慕大群岛，在你看来，我在社交场合上，见多识广；如果，在你看来，我现在是一个古老家族的后裔，自诩高贵；如果，的确，我有时候给你一种‘冰冷’和‘做作’的感觉——那么，我亲爱的朋友，我必须告诉你，只告诉你，我是一个更高力量的代表，而根本不是一个凡间女子。”

说着这启示的时候，派克太太依靠着伍德罗·威尔逊的胳膊；她把戴着手套的手放在他的手腕上，仿佛要使他怦怦跳动的心脏平静下来；显然威尔逊博士被这个启示震撼了，不知道该如何思考了。

希贝拉·派克以一个安静的声音重申了刚刚说过的部分话语，那些可能被这个心烦意乱的男人错过的话；并且进一步解释了天使探视后自己的生活，事实上，天使探视已是数年前的事情，很久之后她才开始在美国的“新的、纯洁的”生活。

“我认为一定是你的谦虚，汤米，吸引了我。你的谦逊阻止你不能完全理解为什么会让一个天女来与你进行亲密沟通。但是，你明白——天使会在那些值得和需要他们的那些人的生命的关键时刻出现在他们身边，当上帝要使他们明确知道他的意图的时候。”

以这样一种方式，性感十足的派克太太列举了在过去的历史中天使探望重要人物的情况，伍德罗非常了解的那些人——格莱斯顿、拿破仑、亚力山大大帝以及乔治·华盛顿将军，就是在 1776 年 12 月 26 日华盛顿将军奇袭在特伦顿的毫无防备的德国黑森人的前夕。伍德罗非常认真地听着所有这些故事。最后，他苍白的嘴唇不由自主地笑了笑，说：“这是真的，这是真的——正如父亲希望的。”

“‘父亲’——?”

“我的父亲。当我是个孩子的时候。‘天使一样的信使’——‘一个特殊的命运’——他似乎知道。是的，”伍德罗擦了擦眼睛，说：“他知道。”

“你亲爱的父亲现在还活着，汤米?”

“没有！他死了。”

“然而，他会从天上看着你——你的职业生涯。你可以肯定这一点。”

“我——我有时希望……”

“另外，亲爱的汤米，今天我在这里有一个特殊的原因，你必须知道。对一个天女来说，没有什么是偶然的；都是伟大计划的一部分。你没有意识到你所处的危险——在这个非常时刻，在波士顿，你在大学里的肆无忌惮的对手都相信，一位老校友给普林斯顿留下一大笔钱，条件是他被任命为执行人——具体说，超过二百万美元。想想这件事对大学本身的侮辱，一个局外人，即使是一个非常富有的校友，竟然擅自决定大学政策！不久就会出现‘强盗大亨’——像臭名昭著的安得烈·卡耐基——将通过在管理者们面前许诺馈赠大笔钱财，吊其胃口，以及通过直接贿赂他们，来控制最高教育机构。腐败的政客，彻头彻尾的罪犯：他们会不会要竖立纪念碑，并危及理想主义和天真无邪的青年？而这一切源自安得烈·韦斯特对于波士顿一个易受影响的老人的操纵，这位老人轻易被人奉承为一个革命战争英雄的后代；他不能区分一个拍马屁的人和——一位像你一样的有管理能力的绅士。（我想你去年拜访过怀曼先生吧？没有满意的结果？）这是一件憾事，也是一个悲剧；然而，还不是全盘皆输，因为我此行的目的不仅是为了提醒你即将到来的灾难，也是给你提出将改变一切的行动建议。”

派克太太停了下来，让伍德罗消化理解这个更加惊人的消息。他茫然地问是不是真的——“怀曼会向韦斯特屈服，完全毁灭我？”看到伍德罗受到如此大的震撼，而且苍白的额头已经潮湿，派克太太从口袋里取出一个花边手帕，擦了擦他发烫的皮肤。

“‘将改变一切的行动’——如何做？”

“因为我已经被一个更高的力量授命，汤米，超越了仅仅是正义、道德、‘正确或错误’等人类观念，所以我也被授命来阻止那位院长的计划；甚至，如果有必要，消除他在世界上的邪恶影响。也就是说，如果你希望如此的话。”

希贝拉·派克轻声地说。但伍德罗·威尔逊听得清清楚楚。

“‘消除他在世界上的邪恶影响’——？如果我希望如此的话？”

“上帝关心的是，他为你制定的计划还远未得到实施就可能会遭到破坏。全能的上帝有理由知道院长可能会跳入魔鬼的阵营——给这个动乱的社区带来更多的灾难。”现在，希贝拉就事论事地说着，坦率地看着伍德罗·威尔逊吃惊的眼神。“这里最近发生的骚乱，以及整个国家总的来说发生的骚乱，都是由于强大的领导者没能够维护自己的主张，无论从管理机构、讲坛，或者大学；这你一定是知道的。普林斯顿的‘禽兽般’的杀戮……那几次‘惨死’……如果允许安得烈·韦斯特的政变发生，这个人将永无休止，直到他羞辱你离职，然后自己加冕校长的桂冠。（格罗弗·克利夫兰曾表示，不看到他的朋友就职，他不会死掉！）所有这一切都强烈违背全能的主的计划，即伍德罗·威尔逊将在普林斯顿胜出，像你的某些著名的前辈一样享受长久的统治，然后将继续管理政府部门的公共事业，并以一个政治家而告终……

所以，这个障碍必须马上处理掉。”

“政治家？在普林斯顿，我的出身如此之低……”

“汤米，如果你不优柔寡断，一个辉煌的事业摆在你面前。现在是在普林斯顿——明天在特伦顿——此后在华盛顿哥伦比亚特区；从那里，有朝一日，世界将团结在以美国总统为领导的一种‘联盟’或‘俱乐部’周围。……亲爱的朋友，你的眼睛是呆滞的，你的举止是沮丧的；从前那个锋芒毕露、令众人畏惧的表情哪里去了？”

伍德罗对他的反应迟钝以及未能完全理解正在向他解释这一切而道歉，他希望能被原谅，但他觉得“很奇怪”；好像在他的脑袋里正在产生“巨大的压力”；在这潮湿的春天的气息中他无法呼吸。

“汤米，坐下来！坐在这里的草地上。我们会坐在一起，因为全能的神在上面看着我们呢。”

这两个人在战场公园的森林边缘没有修剪的高高的草丛里坐下，有些尴尬；伍德罗·威尔逊完全不习惯这样的行为，也许从孩提时代他就没有在地上坐过。近在咫尺的派克太太很得体地把草莓色裙子收拢在她的周围，然后坐进草丛里，又撑起阳伞遮住她无瑕的肌肤，一边和她的紧张的情人说着话，语气温和而热切：“亲爱的汤米，你只要使劲握一下我的手向我表明，你是否想让你的天女来满足你的愿望——你是否确实希望以安得烈·韦斯特为代表的邪恶被立刻消灭。然后，在普林斯顿，在你面前的将是成功的统治，包括最终禁止饮食俱乐部；你将比你的前任温斯洛·斯莱德和杰姆斯·麦考士更顺利。在我主的计划中，更大的荣誉将会相继出现，助你达到这样的顶点，你的宿敌将不得不伸长了脖子，目瞪口呆地看着你。一个可怕的毁灭的时代在等待着欧洲；一个牺牲的时代，年轻的美国士兵将被派去‘守护世界民主’；然而，你会胜利的，有一天，你会听到来自整个饱受战争蹂躏的欧洲的崇拜的祈祷，尤其是在意大利——充满崇敬的意大利人会汇聚成海洋，在罗马的各个广场高唱你的名字——伍伍弱·威尔森万岁！伍伍弱·威尔森万岁！”

伍德罗摇了摇头，仿佛要从梦中醒来，用微弱的声音问道：“‘伍伍弱·威尔森’——为什么不能正确说出我的名字呢？这是在嘲弄吗？在开玩笑？

我不喜欢出远门，希贝拉；我的神经，我的胃，不能容忍……我的亲爱的希贝拉，你在吓唬我——我确实感到有点眩晕。”

“汤米，你太令我吃惊了。伍德罗·威尔逊竟然用这样一个懦弱的方式盯着我，对我主的计划如此缺乏热情。你本来可以在一瞬间就摆脱安得烈·韦斯特——我主有力量击倒他，就像一个人碾死在他脚下的一只胖胖的甲虫；这样你就可以轻松取得胜利，可以对那帮瘫痪的老傻瓜，那个‘董事会’，称王称霸，你知道，你早就厌倦了舔他们的靴子；你会让那个肥胖笨拙的大胖子克利夫兰早早进入坟墓——即使不是足够早。你亲爱的妻子艾伦，不会有任何怀疑，会为你高兴；你的女儿们会更加爱你，适合她们的丈夫可能就会出现，而现在他们还在观望，想看看岌岌可危的职业生涯将如何进展。至于这里的教师——一旦你将你的脚放在他们的脖子上，他们就永远听命于你，因为他们性格懦弱，如果你支付他们相当不错的工钱，并且时不时地邀请他们到前程别墅做客，他们就不会制造任何麻烦。一旦这样做，正如我所说的，就一劳永逸了；一切都将摆在你面前，威尔逊博士——全世界。”

伍德罗似乎在自言自语，又似乎在对派克太太说话，声音模糊却又充满希望：“……天父的确似乎能够预见。他的手放在我肩上，他的声音斩钉截铁……我的儿子会成为一个伟大的人。然而，希贝拉，非常奇怪的是：我实际上似乎并没有感觉到任何‘野心’——超越普林斯顿的‘野心’。这真的是我所需要的全部。我从来不喜欢欧洲——只有英国和苏格兰。我的神经受不了‘外国口音’——听不懂的英语。所谓的法国、西班牙、意大利、希腊，甚至德国等文化对我来说毫无用处；教皇指令下的天主教国家令人鄙视。就我而言，我不知道，也不是很在乎阿尔卑斯山是在意大利，还是在瑞士，或者比利时；巴格达是在波斯，还是君士坦丁堡，或者是墨西哥。所有的这些地方都可能是堆在须得海①的岸边。”他有气无力地笑了笑，意思是后面这些话是玩笑。

“汤米！这可不像你说的话。记着你的父亲对你的希望，以及你自己的

① 地名，属荷兰，艾瑟尔湖的旧称。——译者注

那些秘密的欲望。从儿时起，你已经找到了你的命运——哪怕只是间接的。现在，我作为一个天女，第一个拜访普林斯顿的天女，也许是最后一个，已经被全能的神设计好帮你——除了好处，对你没有任何后果。”

“‘没有后果’——？没有人会知道？”

“当然，没有人会知道。安得烈·韦斯特会消失——‘由于自然原因。”

“‘自然原因’……”

“亲爱的汤米，你听起来像一只鹦鹉！但是，是一只胆小的鹦鹉，根本没有一点大胆、有远见的政治家伍德罗·威尔逊的样子。”

在远处，老北教堂在打5点的钟声：如此迅速，一个小时过去了！如果没有客人，6点准时在前程别墅吃饭是伍德罗的习惯。伍德罗摆弄着他的衣领，此时，他觉得这衣领非常紧，大声地说他不知道他必须做什么……

“做什么？”希贝拉·派克的声音变得明显犀利了，并且现在还略带讽刺。“哎呀，你什么都不用做。你曾经真正做过什么，我的朋友？你是一个健谈的人，一个指挥官……你告诉别人做什么。你只需要给我你的准许，只要把你的手在我的手上轻轻一捏，那么，明天在伯威克吃早餐的时候，虚荣的韦斯特便会倒地死去——猝发，他不会有任何痛苦。”

渐渐地，希贝拉·派克的声音越来越激烈、不耐烦；在自己的肩上心神不定地转动着阳伞；用一种不相信的蔑视盯着她的同伴，而对方似乎不再意识到她作为一个优雅美丽的女性的存在。他的嘴唇麻木地移动着：“‘没有痛苦’……那是一种幸运。安得烈会吃得过饱——过度放纵……他的血压，据说，是高得非常危险。然而，多么好的胃口！真是遗憾……但他是魔鬼的同伙，这是明确的……唉，我会想念他……伯爵夫人，我感到有点眩晕，我希望你能原谅我。”

“你的准许，先生，”希贝拉·派克强颜欢笑地说，“以及你之后的宽恕。如果你不想大声表达你的秘密愿望，也许只是点头或者……”

然而伍德罗·威尔逊继续沉思，同时用手指摸着下巴，面无表情；希贝拉·派克越来越不耐烦。“世界都在我的面前，正如天父所预言的……如果安得烈倒地死了。那么简单！他会一点感觉都没有……他和我同岁，这个时候这样的事情会发生……事实上，我在三十九岁时就得了轻度的中风……不过我从中恢复过来了……而你说，安得烈，不会恢复吗?”希贝拉·派克掏出她的扇子，啪地一声打开，然后开始用力地扇风，而伍德罗还在继续沉思着说：“我想我确实可以影响历史的进程——国家的命运——上帝的意志转化为政治。关税一直是我所憎恶的，正如所有的民主党人一样；我认为我可以轻松地‘胜过泰迪’，加强力度支持反垄断法；并给予联邦更公正慷慨的援助，削弱工会的力量。但我不知道，伯爵夫人，是否有一些误会——你是否把我错认为别人了……”

派克太太立即说，那是不可能的。她的语气现在显然是在讽刺。“只有一个‘托马斯·伍德罗·威尔逊’，我认为。你是说你拒绝我们?拒绝全能的神的计划通过你来实施?”

她拉伍德罗·威尔逊笨拙地坐在地上，而后者根本不知道如何放置他的那两条又长又瘦的腿，也不知道该把腿放在哪里，他拉扯着高高的立领，好像他的力量在逐渐增强，越发用力地说道：“即使我希望这种进步，伯爵夫人，我也不能以另一个人的生命为代价来接受它——甚至不会以另一个人的痛苦为代价……不，我不希望安得烈·韦斯特在任何情况下死掉。”

“那么你认为韦斯特会如此大度地对你吗?”

“我——我——我认为——他不会这么大度……耶稣的训诫，我们要爱我们的敌人，希望别人如何对待我们，我们就要如何对待别人。”伍德罗慢慢地说着，就像是小心翼翼地经过一个艰难的通道。“但是，派克太太，我必须拒绝你的提议，最主要的原因很简单，我不想为了任何奖赏伤害我的敌人，更不可能为了报复伤害我的敌人。”

现在，派克太太的回答已经几乎不再隐藏她的愤怒：“假如是这样，威尔逊博士，明天早上，院长的命运就会降临到你的头上，你就成了他的替代品？我主对你们的长期不和以及你们共同呼吁更高力量的援助感到厌烦，颁布了法令，你们中间的一位必须除掉?你会准备到了那时再改变你的想法吗?”

焦虑不安的威尔逊博士一直在笨手笨脚地弄着他的夹鼻眼镜，想把眼镜更稳妥地固定在他大汗淋漓的脸上；现在他想像过去那样“权威”地盯着这个女人——不幸的是，“权威”已经几乎从他那双流泪的眼睛里消失殆尽。

但是，他还是用一个颤抖的声音肯定地说：“如果你了解我，伯爵夫人，你会知道，我一旦作出决定，绝不会改变我的主意。上锁后，钥匙扔掉了。”

这段长时间的谈话使得伍德罗·威尔逊筋疲力尽，几乎晕过去；事实上，他可能有短暂的一瞬间已经失去了意识。他躺在草地上，穿着正式的西装、白衬衫，系着领带。他睁开眼睛，看着头顶上摇摇晃晃的天空，像一个自己随时会摔下去的深渊；在西面的天空，臃肿的太阳抽打着他的额头。尽管他已经用力拉开衣领，但是，他似乎无法呼吸。

“伯爵夫人？在哪里……”

魔咒终于解除了，伍德罗坐了起来，不知所措。只剩下他独自一人：他的同伴已经消失了，连告别的话都没说；如果不是她厌恶地扔掉的，那就是她不经意间落下的，在他旁边的草地上，是那一小束他从妻子的花园里采摘的香雪球花——娇嫩的花朵现在已经枯萎、发黄，非常干枯，以至于他刚一碰到这些花朵，花朵就化为乌有了。

后记：“普林斯顿第二次战役”

剩下的就是历史。

当然，历史如“德·巴赫根伯爵夫人”所预言：艾萨克·昌西·怀曼的确许诺赠送二百五十万美元给普林斯顿大学，规定研究生院院长安得烈·韦斯特必须监督按照他的设计建设研究生院。

接到遗赠的通知时，兴高采烈的韦斯特立即坐火车去波士顿，当面感谢怀曼先生（十八个月后，院长将前往波士顿参加怀曼先生的葬礼，并将从拿骚大厅的外墙采摘的一枝常春藤的藤蔓放在怀曼的灵柩上）。从波士顿，韦斯特将电告几个大学的董事这个胜利的消息，他们在多年的威尔逊/韦斯特的斗争中一直是他忠实的支持者——

感恩赞美诗。赐予光荣，上帝。

此时，伍德罗·威尔逊在他的前程别墅的塔楼里，患了“严重”中风，倒下了。

对威尔逊博士来说，“普林斯顿第二次战役”就这样可悲地结束了。

德·斯韦尼兹医生的处方

伍德罗·威尔逊在1906年5月30日中风后，著名的费城医生威廉·德·斯韦尼兹被大学的董事会召到普林斯顿，因为需要对威尔逊的未来健康问题作出一个专家的判决。

在此期间，长期给威尔逊博士看病的海奇医生与布迪诺特医生合作，似乎有意与威尔逊家族作对，暗示威尔逊任命一位代理校长；认真考虑辞职的问题，回到工作强度相对低一些的教授的工作岗位上去。经过十二天的重度残疾之后，威尔逊博士开始"恢复"，尽管他左眼的视力似乎已经永远完全消失了；右手手指的弯曲能力似乎永久受损；左肩部和腿部的神经炎最近变得如此痛苦，麻痹可能即将到来。最令医生担忧的是康复期情绪的反复无常：从绝望到兴奋；从极端谨慎到所有的事情都信心十足；到嘲讽的笑声和绝望的泪水。然而，病人很快"起来了而且走路了"——拄着一根手杖；他的说话能力，虽然犹豫和含糊不清，却在逐渐加强，像萎缩的肌肉恢复使用了。

伍德罗·威尔逊不能容忍听到任命一个"代理校长"的话——只要他活着就不能！

不愧为一位声誉很高的专家，德·斯韦尼兹医生给他的病人不辞辛苦地做了非常全面的检查，认真询问威尔逊博士的普林斯顿医生，创建了一份病历，而且针对其行为习惯，不仅询问了威尔逊博士和他的妻子和女儿，以及他的某些同事，甚至还询问了前程别墅的家庭工作人员。斯韦尼兹医生估计，伍德罗·威尔逊在1906之前至少有十四次心理和身体崩溃；他直言不讳地诊断说动脉硬化是大脑和神经长期处于高压状态的后果。

威尔逊太太恳求这位费城的医生不要将这样的诊断公布于众。“慢慢地死去，是吗？那么伍德罗的职业生涯会怎样呢？”

然而，德·斯韦尼兹医生坚持他的结论，提出一种不肯通融的处方。

“病人的病历是这样的，我必须告诉他不仅要从他的校长职务中退下来，而且要从学术界完全退出来。他必须马上‘关张’。此外，他必须放弃公共生活中所有的矫揉造作；最重要的是，他的高谈阔论的习惯，这是一种阴险的神话建构：将仅仅是意见和幻想的东西变为教皇的演说，多次重复和变得僵化，站在公共平台上，在观众面前受到抨击。同时，威尔逊太太，”德·斯韦尼兹医生更加严肃地说，“他必须放弃读书的习惯：像威尔逊博士这样脾气的人不可能在读另一个人的书时不想与之抗衡，这就不可避免地导致他的思想‘发声’，从而高谈阔论。他一直不断思考，像车轮搅泥一般，这使他受到折磨。导致了他的高血压和所有神经和重要器官的紧张。”说到这里，这位杰出的医生停了下来，因为他自己已经工作到一个紧张的强度，发出了颤抖的声音。“我必须建议你丈夫也停止思考，因为他只要思考就想写东西和高谈阔论——一种病态的循环，我们必须拯救他摆脱这一循环，否则他会难逃过早死亡。”

当艾伦擦眼泪的时候，德·斯韦尼兹医生对她进一步表示同情，说如果威尔逊博士接受了他的建议，并且服用所有开给他的药物，她和她的女儿们能够期待他和她们在一起多生活几年——“不少于五年，我估计，威尔逊太太，也许多达七年。但他绝不能用从前的方式思考了。”

解除诅咒

历史学家们普遍认为，1906 年 6 月 4 日标志着普林斯顿社区诅咒“解除”，无独有偶的是，这一天也是温斯洛·斯莱德死亡的日期；但是，还没有任何人能够以有说服力的方式试图将事件链接起来。霍林格的站不住脚的观点——“恶能”只是结束了其进程，以及温斯洛·斯莱德的孙子们从来没有真的死了——是最普遍接受的观点。

然而，我独自一人秘密参与其中的新的证据表明，事情不是那么简单。

然而，本历史学家所面临的挑战是巨大的：我的任务是在两个非常不同的，甚至是对立的纬度同时唤醒，注定用一种线性叙事，时间顺序是其组织原则。那时，读者就会有一个合理的期望，即：在一个历史作品中，遇到他实际生活中的因果关系——如果 X 发生，则 Y 出现；如果 Y 发生，则 Z 出现。在现实生活中，时间从来没有倒流，除非在科幻电影中；对我们所有人来说，时间无情地向前滚动。然而，我们乐于接受的想法是许多事件，无数的许多事件，同时发生——大部分超出我们的意识；而且这些事件可能以复杂的方式相关联。

在我的编年史中，读者需要知道温斯洛·斯莱德就是在他正在作为嘉宾进行布道的第一长老教会的那个讲坛上辞世的；他的死是意外，教众当中很多人爱戴这位老人，而且所有的人都尊敬他，所以亲眼看到他的死是很可怕的；而这一死亡与托德·斯莱德在沼泽王国的胜利是同时发生的，或者只是片刻之后。(这件事情发生时，普林斯顿大约是东部时间 10：20；但是在沼泽王国没有时间记录，就如同在该地区季节似乎不像在我们的世界存在一样，而且日历和时钟时间起不到任何作用。)

那天的晚些时候，随即出现了斯莱德博士“死去的”孙子们奇迹般复活的新鲜事，这件事我会在适当的时候谈到的。

因此，我将先呈现“一场国际跳棋比赛”这一章，第二章是“温斯洛·斯莱德之死”，请读者牢记这一事实：它们记录的事件是同时发生的。

一场国际跳棋比赛

出现一件新奇事，可以说得上是一件令人震惊的事：这么多世纪以后沼泽王国出现了一个孩子。

那个男孩如此衣衫褴褛，蓬头垢面、体弱多病，以至于刚开始的时候人们只是把他当成了淘气鬼或者小乞丐，或者是一个患上早期肺病的扫烟囱的孩子，被他的主人驱赶出去了。但卡米尔女伯爵听见了仆人们兴奋的喋喋不休的谈论，来了兴趣，看出他是一个不错的男孩，甚至是一个很有教养的男孩，心血来潮，决定挽救他的生命。因为有朝一日我的生命也需要挽救，这也是一种积德的行为。

当女伯爵的一个侍从评论说，收留一个陌生的孩子可能会给城堡的主人留下不好的印象，女伯爵傲慢地说："你已经听到了我的要求。我希望，听到我的要求就足以让你去服从。"

于是，托德·斯莱德就这样进入了位于沼泽王国心脏地带云雾缭绕的城堡，这会加速他的家族的敌人们的死亡。

"你的生命得救了，鼠小弟，"卡米尔女伯爵说，并无恶意，"现在你必须报答我。你有什么样的才能？你会唱歌，会跳舞，会讲故事吗？"

这个男孩没有马上说话，处于一种麻木的休克状态，像是一个人被推动穿越了时间和空间，赤裸着头，豪无遮蔽措施，没有任何保护。在此期间，女伯爵说，"你想装哑巴，孩子？——让我忘了我的好意吗？"

刚开始，这个男孩似乎无法响应。接着，就像一个人为了挽救自己的生命必须有所反映，他慢慢地摇了摇头——不是。

“那么，你不是哑巴?”女伯爵哭笑不得。“只是你不想说话，嗯?”

小孩又慢慢地摇了摇头——不是。

因为沼泽城堡处于一种可怕的无聊的重压之下，即：一块没有季节和时间的土地上不可避免的诅咒，所以，人们有一段时间希望，这个弃婴可能会为卡米尔女伯爵提供一个合适的消遣，因为她没有自己的孩子。她命令给这个鼠小弟在自己豪华的大理石浴室沐浴，沐浴在大量的气泡中；让他尽情地吃各种甜点，尽情地喝各种利口酒，直到他面如土色，胃部不适——结果成了沼泽王国的一面西洋镜，一个特别令女伯爵厌恶的人，所以她下令迅速将鼠小弟从她那里带走，带到任何地方都行，只要别让她看见。

然而，不久之后，女伯爵吩咐那个四肢细长、根据地球时间看起来约有十一二岁的男孩穿上绣花的丝绸服装，有花边的白衬衣和小山羊皮靴子，然后让他给自己当扈从。“他只不过是个孩子，没有害处。如果他开始长胡子，他的腋下开始长毛，主人会杀了他，或者阉了他——但一时半会儿不会，我希望。我们的生活中已经太久没有孩子发自内心的天真的笑声了。”女王般的卡米尔就是这样，甚至在微笑的时候，她的淡金色的眼睛都会啪的一声突然睁圆，除了她的伯爵哥哥之外，她的意志在城堡的围墙里不得被阻碍。

女伯爵和伯爵不是夫妻，而是兄弟姐妹，而且他们之间没有深厚的爱，只不过是更险恶的原始血缘关系。

一旦沐浴，头发经过梳理并且做了卷发，把又旧又脏的衣服扔掉，换上一身符合女伯爵扈从身份的合适的服装，鼠小弟就由女伯爵的仆人们侍候了，一些女人见到他就会惊呼；卡米尔女伯爵自己则称他为天使男孩，又是亲吻又是爱抚。她双手捧着他的脸，凝视着他那双因为恐惧而眨个不停的眼睛；她询问他的名字，他的家乡，他独自徒步旅行穿过沼泽王国的荒地的原因。但鼠小弟摇了摇头，一言不发；好像他既聋又哑的；事实上，这个虚弱的孩子营养不良，没有力气，因为城堡的食物几乎无法给他营养。

“你叫什么名字，我的小扈从?在我的耳边悄悄告诉我。”

女伯爵捏男孩的脸颊，都捏红了。但是，他一个字也没有说出来，恐惧地躲开了这个凶狠的女人。“你是从哪儿来的，我的孩子，你原本打算去哪里?不是这里——当然。因为在那里是无法想象这里的——无论那里的什么地方是你的家。”女伯爵凝视着男孩的眼睛，这双眼睛使她着迷，因为这是一个还活着的人的眼睛，她已经很长时间没有看到一个活着的人了。

“你知道你现在是在哪儿吗？谁是这里的主人，谁是这里的女主人？还是你真的‘没了舌头’？”女伯爵一边这样说着，一边撬开男孩的嘴，这样她就可以看看他的舌头是否真的不见了，并且吓唬这个孩子，问他是否希望把他的那个“粘乎乎的没用的东西”给处理掉，因为看来他的嘴的后面确实有那个东西。

“如果你真是哑巴，我的孩子，”女伯爵用责备的声音说，“也许你就必须看看这个东西。”

城堡的主人回来时，他认为他妹妹的小扈从是一个贼眉鼠眼的小崽子，看起来脸熟，但是又不记得以前见过他。只是在他的大脑的某个昏暗的断层里，这个男孩始终和一段记忆联系在一起，那段记忆是一顿毫无特别之处，而且只吃了一半就匆匆作罢的饭。

“我不怀疑，卡米尔，你收留这个鼠小弟是跟我过不去，而不是出于对他的慈善的爱。”

女伯爵已经开始厌倦了她的鼠小弟扈从，不过仍然抗议说这个男孩是她的宠物，不能让他被骚扰或惊吓；在任何情况下，不能被扔出去喂那些啄食腐肉的鸟类，除非她，而且只有她，发出了命令。

沼泽城堡笼罩着一层浓重的厌倦和倦怠的情绪，夜晚在毫无快乐可言的痛饮和玩跳棋中度过；但是，正如一个驼背的老仆人告诉托德的，这个游戏绝非是那种在文明的土地上玩的那种普通的游戏，而是一种极为巧妙的、致命的游戏。因为获胜者不仅会享有特权，而且必须按照规定，将召集宫廷中的人们，然后在众目睽睽之下砍掉失败者的头！——这一特点是主人几年前从东方回来以后开始实行的，这样城堡的倦怠也许会被唤醒。现在所有的人都对游戏疯狂，已经有了一种对获得鲜血的贪得无厌的欲望——更确切地说，别人的鲜血。“当你听到在清晨的那几个小时爆发出野兽般的咆哮时，”老人用压低的声音告诉托德说，“这是旁观者对又一次‘行刑’的响应。一种听起来非常可怕的声音，几乎和看到的一样可怕。”

托德想问问这个人更多的情况，但他认为保持无言是最谨慎的做法。因为某种原因，人们会更坦诚地对一个似乎是哑巴的人说话，这是人性。

出于急切活下去的渴望，并且因为这种渴望而变得狡猾了，托德·斯莱德已经学会了一些哑巴专用的行为动作——用手指打信号，勃然大怒地翻眼睛，扮鬼脸，当别人说话时迅速点头或摇头；在现在这种情况下，他颤抖着，并且害怕地退缩。所以老仆人说："你一定绝对不能同意和任何人玩跳棋，我的孩子。但如果你被迫去玩，你唯一的希望是永远不从棋盘上抬头。一会儿都不能抬头——连眨眼的功夫都不行！因为那些有经验的棋手已经对作弊都非常有经验，尤其是主人。（主人自豪地宣称，他会和任何对手下棋，并许诺如果他输了，他默许对自己执行死刑；但是，主人当然从来不输。）如果他们不能合法地吃掉你棋盘上面的棋子，他们会把棋子扫到地板上或者装进他们自己的口袋里；然后等待你的就是砧板和饥饿的爬行鸟类动物。甚至女主人也不能挽救你的生命——她也不会愿意去做，因为她也疯狂嗜血。"

托德曾经和他的堂哥约西亚、堂姐安娜贝尔以及其他家庭成员，如他的祖父，玩过无数次的棋盘游戏；事实上，是他的祖父教会托德玩跳棋的——"美国跳棋的英国变体"——玩的时候要有"一颗既严肃又俏皮的心"。温斯洛·斯莱德很喜欢和他的小孙子玩这样的游戏，而且在托德很快就开始赢他的时候，感到惊讶和高兴。西区那些见过他玩的成年人都对这个男孩在国际跳棋方面的早成极为惊叹；但是，不幸的是，在大约十岁的时候，托德变得很容易厌倦这种限制性较强的棋盘游戏，结果他甚至都不喜欢和安娜贝尔玩了。惊恐中，托德沮丧地回忆起他幼稚的行为——如果他误失一个棋子，他会立即大发脾气，把所有的棋子推到地上；有时，他会偷偷推进一个棋子，或者狡猾地用手指将他的对手的棋子推走。托德感到惭愧，自己当时是多么幼稚啊，是如此考验可怜的安娜贝尔的耐心啊。

"要是我的童年可以重来就好了！"托德自言自语着，蹲在城堡的潮湿的角落里。"我会用不同的方式做所有的事情，并且不会到这里来。"

随着女伯爵对这个鼠小弟扈从的新奇失去了兴趣，托德可以随意在城堡里自由漫步，只要他保持远离那些看见孩子就生气，而且喜欢喝醉了搞恶作剧、折磨人的那些居民就行了——比如说，那些人会抓住托德的颈背，并迫使他和狂吠的狗争夺食物的残渣。（如此遭受羞辱，但是托德决心活下去，他想起他的祖父斯莱德说过的一句话，当时托德几乎没有关注过这位老人：因为你是一个斯莱德家的人，所以你能够，而且也会，遵循你自己内心的忠告。于是，托德以钢铁般的决心接受了这样的屈辱。）

这个狡猾的孩子也知道，如果折磨自己的那些人看到他伤心和哭泣，他们就能够暂时得到满足，那么下一次他就会被赦免；这样就可以有复仇的希望。

鼠小弟大胆地悄悄向大餐厅走去，餐厅里，几个六英尺高的大壁炉里，木头正在无精打采地烧着，壁炉里面还杂乱地放着骨头。在漫长的、无眠的夜晚，整个城堡在那里狂欢痛饮。（尽管沼泽城堡不禁止正常的睡眠，但是，正常的睡眠被认为毫无价值，是软弱的表现。）女伯爵的一位女伴的观点是（美丽的女伯爵选择女伴的标准是丑陋的面孔和残缺的身体，因为在她们身边所具有的极大优势令女伯爵开心）——一个这样幼小年纪的孩子不应该观看像斩首这样的可怕场面，因为这样的场面可能会带给他们“违背人性的爱好”；这番话惹得绷着脸的女伯爵耸耸肩，胡乱地揉搓着她的小扈从的头发，说：“为什么，这样做哪里有害处？——一个人不可能很长时间当幼小无知的男孩。”

于是，托德·斯莱德成了宫廷成员一些非常粗俗行为的无声见证人和特殊场合的看客；而且观看了那些夜晚的国际跳棋比赛——这类比赛总是以双方棋手表现出的醉汉的乐观和嘈杂的虚张声势开始，但是总是以（满怀狐疑的）失败者的怯懦恐怖达到顶峰；在那么血腥的行刑过程中，极常见的是乱砍，可怜的托德用手遮住自己的脸。

这些夜间寻欢作乐者如此粗暴、吵闹，而且强迫自己大笑，以至于那些蜘蛛在隐藏于大厅拱形天花板上的蜘蛛网里颤抖着；在外面到处散落骨头的庭院里，食腐肉的鸟类在睡眠中被惊起，拍打着翅膀，期待着黎明的血腥大餐。托德的童年是在备受呵护下度过的，根本无法适应世界的残酷——至少，这个世界的；他回忆起惠特希夫的一贯的安静，他的母亲和家庭成员溺爱他的方式，尽管他的行为不端，这一切仿佛在梦中；只有他的父亲对他没有耐心，现在托德也很明白为什么了。

在沼泽城堡里，托德被迫去看很多场面，别人以为他会觉得“好玩”，但他却被吓得退缩。例如，他经历的第一次行刑，是由主人亲自执行的。当时，他已经酩酊大醉，蛤蟆眼睛鼓鼓的，活干得非常糟糕，需要把（不锋利的）斧子在一个下巴光滑的城堡青年的颈部砍五六次才完成任务。几天后的一个晚上，金发的卡米尔女伯爵的表演更令托德惊讶和厌恶！——尽管卡米尔女伯爵很傲慢，并且有顾虑，但是她还是常常沉迷于和那些对她不具有严重的挑战并且她可以轻松击败的男性对手下跳棋。“我的女王征服一切！你看到了吗？——一切”——女伯爵的声音令人毛骨悚然。

这个女人的面孔如面具一般，表情安详，身穿柔软的丝绸锦缎，貂皮长袍，满身珠光宝气。此时，这个近乎完美的金发美女像一个樵夫一样岔开双腿站在那里，坚决地将可怕的斧头在空中挥动！——只挥动一下就把那个不幸的崇拜者的头从他的身体上砍了下来。见此情景，人们哄然大笑起来。

那些醉汉幼稚的欢呼声此起彼伏，就像普林斯顿－耶鲁足球比赛时的欢呼声一样，托德曾几次和他的家人一起去看比赛。

鼠小弟蹲在地上，和狗一起藏了起来。他和这些最胆小的动物已经交上了朋友；这是一群同命相怜的动物。他想：我会逃出这个地狱般的地方吗？如果我逃出去了，我能去哪里呢？我已经迷失了回家的路。

* * *

当自学字母以及学习如何将词语按照逻辑序列排列在一起的时候，托德曾有机会阅读惠特希夫在考普尔斯通的图书馆里面的一些非常古老的书。这些书从未有人打开过。出于恶作剧，也是为了使他的父亲吃惊，他熟记了阿那克西曼德作品中的一段：人们要消亡，回归他们出生之前的地方，这是必然的事情。时间必是使非正义的事情受到惩罚并得以修正。托德当时没有理解这个古训，他虽然已经感受到了它的无情。

而且，在另一本被忽视的旧书里，赫拉克利特的一段话曾使他不寒而栗，因为这些话中有一些不可思议的预言性的东西：

时间是一个玩跳棋的孩子；王权在孩子手中。

托德几乎没能想到，有一天，他自己的生命将会在他的手中，在一场国际跳棋比赛中。

鼠小弟瘦弱的骨架和蜡黄的皮肤使他看起来比实际年龄小，这是一个明显的优势。如果只是不经意的一瞥，城堡里的任何一个成年人都会认定他不超过十岁，可以忽略不计。城堡里很少看到孩子，尽管有婴儿出世；但是婴儿在阴湿腐烂的环境中活不长久。因为他个头小，又沉默不语，所以鼠小弟逃过了很多的监督；还有，纵然女伯爵不再喜欢他，他那身扈从的精美服饰也已经变得肮脏破烂，但他仍有作为女伯爵扈从的特权。宫廷上的那些女性认为他太小了，所以在他面前换衣服、梳洗打扮都不在乎，同样她们讲话的时候也不在意他。这个鼠小弟似乎无关紧要。一个长着满脸横肉的肥胖妇人下流地打趣说："鼠小弟只是一个婴儿，不过吮吸女人的乳房不合适，他既太老了，又太年轻了。"当这些聚在一起的女人们大笑的时候，托德满脸通红，但是依然一动未动。

宫廷里的人认为他很小，又是哑巴，所以，有一天晚上，听见他说话的时候，他们都非常震惊。那天晚上的狂欢没有平时那么刺耳，女伯爵的害羞的小扈从终于出声说话了，声音很高，又很弱、很轻——"女伯爵？我可以说话吗？"

"你会说话吗？这是怎么回事？你会说话？"——女伯爵很惊讶。"我治好了你，是吗？我对我的鼠小弟小扈从的关心使他恢复了说话的能力，是吗？"女伯爵认为这个奇迹是自己的功劳，别人也向她祝贺。

鼠小弟在女伯爵的耳边用虚弱、轻柔、几乎听不见的声音说："我想和主一主人玩跳棋。"

"'玩跳棋，和——主人'？"女伯爵注视着托德，毫不掩饰她的惊恐。"你疯了吗？你会输的，那样你亲爱的小脑袋会被砍断，被扔给以腐肉为生的鸟类；你的女伯爵还没为此作好准备，这个时候还不行。"

但是，主人听到了扈从的这些鲁莽的话，所以这些话就不能那么容易被撤销了。因为在这种无聊的困境中，这场比赛的可能性令人兴奋，至少带有令人兴奋的期待，所以，在整个阴暗的拱形房间里，响起了人们的惊呼声和零星的掌声。这个房间充满了热烈的节日气氛，几个壁炉里火焰在燃烧，就像一个巨大的陵墓。

“我的扈从太年轻，不能玩跳棋，”女伯爵说，“而且我的哥哥是一个跳棋大师，无人能敌，甚至打成平局都不可能；所以这只能是屠宰，是不被允许的。”

“所有的事情都是允许的，”女伯爵的哥哥轻蔑地一撇嘴，对她说。“在沼泽王国，所有的事情都得我允许。”

伯爵很高兴，他妹妹的鼠小弟向他发出了这样一个挑战，因为，在过去的几个世纪里，他的棋艺已经非常精湛，在下棋的时候，他的技术非常高超，往往漫不经心，同时与两三个对手玩，已经开始觉得这个游戏乏味，甚至觉得血腥的结局也乏味。所以他很高兴，至少今天晚上可以换换口味；在沼泽城堡的历史中，可以追溯到“时间”以前的时代，没有孩子知道向成年人提出任何挑战，更不用说还是一个出身于贵族的孩子。这让伯爵感觉到有某种危险的东西，某种不可控的东西，事实上，是在一个孩子的思想中不应该有的某种东西。“因为一个‘孩子’就是一个会逐渐改变的人，并不是在我们眼前改变，而是在我们的灵魂中改变，难道不是吗?”城堡的主人沉思道，“难道一个‘孩子’不是我们自己的一个早期版本，或者是一个仿制品吗？——我们被掠夺走了的纯真和我们被摧毁了的希望的镜像吗？最难以忍受的是，‘孩子’不是将取代我们的人吗?”

伯爵装出一副和蔼可亲的样子，一巴掌拍在了鼠小弟的头上，伯爵苍白的青蛙脸有了喜色，微笑了一下，露出了锯齿形的黄色牙齿；说，真的可以，他会立刻接受鼠小弟的挑战，因为那天晚上过得异常缓慢，无聊，整个沼泽一直在不断地下雨，非常寒冷，他的同伴都变成了懦夫，不敢挑战他，甚至那些同伴之间都不敢彼此挑战——城堡里没有新鲜的血液，因此那天晚上也没有“新鲜血液”。

“你是不是一直会说话，鼠小弟？而出于狡诈你才‘管住你的舌头’?”伯爵问女伯爵的扈从，语气中含有一种虚伪的同情；看见女伯爵皱了皱眉，在伯爵身后不易觉察地轻轻摇了摇头，鼠小弟慢慢地摇了摇头，始终愁眉苦脸，双肩颤抖，使人们觉得说话对他来说真的很难，即使说话不痛。

棋盘被摆放在了一个满是污渍的大理石台子上，在拱形房间的中央位置，离那个最大的壁炉几码远，壁炉里的火已经不怎么热了。这个棋盘本身就是一件艺术品，或者曾经一度是一件艺术品，由斑木制成，一个个方格单独设置，整齐排列，并涂成精致的红色和黑色的色调；在棋盘的边缘，有一个磨砂烫金的抽象图案表明这个东西是东方人特有的，而且是蛇纹石的。跳棋棋子，或棋盘格，比托德孩提时期玩的都稍微大一点，用象牙雕刻成的，带有锯齿状边缘；像往常一样，分为红与黑两军①。

不幸的是，离比赛的棋盘不出十五英尺之外是散发着臭气的砧板，一段从沼泽弄过来的树桩，已经用得次数太多了；那把杀人的致命的斧头其坚固的手柄也已经因为多年使用，磨得非常光滑，巨大的双刃刀片不仅沾满了干燥变黑的血，而且还有无数的毛发。（这使人厌恶的景象明显对伯爵有利，因为它会令那些即使完全不在乎后果的棋手也感到恐惧不安，而伯爵却表现得对此完全漠然，好像不知道它的存在。）

伯爵把鼠小弟领到他的椅子前，然后在鼠小弟对面的棋盘前就位，假装严肃地说，他认为在沼泽城堡玩的国际跳棋游戏不需要详细解说；但是如果鼠小弟已经忘了，游戏的新颖性是这样的："如果你的军队战胜了我的军队，你需要使用那把斧头（好好看看，我的孩子：看看！）和你所有的力量，你必须把我的头从我的身体上砍下来。你不能怜悯，因为你没有这个权力：沼泽王国不允许慈悲，甚至对它的主人。理解了吗？——你要答应，在被要求杀死你的主人和恩人的时候不流眼泪，尽管他已经允许你在他的王国住了这么久，好吗？然而，如果你的军队，这些红色的家伙，被打败了，"伯爵说，诡秘地一笑，"那么，我们的情况就反过来了；但是这样的事可能性是如此微小和不可能，我们不需要浪费时间去想了。"

虽然这是很弱智的那种诙谐，但是恶意的笑声却震撼了整个大厅；鼠小弟，被吓坏了的可怜的托德·斯莱德，僵硬地坐在那里，眼睛贴在游戏棋盘

---

① 经过这么多年后，再确定其真实性不太可能，但是，有充分的理由相信，这枚单一的棋子在我的手里，保存在我的办公桌上，这样我可能凝视着它，从中获得启迪，这就是托德·斯莱德从沼泽王国带回家的那枚棋子。由于时代的久远，这枚棋子已经非常破旧，它的锯齿状边缘已经不十分明显；颜色褪得很厉害，你仅仅可以勉强看出它曾经是黑色的。

上。显然，在他的头脑中清楚地回响着那条忠告“不要抬头，甚至一次都不行”。

有人给伯爵端来一大杯辛辣的黑啤酒，并且给托德端来了一小杯同样的酒，引发围观者发出一阵笑声；多种多样的甜品端了上来；还有曾使安娜贝尔恶心不已的血腥的“人肉三明治”。伯爵在整个比赛中都在啃食着这些美食，用他的天鹅绒衣服擦着黏乎乎的手，而托德拒绝吃东西；尽管事实上他快饿昏了。

当城堡空洞的钟声在午夜敲响的时候，比赛开始，主人让鼠小弟走第一步，因为他的军队是红色的；宫廷中无所事事的人们，包括愠怒的卡米尔女伯爵和她的一批随从，围拢过来。托德有些犹豫地开始了第一步，拿起了自己第一排的一个棋子；但是突然感觉害怕，不敢把棋子从他的手指间放下来。

“快点，快点！”伯爵斥责道，“你必须放手；这样的伎俩是有时间限制的，超出限制的话，犯错的手指就会被砍掉了。”

然后，轮到伯爵了。托德害怕地抬起眼睛，看到一张古怪的脸，松懈而且泛着绿色的光，在这张脸的丑陋外表下，人们几乎一眼就能看出来一种贵族阶层的卑劣。这就是托德的堂姐安娜贝尔曾爱过，或者曾经鬼迷心窍地认为她爱上的那个人吗？这就是促使斯莱德家族没落，并且使克罗斯威克斯陷入极度悲伤的那个人吗？

“小心！”女伯爵低声对托德说，有些厌恶。

因为，就在盯着伯爵的脸，想着自己的惆怅的一瞬间，托德狡猾的对手已经设法从棋盘上吃掉了托德的两个卒子……

主人的马屁精们围在四周，咯咯地笑着。青蛙脸伯爵的动作非常迅速，托德震惊地看到，他的军队已经减少了两个棋子，他非常震惊，开始的时候根本不能理解发生了什么事。

一个严厉的声音警告他“你唯一的希望就是绝对不要从棋盘上抬起眼睛”。他曾经被如此明确地警告过，结果他却像一个傻瓜一样给忘了。

伯爵自然地表露出他没有意识到自己作弊了，更没意识到他的孩子一对手的沮丧的表情。

有好几分钟，比赛大致是按照正常方式进行的，尽管托德这一方绞尽脑汁，进行缓慢，再次不愿意从一个格子上抬起手指；他回忆起自己孩提时在克罗斯威克斯下棋的情形，曾经他那么肆无忌惮，完全任由运气和灵感带着他往前走，而往往在这样做的时候，他的祖父会很高兴。伯爵用一个慈祥的声音问，托德是否想再来一杯更适合孩子的饮料，此时托德知道，他一定不能再被欺骗，不能再抬头看那个人；他只是摇摇头表示不要，而他的眼睛死死地盯着棋盘。我不会被拉入自己的死亡。我必须专注于国际跳棋比赛。

相比之下，伯爵迅速地移动着他的黑色棋子，表现出一副无所谓的样子，每走一步都会喀嚓一声拍一下下巴，想诱使托德抬头看他，用眼睛盯着他；但是，托德紧咬牙关，控制了自己的冲动。

专心！爷爷斯莱德曾建议他。只有专心才能成功。

结果，游戏进展缓慢。一点钟的时候，许多围观者窃窃私语说，游戏已经变得“乏味”了——以这样的速度，他们可能要一直熬夜到天亮了。卡米尔女伯爵大胆地嘲笑她哥哥，评论说，作为棋手，如果一个十岁左右的孩子可以让他陷入绝境，那么显然他连他引以为自豪的一般天赋都没有。“一步对一步，一个棋子对一个棋子，”这位女士挑衅地说，“在我看来，庄园的主人和卑微的鼠小弟似乎接近势均力敌，两个人都没有被天才激发的灵感。”

这粗鲁的话是为了激怒伯爵，结果确实如此；他用打哈欠、伸懒腰和叹息掩饰他的烦恼；从他的背心里抽出来一个用旧了的皮袋子，里面装着强烈刺鼻味道的物质，闻起来像加热的朗姆酒。他将手指放进袋里，然后举到自己的鼻子前：用一个鼻孔做了一个熟练的“吸鼻烟”的动作，然后另一个鼻孔；尽管托德不直接看他，但是这些动作还是分神的；结果他再次屈服于本能的一瞥。

可怜的托德！——在那一瞬间，恶魔的那只空着的手飞快地跨过棋盘，然后如此轻松地就拿走了托德的一个至关重要的棋子，这个棋子是在守卫他的后排的位置，托德再次困惑和不解地眨了眨眼。这怎么可能，一个人怎么可能用这样瞬息万变的极快的速度作弊？——而又看起来这么一副清白无辜的样子？

再次，每个人都笑了。甚至女伯爵都厌恶地笑了。伯爵愉快地打了个喷嚏，极其可恶地用手帕捂住了鼻子；并催促托德赶紧下棋——“对你来说，时间太晚了，我的孩子。很快将是你的睡觉时间了。”

此时的托德既士气消沉又充满恐惧；他可怜的红军已经损失三个棋子，而黑军没有损伤一兵一卒；他像一个残废的老人，僵硬地躬身坐在棋盘前；危险的是，他的眼里含满了泪水。他只好飞快地眨眼使视力变清晰；不敢擦脸，生怕他的对手会占便宜。伯爵用一种亲切的声音虚伪地说，跳棋没有象棋那么微妙，应该是用一种无忧无虑的方式玩。难道这不正是童年时代的精髓所在吗——一场坦率简单的游戏，所有元素都是肉眼能看到的，并且只需要很少的推理？“玩跳棋的时候，一个人不妨在深思熟虑后迅速移动棋子，”他说，“因为它最终几乎不会造成什么影响。”

托德如此紧张，当他最终做出了下一步行动，从棋子上抬起手指的时候，他恐怖地看到自己犯了一个大错——而且现在不可能撤回了。

专心！——温斯洛·斯莱德如此告诫道。

绝对不要从棋盘上抬头！老仆人如此告诫道。

好像怀疑是一个陷阱，伯爵犹豫了；然后不仅跳过托德已经移动的那个倒霉的棋子，而且又跳过了一个；这一次取得的是诚实的胜利，把这两个棋子从战场上清除掉了。

对此，这群聚集在一起的马屁精和无所事事的人们报以掌声和赞美，低声赞美他们主人的高超技艺。

女伯爵阴郁地说，“这是因为男孩的错误，不是伯爵的‘高超技艺’。”

现在托德突然有了一种不快的感觉，因为他怕他忘记了游戏的规则。在克罗斯威克斯，他和安娜贝尔以及约西亚下棋的时候心不在焉，经常违反规则，而他的堂哥和堂姐也不是很在意。

“快点，鼠小弟，”伯爵说，“我的小军队正在愤怒厮杀。你知道，谨慎是无用的。”

托德努力回忆：比赛的目标是“成王”——那样可以获得更多的权力。“成王”与棋盘的后排有关系。这个回忆就像一个随意移动的蝴蝶进入托德的心里，正好在他走下一步的时候出现；这一步非常幸运，就好像是认真权衡过一样。

接着伯爵匆忙地将一个棋子推进了托德伤亡严重的行列，显然计划在下一步得到一个王，结果他犯了一个严重错误；他和托德在同一时刻发现的。但是，此时伯爵已经松开了他的旗子，不得不放弃它。

或者这是一个陷阱？——托德怀疑。他的眼睛疯狂地在棋盘上来回移动。

然而，这似乎不是一个陷阱。在这个巨大阴森的空间中，每一个马屁精和无所事事者都吸了一口气，期待着。托德将一个孤立的棋子放在了一个战略位置，挡住了他的对手的两个关键棋子，并且将在下一步考虑吃掉其中之一。

“孩子的运气。鼠小弟的运气。”伯爵喃喃地，像个脾气暴躁的孩子。现在他被迫走下一步棋，将会牺牲一个棋子。“嗯。我看到鼠小弟现在要‘成王’了。但我也会，很快。看来，你已经又推迟了一个小时的就寝时间了。”

完全没有引起人们的注意，伯爵的短粗的手指不经意地轻轻地放在棋盘的镀金边缘；但托德知道那些短粗的手指可以如何迅速地移动，他不敢往别处看。

王！他得到了一个王。他感到欢欣鼓舞，一种心神不安的激动，虽然他只剩七个棋子，而他的对手却剩下十一个。

不要。抬头看。不要。

几分钟过去了，然后，令很多人厌恶的是，整整一个小时过去了；在钟敲响了两点的时候，汗流浃背的鼠小弟只剩有五个棋子，其中三个是王；而他的对手有六个，其中只有两个是王。这时喧闹的围观人群安静了下来，气氛变得异常紧张。

“这里还有一杯酒，哥哥，”女伯爵用一种调皮的语气表示关怀。“也许会产生灵感。”

伯爵烦躁地从她手里拿过酒杯，大口地喝着，然后，走了一步棋，从后面靠近托德的一个未受保护的棋子，动作又快又有力；如此古怪的招式，这一定是个骗局。

托德长时间地沉思着棋盘上面的新格局，却没有发现它的逻辑。他现在明白了游戏是如何与战争相似：没有逻辑。他开始移动他的一个王，接着却犹豫了；移动那个孤子，接着又犹豫了；瞪着眼睛，极力忍耐着。是他的对手在设计一个巧妙的攻击计划，还是伯爵已经盲目地向前冲了，没有看到一个眼尖的对手可以在熟练的两三步棋就能抓住他两个王中的一个……？

托德的头很疼，眼皮紧张得发抖！

他很后悔自己过去的生活，他草率行事的孩提时代，当时，他对家人那么任性，甚至对他的慈爱的母亲那么残忍，成了他父亲心头的一根刺；即使和他喜欢的安娜贝尔在一起，他也常常很粗鲁。他没有给予约西亚足够的欣赏，把他的模范堂兄当成了理所当然。

他也不够爱他的爷爷斯莱德：他甚至因为爷爷在墓地令人羞辱的“忏悔”而没有原谅他。

伯爵开始表现出一些忧惧，因为他在他的宝座一样的椅子上动来动去，用脏手帕擦脸。“鼠小弟，”他轻声说，“你也许不是一个孩子。”

“他是个孩子，哥哥！他只是个孩子。你必须准备好被一个孩子打败，在见证人面前。”女伯爵兴高采烈地笑着说，露出淡黄色的牙齿，不过这并没有减弱她的奇怪的面具般的完美，而是增强了。

思考了很长的时间之后，托德走了一步；伯爵走了一步；抑制住颤抖的恐惧，或者是一声轻轻的得意的呼声，托德迅速利用对手的错误判断——通过两个激烈的跳跃，全线进军，不是捕捉一个王，而是两个！

此时，换作安娜贝尔，她就会鼓掌。即使托德打败她。

现在看来，令人难以置信的是，在和沼泽城堡的主人对弈中，鼠小弟即将赢得比赛。整个大厅一片安静。

“哎呀，哥哥，你要输了，”女伯爵卡米尔宣布道，声音既开心又害怕。“你和我都要输了——因为我的命运全仰仗你。小心。”

伯爵慢慢掏出他的肮脏的鼻烟袋，把极小的一捏污浊的烟草放置到他的一个鼻孔里，在这一过程中，他成功地让一两个烟草沫朝着托德的方向飘荡过去；结果，男孩的眼里充满了刺痛的泪水，他不由打起喷嚏——一下，两下，三下；狡猾的伯爵瞬间把托德最尊贵的王扫到地板上。

聚集的人群都做出了反应，低声议论着，虽然不赞成伯爵这步棋的粗俗走法；即使一个骗子也必须行动高雅，掩饰他的不诚实。

托德立刻看到是什么情况，强忍无奈和愤怒的泪水；他再次被欺骗了，真正不公平地被欺骗了。伯爵像托德曾经的样子一样，也是一个被宠坏的孩子；但是比他更糟，因为他的恶作剧是致命的。

然而，托德设法在一定程度上恢复了过来，继续这场使人精疲力尽的游戏，恢复得如此迅速，没有人可以看出损失王曾经使他有过暂时的恐慌。继此轮对弈之后，沼泽城堡主人和卑微的鼠小弟在下棋的时候都充满了警惕，彼此的士兵都非常谨慎，城堡的钟敲响了三点；然后四点；最后五点——战况没有任何明显变化。我竟然如此淡然地和魔鬼对阵——托德嘲讽地想。

到了这个时候，除了坚强的围观者，其余的都陷入醉酒后的沉睡。为了保持清醒，女伯爵卡米尔和她的那些粗鄙丑陋的随从宫女们已经求助于吸鼻烟。

“我们宣布平局好吗，哥哥？”女伯爵说，用开玩笑的声音来掩饰她的焦虑。“这不会是什么耻辱，你知道的，而是沼泽王国的新奇事。”

“不行。绝对不能平局。”

“但是——”

“我说了不行。绝对不行。这个鼠小弟是从另一种沼泽王国来的一个恶魔，而不是他表面看起来的样子。但是我会打败他——完全打败他。我保证。”

托德的脑袋在惊悸地点头；他的眼皮变得沉重。突然，他听到安娜贝尔对他说话，她的声音柔和，贴近他的耳朵。只要你是天鹅，你就会是一只天鹅。

他感觉到他的对手也困倦了，但是很清楚自己不能抬头看伯爵。只要是一只天鹅。一只天鹅！

最后，这场国际跳棋在早上 5：21 进入残局，完全出人意料；棋盘上只有六枚棋子，红军和黑军均匀地各剩三个王，胆怯地挤在一起，各自为营。

这时，托德·斯莱德看来，整个硕大的地球都已经缩小到他面前闪烁的方格子。他此时眩晕惶恐，眼神空洞，饥饿和焦虑得快要晕倒了，几乎不记得棋盘或游戏以外的事情了。最重要的是策略和反攻。可能两步——他确信三步——他肯定会赢；但最好要谨慎、小心。如果红王再挺进一个方格，那么已经被逼进死角的黑王将被迫横向移动；但是，那些位置非常关键的其他黑王怎么办？眼下看不出比赛结束的迹象。托德明白，跳棋游戏是不会终止的——终止的是他的生命。如果他变得虚弱，或者头昏时不由自主地向前滑倒，那便会是他的死亡。

至于精疲力尽的鼠小弟扈从是如何准确无误地进行了政变，围观的人们可能后来都说不出来；不幸的是，本历史学家也不能复制比赛的最后的招数，虽然我在桌上已经建立了一个小棋盘，来理解当时的游戏过程。根据托德·斯莱德后来提供的证据，最后在拂晓时，或是在沼泽王国的拂晓过后，当一轮慵懒的病态的阳光照进烟雾缭绕的大厅室内时，比赛结束了；只有包括面如死灰的女伯爵等少数旁观者是目击证人。伯爵，几乎和他的小对手一样耗尽了力量，有点醉醺醺的，突然被在他的脚下打鼾的一个猎犬所激怒；他诅咒着，狠命地踢了一下狗的肋骨，结果那个可怜的东西赶紧跑到一个角落里呜咽去了……但是，当伯爵把注意力又转回到棋盘，去够他的一个王时，他惊慌失措地发现他的王已经消失了；他剩下的两个王现在处境危险，很容易被抓获。

"什么！这是怎样回事！鼠小弟——作弊？"

"他没有作弊，哥哥。我什么也没看见。"

"但是，我的王——"

"你的王在你的脚下，哥哥。你自己打翻的。"

但是，是这样吗？伯爵不敢看，担心他的狡猾的小对手会导致另一个棋子"消失"。

伯爵双手拍着额头。他瞪着青蛙眼睛，颤抖了。因为他非常清楚，跳棋比赛都结束了，鼠小弟遵循沼泽王国的规则诚实地打败了他；没有出路。

即使在这个胜利的冲动中，狡猾的孩子知道不要抬头看对方的脸。不要优柔寡断，安娜贝尔似乎在提醒他，保持冷静，不要有恻隐之心。

女伯爵摇摇晃晃，用手去抓在漫长的黑夜中散开的头发，又愤怒又绝望。"结束了。这场游戏——我们的游戏——沼泽城堡——王国。王权现在在一个孩子的手中，我们的长期统治结束了。"

"王权在一个孩子的手中，"伯爵重复着，继续盯着看，凝视着他的黑色军团中的那两枚孤子。突起的青蛙眼睛充满了湿气，凄楚可怜。

事实是，无情的托德·斯莱德连跳了两步，吃掉了他的对手两枚易受攻击的王，棋盘上已经完全没有黑色了。

“你必须，你知道。不能反悔。”

女伯爵亲自拿起沉重的斧头，塞到了小男孩的手里。

“你必须。你在来到我们中间的那一刻就已经挑起的这场跳棋游戏，现在该落幕了。”

就这样，我们到了血腥的结局：鼠小弟因为疲劳、恐惧和对于他必须要做的这件可怕事情感到厌恶而心烦意乱，不过，四肢纤弱的他用斧头笨拙地砍了四五下，终于把伯爵的头从他的肩膀上砍了下来，并且永远除去了伯爵傻笑着的青蛙脸，巨大阴暗的大厅原本挤满了目瞪口呆的证人，现在却消失了——沼泽城堡消失了——沼泽王国也消失在了其庞大的荒原中；托德·斯莱德醒过来，他的年轻的心怦怦直跳。充满了生命力，是在惠特希夫他的旧床上，还是在另一个地方，他一时还不知道。

他只知道在那奇妙的瞬间，诅咒解除了，他还活着——再次活了过来。

温斯洛·斯莱德之死

在关于医学知识的所有年报记载中，本历史学家曾经有机会研究，甚至包括费城的穆特博物馆中最可怕的和不可能的“个案研究”记录，但是，却从来没有遇到过比可怜的温斯洛·斯莱德所遭受的死亡更令人震惊的，事实上，是更“非自然的”了。死亡发生在第一长老教会，时间是1906年6月4日的早晨，当时全体教众都在。

那个星期日上午，斯莱德博士准备作为特邀嘉宾发表一个题为《法律的“精神”和“意义”》的布道，这是他已经在新泽西和费城用不同的版本进行了好几次的一份宣讲，总是很受欢迎，结果令人满意；但是，在最后一分钟，不知什么原因，这位退休的牧师说，他要将这篇布道搁置一旁，而要讲另一个，更为与个人有关的布道，布道有个神秘的标题：《盟约》。

当然，和温斯洛的家人和亲戚一样，大多数的会众都注意到，那就是，此次布道正好是安娜贝尔从这个教堂被绑架的周年纪念日；温斯洛的儿子奥古斯都跟他严肃地探讨了这个问题，但是，得到老人的保证说，对温斯洛来说，此次“悲剧”仅仅会是他讲道的一个动力；对会众来说，他的榜样的力量将会强化基督教在面对悲伤时的力量。

“这次布道是一个机会，奥古斯都！纳撒尼尔似乎已经感受到这一点，邀请我发言。”

在教堂的讲坛上，温斯洛·斯莱德显得略微激动，或者心烦意乱；显然在过去的十二个月里，他瘦了，老了；不过，他神经紧绷，神情警觉；雪白的头发，刮得干净的脸，和无可挑剔的服装都非常有魅力。

“啊，亲爱的基督，请听我说，请怜悯我……”

斯莱德博士对此次布道已经烂熟于心，但是当他开始布道的时候，他还是禁不住一阵痉挛颤抖；一个微微发出光芒的幻象，一条巨大的黑色的蛇在攻击他：这惊人的生物凭空出现，扁扁的蛇头凶猛异常，眼睛闪闪发光，黑色的鳞片如细小的钻石般闪动着；从教堂的深处出现；斯莱德博士惊讶不已，他还没来得及逃跑，这条蛇就缠到了他的身上，并把头放进他的嘴里，太可怕了；好像这个讨厌的家伙想把自己埋藏在他的身体里。

这一切都在众目睽睽之下发生的，教众吓傻了，大为惊骇，整个人群瘫痪了：他们睁着双眼，紧张地盯着他们面前地狱般的景象，好像无法相信他们所看到的。

因为这条黑色的巨蛇对受袭击者的攻击是“真的”，但是这条蛇本身又闪闪发光，通体透明；你可以透过它有力的肌腱看到它身体后面的墙。然而，尽管透明，这条抖动的蛇却投下了一个昏暗的影子，正如神智学者会认为的那样，乙太光体会投出一个影子，普通的眼睛看不见，而明眼可见。

本历史学家无法描述在教会中的这种集体恐怖，根据一些目击者的证词，那可怕的生物有十到十二英尺长，对于那位无助的攻击对象毫无怜悯之心；好像这个生物想把自己埋葬在它的受害者的体内 。在这种极为神圣的场合，蛇亚纲这种邪恶的动物猛烈攻击人类，曾经有过这种情况吗？有过任何如此残酷，如此可怕的死亡吗？这个邪恶的东西成功地穿透了其受害者的口腔及喉咙，而可怜的斯莱德博士，此时倒在了讲坛旁边的地上，剧烈抽动，想要用他无力的手把蛇从身上扯开，好让自己不会窒息而死。

（回忆一下，本章与关于沼泽王国的前一章同时发生：对斯莱德博士的攻击与托德·斯莱德对伯爵执行死刑的时刻是巧合的。是否是一个事件促成了另一个事件，我不确定；但是这两件同时发生的事件毫无关系似乎是不大可能。如同这两个事件在区域上和精神上都没有联系一样，这两个事件和斯莱德博士四个死去的孙子的复活之间的确切关系到底是什么呢？在这样的谜团面前，本历史学家只好缴械投降，任由可供他查阅的那些素材去讲述一个故事，传达一个意义，一个超越他自己的理解能力的意义。）

于是，温斯洛·斯莱德死在了这所他多年担任牧师并受到爱戴的教堂里；享年七十五岁，死因被诊断为心脏骤停；而杀死他的那个邪恶的生物似乎马上就消失了，无论是通过建筑物后面的出口，还是穿过了地板进入了地窖。现场如此混乱，旁观者如此惊慌失措，垂死的人与恶魔搏斗的场面极其可怕——以至于几乎无人曾试图对此进行完整的描述，更无法对此做出解释。

本历史学家不是很困惑，因为这种情况在历史上是司空见惯的，就是，目击者事后对于所发生的事情，或者他们认为所发生的事情，意见会产生分歧；而且，对斯莱德博士的身体进行了检查，随后尸体又遭受到了解剖的侮辱，但是，没有发现任何受到蛇或其他动物对身体进行过实际攻击的迹象。当时，弗兰西斯·派恩，亚伯拉罕·斯巴霍克以及安得烈·韦斯特等教众就坐在教堂圣坛对面，他们肯定是看到那可怕的蛇，因为他们恐慌地跑到最近的出口；但是，他们后来都否认见过任何东西。安得烈·韦斯特给出的理由是，他气喘吁吁、惊恐万状地跑离教堂，是为了给突然病倒的牧师寻求救助——因为斯莱德博士好像突然抽搐起来。

随着日子一天天过去，后来又一周周过去，绝大多数的教众都开始认为，尽管他们可能目睹了一些这样噩梦般的袭击，但是，只是一个集体的幻影——从空气中变幻出来的，由落在祭坛上大量颤抖的阳光，阳光中旋转的尘埃形成的；他们根本没见过什么怪物。除了一个垂死之人的挣扎和抽搐。

因此，霍林格和泰特等历史学家们对此不以为然，将其后来对于克罗斯威克斯在整个十四个月期间所受到的不断袭击，不合情理地解释为集体歇斯底里的异常现象，称洛基山神学院的“蛇狂”现象为此事件的序曲。在普林斯顿地区犯下的谋杀和暴行是由疯狂的个体所为，但不是超自然的个体，其中一些已经被警察当局逮捕，而一些还没有被逮住。对这一话题的其他评论者，包括泽西岛和纽约市各家报纸的记者们，则走到另一极端，编辑整理了“目击者”的叙述，讲述了巨蛇对斯莱德博士进行可怕的攻击；有些叙述是由那天早晨不在教堂的人提供的，一些人甚至根本不是教会的教众；还有一些人甚至不住在普林斯顿区。

然而，这个奥秘的另一方面与下面事实有关：在斯莱德博士的尸体被抬走以后，题为“盟约”的布道文根本无踪可寻；只有题为《法律的“精神”和“意义”》的手稿；因此，在这个悲伤和困惑的时刻，人们开始怀疑这第二个布道文是否曾经存在过；尽管二百多人看见，在大蛇攻击之前，老人手里抓着这份手稿，开始用颤抖却坚定的声音高声朗读：“啊，亲爱的基督，请听我说，请怜悯我……”

多年以后，人们在克罗斯威克斯庄园的继承人奥古斯都·斯莱德的私人文件中发现了这份“丢失”的布道，他一定是在父亲的尸体被抬到教堂等候救护车的时候，偷走了这份文件并且保管了起来；封存在家庭的保险柜里，不到一周之前，他同样处理了他的弟弟考普尔斯通的那份上帝口授的文件。这无价的手稿现在在我这里，在一次房地产拍卖会上以低廉的价格拍来的；现在正妥善保存在我的乌木漆盒中，除了本历史学家，没有人能够看到。

(见后记：后面有《盟约》。)

“革命就是欢笑的时刻”

正如厄普顿·辛克莱所相信的那样，伟大的法国人伏尔泰曾经说过这些挑衅的话，还是，正如他的新朋友和同志雅格·拉格尔斯所断言的那样，是同样伟大的法国人维克多·雨果说过这些话？

“我会顺从你，雅格，因为你受到的教育远好于我！在普林斯顿神学院待一年，并且是在伍德罗·威尔逊手下工作的导师——这些都是显赫的资历，真的。”

雅格·拉格尔斯在他的外套里不安地晃晃肩膀。他用遗憾的语气说：“这样想的话很好，厄普顿。”

在百老汇第一大街三十号，两个朋友握了握手，计划在三天以后举行的一场争取妇女参政权的社会主义女权集会上见面。(两周前，他们第一次在支持纽约市罢工工人的社会主义劳动党集会上相遇，在那次集会上，在琼斯母亲激动人心的演说之后，厄普顿·辛克莱做了一个以事实为基础的诚恳认真的演说；之后，拉格尔斯向厄普顿做了自我介绍，称自己是《屠场》的一个“狂热仰慕者”。)

厄普顿看着身材笔挺的年轻人大步走开，惊叹他的威严庄重，也惊叹他的服装，这身衣服对于一个社会主义的同志来说熨烫得极其整齐；他们刚刚遇到，他就兴奋地感到和拉格尔斯有一种兄弟情。虽然不大喜欢这个年轻人的南方口音，因为这种口音让人想起南方特有的保守主义，对工人运动根深蒂固的反对，以及对社会主义改革的总体上的反对。

“他是‘混血’——是吗？可怜的家伙！作为一个种族强奸产生的后代，深色皮肤的黑人不会接受他；他的白人兄弟也会避开他。只有我们，他的社会主义同志，能够重视他。”

1906年6月16日上午，厄普顿·辛克莱前往宾夕法尼亚车站，他打算乘坐2点25分的火车到新泽西的伊格尔伍德进行为期两个晚上的访问。在候车室里，厄普顿坐在板凳上，立即开始工作，因为他是一个从来不会浪费时间的人——“宛如你可以消磨时间但又不会伤害永恒”——亨利·戴维·梭罗的这句话是他少年时代以来最喜欢的一句话。

厄普顿正在给《人人杂志》写一篇新文章，《革命是欢笑的时刻》是他为这篇文章想出来的富有豪情的标题，论述即将到来的美国社会主义改造的话题；这是这位年轻的作者在身体发烧的情况下快速起草的一篇文章，因为这个话题对他来说非常珍贵。厄普顿在一张黄色的大页书写纸上写道：人在本质上不是邪恶的，但是，在资本主义制度下，不道德的行为得到了制度上的奖励。因此，通过消除资本主义制度，我们就会消除邪恶。关于这一点，最确凿的证明是……

这时厄普顿感觉听到有人叫他的名字——厄普顿·辛克莱！——在喧闹的火车站的嘈杂声中，这声音只是刚刚能听得到。他吓了一跳，抬头看了看。这位年轻作家正在工作，像乌龟一样把头缩在壳里，最近，他经常在晚上这样长时间努力工作，因为《屠场》的出版而刚刚带给他的美名（在社会主义圈子）或恶名（在所有其他地方），他害怕在公共场所被注意到；特别是他希望在那里工作的宾夕法尼亚火车站。

还有一次，声音更微弱——厄普顿·辛克莱！但这个声音被广播的声音淹没了。当时正在广播，第十九号轨道的一辆开往波士顿和沿途各站的火车五分钟后离开。

厄普顿重新回到自己的工作中，带着一种孩子气的紧迫性在写作。有这么多事情要做！——太多的事情需要他做。为了写文章，他经常出现名副其实的头脑风暴，就像写给《人人杂志》的这篇文章，他正在考虑，这篇文章应该是一个系列文章；他必须尽快给《纽约时报》写一封观点鲜明的信，《纽约时报》上发表了一篇关于国会上周通过的《肉类检查法案》的社论，这篇社论明显缺乏相关信息；还想给罗斯福总统写一封能够同样热情洋溢的信，他曾经应邀去访问过总统，讨论《屠场》，即使总统没有背弃这位坚持理想主义和社会主义的年轻人，也令他感到深深失望。但更紧迫的是，他不得不为各家报纸撰写一篇关于他的社会主义乌托邦社区的哲学思想的声明，这个社区将被称为赫利孔山家园聚居地，有朝一日将建在新泽西州东北部的伊格尔伍德森林外的农村地区；想到这个殖民地，厄普顿脑子里充满了想法和计划，以及他希望邀请哪些人和他一起生活——在社会主义的同志中，他的新朋友雅格·拉格尔斯为首选；虽然这个年轻人只表示出对聚居地持谨慎态度的兴趣。（“社会主义同志会住在一起？这会被社会所容许吗？”——拉格尔斯这样怀有疑虑地询问道；厄普顿已向他保证：“这是美利坚合众国，雅格！我们可以住在我们想住的任何地方，只要我们能负担得起；我们当然想和谁一起住就和谁一起住。”）

还有厄普顿已经答应做的什么紧迫的事情吗？涉及梅塔和小戴维的事情？他已经好几个星期没见到他们了。

“这么多的工作，这么少的宝贵时间，”厄普顿自言自语地说着，从他破旧的旅行袋里搜出一张空白的大页书写纸，“但是‘社会主义揭发黑幕之王’必须胜任他的挑战，正如先知查拉图斯特拉胜任他的挑战一样。”

在麦克杜格尔的那天晚上，杰克·伦敦和约西亚·斯莱德最终对打起来，厄普顿·辛克莱被打倒在时代广场餐厅低廉的地板上，极其狼狈，趴在地上，周围是众多损毁物品。从那天起，厄普顿的生活中发生了许多意外事件。他在普林斯顿农场的那种与世隔绝的浪漫生活永远消失了。在他的记忆中，至少在开始的时候，他和梅塔在那里度过了新婚的甜蜜岁月，厄普顿在那里富有成效地工作，只要体力允许，每天自由写作。因为**厄普顿·辛克莱**，尽管他非常内向害羞，已经成为他的时代的新闻头条人物，有了自己的地位。

正如《纽约世界晚报》的一个编辑略带淡淡的指责评论说：“自从年轻的诗人拜伦爵士一觉醒来，发现自己既美名远播又臭名昭著以来，世界上一直没有这样靠一本书一天之内成为世界名人的例子，直到出现了厄普顿·辛克莱；这位社会主义青年作者要如何再表现，现在还有待观察。”

厄普顿立即发出了一封信，抗议说：厄普顿·辛克莱要比较的不应该是拜伦这位臭名昭著的好色之徒，而是和美国自己的更伟大、更高尚的哈丽特·比彻·斯托相比——“她的名著《汤姆叔叔的小屋》已经改变了我们的生活，直到永远。”

（《纽约世界晚报》仁慈地刊发了厄普顿的信，这封信长达两栏，厄普顿·辛克莱对此非常感激，虽然有点惊讶。社会主义者们习惯了被看不起，被驳回，或被敌对的出版物恶意攻击：这是一个惊人的逆转，媒体似乎开始合作了。）

《屠场》看起来继续吸引更多的读者，还吸引了政客和政治家的关注；其著名的读者包括当时的美国总统和尊敬的温斯顿·丘吉尔阁下。正如厄普顿所知道的，这位三十二岁的英国人在议会中有席位，在英国新闻界有受人尊敬的地位。（丘吉尔曾为一家进步的英国周刊写了一篇关于《屠场》的评论，该评论由两部分组成，视角极其敏锐）摄影师，记者和相对大胆的专栏作家们也紧紧追踪这位作者的踪迹；有些编辑曾拒绝了他的最有价值的作品，并将厄普顿·辛克莱作为御用文人予以驳回，这些编辑们现在却恳求他为杂志写东西，提供非常丰厚的金钱上的诱惑，以至于这位困惑的年轻作者无法抗拒（“如果我有一个助理！——一个契约仆人或者一个奴隶”——厄普顿和同志们开玩笑——“我就能接受每一项委任，推动我们的事业，并在这一努力中赚一点点钱。”）

虽然和杰克·伦敦更受到欣赏和更有娱乐性的《海狼》相比，《屠场》的销售平平，但是这部小说继续高居畅销书排行榜之冠；很多热血沸腾的人给作者写信，他绝望地在找时间来回答所有的来信。（“啊，我想念梅塔！她将是以她的真诚的外交方式回答这些信件的理想人选。”）大部分的信表达了对于厄普顿揭露资本主义的热情，包括对于伤害、死亡和劳动中受到的侮辱等令人发指的叙述，但是，有相当数量的信包含了威胁，有含蓄的也有明确的；其他的信件表明信的作者精神错乱；还有无数的信件向他提出结婚，或做商业伙伴，或建立一个新宗教，或一个素食主义者团体，等等。最苦恼的是那些明目张胆管他要钱的，对《屠场》或社会主义兄弟情本身没有显示出丝毫的兴趣。

差不多每天都有人对书的真实性提出致命的抨击，认为是出于法律上的谨慎，这部作品才作为一部“小说”呈现给读者的；赫斯特各家报纸的社论和专栏文章特别攻击厄普顿·辛克莱的“诚信，正直和美国人的爱国主义。”所有这些，厄普顿不得不回答。最近又有人提出校际社会主义协会的管理问题，厄普顿·辛克莱是该协会的创始人，杰克·伦敦是前主席；在伦敦的短暂任职期间，协会陷入了严重的债务之中。然而，目前，厄普顿·辛克莱希望能够自己攒足够的钱，或者借一些，为在新泽西农村的赫利孔山大厅交首付，这个地方以前是一所私立学校，倒闭破产了；整个楼盘的价格达到了惊人的 34，000 美元……

厄普顿最近几个月一直很艰苦，患上了复发性溃疡，实际上在严格注意饮食，或者“主要是白色的”食物；他的日常读物包括流行的《体育文化》，以及哲学博士兼医学博士耶利米·皮姆写的《自然健康》。正如一个（女）同志朋友曾指责厄普顿：“如果你消化一顿简单的饭菜都会很痛苦，并且体重继续下降，这对革命没有任何好处。我们需要精力充沛的女性演讲家，不是忏悔的殉道者。”

许多年轻的女性，还有一些不那么年轻的，恳求厄普顿·辛克莱为了革命的利益好好照顾自己；并主动提出喂他吃饭，甚至提出帮他穿衣服，帮他打扮；甚至提出给他“修剪”头发，因为他的头发急需修剪。

（“如果梅塔知道，她也许就不会把我视为理所当然了！她也许会吃醋！不会鄙夷地将她的丈夫置之不理了。”）

《屠场》在金钱上成功了，其最直接结果就是可以在几个月内建立赫利孔山家园聚居地，而不是被迫等待多年，如厄普顿所预料的那样。（当然，当他想起来的时候，厄普顿不得不给梅塔和他们的孩子提供金钱上的支持；在此期间，他觉得他的妻子和儿子都与梅塔的父母心满意足地住在史坦顿岛上的大红砖房里，不需要他太多的干扰）然而，不幸的是，在“公共关系”方面，厄普顿·辛克莱犯了一个大错；因为他向媒体发布了匆匆写就的一份关于聚居地的声明——

> 赫利孔山家园聚居地将是在这个资本主义国家中合作生活的一个乌托邦式的努力：在原则上和实践中都是民主的；致力于改革，

实验和激进的教育理论；向任何一个道德品质良好、无传染性疾病和心理健康的人开放。

——他为此给自己招致了大量的嘲笑和谴责的话，他担心他会不会很快被这些话压倒，报纸对于最后那项关于“传染性疾病”和“心理健康”的要求进行了大量的讥讽。

(事实上，厄普顿·辛克莱都不知道，“传染性疾病”这个滑稽的幽灵怎么会被重复使用来嘲笑他的理想主义的企业；“任何个体”这个短语怎么会被用来暗示赫利孔山聚居地将根据“自由性爱”和“无神论”而致力于“种族混合”。)①

“好了，这就是‘美名’，”厄普顿在宾夕法尼亚车站沉思着，“——成了外面世界永恒攻击的对象，而在内部，由于大脑不断快速思考而导致失眠，心跳快速，并在腹部的南部地区不断出现不适。”

这位年轻的社会主义的名声带给他的更显著的后果是，他被邀请与泰迪·罗斯福总统和他的著名“网球内阁”在白宫吃饭；事实上，厄普顿·辛

① 本历史学家不愿在此说明，我的编年史即将接近尾声，我必须把重要的信息进行凝练，尽管厄普顿·辛克莱有着很高热情以及长久不衰的崇高理想，黄色小报上通常说的是，他是为了在“没有道德原则的社会主义女性”中间创建一个后宫，才特意创建了他的公社。辛克莱勇敢、顽强地抗议这些谎言，试图保持一份天生的尊严；直到赫利孔山家园聚居地在 1907 年 3 月 7 日的早上化为灰烬；这位惆怅的年轻人（在火灾中受伤）更是被毫无根据的谣言所中伤，说他和战友们自己故意放的火，目的是骗取保险和欺骗那些当地的商人，想赖账。（虽然几天前住宅区前面的一个十字架被十几个穿着白袍的蒙面人给烧毁了）在这次大动荡中，他的新朋友兼同志雅格·拉格尔斯给了厄普顿巨大的帮助，虽然勒格尔斯拒绝再次在新泽西露面，因为他也在火灾中受伤，而且“种族混合”这一危险指控也与他有关，就像他脑门上的一个耻辱的烙印。从灾难中恢复的过程很缓慢，但是辛克莱·厄普顿还是恢复过来了，而且他的乐观仍然不减，因为他期待着在 1908 年出版他的下一本书《大都市》，这本书受到所有读过手稿的人们的期待，期待这本书来实现美国的社会主义梦想，《屠场》为人们带来了这一梦想，但是在 1906 年还没有实现。

克莱热切期盼已久的召见会终于来到了；这位年轻作家不久前还曾经以每篇文章一美元的价格给《裘德》、《珀克》、《格雷厄姆》和《生活》等刊物写笑话，曾经担心他以各种笔名（“本杰明·弗兰克曼”，“霍雷肖·林克号恩”）写的廉价小说以及他灼热的社会主义谩骂亵渎了他的天才，现在却发现自己颇具光鲜的绅士派头，在华盛顿特区的政治权力中心就餐。

厄普顿把他的几部早期作品装进了旧箱子，准备呈现给总统，他一边装箱子一边想，如果我告诉梅塔这一盛况，她现在会感到愤愤不平了，因为我相信，作为我的妻子，她会愿意陪我一起去的。

这位年轻的作家乘火车去了华盛顿特区巨大的拱形车站，步行一段距离到了白宫，被领进了总统的私人餐厅，和“泰迪”亲切握手，并且被介绍给“泰迪”的助手。然而，在经过这一系列最初的兴奋之后，他开始感到一种失望的刺痛：看来，尽管罗斯福是一个足够和蔼可亲的人，并且，罗斯福说，对于让肉类包装商下地狱的做法他很感兴趣，但是，在总体上，他对厄普顿·辛克莱和总的社会主义的态度不是厄普顿所希望的。

至于午餐本身，厄普顿原本以孩子气的渴望在等待着，结果却成了对他的成年生活的考验。

十二点钟，参加午餐聚会的人们在一张长长的桌子旁快速坐下，罗斯福总统坐在桌子上首，他的首席助理坐在桌子末端；看起来像哑巴一样的黑人服务员在餐厅服务，他们穿着洁白无瑕的制服，这样就更加突出了他们引人注目的黑皮肤；除了厄普顿·辛克莱之外，那些男人都在用一种可怕的热情在吃饭，好像他们已经几天没有吃东西了；泰迪边吃边谈——一直在谈。

“保守的参议员们真该死，”总统宣布说，用握紧的拳头敲着桌子，餐具咣咣地震动着，撞击着瓷器，“我知道我知道什么，没人能骗得了我。那种变质的肉，而且煮过头了，肉里还长满该死的蛆，我们在古巴报效国家的时候就给我们吃的这种肉！叛国罪！那个骗子阿默本来应该被绞死！——包装商本来应该被绞死！游街、粘焦油和羽毛，放火焚烧，并以战时叛国罪绞死。现在，这个勇敢的年轻人辛克莱先生公开了那些事实，阿默公司通过把老鼠粪便、母牛胎儿、母牛尾巴和眼球，以及各种各样的软骨、内脏、粪便，上帝啊，还有人的手指和脚趾等等铲进美国家庭的各种主食当中，比如辣味烤火腿——我童年的最爱！——也可以说，用患有肺结核的驼子的痰使肉有了辣味！只要泰迪·罗斯福坐在白宫，对这种叛国罪就决不会姑息。”

说这些话的时候，说话者做出诸多鬼脸怪相，多次捶打着桌子，厄普顿·辛克莱不得不使自己壮起胆子，不畏缩，惊异地凝视着暴烈的白宫主人。总统多么像杰克·伦敦和琼斯母亲啊：用个不礼貌但是却充满仰慕的词语应该把他们叫做*煽动暴民者*，确定无疑是这方面的天生的天才。泰迪的声音这么刺耳，厄普顿认为坐在这个人的旁边有必要用手指按住耳朵，当然他没有这样做。即使在社会主义圈子里，厄普顿的举止也是谨慎、克制的，他总是尊重打断他说话的人，但是这次却使他非常震惊，因为他注意到这个人在演讲中实际上一直在咳痰；而且看到小报和大众所想象出来这个特大号的“泰迪”的真人的确是一个漫画般的人物。（不过，厄普顿发现，漫画家都没能够准确捕捉到这个人最大的特点）看来总统习惯于用一种半严肃半诙谐的天才表演娱乐自己和自己的听众：粗暴，吵闹、呲牙咧嘴、极度夸张，那张胖乎乎的脸，一直在叽里哇啦地高声尖叫着，发出很高的吱吱的声音；除了他说话的内容，他现在的表现和歌舞杂技演员以及滑稽喜剧演员对“泰迪”的各种模仿一模一样，只有说话的内容不同。

当总统最后停止了咆哮，低头吃盘子里的东西时，他所说的全部话语都得到了副总统查尔斯·费尔班柯斯，他的共和党同志杰姆斯·加菲尔德先生，他的助手弗兰西斯·路义普先生和其他人的热烈赞同，虽然在一些程度上有些敷衍他。他们给出一切证据来表明他们仔细听了这段即兴讲话，好像他们以前从来没有听到过。温和的费尔班克斯先生真是考虑周到，或者说老奸巨猾又幽默感十足。他对厄普顿·辛克莱说，当天这顿饭里所有的快乐都相当符合《屠场》中所揭发的“粗俗、可耻、令人作呕的”事实；尽管，正如素食主义者厄普顿嘲讽地指出，先生们正吞食着他们的烤牛排，罕见任何食欲不振现象。

*为什么人类坚持吃动物？——是以此代替人吃人？*厄普顿这样想着，端起一个水晶高脚杯喝了口水。在桌子周围，男士们都在喝辣味十足的黑啤酒。

总统质问厄普顿，他为什么首先调查了芝加哥牧场，他“究竟为什么”

在牧场酒店度过了苦难的七周，这令他很不舒服；厄普顿试图解释说，他很同情工人，尤其是那些外国出生的工人，他对人类的社会主义兄弟有着更普遍的兴趣，还有对素食运动的兴趣，而不是对包装厂房的卫生条件这样狭隘的兴趣。听了这些，总统的圆形镜片后面的眼睛似乎露出一种冷漠的表情；片刻之后，他突然爆发出一阵大笑，并且在桌子上猛捶一拳，打断了他的客人们，因为他回想起来他和他的"狂野骑兵"曾经被迫在伟大的圣·胡安山战役"前夕"吃的一顿饭。

"脏乎乎的，煮得烂兮兮的、该死的全是蛆，我说!"说着，他把一片滴着油的烤牛肉放到嘴里嚼了起来。

这句话引发了人们对于罗斯福的令人愉快的回忆，主要是关于他的著名的狂野骑兵，该骑兵部队参加的战斗要远远多于厄普顿·辛克莱这位和平主义者所知道的。总统似乎特别感到骄傲的是，他的部队遭受了大量的人员伤亡——"大大超过平均数，先生!"——在与西班牙的恶棍们的斗争中，他们打了一场"辉煌的小战争"，那次战争中他们确实有过一段长达十周的"该死的艰苦时光"。"正是那该死的'防腐牛肉'造成了我们大部分的人员伤亡，"总统冷冷地说，"既然我坐在该死的白宫，阿默骗子公司最好引起重视。"

在对话中出现了一段令人愉悦的短暂平静，男士们在品尝一种新的，更黑更刺鼻的啤酒，厄普顿提出了在这个国家中"普通工人和女人"的困境的话题，他认为这是不合理的，他们的困境与他们的资本家老板的巨额利润并存。既然总统和他的助手们已经大概读了《屠场》，他们现在已经了解芝加哥的情况，肯定会希望提出某种立法来立即弥补这些问题；然而，他们还应当理解，在全国范围内畜场的工作条件都不好，甚至比芝加哥更糟；薪工标准往往更低。对动物的虐待——事实上，是正派的人所无法苟同的。厄普顿越来越激动，直到他的声音都颤抖了。"只要考虑一下铜业托拉斯、钢铁托拉斯、锡矿业托拉斯和所有其他的托拉斯所属的工厂里那悲惨的工作条件。怎么能容忍呢，总统先生？我们在这个优雅的房间用餐的时候，六七岁的孩子们正在我们附近的工厂中辛勤工作，特别是河对岸的马里兰州；非人道的工厂主坚持认为，他们有权解雇任何一个反对十四小时工作制而要求十二小时工作制的工人。而且——”

说到这里，罗斯福愤怒地打断了他，唾沫从他嘴里飞了出来。“你不要忘了，辛克莱先生，还有造船业的托拉斯，”他说，“这些叛国者臭章鱼，由缅因州无耻自大的参议员黑尔掌管着!”说到这里，总统变得如此愤怒恼恨，把盘子推开了，开始激动地用金牙签剔牙。他气喘吁吁地高声大喊道：“先生们，我向你们举报缅因州参议员黑尔！——全能的上帝允许在地球上存在的内心最邪恶的、本质上最恶毒的坏蛋！哎呀，这个人如此和我对抗，简直是可耻——他散布了怎样的流言蜚语啊，大肆宣扬我惧怕他！众所周知，这个叛国者和我在华盛顿的敌人们搞阴谋，造船业的托拉斯会兴高采烈地从我的坟墓上航行而过。黑尔应该被绞死，先生们！他们都应该被绞死。”

桌子上所有的人都大声表示赞同，除了那位窘迫的客人；而此时，那块桌布已经脏了，上面是大量喷溅的斑点和污渍，而他们的讨论开始蔓延到其他的叛国者身上，就像肮脏的水漫过了白色的亚麻桌布：一方面是诸如杰姆斯·J. 希尔、J. P. 摩根和乔治·F. 贝尔等各色人等；另一方面是戴维·格雷厄姆·菲利普斯。(菲利普斯是厄普顿的一个颇受尊敬的同事，是勇敢的揭发黑幕作品《参议院的背叛》的作者，当时在《大都会》上面刊出；他的一个特定的目标是缅因州参议员黑尔。)总统似乎忘了他的座上客，陷入对于黑幕揭发者一族自身的愤怒谴责……①

厄普顿对他在纽约市的同志朋友们说，当时所关注的是当总统能够听他说话时，他就会引入立即立法保护工人并保证某种绝对的最低工资的话题；因为如果只有美国的食肉者“被保护”，那将是他所付出努力的令人难过的结果。但是，在这场对话中，他似乎根本一个字都插不进；这不仅仅是厄普顿·辛克莱被打断或忽略的问题，而是他已经变成隐形人了；而且大部分的激烈讨论都是关于那些个别的民主党人和共和党人的事情，而这些人都是他根本不了解的。所以，厄普顿不满地喝着杯子里的水，心里想，他终于作为

---

① “黑幕揭发者”是一种嘲弄的词，是泰迪·罗斯福亲自杜撰的一个具有嘲讽意味的词语，典故是指约翰·班扬的《天路历程》中的人物“耙粪者”，是一个“对于污秽有着不健康的痴迷的人。”

总统的客人来到了白宫，可是他却还是同样无能为力，真是一个凄凉的讽刺。“最好是隐藏在普林斯顿以外的农村，”他若有所思地说，“在我的古朴的小木屋，勤奋创作《屠场》……而梅塔准备可口的晚餐，并照顾着小戴维。啊，难道当时我们不快乐吗!”

一小时后，丰盛的午餐会宣布结束，罗斯福严肃地说：“我们中的有些人工作，先生——不是涂鸦。”总统更为亲切地笑着对他的朋友说，他们不可能花整天的时间“发表冗长演说和无所事事——如我们随心所欲。”总统用力地握着厄普顿的手，疼得年轻人的牙齿嘎嘎作响。总统说：“你来得太好了，先生！极为有益！我们再次相遇时，厄普顿先生，希望这些该死的背信弃义的包装商们已经被迫屈服，像菜牛被迫屈服于屠宰，而且那个恶棍黑尔已经被绞死!”

1906 年 5 月 26 日，报纸大肆报道，罗斯福提出的关于肉类的联邦检查法案在国会的大肆争吵之后已经通过了，该法案后来被称为《肉类检验法》；几乎每篇关于这一争议话题的社论都在谈年轻的厄普顿·辛克莱的“胜利”：难道这不能证明正义会占上风，而且“笔比剑更锋利”吗？

只有厄普顿的社会主义同志们了解这位年轻作者听到这条消息时的无精打采，他感到被出卖了，他简直不敢跟包围了他的记者们讲话。但是，厄普顿受到了启发，说出了一句话，结果他的漫长的英雄生涯因此而出名，他的那些充满了激情的书令人惊叹地源源不断地产出，已经将近一百本：“我的目标是美国的心脏，但是却击中了它的肚子。”

现在，这位不断受到烦扰的年轻人坐在喧闹的火车站，俯身在他的写字板上，他的那只抽筋的手在尽可能快地为《人人杂志》写着文章。他只是突然想到，借用伏尔泰的惊人的修辞格——或者更可能是雨果的，因为雅格·拉格尔斯坚称是雨果的——可能对他的目的来说是不恰当的，因为“**革命是欢笑的时刻**”这个标题可能会在《人人杂志》的普通读者的头脑中留下印象或者冒犯他们；厄普顿害怕再次被人误解。最近几乎没有什么可笑的了，因为就在几天前“大比尔”海沃德在新泽西的帕特森拉起红色横幅，无疑发出了暴力即将来临的信号。

厄普顿特别伤心的是，在那天早晨的报纸上，他读到了一份报道，说罗斯福总统在演讲中谴责某些“黄色新闻记者”和“黑幕揭发者”一心“挑起美国的不和”。

所以，厄普顿划掉了他的富有激情的标题。但想不出更合适的。

在火车站里面不断的低语声和嘁嘁喳喳的说笑声中，不时传来“**厄普顿·辛克莱!**”的呼声，不过，他强迫自己不抬头，忍耐着；因为他知道这是一个幽灵在召唤他，嘲笑他；在未来的某个深不可测的时间里他自己的一个幻影。他不敢抬头；他必须保持低头看那张大页书写纸；他必须集中精力，以节省自己的时间；开始将自己小手中的那张大纸写满，然后再把反面写满，把每一寸空间都充分利用，毫无浪费；然后再从旅行小皮包里拿出一张纸，然后再拿出一张纸。厄普顿·辛克莱如此沉浸在他的工作中，结果，火车站中心的大时钟的指针已经指向下午 2：48，这意味着这位年轻的作者已经错过了到伊格尔伍德的火车，而他是过几分钟以后才发现这个事实。

不过，没有必要马上惊慌，另一班去往新泽西的火车将在一两个小时后开过来；厄普顿·辛克莱会确保自己不错过那班火车。

克罗斯威克斯奇迹

于是，这个诅咒似乎终于解除了，在6月4日下午的早些时候，被埋葬在家族陵墓的三个斯莱德家的孙子，安娜贝尔，奥丽埃纳和托德，从冰冷无情的迷睡性木僵状态中醒过来了；在地球的极地，在南大洋，倾斜和摇摆的巴尔莫勒尔的船舱里，约西亚复活了，这令奥茨船长和他的船员非常惊讶，他们发誓说，他在海洋中已经冻僵了，肯定已经死了。

一个奇迹，只能这样说——或者实际上，是很多的奇迹。直接关系到托德·斯莱德在沼泽王国的冒险和他祖父在普林斯顿的去世。但是历史学家们试图将这些独特的事件解释为“自然现象”——死亡的原始起源是错误的。被埋在斯莱德陵墓的年轻人可能患上了极为罕见的强直性昏厥症，或者一种相对良性的老挝昏睡病；或者，可能是，根据一位无名作者所写的《老普林斯顿的吸血鬼谋杀案》中所暗示的一个假说，可能是一个阴险形式的催眠术。

“因为这些年轻人现在活着的事实就表明他们以前从来没有死过”——这是哈佛医学院的希拉姆·黑斯廷斯博士做出的裁决。当时，在同一时间里，同一家族的三个人在他们家族的坟墓“复活”，希拉姆·黑斯廷斯博士被召到普林斯顿对这一事件的离奇发展做出专家诊断。(托德喊的声音响亮，吸引了普林斯顿公墓看墓人的注意。看墓人极为恐惧，不敢相信自己的耳朵，接着不敢相信自己的眼睛；他永远不会从震惊中完全恢复过来了。)

经过深思熟虑之后，黑斯廷斯博士给出的结论是，这些年轻人陷入了昏迷状态，呼吸、心跳和其他生命体征受到了压抑；但是，负责任的医生和医务人员本来应该在他们的身体和大脑活动中发现他们的生命体征，就是由光束射入人的眼睛，这样瞳孔不由自主的反射将表明生命的信号。当这位哈佛医生被告知，在声明病人死亡并签署死亡证明之前，普林斯顿著名的医生，特别是老布迪诺特医生、小布迪诺特医生对他们的病人已经进行了“彻底的检查”，他困惑地微笑着说：“是的。但这里是普林斯顿，你知道。这不是马萨诸塞州的波士顿，在那里我们的医疗水平更高。”

约西亚·斯莱德实际上似乎不是在南大洋水域被“冻结”了，而是由于温度很低，他的身体通过几乎恢复到产前状态来作出反应，或模仿冬眠；在约西亚身上，呼吸、心跳和生命体征也受到严重抑制。在他被宣告死亡之前，奥茨船长和震惊的医生只对他“冻结”的身体进行了一次粗略的检查(事实上，这位医生是哥伦比亚大学医学院的一个辍学的学生，一个没有营业执照的医学博士)，而他的身体是用布裹着，放在船舱里，等待巴尔莫勒尔在夏季结束时回到纽约港口以后埋葬。

(虽然在之前就苏醒了，但是约西亚直到八月末才回到普林斯顿，因为巴尔莫勒尔按照原计划继续航行，前往南极地区。)

约西亚也是捶打着船舱的门，并大声叫喊，把船上的同伴都吓坏了。由于船员不给他开门，只好把奥茨船长叫来了；像普林斯顿公墓看墓人一样，船长再也没有从他的震惊中完全恢复过来。奥茨船长好像很快便从航海工作中退休了，消失在纽约北部的山区，在内陆过起了隐姓埋名的生活。

这些年轻人都不记得他们曾经“死亡”或者躺在那里，或者被埋葬了，这是一件非常好的事情。他们都糊里糊涂地认为，他们深度沉睡，不想被唤醒。正如麦克白曾向往睡眠，难道他们的睡眠，不是一个“劳心纠结的衣袖”吗？他们难道不是从一个悲伤的地方滑脱出来，然后，醒来，发现自己回到了从前的幸福状态吗？

安娜贝尔从来都不记得“生过孩子”——尽管她在梦里会看到一个浮动的“鬼娃娃”的形象，其面孔太模糊了看不清；而她完全不知道这个形象的身份。

最年幼的奥丽埃纳比她以前活着的时候说话更温柔了，更含蓄谨慎了，除了在一些奇怪的、难以预测的时候她会突然发出紧张的笑声，或流泪；她根本不记得她从惠特希夫高高的屋顶上摔了下去，而是眉飞色舞地谈论着她飞到天堂，她的“白色羽毛翅膀”扇动着——那种被带到空中的快乐，好像身体是无形的。她说她的同伴是一只鹰，体态高贵；她似乎知道那是一只雌鹰，“金”眼睛——“我多么希望我能永远和她在一起飞啊！但我的翅膀不够坚强，她丢下我继续飞走了；我只好回来，回我的家。”

托德慢慢地从自己的苦难经历中恢复过来，自从他“死”后，他的体重减了很多；他自己所谓的关于沼泽王国的回忆录让所有的家庭成员困惑惊讶——一个木雕的黑色方格棋盘；托德被发现在黑暗的坟墓中醒来时，他的手指紧紧抓着一枚似乎很古老的棋子。

渐渐地，几个星期以后，托德恢复了一些记忆，安娜贝尔鼓励他把他的故事口授给她，这样全世界都会知道他的经历；他的讲述被完整收录在本书中，即《一场国际跳棋比赛》那一章。托德拒绝了，认为这是一种侮辱，他只是在看望他的堂姐和他自己妹妹的坟墓时被“冻结”在墓地中，昏迷了；托德坚持说他当时没有在墓地里，而是在他的祖父温斯洛·斯莱德的图书馆，他隐约回忆起壁炉有个通向外面的秘密通道，以及他是如何通过这个通道出去的。(然而，当托德和安娜贝尔检查他们祖父的图书馆的壁炉时，所有的砖都码放整齐，并没有松动，或曾松动过。“这是一堵完好无损的砖墙，”安娜贝尔说道，“没有人，甚至一条狡猾的蛇，可以爬过去”。)

继“死亡”创伤之后，安娜贝尔·斯莱德逐渐恢复过来了，回到了从前的自己；她不会恢复她的青春美貌，因为青春美貌可能就像母亲的花园里的玫瑰一样脆弱、短暂，但获得了敏感女性所特有的更为缜密思考的表情，尽管这种表情略有嘲讽的意味；她的额头只是刚刚可见细纹，不过焦虑地皱着眉头的表情却永久蚀刻在她的皮肤上；她的微笑没有之前那样自然，而是犹豫不决，充满警惕。安娜贝尔变得不再相信幸福——除非可以向她证明幸福是真实的。在四个孙子中，安娜贝尔的失忆症最严重；她几乎不记得她曾经给她的家人讲述的那个长长的故事，这个故事由约西亚记录在了宝贵的《蓝宝石色大理石书》中；幸运的是，她不记得任何关于怪诞的怀孕的事情以及这件事的后果。这个年轻的女人的思想非常混乱，以至于当她刚刚醒来，被转移到克罗斯威克斯这个熟悉的环境时，她坚持说，她“知道她坚决不能嫁给达布尼·巴亚德，而是必须立刻解除婚约”——好像当时还是 1905 年，是6月4日以前的某个日期。她告诉她的父母："达布尼不爱我，我知道。他爱的是我的'斯莱德'这个姓氏——他爱这份地产。他可能根本就不喜欢女人——至少他不喜欢我。而且我不爱他——我对他的感情不及我对你或对约西亚的一点点。虽然这可能会令你们失望和愤怒，亲爱的父母，但是我根本不想嫁给任何人。"

亨丽埃塔和奥古斯都一定欢欣鼓舞，因为他们（天真乐观的）祷告应验了：他们心爱的女儿恢复到了以前的样子；就是说，天真无邪，在一定意义上还是一个处女；因为她的经历似乎是无罪的；安娜贝尔不能算作是埃克森·马特的非法新娘，就像她不能算作巴亚德中尉的新娘一样。（他们的婚姻已被废止，因此从所有的教会记录中删除了。）

"我不会再离开你们，亲爱的父母，"安娜贝尔快活地说，"至少，我永远不会离开普林斯顿，或者——至少，我永远不会离开新泽西。这是我的承诺。"

四个受到病态折磨的孙子中，约西亚在"另一个"世界的经历是临床上最奇怪的。他确信他一直意识到他始终在船舱中；虽然被误认为死了，他一定是陷入了沉睡，别人感觉不到他的生命迹象。狗在耳边的狂吠声，马的嘶鸣声，风的呼啸声，轮船吱吱作响的声音——这些都是他梦中的幻觉，但是非常真实。他清楚地记得在危难中的妹妹，在南大洋的浮冰上漂泊；他记得她叫他；他想赶去救她——但除此之外，他什么都不记得了。除了因为缺乏食物而日益憔悴，约西亚已经从他的睡眠中恢复过来了；在这段睡眠中，他听到的那些邪恶的"声音"消失了。已经从被施魔法的状态中醒过来了，约西亚认为他已经完全回到了自己从前的样子，他已经一年，甚至一年以上，不是他自己了；永远不要再遭受外来思想的入侵，这些思想已经使他的生活成为一种折磨。

"我恢复了理智的第一个举措，"约西亚说，"是从愚蠢的南极探险队脱离出来，这个探险队缺乏资金，人手又少；当他们在奥茨船长的带领下踏上陆地的时候，我和其他一些人留在了巴尔莫勒尔号船上，写日记和整理自己的思想。男人们在极地地区丢了性命——所有的小马都丢失了，一半的狗也丢了——为了在残酷的几个月中生存下来，只有上帝知道幸存者不得不做了什么。但他们真的回来了。所以我们又回到文明世界，只是稍微比预定时间晚了一点。”

对他的家人，特别是安娜贝尔，约西亚发誓说他再也不会启航去未知的领域——“在内心里有未知世界，这就完全足够了。”

尽管《被诅咒的》主要是记录 1905 年到 1906 年间的大事记，我认为有必要提一下 1906 年那个快乐的夏季以后随之发生的事情，当时所有的斯莱德家族的人都团聚了，除了不幸的考普尔斯通。那年，通过一系列偶然的情况，约西亚和安娜贝尔加入了在新泽西州的伊格尔伍德附近的乡村创立的赫利孔山家园聚居地；在纽约校际社会主义协会的一次集会上，约西亚再一次找到厄普顿·辛克莱，建立了与这位年轻组织者的联系，并把他介绍给安娜贝尔，最终介绍给威廉敏娜·伯尔，后者在稍后的日期加入聚居地。（当安娜贝尔和威廉敏娜终于拥抱在一起的时候，威廉敏娜泪流满面，宣称她从来没有在心里认为她亲爱的朋友已经死了。自从安娜贝尔的婚礼那天早晨，她们就没有看到过对方；不知道为什么，她知道安娜贝尔还活着，以世人无法了解的方式活着。“现在，我希望永远不会再让你离开我的视线，”威廉敏娜发誓说，“或者，至少，不许离开我爱的范围。”）从前神学院的学生，现在狂热的社会主义者雅格·拉格尔斯也来到了聚居地生活，已经成为大家的一个亲密的朋友和同志，从工会组织到农业耕作，从工人拥有工厂到“无种族”教育和住房等领域，他都有着特别“激进”的思想；不幸的是，这些思想都先于时代。

赫利孔山家园聚居地是由几个灰泥和木结构建筑组成的，包括一处公馆，以前曾经是男生宿舍，需要重新装修，用作公社；这块地产包括二百英亩肥沃的土地，可以作为耕地，也可以作为林地，从旧耶利哥城北路、向东穿过伍德峡谷。首先，聚居地至少要来证明，这里是理想主义的年轻人快乐的隐修之处，按照他们的说法，这些年轻人已经过够了舒适的资产阶级社会的生活；并希望将他们的精力用于农业经济学、有机农业、畜牧业和温室园艺等学科。在不参与纽约市社会主义活动的时候，约西亚就会非常投入地饲养和训练秘鲁马，这些马的美丽与优雅完全迷住了他。威廉敏娜坚持她的艺术，希望逐渐形成一套“女性社会主义美学”理论；安娜贝尔专注于写作以及聚居地的维护，像约西亚一样，她几乎将她所有的信托基金的钱都贡献给了聚居地。

在开始冒险的时候，虽然年轻的“农民们”都是新手，但是厄普顿·辛克莱却非常精明，他邀请了很多有经验的人员加入公社，帮助户外的工作；他的梦想是，不久之后的某一天，在一年或两年之后，赫利孔山家园聚居地扩展到五十名成员，一百名成员，二百名——“最终，我们可以改变世界!”厄普顿已经规划了一个五年计划，根据这一计划，聚居地会很快自给自足，甚至盈利；在此期间，他们将用私人收益来补充他们的收入，比如他的版税收入，而且他们可以自己种植粮食，够自己吃，并且可以尽可能地卖粮食，——“这一地区的人们就会知道，他们可以信任我们。”

伊格尔伍德和周围地区的居民曾经对他们进行过诽谤和威胁，不过，在1906年初冬，他们可能平息了一些这样的非议，因为有两对新人要同时举行婚礼，主持婚礼的是一位被授予神职的布鲁克林一神论教会（女）牧师，两对夫妇在这个教堂里结婚了：约西亚·斯莱德与威廉敏娜·伯尔，安娜贝尔·斯莱德与雅格·拉格尔斯[①]。

本历史学家不会谈论1907年3月摆在理想主义的年轻人面前的是什么，而只想说，所有的人都从纵火造成的火灾中幸存下来；因为我的编年史已经结束，“正常生活”必须继续。我最后的场景是在赫利孔山家园聚居地一个

---

① 在赫利孔山聚居地，很快确定安娜贝尔·斯莱德擅长管账，乐于“平衡账目”，而这件事一直让厄普顿·辛克莱很烦恼，因为他既没有时间也没有这样的能力；安娜贝尔逐渐被赋予了客房部预算的责任，这样，有很多机会与雅格·拉格尔斯议事。雅格的黑眼睛，齐肩的“卷曲的”黑头发，橄榄色的皮肤，“能让人融化掉的弗吉尼亚的”口音，这一切都让她非常着迷；同样，金发碧眼的安娜贝尔·斯莱德在他们第一次见面的时候就迷住了这位前神学院学生。本历史学家该怎样认为？本历史学家应该不赞成“种族混合”？或者——安娜贝尔·斯莱德的这样激进行为只是预言了未来动荡的20世纪中破坏传统的各种行为，更不用说21世纪会怎么样？这是老一代斯莱德家族对命运的屈服。他们刚刚从死神身边回来的女儿竟然再次“落入魔咒”，与一个明显不适合的有弗吉尼亚口音的人在一起了，面对这一消息，他们没有干涉她的婚姻计划。

布满鲜花的环境中同时举行的两对婚礼，厄普顿·辛克莱像男孩般地微笑着，与新婚夫妇以及客人握手，泪水在他的眼睛里闪闪发亮：“同志们！这是新的一天的黎明！现在革命！”

结语：盟约

（温斯洛·斯莱德）

啊，亲爱的基督——请聆听我的声音，怜悯我。

知道我的罪已经加重，因为我的一生一直戴着美德的面孔。

知道我的恶已经加重，因为我的一生一直在用正义的声音说话。

啊，朋友们、邻居们、基督徒同道们，啊，你们是我至爱的亲人，但更加受到我的伤害，因为在过去的五十多年我一直以虚伪的善良形象住在你们中间。

知道我应该因为降临在你们身上的诅咒而遭受加倍的指责，因为我在早年的一次忏悔中给自己找了那个无力和虚伪的借口：从第一个音节开始就是虚假供述。

知道降临在你们身上的诅咒是温斯洛·斯莱德所犯的罪的后果，而且这是唯一的原因；这并不是与恶魔签订的契约，而是与全能的上帝签订的契约，他的愤怒的手不能因为祈祷、善意，或者牺牲或者任何人类的请求而停下来。

知道我最后被摘下了面具、赤裸裸地站在了你们的面前，作为一个杀人犯，一个作伪证者，背叛了你们所珍视的一切的虚伪的叛徒；在这个安息日的早晨，继完全因我引起的猖狂的恐怖之后，我将按照上帝的意愿尽快结束自己的生命，我在此承认我的罪过，我的罪行，通过争取上帝所给予的最快乐的方式结束自己的生命，我可能会陷入最深层的地狱，永远在那里受苦，就像我的可怜的受害者在她对我的恐惧中所祈祷的那样。

“但你要被带到地狱。”

不是法国人塞林科特勒死了名叫珍珠的年轻女子，而是我，温斯洛·斯莱德：在那个恶劣的行径的数十年后，我站在你们面前，揭下了面具，赤裸裸地昭告天下，我是杀人犯，作伪证者，虚伪的背叛者：我，只有我一个人，想让那个可怜的工厂女工安静下来。她的手被砍伤了，皮肤的颜色像被烧焦了，因为知道自己的末日来临而眼睛中充满了恐惧。那个疯狂的（白人）年轻男子双手掐着她的脖子，在懦弱和耻辱的绝望中使劲地勒呀，勒呀；直到在她疯狂的身体里没有了任何生命的迹象，从她迟钝的眼睛中不再有挑逗的火焰。直到那个女孩毫无生气地躺了我面前冷硬的地面上：温斯洛·斯莱德却是在遭受永远的诅咒。

我只想让她停止尖叫和对我所做的事情的指控——啊，主啊！

我只想用力制服她，恐吓她，让她因为我做的事而感到羞愧——啊，主，你知道怎么回事！

在我对她所做的令人恶心的猥亵行为的过程中，我只想在她扭动着的、炙热的女性身体上弄出一些小伤来警告她——啊，无情的主，这你是非常清楚的。

她被玷污了，不洁了；不配活下去了。

她会像泥一样缠着我；这令我害怕。

对我来说，她表现出一种全新的性感和美丽，看见她真是太可怕了，所以她必须受到惩罚。

她胆敢全然无耻地用双臂搂住了我的脖子，把丰满的嘴唇无耻地贴在我的脖子上，我的脸颊上，我的嘴唇上，引诱我回吻她——这让我无法抗拒。

她诱惑我背叛了我的未婚妻，在这样的激情下我不可能想起我未婚妻的名字。

她咒骂我，把她的恶魔的身体压向我；接触到她对我吐出的热热的舌头，被她嘲笑、戏弄和折磨，这一切唤醒了我心中地狱般的欲望，无法忍受。

是她，就是她，那个被毁掉的人，她使我堕落犯罪，堕落到人类普通的状况，堕落到必死的命运，啊，可怕的上帝啊！——我知道还远远不止这些。

他趴在女孩身上，将身体埋在她的身体里，而此时那个绝望的女孩已经没有了生命，此时他不再是那个根本不知道肉欲为何物的年轻的温斯洛·斯莱德了——而是完全不同的另一个人了——一个真正的恶魔，而不是那个受洗的斯莱德了。耶和华神是唯一的目击者，却并没有干预。

目光严厉地从上方向下凝视着我，我躺在女孩的怀里，与她缠绕在一起，紧紧地贴着她的双乳和腹部，以及她腿部的肌肉，感觉到体温正在迅速消退，而悔悟已无法召回她的体温。一个念头在我的头脑中一闪而过，我用树叶和泥土将她盖住，通过在她的前额抹上泥土来施涂油礼，然后将她隐藏在密林，这样主就看不见了，从此我就可以永远生活在文明人中间。

疯狂愤怒的笑声从天而降，如同发狂的雷电一般，上帝质问我，你在那个女人身上做了什么恶，我的优秀的孩子，你偷偷地做了什么恶事，就像你们所有的斯莱德家族的人偷偷做过的，从你们家族偷偷拥有奴隶的日子直到现在，你们蒙上帝的恩典获得的巨大财富都是从累弯了腰的工厂工人、织造厂工人以及那些政治上无发言权的期期艾艾的移民身上获得的，他们在劳动中断了手指、脚趾，失去了眼睛，可是你却试图欺骗你的上帝，你试图掩饰你的罪，认为这只是一次单纯的犯罪行为而已，你觉得这只是你扎紧你的短裤，我的小伙子，像一个野兽一样气喘吁吁地爬到森林就可以了结的事情吗？你认为当月亮的冷酷无情的光线屈服于太阳，今晚的事情就会被驱散吗？你认为，我的青嫩无知的毛头小子，你独自在这个该死的地方做过的事情，你的主不知道吗？

他的笑声震耳欲聋，因为这是我们希伯来祖先的愤怒的上帝，不是为我们的罪而被钉死在十字架上的主耶稣，所以我真想找个地缝钻进去，来摆脱这种笑声，而那个僵硬地死死盯着我的女人在对我咧着嘴笑，样子非常年轻，没有超过十六岁，我抓住她的肩膀，摇晃着，大声呼喊让她起来，否则就来不及了，我会尽我所能给她和她的家人补偿，我会为我的欲望和我的残忍赔罪，但是没有回应，所有的呼吸都停止了，她就是不肯醒来；随着温度从身体上消失，她像被烧焦的皮肤上的温度也在消失，无法被唤回，这皮肤曾经让我又厌恶又无法抗拒。耶和华上帝看到了这一切，他更加愤怒了，我犯了如此下流、粗鲁的罪，却还想向他隐瞒。这是更大的罪恶。

耶稣——犹大·多马的孪生兄弟——声如洪钟地说，你认为，人啊，我是来给世界带来和平，却不知道我也是来抛下分歧——火灾、刀剑、战争，因为孩子将反对父亲，丈夫将反对妻子，房子里将有五个人：三个反对两个，两个反对三个；父亲反对儿子，儿子反对父亲；全人类都将成为孤独的人。

耶稣愤怒地说，我会给予你眼睛还未曾看到过的东西，耳朵从来没有听说过的东西，以及手从未敢碰的东西，那尚未进入人心的东西。

耶稣许诺说，那将是你特别的智慧，知道其他的人所不知道的东西：但是，因为你知道的东西，你会孤独地远离他们。

知道，哦，今天，亲爱的人们聚集在这个礼拜的地方，在科尔德·斯普林犯下了野蛮罪行的不是不幸的塞林科特，尽管这个人为此受到了惩罚：特伦顿监狱里的一根绳子结束了他的生命，而真正的凶手藏在相距不足二十英里的普林斯顿村，享受着财富和品行端正的美名；凶手藏在光天化日之下，内心却充满恐惧，害怕在这块土地上被发现、被揭穿、被羞辱，因为他曾经将罪恶的双手伸向了一个女人，并且是出身如此低微的女人，那些戴着枷锁被贩卖为奴隶的非洲人的后代，而贩卖他们的是他们的非洲的族人，纯粹为了金钱。

这个杀人犯的皮肤已经变白了，在家族内很受重视，被认为是一个极其有前途的儿子，所以他欺骗自己说，我是一个斯莱德家的人，是上帝任命我担任圣职；而且没有犯过任何罪行；凡从我手中落下必须是上帝自己的愿望，并不能被视为罪。

你的呼吸是多么冰冷，温斯洛——在新婚之夜，我的年轻的新娘从我身边躲开；我的呼吸是坟墓中的恶臭的气息，我自己的坟墓。我无辜的新娘奥丽埃纳只凝视我的眼睛，想知道在我心中隐藏着的我所犯的可怕的罪行，而关于这件事，我不会跟她说，也不会和任何人说。在后来的很多年的晚上，我在睡眠中不能正常活动，我的不快乐的妻子在我身边，我拼命想把尸体拖向森林深处，越来越深，我想把尸体拖到沼泽地，那里长满杂草和腐烂的树木，在潺潺的苦咸的水面下，那些蛇颤抖着，呜咽着，像一个受惊的孩子，神啊，你看见这一切，而且决不会原谅！希望能够把这个被毁掉的人用树叶以及我用双手捧起来的泥，还有掉落的树枝，盖住，这样她永远不会被发现；如果不被发现，为了从那些男人获得好处，珍珠曾经向很多男人投怀送抱，而那些男人占有她的身体也似乎是出于些许的爱意，或逢场作戏。如果真的是这样，如果没人发现她的尸体，如果没人知道她出了什么事情，——真会这样吗？

然后我就开始逃命。我的鞋子跑掉了，所以我光着脚。

在追逐中，耶和华万军之神像一只愤怒的猎犬，耶稣的声音像嘲笑的喇叭，而并不是那个爱的耶稣，他说，让我与你立约：将给你五十年的时间，去嘲弄善事，或造成更大的伤害：然后愤怒的天使将被释放，降临在你身旁——降临在那些你对他们的爱超越对你自己的爱的人们身上。

知道，温斯洛·斯莱德，你的一生的所有的日子里，生活在你身边的人和拥抱你的人，所有的人必无一人幸免；你是上帝所咒诅的，然而又是愤怒的上帝的值得尊敬的孪生兄弟。愿人都尊你的名，斯莱德牧师。

事实上，啊，我的亲人们，在我以前的整个一生中，我并不认识耶和华上帝和他的独生子拿撒勒的耶稣；你们中也没人认识他们，除非你已经尝到血的味道。

我的家人，我的亲戚，我普林斯顿的朋友和邻居，我的教友弟兄们——这么多年，我欺骗了你们，呈现在你们面前的是一张充满美德的伪善的面孔：知道，过了三天以后，那个工厂女工的尸体在科尔德·斯普林另一边的森林的深处被发现了；接着，在一天之后，法国人塞林科特在逃命的过程中被逮捕——大家相信，逃跑是这个暴徒有罪的迹象。（他的那个同样残忍地虐待珍珠的同伴从来没有被逮捕。）很快，这个人就被迫承认自己邪恶的行为，不但是杀害了这个女孩，而且甚至在三天之后还冒犯了这个女孩的尸体，这一行为太卑鄙了，在报纸上都无法报道。我因为生病躲在庄园里，得了一种莫名的高烧，浑身无力，双脚满是疮痂和伤痕，像是一个被钉死在十字架上的人，而上帝在我的头上看着这一切。我亲爱的妈妈什么都不知道，护理着我。女人们一直保护我，不知道我的内心。诊断出来了，是突发脑膜炎；或者流感；或者——他们也不知道：但的确很严重，只有耶和华神的帮助才让温斯洛·斯莱德活了下来，度过悲惨的人生。

就这样，法国人塞林科特被审判并被判犯有一级谋杀罪，由于他的卑鄙罪行，1855年秋由新泽西州执行死刑：绞着脖子直到宣布死亡。年轻的学生早已回到了他的牧师的学习中，他的虔诚、勤奋和智慧使他的长辈们非常满意；也使上帝和他的儿子满意；很快他被正式任命为长老会牧师，上帝嘲笑这种伪装说：

知道耶稣有个孪生兄弟，地位最高的使徒低土马·犹大·多马，所以温斯洛·斯莱德也有一个孪生兄弟：这是耶和华万军之神与他结下了盟约，用一个和平主义者的微笑来掩饰在地上所做的罪恶，结果，这种方式进一步在地上推动了罪恶以及一切邪恶；尽管总是小心翼翼地传播相反的教义，任何时候的行为都好像没有丝毫罪的污点。

因为，我的弟兄们：是罪恶，不和谐和恐怖，引领人类在他们破碎的灵魂中归向耶和华；而且出于对他的残忍的恐惧；对他敞开的地狱的恐惧。

因为人们的幸福是上帝的诅咒，他们会从他身边漂移，把他们的眼睛转向彼此，或者转向他们自己的镜像——转向对耶和华的巨大不满。

因为人的苦难早已为主的喜乐，从以色列人的时候直到现在；只有当他们把自己匍匐在他面前，他们的反抗精神湮没，按照他的要求朝拜他，耶和华神的怒气才会平息。

因为知道上帝是忌邪的上帝，正如希伯来《圣经》的警告，因为他已经宣布和命令在他的掌控之下的龙卷风，海底的深渊，野蛮人的剑，和歹徒的各种行为，温顺，奴性，愤怒的恐惧和颤抖将是人类的命运；是他的荣耀的提升。

你们中的犬儒主义者，无神论者和无政府主义者是上帝的特殊的敌人，因为他们不需要他：然而，上帝要求蒙昧中的信徒们，他们必须和这些会救他们脱离愤怒的上帝的异教徒战斗。因为我们的目标是，播种国家之间的不和，并使人类对抗他们的同伴，每个人的部落都认为上帝是他们部落的上帝，憎恨所有其他部落；国家将永远彼此敌对，这是命运使然，人们会崇拜战剑，他们以上帝的名义恐吓他们的敌人说，他们肥沃的土地和水道将被占用，不过是以上帝的名义。

因为知道，作为他的代理人，在采用一种爱的词汇来宣传不和的时候，我们才是被看作最有价值的；为了使他高兴，我们说世界末日的善恶大决战，最后的情况，以及对人类罪恶的城市的摧毁——我们的行为举止越狡猾，上帝就对我们越温和，越爱护有加，越奖赏我们，因为我们是那些鼓励奴隶原谅奴隶主，并把奴隶主宗教的外衣当作他们自己的来穿；我们要求受压迫者因为出于对地狱的恐惧而对于属于他们的极少的东西而欢呼；在一个虚假的和平中，停下反叛的手。

这一切都是在就任圣职的前夕告诉我的。从那时到现在的这么多年间，我从来没有背离这个信念。

虽然第一任妻子奥丽埃纳和她丈夫的罪毫无关系，但是却受其影响，恐惧地躲着我，你的手有多冷啊，我的丈夫，你的呼吸，你的嘴唇——你的灵魂！尽管自1855年以来我对她或任何女人没有真正的渴望，当时那个工厂女工烧灼的皮肤和被砍伤的双手魔法般地使我的生殖器里流出来一股炙热的有毒液体；但是，多年来，该发生的还是发生了，我的儿子们出世了，从我的妻子的身体里出生了，因为只有我和上帝知道，他把儿子给我，这样斯莱德家族就会世代永恒，我们的血统就不会灭绝。因此，两个宝贝女儿患上了白喉，在婴儿时就按照神的计划夭折了；奥丽埃纳由于女儿们的死受到了毁灭性的打击，再也没有完全恢复；在长期的病痛之后她去世了，当时我的儿子们都是高大强壮的男孩子了，一个九岁，一个十三岁，已经不再需要她。

但是她的离世令我悲痛，我知道我毁了她的一生，就像我毁了那个小工厂女工的一生。

然而，耶和华派了另一个女人给我，使我不会陷入绝望；因为正是愤怒的上帝的代理人很容易绝望，并会结束自己的生命，通过直接坠落地狱来结束他们的美德的伪装。

这个女人，塔比瑟，是我在认识奥丽埃纳之前就认识的一个女人；她没有结过婚，并向温斯洛·斯莱德坦承，这些年来她一直在远远地爱着他。对于我的儿子们来说，塔比瑟是一个既热心又有爱心的继母，而且她渴望有自己的孩子；这不是我的愿望，但一天晚上，身子热热的珍珠躺在了我们中间，她的嘴在吸我的嘴，她的残缺的手指淫荡地抚摸着我，就像多次在梦里那样抚摸着我；我的欲望被挑起来了，我占有了我的妻子，而当时在一时的狂热中我连她的名字都不记得了，这种可耻的方式使塔比瑟在我们结合的第二年怀孕了，她的生产过程是如此的漫长和痛苦，超过了两天两夜，结果，一个女婴在出生一个小时内就死了，没有受洗；在塔比瑟痛苦、绝望和疯狂的尖叫声中，我从来没有听到她说出这样亵渎的话，骂我，求主让我的身体被撕成两半，我的骨头被粉碎，我的心从我的胸膛撕裂出来，我应该受苦因为我曾使她受苦；她很快就要死了，她已经失去了世人所知晓的那个名叫塔比瑟·佩姬·斯特拉坎的人的所有美德，只剩下说话的能力了，这样她就可以诅咒她的丈夫。

在分娩时出现这样的疯狂对于所有在场的人和那些后来听说这件事的人们来说都是可怕的，因为那些人认为塔比瑟就是一个温柔的女基督徒，人们甚至没有注意到她高声说过话；但有罪的丈夫能够理解，塔比瑟已经看透了他的心，比任何一个活着的人都更了解他。

温斯洛·斯莱德牧师在普林斯顿自己的教堂里以及新泽西、费城的无数地方布道；在纽约市，他高贵的举止，他的深思熟虑带来的闲适和基督徒的虔诚为他赢得了他的长辈和最保守的教会成员的支持。那些原本会成为他的敌人的人们也被他的言谈举止和宽宏大量争取过来了，他们不知道看面具的背面，所以被解除了武装。但在严峻的长老会中间，斯莱德牧师偷偷地播下分裂的种子；因为这是异端审判的时代，教会的神职人员大会让一些思想过度开放的成员站到他的阵营。

而且新教传教士倾向于福音派，这种热情受到了谴责。

爱尔兰和欧洲南部的大量移民，天主教会的温床，蒙昧，迷信——这些是在讲坛上所说的审慎的词汇。

还有犹太人——谋杀耶稣的凶手和反耶稣的煽动者。

还有野蛮的黑人，只有一代人之前才从他们的白人主子那里被释放出来。

还有歇斯底里的女人们要求“权利”。

还有那些教授异端的进化论思想的人，和那些教授无神论的社会主义思潮的人。

所有这些都是耶和华主神非常厌恶并希望破坏掉的；在他的讲坛上，斯莱德牧师温柔而阴险地谴责着这些邪恶现象；谈论那些降临在不幸的人们身上的令人伤心痛苦的严重弊病，其中主要包括我们黑皮肤的奴隶后裔，比如那个工厂女工珍珠。牧师在谈话时总是用最为温顺的语气；因为牧师教导说是“和平传递谅解”而不是工会紧握的拳头和高举的铁锤。所有这一切使他和崇拜他的会众建立了良好的关系，也和他的主人，高高在上的耶和华神，建立了良好的关系。

这样，这个人在表面上取得了成功：温斯洛·斯莱德就任普林斯顿大学的校长和这个州的州长，而内心里，这个人知道自己不快乐，而且在渐渐毁灭，因为耶和华神每时每刻在盯着他，使他在夜晚成为一个影子和幽灵，白天没有真正的实体，而人们却错把他当成一个活着的生物。

他始终知道：女孩珍珠死了，这样你才可能活着、成功发达；在克罗斯威克斯，你每天踩着她在土壤中腐烂的尸骨；大房子的屋檐下的鸟的叫声就是那个受害的女孩的叫声——你将被投入地狱。

被蒙蔽者无从知道，新当选的州长温斯洛·斯莱德是如何通过在整个州，尤其是州的首府特伦顿，无耻地进行填塞选票的方式当选的。人们不知道，在担任牧师和那所著名大学的校长以及受人尊敬的州长时，这个人只是共和党领导人的傀儡，就像那些领导人是信托公司的傀儡一样。民主党的“退党者”，新泽西的那些听钱使唤的人，前州长柏德尔和他的亲信们，伯灵顿的老参议员史密斯，反对柏德尔和支持柏德尔的人们，鲁弗斯·布洛杰特和他的佣工走狗，帕塞伊克的劳动者和狄金森上校，来自纽瓦克的共和党中的不满者和禁酒者，地方期权高级许可证法案支持者和长期固守“朗姆酒权利”的人，费斯科将军和他的部下，反对铁路税法案的人和标准石油公司的人，巴尔的摩和俄亥俄铁路，亚特兰大市一开普·梅长赛马场——出于这一联盟，一大锅臭烘烘的大炖菜正在炮制，扔进去许多老鼠屎，死尸漂浮在特拉华河上，腐烂了并且长满了蛆，斯莱德州长要求送到他的嘴里，咀嚼后全部吞咽下去。

因此，一个幽灵爬上了一个州的最高宝座，不管他在1887年的当选是否是填塞选票的结果，他被选为新泽西州长，这当然使上帝高兴。

撒迦利亚有了一个幻想，当他想向众人宣告这一幻象时，上帝堵住他的嘴，夺走了他的生命。若非如此，撒迦利亚为何会被杀死在神殿里？

耶和华的名是应当称颂的！

不久，人们认为州长决策有误，他试图通过调州里的民兵来强行镇压泽西市工人的罢工，民兵真地开进来了，在一片混乱恐怖中开枪射击，结果好像州长在无意中激起了数天的流血事件；在帕特森也出现类似的起义的情况：起义的时候，州长便叫来了部队，结果却导致更大的流血事件爆发，即使他本身有罪。他退出公共生活，声称希望返回牧师生涯，重新过与上帝同在的默祷的生活；躲在庄园避难，和他的孙子们尝试一些天伦之乐。

有四个孙子，他爱他们胜过生命本身，更远远超过他爱他自己的污点。

约西亚，安娜贝尔，托德，和奥丽埃纳——这些是耶和华神所赐福给我的，我不知道为什么；但是知道我不配得到。

那时，我知道，我的弟兄们，我在基督里的同伴，当人类的孩子瘫倒在绝望中的时候，上帝最珍爱他们——当他们无法从爱中得到安慰，无论是爱还是被爱；当他们处于致命的恐怖中，因为那些野兽将偶蹄踏于他们身上，要把他们践踏成尘。

你们知道，我的弟兄姐妹，当人类的孩子尽情享受地球的美丽，尽情享受着地球上的果实和奢华，而没有向耶和华献祭，并且永远背离了上帝了的时候，上帝最痛恨他们。当他们只重视地球上的天堂，以及凡人之间彼此的爱的时候，他们处在上帝愤怒的最为危险的状态之中。

所以，那个时刻终于到了：上帝凝视着我的心，感知到其中爱的种子；看到我一直在懦弱的敬畏中欺骗他，而如果有勇气，我会反抗他。

耶和华神不能原谅我，因为我爱我的孙子们胜过爱他；甚至胜过爱我的儿子，胜过爱我亲爱的被虐待的妻子；知道这些事情以后，他的愤怒真是雷霆万钧。

他还看到，五十年已经过去了；在刻在脸上的习惯性的微笑背后，他的仆人温斯洛·斯莱德现在是个孤独、忧郁的老人；即使他想要延续邪恶，也不再有能力这样做了。在他心中萌生了一个小小心愿，就是他可以拥有平凡的幸福和人类的爱，以及被湮灭遗忘——就是说，他的罪被消除。

于是上帝厌倦了他的仆人，并且认定圣餐杯应该从温斯洛·斯莱德的手中取走了。上天的愤怒，复仇的天使长，最后被释放出来，因为这几十年来这些愤怒的生灵一直在渴望我的血，只是被我和上帝的盟约遏制了。

到了之后，这些上帝的天使被给予自由，他们自由出现在地球上，在我们中间，并且肆意造成破坏，传播恐惧，厌恶，和绝望——你们可能误把这些天使当成了恶魔，我的市民们。

这第一个被带走的受害者是我心爱的孙女安娜贝尔。她被绑架的事实让我痛彻心扉，那天早上，就在这个教堂，仅仅一年之前，我已经死掉了。

是的，温斯洛·斯莱德那天早上死掉了。但是，这是上帝的厉害之处，安娜贝尔不过是无数无辜的死亡者的第一个而已，我们的社区陷入一种语言无法表达的绝望之中。

现在我要离开你们，我亲爱的市民们。我承认我是有罪的，不仅在半个世纪之前犯下了卑劣的罪恶和罪行，而且我，温斯洛·斯莱德，也对克罗斯威克斯诅咒的所有表现负有罪责，这一点你们已经知道。因为天使长只有通过我，不通过我就不可能在你们的身上施加这样的痛苦，

也就是说，我自己就是克罗斯威克斯诅咒。

也就是说，我犯了所有罪行，魔鬼在这十二个月所制造的混乱和猖獗的破坏，还有更多的事情——好像这尘世不过是一场疯狂的梦，可能在笑声中爆发，也可能同样轻易地在遭受苦难的人类的恐怖和痛苦中爆发，这些人就像蝴蝶的难以捉摸的飞行一样没有意义。

虽然我会乞求你们的宽恕，就像乞求被谋杀的珍珠的宽恕，但是我一定不能被宽恕。我的命运应该被摘下面具、被剥离和被暴露，被你们永远抛弃。

因为我的罪是对人类的犯罪，而不是对上帝的犯罪，只有人类能够原谅我；人类，一定不要原谅我。

阿门。

这是这支苍老的手写于1906年6月4日安息日上午，签名：

结束

致谢

小说的真实存在于隐喻之中，但隐喻在这里产生于历史。

这本小说的创作中参考了以下书目：

《伍德罗·威尔逊：生活与文学》，第一和第二卷，雷·史丹德·贝克，1927。

《伍德罗·威尔逊，学术年》，亨利·威尔金森·布拉格，1967。

《我的姑姑路易莎和伍德罗·威尔逊》，玛格丽特·蔼科颂·埃利奥特，1944。

《普林斯顿的伍德罗·威尔逊》，麦克米伦·刘易斯，1952。

《伍德罗·威尔逊小传》亚瑟·S. 林克 ，1963。

《无价的礼物：伍德罗·威尔逊和艾伦·埃克森·威尔逊的情书》，埃利诺·威尔逊·麦卡杜编，1962。

《当欢呼停止：伍德罗·威尔逊的最后岁月》，吉恩·史密斯，1964。

《伍德罗·威尔逊：医疗和心理传记》，埃德温·A. 韦恩斯坦，1981。

《特伦顿现代战役：新泽西的政治和立法历史（1868－1894）》，威廉·埃德加·萨基特，1895。

《 杰克·伦敦》，理查德·奥康纳，1964。

《南极的斯科特》，埃尔斯佩思·赫胥黎，1978。

《辛克莱·厄普顿的自传》，辛克莱·厄普顿，1962。

《新泽西的故事》，弗兰克·斯托克顿，1961。

《十字架和私刑树》，詹姆斯·杰森，2011。